Die Deutsche Bibliothek - CIP-Einheitsaufnahme

Polak, Eva:
Das geborgte Gesicht: eine Erzählung / von Eva Polak und
Peter Bauhaus. Mit Zeichn. von Wilfried Gebhard. -
1. Aufl. - Berlin: W. Mann, 1993
(Achterbahn)
ISBN 3-926740-42-6

Lektorat: Monika Strzeletz
Redaktion ZDF: Susanne van Lessen
Titelgestaltung und Grafiken: Wilfried Gebhard
Satz: Fotosatz Knab, Lintach
Druck und Verarbeitung: Proost, Turnhout
ISBN 3-926740-42-6

Achterbahn

Das geborgte Gesicht

Eine Erzählung von Eva Polak und Peter Bauhaus
mit Zeichnungen von Wilfried Gebhard

Wolfgang Mann-Verlag

DIRK
LENA

ACHTUNG!!!

Dieses Buch ist nur für 9–13jährige! Nicht für kleine Geschwister und nicht für Erwachsene, auch nicht für Eltern und Omas. Was hier steht, ist streng geheim!

Es ist nämlich was passiert. Das Wichtigste in Dirks Leben sind seine Brieftauben und seine Brieffreundin Lena. Und Lena kommt jetzt zu Besuch! Dirk freut sich riesig und trifft allerlei Vorbereitungen, bis ihm etwas Schreckliches einfällt. Er hat ja Lena ein falsches Foto geschickt, nämlich das von seinem sportlichen Bruder. Sicher wird sie enttäuscht sein, daß er so dick ist, und vielleicht mag sie ihn dann nicht mehr. Was soll Dirk nur machen?

Alle ACHTERBAHN-Bücher und die ZDF-Sendereihe ACHTERBAHN – Filme über Freunde – erzählen von Mutproben, von engsten Vertrauten, die zum Verräter werden, von Betrügern, Lügnern und Erpressern, von den ärgsten Feinden, von der allerbesten Freundin und dem allerbesten Freund.
Und das Besondere dabei ist: Wir gucken in ihre Köpfe, erfahren, was sie denken, was sie vorhaben, was sie fühlen und was sie verbergen wollen. Und das ist natürlich total geheim. Wo kämen wir denn hin, wenn jeder wüßte, daß die Superhelden Angst haben, die coolen Typen auch wütend oder traurig sind und die Schlauen auch oft nicht weiter wissen?
Viel Spaß beim Lesen.

Und Pssst!

Susanne van Lessen

Susanne van Lessen
ZDF-Redaktion
Kleine Reihen – Familienprogramm

Napoleon ist krank. Ich hab's gestern morgen gemerkt. Er hockte aufgeplustert auf dem Boden und hat nichts gefressen. Und ein bißchen gezittert hat er auch. Ich habe ihm Sonnenblumenkerne angeboten, aber er hat sie nicht angerührt. Ausgerechnet Napoleon, meine beste Taube! Auf jeden Fall habe ich ihn von den anderen getrennt, seinen Käfig saubergemacht und eine Doppelportion Vitamine in sein Trinkwasser gegeben. Und morgen, wenn Napoleon immer noch nicht frißt, gehe ich mit ihm zum Tierarzt. Jetzt habe ich erst mal jedenfalls auf ihn eingeredet, daß er nicht krank werden soll. Ich habe ihm in die Augen geschaut und ihm eingeflüstert, er solle schnell wieder gesund werden. Ich glaube, das wirkt. Ich meine, wenn man sich etwas ganz, ganz fest wünscht, dann gelingt's auch. Ich habe das schon oft gemacht, und meistens hat's funktioniert.

Auch heute in der Schule bei der Adressenverlosung. Die ganze Deutschstunde haben wir nur über die Wessis geredet. Also, unsere Partnerklasse in Bergen. Die haben jetzt alle ihre Adressen geschickt, und wir sollen ihnen schreiben. Herr Glaser hat zwei Pappschachteln mitgebracht. In eine hat er die Zettel mit den Jungsadressen reingetan, in die andere die der Mädchen. Jeder sollte sich eine Adresse ziehen. Aber es gab ein Mädchen zuviel. Als Herr Glaser gesagt hat, daß einer der Jungs eine Mädchenadresse bekommt, Mann, da war was los! Alle Jungs haben geschrien, daß sie keinem Mädchen schreiben, und die Mädchen haben zurückgebrüllt, daß sie bescheuert sind und blöde. Aber dann hat Herr Glaser die Mädchenadresse in die Jungsschachtel getan und alles gemischt. Die haben sich angestellt wie bei einer Tetanusimpfung. Sie haben Beschwörungssprüche gemurmelt und sich bekreuzigt – nur damit sie's nicht erwischt!

Ich nicht. Weil ich mich nämlich stark auf meinen Wunsch konzentriert habe. Gleich als ich den Zettel in der Hand hielt

– bevor ich ihn überhaupt auseinandergefaltet habe –, wußte ich, daß ich sie bekommen habe.
Ich habe nichts gegen Mädchen, gar nichts. Manchmal, wenn mein Bruder Chris mich ärgert, denke ich: Hätte ich bloß eine Schwester statt eines Bruders! Wir kloppen uns nämlich ziemlich oft. Bis die Rippen krachen. Aber manchmal kann Chris auch nett sein. Jetzt zum Beispiel hat er mir versprochen, mit mir die Rückwärtsrolle zu üben. Am Wochenende. Am Montag haben wir Sport, und ich bin fast der letzte, der die Rückwärtsrolle nicht schafft. Dabei fehlt mir nur noch ein bißchen mehr Schwung! Wenn ich genug Schwung kriege, falle ich nicht auf die Seite, und dann schreien die nicht „Fettarsch" --1-2wie immer. Chris sagt, wir kriegen das übers Wochenende hin. Na, ich weiß nicht. Der hat nämlich leicht reden, der Chris. Er ist ein As in Sport. Ich habe es ihm noch nicht erzählt. Das mit dem Mädchen, meine ich. Heute abend schreibe ich ihr. Sie heißt Lena.

Liebe Lena,

ich habe Glück gehabt: Ich habe als einziger Junge die Adresse von einem Mädchen bekommen – Deine. Ich heiße Dirk, bin zehn Jahre alt (fast), und mein Hobby sind Brieftauben. Ich habe fünfzehn Tauben, und einige haben schon bei Wettflügen gewonnen. Ich habe auch einen Bruder, der ist ein Jahr älter als ich und heißt Chris. Wir wohnen in Salzwedel, das ist eine Stadt in der früheren DDR. Mein Vater hat dort eine Schlosserei. Meine Mutter hat früher im Konsum gearbeitet, aber dann mußte der Konsum schließen, und seitdem ist Mama zu Hause. Ich finde das gut, ich meine, wenn man mittags von der Schule nach Hause kommt und zusammen essen und was erzählen kann und nicht erst abends.

Dann ist da noch die fette Frieda, eine Kröte. Sie frißt gerne Fliegen. Meine Mutter will, daß ich sie wieder aussetze, aber ich glaube, es gefällt ihr ganz gut bei mir.

Interessierst Du Dich auch für Tiere?

Bis bald

Dirk

Also, manchmal kann ich wirklich stinkwütend werden auf die Jungs. Dieses blöde Gegrinse! Frau Schönfelder hat gesagt, daß sie sich wie im Kindergarten benehmen, und damit hatte sie recht. Nur, weil man einen Jungen als Brieffreund hat! Ich habe gesagt, sie sollten lieber geschwind die Rechtschreibung lernen, damit die Ostkinder sich nicht krummlachen. Alex hat gerufen, daß die über gar nichts lachen können, die Ossis, weil sie uns unterlegen sind.
Da hat sich Frau Schönfelder wahnsinnig aufgeregt. Sie hat Alex gefragt, woher er so'n Blödsinn hat, und Alex hat geantwortet, er wisse es von selbst. Und daß es doch alle wissen. Sandra hat gesagt, daß sie eine Tante in Dresden hat, die ist Kinderärztin, und zwar eine gute. Und Joachim, daß bei ihnen zu Hause ein Heizungsmann die Badheizung repariert hat. Der war ein Ostler und hat alles ganz schnell hingekriegt und danach noch saubergemacht, was die Westhandwerker kaum machen. Ich habe überlegt, ob ich von Dirk erzählen soll. Daß er Brieftauben züchtet. Aber nachdem die Jungs sich so bescheuert benommen haben, habe ich geschwiegen. Am Wochenende werde ich Dirk eine Antwort schreiben, früher schaffe ich's nicht.

Es hat geholfen! Die Einflüsterung meine ich. Manfred meint, Napoleon hat sich irgendwie verletzt. Oder jemand hat einen Stein nach ihm geschmissen. Passiert auch!
Also, Manfred ist ein Kollege aus dem Verein. Er hält seine Tauben oben auf dem Stadtturm, er ist dort so was wie Museumswärter. Er hat mir alles über Tauben beigebracht. Er ist nicht verheiratet, hat aber eine Freundin, die Sylvia. Sie mag Tauben nicht besonders. Wegen der Preisflüge vor allem, weil die ja am Sonntag stattfinden. Sie würde lieber mit Manfred was unternehmen, als zu Hause zu hocken und auf die Tauben zu warten. Aber Manfred bleibt hart.

Er hat Napoleon untersucht. Jedesmal, wenn er sein rechtes Bein anfaßte, zuckte Napoleon zusammen. Gesehen hat man nichts, aber das Bein ist's wohl gewesen. Am Abend jedenfalls hat Napoleon schon wieder gefressen! Und am Donnerstag war er schon ganz munter. Ich war so froh.
Chris hat gemeint, daß Napoleon sowieso keine Preise mehr gewinnen wird, in seinem Alter. „Der gehört doch längst in den Kochtopf!" hat er gesagt. Ich habe ihm dafür seinen Expander versteckt. Im Kartoffelkorb in der Küche. Er hat gebrüllt, daß er mir eine Minute Zeit gibt, den Expander zurückzubringen. Wenn nicht, würde er mit mir keine Rückwärtsrolle üben. Da habe ich den Expander wieder geholt, in der achtundfünfzigsten Sekunde. Ich bin ja darauf angewiesen, daß er mit mir übt. Aber dann ist er wieder blöd gewesen und hat gesagt, daß es bei mir sowieso keinen Sinn hat und ist zum Training gegangen. Er spielt Hockey, im Verein.
Ich habe die Rückwärtsrolle weder am Montag noch am Freitag geschafft. Dabei habe ich alles richtig gemacht: Kinn auf die Brust, sich rundmachen, nach hinten abfallen, mit den Händen abstützen. Trotzdem bin ich wieder auf die Seite gekippt, ich weiß nicht, warum. Natürlich haben Olaf und Ricky wieder blöd gegrinst und „Dickarsch" gerufen. Freitag ist ein blöder Tag!
Und eine Antwort von Lena habe ich auch noch nicht bekommen! Vielleicht schreibt sie gar nicht. Vielleicht mag sie auch keine Tiere.

Lieber Dirk,

ich habe mich sehr über Deinen Brief gefreut. Mir macht es nichts aus, daß Du ein Junge bist, ganz im Gegenteil. Was Du von Deinen Tauben schreibst, finde ich ganz toll. Ich mag auch Tiere, sehr sogar. Zur Einschulung vor vier Jahren habe ich einen schwarzen Cockerspaniel bekommen. Er ist sehr lieb, manchmal schläft er bei mir im Bett, was er nicht darf. Aber er schleicht sich einfach rein. Außer dem Hund habe ich noch eine Schwester, sie heißt Cornelia und ist nicht so pflegeleicht wie Tap (der Hund). Sie ist sechs und muß immer alles haben, was ich habe. Mein Vater ist Arzt im Krankenhaus. Dauernd macht er Bereitschaftsdienst und hat immer den Pieper dabei. Da kann es passieren, daß wir im Restaurant sitzen, und es piept plötzlich, und Papa muß schnell in die Klinik. Mama sagt, wenn sie damals gewußt hätte, daß sie mit Papa auch den Pieper mitheiratet, dann hätte sie sich's anders überlegt. Was sie aber nicht ernst meint.
Jetzt will ich was über Deine Tauben wissen. Wie geht das eigentlich mit den Briefen? Mama sagt, die Tauben werden immer ganz weit gebracht und dann losgelassen, und sie fliegen nach Hause.
Stimmt das?

Liebe Grüße

Lena

PS: Hier ist ein Geschenk für Frieda.

Alles ist wieder gut! Heute habe ich einen Brief von Lena bekommen, genau an meinem Geburtstag! Der Briefträger hat mich bei der Konditorei angehalten, gerade als ich mir 'nen Amerikaner geholt habe. Den habe ich ihm gleich in die Hand gedrückt, so froh war ich. Noch auf der Straße habe ich den Brief gelesen – in der linken Briefecke hatte Lena eine Lasche ins Papier geschnitten, darin war eine Fliege für Frieda!
In der Schule hat die Klasse „Happy birthday, lieber Dicky ..."

gesungen, und Herr Glaser hat den Mathetest verschoben, als Geschenk. Im Sport haben wir Tauziehen gemacht, darin bin ich gut. Da wollen mich alle in der Mannschaft haben! Ich wünschte, wir würden jede Woche Tauziehen machen.
Als ich nach Hause gekommen bin, hat es ein Festessen gegeben. Als Nachtisch meine Lieblingstorte, die mit Schokocreme und Sauerkirschen. Mhmm! Und die Geschenke! Auch Onkel Werner und Tante Petra haben ein Paket geschickt – einen Digitalwecker! Papa hat gesagt, daß das sein muß, weil's ein runder Geburtstag ist. Und daß er garantiert auch mit Geschenken überschüttet wird – wenn er im September vierzig wird. Mama hat gemeint, nur wenn er ganz lieb ist, so wie ich.
Das beste war die Kamera. Jetzt habe ich meine eigene, mit Blitz und allem Drum und Dran. Und dann der neue Auflaßkorb für meine Tauben. Und einen neuen Füller habe ich auch bekommen. „Weil du jetzt soviel Korrespondenz hast", hat Papa gesagt. Er muß immer seine Witzchen machen.
Ich habe gleich den Geschenketisch geknipst und nachher die ganze Familie. Papa hat dabei den Bauch eingezogen, aber weil ich so lange brauchte, um den besten Blickwinkel zu finden, ist ihm die Puste ausgegangen. Das ist in Ordnung, hat Mama gesagt, denn man soll auf den Fotos so aussehen, wie man ist. Es war ganz lustig.
Und dann die Krönung. Manfred ist gekommen. Über sein Geschenk habe ich mich am meisten gefreut. So was nennt man einen Freund! Er ist kurz dageblieben, hat Torte gegessen und von seinem Opa erzählt, der auch Taubenzüchter war. Wie sich einmal ein Marder in den Schlag eingeschlichen und alle Tauben umgebracht hat! Ein Blutbad war das. Hoffentlich passiert mir so was nie! Ich habe Manfred von Lenas Brief erzählt. Daß sie sich für Tauben interessiert. „Tja, da haste Glück, Mensch", hat Manfred gesagt und ganz tief geseufzt. Bestimmt wegen Sylvia.
Ich habe Glück, das stimmt.

Liebe Lena,

vielen Dank für Deinen Brief und auch für die Fliege für Frieda. Sie hat ihr sehr geschmeckt. Seit meinem letzten Brief ist allerhand passiert. Das Beste – ich habe von meinem Vereinskollegen Manfred eine Taube geschenkt bekommen, die hat schon eine Menge Wettflüge gewonnen. Sie ist blau-weiß und hat schöne Tintenflecke auf der Brust. Im August letzten Jahres hat sie dreimal hintereinander gewonnen!
Und wenn Du mich fragst, wie das geht mit den Tauben, also: Die haben eine Art Kompaß im Kopf, genauso wie die Zugvögel. Der sagt ihnen genau, wie sie fliegen sollen. Und außerdem werden sie ja auch trainiert. Es stimmt genau, was Deine Mutter sagt. Wenn es soweit ist, die Reisezeit meine ich, dann werden die Tauben in Körben weggebracht, kurz oder weit, je nachdem, und dann werden sie losgelassen. Diejenigen, die am schnellsten zu Hause sind, sind die Sieger. Wenn das Wetter gut ist, schafft eine Taube 1000 Meter in einer Minute!
Ich habe mich mit Manfred über Cockerspaniel unterhalten. Er hatte nämlich selber einen, früher. Der mochte gerne Salzerdnüsse. Mag Dein Tap auch Salzerdnüsse?
Die blaue Taube, die ich von Manfred bekommen habe, wird im Sommer garantiert wieder Preise gewinnen. Rate mal, wie ich sie genannt habe! Mit L fängt's an …

Liebe Grüße

Dirk

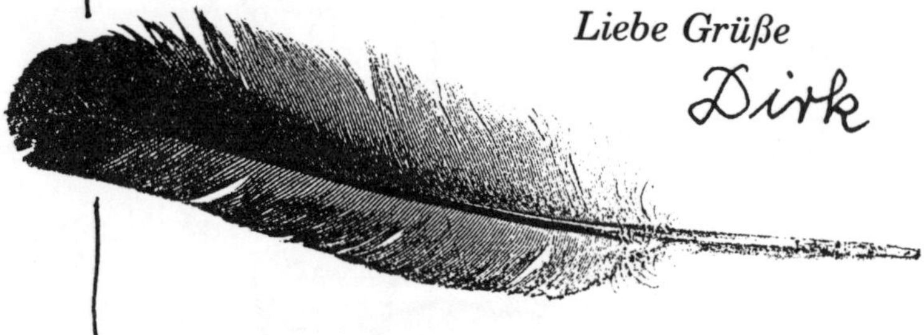

PS: Die Feder ist von ihr.

Nie wieder mache ich Automatenfotos! Gestern nachmittag sind wir in die Stadt gegangen, also Sandra, Julia und ich, um welche zu machen. Für die Poesiealben und auch für unsere Brieffreunde in Salzwedel. Einige Kinder in der Klasse haben nämlich schon Fotos von ihnen bekommen.

Alex hat um fünf Mark gewettet, daß er seinem Brieffreund einen Ossi-Witz schreibt. Frage: Wieviele Leute braucht man, um einen Trabi zu bauen? Antwort: Zwei. Einer faltet, einer klebt. Ich finde es nicht gut, wenn er ihm das schreibt. Aber er macht das wahrscheinlich nicht, er gibt bloß immer so an. Vor allem, wenn Mädchen dabei sind. Heute habe ich ihm mein Poesiealbum gegeben und die Seite angekreuzt, wo er reinschreiben soll. „He, wieso erst die Seite fünf?“ hat er gerufen. „Wer kommt vor mir?“

„Der Ossi“, hat Florian gerufen und gegrinst. Die erste Seite hätte ich

für Dirk reserviert, hat er behauptet. Falls der mich mal besucht. Ich habe gesagt, daß er total spinnt, und wollte Alex das Poesiealbum wieder wegnehmen. Aber er hat's schon in den Ranzen gesteckt. Hoffentlich krakelt er jetzt nicht was Blödes rein! Er kann eigentlich ganz toll zeichnen.
Die Automatenfotos waren zum Piepen. Sandra hat gerade die Augen zugemacht und sieht wie 'ne Leiche aus. Und ich? Ein echtes Fahndungsfoto! Nein, so was schicke ich Dirk nicht. Ich habe in den Urlaubsfotos gekramt und ein ganz normales gefunden. Das schicke ich ihm. Sandra und Julia finden es ganz toll, daß er Brieftauben züchtet. Sie meinen, vielleicht kann man sie trainieren, daß sie die Briefe bringen. Das geht nicht, glaube ich. Als Cornelia die Taubenfeder auf meiner Pinnwand entdeckt hat, hat sie sofort die Nase gerümpft und gesagt, von solchen Federn findet sie Tausende auf der Straße. Sie ist neidisch wie immer. Aber dann ist sie plötzlich mit einem Bild gekommen, ich sollte es Dirk schicken: Unser Tap, wie er im Garten buddelt. Es hat aber eher wie eine Ziege mit Hasenohren ausgesehen. Was ich auch gesagt habe. Conny hat das Bild sofort zerrissen und hat geheult wie

eine Sirene. Das ist ihr Spezialheulen. Wahnsinnig laut und mit Röcheln, als würde sie keine Luft mehr kriegen. Damit alle Welt denkt, sie stirbt gleich. Klar ist Mama sofort gekommen und hat gerufen, ich soll nicht so gemein sein. Ich bin nicht gemein! Ich will bloß nicht, daß Conny immer alles durchsetzt, was sie will. Und ich muß immer nachgeben, weil ich älter und viel vernünftiger bin.
Ich war heilfroh, daß ich an dem Abend zu Sandra gehen konnte, zum Übernachten. Wir haben es uns gemütlich gemacht: Kerzen angezündet, Nüsse geknabbert und Musik gehört. Um neun sollten wir Schluß machen, sind aber bis halb eins wachgeblieben. Ich habe Sandra von Dirk erzählt und daß er die Taube Lena genannt hat. Das hat sie total süß gefunden. Daß wir uns aber jede Woche schreiben, hat sie nicht begreifen können. So oft muß man nicht, hat sie gemeint. Ich schreibe nicht, weil ich muß, habe ich gesagt, sondern weil's mir Spaß macht! Als ich dann am Samstag morgen nach Hause gegangen bin, habe ich Alex und Florian getroffen. „Hallo Ossibraut!“ haben sie gerufen. Also, wenn sie das noch einmal sagen, dann knallt's.

SCHLANK
SCHÖN
LIEBENSWERT
NEU

Ein Brief! Und ein Foto! Sie sieht toll aus. Leider ist das Foto jetzt zerknickt. Und daran ist Chris schuld. Ich bin heute später nach Hause gekommen als er. Letzte Stunde war Sport, und wir haben Staffellauf gemacht. Laufen ist nicht meine Stärke. Und ich finde es überhaupt nicht gut, wenn die Jungs gleich „Lahmarsch“ brüllen und „Flasche“ und daß ich alles versaut hätte. Und dann auch noch das Pech mit der Konditorei. Die Verkäuferin, die kennt mich schon.
„Es gibt Apfeltorte, Dicky!“ hat sie gerufen, als wir nach dem Unterricht vorbeikamen. Sie hebt nämlich für mich immer die besten Kuchenstücke von gestern auf. Ich habe so getan, als hätte ich es nicht gehört, und bin weitergelaufen. Natürlich haben alle wieder blöd gelacht.
Als ich zu Hause die Zimmertür aufgemacht habe, stand Chris an meinem Tisch, grinste verdächtig und versteckte was hinterm Rücken. Da habe ich sofort gewußt, was das ist. Er hat in meinen Sachen rumgeschnüffelt!
„Schickst du ihr auch ein Foto, Dicker?“ hat er gerufen und das Foto in der Luft geschwenkt. Ich habe mich auf ihn gestürzt und wollte ihm das Foto wegnehmen, und als wir uns gerauft haben, ist es zerknickt. Am Ende hat Chris es unter mein Bett geworfen, und ich mußte hinterherkrabbeln. Dabei ist er absichtlich aufs Bett gesprungen, genau in die Mitte. Um mich einzuklemmen. „Hast zu viel gefressen!“ hat er gegrölt. Ich habe ihn in die Wade gezwickt, ganz doll, und er ist weggelaufen. Mama hat ihn aber in der Küche abgefangen und hat ihn zum Einkaufen geschickt. Gerechtigkeit!
Ich habe das Foto glattgestrichen und dann noch unter zwei dicke Bücher gelegt, es ist aber trotzdem zerknickt geblieben. „Schickst Du mir auch ein Foto?“ hat Lena in ihrem Brief geschrieben. Also muß ich jetzt eins schicken. Aber welches? Mama meint, ich kann Lena eins von den Geburtstagsfotos schicken. Wo Papa mich geknipst hat. Gerade die finde ich

aber blöd! Seit einer Stunde krame ich schon in allen Fotos rum, die wir haben. Auf den meisten bin ich zu klein. Mit Nuckelflasche und so. Oder: „Der stolze Erstkläßler".
Olafs Brieffreund hat auch ein Foto geschickt. Da steht er vor seinem Haus neben einem Mercedes-Benz. Die hat also viel Geld, die Familie. Olaf schreibt ihm seitdem nur ganz kurze Briefe. So: „Hallo Florian! Wie geht es Dir? Mir geht es gut. Schreib bitte nicht so schnell, ich habe viel zu tun." Ich weiß warum. Olafs Vater ist arbeitslos und schimpft dauernd auf die Wessis. Olaf hat sogar in der Klasse gefragt, ob jemand mit ihm tauschen will. Keiner hat gewollt.
Mann, ich kann kein einziges gutes Foto finden! Chris, der sieht immer gut aus. Er läßt sich auch dauernd in seinen Vereinsklamotten ablichten. Mit dem Schläger, mit den neuen Schienbeinschützern, mit dem Expander ... und natürlich mit dem Pokal!
Ich dagegen sehe meistens verboten aus. Warum muß Papa immer „Bitte lächeln!" sagen? Dann kriege ich ja sofort die Hamsterbacken! Das einzige Foto, das in Frage kommt, ist vom Geburtstag. Aber nicht das, was Mama meint. Wo ich alleine bin, da bin ich ganz rot und verschwitzt im Gesicht, vom Essen. Ist doch peinlich. Sondern das andere, wo ich zusammen mit Chris zu sehen bin. Ich habe es einfach in der Mitte durchgeschnitten. Eigentlich sind wir uns ähnlich, Chris und ich. Die Haare und die Augen und so. Bloß, daß Chris schlank ist und ich nicht. Chris ist eher nach Mamas Familie geraten. Da sind alle schlank. Onkel Werner, der sieht gut aus. So gut, daß Tante Petra sich Sorgen macht, wenn er zum Fortbildungskurs fährt. Wegen der Frauen, die sich dort auch fortbilden. Und sie hat einmal zu Mama gesagt, mit Chris wird sie noch was erleben. Also, was die Mädchen angeht. Ich hab's gehört. Und einmal hat sie gesagt: „Zwei Brüder und so unterschiedlich, nicht wahr?" Das hat geheißen: der eine sportlich und schlank und der andere dick und lahmarschig.

Wenn Lena mein Foto kriegt, dann ist sie enttäuscht, garantiert. Wo sie selber doch so gut aussieht. Wenn sie Chris' Foto bekäme, dann wäre sie nicht enttäuscht, das ist klar. Also, ich schicke ihr auf keinen Fall ein Foto von mir. Es muß auch ohne gehen.

Liebe Lena,

jetzt ist Frühling, und bei meinen Tauben geht es bunt zu, weil nämlich die Paarung beginnt. Damit alle Tauben gesund sind, kriegen sie viel Vitamine und auch mehr Futter. Im Mai beginnen die ersten Preisflüge, da wird Lena ins Rennen geschickt! Manfred hat erzählt, daß Lena sogar im Regen gut fliegt. Das können nämlich nicht alle Tauben! Er hat mir auch ein Foto von seinem Cockerspaniel gezeigt. Seine Ohren (also nicht Manfreds, sondern die vom Hund) waren so lang, daß sie beim Fressen in den Freßnapf hingen. Manfred behauptet, daß er ihm deswegen die Ohren immer mit einer Wäscheklammer über dem Kopf zusammengeklemmt hat. Machst Du das auch mit Deinem Tap?

Liebe Grüße

Dirk

PS: Hier ist auch ein Foto für Dich.

Lieber Dirk

ich schicke Dir heute nur einen Witz, weil ich gerade drei Kindern was ins Poesiealbum schreiben muß. Meine Schwester ist ins Schwimmbad gegangen, da habe ich ein bißchen Ruhe. Sonst steckt sie nämlich überall ihre Nase rein. Was mich wahnsinnig nervt. Und dann gibt es Ärger, und Mama verteidigt die Kleine. Aber das kennst Du wahrscheinlich nicht, Du bist ja selber der Jüngere. Ich meine, daß man immer die Verantwortung hat und am Ende noch schuld ist. Oder?
Ja und jetzt der Witz. Frage: Was machst Du, wenn Du im Dschungel einen Tiger und eine Schlange siehst? Antwort: Sich hinten anstellen.
Blöd, was?

Liebe Grüße

Lena

PS: Das mit der Wäscheklammer machen wir bei Tap nicht, er würde sich das nicht gefallen lassen.

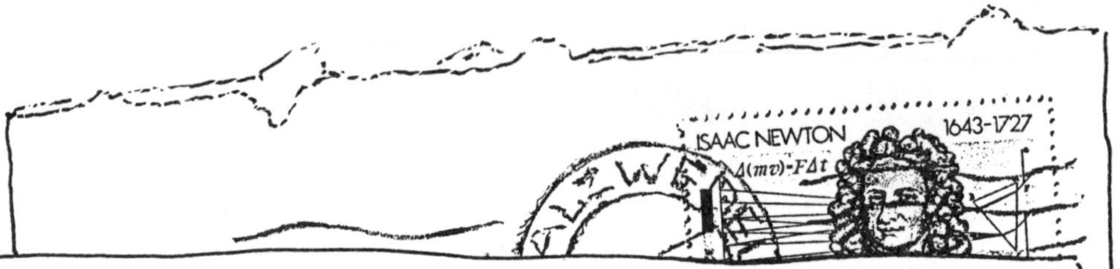

Liebe Lena,

das, was Du über Deine Schwester schreibst, kenne ich auch. Wir haben oft Ärger, Chris und ich. An zwei Tagen in der Woche vertragen wir uns gut, an fünf schlecht. Oder an drei Tagen gut und an vier schlecht. Das ist aber das Äußerste. Chris ist zwar ein Jahr älter als ich, aber er glaubt, er weiß alles besser. Und er findet nur seinen Sport toll, alles andere ist für ihn Kinderkram. Tauben findet er eigentlich auch blöd. Übrigens Tauben: Die ersten Jungen sind geschlüpft! Ich habe sie fotografiert, wenn die Bilder gut geworden sind, schicke ich Dir welche.

Bis dann

Dirk

Lieber Dirk,

Gerade habe ich gezählt, wieviele Briefe ich schon von Dir habe – zweiundzwanzig, die zwei Postkarten nicht mitgezählt. Ich glaube, wir halten einen Rekord im Briefschreiben!
Und jetzt eine Nachricht: Frau Schönfelder (unsere Klassenlehrerin) hat gesagt, daß wir uns gegenseitig besuchen können – Eure Klasse und unsere. Wäre toll, nicht? Ich drücke die Daumen, damit es klappt!

Bis bald

Lena

PS: Der schwarze Fleck soll ein Pfotenabdruck von Tap sein. Er hat aber daran geschnüffelt und alles verschmiert.

Hurra, sie kommen! In den Ferien! Gestern hat uns Herr Glaser den Zettel mitgegeben, damit wir es zu Hause mit den Eltern besprechen, ob sie einverstanden sind. Ich habe es gleich mittags Papa gezeigt. „Aha", hat er undurchsichtig gesagt und gemeint, ich solle es Mama zeigen. Mama hat es gelesen und hat gefragt, was Papa meint. „Papa hat nichts dagegen!" habe ich gesagt. So macht Chris es auch immer. Wenn Mama hört, daß Papa nichts dagegen hat, ist sie auch einverstanden. Streiten tun sie erst hinterher. Mama hat den Brief ganz langsam zusammengefaltet und auf den Küchenschrank gelegt. „Abends reden wir drüber", hat sie gesagt. Ich habe Angst bekommen, daß meine Eltern es nicht erlauben und auf dem Zettel „Nein, ich kann kein Kind zu Hause unterbringen" ankreuzen.

Beim Abendessen haben wir die Sache besprochen. Chris wollte wissen, wo er schlafen soll, wenn Lena kommt. Dabei weiß er genau, daß er in den Ferien zu Onkel Werner fährt – genau in der Woche, wo Lena kommen soll!
„Warum fahrt IHR nicht hin und besucht die Klasse drüben?" hat Mama gefragt. „Wäre doch viel besser!"
„Aber teurer", hat Papa gesagt. Wir haben alle Mama angestarrt.
„Da müßten wir aber vorher ganz schön was machen!" hat sie gemeint.
„Was machen ... wieso?" hat Papa erschrocken gefragt. „Ist das hier nicht gut genug?"
Mama hat gemeint, die drüben sind was anderes gewöhnt.
„Aber wir finden es doch hier in Ordnung!" habe ich gerufen.
„Du vielleicht", hat Chris geknurrt. Ich habe gar nicht mehr essen können vor lauter Anspannung. Mama hat immer noch ziemlich stur ausgesehen. Ich habe ihr beim Abwasch geholfen.
„Also, was ist nun?" habe ich gefragt. Mama hat gesagt, ich soll Papa fragen.
„Papa hat nichts zu sagen", hat Papa geantwortet. Da habe ich Mama ganz fest angestarrt. So, wie ich es immer tue, wenn etwas Dringendes ist.
„Na gut!" hat sie dann gesagt. „Aber du mußt helfen!"
Ich habe ihr einen Kuß gegeben und habe versprochen, daß ich helfen werde. Aber erst nächste Woche. Diese Woche habe ich nämlich zu tun. Ich baue eine Klingelanlage, die brauche ich für die Wettflüge. Eine Klingel, die in meinem Zimmer läutet, wenn oben eine Taube zurückkommt und durch die Einflugklappe reinmarschiert. Dann muß ich nicht den ganzen Sonntag im Taubenschlag sitzen und warten. Manfred hat gesagt, das sei eine Superidee. Also, wenn's funktioniert natürlich. Es wird funktionieren. Bis Lena kommt, habe ich's garantiert fertig.

Liebe Lena!

Meine Eltern waren natürlich sofort einverstanden. Sie freuen sich schon auf Deinen Besuch. Ich natürlich auch.
Es klappt gut bei uns, weil Chris sowieso in der Woche wegfährt. Ich habe Deinen Besuch auch Manfred angekündigt, bestimmt kommen wir bei ihm am Stadtturm vorbei. Von oben kann man gut die Stadt sehen. Vorausgesetzt, es gibt keinen Nebel natürlich. Und ich freue mich auch, Dir Lena zu zeigen!

Bis bald

Dirk

Frau Schönfelder hat die Musikstunde ausfallen lassen. Statt dessen haben wir die Fahrt nach Salzwedel besprochen. Die Geschenke, die wir mitbringen. Es sollten keine teuren Sachen sein, hat Frau Schönfelder gesagt. Erstens, weil es darauf nicht ankommt, was ein Geschenk gekostet hat, sondern ob es mit Liebe ausgesucht ist. Und zweitens, damit die Ostkinder nicht unter Druck sind, uns ein Gegengeschenk zu machen, wenn sie mal zu uns kommen. Weil vielleicht nicht alle die Mittel dazu haben. Florian hat erzählt, daß der Vater von seinem Brieffreund arbeitslos ist, aber er weiß schon, was er dem Freund mitbringt. Briefmarken! Sie haben nämlich festgestellt, daß sie beide Sammler sind. „Sehr schön!“ hat Frau Schönfelder gesagt. Ich hätte mich gerne auch gemeldet und von einer Geschenkidee berichtet, zu der Frau Schönfelder auch „Sehr schön!“ sagen würde. Aber mir ist bisher nichts Tolles eingefallen. Wir haben auch eine Liste bekommen mit Sachen, die man mitnehmen soll. Und da ging es wieder los. Die blöden Sprüche meine ich, die die Jungs machen.

„Brauchst kein Kuscheltier mitzunehmen, Lena!“ hat Alex gerufen. „Kriegst doch einen Gute-Nacht-Kuß!“ Und: „Nimm ein schönes Nachthemd mit!“

Mir ist ganz heiß geworden vor Wut. Jetzt reicht's, habe ich gedacht und bin in der Pause zu Alex gegangen. Die Meinung wollte ich ihm sagen, auf der Stelle. Aber ich habe kein Wort herausgebracht, mir sind statt dessen die Tränen gekommen.

„Ey, war doch 'n Witz!“ hat Alex gemurmelt. Ich habe mich umgedreht und bin wieder zu meiner Bank gegangen. An Sandra vorbei, die gerade ihren Fruchtzwerg löffelte. Da ist es passiert. Ich habe „Verzeihung“ gesagt, den Fruchtzwerg genommen, bin damit zurück zu Alex gegangen und habe ihm den Fruchtzwerg auf den Kopf gekippt. Es war ein

Erdbeer-Fruchtzwerg. Alle haben gelacht, außer Alex und mir. Ganz steif ist er dagestanden. „Na warte, das kriegste zurück", hat er gezischt und ist auf die Toilette gegangen. Mit nassen Haaren hat er dann im Unterricht gesessen und mich kein einziges Mal angeschaut. „Klasse!" hat Julia mir zugeflüstert. „Hat er längst verdient!" Ich habe mich aber gar nicht freuen können. Weil ich ja nicht wußte, ob das was nützt bei Alex. Ob er jetzt nicht eine Riesenwut auf mich kriegt und alles noch schlimmer wird. Und was ich dann machen würde, weiß ich nicht. Ich kann ihm ja kaum dauernd Fruchtzwerge auf den Kopf kippen. Sandra meint, Alex mache die blöden Sprüche nur, weil er verknallt in mich ist. Und eifersüchtig auf den Brieffreund. „Du spinnst", habe ich zu ihr gesagt. Aber ganz sicher bin ich mir nicht. Ins Poesiealbum hat er mir jedenfalls ein ganz tolles Monstergesicht gemalt, über beide Seiten! Bei anderen Mädchen klebt er nur irgendwelche Sticker rein. Und wenn schon, deswegen braucht er mich doch nicht dauernd wegen Dirk ärgern! Und Sandra hätte nicht in der Klasse erzählen müssen, daß wir uns jede Woche einen Brief schreiben, Dirk und ich. So was von Tratsche! Was ich ihr auch gesagt habe. Den Fruchtzwerg kriegt sie von mir natürlich zurück.

Chris schnauft. Er stemmt Hanteln. Man kann deutlich sehen, wie seine Bizepse sich beulen. Gleich rennt er zum Training. „Ist was, Dicker?“ hat er mich gefragt. „Liebeskummer?“ Ich habe nur den Kopf geschüttelt. Ihm erzähle ich doch nichts! Der würde sich totlachen. Ich habe niemandem was gesagt. Es ist nämlich etwas passiert. Etwas ganz, ganz Schlimmes. Nicht jetzt. Im Frühling schon. Und ich habe es erst heute festgestellt. Beim Aufräumen. Als ich die Sachen auf meinem Tisch ordnen wollte, habe ich das kleine Foto entdeckt. Mein Foto. Die andere Hälfte von dem Bild, wo Chris drauf war, hatte ich leider Lena geschickt! Ich habe ja nicht gedacht, daß sie kommt! Die ganze Zeit hat Lena Chris’ Foto und denkt, ich bin’s! Ich hatte es total vergessen – und jetzt kommt sie. Nun ist alles aus.

Lieber Dirk!

Du hast schon lange nicht mehr geschrieben. Wie die Preisflüge ausgegangen sind, wolltest Du mir doch schreiben, hast Du es etwa vergessen?

Liebe Grüße

Lena

PS: Gerade habe ich erfahren, daß man Briefe nicht mit „ich" anfangen soll. Genau das, glaube ich, habe ich bisher immer getan. Kommt ab jetzt nicht mehr vor!

Ich weiß nicht, was ich machen soll. Gestern bin ich bei Manfred gewesen und habe es ihm erzählt. Er weiß doch Bescheid, mit Mädchen und so. Manfred hat geseufzt und gesagt, er wisse überhaupt nicht Bescheid. Mit Sylvia ist er nämlich gerade wieder mal zerstritten, wegen der Tauben. Aber mein Problem, hat er gemeint, sei gar nicht so schwer! Ich soll schleunigst ein neues Foto schicken und sagen, daß es ein Versehen war. Aber das geht doch nicht! Das würde Lena nie glauben. Und selbst wenn ..., dann kommt sie und sieht mich und ist sowieso enttäuscht. Es sind noch 23 Tage, bis sie kommt. Mama hat schon mit dem Großreinemachen angefangen. Die Gardinen vom Kinderzimmer hat sie in die Reinigung gegeben und meine Bettdecke auch. Nächste Woche wird sie das Zimmer tapezieren. Ich will das alles nicht. Ich will überhaupt nicht, daß Lena kommt!

Lieber Dirk!

Immer noch ist kein Brief von Dir gekommen. Ist irgendwas? Schreib doch mal!

Liebe Grüße

Lena

Mir tut alles weh. Die Bauchmuskeln und die Arme und überhaupt alles. Selbst beim Zähneputzen kriege ich Schmerzen im Arm. Das kommt von den Hanteln, die borge ich mir jetzt immer von Chris, wenn er zum Training geht. Er soll nicht erfahren, daß ich laufe und trainiere und so. Der würde nur blöde Witze machen. Jeden Tag laufe ich von unserem Haus bis zur Post und zurück, und zwar fünfmal. Leider muß ich die Lauferei immer wieder unterbrechen, weil immer irgendwelche Kinder dazwischenkommen und „Ey, Dicky, wo läufste hin?" rufen. Dann halte ich an und tue so, als würde ich gerade nach Hause gehen. Und erst wenn sie wieder um die Ecke verschwunden sind, laufe ich weiter. Bisher habe ich nicht abgenommen, aber das braucht ja Zeit. Drei Kilo muß ich abnehmen, bis Lena kommt. Oder vier. Ich esse jetzt auch kein süßes Zeug mehr, bloß einen Zuckerwürfel morgens im Tee! An der Konditorei gehe ich gar nicht vorbei, wegen der Versuchung.

Aber Mama macht alles kaputt! Gestern gab's Erdbeertörtchen als Nachtisch. Ich habe mein Stück gar nicht angerührt. Mama hat gefragt, warum. „Wir essen zuviel Süßes", habe ich gesagt. Und das ist ungesund, für uns Kinder hauptsächlich! Sie sollte doch auf die gesunde Ernährung achten, als Mutter. Chris hat gelacht und mein Stück verschlungen. Und Mama hat mich bohrend angesehen und hat gefragt, ob ich mich nicht wohl fühle. Da bin ich lieber zum Schlag gegangen, die Tauben herauslassen. Die Klingelanlage ist schon fertig. Alles funktioniert. Ich habe Lena beobachtet, wie sie in die Luft steigt, überm Dach kreist und nach einer Weile wieder zurückkommt. Dann landet sie auf meinem Arm und will naschen. Ich hatte mich so darauf gefreut, daß ich Lena meine Tauben zeige, wenn sie kommt! Und jetzt, jetzt ist alles verdorben.
Nachmittags haben wir tapeziert, Mama und ich. Wir haben das ganze Kinderzimmer leergeräumt, ich habe mit nassem Schwamm die alten Poster an der Wand eingeweicht, und Mama hat sie abgekratzt. Normalerweise mache ich so was gerne, aber jetzt hat es mir keinen Spaß gemacht.
„He, da ist doch was!" hat Mama plötzlich gerufen. Sie hat gedacht, ich habe was ausgefressen in der Schule.
„Nein", habe ich gesagt. Und weil sie mich immer noch angeschaut und auf die Antwort gewartet hat, habe ich's gesagt. Daß ich nicht will, daß Lena kommt, überhaupt nicht! Mama hat gedacht, es ist wegen unserer Wohnung.
„Warte mal ab, bis wir das alles fertig haben!" hat sie gerufen. „Dann sieht das picobello aus! Da wird deine Lena staunen!"
„Nicht deswegen!" habe ich gesagt.
Und dann habe ich Mama alles erzählt. Daß ich Lena schon seit drei Wochen keinen Brief mehr geschrieben habe, nicht mal eine Postkarte. Weil ich nicht weiß, was ich schreiben soll. Sie denkt doch die ganze Zeit, ich bin Chris! Weil ich mich damals nicht getraut habe, ihr mein Foto zu schicken, weil alle immer Witze machen über mich, „Fettarsch" und so! Ich wollte noch mehr sagen, aber wenn man einen dicken Kloß im Hals hat,

kann man ja schlecht reden. Mama hat mich gepackt und mit beiden Händen durchgeschüttelt.
„So, wie du bist, bist du in Ordnung!“ hat sie gesagt. Aber das hat mir nicht geholfen. Wo jetzt doch alles versaut ist!
Natürlich hat Mama es sofort Papa berichtet. Der hat zuerst gegrinst. „Hättest ihr ein Foto von mir schicken sollen“, hat er gesagt, „dann würde sie sich freuen, wie dünn du in Wirklichkeit bist.“ Ich war ziemlich sauer, und da hat er aufgehört zu grinsen. Ein falsches Foto, meinte er, kann nicht alles kaputtmachen. Wo wir uns doch so lange schreiben. Jede Woche einen Brief, die ganze Zeit!
„Du bist doch immer derselbe!“ hat er gesagt. „Ist doch alles Quatsch!“
Ich habe gefragt, ob sie nicht Lena abholen können und ihr alles erklären. Papa hat „Nein“ gesagt.
„Aber vor all den anderen aus der Klasse“, habe ich gesagt, „kann ich das nicht erklären, die sollen nicht dabei sein!“ Papa hat gemeint, ich krieg's schon hin. Aber wie, das wußte er auch nicht.
Ich kann mich doch nicht vor Lena hinstellen und sagen: „Ich bin Dirk!“ Da kriegt sie einen kalten Schreck und haut gleich ab. Am liebsten würde ich mit Chris zu Onkel Werner fahren. Auch wenn sie zusammen Sport machen wollen. Aber das geht ja nicht mehr. Weil ja schon alles abgesprochen ist. Chris weiß es gar nicht, das mit dem Foto. Mama hat mir versprochen, daß sie's ihm nicht sagt.

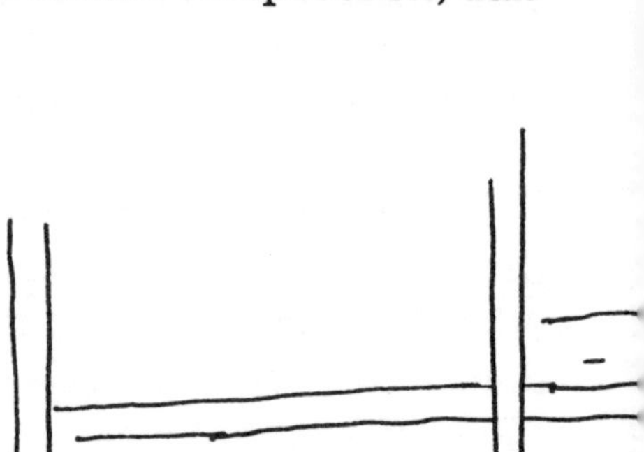

Immer noch kein Brief von Dirk! Wahrscheinlich denkt er, es ist jetzt überflüssig zu schreiben. Wo wir uns doch übermorgen treffen. Na ja, stimmt. Aber eine Postkarte hätte er trotzdem schicken können. Ein Geschenk für ihn habe ich schon. Ein Tierbuch. Ein ganz, ganz tolles. Über die merkwürdigsten Tiere, die es auf der Welt gibt. Vögel, die unter Wasser schwimmen zum Beispiel. Sie stürzen ins Wasser, tauchen unter und kraulen mit den Flügeln wie Fische! Sie jagen kleine Aale. Ich glaube, das wird Dirk gefallen. Ich habe es selber in der Stadt ausgesucht und gekauft. Ich wollte es dann zu Hause Mama und Conny zeigen. Aber es gab eine Riesenaufregung. Conny hat sich einen Splitter in den Zeh eingetreten, sie läuft ja immer barfuß herum. Sie hat den Zeh aber unter der Decke versteckt und hat gebrüllt und niemanden rangelassen. Mama hat die Nerven verloren, ganz wütend hat sie das Zimmer verlassen und die Tür zugeknallt. Ich habe ganz gleichgültig getan. Als würde mich der Splitter in Connys blödem Zeh gar nicht interessieren. Obwohl ich das gut kann, Splitter rausziehen. Was ich auch gesagt habe. „Aber ich habe keine Lust, es bei dir Brüllaffe zu machen!" habe ich erklärt und scheinbar gleichgültig in dem Tierbuch geblättert. Das hat gewirkt. In zwei Sekunden war der Splitter raus! Mama hat's gar nicht begreifen können. Daran kann man sehen, hat sie dann gesagt, daß meine Nerven noch frisch und unverbraucht sind. Na ja, habe ich gedacht, na ja. Wenn sie mich neulich mit Alex gesehen hätte, wie ich ihm den Fruchtzwerg auf den Kopf gekippt habe, dann wäre sie wohl anderer Meinung! Conny jedenfalls war den ganzen Abend lieb und dankbar. Und später, als wir schon im Bett waren, hat sie sich zu mir ins Bett geschlichen. Tap war natürlich auch schon drin. Wir haben uns das ganze Tierbuch angeschaut. Und Conny hat plötzlich ein Bild unter dem Schlafanzug rausgeholt – ob ich es nicht wenigstens jetzt für Dirk mitnehmen wollte. Also, hartnäckig ist sie schon, meine Schwester! Ich hab's ihr – ausnahmsweise – versprochen. Obwohl der Hund auf dem Bild wirklich kaum Ähnlichkeit mit Tap hat. Wie eine Dackel-Elefant-Maus-Mischung sieht er aus.

Alles war umsonst. Das ganze Training hat überhaupt nichts genützt. Ich habe kein einziges Kilo abgenommen. Gestern habe ich mir aus Wut zwei Rumkugeln in der Bäckerei geholt. Jetzt ist sowieso alles egal!
Ich habe kaum geschlafen heute. Also, geschlafen habe ich schon, aber aufgewacht bin ich mindestens vierzigmal. Jedesmal habe ich das Licht angemacht und auf die Uhr geschaut. Und zu Chris' Bett. Das ist jetzt leer, gestern ist Chris zu Onkel Werner gefahren. „Na dann, Dicker, viel Spaß mit Lena!" hat er gerufen.
Und Papa hat geschmunzelt und seine Hand auf meine Schulter gelegt. „Wird schon!" sollte das heißen. Der hat leicht reden.
Heute nacht, da habe ich geträumt, daß alles gut wird. In meinem Traum ist Lena gekommen und hat einfach „Hallo Dirk" gesagt, und dann sind wir beide hinaufgegangen zum Taubenschlag. Dort habe ich Lena die Tauben gezeigt und die Klingelanlage und alles. Und Lena hat die Tauben gefüttert, und es hat ihr ganz doll gefallen.
Aber dann bin ich aufgewacht und habe das Licht angeknipst und gesehen, daß alles nur ein Traum war. Und Frieda, die Kröte, hat mich aus dem Terrarium angeglotzt, als würde sie über mich lachen! Ich habe ein T-Shirt nach ihr geschmissen. Nächste Woche setze ich sie wahrscheinlich doch aus. Draußen frißt sie Insekten und ist nützlich.
Jetzt ist es Viertel nach zwölf. Also, die Uhr in der Küche, wo Mama immer hinschaut, zeigt zwölf Uhr fünfzehn. In zehn Minuten müssen wir los, Mama und ich. Um 12.45 Uhr sollen wir dort sein, da kommt der Bus aus Bergen an. Jeder holt seinen Brieffreund ab. Olaf ist schon gestern abend hier gewesen, wir haben ihm ein Kissen geborgt, er hat ja zwei Geschwister, da reicht das Bettzeug nicht aus. Rickys Eltern haben einen Schlafsack gespendet, darin wird Olaf selber schlafen und der Junge aus Bergen in seinem Bett. Olaf freut sich richtig auf ihn! Alle freuen sich, glaube ich. Mama hat gestern ein ganzes

Blech Mohnkuchen gebacken. Und im Wohnzimmer hat sie gewischt und den Teppich gesaugt, sogar auf der Veranda hat sie die Blätter zusammengerecht. Sie will, daß Lena es bei uns schön findet. Will ich ja auch! Wenn nur das Scheißfoto nicht wäre!

Jetzt zieht Mama sich um. Sie sucht ihre Stöckelschuhe. Die wird sie nicht so schnell finden können, weil ich sie nämlich im Backofen versteckt habe. Wir dürfen nicht zu früh kommen. Wir müssen uns verspäten. Um 13.30 Uhr sind bestimmt alle weg. Dann steht nur Lena da und vielleicht Herr Glaser. Wir gehen alleine nach Hause, und dabei erkläre ich Lena alles. Vielleicht hätte ich die Uhr in der Küche noch mehr zurückstellen sollen, so um 30 Minuten. Ich habe sie nur um 15 Minuten zurückgestellt. Hoffentlich reicht's!

„Schaut euch den Wachturm genau an, Kinder!" hat Frau Schönfelder gesagt. „Jetzt gehört er der Vergangenheit an, aber es ist noch nicht lange her, da war er bittere Wirklichkeit!"
Weiß ich doch. Ich habe schon mehrere Wachtürme gesehen. Früher, als wir mal nach Berlin gefahren sind, da gab's noch die Grenze und alles. Und die Soldaten. Sie haben uns starr und unfreundlich angeschaut, und ich habe jedesmal ein scheußliches Gefühl bekommen. Und auf dem Rastplatz, als ich da mit Tap rumgelaufen bin, ist plötzlich ein kleines Kind zu uns gelaufen und hat Tap gestreichelt. Seine Eltern, die ein Stück weiter bei einem Trabi gestanden haben, haben es sofort zurückgerufen. Das Kind hat aber nicht darauf gehört und hat weiter Tap gestreichelt. Da ist die Mutter ganz schnell gekommen und hat das Kind weggezerrt. Mama und Papa haben dabei ganz steif geguckt und die Mutter auch. „Verdammte Scheiße", hat Papa dann im Auto gemurmelt.
In zehn Minuten sind wir in Salzwedel, hat der Fahrer gesagt. Mir ist ein bißchen mulmig. Ich habe schon die ganze Flasche Apfelsaft ausgetrunken, nicht aus Durst, sondern, weil ich ein komisches Gefühl im Bauch habe.
Wir sind alle ein bißchen aufgeregt. Marion hat ihr Taschengeld vergessen. Sandra ist übel geworden. Kein Wunder, sie hat ja die ganze Fahrt gefuttert. Sie hat noch von zu Hause Vorräte mit, eine ganze Tüte mit Keksen und Salzstangen und Nuß-Nougat-Creme und solche Sachen. Falls sie in der Ostfamilie nicht genug zu essen bekommt. Oder falls die Ostmutter was kocht, was sie nicht mag.
Sie ist nach vorne gegangen und hat ihren Platz mit Alex getauscht. Der sitzt jetzt hinter mir und knabbert Erdnüsse. Wir reden nicht miteinander. Blöde Bemerkungen hat er nicht mehr gemacht, seitdem ich ihm den Fruchtzwerg auf den Kopf geklatscht habe. Vielleicht denkt er, ich habe jetzt immer Fruchtzwerge vorrätig! Oder er hat endlich eingesehen, daß er sich bescheuert benommen hat. Wäre auch an der Zeit!

„Also, Lena, damit du's gleich weißt: Ich bin Dirk! Und der auf dem Foto, das war Chris!" Nein. So geht's nicht. Da kriegt sie ja einen kalten Schreck. Ich sag's anders.
„Ey, Lena, es ist ein Versehen passiert. Habe ich erst heute morgen festgestellt. Was ganz Blödes! Ich habe dir damals ein Foto von meinem Bruder Chris geschickt."
Quatsch. Das glaubt sie doch nie im Leben.
„Hallo Lena. Willste was Komisches wissen? Ich bin Dirk! Jetzt kannste lachen!"
Nein. Da rennt sie ja gleich weg. Ich muß es ganz anders sagen. So, daß sie nicht sauer ist auf mich.
„Hallo Lena. Ich bin Dirk. Hoffentlich biste jetzt nicht enttäuscht."
Nein. Auch blöd.
„Hallo Lena. Ich bin Dirk. Ich hätte es dir schon längst erklärt, aber ich habe mich nicht getraut."
Ja, so könnte es vielleicht gehen.

Die Mutter ist blond und nett. Sie lacht freundlich und sieht meiner Tante Iris ähnlich. Aber der Bruder. Der ist komisch, irgendwie. Gleich als er mich gesehen hat, hat er einen roten Kopf bekommen.
Nein, daß es so kommt, hätte ich nicht gedacht. Ich war mir ganz sicher, daß Dirk da sein wird. Alle Kinder haben aus dem Busfenster geschaut, ob sie ihre Freunde gleich erkennen. Viele haben sich gleich erkannt, bloß ich stand mit meinem Koffer da und habe auf Dirk gewartet. Als letzter ist Alex gegangen, er hat sich noch zweimal nach mir umgedreht. Bestimmt hätte er gerne Dirk gesehen!
Und dann war der Platz ganz leer, nur der Lehrer ist dageblieben und Frau Schönfelder und ich. Frau Schönfelder hat dauernd „Nur Ruhe" gesagt, dabei hat sie selber vor lauter Nervosität an ihrem Blazerknopf

rumgefummelt. Ich habe ein blödes Gefühl bekommen. So eins, das man hat, wenn man sich vergessen fühlt. Aber dann hat der Lehrer „Gott sei Dank!“ gerufen, und ich habe sie gesehen. Richtig außer Puste sind sie gekommen, und die Mutter hat sich entschuldigt. Ihre Uhr ist nachgegangen. Ich war froh. Aber auch enttäuscht, daß Dirk nicht gekommen ist. Der Junge hat mir auch die Hand gegeben und hat „Tag“ gemurmelt, aber angesehen hat er mich dabei nicht.
„Und wo ist Dirk?“ habe ich gefragt.
„Tja, wo ist Dirk?“ hat die Mutter sich zu dem Jungen umgedreht. „Kannst du Lena sagen, wo Dirk ist?“
Er hat es mir nicht gesagt, stand nur schüchtern und mit rotem Kopf herum.
„Bist du der Bruder von Dirk?“ habe ich gefragt.
Da hat er wieder so verlegen geblickt und „Ich bin Dicky“ genuschelt.

Jetzt weiß ich nicht, ob ich Chris oder Dicky zu ihm sagen soll. So habe ich mir jedenfalls den Bruder nicht vorgestellt. Nach dem, was Dirk immer geschrieben hat. Daß der ganz frech ist und Sprüche klopft und immer recht haben will ... so sieht er in Wirklichkeit nicht aus. Der redet ja kaum und wenn, dann muß man richtig die Ohren spitzen, damit man's auch hört. Oder die Mutter antwortet für ihn.
„Wo ist Dirk denn?" habe ich gefragt, und die Mutter hat ganz verlegen geguckt und hat gesagt: „Naja, das ist so ... der Dirk, der braucht wohl noch ein bißchen."
Ich habe „Aha" gesagt, aber verstanden habe ich gar nichts. Daß Dirk nicht gekommen ist und seinen Bruder geschickt hat! Dabei sollte der doch verreisen, zu seinem Onkel.
Die Mutter hat meinen Koffer genommen und ist losgegangen und der Bruder und ich hinterher.
Den ganzen Weg ging er drei Meter weit vor mir her. Vorhin sind wir an einem Turm vorbeigegangen. „Ist das nicht der Turm, wo Manfred seine Tauben hat?" habe ich gefragt. Und wieder hat der Bruder nicht geantwortet, sondern die Mutter. „Du kennst dich ja aus!" hat sie gelacht. Und der Bruder sagt keinen Ton und schaut auf den Boden. Komisch.

Ich hab's doch gewußt, daß es blöd wird! Mama und Papa hätten alleine gehen sollen, ohne mich! Sie hätten Lena abgeholt und es ihr gesagt! Dann wäre alles erledigt gewesen! Jetzt habe ich's nicht gesagt, und Mama schnauft und verdreht die Augen, wenn Lena wegguckt. Weil es ihr peinlich ist. Was soll ich erst sagen! „Ich muß nur 'ne gute Gelegenheit abpassen!" habe ich zu ihr gesagt, als Lena aufs Klo gegangen ist. Mama hat gezischt, daß es so nicht weitergeht. „Du wartest und wartest, und es wird immer schwieriger!"
Nein. Ich habe jetzt einen Plan. Ich trage zuerst Lenas Koffer hoch. Dann, wenn sie kommt, zeige ich ihr das Zimmer und den Schrank, wo sie ihre Sachen reintun kann und so. Und dann

wird Lena die Sachen einräumen, und dabei sag ich's. Ich hätte es schon beinahe gesagt! Vorhin, als wir am Stadttor vorbeigegangen sind. Als Lena nach Manfred gefragt hat. „Ja, genau!" hätte ich fast gerufen. Da oben sitzt er, und da sind auch seine Tauben. Da gehen wir vielleicht heute abend hin, und du wirst Manfred kennenlernen und die Stadt von oben sehen, das sieht nämlich ganz schön aus.
Aber ich habe kein Wort herausgebracht. Es reicht, wenn Lena mich anschaut, schon bin ich ganz steif, bis ins Hirn hinein. Mama versteht das nicht. Sie soll endlich aufhören, die Augenbrauen hochzuziehen. Ich weiß selber, daß ich's sagen muß.

Dirk ist immer noch nicht da. Es ist schon Viertel nach zwei! Und wo er ist, ob er Training hat oder sonst was, hat der Bruder mir auch nicht gesagt. Ich verstehe es nicht, warum er so geheimnisvoll tut. Ich frage: „Wann kommt Dirk?" und er sagt: „Bald" und mehr nicht. „Wolltest du nicht verreisen?" habe ich ihn gefragt. Er hat ziemlich überrascht geguckt. „Ja, zu deinem Onkel!" habe ich gesagt. „Jetzt habe ich nämlich gar kein Geschenk für dich. Nur für deine Eltern und für Dirk natürlich." Da hat er bloß die Achseln gezuckt. Daß es ihm nichts ausmacht. Aber ich habe genau bemerkt, wie er das Päckchen für Dirk angestarrt hat. Es ist mir ein bißchen peinlich gewesen.
„Ist sowieso ein Tierbuch", habe ich gesagt. „Und du interessierst dich ja mehr für Sport, nicht?"
„Hmm", hat er gemurmelt. Ich glaube, ein bißchen beleidigt ist er schon, daß ich nichts für ihn habe. Aber immerhin habe ich ihm sehr freundlich gesagt, daß ich's toll finde, wenn einer gut in Sport ist. Was ihn aber auch nicht gefreut hat. Wenn du keine Lust hast, mit mir zu reden, wollte ich sagen, dann kannst du doch gehen. Ich warte hier alleine auf Dirk. Aber ich hab's natürlich nicht gesagt. Statt dessen habe ich mir die Kröte im Terrarium angeschaut. Ein Riesenvieh! Oben braun, unten rosa. Angefaßt habe ich sie aber nicht, sie ist

bestimmt glitschig und kalt. Auch die Tierposter an der Wand habe ich mir angesehen, die bestimmt Dirk gehören. Und dabei habe ich ein Foto von Dirk entdeckt – er steht da mit irgendeinem Pokal in der Hand und grinst stolz. „Hat der Dirk da 'n Preis gewonnen für seine Tauben?" habe ich gefragt. „Kann sein", hat er geknurrt. Neid wahrscheinlich!

Das Foto! Das blöde Foto von Chris! Seinen Pokal habe ich ja versteckt, aber das Foto an der Wand hatte ich vergessen. Und natürlich hat's Lena entdeckt und mit Glanzaugen angeschaut. Nachher, als sie ins Bad gegangen ist, war ich so wütend, daß ich's runtergenommen und in die Schublade gesteckt habe. Und jetzt warte ich vor dem Haus auf sie. Sie zieht sich um. Weil das Sweatshirt, in dem sie gekommen ist, Apfelsaftflecken hat.
Wir gehen spazieren. Das hat Mama vorgeschlagen und dabei wieder die Augenbrauen hochgezogen, damit ich endlich was sage. Und Papa, der hat mir schon mindestens tausendmal zugezwinkert, auch, als ich ihm Lena vorgestellt habe. Ob wir

uns schon ein bißchen „beschnuppert“ haben, hat er fröhlich gefragt. Mann, war mir das peinlich!
Gleich kommt sie runter, dann gehen wir los. Schon zweimal hat sie nach Dirk gefragt, wann er kommt. Manfred hat recht gehabt, ich hätte es Lena schreiben sollen. Dann wäre alles leichter gewesen. Schriftlich ist immer besser.
Ich bin's, Lena, sage ich, Dirk. War 'n Blödsinn von mir, daß ich's nicht früher gesagt habe. War überhaupt ein totaler Blödsinn, das Foto von Chris zu schicken. Ich kapier's selber nicht. Ich bin Dirk, alles klar? Ich bin Dirk. Ich bin Dirk.

Ich habe Lena gefüttert. Sie sieht so schön aus. Sie hat rote Augen, mit ganz dünnen weißen Äderchen drin. Das Taubenauge, hat der Bruder erzählt, sieht viel, viel besser als das Menschenauge. Es muß ja auch aus einer großen Höhe die Landschaft genau erkennen, alle Einzelheiten.
Also, ich kenne mich überhaupt nicht mehr aus in Dirks Bruder. Auf einmal war er nämlich ganz anders. Wir wollten spazierengehen, aber nach ein paar Schritten habe ich die Tauben gesehen, wie sie über das Dach geflattert sind.
„Welche von denen ist Lena?“ habe ich gefragt. „Weißt du das vielleicht?“ „Na klar!“ hat er gerufen. Da sind wir hochgelaufen. „Ich muß sie sowieso noch füttern!“ hat er behauptet. Ich wollte fragen wieso er, wo es doch Dirks Arbeit ist, aber er war schon hinaufgelaufen.
Es ist ganz warm gewesen in dem Schlag. Überall liegen Federn herum: weiße, fleckige und blaue. Als die Tauben gemerkt haben, daß wir da sind, sind sie alle zum Flugloch gestürzt und haben sich hineingedrängt.
„Schau, da ist Lena“, hat er gesagt, aber ich hätte sie selber auch schon erkannt, glaube ich. Nach der Beschreibung von Dirk. Sie ist wirklich ganz hübsch. Er hat sich einen Sonnenblumenkern zwischen die Lippen gesteckt, und die Taube hat den Kern von seinem Mund gepickt.

Und dann hat er Futter aus der Kiste geschöpft und ein bißchen davon auf meine Hand geschüttet. Und Lena ist von seiner Hand auf meine umgestiegen und hat die Körner gepickt. Was wahnsinnig gekitzelt hat. Und die anderen Tauben haben den Bruder richtig umlagert, sie haben auf seinen Schultern gesessen, auf dem Kopf ... Sie mögen ihn ja! Und er geht auch ganz zärtlich und geschickt mit ihnen um. Dabei hat Dirk doch geschrieben, daß sein Bruder Tauben blöd findet. Das kann ja nicht stimmen. Oder er hat sich geändert. Sonst wären die Tauben nicht so zutraulich. Tiere merken es nämlich, ob man sie mag oder nicht. Das weiß ich genau von unserem Tap, der geht auch nicht zu Leuten, die mit ihm nichts anfangen können. Und er hat sogar für Dirk eine Klingelanlage gebastelt. Mit einer roten Blinkleuchte, die jedesmal unten in seinem Zimmer angeht, wenn die Taube durch das Einflugloch reinkommt. Das finde ich total nett, habe ich gesagt, daß er so was gebaut hat.

„Was nett ... wieso?“ hat er gemurmelt.
„Naja“, habe ich gesagt, „Dirk hat geschrieben, daß du Tauben eigentlich blöd findest. Ist doch nett, wenn du ihm trotzdem so was baust ...“ Und da ist er wieder so komisch gewesen. „Tja“, hat er gemurmelt und schnell das Futter weggeräumt und die Tauben wieder rausgelassen und hat gesagt: „Wir gehen raus.“ Ich wollte noch ein paar besonders hübsche Federn mitnehmen, aber er war schon auf der Treppe. Was habe ich denn bloß wieder falsch gemacht?

Das mit dem Spazierengehen ist keine gute Idee gewesen! Ich hätte es Lena lieber im Schlag sagen sollen. Aber da habe ich leider den richtigen Augenblick verpaßt. Sie redet ja auch immer von Dirk. „Dirk meint“ und „Dirk hat geschrieben“ und „Finde ich nett, daß du ihm trotzdem so was gebaut hast!“ Haha! Mama hat uns Geld gegeben, damit wir uns Eis kaufen. Leider sind wir aber nicht die einzigen gewesen, die spazierengegangen sind. Alle Kinder sind mit ihren Freunden in der Stadt herumgezogen! Wo man hingeschaut hat, überall hat es von Salzwedel- und Bergen-Kindern gewimmelt. Und alle haben Eis geschleckt. Gleich in der ersten Konditorei, wo Lena hinwollte, haben zwei Mädchen aus der Klasse mit ihren Freundinnen gesessen. Und die haben natürlich „He, Lena!“ gerufen und gewunken.
„Da gibt's keine guten Sorten!“ habe ich schnell gesagt und Lena weggeschleppt. Aber es war wie verhext, an jeder Ecke ist irgendein bekanntes Kind mit Eis auf uns losmarschiert! Sogar auf der Brücke, da haben wir sogar Olaf getroffen, und der hat „Ey, Dicky, kommt her!“ gebrüllt. Das hätte noch gefehlt, daß er das Lena sagt und nicht ich!
Mir ist es ganz gleich gewesen, was Lena denkt, ich habe sie einfach in die andere Richtung gedrängt. Wir sind weitergelaufen, und auf einmal sind wir in eine enge Straße geraten, ich

weiß nicht mal, wie sie heißt, und da sind wir stehengeblieben. „Aber das ist doch ’ne Sackgasse!“ hat Lena gesagt, und das hat leider gestimmt. Ich habe ihr erklärt, daß es die älteste Sackgasse hier in Salzwedel ist, eine ganz berühmte. Stimmt natürlich nicht, aber was hätte ich sonst sagen sollen?
„Und wohin gehen wir jetzt?“ hat sie gefragt. „Wollen wir nicht zu dem Turm gehen?“
Da habe ich wieder einen kalten Schreck bekommen. Zum Turm, das wollte ich ja. Aber erst, wenn Lena Bescheid weiß! Sonst kann ich mit ihr ja nicht zu Manfred, der denkt bestimmt, ich hätte längst alles erledigt! „Der Turm ist jetzt zu“, habe ich erklärt. Lena hat geseufzt. Wir sind weitergegangen. Auf eine große Straße habe ich mich mit ihr nicht mehr getraut, immer habe ich sie in kleinen Gassen rumgeführt. An jeder Ecke habe ich mir gesagt: „Jetzt! Los, sag’s!“ Aber dann habe ich wieder keinen Ton herausgebracht. Auf einmal sind wir im Kohlenhof gelandet.
„Und was soll hier sein?“ hat Lena gefragt und auf die Häuser gezeigt, und die sind leider ziemlich häßlich im Kohlenhof. Dreckig und mit abgebröckeltem Putz und so. Mir ist nichts Besseres eingefallen, als zu sagen: „Hier ist der Kohlenhof. Hier hat mein Onkel mal gearbeitet.“
Da ist Lena aber gar nicht mehr nett gewesen. „Warum sagst du es nicht gleich, daß es dir zu blöde ist, mit mir rumzulaufen?“ hat sie geschrien.
„Mit dir?“ habe ich gesagt. „Wieso mit dir?“
„Jedesmal, wenn einer kommt, gehen wir woanders lang! Sag’s doch gleich! Du willst nicht, daß uns einer sieht!“
Ich habe „Quatsch“ geantwortet, aber das hat nichts mehr genützt.
„Dirk sagt, du findest Mädchen blöd!“ hat sie gerufen.
„Dirk, Dirk!“ habe ich zurückgebrüllt. „Du immer mit deinem blöden Dirk!“
Sie hat sich umgedreht und ist weggegangen. „Hier ist nur einer blöd, und das bist du!“ hat sie noch gerufen.

Ganz weit vorne marschiert sie jetzt. Sogar von hinten sieht man, wie wütend sie ist. Sie könnte sich noch umdrehen. Wenn sie's täte, dann würde ich's schaffen, todsicher! Aber das tut sie natürlich nicht. Weil sie die Nase voll hat von mir, endgültig.

So, hier sitze und hier bleibe ich, bis Dirk kommt. Dann sage ich ihm die Meinung. Hätte ich einen Fruchtzwerg dabei, ich würde ihm den glatt über den Kopf kippen, genauso wie bei Alex.
Ich kapier's nicht. Ich kapier's einfach nicht!
Das Foto! Das hat alles verraten! Nein - nicht das Foto, sondern der leere Platz an der Wand, jawohl! Auf einmal war nämlich das Bild von Dirk verschwunden! Also ... nicht das von Dirk, sondern das von Chris. Von dem richtigen Bruder! Zuerst habe ich gedacht, er hat es versteckt, um mich zu ärgern. Ich dachte: Der Blödmann ist auf Dirk neidisch, deswegen hat er das Foto versteckt. Und ich habe mich im Zimmer umgeschaut, ob ich es finde. In der Schublade in seinem Tisch habe ich es gefunden. Da hat aber auch der Pokal gelegen. Ich habe mir beides angesehen, auch die Rückseite habe ich gelesen. „Chris Brüggemann" steht da, nicht Dirk! Und es ist überhaupt keine Siegesurkunde für die Tauben, sondern eine vom Hockey-Turnier.
Und da hat's mir gedämmert. Chris ist Dirk - und Dirk ist Chris! Deswegen waren die Tauben vorhin so zutraulich zu ihm, deswegen haben sie ihn so umlagert. Dann heißt es ja, daß Dirk mir nicht sein Foto, sondern das von seinem Bruder geschickt hat. Und die ganze Zeit hat er jetzt Theater gespielt.
Der spinnt doch total!

Hoffentlich hat Napoleon das geschafft. Ich hätte auch Lena nehmen können, aber die war ja draußen, und es mußte schnell gehen, da habe ich Napoleon genommen. Ich habe ihn unter mein Sweatshirt gesteckt und festgehalten, und mit der anderen Hand habe ich den Fahrradlenker gesteuert, zum Turm! Gott sei Dank war Manfred da. Hoffentlich hat Napoleon den Zettel nicht verloren. „Der Zettel steckt fest", sagt Manfred. „Daran wird's nicht scheitern!" Wir hocken jetzt beide im Turm und

schauen auf die Straße unten. Manfred ist sich auch nicht sicher, ob Lena kommt. Ich habe mich wirklich wie der letzte Idiot benommen, da wäre es kein Wunder, wenn Lena von mir nichts mehr wissen will. Aber sie hat mich ja auch geärgert! Ich bin ihr ins Haus nachgegangen, nachdem wir uns verkracht haben. Ich wollte ihr alles sagen, wirklich!
Fast bin ich in der Zimmertür über die Hantel gestolpert. Lena hat eine auf mich losgeschubst. Und dann auch die andere. Sie hat auf dem Bett gesessen und hat mich ziemlich böse angeschaut. „Da … willste nicht ein bißchen trainieren?“ hat sie gefragt, und dann hat sie sich den Expander geschnappt und hat ihn mir um den Hals gelegt. „Zeig doch mal, was du so drauf hast, in Sport!“ Ich habe den Expander auf den Boden geknallt.
„Na und? Muß man denn gut in Sport sein? Du bist genau wie die andern! Du bist gemein!“
„Und du“, hat sie gerufen, „benimmst dich wie der letzte Arsch!“
„Ja, sag's doch! Fettarsch! Fettarsch! Sag's doch!“
Das ist aber auch das letzte gewesen, was ich gesagt habe. Dann habe ich mich nämlich umgedreht und bin aus dem Zimmer gelaufen.
„Du hast 'ne Meise!“ hat Lena noch hinter mir hergeschrien, aber da war ich schon auf der Treppe.
Im Schlag bin ich gleich zum Fenster gegangen. Von dort kann man nämlich ins Kinderzimmer reinschauen. Ich habe gesehen, wie Lena wütend hin und her marschiert ist. Mir hat vor Schreck das Herz ganz wild geschlagen. Und da, als ich mich aus dem Fenster hinausgebeugt habe, ist mir die Klingelanlage eingefallen. Die letzte Rettung! Die einzige!
„Liebe Lena“, habe ich schnell auf den Zettel geschrieben. „Wir fangen noch mal an. Ganz von vorn. Um vier am Turm. Bitte komm! Dein Dicky Dirk.“
Mehr, denke ich, ist jetzt nicht nötig. Wenn sie mich noch ein bißchen leiden kann, kommt sie.

„Tja, hoffen wir's“, sagt Manfred. Er hat mir geholfen, den Zettel an Napoleons Fuß festzumachen.

Jetzt ist es zehn vor vier. Wir observieren die Straße. Bisher ist Lena nicht gekommen. Ob die Blinkleuchte nicht funktioniert hat? Ob Lena das Klingeln im Zimmer nicht gehört hat? Oder so wütend auf mich ist, daß sie gar nicht zum Schlag gegangen ist?

Dabei habe ich ihr doch alles ganz genau erklärt. Wenn die Leuchte blinkt, ist eine Taube oben reinmarschiert, habe ich gesagt. Das weiß sie ganz genau.

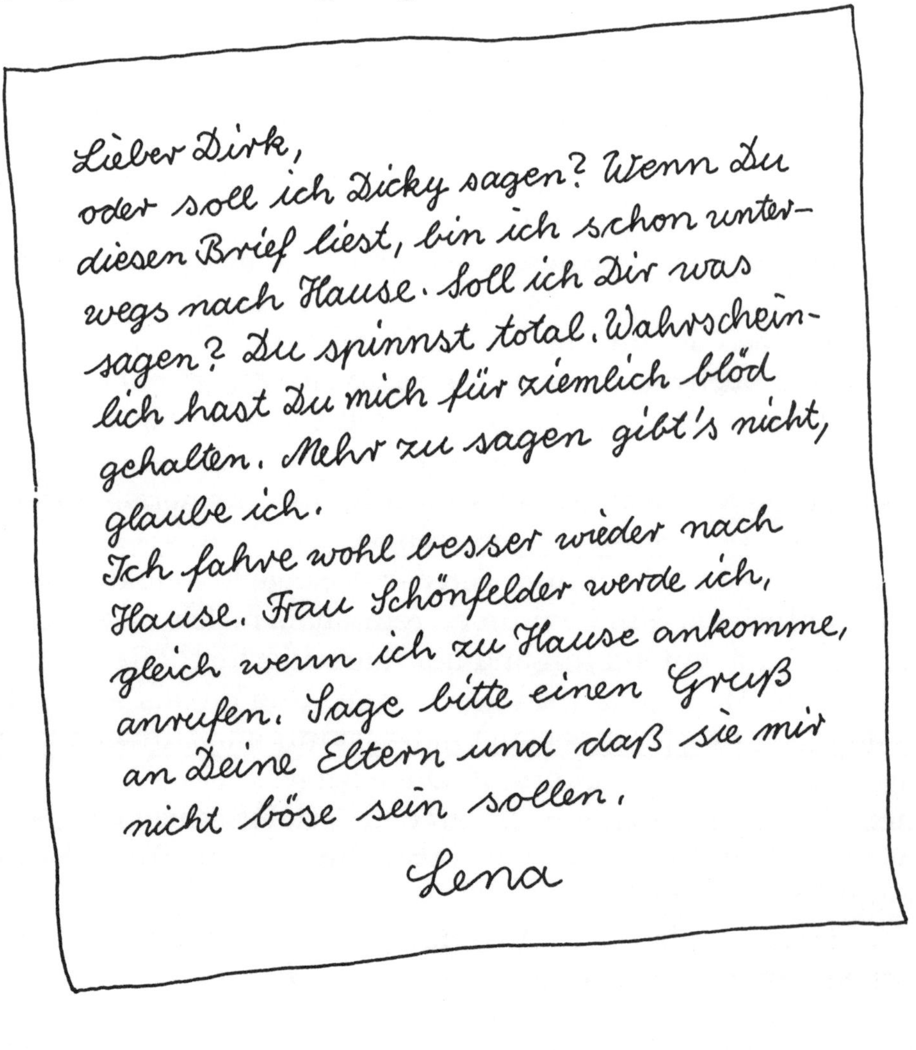
Lieber Dirk,
oder soll ich Dicky sagen? Wenn Du
diesen Brief liest, bin ich schon unter-
wegs nach Hause. Soll ich Dir was
sagen? Du spinnst total. Wahrschein-
lich hast Du mich für ziemlich blöd
gehalten. Mehr zu sagen gibt's nicht,
glaube ich.
Ich fahre wohl besser wieder nach
Hause. Frau Schönfelder werde ich,
gleich wenn ich zu Hause ankomme,
anrufen. Sage bitte einen Gruß
an Deine Eltern und daß sie mir
nicht böse sein sollen.

Lena

Den Brief habe ich in einen Umschlag gesteckt und auf Dirks Bett gelegt. Meinen Koffer hatte ich auch schon gepackt. Hoffentlich reicht mein Taschengeld für die Busfahrt, habe ich gedacht.

Und da hat plötzlich die Alarmglocke am Fenster geläutet. Und die rote Leuchte hat auch geblinkt. Ich bin zum Fenster gelaufen und habe hinausgeschaut. Oben auf dem Dach habe ich die Tauben gesehen. Und das Dachfenster. Ich bin hochgelaufen in den Taubenschlag.

Noch eine Minute vor vier ist kein Mensch auf der Straße vor dem Turm gewesen. Aber dann hat Manfred mich plötzlich geschubst und „Da ist sie!“ gerufen. Und zu der Bushaltestelle gezeigt. Mich hat fast der Schlag getroffen, ehrlich. Lena ist mit ihrem Koffer gekommen!

Ich glaube, ich habe einen Knabenrekord im Laufen aufgestellt, Treppenrunterrennen mitgerechnet. Wenn Olaf und Ricky mich gesehen hätten!

Der Bus hat inzwischen angehalten, und als ich unten angerast gekommen bin, ist er schon losgefahren. Und die Bushaltestelle war leer. Lena weg, mit dem Koffer.
Ich habe mich umgedreht und wollte zurückgehen – und da sehe ich sie. Vor dem Turm hat sie gestanden und hat gegrinst! Da habe ich gewußt, daß alles gerettet ist. Mir war auf einmal ganz leicht. Ich bin zu ihr gegangen.

Den Brief habe ich vernichtet. Ich habe ihn nicht mal in den Papierkorb geschmissen. In Stücke zerrissen habe ich ihn und in meinen Koffer gesteckt, in die Geheimtasche.
Mir ist jetzt auch, als würde alles von vorn anfangen, ganz wie Dirk es geschrieben hat. Die erste Brieftaubenpost in meinem Leben! Ich habe das Papier am Vogelfuß gleich bemerkt. Die Taube hat ganz wild mit den Flügeln geflattert, als ich es ihr vom Fuß abgestreift habe, mir fehlt ja die Übung darin.
Es war zehn Minuten vor vier, als ich den Zettel gelesen habe. Dann ist mir der Spaß mit dem Koffer eingefallen.
„Hallo … ich bin Dirk!“ hat er mich gegrüßt, als hätten wir uns gerade zum ersten Mal getroffen. „Aber du kannst auch Dicky zu mir sagen …“
„In Ordnung“, habe ich gesagt.
„Dein Koffer?“ hat er gefragt, und ich habe genickt. Er hat den Koffer genommen, und wir sind losgegangen.
Jetzt holen wir uns wahrscheinlich erst mal das Eis. Und dann soll Dirk das Tierbuch auspacken. Und die Eltern ihre Geschenke. Ich bin gespannt, welches Foto Dirk am schönsten findet. Ich wette, das mit den schwimmenden Vögeln.

Dermatologie

Ein lexikalisches Repertorium

von

Prof. Dr. KURT WINKLER

Mit 139 einfarbigen Abbildungen
und 88 farbigen Bildern

3., neubearbeitete Auflage

1978

WALTER DE GRUYTER · BERLIN · NEW YORK

CIP-Kurztitelaufnahme der Deutschen Bibliothek

Winkler, Kurt
Dermatologie : e. lexikal. Repertorium. - 3., neubearb. Aufl. - Berlin, New York : de Gruyter, 1978. —
ISBN 3-11-005860-X

Satz und Druck: R. Oldenbourg, München
Einband: U. Hanisch, Berlin-Zehlendorf
Bindearbeiten: Lüderitz & Bauer, Berlin

Printed in Germany

VORWORT ZUR 3. AUFLAGE

Das vorliegende lexikalische Repertorium der Dermatologie dient zur raschen Orientierung in Praxis und Klinik. Im *ersten Teil* werden Symptomatik, Differentialdiagnose und Therapie der Haut- und Geschlechtskrankheiten in alphabetischer Ordnung abgehandelt. Zusammengehörende Krankheitsbilder wie Haarerkrankungen, Hämorrhoidalleiden, Hauttuberkulose, Nagelerkrankungen werden jeweils an einer Stelle besprochen. Hautveränderungen, die auf Erkrankungen innerer Organe (z. B. Diabetes mellitus, Leberleiden, Tumoren) hinweisen, sind zusammengefaßt. Bei einigen schwierigen therapeutischen Maßnahmen sowie bei verschiedenen seltenen Dermatosen sind neueste Literaturangaben eingefügt, damit der Leser leicht weitere Informationen findet.

Im *zweiten Teil* sind die Hautkrankheiten nach topographischen Gesichtspunkten zusammengestellt. Wer den Namen einer Dermatose nicht kennt oder sich nicht an diesen erinnert, wird mit Hilfe dieses Teils leichter eine Hautkrankheit bestimmen können, die er dann im ersten Teil beschrieben findet. Verschiedenartige Drucktypen, Einrahmungen und Tabellen erleichtern das Lesen und sind eine synoptische Hilfe.

In dem ausführlich bearbeiteten *Sachregister* findet man auch solche Begriffe, die als Stichwort im ersten Teil nicht erscheinen. Synonyma für Krankheitsbilder und Syndrome, chemische Kurzbezeichnungen, Handelspräparate und therapeutische Maßnahmen sind hier genannt und weisen auf den betreffenden Text im Hauptteil hin.

Die 3. Auflage wurde wesentlich verbessert und erweitert, neue wissenschaftliche Erkenntnisse sowie neue therapeutische Empfehlungen sind eingefügt. Die Angaben über die pharmazeutischen Spezialpräparate sind auf den neuesten Stand gebracht. Die Zahl der Abbildungen wurde vergrößert.

Besonders verbunden bin ich Herrn Prof. Dr. med. B. DUPERRAT, Paris, für die zahlreichen diagnostischen und therapeutischen Hinweise, die er mir im Laufe vieler Jahre im Hôpital Saint-Louis immer wieder gab. Frau Dr. med. U. SCHUMACHER-STOCK, Berlin, danke ich für die sorgfältige Durchsicht der Fahnenkorrektur und manche wichtige Ergänzung und Verbesserung. Herrn Dr. med. D. GRUNNOW, Berlin, bin ich sehr verbunden für Kritik und Ratschläge bei der Fertigstellung des Manuskriptes und der Korrekturen. Schließlich danke ich meinem Freunde, Herrn Dr. med. W. DEMMLER, Berlin, der mich ebenso wie bei den vorhergehenden Auflagen wieder unterstützt hat.

Berlin-Dahlem, Herbst 1977 Prof. Dr. med. KURT WINKLER

INHALTSÜBERSICHT

I. Hautkrankheiten in alphabetischer Ordnung 1–280

II. Hautkrankheiten in topographischer Ordnung 281–292

III. Sachregister 293

HINWEISE FÜR DIE BENUTZUNG

Abb:	Schwarzweiß-Abbildungen im laufenden Text
Ät. Path:	Ätiologie und/oder Pathogenese
Bild:	Farbabbildungen auf den Tafeln
DD:	Differentialdiagnose
Dg:	Diagnose
Prophyl:	Prophylaxe
Ther:	Therapie

I. Hautkrankheiten in alphabetischer Ordnung

Achard-Thiers-Syndrom (Diabetes bärtiger Frauen). Selten. Hirsutismus, androgenetische Alopezie, Fettsucht, Diabetes mellitus, Hypertonus, Amenorrhoe. **DD:** Cushing-Syndrom.

Addisonsche Krankheit. Selten. Wichtige Symptome: Hyperpigmentierung der Haut bes. an belichteten Stellen und Handlinien. Pigmentflecken an der Wangenschleimhaut, Hypotonie, Adynamie, Impotentia coeundi, Anorexie, Dyspepsie, Erbrechen, Übelkeit, Durchfälle, Obstipation, kolikartige Leibschmerzen, Salzhunger. Bei schweren Fällen Abnahme des Natrium- und Chloridgehaltes im Serum, Zunahme des Kaliumspiegels. Erniedrigte 17-Hydroxykortikoid- und 17-Ketosteroidwerte im Harn. *Ät. Path:* chronische, primäre Nebennierenrinden-Insuffizienz infolge doppelseitiger primärer NNR-Atrophie (Autoimmunvorgänge?), seltener infolge Tuberkulose oder Krebsmetastasen in beiden NNR. **DD:** Melanodermie-Porphyrie, Hämochromatose. **Ther:** Dauersubstitution mit etwa 10 mg Prednisolon tgl. und jeweils 2–3 Amp. Cortiron-Depot in 3wöchigen Abständen

Adenoma sebaceum senile (senile Talgdrüsenhyperplasie. Fälschlich auch als Naevus sebaceus senilis bezeichnet). Gelbliche, in der Regel zentral gedellte, oft multiple Knötchen im Gesicht (bes. Stirn, Schläfen, Wangen) bei älteren Menschen mit Seborrhoe. **DD:** Basaliom.

Ther: Exzision. Elektrokoagulation. Hochtouriges Schleifen.

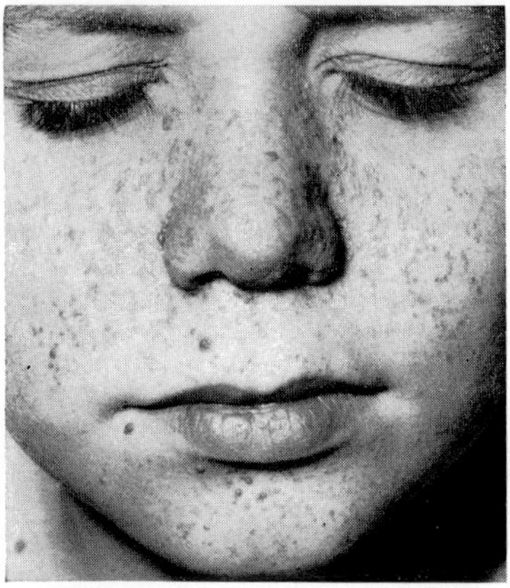

Abb. 1. Adenoma sebaceum symmetricum

Adenoma sebaceum symmetricum (Epiloia, Pringle-Bourneville-Syndrom). Phakomatose (s. d.). Dominant erblich. Manifestiert sich öfter erst im Schulalter. Meist beschränkt sich die Krankheit auf das Gesicht: bis hirsekorngroße, selten größere, symmetrisch über Nase (bes. Nasolabialfalten), Wangen und Kinn ausgestreute, gelbliche bis rötliche Knötchen (Abb. 1). Sie entstehen durch Hyperplasie von Talgdrüsen oder/ und Bindegewebe und Gefäßen.

Hinzutreten können: fibromatöse Knoten am Zahnfleisch (Abb. 2), unter und neben den Zehen- und Fingernägeln (*Koenen-Tumoren* Abb. 3), pflastersteinartiger Bindegewebsnaevus der Lumbosakralgegend, Geschwülste der Retina und inneren

Organe. *Tuberöse Hirnsklerose* (Gliawucherungen mit intrakraniellen Verkalkungen) mit epileptiformen Anfällen, Schwachsinn, spastischen Lähmungen.

Manchmal bestehen schon bei der Geburt depigmentierte Flecken, die bei epileptischen Anfällen frühzeitig auf eine Epiloia hinweisen.

DD: Epithelioma adenoides cysticum. Multiples Hamartoma Syndrom.

Ther: Knötchen durch Kaustik, Exzision, Fräse, CO_2-Schnee entfernen.

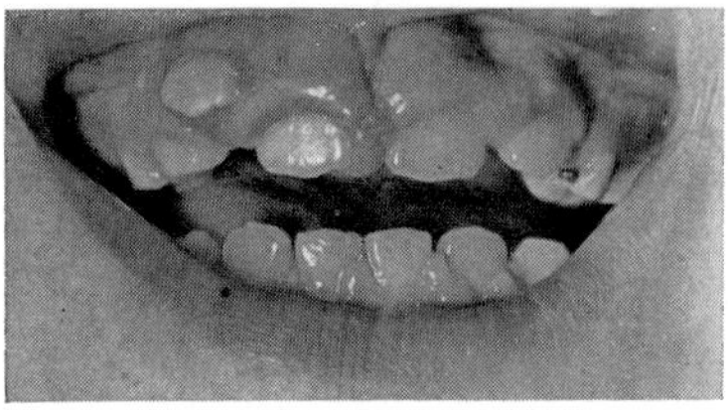

Abb. 2. Papillomatöse Zahnfleischwucherungen bei Adenoma sebaceum symmetricum

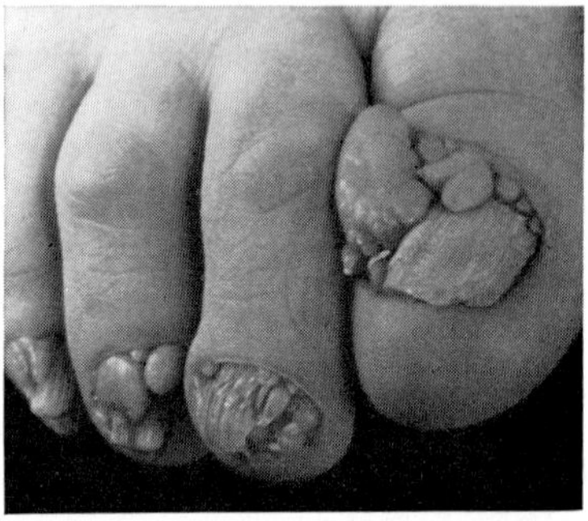

Abb. 3. *Koenen*-Tumoren

Adenomatose der Brustwarze. Rötung, Infiltration, Erosion und Exsudation im Bereich einer Brustwarze infolge eines gutartigen Adenoms. **DD:** Pagetkrebs. Mamillenekzem. **Ther:** Exzision der Brustwarze und des subareolären Gewebes. Lit: E. J. Smith et. al., Arch. Dermatol. **102,** 330 (1970).

Adiponekrosis subcutanea neonatorum. Selten. Kurz nach der Geburt entstehen in der Subkutis knotige und plattenartige, mit der rötlichen Oberhaut verbackene Infiltrate, die erweichen können. *Sitz:* bes. Rücken, Nates, Oberarme und Oberschenkel. Zuweilen Temperaturen und schlechter Allgemeinzustand. Meist spontane Rückbildung in 3–6 Monaten. *Ät:* Geburtstraumen, Unterkühlung. **Ther:** Warme Bäder, Watteverbände, vorsichtige Massagen. Bei schweren Fällen Kortikoide und Antibiotika

— e frigore s. Kälte-Panniculitis.

Adipositas dolorosa (Dercumsche Krankheit). Schmerzhafte, diffuse oder knotige Fettansammlung an Stamm und Extremitäten. Muskelschwäche, Neigung zu Depressionen. Fast nur bei Frauen im Klimakterium. **Ther:** Fokus-Sanierung. Durchblutungsfördernde Mittel. Hydrotherapie. Exzision bes. schmerzhafter Knoten. Impletol-Injektionen.

Ainhum (Dactylosis spontanea). Selten. Nur bei dunklen Rassen. Schmerzlose Einschnürung an der Basis meist der 5. Zehe, manchmal auch an mehreren Zehen gleichzeitig. Nach einiger Zeit fällt die erkrankte Zehe ab. Im Röntgenbild sieht man frühzeitig eine Knochenatrophie. *Ät. Path:* Kongenitale Anomalie? Lepra? Sklerodermie? Syringomyelie? *Ther:* Betamethason-Infiltration.

Akanthokeratom, Akanthokeratopapillom. Scharf umschriebener, gelblichbräunlicher bis braunschwarzer, verruköser bzw. papillomatöser, gutartiger Herd.

Sitz: bes. Gesicht bei älteren Menschen. *Dg:* Histologie. **Ther:** Exzision. Elektrische Schlinge.

Akanthosis nigricans. Selten. Braune bis schwarze Hyperpigmentierungen, papilläre Exkreszenzen, Hyperkeratosen. *Sitz:* bes. Axillen, Hals, Nacken, Anogenital-Gegend, Lippen (Abb. 4), Mundschleimhaut. **DD:** Pseudoakanthosis nigricans (s. d.), Pemphigus vegetans, Dariersche Krankheit.

—— benigna beginnt z. Z. der Pubertät oder früher. Gelegentlich familiäres Vorkommen. Manchmal endokrine Störungen (z. B. Diabetes mellitus). **Ther:** Versuch mit Kortikoiden über längere Zeit (z. B. Dexamethason 2 mg tgl.). Vitamin A in hohen Dosen.

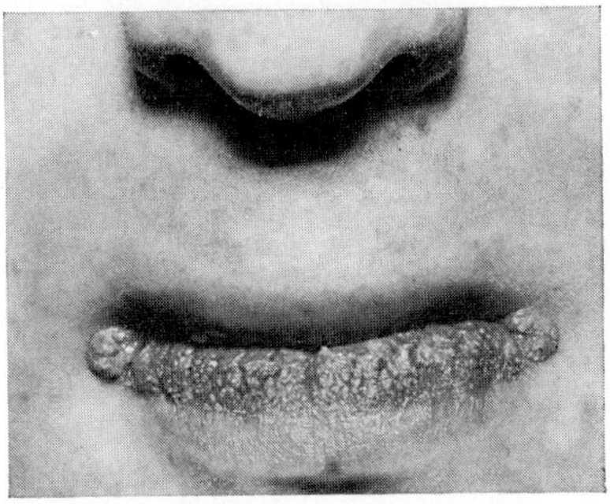

Abb. 4. Akanthosis nigricans

—— maligna. Paraneoplastisches Syndrom (s. d.). Beginnt meist im späteren Alter und tritt zusammen mit einem Eingeweidekrebs auf. **Ther:** Nach Beseitigung des Tumors oft Rückbildung der Hauterscheinungen.

Lit: H. Ollendorf-Curth, Derm. Mschr. **161**, 479 (1975).

Akne aestivalis (Mallorca Akne) tritt nur im Frühjahr und Sommer auf, in der Regel bei Frauen zwischen dem 25. und 40. Lebensjahr, heilt nach einigen Wochen spontan. Monomorphe, rote, kuppelartige Papeln (bis 4 mm Durchmesser). *Sitz:* Gesicht bes. Wangen, Halsseiten, Brust, Oberarme. *Ät.:* unklar. **Ther:** Vitamin-A-Säure-Creme.

Akne arteficialis seu **venenata.** Der Akne vulgaris ähnliche Veränderungen, die durch Arzneimittel z. B. Brom, Jod, INH, Androgene, Kortikoide, ACTH, Antikonvulsiva (z. B. Trimethadion), Tetracycline (selten), Vitamin B 12, durch Vaseline, Chlor, Schmieröle (s. Ölakne), Teer u. a. hervorgerufen werden. **Ther:** Ausschaltung der Noxe. Auf Zysten und Komedonen evtl. 1–2 mal tgl. dünn 0,1–0,3 %ige Vitamin-A-Säure-Lösung (s. Chlorakne) auftragen.

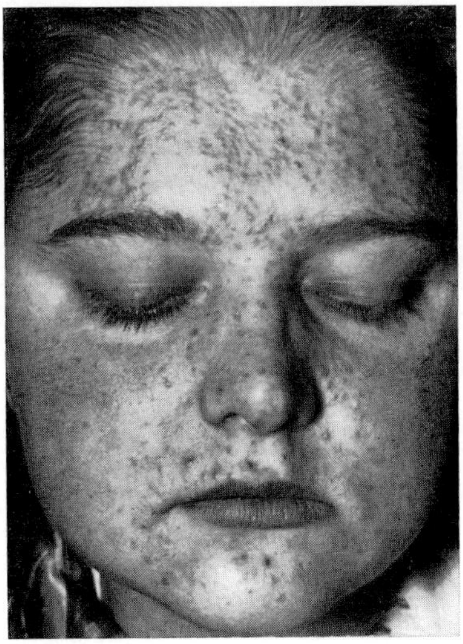

Abb. 5. Akne nach hochdosierter Glukokortikoidtherapie wegen Erythematodes acutus

Akne conglobata. Selten. Schwerste Akneform mit Riesen- sowie Gruppenkomedonen, Papeln, Pusteln, Zysten, tiefen und fistelnden Abszessen, keloidartigen Brückennarben.
Sitz: Gesicht, Stamm, Gesäß, Genitalregion, Extremitäten. Kommt auch im mittleren und höheren Lebensalter vor. Androtropie.
Ther: s. u. - Inzision der Abszesse.

Akne cosmetica. Feuchtigkeits-, Gesichts-, Nacht-, Sonnenschutz-Cremes haben zwar nur sehr schwach aknegene Eigenschaften, können aber bei Disponierten nach langzeitiger, täglicher Anwendung zur Akne führen. **Ther:** Absetzen der Kosmetika, Vitamin-A-Säure-Lösung (z. B. Epi-Aberel Lsg.). Lit: M. KLIGMAN et al., Arch. Dermatol. **106,** 843 (1972).

— detergicans. Verschlimmerung und Ausbreitung einer A. vulgaris durch zu häufiges Waschen mit Detergentien und Seifen. **Ther:** Einschränkung der Waschungen. Lit: MILLS, O. H. et al., Arch. Dermatol. **111,** 65 (1975).

— (Acné) excoriée des jeunes filles. Durch zwanghaftes dauerndes Zerquetschen mit den Nägeln entstehen krustenbedeckte Erosionen und pigmentierte Narben. Jeder Mitesser, jedes Knötchen, jede Rötung im Gesicht wird „bearbeitet“. Die zugrunde liegende Akne ist nur geringfügig. Kommt bes. bei Intellektuellen vor. **Ther:** s. u. – Psychotherapie.

— fulminans (akute, febrile, ulzeröse –). Selten. Schwere Akneform bei männlichen Teenagern mit großen Pusteln, Ulzerationen und hämorrhagischen Krusten. Beginnt plötzlich mit Fieber, oft mit Arthralgien.

Ther: Kortikoide und evtl. DADPS. Lit: H. GOLDSCHMIDT et al. Arch. Dermatol. **113,** 444 (1977).

— infantum. Selten. Tritt erst ab 3. Lebensmonat auf. *Ät:* vorübergehende, stärkere Androgensekretion in den Hoden? **DD:** bei offenen Komedonen an A. arteficialis durch Öle, Vaseline, Halogenwachs (Inlett des Bettchens) denken. **Ther:** Vitamin-A-Säure Creme.

Akne necroticans (varioliformis). Schubweise auftretende, juckende (nicht immer), bis linsengroße rote Papeln mit zentraler, gelblich-bräunlicher bis düsterroter Nekrose, die sich abstößt und eine ausgestanzte, varioliforme Narbe hinterläßt. Meist bei Männern mit Seborrhoe. Rezidivneigung! *Sitz:* bes. Stirnhaargrenze, seltener Gesicht, Brust, Rücken. *Ät. Path:* Pyodermie bei einem individuellen Reaktionsmechanismus (Magen-Darm-Störung?). **Ther:** Ungt. Hydrarg. praecip. alb. – Zinnobersalbe (Hydrarg. sulf. rubr. 0,5, Sulf. praecip. 5,0, Ungt. moll. ad 50,0). Refobacin Creme. *Soframycin-Salbe.* Terracortril Gel. Etacortin comp. Salbe. Betaisodona-Salbe.

— neonatorum. Komedonen und Papulopusteln in den ersten beiden Lebensmonaten bes. an Wangen und Stirn. Spontanheilung in wenigen Monaten. *Ät:* besondere Empfindlichkeit der Talgdrüsen gegenüber den mütterlichen oder fetalen Androgenen. Einnahme von Kortikoiden oder Vitamin B 12 durch die werdende Mutter. **DD:** Talgdrüsenhyperplasie der Neugeborenen. **Ther:** Vitamin-A-Säure Creme.

Akne vulgaris. Auf dem Boden einer Seborrhoe kommt es an den talgdrüsenreichen Hautbezirken (Gesicht, Nacken, Brust, Rücken) von der Pubertät an bis etwa zum 25. Lebensjahr durch eine verstärkte Verhornung zur Verstopfung der Follikel mit Bildung von Mitessern (Komedonen: *A. comedonica*), die die typische Primäreffloreszenz sind und aus Keratin, Fett, Bakterien und Haaren bestehen. Man unterscheidet *offene Komedonen* mit einem oberen durch Melanin schwarz gefärbten Ende (blackhead) und farblose, *geschlossene* (whitehead), die tastbar sind und bei Anspannung der Haut auch sichtbar werden. Aus ihnen gehen in der Regel die entzündlichen Veränderungen wie Papeln, Pusteln *(A. papulo-pustulosa)* und evtl. hartnäckige, tiefliegende blaurote, oft schmerzhafte Knoten *(A. indurata)* und Abszesse *(A. abscedens)* hervor.

Ät. Path: In den Komedonen findet sich meist das Corynebacterium acnes, das Lipasen sezerniert. Diese spalten den Talg in Glycerin und Fettsäuren, die infolge des Follikelverschlusses nicht aus den Haarbälgen und Talgdrüsen an die Oberfläche hinaus gelangen können. Die *Fettsäuren* dringen durch kleinste Rupturen des Follikels in das perifollikuläre Gewebe und *rufen* hier *eine* – zunächst abakterielle – *Entzündung hervor.*

Androgene stimulieren die Talgsekretion und fördern damit die Entstehung der Akne. Hierbei findet offenbar in der Haut von Aknekranken eine vermehrte Umwandlung von Testosteron in das eigentlich wirksame Dihydrotestosteron statt. – Ferner fördern (abgesehen von erblichen und psychogenen Faktoren) wahrscheinlich auch gewisse Nahrungsmittel (Schokolade, Käse, Margarine, Butter, Nüsse, Mandeln, Schaltiere, Salzwasserfische) die Akne-Entstehung.

Ther: äußerlich werden entfettende, schälende, hyperämisierende und desinfizierende Maßnahmen angewandt. Hierfür sind Resorcin, Schwefel, Salizylsäure, *Vitamin-A-Säure* bes. geeignet. Kurzfristige Schälung mit 5 bis 20%iger Resorcinzinkpaste. CO_2-Schnee mit 5%igem Resorcin-Aceton mischen, etwa 10% Sulf. praecip. hinzufügen, Brei mit Watteträger tgl. aufpinseln. Gesicht mit CO_2-Schnee (in Mull verpackt) abreiben.
Reinigung der Haut mit Alkohol, Gesichtsdampfbäder (Gesichtssauna), warme Waschungen mit Syndets (Dermowas, Sebopona, Sebamed), Komedonen mit Quetscher entfernen. Pusteln und Zysten mit Stichmesser eröffnen. UV-Strahlung (Erythemdosis). Kromayer-Lampe.

Dermabrasion bei Narben, aber auch bei florider Akne.

Vitamin-A-Säure (Tretinoin) lockert den Zusammenhang zwischen den abnorm festhaftenden Hornzellen der Follikel und wirkt der Komedonenbildung entgegen: Airol Roche (Creme, Lösung), Epi-Aberel (Creme, Lösung, Tupfer), Eudyna (Creme, Gel).

Benzoylperoxyd (s. u.), das neben dem schälenden auch einen antimikrobiellen Effekt hat, kann abwechselnd (evtl. am selben Tag) mit Vitamin-A-Säure angewandt werden.

Topische Antibiotikatherapie: 3%ige Aureomycinzinkpaste (wenig stabil, bald verbrauchen!), 2%iger Aureomycin- oder Erythromycin-Spiritus (50%ig). – Bei Sebostase: Aureomycin-Salbe.

Handelspräparate z. B.	*Hauptwirkstoffe:*
Akne-Aid Creme	Schwefel, Resorcin
Akne-Aid Lotion (mild, normal, stark)	Benzoylperoxyd
Akne-Aid Seife	neutrale Seife
Aknecompren	Chloramphenicol
Aknederm-Salbe	Amm.bituminosulf.
Aknederm-Tinktur	Salicylsäure
Aknefug-liquid.	Salicylsäure
Aknefug-Milch	Östradiol, Dexamethason, Hexachlorophen
Aknefug-Milch simplex	Hexachlorophen
Akne-Kaban (Creme, Lotio, Tinktur)	Clocortolon, Hexachlorophen
Aknelan-Lotio, -Milch	Hexachlorophen, Panthenol
Akne-Vausept	Östradiol, Prednisolon
Aknichthol Lotio	Na-bituminosulf.
Aknichthol soft-Lotio (leicht fettend)	Na-bituminosulf.
Brasivil (fein, medium, forte)	Aluminiumoxyd (Hautschleifmittel)
Corti Jaikal Akne-Lotion	Hydrokortison, Na-thiosulfat, Salicylsäure
Jaikal Akne-Lotion	Na-Thiosulfat, Salicylsäure
Panoxyl 5 und 10	Benzoylperoxyd
Sebohermal (Gel, Emulsion, Tinktur)	Dienoestroldiacetat, Amm. bituminosulfonat
Stepin (Lotio, Puder, Tinktur)	Tioxolon

Präparate mit *Abdeckeffekt:* Aknecompren, Aknederm Salbe, Aknefug-Milch, Aknefug-Milch-simplex, Akne-Kaban Creme, Akne-Kaban Lotio, Akne-Vausept, Akne-Vausept mite, Aknin-Salbe (getönt).

Präparate, die halogenierte Kortikoide enthalten, sind für stark entzündliche Formen – jedoch nicht zur Langzeitbehandlung – geeignet, da sie eine Steroid-Akne und -Rosacea auslösen können.

Innerlich: bes. bei entzündlichen Formen *Tetracycline* (verhindern offenbar die Lipasenbildung des Corynebakteriums und damit die Entstehung der Fettsäuren) 1 g tgl. für 1–2 Wochen, dann Reduzierung auf Erhaltungsdosis (250–100 mg tgl.): z. B. Hostacyclin 250 Kapseln oder *Aknin* Chemipharm. Dieses enthält außer Oxytetracyclin-HCl Vitamin A-palmitat und Vitamin E-acetat.

Tetracyclin-HCl Tabletten zu je 250 mg sind auch enthalten in der Akne-Pyodron-Kur, der außerdem zur Reinigung eine alkoholische Lösung mit Hexachlorophen und zur Entfettung eine Paste mit Silikatgel zugefügt sind.

Bei *Tetracyclinresistenz:* Erythromycin (z. B. Erycinum anfangs 1 g tgl.); ausnahmsweise Clindamycin (Nebenwirkungen: Diarrhoe, Enterocolitis) z. B. Sobelin 1 Woche tgl. 300 mg, dann 150 mg tgl.

Bei Frauen orale, östrogenhaltige Kontrazeptiva z. B. Sequilar. Wesentlich wirkungsvoller sind Antiandrogene wie *Chlormadinonacetat*, das in Eunomin und Menova (vom 5.–25. Zyklustag tgl. 2 Tbl.) enthalten ist. Viel stärker wirkt *Cyproteronacetat* (Androcur). Man gibt 1/2–1 Tbl. Androcur tgl. jeweils während der ersten 10 Zyklustage zusätzlich zu einem oralen, östrogenhaltigen Kontrazeptivum z. B. zu Edival oder zu Sequilar (s. Abb.). Für *Männer* sind Antiandrogene zur Behandlung der Akne ungeeignet.

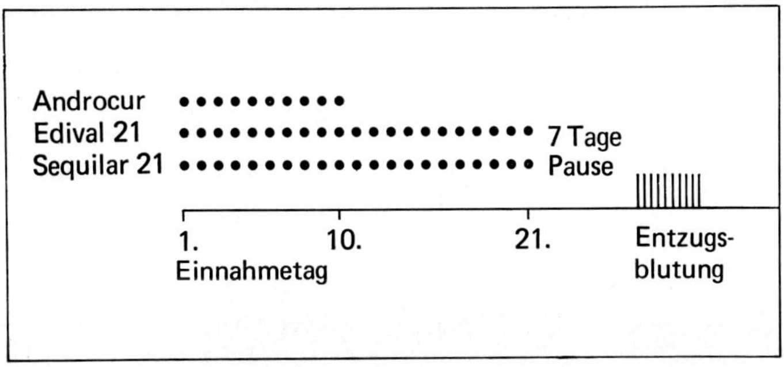

In den Handel kommt *Diane*, das 21 Dragees mit je 2 mg Cyproteronacetat und 0,5 mg Äthinylöstradiol enthält.

Bei schweren Fällen (A. conglobata): hohe Tetracyclindosen (2 g tgl.) über längere Zeit. – Zusätzlich zu einem Antiandrogen und/oder kleinen Tetracyclindosen (250 mg tgl.)

DADPS (Bayer) 150–200 mg tgl. 2–3 Monate

oder

Vitamin A: 1. Woche tgl. 100 000 E., 2. Woche tgl. 200 000 E., 3. Woche tgl. 300 000 E., 4. Woche tgl. 400 000 E., dann Reduzierung der Dosis um jeweils 100 000 E. wöchentlich. Evtl. Nebenwirkungen wie Kopfschmerzen, Nausea, Haarausfall, Pruritus.

oder

Injektion von Volon A 10 Kristallsuspension (1:1 verdünnt mit 1%iger Scandicainlösung) in die entzündeten Knoten. Höchstdosis 15 mg wöchtl. Evtl. Wiederholung der Injektionen in 1–2 Wochen.

Ausnahmsweise Prednisolon per os tgl. 40 mg (nicht länger als 8 Tage!) oder besser 1 i.m. Injektion Volon A 40.

Akrochordon. Fadenförmige bis 1 cm lange Gebilde, die an ihrem Ende büschelförmig angeordnete, warzige Erhebungen aufweisen. Nosologisch zwischen Fibroma pendulum und filiforme Warzen einzureihen. Sitz: bes. Gesicht, Hals. **Ther.:** elektrische Schlinge.

Akrodermatitis chronica atrophicans. Meist bei Frauen im 6. Dezennium. Zunächst Rötung und Schwellung *(Stadium infiltrativum)*, später Atrophie *(Stadium atrophicum)* mit dünner, zigarettenpapierartig faltbarer, bläulichrötlicher, haarloser, trockener Haut mit Teleangiektasien. Durchschimmern der tiefliegenden Venen infolge Fettgewebsschwund. Nicht selten streifenförmige Anordnung *(Ulnarstreifen, Fibularstreifen)*. An den Unterschenkeln oft Sklerosierungen mit weißlichem Glanz und fleckförmigen Pigmentverschiebungen. *Sitz:* bes. Extremitäten-Streckseiten, Hand- und Fußrücken, Ellbogen- und Kniegegend. Oft erhöhte BSG sowie α_2- und γ-Globulinvermehrung.

Komplikationen: bes. an den Ellbogen bis walnußgroße, *juxtaartikuläre*, fibromartige *Knoten*. Schlecht heilende Ulcera cruris, die in ein Spinaliom übergehen können. Lymphozytome.

Ät: Penicillinempfindliches Virus, durch Zeckenbiß übertragen? **DD:** Erysipel. Akrogerie. An den Unterschenkeln Sklerodermie. **Ther:** Penicillin 1–2 Kuren zu 10 Mega E. Tetracyclin 8 Tage lang tgl. 2 g. Vitamin E 200 mg tgl. – Massage mit 2%iger Ichthyol- oder Salizylsalbe, Akrothermsalbe. Warme Bäder. Unterwasserdruckstrahlmassagen. Atrophisch-sklerotische Unterschenkelveränderungen vor Verletzungen schützen.

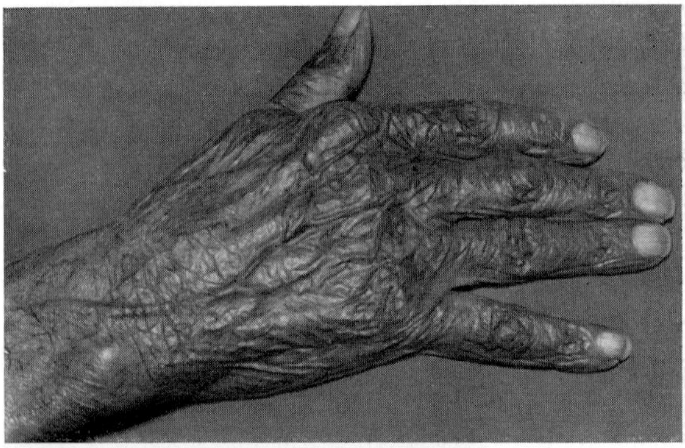

Abb. 6. Akrodermatitis chronica atrophicans

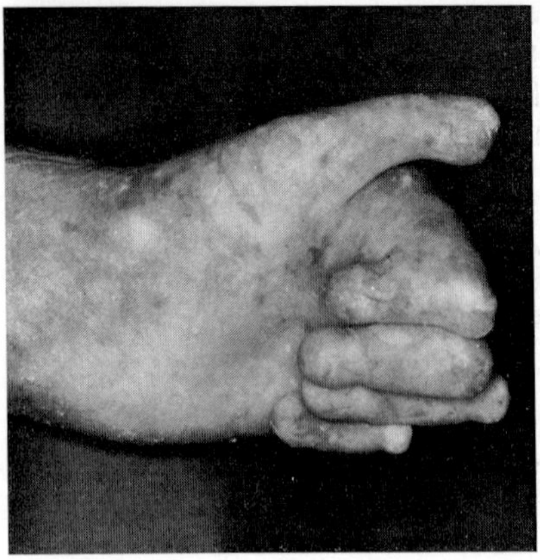

Abb. 7. Mutilation der Finger bei Akrodermatitis continua suppurativa Hallopeau. Beginn des Leidens vor 22 Jahren

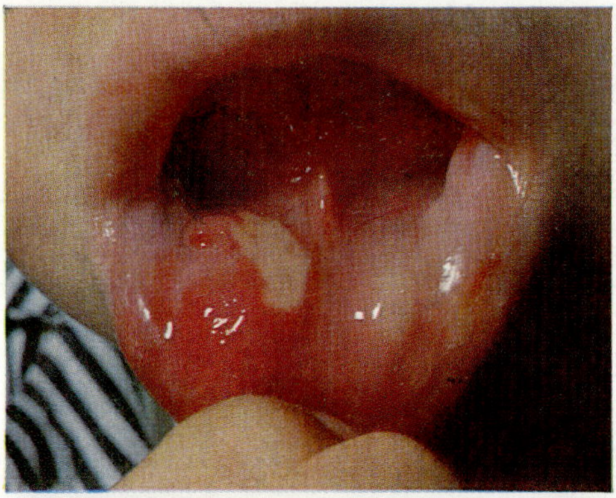

Bild 1
Riesenaphthe

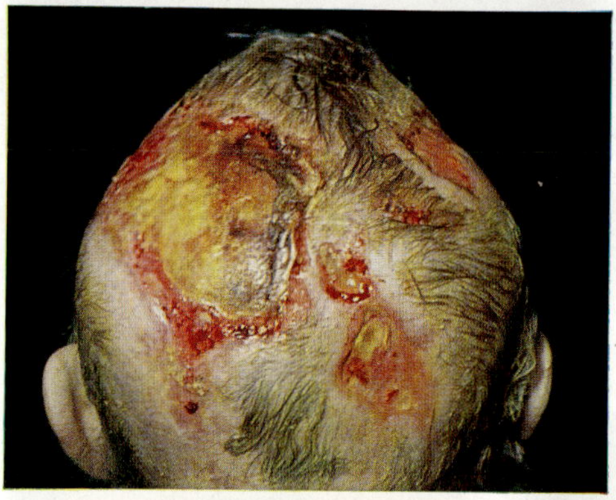

Bild 2
Nekrosen der Kopfhaut bei Arteriitis cranialis

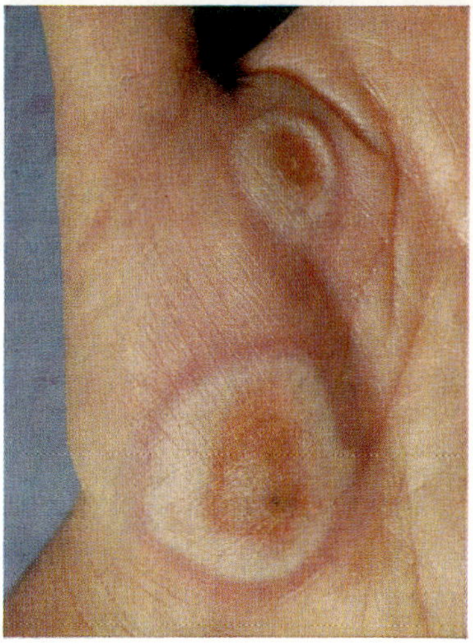

Bild 3
Arzneiexanthem nach Penicillin

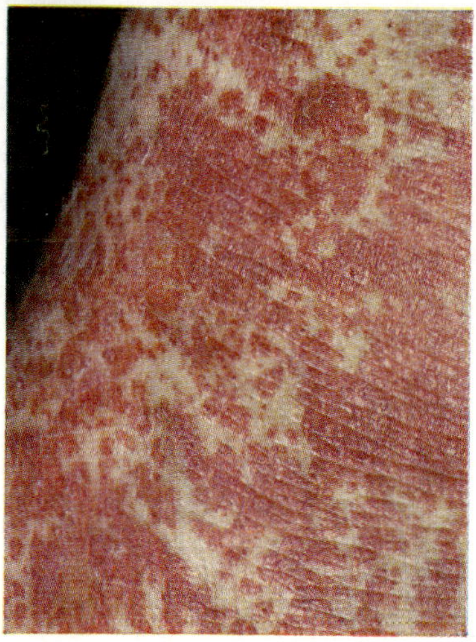

Bild 4
Purpura nach Analgetikum

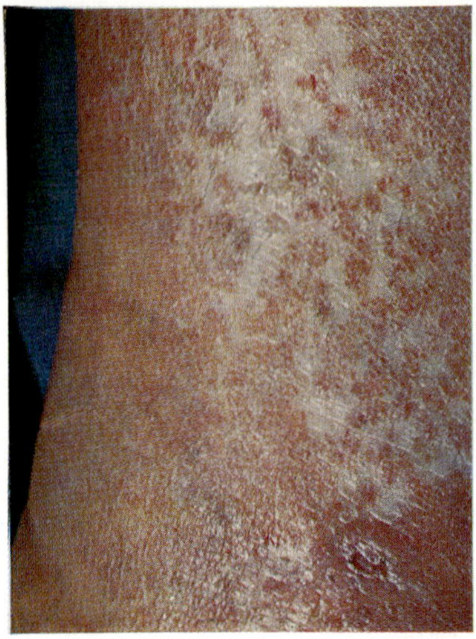

Bild 5
Atrophie blanche Milian
(Knöchelregion)

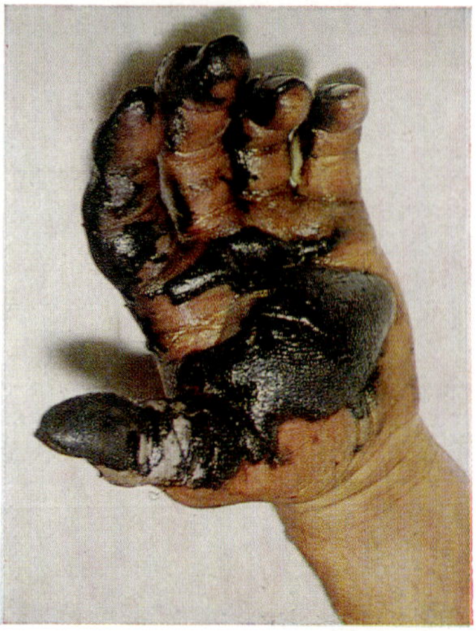

Bild 6
Verbrennung 2. Grades durch Teer

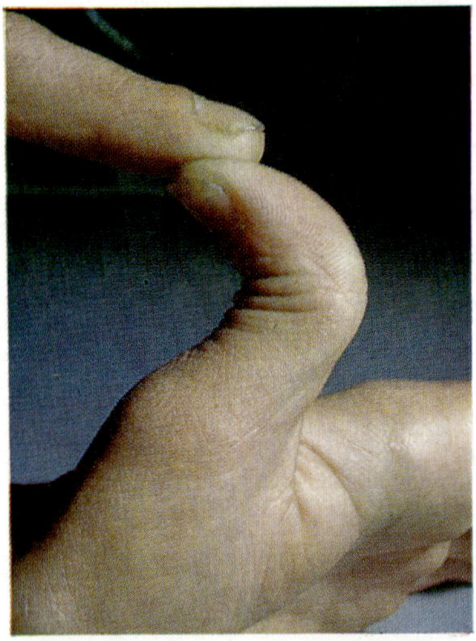

Bild 7
Cutis laxa: abnorme Überdehnbarkeit des Daumengelenkes

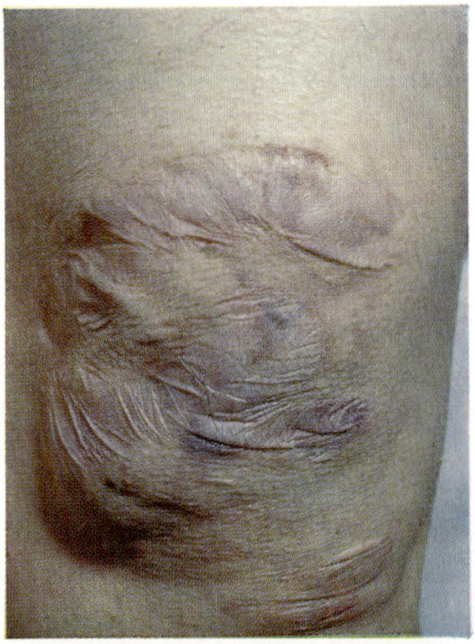

Bild 8
Cutis laxa: atrophische Narben über dem Knie

Akrodermatitis continua suppurativa Hallopeau. Selten. Chronische Erkrankung. Auf entzündeter Haut entstehen schubweise sterile Pusteln. Später Atrophie der Haut mit Nagelverlust, evtl. Mutilation der Endglieder (Abb. 7). *Sitz:* zunächst Nagelwall eines Fingers oder eines Zehes, dann Handinnenflächen, Fußsohlen; später proximalwärts fortschreitend. **DD:** anfangs Ekzem, Paronychie, pustulöses Bakteriid. *Ät. Path:* offenbar Variante der Psoriasis pustulosa (Typ Barber). **Ther:** fettarme Kortikoid-Externa unter Okklusiv-Verbänden. Kortikoide innerlich. Methotrexat 25 mg alle 8 Tage i. m. – Vitamin D_2. AT 10. Röntgenstrahlen.

Akrodermatitis enteropathica (Danbolt u. Closs). Seltene, chronische, rezessiv erbliche Erkrankung. Hartnäckige, erythematöse, vesikulo-bullöse und krustöse Erscheinungen in der Umgebung aller Körperöffnungen und an den Akren. Besiedlung der Hautveränderungen und des Magen-Darm-Traktes mit Candida albicans. Diarrhoe. Paronychien, Nageldystrophien, Ausfall der Kopfhaare, Augenbrauen und Wimpern. Zuweilen Blepharokonjunktivitis mit Lichtscheu. *Ät. Path:* Zinkmangelkrankheit infolge von Malabsorption. DD: Candidosis (primäre), Epidermolysis bullosa hereditaria, Ekzem, Psoriasis pustulosa. **Ther:** Zink-DL-Aspartat (400–800 mg tgl., 2 Std. vor den Mahlzeiten).

Akrodermatitis papulosa eruptiva infantum (Gianottische Erkrankung). Bes. bei Knaben im 2.–4. Lebensjahr. Stecknadelkopfgroße, weinrote Papeln an den Streckseiten der Extremitäten, am Hals, im Gesicht (periorale, nasolabiale, periokuläre Bezirke sind ausgespart). Rumpf bleibt frei. – Lymphknotenschwellung, Hepatomegalie, Transaminasenerhöhung. Im Blut Monozytose, Lymphozytose. Spontane Abheilung der Hauterscheinungen in 4 Wochen. *Ät. Path:* Virusid auf Hepatitis-B-Antigen. Es liegt eine (meist anikterische) Virushepatitis zugrunde. **DD:** akrolokalisiertes, infantiles, papulovesikuläres Syndrom (Gianotti-Crosti-Syndrom). *Ät: Path:* unklar. Keine Leberbeteiligung. **Ther:** symptomatisch. Pyodron Schüttelmixtur.
Lit: F. Gianotti, Hautarzt **27**, 467 (1976).

Akrodynie (Feersche Krankheit). Selten. Nur bei Kleinkindern. Bläulichrote, schmerzende und juckende Hände und Füße mit Schuppung an Palmae und Plantae. Hyperhidrosis, die oft zu Pyodermien führt. Hypotonie der Muskulatur, Anorexie. *Ät:* meist Hg-Intoxikation. **Ther:** Bei gesicherter Hg-Intoxikation BAL (Sulfactin). Ferner Vitamin-B-Komplex und Vitamin D_3. Evtl. Antibiotika.

Akrokeratoderma hereditarium punctatum. Warzenartige, hautfarbene, stecknadelkopfgroße Knötchen mit zentraler Eindellung an den Händen. **DD:** Akrokeratosis verruciformis, Keratoma palmare et plantare hereditarium dissipatum, Lichen nitidus. Lit: S. Lee et al., Hautarzt **25,** 614 (1974).

Akrokeratoelastoidosis. Autosomal dominant erblich. Manifestation vor dem 20. Lebensjahr. Diffuse palmoplantare Keratose mit papulösem Randbesatz und Hyperhidrosis. Transgredienz auf Fingerrücken, Fußränder und auf die Haut über der Achillessehne. Histologisch: Desaggregation der Elastika. Lit: E. G. Jung et al., Hautarzt **25,** 127 (1974).

Akrokeratose BAZEX. Paraneoplastisches Syndrom. Rötlichviolette, keratotische, unscharf begrenzte Plaques bes. an Händen, Füßen, Nasen, Ohren. Flächenhafte Erythrokeratodermien der Handflächen, Fußsohlen. Spitzkegelige Hornpfröpfe an den Fingerstreckseiten. Nageldystrophien. Zugrunde liegt ein Mundhöhlen- oder Rachen- oder Kehlkopfkarzinom. **Ther:** Behandlung des Grundleidens.

Akrokeratosis verruciformis Hopf. Aussaat von warzenähnlichen Effloreszenzen an Hand- und Fußrücken sowie an Palmae und Plantae. Kein selbständiges Krankheitsbild. Die Fälle gehören meist zum Morbus Darier.

Akropathia ulcero-mutilans. Selten. Schmerzlose Ulcera bes. an der Basis des Großzehengrundgelenkes sowie an den Endphalangen mit Gewebshypertrophie der befallenen Zehen und Finger. Osteolytische Knochendefekte. Verlust der thermischen Sensibilität.

Bei chronischer Osteomyelitis von Phalangen und Grundgelenken an A. u-m. denken!

DD: Akroosteolyse bei Tabes dorsalis, Lepra, Diabetes mellitus, Syringomyelie, Vinylchlorid-Krankheit, familiärer neuropathischer Amyloidose.

——— **familiaris** (Thévenard-Syndrom). Dominant erblich. Beginnt in früher Jugend, befällt Füße und Hände.

——— **non familiaris** (Bureau-Barrière Syndrom). Meist bei Männern zwischen 40–60 Jahren. *Sitz:* nur Füße. Sehr oft chronischer Alkoholismus.

Ther: Alkoholverbot. Proteinreiche Kost. Vitamin-B-Komplex. Infektionsverhütung. Lit: E. Diem et al., Z. Hautkr. **50,** 13 (1975).

Akrozyanose (Akroasphyxie). Bei noch relativ hoher Außentemperatur (15–18°) kommt es an den Akren (bes. an Händen, Füßen, Knien, Nase) zu blauroter Verfärbung, an den Händen zuweilen auch zu teigiger Schwellung. Bei stärkerer Abkühlung können sich auch hellrote Flecken bilden. Durch Fingerdruck läßt sich die Blaufärbung wegdrücken, beim Loslassen tritt sie von der Peripherie her wieder auf: *Irisblendenphänomen.* Die Haut fühlt sich kalt und feucht an. Zuweilen kommt es an Händen und Füßen auch zu Parästhesien und Taubheitsgefühl *(Akrocyanosis chronica anaesthetica).* Es besteht Neigung zu Hyperhidrosis. Das Leiden beginnt in der Pubertät und schwindet meist um das 25. Lebensjahr. Es *fördert* die Entstehung von *Warzen, Mykosen, Pernionen. Ät. Path:* Erweiterung des subpapillären Venenplexus bei maximaler Verengung der Arterien. Als Ursache der gesteigerten Kälteempfindlichkeit wird eine neurohormonale Regulationsstörung angenommen. **DD:** symptomatische Akrozyanose bei Herz- und Lungenkrankheiten, bei Kryoglobulinämie. **Ther:** Wechselbäder, Sauna, Bindegewebs-, Unterwasserdruckmassagen. Trockenbürsten. Höhensonne. Pernionin-Teilbad. Rubefazientien (Trafuril, Rubriment u. a.). Cortiron i. m. Ichthraletten. Sympathikolytika (Hydergin u. ä.). Evtl. doppelseitige trans-thorakale Sympathektomie.

Aktinische Retikulose. Selten. Juckende, lichenifizierte Dermatitis und/oder lymphomähnliche Veränderungen bei meist älteren Männern. *Sitz:* bes. Gesicht, Hals, Handrücken später evtl. generalisiert. Hochgradige Lichtempfindlichkeit bes. gegenüber einer Wellenlänge von 365 nm. Histologisch: retikuläre Infiltrate. **Ther:** Lichtschutz. Kortikoide innerlich und äußerlich. Versuch mit Antimalaria-Mitteln und Beta-Carotin. Lit. G. Schaumberg-Lever et al., Arch. Dermatol. **112,** 889 (1976).

Aktinomykose (Strahlen„pilz"krankheit). Selten. Erreger: Actinomyces Israeli, ein spezielles Bakterium. Dieses dringt meist von der Mundhöhle (z. B. durch kariöse Zähne) auf dem Lymphwege in die Haut der Wangen und des Halses ein. Es entstehen blaurote, brettharte, wulstförmige Infiltrate mit Abszeß- und Fistelbildungen. *Dg:* Nachweis des Erregers (Actinomyces-Drusen) im Abszeßeiter. Kultur.

DD: Tuberculosis cutis colliquativa, Sporotrichose, Gummen, Malignome. **Ther:** Sulfonamide. Penicillin (1–5 Mega tgl., mindestens 4–6 Wochen lang). Evtl. Erythromycin, Tetracycline. INH 10 mg/kg Körpergewicht/tgl. – Operation. Röntgenstrahlen.

Albinoidismus. Inkompletter Albinismus. Haut schwach pigmentiert, Haare nicht vollständig weiß. **DD:** bei Kindern Phenylketonurie.

Albinismus congenitus circumscriptus (partialis). Dominant erblich. Scharf begrenzte, meist größere, runde oder ovale, evtl. systematisiert ausgestreute, pigmentfreie Flekken. Auf dem Kopf entstehen weiße Haarstellen (Poliosis circumscripta). **DD:** Vitiligo (Herde haben hyperpigmentierte Ränder; wird meist erst um das 20. Lebensjahr manifest), Naevus depigmentosus kann als partieller A. aufgefaßt werden.

Partieller A., Taubstummheit, Blepharophimosis, Minderwuchs u. a. sind Symptome des *Klein-Waardenburg-Syndroms*.

—— totalis (universalis). Rezessiv erblich. Haut, Anhangsorgane (weiße Haare), Augen (rote Pupillen, blaue Iris, Photophobie) sind infolge Fehlens der Tyrosinase pigmentfrei. Schon kurzfristige Sonneneinwirkung führt zum Sonnenbrand. Frühzeitiges Auftreten einer Altershaut. Prophyl: Lichtschutz.

Albright-Syndrom. Selten. Große, unregelmäßig gestaltete Pigmentflecken, die den Café-au-lait-Flecken der Neurofibromatose ähneln. *Sitz:* meist Rumpf. Spontanfrakturen infolge disseminierter fibrozystischer Knochenveränderungen (Röntgen!). Pubertas praecox bei Mädchen. Gynäkotropie.

Alopecia (A.). Hierunter versteht man die Kahlheit als Folge eines vermehrten Haarausfalles (Effluviums). Man unterscheidet:

1. *irreversible A.* Hierbei fehlen die Haaranlagen (A. congenita diffusa) oder sie sind zerstört (narbige A., z. B. bei Sclerodermia circumscripta, A. atrophicans) oder die Terminalhaare haben sich zu Lanugohaaren zurückgebildet (Glatze).
2. *reversible A.*, z. B. A. areata, A. symptomatica diffusa.

Der Haarwurzelstatus (Trichogramm) dient zur Objektivierung eines Effluviums (E.). Ferner kann er auf bestimmte Ursachen hinweisen.

Methode: Kopfwäsche, danach Haar nicht stark bürsten, nicht toupieren, nicht mit Spray behandeln. 5 Tage später 60–80 Haare mit einer geraden Gefäßklemme, deren Enden mit einem Gummidrain überzogen sind, an der Kopfhaut abklemmen und ruckartig ausziehen.

Entnahmestellen bei androgenetischem und *diffusem E.* 1. 2 cm hinter der Stirnhaargrenze und 2 cm rechts von der Medianlinie. 2. 2 cm neben der rechten Protuberantia occipitalis. Evtl. Kontrolltrichogramm (etwa 6–9 Monate nach Behandlungsbeginn) kontralateral.

Entnahmestellen bei umschriebenem E.: 1. Herdrand. 2. normaler Bezirk.

Haare auseinanderfächern, in Eukitt einbetten, etwa 1,5 cm oberhalb der Wurzeln abschneiden und mit Präpariernadel parallel zueinander ordnen. Deckglas auflegen.

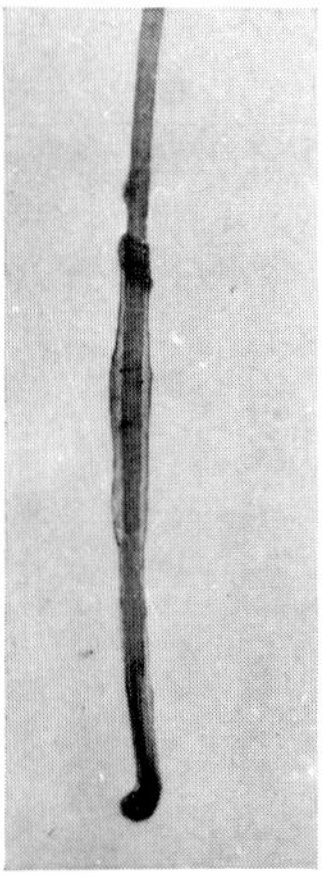

anagenes Haar
mit Wurzelscheide

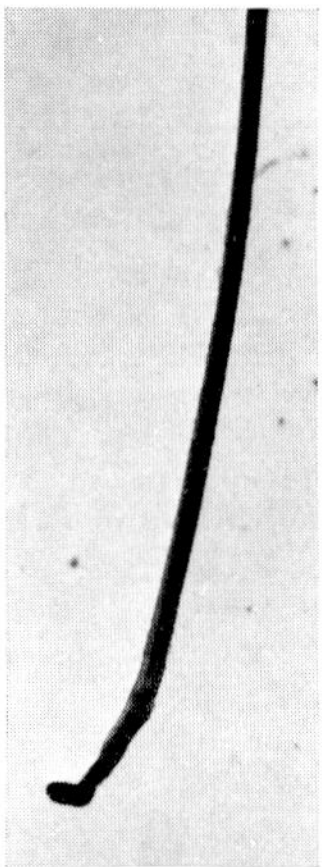

anagenes Haar
ohne Wurzelscheide

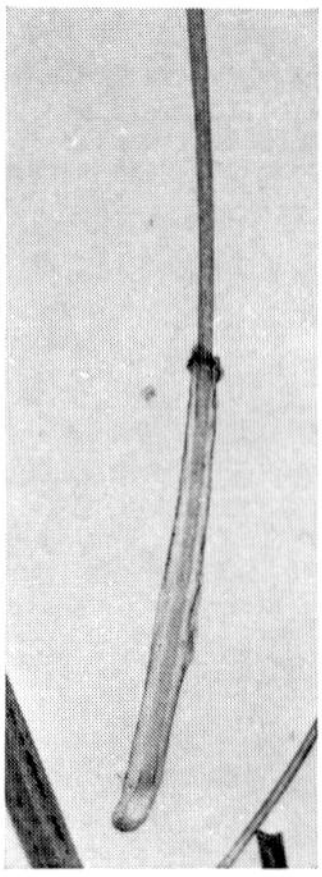

katagenes Haar

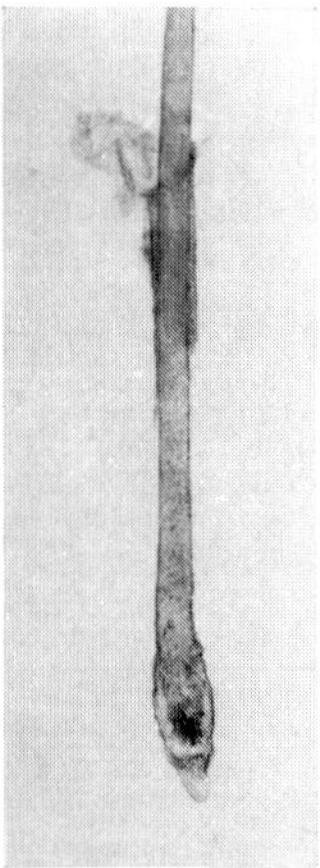

telogenes Haar

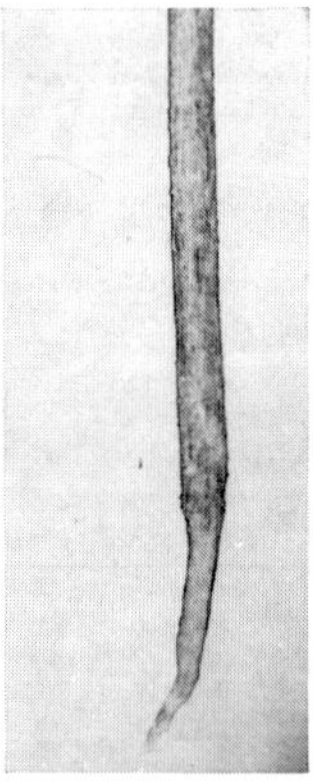

dystrophisches
Haar

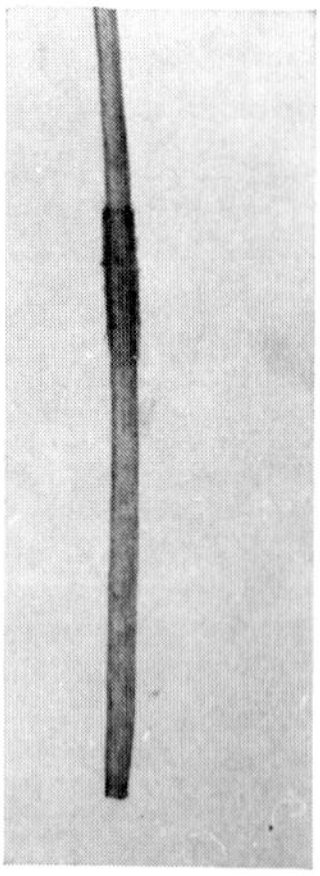

abgebrochenes
Haar

Abb. 8.

Anagenhaare, normalerweise etwa 77%, sind Haare der Wachstumsphase, die 3–6 Jahre dauert. Man unterscheidet Anagenhaare mit Wurzelscheide (Wurzeln sind stärker pigmentiert als der Haarschaft und haben trapezähnliche Form) und solche ohne Wurzelscheide mit einem weichen, oft angelhakenförmigen Wurzelanteil.

Katagenhaare, normalerweise bis 1%, sind Haare der Übergangsphase, die 1–2 Wochen dauert. Die Wurzeln sind stärker pigmentiert als die der telogenen Haare und haben meist noch Reste von Wurzelscheiden.

Telogenhaare (Kolbenhaare), normalerweise bis zu 20%, sind Haare der Ruhephase, die etwa 2–4 Monate dauert. Sie sind kolbenförmig, nur wenig pigmentiert und können einen epidermalen Sack aufweisen.

Dystrophische Haare, normalerweise bis zu 2%, haben ein bleistiftförmiges, zugespitztes, wurzelseitiges Ende.

Abgebrochene Haare sind festhaftende Anagenhaare und als solche zu zählen.

Beurteilung

Diffuses telogenes E.: Telogenrate an beiden Epilationsstellen über 20% erhöht z. B. bei Alopecia symptomatica diffusa.

Diffuses dystrophisches E.: über 2% dystrophische Haare, Anstieg über 10% spricht für stärkere Noxe.

Androgenetisches E.: Telogenrate im Frontalbereich erhöht, im Okzipitalbereich normal.

Trichotillomanie: oft gar keine Telogenhaare im Herd oder normales Haarwurzelmuster.

Alopecia androgenetica s. A. vom männlichen bzw. vom weiblichen Typ.

Alopecia areata (kreisrunder Haarausfall, Pelade, Area Celsi Abb. 9). Plötzliche Entstehung einer oder mehrerer, rundlicher, kahler Stellen am behaarten Kopf, zuweilen auch in der Bartgegend. Am Rande des Herdes verdünnen sich die Haare in Richtung auf die etwas geschwollene Wurzel zu (Ausrufungszeichenhaare), solange die Krankheit fortschreitet. Die Follikel bleiben erhalten, Narben bilden sich nicht. Zuweilen gleichzeitig Tüpfelnägel, Onychodystrophie, Leukonychie. Gewöhnlich wächst in 4–6 Monaten das Haar zunächst weiß nach. Prognostisch in der Regel ungünstige Formen sind die *Ophiasis* (schlangenförmig gewundener Haarausfall bes. im Nacken) und die *A. areata totalis*, bei der sämtliche Kopfhaare, meist auch Wimpern, Augenbrauen und Körperhaare ausfallen. *Ät. Path:* allergische Erkrankung? **Ther:** Fokussanierung. *Hyperämisierende Maßnahmen:* UV-Licht, Kromayer-Lampe, Vereisung mit Chloräthyl (2 Sek.) oder CO_2-Azeton-Schnee. Niko-

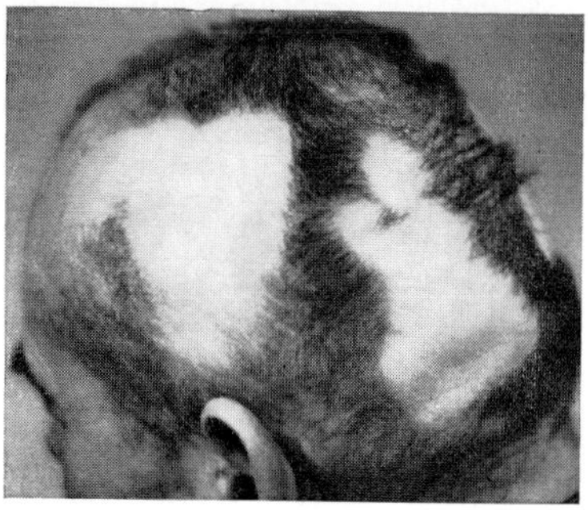

Abb. 9. Alopecia areata

tinsäureester (z. B.: K_5-Tinktur, bei hellem Haar K_5-Tinktur „spezial"). Rp: Progynon B ol. 3 ml, Spirit. isopropyl. (70%) ad 150, o. Versuch mit Vitamin-A-Säure (tgl. 2mal Epi-Aberel Creme leicht einreiben). – 2mal wöchentlich gesamte Kopfhaut mit 2%igem Salizylspiritus (70%) abreiben. Rüttelmassage der Kopfhaut.

Segmentmassagen der Segmente D1 bis D3 und der Halssegmente bis zur Linea occipitalis mittels hautverschiebender Friktionen, evtl. auch Knetungen und Vibrationen [W. Höfer et al., Derm. Mschr. **155**, 724, 1969].

Kortikoid-Externa, z. B. Jellin ultra Creme oder Topsym, evtl. unter Okklusivverband (Badekappe). Alpicort. Volon-A-Tinktur. Betnesol-V crinale. Intraläsionale Injektion von Kortikoid-Kristall-Suspensionen. Bei A. totalis evtl. Kortikoide innerlich (z. B. Dexamethason tgl. 1 mg über Monate); nach Absetzen der Therapie oft Rezidiv. Evtl. gleichzeitig mit Kortikoiden oder allein DADPS (Bayer) tgl. 1 Tbl. über längere Zeit. – Bei rasch fortschreitender A. areata Versuch mit Hydergin-Tropfen. – Valium. Bellergal. Thallium acet. D_6.

Alopecia atrophicans (Pseudopelade Brocq, Abb. 10). Irreversibel, progressiv. Bes. im Scheitelgebiet entstehen, mit Fußstapfen im Schnee vergleichbare, kaum münzgroße, haarlose Stellen mit atrophischen Follikeln (Öffnungen durch Jodanstrich nicht darstellbar). Einzelne grobe, dicke Haare bleiben in den Herden bestehen.

Ät. Path: Folge eines Erythematodes chronicus, eines Lichen ruber follicularis (s. Lassueur-Graham-Little-Syndrom), einer Folliculitis decalvans, einer zirkumskripten Sklerodermie, einer Porphyria cutanea tarda. **DD:** Alopezie nach Favus, Pyodermie, Lues III, Tbc, Krebsmetastasen.

Ther: Versuch, das Fortschreiten des Prozesses aufzuhalten mit 2%igem Resorcinspiritus, Volon-A-Tinktur, Alpicort. Behandlung des Grundleidens.

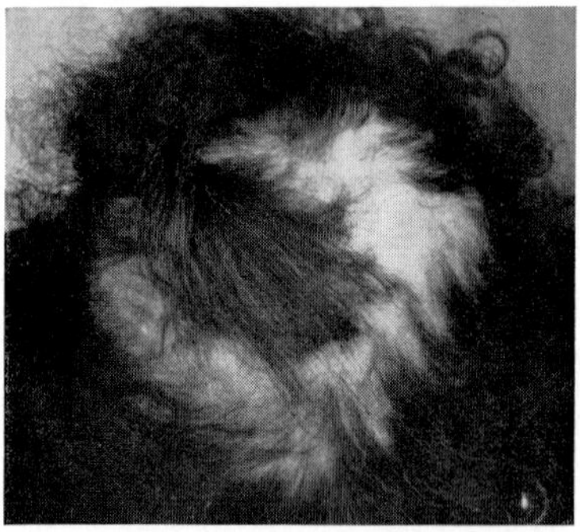

Abb. 10. Alopecia atrophicans

— climacterica. Ausfall der Kopfhaare bei Frauen im Klimakterium. **Ther:** Rp. Progynon B ol. 3 ml, Spirit. isopropyl. (70%) ad 150, o. Crinohermal fem. Alpicort F.

— congenita cirsumscripta. Sehr selten. Angeborene haarlose Stellen bes. an der Stirnhaargrenze und im Schläfenbereich. **Ther:** Evtl. Exzision.

— congenita totalis (Atrichia — —). Sehr selten. Angeborener kompletter Haarmangel.

— congenita temporalis (— — triangularis). Sehr selten. Ein- oder beidseitige, dreieckige haarlose Stelle an der Schläfe (Stirnhaargrenze). Lit: N. Minars, Arch. Dermatol. **109**, 395 (1974).

Alopecia hereditaria (Hypotrichosis hereditaria capitis). Zwischen dem 5.–12. Lebensjahr beginnt ein verstärktes Effluvium des Kopfhaares, im 20.–25. Jahr kommt es zu einer fast völligen Alopezie. Autosomal-dominant erblich. Lit: J. Toribio et al., Brit. J. Dermatology **91**, 687 (1974).

— marginalis traumatica (Traktionsalopezie). Haarausfall am Stirnhaarrand durch straffe Frisur (z. B. Pferdeschwanzfrisur). Es kann zur irreversiblen A. infolge Atrophie der Haarfollikel kommen.

— mechanica. Haarausfall durch Tragen von Lasten auf dem Kopf, ständiges Aufliegen auf dem Hinterkopf (Dekubital-Alopezie bei Säuglingen), nach Verletzungen, infolge von Trichotillomanie.

— medicamentosa. Ausfall der Kopf-, seltener auch der Körperhaare nach mehrwöchiger oder mehrmonatiger Einnahme von Zytostatika, Antikoagulantien, Thyreostatika, nach Vitamin-A-Intoxikation und Antihypercholesterinämika bzw. Lipidsenker (Clofibrat, Nikotinsäure).

Bei diffusem Haarausfall immer an eine Arzneimittel-Nebenwirkung denken!

Nach 1-2 Monaten kommt es zuweilen – trotz weiterer Einnahme des schuldigen Medikamentes – zunächst sogar zu verstärktem Haarwuchs.

Ther: Alpicort, Crinohermal u. ä. Massage. Höhensonne.

— mucinosa s. Mucinosis follicularis.

— parvimaculata. Endemisch auftretender Haarausfall bei Kleinkindern. Bis linsengroße, unregelmäßig begrenzte, oft atrophische Herde. *Ät. Path:* offenbar Folge von Follikulitiden. **Ther:** tgl. einreiben mit Ol. rusci 20, Naphthol 4, Acid. salicyl. 4, Resorcin 4, Ol. ricini 30, Spirit. sapon. kal. ad 200.

— pityroides entspricht der A. praematura. Haarausfall mit kleieförmiger Schuppung. **Ther:** s. Seborrhoe.

— postpartualis. Haarausfall 2–4 Monate nach der Entbindung. In der Regel spontane Abheilung in einigen Monaten. **Ther:** Ovulationshemmer.

— psychogene Pseudoalopezie. Die Patienten klagen über starken Haarausfall. Trichogramm und Haarauskämmrate sind jedoch normal. *Ät. Path:* z. B. Eheschwierigkeiten, ängstlich depressive Verstimmungszustände. **Ther:** Aufklärung.

— seborrhoica entspricht der A. praematura. Die Seborrhoe wurde früher als Ursache der Glatze angeschuldigt. Gegen diese Auffassung spricht u. a., daß bei vielen Männern trotz hochgradiger Seborrhoe keine Alopezie auftritt und daß die Seborrhoe die ganze Kopfhaut befällt, die Glatze aber nur einen Teil. **Ther:** s. Seborrhoe.

Alopecia specifica s. Syphilis II.

—, swimming-pool alopecia. Trockenes, gebleichtes, sprödes Haar und Effluvium bes. temporal und postaurikulär. *Ät:* zu häufiges Baden. *Prophyl:* Badekappe. Vor dem Schwimmen Haare einfetten. Lit. J. A. Cotterill et al., Brit. J. Dermatol. 91, Supp. **10,** 33 (1974).

— symptomatica diffusa. Reversibler Haarausfall bei bzw. nach fieberhaften Infektionskrankheiten (Typhus, Grippe, u. a.), chronischen Krankheiten (Neoplasmen, Hepatopathien, Erythrodermie, Dermatomyositis, Eisenmangelanämie, Diabetes mellitus u. a.), Dermatosen (z. B. ausgedehntes Kopfhautekzem), hormonellen Störungen (der Schilddrüse, der Hypophyse u. a.), Röntgenstrahlen, Stress-Situationen, Medikamenten (s. d.), Intoxikationen (Thallium, Hg u. a.). Die A. beginnt meist 2–3 Monate nach Beginn der Schädigung, bei schweren Intoxikationen schon nach 1–3 Wochen.

DD: Haarbruch infolge mechanischer oder chemischer Schädigung, z. B. durch zu intensives Bürsten, übermäßiges Waschen, Bleichen. Hierbei kann es zu scheinbarer, hochgradiger A. kommen. Das Trichogramm ist normal. – Bei der androgenetischen A. findet sich in den nicht befallenen Regionen (Schläfenbereich, Hinterkopf) ein normales, im Scheitelbereich dagegen ein telogenes Wurzelmuster.

Ther: Grundleiden behandeln, Ursache ausschalten. Pantogar Dragees oder – Kapseln. Vitamin D_3 (D-Tracetten, 1 Tbl. tgl. Regelmäßige Serum-Kalzium-Kontrollen. Keine Sonnenbäder!). Loscon Tinktur. Alpicort. Crinohermal.

Alopecia vom männlichen Typ (A. androgenetica). Der Haarausfall, der an den Geheimratsecken und der Tonsurstelle in der Regel im Alter von 20–25 Jahren *(A. praematura)* beginnt, schreitet bis zum 30. Lebensjahr schnell fort, später nur langsam ("tous les grands chauves sont déjà chauves avant 30 ans", Sabouraud). Bei ausgebildeter Glatze findet sich immer ein Haarkranz hinten und an den Seiten.

Dg. im Anfangsstadium: stärkeres Effluvium, Seborrhoe, im Trichogramm Telogenraten frontal erhöht (über 20%), okzipital normal.

Ät. Path: Voraussetzung für die Glatzenbildung sind: 1. erbliche Anlage, 2. genügender Androgenspiegel (Eunuchen bekommen keine Glatze!), 3. entsprechendes Alter.– Seborrhoe (s. A. seborrhoica), Schuppung (A. pityroides) und Juckreiz scheinen den Haarausfall zu fördern.

Die A. androgenetica ist beim Mann ein *fakultatives* sekundäres *Geschlechtsmerkmal* und *keine Krankheit* im Sinne der RVO. Zuweilen wird die A. a. als schwere Entstellung empfunden (Suizidgefahr!). Es obliegt dann dem Psychiater, eine Perücke zu verordnen.

Ther: s. a. Seborrhoe. Durchblutungsfördernde und antiseborrhoische Mittel. Progynonspiritus (s. o.), Crinohermal fem, Alpicort-F. Rüttelmassage: Verschieben der Kopfhaut mit fest aufgesetzten Fingerspitzen. Zum Kopfwaschen amphotere Tenside (Hegor ST bei Seborrhoea oleosa, Hegor KSK bei Seborrhoea pityrodes), Dermowas u. a.

Glatzenoperationen werden nicht mehr empfohlen. Haarverpflanzungen mit ausgestanzten Hautzylindern von der Hinterhauptregion sind evtl. angezeigt als Ersatz von Augenbrauen.

— vom weiblichen Typ (Alopecia androgenetica). Glatzenbildung bei der Frau. Zwei Formen: 1. *diffuse Lichtung* des Haares, die hinter der Stirnhaargrenze beginnt und bis hinter den Wirbel reicht. Gleichzeitig Seborrhoe. 2. *käppchenförmiger*, hochgradiger *Haarausfall* um den Wirbel. Kommt fast nur in der Menopause vor. *Ät. Path:* vermehrte Androgenbildung, erhöhte Androgenempfindlichkeit der betroffenen Haarfollikel. Erblich.
Dg: im Trichogramm Telogenraten frontal erhöht (über 20%), okzipital normal.

Ther: Östrogenspiritus: Rp. Progynon B ol. 3 ml (= 3 Ampullen), Spirit. dilut. ad 150, o.
Crinohermal fem. Alpicort F. Antiandrogene s. Akne.

Altersdermatosen. Alterspigmentierung, Elastoidose cutanée à kystes et comédons, Haemangioma senile, Hyperkeratosis follicularis senilis, Keratosis senilis, Pityriasis senilis, pseudo-cicatrices stellaires spontanées, Purpura senilis, Teleangiektasien, Verruca senilis.

Altershaut. Man unterscheidet: 1. *einfache senile Atrophie:* durch Schwund der Subkutis, Verdünnung der Kutis, Abnahme des Hautturgors wird die Haut schlaff, knitterbar, die Gefäße scheinen durch. *Sitz*: z. B. Handrücken. 2. *degenerative senile Atrophie* (senile, aktinische Elastose): durch Bindegewebsumwandlung entsteht eine verdickte, gelbliche Haut mit tiefen Falten. *Sitz*: bes. Gesicht, bei Männern auch Nacken (Cutis rhomboidalis). *Prophyl:* Wind und übermäßige Sonnenbestrahlung meiden. Nicht mit nassem Gesicht ins Freie gehen. Ausreichender Schlaf. Radonhaltige Badekuren (Gastein). Gesichtspackungen. Gesichtsdampfbäder, dann vorsichtige Massage. Pregnenolonhaltige Präparate (Aquamoist-, Basic Line und Optima-Serie, Fa. Binelli). Placentapräparate. Östrogene, z. B. Östradiol (Linoladiol-Emulsion), bei klimakterischen Frauen evtl. Östriol (1 Tbl. Ovestin tgl.) oder konjugierte Östrogene (1 Dragée Presomen tgl.). RV-Creme fettend oder intermediär.

Alterspigmentierungen finden sich bei 97% aller Menschen im 8.–10. Dezennium. Bis linsengroße, seltener bis talergroße braune Flecken. *Sitz:* bes. Handrücken, Unterarmstreckseiten, Gesicht. **DD:** Lentigo maligna (ist ungleichmäßig pigmentiert). **Ther:** Depigman. Touchieren mit Phenol. liquefact. Hochtouriges Schleifen. CO_2-Schnee.

Amyloidosen entstehen durch interzelluläre Amyloidablagerung. Selten.
Isolierte Hautamyloidose. *Lichen amyloidosus:* dicht stehende, meist nur stecknadelkopfgroße, stark juckende, teils verruköse Knötchen. *Sitz:* bes. Unterschenkel-, zuweilen auch Unterarmstreckseiten. **DD:** Lichen simplex chronicus, Lichen ruber verrucosus, Lichen myxoedematosus.

Ther: Versuch mit Kortikoid-Externa unter Okklusiv- und Kompressionsverband. 0,5–5%ige Podophyllinvaseline. Intraläsionale Injektion von Kortikoid-Kristall-Suspension. CO_2-Schnee. Kaustik.

Amyloidosis cutis nodularis (atrophicans). Solitäre oder multiple, bis kirschgroße, zuweilen atrophisch werdende Knoten. *Sitz:* Extremitäten, Stamm, Gesicht. **DD:** knotige Retikulose. Lit: E. GOERTTLER et al., Hautarzt **27**, 16 (1976). **Ther:** Exzision.

— *maculosa.* Hyperpigmentierte, juckende, oft geriffelte Flecken. *Sitz:* Rücken, Brüste, Beine. Lit: M. H. BROWNSTEIN et al., Arch. Dermatol. **106**, 50 (1972).

Seniles Amyloid in altersbedingten Hautveränderungen z. B. Keratosis senilis. *Dg:* histologisch (polarisationsoptisch nach Kongorotfärbung). Elektronenmikroskopisch.

—, primäre systematisierte (Paramyloidose). Hierbei findet sich zuweilen ein Plasmozytom. Amyloidablagerung in: Zunge (Makroglossie), Kehlkopfschleimhaut (Heiserkeit), Myokard, Lippen (Makrocheilie), Haut (linsengroße durchscheinende Papeln und plattenartige oder diffuse, harte Infiltrate bes. im Gesicht. Blasenbildung, Purpura).

—, sekundäre systematisierte sind Folge chronischer Infekte (Tbc, Osteomyelitis, Lepra u. a.). Ablagerung u. a. in Milz, Leber, Nieren, nur selten in der Haut.

Dg. bei systematisierter Amyloidose: fluoreszenzoptischer Nachweis in Rektumschleimhaut.

Ther: bei primärer A. Versuch mit D-Penicillamin und Azathioprin, bei sekundärer A. Grundleiden behandeln.

Anetodermie (Dermatitis chronica atrophicans maculosa). Rundliche oder ovale, bis markstückgroße, anfangs rötliche, später weiße Herde mit verdünnter, zigarettenpapierartiger Haut. Zuweilen hernienartige Vorwölbung des Fettgewebes. Entzündliche oder urtikarielle Erscheinungen können vorausgehen. **DD:** atrophische Narben.

Angina. Entzündung der Gaumenmandeln (Tonsillitis) und ihrer Umgebung.

— agranulocytotica. Schmierige Beläge mit tiefen Ulzerationen der Gaumenmandeln und Übergreifen auf die Mundschleimhaut. *Ät. Path:* Fehlen der leukozytären Abwehr (weniger als 600 Granulozyten/mm^3) infolge Drogen- (z. B. Pyrazolon, Aminophenazon) oder Infektionsallergie. **Ther:** Verdächtige Arzneimittel absetzen. Antibiotika. Bluttransfusion. Kortikoide. Gammaglobulin.

— catarrhalis. Rötung und Schwellung der Gaumenmandeln, Schluckbeschwerden, evtl. Fieber. Gleichzeitig kann ein Katarrh der oberen Luftwege auftreten. **Ther:** Bettruhe, Schwitzpackung mit Lichtbügel, heißem Lindenblütentee und Aspirin. Mehrmals tgl. Halswickel jeweils 1 Stunde. Abführen. Schluckweise reiner Zitronensaft. Gurgeln mit Hexoral. Siogeno Geigy. Panflavin. Iversal.

— diphtherica. Erreger: Corynebacterium diphtheriae. Inkubationszeit 2–5 Tage. Schlecht ablösbare, grauweiße, süßlich-faulig riechende Beläge auf den Tonsillen, übergreifend auf Gaumenbögen und Uvula. Mäßiges Fieber. *Dg:* Erregernachweis. **Ther:** Isolierung des Kranken. Diphtherie-Heilserum, gleichzeitig Antibiotika, z. B. Megacillin 1 Mega tgl. 6 Tage lang oder Erythromycin oder Tetracyclin.

— lacunaris et follicularis. Plötzlicher Beginn mit Fieber, Schluckschmerzen, Rötung und Schwellung beider Tonsillen, die weißliche, stippchenartige Beläge zeigen. *Ät. Path:* Erreger Streptokokken. Als Folge können u. a. auftreten: Glomerulonephritis, akuter Gelenkrheumatismus, Erythema nodosum, Vasculitis allergica u. a. **Ther:**

Möglichst frühzeitig Penicillin, z. B. Tardocillin 1200 1,2 Mega I. E. oder Megacillin 1 Mega tgl. 6 Tage lang. Bei Penicillinallergie Erythromycin, Lincomycin u. ä. – s. A. catarrhalis.

— **luica seu specifica** ist bei Lues II häufig. Schwellung und Rötung der Tonsillen mit schleierartigem, grauweißem Belag, kein Fieber. **Ther:** s. Syphilis.

— **Monozyten-Angina** (Pfeiffersches Drüsenfieber, infektiöse Mononukleose). Erreger: Epstein-Barr-Virus? Inkubationszeit etwa 8 Tage. Befallen werden bes. Kinder und Jugendliche. Fieber, Tonsillitis mit dicken Belägen, generalisierte Lymphknotenschwellungen, Leukozytose (bis 50 000/cmm) mit über 50%Lymphozyten und monozytoiden Zellen. Morbilli-, rubeoli- oder skarlatiformes Exanthem. Evtl. Hepatitis, Lidödem, Stomatitis. *Dg:* Paul-Bunnel-Reaktion. **DD:** Lues II, Diphtherie, Angina-Plaut-Vincenti, Tularämie.

Ther: symptomatisch mit Tomanol, Vitamin C. Mundpflege z. B. mit Trypaflavin-Lösung, Frubienzym, Leukase-Pastillen, Trachimycin, Thyrocid-X. Bei sehr schwerem toxischen Verlauf evtl. Kortikoide.

— **ulceromembranacea** (– Plaut-Vincenti). Zunächst grauweißer schmieriger Belag auf einer Tonsille, dann tiefes unregelmäßig begrenztes weiches Geschwür, das auf den Gaumenbogen übergreifen kann. Halslymphknoten geschwollen. Allgemeinerscheinungen und Fieber gering. *Dg:* im Abstrich fusiforme Bazillen und Spirillen. **DD:** A. diphtherica, syphilitischer PA. **Ther:** tgl. 1 Mega I. E. *Penicillin.* Tgl. 1 g Hostacyclin. Pinseln mit 1%iger Pyoktaninlösung. Iversal, Siogeno Geigy. Vitamin C. Zahnärztliche Sanierung.

Angiokeratoma. Kapillarerweiterung und -vermehrung in der oberen Kutis mit sekundärer Hyperkeratose.

— **circumscriptum naeviforme.** Selten. Angeborene, streifen- und netzförmig angeordnete bis erbsgroße blaurote, keratotische Knötchen. *Sitz:* bes. Beine. **Ther:** evtl. Exzision und plastische Deckung.

— **corporis diffusum Fabry.** Selten. Meist in der Kindheit auftretende, bis stecknadelkopfgroße, z. T. etwas hyperkeratotische Angiome bes. am Unterbauch, Gesäß, Leistengegend. Hornhauttrübungen. Später Nephropathie (evtl. Urämie) und kardiovaskuläre Störungen (Hypertonus, Herzinfarkt, Apoplexie). *Ät. Path:* Lipoid-Thesaurismose infolge eines Ceramid-tri-hexosidase-Defektes. Hereditär. Es erkranken meist Männer. **DD:** Morbus Osler (beginnt erst im 3. Dezennium). **Ther:** Versuch mit Clofibrat (Regelan). Hautveränderungen hochtourig schleifen.

— **Mibelli.** Selten. Bis stecknadelkopfgroße, dunkelrote, keratosenbedeckte Angiome bes. bei Jugendlichen mit Akrozyanose, Hyperhidrosis manuum et pedum und Neigung zu Pernionen. *Sitz:* stets symmetrisch, bes. Finger- oder Zehenrücken, selten Nasenspitze, Ohrläppchen u. a. Oft Rückbildung im Erwachsenenalter. **Ther:** Warmhalten der Hände.

— scroti. Ab 4. Dezennium auftretende, bis stecknadelkopfgroße Angiome, mit geringer Hyperkeratose.

Ther: evtl. Elektrokoagulation.

— solitarium seu multiplex. Meist in der Einzahl, zuweilen auch multipel auftretende, mit Hyperkeratosen bedeckte, oberflächliche Hämangiome. *Sitz:* bes. Beine. *Ät. Path:* Offenbar Folge eines Traumas oder einer chronischen Reizung der Gefäße des Papillarkörpers.

Ther: Exzision.

Angiolymphoide Hyperplasie mit Eosinophilie. Gutartige, multiple oder solitäre, 0,2–4 cm große, in Kutis oder/und Subkutis gelegene Tumoren. Histologisch: proliferierte Gefäße, Gewebseosinophilie, lymphfollikelähnliche Strukturen. *Sitz:* bes. Kopfhaut. **DD:** Atherom, Hämangiom, Zylindrom. **Ther:** Exzision. Lit: A. H. MEREGAN et al., Arch. Dermatol. **103,** 50 (1971).

Angioma serpiginosum. Im Kindesalter auftretende, bis glasstecknadelkopfgroße, hell- bis dunkelrote, scharf begrenzte Punkte, die in Gruppen, Ringen und Wirbeln liegen, unter Glasspateldruck abblassen, aber nicht schwinden. In der Kälte treten sie deutlicher hervor. Gynäkotropie. *Sitz:* bes. Beine. Histologisch: erweiterte, neugebildete Gefäße im Papillarkörper. **DD:** Purpura pigmentosa progressiva (Erythrozytenextravasate), Angiokeratoma circumscriptum naeviforme, Naevus teleangiectaticus. **Ther:** Vorsichtige Elektrokoagulation. Fräsen. Abdecken mit Covermark. Lit: P. J. MARRIOTT et al., Br. J. Dermatol. **93,** 701 (1975).

Angiomatosis cerebri et retinae (v. Hippel-Lindau-Syndrom). Angiome der Retina und der zerebellaren Leptomeningen mit Kleinhirn- und Hirndrucksymptomen; manchmal ein Naevus flammeus.

Angiomatosis encephalo-trigeminalis (Sturge-Weber-Krabbe-Syndrom). Naevus flammeus, meist einseitig im Versorgungsgebiet des 1. oder/und 2. Trigeminusastes, Glaukom, epileptiforme Anfälle, oft auch intrakranielle Verkalkungen.

Angiophakomatosen. Mißbildungskrankheiten mit kongenitalen Gefäßveränderungen an Haut, Augen und ZNS: Hippel-Lindau-Syndrom, Klippel-Trenaunay-Weber-Syndrom, Mafucci-Kast-Syndrom, u. U. auch Sturge-Weber-Krabbe-Syndrom, multiple Glomustumoren.

Angulus infectiosus oris (Mundwinkelrhagaden, Faulecken, Perlèche). Hartnäckige, entzündliche, rhagadiforme, krustöse, zuweilen schmerzhafte Herde an den Mundwinkeln. *Ät. Path:* bei Kindern oft durch Streptokokken, bei älteren Leuten oft durch Hefen hervorgerufen. Grundleiden können sein: Diabetes mellitus, Ariboflavinose, Malabsorptions-Syndrom, Achylie, Eisenmangel. Auch schlechtsitzende Zahnprothesen können das Leiden unterhalten. **DD:** Lues II. **Ther:** Grundleiden behandeln. Eisenpräparate. Vitamin-B-Komplex. Pinseln mit 5%iger Silbernitratlösung. Antibakterielle Creme, z. B. Refobacin-Creme. Bei Nachweis von Hefen (Kultur) Nystatin z. B. Candio-Hermal E comp. Paste.

Anhidrose einer Fußsohle kann erstes Zeichen sein für die paravertebrale (Grenzstrang) oder lumbosakrale (Plexus) lymphogene Metastasierung von Rektum- oder Genitalkarzinom.

Anhidrosis bei gleichzeitiger Hyperhidrosis im Gesicht. Durch starke Hitze bes. in den Tropen und bei Arbeiten im Kesselraum von Schiffen können die Schweißdrüsenporen keratotisch verschlossen werden. Der Schweiß kann dann nicht mehr austreten: Wärmestauung. **Prophyl. und Ther:** NaCl-Zufuhr einschränken. Reichlich Flüssigkeitszufuhr. Versuch mit Pilocarpin, Flieder- oder Lindenblütentee.

Anhidrosis hypotrichotica mit Hypodontie. Rezessiv erblich. Fehlen der Schweißdrüsen, dadurch Gefahr der Wärmestauung (Hitzschlag). Trockene Haut mit Teleangiektasien. Entwicklungsstörungen der Haare, Zähne, Nägel, Tränendrüsen. Schädeldeformitäten. **Ther:** s. o.

Anthrax (Pustula maligna, Milzbrand). Selten. Erreger Bacillus anthracis. 2–8 Tage nach Infektion durch Tiere bzw. Tierprodukte entsteht an der Eintrittspforte (eine Hautverletzung ist keine Voraussetzung, die Keime können auch in unverletzte Haarfollikel eindringen!) ein *hämorrhagisches Bläschen*, das zu einem sich langsam vergrößernden, *schwarzen Schorf* eintrocknet. Die *entzündlich geschwollene Umgebung* überragt den Schorf wallartig. Oft besteht Fieber. Gefahr der Milzbrandsepsis; zu dieser kommt es fast immer bei Darm- und Lungenmilzbrand. Sitz: oft Unterarme, Gesicht. – Zuweilen fehlt die Primäreffloreszenz; es tritt dann ein *Milzbrandödem* (Oedema malignum) auf: diffuse, anfangs blasse, später blaurote, sulzig-weiche Hautschwellung, in der sich serös-hämorrhagische Bläschen und nach deren Platzen nekrotische Schorfe bilden. *Sitz:* bes. Lippen, Augenlider. Gefahr der Sepsis, der Erstickung durch Kehlkopfödem, der Leptomeningitis anthracica. *Milzbrand ist meldepflichtig. Isolierung erforderlich!*

Dg: Vorgeschichte (Kontakt mit Tierhäuten und -haaren). Erregernachweis. Kultur. Tierversuch. Präzipitations-Ringprobe nach ASCOLI. **DD:** Gesichtsphlegmone (diese ist derber, druckempfindlicher, breitet sich langsamer aus), Erysipel (intensivere Rötung, zungenartige Ausläufer), Zoster gangraenosus, Vaccina inoculata, Quinckesches Ödem (Kein Fieber!). **Ther:** Bettruhe. Vitamin C. *Penicillin* anfangs 3 Mega I. E. tgl., bei gutem Ansprechen nach einigen Tagen Dosis auf 800000 I. E. tgl. reduzieren. Ferner Tetracycline oder Chloramphenicol tgl. 3 g, 7 Tage lang. Wenn möglich vorher Antibiogramm zur Resistenzbestimmung. Äußerlich Terramycinsalbe. – *Verbandstoffe verbrennen. Untersuchen und Verbinden nur mit Gummihandschuhen!*

Antikörpermangelsyndrom. Unfähigkeit des Organismus, auf einen antigenen Reiz mit der Bildung korrespondierender Antikörper zu reagieren infolge Anlage- oder Entwicklungsstörung der Plasmazellen sowie der Keimzentren des lymphoiden Gewebes. Geht in der Regel einher mit Verminderung der elektophoretischen Gammaglobulinkomponente. Folgende Dermatosen bzw. Symptome werden mit dem Syndrom in Zusammenhang gebracht: Pyodermien (Impetigo, Furunkel, Schweißdrüsenabszesse u. a.), schlechte Heilungstendenz von Operationswunden, bakterielle Ekzeme, Erythrodermie, Pyoderma gangraenosum, therapieresistente Soor- und Fadenpilzerkrankungen, Ekzema herpeticatum u. a. **Ther:** symptomatisch (Gammaglobulin und Antibiotika).

Aphthen, chronisch-rezidivierende (habituelle). Bis linsengroße, selten größere, runde oder ovale, schmerzhafte, gelblich belegte Erosionen (Bild 1 nach S. 16) oder Ulzerationen mit hochrotem Saum. Die Aphthen können über Jahrzehnte rezidivieren. *Sitz:* meist Mundschleimhaut. *Ät:* Magen-Darm-Störungen? Vasolabilität? Familiäre Häufung.

DD: Stomatitis aphthosa (meist bis zum 5. Lebensjahr, in großer Zahl auftretend; bei habituellen A. finden sich meist nur 2–5 Elemente), medikamentöse Stomatitis nach Bleomycin, Fluorourazil, Methotrexat. Behçet-Syndrom.

Seltene *Sonderformen:* 1. sehr schmerzhafte, bis 3 cm große Riesenaphthen, 2. tiefes Schleimhautulcus mit hartem Randwall *(Periadenitis mucosae necrotica recurrens)*. **DD:** Karzinom.

—, solitäre metastatische. Sie rezidivieren nicht. Keine einheitliche Ursache. **Ther:** Spülungen mit Subcutin-Lösung, 3%igem H_2O_2, Hexoral. Bepanthen-Lösung. Herviros. Pinselung mit 1%iger Pyktaninlösung oder 1%iger Silbernitratlösung. Volon-A-Haftsalbe. Dontisolon P Mundheilpaste. Anaesthesin-Dragees. Betnesol-Pastillen. Lutschen von Malzbonbons. Bei rezidivierenden A.: Versuch mit tgl. 3 × 2 Reparil-Dragees oder 3 × 1 Kapsel Venoruton 300, ferner mit Vitamin B_{12}, Eigenblut-Injektionen, Eisenpräparaten. Evtl. Bellergal o. ä.

Aphthen-Krankheiten. Chronisch-rezidivierende Aphthen, solitäre metastatische Aphthen, Stomatitis aphthosa, Aphthoid Pospischill-Feyrter, Behçet-Syndrom, Maul- und Klauenseuche.

Aphthoid Pospischill-Feyrter. Selten. Schwere Verlaufsform der Gingivostomatitis herpetica. Herpes simplex-Infektion bei Klein-Kindern, die durch Masern, Röteln, Varizellen, Mumps u. a. geschwächt sind. Aphthen der Mundschleimhaut, dickwandige Bläschen im Gesicht u. am Genitale. *Dg:* gleichzeitiger Befall von Haut, Mundschleimhaut und Genitale, peripheres Wachstum der Effloreszenzen, bei Säuglingen und Kleinkindern in reduziertem AZ auftretend. **Ther:** s. Gingivostomatitis herpetica. Haut: 1%ige Vioform-Lotio. Gammaglobulin. Antibiotische Abschirmung. Bluttransfusionen.

Aplasia cutis congenita. Selten. Bei der Geburt scharf begrenzte Wundfläche, deren Durchmesser in der Regel 1–2 cm beträgt. Nach Epithelisierung findet sich ein narbiger, haarfreier, unter dem umgebenden Hautniveau liegender Herd. *Sitz:* bes. in der Nähe der kleinen Fontanelle oder paramedian am Hinterkopf. Meist nur ein Herd, selten zwei, z. B. symmetrisch an den Schläfen [Lit: R. I. RUDOLPH et al., Arch. Dermatol. **110**, 615 (1974)]. **Ther:** evtl. plastische Deckung.

Apoplexia cutis. In Nekrose übergehende Hautblutungen, z. B. bei Periarteriitis nodosa, chronischer myeloischer Leukämie.

Arcus senilis corneae. Ringförmige Trübung der Kornea nahe dem äußeren Rand durch Lipoidablagerung. Vermehrung der Plasmalipide dürfte die Entstehung fördern.

Argyrosis (Argyrie). Graue Verfärbung der Haut (bes. der unbedeckten Körperpartien), der Gingiva und Skleren durch Silberablagerung, z. B. nach Einnahme silberhaltiger Medikamente, bei Arbeitern, die silberhaltiges Material polieren. *Dg:* histologischer Nachweis der Silberkörnchen.

Arsenkeratosen. Flächenhafte Verschwielungen mit Rhagaden an Palmae und Plantae sowie umschriebene Hyperkeratosen, die sich auch im Gesicht, am Hals und am Rumpf finden. Oft Übergang in Spinaliom. Zuweilen gleichzeitig Arsenmelanose. *Ät:* meist langdauernde Einnahme von anorganischen Arsenpräparaten. **DD:** Keratoma palmare et plantare, Sohlenwarzen. **Ther:** Exzision. Bei flächenhaften Keratosen 10%ige Salizylvaseline, Guttaplast. Heiße Seifenbäder.

Artefakte. Hautveränderungen durch Selbstbeschädigung, mit dem Ziel, die Aufmerksamkeit auf sich zu lenken, sich unangenehmen Pflichten zu entziehen oder einen Vorteil zu erreichen. Die Kranken sind empört, wenn man sie der Selbstbeschädigung beschuldigt. An Artefakte ist zu denken bei *ungewöhnlichen Hauterscheinungen mit eigentümlichen Formen*, raschem Auftreten auf vorher gesunden Hautstellen, schnellem Abheilen unter Abschlußverbänden (Zinkleim). Oft bei psychopathischen, bes. bei weiblichen Personen. Häufig fehlen Würge- und Kornealreflex. **DD:** neurotische Exkoriationen. S. auch Heroin-Sucht. – Psychotherapie.

Arterielle Verschlußkrankheiten der Beine.

————, akute. Die Ursache ist eine

a) arterielle Embolie durch ein meist aus dem linken Herzen verschlepptes Blutgerinnsel bei Mitralstenose, bakterieller Endokarditis, Herzinfarkt. Symptome: blitzartig beginnender Schmerz, peripherer Puls nicht tastbar, gestörte Reflexerregbarkeit, Haut wird kalt, blaß, dann blaumarmoriert, später mumifiziert oder gangränös. **Ther:** Befallene Extremität tief lagern, Wattepackung. Analgetika (Dolantin, Polamidon), Spasmolytika (Eupaverin 0,15 g i. v., Baralgin i. v.). Sofort Krankenhauseinweisung. Streptokinase *und Antikoagulantien.* Evtl. Embolektomie.

b) arterielle Thrombose bildet sich meist bei obliterierender Arteriosklerose. Symptome weniger intensiv als bei Embolie. *Ther:* s. o.

————, chronische. In über 90% der Fälle liegt eine Arteriosklerose zugrunde, bei deren Entstehung u. a. folgende Faktoren eine Rolle spielen: Konstitution, Hypertonus, Diabetes mellitus, Gicht, Hyperlipämie, Nikotin, chronische Infekte, körperliche Inaktivität, psychische Noxen.

Beim Diabetes unterscheidet man: die *Makroangiopathie*, d. h. die Arteriosklerose bei Diabetes, und die *Mikroangiopathie* mit Infiltration und Verschluß der Endstromgefäße durch saure Mukopolysacharide. Hierbei können akrale Nekrosen entstehen, die größeren Gefäße aber intakt bleiben (Fußpulse tastbar!). *Schon latenter Diabetes disponiert zur Verschlußkrankheit.*

Ferner können entzündliche Wandveränderungen (z. B. *Endangiitis obliterans*) zum arteriellen Verschluß führen.

Symptome: Schmerzen beim Gehen, die nach Stehenbleiben schwinden [*Claudicatio intermittens*]. Schmerzfreie Gehstrecke wird immer kürzer.

Zunehmende Schmerzen während der Nacht, *Nachlassen der Schmerzen beim Herabhängen des Beines.* Die Haut ist kalt und blaß oder zyanotisch, beim Stehen düsterrot und gespannt. Beinglatze. Meist auf den Fuß beschränktes Ödem, bes. wenn der Kranke wegen Ruheschmerz das Bein herabhängen läßt. *Nekrose, Ulcus cruris arteriosum, Gangrän.*

Schweregrade der arteriellen Durchblutungsstörung nach Fontaine

Stadium	Symptome	Grad der Gefäßeinengung
I.	schmerzfrei	20–49%
II.	Schmerzen bei Belastung: Claudicatio intermittens	50–74%
III.	Ruheschmerz evtl. Nekrosen	mehr als 75%
IV.	Ulcera, Gangrän	Verschluß

Die Symptome hängen ab von der Lokalisation des Verschlusses.

Beim Befall der *Bauchaorta* [*Leriche-Syndrom*] kommt es zu hochgradiger Schwäche der Beine, Potenzstörungen, Fehlen der Leistenpulse, Stenosegeräuschen über dem Abdomen, seltener zu Claudicatio-Schmerz in der Hüfte („Beckenklammer"), den Oberschenkeln und Waden. Bei Verschluß der A. *femoralis*, der häufiger vorkommt, entsteht der Claudicatio-Schmerz nur in den Waden.

Dg: Palpation. Fehlen der Pulse von A. femoralis, A. poplitea (bei leicht gebeugtem Knie tief in Richtung des medialen Gastrocnemiuskopfes zu tasten), A. tibialis (posterior hinter und unter dem Innenknöchel zu tasten), A. dorsalis pedis.

Auskultation. Stenosegeräusch (nach Belastung, z. B. Kniebeugen, besser hörbar) in der Leistenbeuge, an der Oberschenkel-Innenseite, in der Kniekehle.

Lagerungsprobe nach Ratschow. Der liegende Patient hebt die Beine senkrecht, der Arzt unterstützt sie an den Fersen, Füße 50mal rollen. Bei arteriellem Verschluß blaßt der Fuß ab. Dann Füße herunterhängen lassen: beim Gesunden zeigen sie nach 1–5 Sek. ihre normale Farbe wieder, bei Durchblutungsstörung bleibt die Haut 20–60 Sek. blaß, die Venenfüllung tritt evtl. noch später auf.

Gehtest nur im Stadium II. Der Kranke geht in schnellem Schrittempo (wenn möglich 1 Doppelschritt/Sek.). Gemessen wird die Strecke bis zur Schmerzgrenze. Gehstrecken über 200 m weisen auf gute, unter 100 m auf schlechte Kompensation hin. Schmerzen im Fuß sprechen für Verschluß in den Unterschenkelarterien, in den Waden für Verschluß in der A. poplitea oder höher. Genauer bestimmen läßt sich die Durchblutungsqualität mit dem Ergomat (Fa. Werding, Lausanne).

Mechanische *Oszillographie:* bei arterieller Durchblutungsstörung verkleinerte oder fehlende Ausschläge bes. nach Belastung (Kniebeugen).

Die elektronische Oszillographie ist wesentlich empfindlicher und zur Feststellung von Durchblutungsstörungen an Fingern und Zehen (Akrooszillographie) geeignet.

Doppler-Ultraschall-Sonde: Fehlen der Strömungsgeräusche spricht für einen Verschluß proximal der Auskultationsstelle. Am distalen Unterschenkel Blutdruckmanschette übersystolisch aufblasen. Unter langsamem Nachlassen des Druckes den Wert bestimmen, bei dem mit der Doppler-Sonde das Wiedereinsetzen der

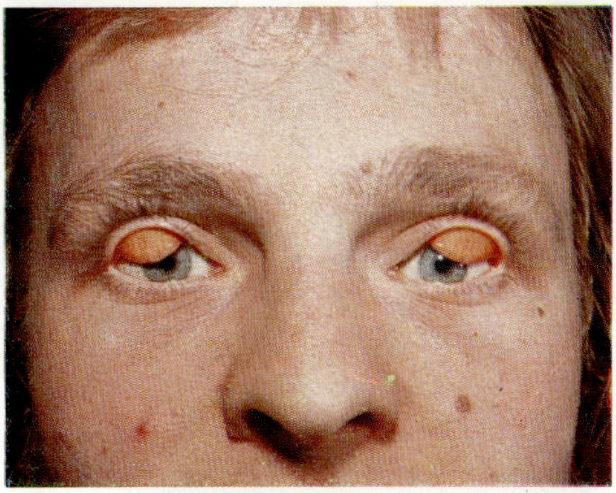

Bild 9
Cutis hyperelastica: nach Ektropionieren bleiben die Tarsi sichtbar und kehren nicht spontan in die Ausgangslage zurück.

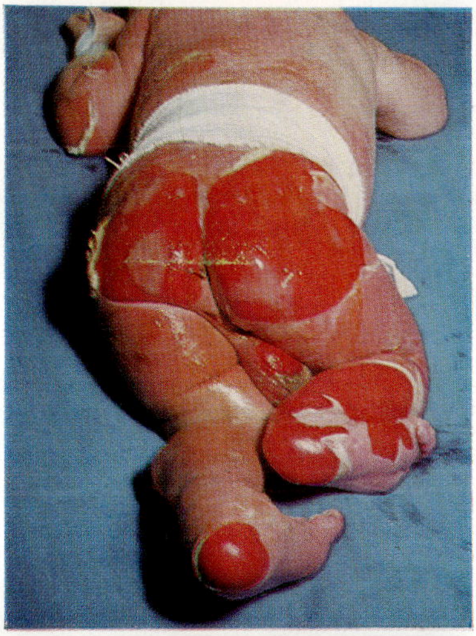

Bild 10
Dermatitis exfoliativa neonatorum Ritter v. Rittershain

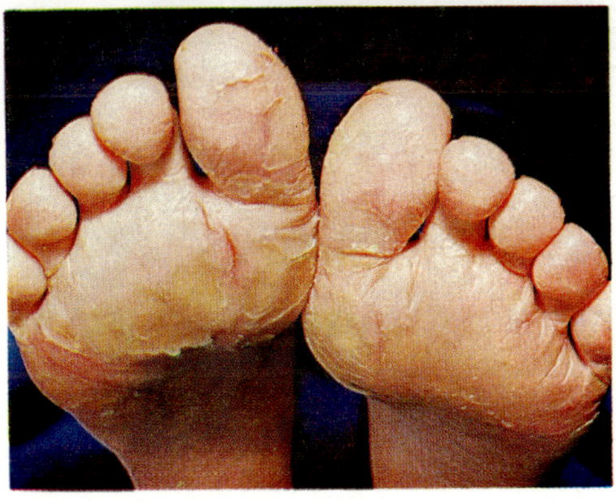

Bild 11
Dermatitis plantaris sicca

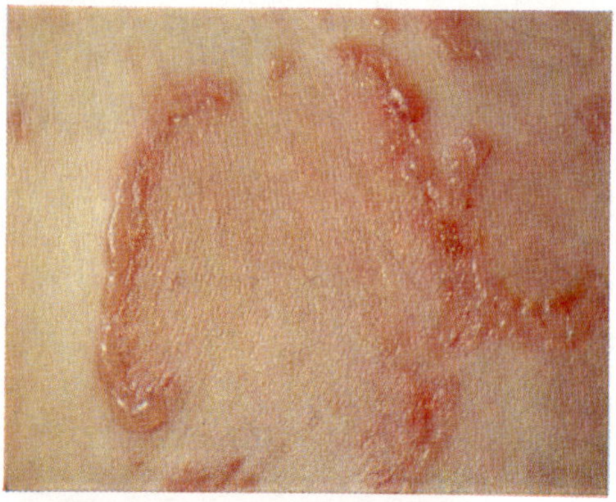

Bild 12
Dermatitis herpetiformis Duhring

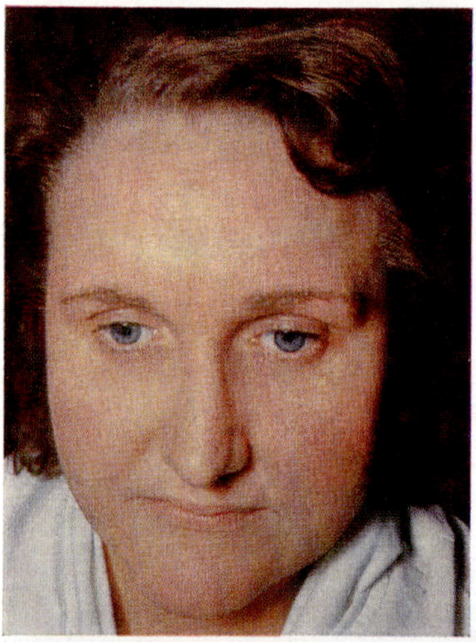

Bild 13
Dermographismus albus an der Stirn bei Neurodermitis constitutionalis

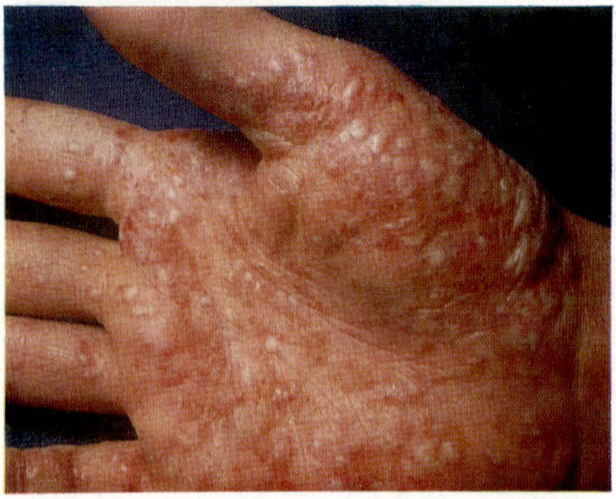

Bild 14
Dyshidrosis

arteriellen Pulsation zu hören ist. Liegt der Wert mehr als 30 mm Hg niedriger als der Brachialisdruck, so spricht dies für eine arterielle Durchblutungsstörung.

Arteriographie bes. im Stadium III und IV, wenn eine Operation in Betracht kommt.

DD: Schmerzen bei *Arthrose* bessern sich – im Gegensatz zur Claudicatio intermittens – bei fortdauernder Belastung (Gehtest). *Neurogene* Schmerzen bei Bandscheibenschäden lassen bei Unterbrechung der Belastung nicht sofort nach.

Maßnahmen bei arteriellen Verschlußleiden der Beine:

1. Keine Wärmeanwendung an den Beinen
2. Kälte und Nässe vermeiden
3. Fußmykosen behandeln
4. Füße sauber halten
5. Verletzungen an den Füßen (z. B. bei Schneiden von Hühneraugen) vermeiden
6. Keine abschnürenden Strumpfbänder
7. Nicht mit übergeschlagenen Beinen sitzen
8. In schweren Fällen nachts das Bett schrägstellen (Kopfende 30 cm höher als Fußende)
9. Rauchverbot
10. Fokalsanierung
11. Kalorien- und fettarme Diät
12. Starke seelische Belastung vermeiden
13. Aktives Gefäßtraining (bis zur Schmerzgrenze): Gehübungen, wiederholter Zehenstand, Rollübungen (Rückenlage, Beine heben, mit Füßen rollende Bewegungen ausführen)
14. Diabetes, Fettsucht, Herzinsuffizienz, Hypertonus behandeln

Ther: *Operation* (Desobliteration, Bypass, Gefäßplastik u. a.) im Stadium II (bei Gehstrecke unter 200 m) und bes. im Stadium III und IV. Am Unterschenkel ist eine Gefäßoperation meist nicht möglich.

Sympathektomie bes. bei Verschlüssen der Unterschenkel- und Fußarterien im Stadium III und IV (jedoch nur bei gut abgrenzbarer Nekrose).

Physikalische Ther: Aktives Training, Bindegewebsmassage am Rücken, Saug-Druck-Massage, z. B. mit Vasculator (Fa. Werding, Lausanne).

Pharmakotherapie: Intraarterielle Infusionen, z. B. von Laevadosin oder Trental. *Verbesserung der Fließfähigkeit* und der Mikrozirkulation durch Xanthinderivat Trental, Trental 400. Bencyclanderivat Fludilat, Piribedil (Trivastal). Defluina.

Im Stadium III und IV, wenn keine Operation möglich ist, verspricht das *Schlangengift ARWIN*, das die Fibrinogenkonzentration im Blut senkt, Schmerzfreiheit.

Mit *Streptokinase* lassen sich manchmal auch ältere Verschlüsse bes. der A. ilicaca und A. femoralis auflösen.

Verminderung der Thrombozytenadhäsivität und -aggregation durch *Acetylsalicylsäure* (Colfarit).

Arteriitis temporalis (senile Riesenzellarteriitis, Arteriitis cranialis, Horton-Syndrom). Fieber, hohe BSG, Schmerzen und entzündliche Schwellung im Bereich der A. temporalis, die strangartig verdickt ist. Ein- oder beidseitig. Selten Nekrosen und Ulzerationen der Kopfhaut (Bild 2 nach S. 16). Zuweilen Erblindung durch Miterkrankung der A. centralis retinae. Meist erkranken Menschen im 8. Lebensjahrzehnt. *Ät. Path:* hyperergische Arteriitis mit ischämischen Gewebsschädigungen. **Ther:** *Prednisolon* anfangs etwa 60 mg tgl., evtl. zusätzlich Antibiotika. Trental, Trental 400 u. ä. Sol. Kal. jod. 20/300, 3mal tgl. 1 Eßlöffel. Phenylbutazon. Evtl. Resektion der erkrankten Arterienstrecke.

Arzneiexantheme sind sehr vielgestaltige Haut- (und Schleimhaut-) Veränderungen, die meist als allergische Nebenwirkung durch Arzneimittel auf hämatogenem Wege entstehen. Sie beginnen oft an den Extremitätenstreckseiten und sind in der Regel symmetrisch angeordnet.

Nicht allergisch sind offenbar Brom-, Jod-, Steroidakne, Bromo- und Jododerm.

Grundsätzlich kann jedes Medikament ein AE auslösen! Eine große Sensibilisierungskraft besitzen Paragruppensubstanzen (z. B. Procain), ferner Penicillin, Antipyretika, Analgetika, Barbiturate, Antirheumatica.

AE können durch sehr kleine Mengen des Medikamentes ausgelöst werden, auch wenn das Arzneimittel vorher lange Zeit gut vertragen wurde.

AE sind hauptsächlich kutan-allergische Sofortreaktionen; wenn die Sensibilisierung eingetreten ist, vergehen bei urtikariellen Reaktionen oder beim fixen AE nur Sekunden bis Minuten bis zum Auftreten der Hauterscheinungen, bei morbilli- und skarlatiniformen AE nur wenige Stunden.

Pruritus kann das einzige Symptom einer Arzneimittelunverträglichkeit sein; oft ist er das erste Zeichen eines AE.

Gewisse Arzneimittel, z. B. Sulfonylharnstoffe, Phenothiazine, Nalidixinsäure (Nogram) können zur *Fotosensibilisierung* führen. Infekte, z. B. Grippe, Angina können die Entstehung eines AE fördern.

Besteht gegenüber einem Medikament bereits eine Sensibilisierung, so tritt das Exanthem *innerhalb von 48 Stunden* nach Verabreichung auf. Nach Erstverabreichung eines Arzneimittels entsteht das Exanthem *erst nach 8–12 Tagen.* Viele makulöse und makulopapulöse Exantheme treten zwischen 7.–12. Behandlungstag *(9-Tage-Exantheme)* auf z. B. solche nach Ampicillin (Binotal, Penbrock u. a.). Diese können trotz Weitergabe des Medikamentes schwinden. Nach Epicillin (Spectacillin), einer Weiterentwicklung des Ampicillins, kommen solche Exantheme nur selten vor.

|| Bei unklarem Exanthem stets an Arzneimittelausschlag denken!!

Arzneiexantheme können folgende Dermatosen bzw. Hauterscheinungen nachahmen bzw. auslösen,	**Auslösende Arzneimittel:**
Akne (in der Regel ohne Komedonen)	Brom, Jod, INH, Vitamin B_{12}, Hydantoine, Kortikoide, Androgene, Anabolika.
Chloasma	orale Kontrazeptiva
Ekzem	Arsen, Chinin, Gold, INH, PAS, Quecksilber, Salizylate, Streptomycin u. a.
Erythema exsudativum multiforme (Bild 3 nach S. 16)	Antipyrin, Barbiturate, Penicillin (s. d.), Phenolphthalein, Pyramidon, Salizylate, Sulfonamide u. a.
Erythema nodosum	Bromide, Jodide, Phenacetin, Salizylate, Sulfonamide u. a.
Erythematodes acutus	Hydantoine, Hydralazine, INH u. a.
Erythrodermie	Arsen, Chinin, Gold, Penicillin (s. d.), Quecksilber, Sulfonamide u. a.
Lichen ruber planus	Arsen, Gold.
Masern, Röteln, Scharlach	Barbiturate, Belladonna, Chlorpromazin, Hydantoine, Penicillin (s. d.), Phenacetin, Phenylbutazon, Pyrazolon, Salizylate u. a.
Pemphigus (s. Lyell-Syndrom)	Jod, Brom. Penicillamin.
Pityriasis rosea	Barbiturate
Pruritus	Barbiturate, Laxantien, Penicillin (s. d.), Salizylate, Sulfonamide u. a.
Purpura pigmentosa progressiva	bromhaltige Karbamide
tumorartige Wucherungen	Brom, Jod.
Urtikaria, Quincke-Ödem	Barbiturate, Penicillin (s. d.), Salizylate, Seren, Sulfonamide u. a.
Vasculitis allergica	Chinin, Amitryptilin

Dg: Der einzig sichere Nachweis ist der Expositionstest; er ist aber nicht ungefährlich. Der Intrakutantest ist ebenfalls nicht unbedenklich. Man wird deshalb in der Regel zunächst den Skarifikations- und Abrißtest evtl. auch den Reibtest (z. B. zum Nachweis fixer AE) durchführen. Von den in-vitro-Methoden ist der Lymphozytentransformationstest hervorzuheben.

Fixe Arzneiexantheme (z. B. nach Pyrazolonderivaten, Barbituraten, Sulfonamiden) erscheinen bei wiederholtem Auftreten stets an derselben Stelle.

Münzen- bis handtellergroße, runde oder ovale, etwas ödematöse, düsterrote bis violette, zuweilen blasige Herde, die eine schiefergraue Pigmentierung hinterlassen. Oft nur ein Herd, bei wiederholten Schüben kann die Zahl der Herde zunehmen. „Inkubationszeit" wenige Minuten bis Stunden. Entstehung wird auf ortsgebundene, streng spezifische Antikörper zurückgeführt. *Sitz:* Haut (bes. Hände, Füße), Genitale, Mundschleimhaut. *Dg:* intrafokaler Epikutantest.

Ther: Absetzen aller verdächtigen Medikamente. Evtl. Abführen (Karlsbader Salz). Kalzium i. v. Mit Antihistaminika soll man zurückhaltend sein, da sie Arzneiexantheme verursachen oder unterhalten können. Bei schweren Fällen Glukokortikoide, bei ausgedehntem bullösem Exanthem in hohen Dosen und gleichzeitig Periston-Infusionen. Äußerlich Kortikoid-Lotio. Desensibilisierung versagt bei der medikamentösen Allergie meist.

Ascher-Syndrom. Sehr selten. Erbliche (?), entzündliche Erkrankung, deren Symptome sich während des Schulalters manifestieren. *Blepharochalasis* der Oberlider, rezidivierende Lippenschwellung (bes. Oberlippe) mit Entstehung einer sog. *Doppellippe* (Abb. 11), *Struma* ohne Basedow-Symptome. **DD:** Cheilitis granulomatosa. **Ther:** plastische Korrektur.

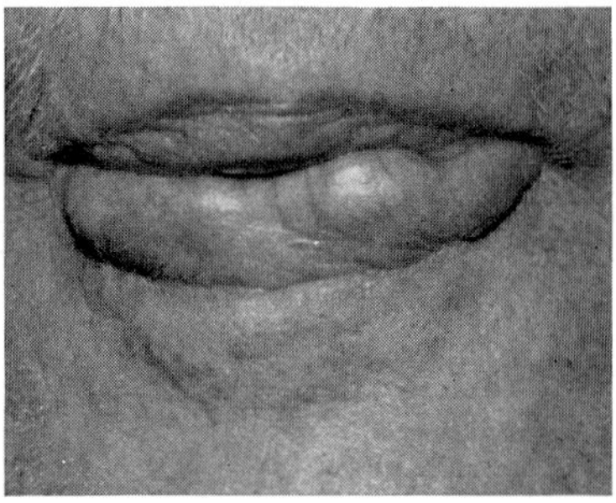

Abb. 11. Makrocheilie bei Ascher-Syndrom

Atherome (Grützbeutel). Halbkugelige, bis apfelgroße, prallelastische, auf der Unterlage verschiebliche Zysten.

—, echte (Epidermoide, Abb. 12). Entstehen aus embryonal abgeschnürten Epidermisteilen oder Drüsenanlagen. Sie haben keine zentrale Öffnung. *Sitz:* bes. Capillitium (oft multipel), Stirn, Umgebung der Augen. **DD:** Fibrom, Lipom, verkalktes Epitheliom, Spiegler-Tumoren.

—, falsche (Follikel-, Öl-, Talgretentionszysten, Steatome, Sebozystome). Entstehen durch Stauung von Talgdrüsensekret in dem sich erweiternden Follikelgang. Sie zeigen eine zentrale porenartige Öffnung, neigen zur Vereiterung. *Sitz:* bes. Gesicht, Brust, Rücken, Skrotum (Abb. 13).

Ther: Am höchsten Punkt der Zyste mit Kauternadel eine etwa 3 mm große, runde Öffnung brennen, Inhalt exprimieren, Wand mit Péanklemme extrahieren. Gelingt das nicht, so wird die Wand mit einer am Stiel isolierten Kugel koaguliert. In die Wunde Nebacetin-Styli bringen.

Ist das Atherom mit der Umgebung vernarbt: Exzision.

Vereiterte Atherome spalten, Wand mit scharfem Löffel auskratzen, Nebacetin-Styli einbringen.

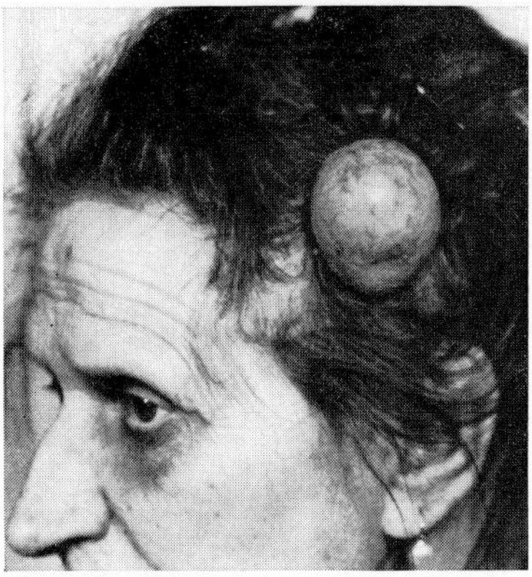

Abb. 12. Atherom

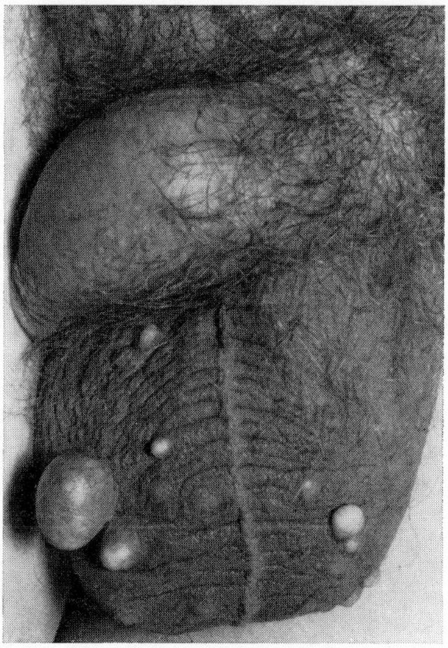

Abb. 13. Falsche Atherome

Atrophie blanche Milian (Capillaritis alba, Bild 5 vor S. 17). Teils kleine rundlich-ovale, teils bis handtellergroße, bizarr gestaltete, oft netzförmige, leicht eingesunkene, weiße atrophische Herde mit Teleangiektasien und/oder stecknadelkopfgroßen, blauroten (angiomartigen) Papeln. Ulzerationen gehen nicht voraus *(Spontanatrophie!)* entstehen aber in einem Drittel der Fälle in den Atrophieherden und sind scharf ausgestanzt, sehr schmerzhaft, therapieresistent.

Tritt vorwiegend bei Frauen im mittleren und höheren Lebensalter auf. *Sitz:* bes. Knöchelregion, Fußrücken. *Ät. Path:* besondere Manifestation der chronisch-venösen Insuffizienz. **DD:** depigmentierte, sklerosierte Narben nach Geschwüren (nicht eingesunken, keine angiomartigen Papeln), Nekrobiosis lipoidica (sitzt meist in Nähe der Tibiakante). **Ther:** Schaumgummikompressionsverband. Bindegewebs- und Segmentmassagen. Vorsichtige Verödung proximal gelegener Varizen. Bei *Ulzeration:* neben der üblichen Lokalbehandlung (s. Ulcus cruris) Ichthyol-Watteverband im paraulzerösen Bereich. Innerlich: durchblutungsfördernde Mittel wie Trental, Trental 400 und Venenmittel wie Essaven ultra, Dehydro sanol tri, Rexiluven.

Atrophodermia idiopathica Pasini-Pierini. Bläulich-braune bis handtellergroße, runde bis ovale oder unregelmäßig gestaltete, eingesunkene, scharf begrenzte Herde mit verdünnter Haut und zuweilen Durchschimmern der tieferen Gefäße. Auftreten meist zwischen dem 10.–20. Lebensjahr. *Sitz:* meist Stamm. Sonderform der umschriebenen Sklerodermie. **Ther:** Versucht wurden Hypophysenextrakte, Vitamin C und Kalzium.

Atrophodermia vermiculata. Selten. Im Kindesalter auftretende, stecknadelkopfgroße, meist follikuläre, netz- und streifenförmig angeordnete Einsenkungen an den Wangen. Die Haut sieht wurmstichartig aus. Naevogener Prozeß. **DD:** Narben nach Chlorakne oder nach Vaselinoderm. **Ther:** Heliotherapie. Evtl. Hochtouriges Schleifen.

Aurantiasis cutis (Karotinosis, Karotingelbsucht, Karotinodermie, Xanthochromie). Gelbfärbung der Haut nach übermäßigem Genuß von Orangen, Karotten, Kürbis, Spinat (grüne Farbtöne) bes. an Palmae, Plantae und im Gesicht bei Säuglingen.

Auriculotemporales-Syndrom (Hyperhidrosis parotidea masticatoria, Frey-Syndrom). Rötung, Hyperästhesie, Hyperhidrosis an Wange, Schläfe und Ohr nach Genuß von sauren Speisen oder von Schokolade. *Ät:* Läsion des N. auriculotemporalis nach Entzündung oder Operation an der Parotis.

Aurikularanhänge. Bindegewebige oder knorplige Höcker oder Wülste am Ohr (Abb. 14). **Ther:** Exstirpation.

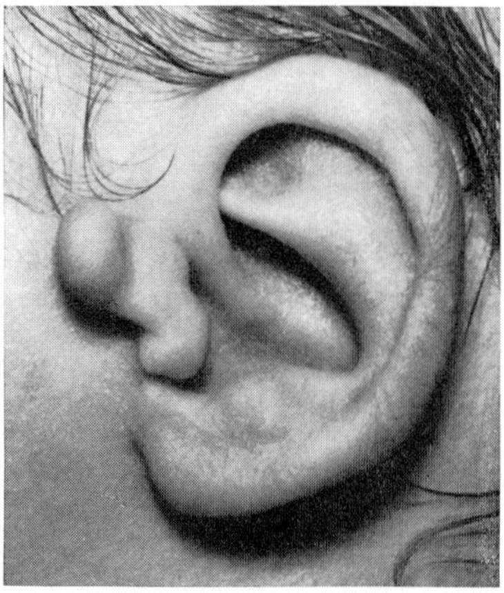

Abb. 14. Aurikularanhang

Autoimmunkrankheiten. Hierbei werden Antikörper gegen körpereigene Gewebsanteile der Haut beobachtet: Autoantikörper (AA). Man unterscheidet:

1. *Antiepitheliale AA* beim Pemphigus vulgaris, — foliaceus, — vegetans. Sie gehören zur IgG-Klasse und sind vermutlich gegen die Interzellularsubstanz der Epidermis gerichtet.

2. *Antibasalmembran AA* sind nachgewiesen in der Basalmembran beim bullösen Pemphigoid, beim benignen Schleimhautpemphigoid, bei der Dermatitis herpetiformis Duhring.

3. *Antinukleäre Faktoren.* Im Serum von Kranken mit Erythematodes visceralis, Periarteriitis nodosa, Dermatomyositis und progressiver Sklerodermie können sich gegen Zellkerne bzw. Zellkernbestandteile gerichtete AA finden.

4. *Zytotoxische AA* zerstören bei Kranken mit Erythematodes visceralis u. a. die Leukozyten (Leukopenie, Freiwerden von Leukozyten-Kernresten). Dadurch entstehen im Serum

a) LE-Zellen: intakte Leukozyten, die Kernreste phagozytiert haben,
b) LE-Zell-Phänomen: um homogene basophile Leukozytenreste in Rosettenform gelagerte Leukozyten.

Avitaminosen (VitaminMangelkrankheiten) können auftreten, wenn die Nahrung keine Vitamine enthält oder wenn die zugeführten Vitamine nicht resorbiert (z. B. bei Gastritis, Pankreaserkrankungen) oder nicht verwertet werden können.

Avitaminosis A. Hemeralopie (Nachtblindheit), Bindehautxerose, Keratomalazie, Trockenheit und Schuppung der Haut, der Lippen, der Mundhöhle, follikuläre, lichenoide Hyperkeratosen (Phrynoderm) bes. an den Extremitätenstreckseiten. Schleimhautveränderungen der Nase (Riechstörungen) und des Kehlkopfes (Heiserkeit) können hinzutreten. **Ther:** Vitamin A z. B. Arovit.

Avitaminosis B. Bei Mangel an B_2 (Laktoflavin, Riboflavin) kommt es zur Ariboflavinose: Perlèche, rhagadiforme, entzündliche Schwellung der Lippen und Zunge, schuppende Erytheme im Gesicht, an Skrotum oder Vulva, Koilonychie. Diabetes fördert die Entstehung. – s. a. Pellagra. **Ther:** Beflavin.

Avitaminosis C (Skorbut). Follikuläre, später flächenhafte Blutungen bes. an den Unterschenkeln, Gingivitis haemorrhagica mit Geschwürsbildung, Muskelblutungen bes. in den Unterschenkelbeugern, Zahnausfall, verzögerte Wundheilung. – Der infantile Skorbut tritt meist im Alter von 8–12 Monaten auf und heißt *Morbus Möller-Barlow*. **Ther:** 2mal tgl. 100 mg Vitamin C i. v.

Bade-Dermatosen. Durch Baden können entstehen: in *Seen* Dermatitiden durch Zerkarien, in *Badeanstalten* Schwimmbadgranulome (s. d.), im *Meer* Dermatitiden durch Algen, Schwämme und Quallen, ferner Granulome durch Seeigel-Stacheln.

Balanitis, Balanoposthitis, Posthitis. Entzündungen der Eichel und/oder der Vorhaut.

Diabetes mellitus, Lues, Gonorrhoe ausschließen!

Ther: Ursache ausschalten, Grundleiden behandeln. Spülungen mit burgunderroter Kal.-perm.-Lösung. Pinseln mit 1%iger Pyoktaninlösung, 2%iger Silbernitratlösung. Scheroson F ophthalmicum. Bei entzündlicher Phimose antibakterielle Kortikoidsalben (z. B. Etacortin comp. Creme, Locacorten-Vioform Creme) mit Watteträger in den Vorhautsack einbringen. Antibiotische Puder (Nebacetin, Refobacin). Bei B. gangraenosa Breitband-Antibiotika in hohen Dosen, Kreislauftherapie. Bei Phimose evtl. Dorsalinzision, später Zirkumzision.

— candidamycetica. Recht unterschiedliches klinisches Bild: Weißliche u. U. zu Plaques konfluierende Stippchen auf rotem Grund oder kleine Pusteln oder Erosionen mit schuppenden Rändern oder ekzematöse, nässende oder trockene Papeln. *Dg:* Kultur. *Ät. Path:* Erreger meist Candida albicans. Die Entstehung wird gefördert durch Diabetes oder durch Soor der Partnerin. S. a. Soormykose.
Ther: Evtl. Grundleiden bzw. Partnerin behandeln. Nystatin z. B. Candio-Hermal Creme. Ampho-Moronal V-Creme. Pinseln mit 1%iger Pyoktaninlösung.

— chronica circumscripta benigna plasmacellularis ZOON. Vorwiegend im 5.–7. Dezennium auftretende tiefbraune, lackartig glänzende, glatte Herde an der Glans und/oder am inneren Vorhautblatt. Histologisch: plasmazelluläres Infiltrat mit kleinen Blutungen und Hämosiderinablagerungen. *Ät. Path:* chronische äußere Reizfaktoren?

DD: Erythroplasie (samtartig, fein gekörnte Oberfläche). – Biopsie! **Ther:** Kortikoidsalben.

— circinata parakeratotica (Reiter-Balanitis) s. Reiter-Syndrom.

— diabetica. Juckreiz, Rötung, Erosionen. Ohne Therapie schrumpft die Vorhaut allmählich: prépuce de carton. *Ät. Path:* der wichtigste Faktor ist die in Harnresten durch Mikroben entstehende milch- und harnsaure Gärung. Meist tritt eine Soormykose hinzu.

Ther: s. o. – Diabetes behandeln. 1 Amp. Beflavin tgl. i. m. über mehrere Tage.

— diphtherica. Sehr selten. Pseudomembranöse Beläge. Wurde beobachtet nach Zirkumzision, durch Übertragung von Familienangehörigen. Komplikationen (Lähmungen) wie bei Rachendiphtherie. **Ther:** Serumgabe. Erythromycin, Tetracycline.

— erosiva circinata. Runde oder/und polyzyklische, rote, von weißlichen Epithelsäumen umgebene, übelriechende, Eiter absondernde Erosionen. Oft tritt eine Schwellung der Vorhaut und damit eine entzündliche Phimose hinzu. Zuweilen kommt es zur Bildung von Geschwüren (B. ulcerosa), selten von Gangrän (B. gangraenosa). *Ät. Path:* Fusospirilläre Symbiose? Refringens-spirochäten und fusiforme Bakterien werden nicht immer gefunden. Die Erkrankung kann durch Geschlechtsverkehr übertragen werden. **DD:** Lues I und II. Herpes genitalis. **Ther:** Bei Phimose Zirkumzision. Spülungen mit 2%igem Wasserstoffsuperoxyd. Pinseln mit 1%iger Arg. nitr.-Lösung. Antibiotikahaltige Salben (Leukomycin, Aureomycin). Bei Therapieresistenz innerlich Gentamycin (z. B. 2 × 1 Amp. Refobacin tgl., 7–10 Tage lang) oder Cephalosporine z. B. Ceporexin, Oracef, Sefril 2–4 g tgl.

— medicamentosa. Teilerscheinung eines Arzneiexanthems oder fixes Exanthem (z. B. nach Pyrazolonderivaten).

— „seborrhoica“. Erosionen und reichliche, dünnflüssige, übelriechende Sekretion. *Ät. Path:* vermehrte Absonderung pathologisch veränderten Smegmas? Mangelnde Hygiene? **Ther:** s. o.

— specifica syphilitica. Bes. Form der Lues I: tritt 8–28 Tage post infectionem unter dem Bilde einer banalen B. oder einer B. erosiva auf. *Dg:* Nachweis von Syphilis-Spirochäten. **Ther:** s. Syphilis.

—, Trichomonaden—. Diese Form ist stets mit Trichomonadenurethritis kombiniert. S. Trichomoniasis.

—vulgaris (simplex). Entzündliche Rötung und Schwellung, Erosionen, selten Ulzerationen. Phimose, Lymphangitis dorsalis, Lymphadenitis inguinalis können hinzutreten.

Ät: Chemische Noxen (Hg enthaltende Externa, Jodoform u. a.), selten Intoleranz des Vaginalsekretes, mechanische Ursachen (z. B. Masturbation), Vorhautverklebung, Phimose, rüsselförmig überstehende Vorhaut, mangelnde Hygiene. Folge oder Teilerscheinung anderer Erkrankungen: z. B. Erythema exsudativum multiforme majus, Gonorrhoe, Lichen ruber, Psoriasis, unspezifische Urethritis, Vaccina inoculata.

— xerotica obliterans s. Lichen sclerosus et atrophicus penis.

Basaliom s. Epithelioma basocellulare.

Basalzellkarzinom. Sehr selten. Entartetes, in seinem weiteren Verlauf autonom wachsendes Basaliom, das Metastasen u. a. in Knochen und Lungen setzt. Es ist nicht nur vom Basaliom, sondern auch vom Spinaliom abzugrenzen. **Ther:** Bestrahlung. Operation.

Basalzell-Naevus-Syndrom (Gorlin-Syndrom, Naevobasaliomatose, fünfte Phakomatose, Morbus Hermans-Grosfeld-Spaas-Valk). Sehr selten. Autosomal-dominant erblich. Meist schon in frühester Jugend beginnen im Gesicht und am Stamm zahlreiche Basalzellnaevi (oberflächliche Basaliome) aufzutreten, die später in echte Basaliome übergehen. Weitere Symptome: punktierte, grübchenförmige Keratosen der Palmae und Plantae, Skelettveränderungen (Kieferzysten, Rippen- und Wirbelanomalien), Augenveränderungen (Hypertelorismus, Katarakt u. a.), organische Gehirnveränderungen. Lit: G. VELTMAN u. Mitarbeit. Z. Haut-Geschl. Kr. **46,** 221 (1971).

BCG-Impfung. Nach dieser intrakutanen Tbc-Schutzimpfung können in seltenen Fällen an der Haut verschiedene Komplikationen auftreten, z. B. Lupus vulgaris, Tuberculosis colliquativa, Lichen scrofulosorum, Erythema nodosum, Keloide, große Impfulcera mit eitriger Lymphadenitis regionalis, urtikarielle Exantheme.

Behçet-Syndrom (grande aphthose Touraine). Aphthös-ulzeröse Veränderungen an Mund- und Genitalschleimhaut, langsam zur Erblindung führende Augenveränderungen (Iritis, Hypopyon u. a.), multiforme und nodöse Erytheme, Gelenkschwellungen, Meningo-Enzephalitis, Thrombophlebitiden. Rarefizierung der fungiformen Papillen an der Zungenspitze. *Schubweiser Verlauf. Ät:* seltene, dem rheumatischen Formenkreis nahestehende Erkrankung. Viruskrankheit? Autoimmunkrankheit? – **DD:** Erythema exsudativum multiforme majus, Aphthoid Pospischill-Feyrter. **Ther:** Natriumsalizylat 2–3 g tgl. über Wochen. Eisenpräparate. Fieberkuren. Azathioprin (Imurek 100 bis 200 mg tgl.) in Kombination mit Kortikoiden.

Beinödeme können u. a. folgende Ursachen haben: 1. statisch-zirkulatorisch bes. an den Knöcheln nach längerem Stehen, ferner als Überlastungsschaden bei Senk-Spreiz-Fuß, bei Inaktivität (Fernsehbein), bei jüngeren Frauen im Sommer (Sommerbeine). 2. thrombotisch, s. Thrombose und Varizen. 3. lymphatisch nach rezidivierendem Erysipel, hereditär (s. Trophödem), nach Entfernung oder Bestrahlung der regionalen Lymphknoten. 4. kardial. 5. nephrotisch (Albuminurie!). 6. hepatogen. 7. hypokaliämisch nach langdauernder Einnahme von Diuretika, Laxantien, Kortikoiden.

Berufsdermatosen. Meist handelt es sich hierbei um Ekzeme. Eine berufliche Verursachung geht hervor aus: Anamnese (Auftreten des Ekzems während einer bestimmten Tätigkeit, Besserung bei Arbeitsunterbrechung), Befund (Sitz an solchen Stellen, an denen die beruflichen Noxen am stärksten einwirken, also meist Hände) und positiven epikutanen Testungen.

Voraussetzung für *Anerkennung eines Ekzems als* entschädigungspflichtige *Berufskrankheit* sind:

1. Es muß *schwer* (flächenhafte Ausbreitung, schlechte Heilungstendenz, störender Sitz, schwere Allgemeinstörungen) oder *wiederholt rückfällig* sein: es müssen mindestens zwei Rezidive aufgetreten sein, zwischenzeitlich muß gearbeitet worden sein, und zwar jeweils nach restloser Abheilung des Ekzems. Auch eine symptomlose Allergie (positive Epikutanteste bei klinischer Erscheinungsfreiheit) kann u. U. als „schwer" bezeichnet werden, da nach Kontakt mit dem beruflichen Allergen das Ekzem wieder auftritt.

2. Das Ekzem muß den Versicherten zur *Aufgabe der beruflichen Beschäftigung* oder jeder Erwerbsarbeit gezwungen haben.
In der Regel muß bei einem allergischen Kontaktekzem der Beruf aufgegeben werden, wenn sich der Kontakt mit der betreffenden Noxe nicht vermeiden läßt. In Ausnahmefällen heilt das Ekzem offenbar infolge „Abhärtung" oder „Desensibilisierung" trotz Fortsetzung der Arbeit ab. Bei geringen Erscheinungen, schwachem Sensibilisierungsgrad und bei positiver Einstellung zum Beruf wird man mit der Empfehlung eines Arbeitsplatzwechsels zurückhaltend sein.

Weitere Berufsdermatosen sind: Öl-, Teer-, Pech- und Chlorakne.

Ferner sind die seltenen Berufskrebse, die durch mechanische, thermische, chemische, radiologische (Röntgenkrebs) oder aktinische (Lichtkrebs) Traumen hervorgerufen werden, hier zu nennen.

Besenreiser-Varizen. Subepidermale kleine und kleinste Venektasien. *Sitz:* bes. Oberschenkel. Sie treten u. a. bei jungen Mädchen, während der Gravidität und im Klimakterium auf. **Ther:** Verödung mit Hydroxypolyäthoxydodecan (Phlebodestal oder Aethoxysklerol 0,5–1%ig) am waagrechten Bein. 0,5 ml zu Schaum geschüttelt in die Lichtung injizieren. Gelingt das nicht, dann in einer Sitzung 20–30 intrakutane Quaddeln von je 0,1 ml schachbrettartig in etwa 1 cm Abstand setzen. Kontraindikationen: Hautatrophie, Pyodermie, Ödem, arterielle Verschlußkrankheit.

Black heel (basketball heel, talon noir, calcaneal petechiae, Tennisferse). Intrakorneale Hämatome, die bei bestimmten Sportarten (Tennis, Basketball) nach wiederholten kleinen Traumen an den Fersen auftreten. **DD:** malignes Melanom. Lit: F. Vakilzader et al., Z. Hautkr. **49,** 285 (1974).

Blastomykose. Systemmykose.

— nordamerikanische (Gilchristsche Krankheit). Erreger: Blastomyces dermatitidis. Primärherd meist in der Lunge. Befallen werden außerdem Nieren, Leber, Milz, Knochen, ZNS und sekundär auf hämatogenem oder lymphogenem Wege die Haut. Es entstehen Papeln, Pusteln, ulzeröse und verruköse Granulome bes. im Gesicht (Abb. 15), an Händen und Füßen. **Ther:** Stilbamidin. Amphotericin B.

—, südamerikanische (Paracoccidioidomykose). Erreger: Paracoccidioides brasiliensis. Eintrittspforte sind offenbar die Lungen. An der Haut ulzeröse und granulomatöse Wucherungen. Ulzeröse Mundschleimhautveränderungen. Lymphknoten-, Milz-, Leberschwellungen. Kolitiden. **Ther:** Bei leichten Formen Sulfonamide, sonst Amphotericin B.

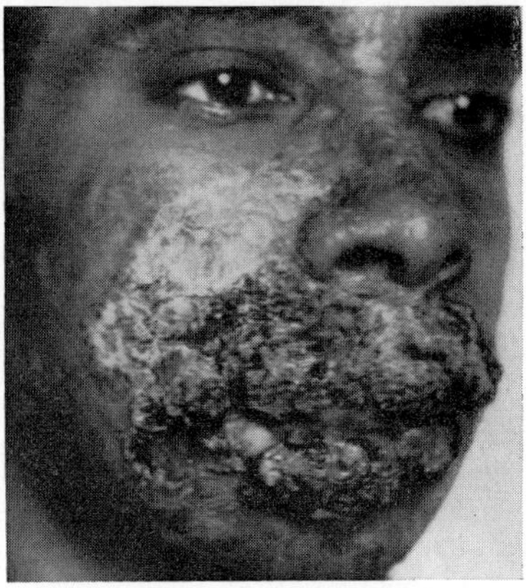

Abb. 15. Blastomykose (Bild von Dr. FLORES, Lima)

Blepharitis ciliaris seu marginalis (Lidrandentzündung) wird als Seborrhoe der Lider aufgefaßt. Nicht korrigierte Refraktionsfehler fördern die Entstehung. Symptome: Juckreiz, Rötung, leichte Schwellung der Lidränder.

— squamosa (s. o.), hierbei finden sich zusätzlich kleine Schuppen zwischen den Wimpern.

— ulcerosa (s. o.), hier treten Geschwüre und Krusten an den Lidrändern hinzu. Bei längerem Bestehen können die Wimpern ausfallen: Madarosis.

Ther: Korrektur von Refraktionsanomalien. Ophtopur-Augenbad. Scheroson F ophthalmicum. Noviform-Salbe. Gelbe Präzipitatsalbe (2%).

Blepharochalasis. Atrophie und beutelartige Ausweitung der Oberlidhaut, die über die Wimpern herabhängen kann. *Ät. Path:* Folge eines rezidivierenden Ödems oder Erysipels, meist angeborene Bindegewebsschwäche (s. Ascher-Syndrom). **Ther:** Resektion.

Bloom-Syndrom. Selten. Teleangiektatisches Erythem im Gesicht (Schmetterlingsform) bereits im 1. Lebensjahr, Lichtempfindlichkeit, proportionierter Zwergwuchs, Untergewicht bei der Geburt, Androtropie, verstärkte Anfälligkeit gegenüber Infekten (partielle Hypogammaglobulinämie), Chromosomenanomalien in peripheren Leukozyten, häufig Erkrankung an Leukämie. Ferner werden beobachtet: follikuläre Hyperkeratosen, ichthyosiforme Hautbeschaffenheit, Naevi spili, Knochenanomalien. Genodermatose. Zum Rothmund-Thomson-Syndrom gehörig?

„Blue Rubber Bleb Nevus"-Syndrom (Bean-Syndrom). Selten. An blaue Gummiblasen erinnernde, verschieden große, ausdrückbare, sich aber rasch wieder füllende Hämangiome der Haut, ferner Hämangiome des Magen-Darm-Traktes mit Hämatemesis. Melaena und Anämie.

DD: Mafucci-Kast-Syndrom, Morbus Osler, multiple generalisierte und systematisierte Glomustumoren.

Ther: symptomatisch. Evtl. Verödung oder Exzision bes. störender Hämangiome. Evtl. 2–3 mg Prednisolon tgl./kg Körpergewicht über 3–4 Wochen, dann Reduktion auf Erhaltungsdosis.

Bowensche Krankheit. Scharf begrenzter, bis talergroßer oder größerer, scheibenförmiger, rötlicher, schuppender oder näs-send-krustöser, zuweilen papillomatöser Herd (Abb. 16). Manchmal entstehen auch mehrere Herde. Sehr langsames peripheres Wachstum, gelegentlich zentrale Rückbildung (anuläre Form). *Carcinoma in situ.* Nach langem Bestand Einbruch ins Corium und Metastasierung möglich. Das früher oft verordnete Arsen förderte die Entstehung des Morbus Bowen. *Sitz:* bes. Gesicht, Rumpf. **DD:** Psoriasis, seborrhoisches Ekzem, oberflächliches Basaliom, intraepitheliales Epitheliom. **Ther:** Exzision. Elektrische Schlinge. Röntgenstrahlen. Betastrahlen (Betastral Strontium 90/Yttrium 90). 5-Fluor-uracil Salbe (Efudix) tgl. unter Okklusiv-Verband 3–4 Wochen lang.

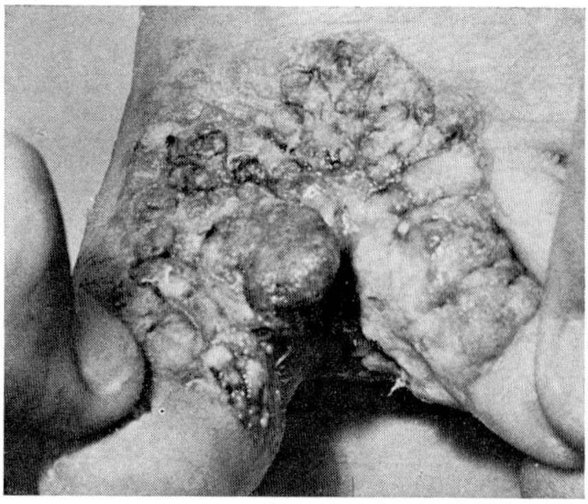

Abb. 16. Papillomatöser Morbus Bowen am 1. und 2. Zehenrücken

Brill-Symmerssche Krankheit (großfollikuläres Lymphoblastom). Schwellung der Hals-, Achselhöhlen-, Inguinallymphknoten. Milztumor. Zuweilen Erythrodermie. Präsarkomatose: sie geht nach Jahren gewöhnlich in ein Lympho- oder Retothelsarkom über. **Ther:** Röntgenstrahlen. Cytostatika.

Bromhidrosis (Osmidrosis). Unangenehmer Schweißgeruch bes. in den Achselhöhlen meist infolge bakterieller Zersetzung des an sich geruchlosen Schweißes apokriner Drüsen. **Ther:** s. Hyperhidrosis. Rp. Hexachlorophen. 0,5, Acid. salicyl. 2,0, Acid. citr. 1,0, Spirit. dilut. ad 100,0. Pilot Deo-Stick. 8 × 4 Deodorant.

Bromoderma tuberosum. Rotbraune bis bräunlichschwarze, weiche, wuchernde, plateauförmige Granulationstumoren (Abb. 17), die zentral einschmelzen können. *Sitz:* bes. Streckseiten der Beine, Gesicht. *Ät. Path:* Toxisch oder allergisch bedingte Dermatose nach Bromeinnahme. Herabgesetzte Ausscheidungsfähigkeit der Talgdrüsen? *Dg:* Histologie, Bromnachweis im Urin. **DD:** Tuberculosis cutis verrucosa, Pemphigus vegetans, vegetierende Pyodermie, Mykosen (Blastomykose, Sporotrichose, tiefe Trichophytie u. a.). **Ther:** Kochsalzinfusionen (0,9%ig, 500 ml), kochsalzreiche Kost. Kortikoide äußerlich und intraläsional (z. B. Volon A 10 Kristallsuspension) evtl. auch innerlich.

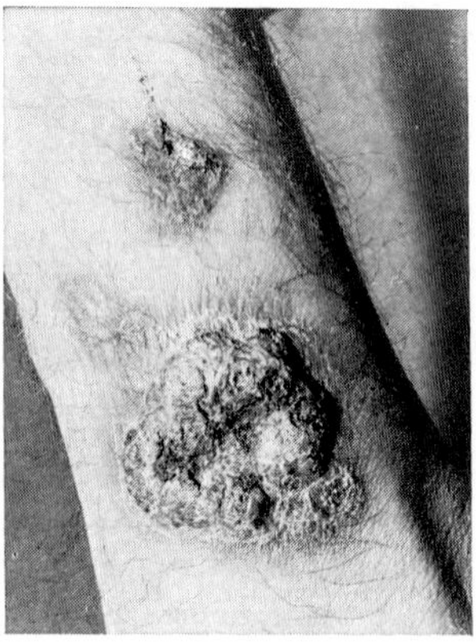

Abb. 17. Bromoderma tuberosum am Unterschenkel

Brucellosen. Hierzu gehören Bangsche Krankheit, Maltafieber, Schweinebrucellose. Diese Tierkrankheiten werden (z. B. durch Milchprodukte) zuweilen auf den Menschen übertragen. Erreger: Brucellen. Wellenförmiges Fieber, sehr polymorphe (makulopapulöse, psoriasiforme, hämorrhagische) Exantheme. Orchitis. *Dg:* Expositionsanamnese (Tierärzte, Tierpfleger), Erregernachweis mittels Blutkultur, Agglutinationsreaktion. Meldepflicht.
Ther: Tetracycline 2 g tgl., 3 Wochen lang. Auch Chloramphenicol, Streptomycin, Sulfonamide werden empfohlen.

Bulla rodens (Umlauf, Bulla repens staphylogenes, Streptodermia bullosa superficialis manuum, tourniole). Umschriebene Strepto- oder Staphylodermie. Große, rasch eitrig werdende Blase an den Fingerspitzen oder um den Nagel herum. Die Dicke der Hornschicht verhindert das Platzen der Blase, die sich nach der Peripherie hin ausbreitet. **Ther:** Abtragung der Blase, antibakterielle Externa, z. B. Nebacetin-, Soframycin-Salbe, Pyodron hautfarben Paste.

Burning-Feet-Syndrom. Sehr schmerzhaftes Brennen der Füße meist nachts in der Bettwärme. Eintauchen in kaltes Wasser oder Heraushängen der Füße aus dem Bett lindert die Beschwerden. *Ät. Path:* Vorkommen bei Alkoholismus, INH-Überdosierung, Leberkrankheiten u. a. Offenbar Vitamin-B-Mangel. **Ther:** Versuch mit Bepanthen-Tbl.

Buschke-Ollendorff-Syndrom (Dermatofibrosis lenticularis disseminata mit Osteopoikilie). Selten. Autosomal dominant erblich? Hautfarbene bis hellbraune bis linsengroße Bindegewebsnaevi (**DD:** Pseudoxanthoma elasticum, Histiozytome) an Stamm und Extremitäten. Osteopoikilie bes. an Becken und Extremitäten. Lit: G. H. STEIGLEDER et al., Z. Hautkr. **49,** 697 (1974).

Calcinosis cutis dystrophica. Kalkablagerung in nekrobiotischem Gewebe ohne nachweisbare Störung des Kalziumstoffwechsels z. B. in Tumoren (Epithelioma calcificans, Hämangiom, Lipom, Karzinom u. a.), in der Wand von Varizen, in organisierten Thromben *(Phlebolithen)*, selten im Bereich einer chronischen Thrombophlebitis *(Calcinosis subcutanea postphlebitica)*, in tuberkulösen Lymphomen, im perichondritisch veränderten Gewebe der Ohrmuschel nach Perniosis.
Hierher gehören wahrscheinlich auch die Kalkablagerungen im Skrotum, denen offenbar eine Änderung der Grundsubstanz vorausgeht [REDDY u. Mitarb., Dermatologica **140,** 169 (1970)].

— metabolica circumscripta (Kalkgicht) tritt bes. als *Akrokalzinose* (weiß durchschimmernde Kalkablagerungen in den Fingerbeeren) bei Frauen auf. Sie entsteht meist infolge peripherer Durchblutungsstörung bei Morbus Raynaud, Akrozyanose, Sclerodermia diffusa, Erythematodes acutus, Dermatomyositis.

— — universalis (Calcinosis interstitialis, Teutschländer-Syndrom). Knotenbildungen, aus denen sich kalkiger Inhalt entleert. Im Einschmelzungsstadium oft Fieber, Allgemeinsymptome. *Sitz:* bes. Extremitätengelenke, Gesäß, Rumpf. *Ät. Path:* Verkalkungen geschädigten Bindegewebes? *Dg:* Röntgenbild. **DD:** Myositis ossificans, Gicht, Kalkniederschläge in Hämatomen, Narben, Lipomen u. a. **Ther:** s. u.

Calcinosis metastatica. Kalkablagerungen bes. in Nieren, Magen, Lunge, auch in Kutis und Subkutis in Form von plattenartigen Einlagerungen oder Knoten. *Ät. Path:* Hyperkalzämie infolge vermehrten Abbaus von Knochen, bei Hyperparathyreoidismus, D_2-Hypervitaminose, AT 10-Dauermedikation, Niereninsuffizienz, Knochenkarzinose u. a.

Ther: Grundleiden behandeln. Versuch mit Infusionen von Äthylendiamintetraessigsaurem Natrium.

Callus (Schwiele, Tylositas). Umschriebene Hyperkeratose nach wiederholter Druckeinwirkung auf dieselbe Stelle. Druckschmerzhaft nur bei Sekundärinfektion (Schwielenabszeß). *Sitz:* bes. Thenar, Hypothenar, Zehenballen, Fersen.

Ther: Ursache beseitigen. Warme Bäder. Salizylsalbe (10–20%). Salizylpflaster (Guttaplast). Cornina. Collomack. Clabin. Verrucid.

Candidid. Durch eine manifeste Candidosis können allergische Reaktionen nach Art eines Mykids (s. d.) hervorgerufen werden. Auch ohne manifeste Erscheinungen einer Candidosis lösen diese Pilze zuweilen allergische Reaktionen (eine chronische Urtikaria, einen generalisierten Pruritus) aus. *Dg:* positiver Intrakutantest mit Candida albicans, Pilznachweis z. B. im Stuhl (Kultur), Abheilung nach Behandlung z. B. mit Nystatin.

Cheilitis abrasiva praecancerosa. Hartnäckig persistierende erosive Veränderungen an der Unterlippe bei älteren Männern. Es besteht die Möglichkeit des Überganges in ein Spinaliom. **Ther:** Exzision.

— actinica. Entzündliche Anschwellung der Unterlippe mit Bläschen, Erosionen, Krusten und Schuppen, bes. in südlichen Ländern. *Ät:* lange Sonneneinwirkung, hohe Temperaturen, starke Trockenheit, staubhaltige Winde u. a. **Prophyl.** und **Ther:** Contralum. Kortikoidsalben. Unguentacid-Salbe. Innerlich Vitamin-B-Komplex. ILRIDO Lippenstift.

— exfoliativa. Hochrote, schuppende, krustöse und geschwollene Lippen. Kann Zeichen einer Neurodermitis constitutionalis sein. **Ther:** Kortikoidsalben.

— glandularis apostematosa. Entsteht aus der Cheilitis glandularis simplex durch Sekundärinfektion. Sehr chronischer Verlauf mit Anschwellung, Abszedierung und Ulzeration der Lippen. Selten. **Ther:** Antibiotika, entsprechend dem Ergebnis der Resistenzbestimmung. Kortikoidsalben. Intraläsionale Injektion von Kortikoid-Kristallsuspension. Versuch mit Röntgenstrahlen. Keilexzision von der Schleimhautseite her.

— glandularis simplex. Stecknadelkopfgroße, purpurrote, papulös angeschwollene Schleim- und Speicheldrüsen, aus denen sich visköse Flüssigkeit entleert. *Sitz:* meist Unterlippe, selten auch Oberlippe. **DD:** kleine Angiome. **Ther:** Exstirpation. Röntgenstrahlen.

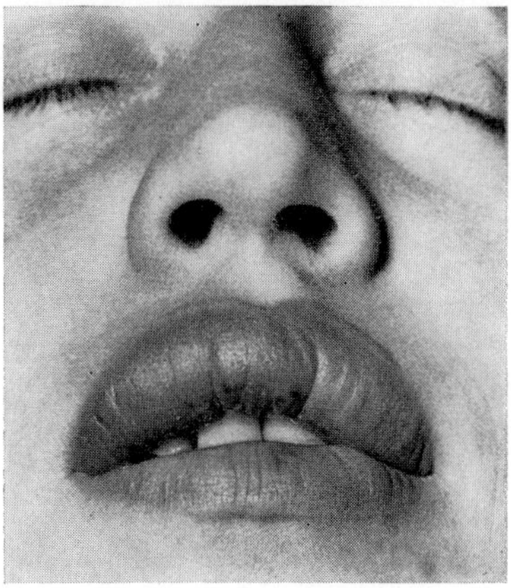

Abb. 18. Cheilitis granulomatosa

— **granulomatosa** (s. Melkersson-Rosenthal-Syndrom). Anfangs vorübergehende, später bleibende Schwellung der Lippen bes. der Oberlippe: Makrocheilie (Abb. 18). Polsterartige Schwellung der Wangen *(Pareiitis granulomatosa)*, der Stirn *(Metopitis granulomatosa)*, des Gaumens *(Uranitis granulomatosa)*, der Zunge (*Glossitis granulomatosa)* können hinzutreten oder aber auch isoliert auftreten. Histologisch: tuberkuloide Granulome oder lymphozytäre Infiltrate. *Ät:* angioneurotisches Phänomen? **Ther:** Intrafokale Injektion von Kortikoid-Kristallsuspension. Kortikoide innerlich. Phenylbutazon. Folsäure, Nikotinsäureamid. Ferner werden Hydergin-Tropfen, Bellergal empfohlen. Evtl. Keilexzision aus der Lippeninnenseite oder radikale Entfernung der Submucosa [H. Pieper, Zbl. Chir. **95**, 424 (1970)].

— **plasmacellularis.** Infiltration, lividroter, lackartiger Glanz an einer Lippe. Zeigt die Merkmale der Balanoposthitis ZOON. Histologisch: dichtes Plasmazelleninfiltrat. **Ther:** intrafokale Injektion von Kortikoid-Kristall-Suspension.

— **vulgaris.** Aufgesprungene Lippen. *Ät:* häufiges Ablecken der Lippen, Wind, Kontaktekzem durch Lippenstift, Zahnpaste. **Ther:** Ursache ausschalten. Labello-Lippenstift (weiß oder rot), Kortikoidsalben.

Chloasma. Scharf begrenzte, unregelmäßig gestaltete, gelblichbraune Flecken im Gesicht bes. an Stirn, Wangen, Kinn.

Auslöser

Hormone	**Medikamente**	**Furocumarine**
melanozytenstimulierendes Hormon (MSH), Östrogene, Gestagene.	Hydantoin, Mesantoin, Chlorpromazin.	in Kölnisch Wasser, Parfums, Sprays, Hautcremes.

— **cachecticorum** bei Kranken mit schwerer Tuberkulose, Krebs u. a.

—, Kosmetik-Chloasma. Nach Anwendung von Furocumarinen (Lichtsensibilisatoren) in der Sonne treten *meist asymmetrische* Pigmentierungen auf (Chloasma gravidarum und Pillen-Chloasma zeigen Symmetrie!).

— perioculare hepaticum bei Leberleiden.

— periorale virginum. Gelbbraune Flecken um den Mund bei jungen Mädchen.

—, Pillen-Chloasma. Die Häufigkeit nimmt entsprechend dem Steroidgehalt des oralen Kontrazeptivums, der Einnahmedauer und der Sonnenexposition zu.

— uterinum (gravidarum) tritt bei etwa $^2/_3$ der Schwangeren auf meist im 2. Monat, bildet sich gewöhnlich nach der Entbindung zurück. Zuweilen bleibt es lange bestehen (– gravidarum perstans). – Kommt auch bei Ovarialtumoren vor. *Ät. Path:* vermehrte Bildung von MSH, Östrogenen, Gestagenen.
Ther: Evtl. Ursache ausschalten. Versuch mit Hydrochinon-monobenzyläther (Depigman, Depigman forte, Depigman P), Hg-, Bi-Salben (Rp. Bismuti subnitrici 5,0 Ungt. hydrargyri praecip. albi ad 20,0 oder Nivalban-Salbe). – Vitamin-A-Säure Creme. Innerlich 1 g Vitamin C tgl. Cholipin (3mal 1 Dragee tgl.) wurde empfohlen. Abdecken mit Covermark. Lichtschutz (Ilrido, Contralum). S. a. Sommersprossen.

Chlorakne. Akneiforme Veränderungen mit Follikelkeratosen, Komedonen, Papeln, u. U. mit Pusteln und Abszessen. In der Regel ohne Seborrhoe. *Sitz:* bes. Gesicht, Rücken, Brust. *Ät. Path:* äußerlicher Kontakt mit chlorierten organischen Verbindungen oder Einatmung oder Verzehr dieser Substanzen (chlorierter Mineralfette). Bes. in der Elektroindustrie beobachtet. Auch als Perna(**Per**chlor**na**phtalin)-Krankheit bezeichnet.
Ther: Exposition meiden. Vitamin-A-Säure (z. B. Epi-Aberel Lösung). Hochtouriges Schleifen.

Chondrodermatitis nodularis chronica helicis. Hirsekorngroßes, sehr „druckschmerzhaftes Ohrknötchen" meist am oberen, rechten Helixrand. Fast nur bei älteren Männern. *Ät. Path:* Traumen; der regelmäßig wiederkehrende Druck beim Schlafen auf der rechten Seite wird für die Entstehung angeschuldigt. Erfrierungen. **Ther:** Keilexzision, dabei Operationstechnik [H. C. FRIEDRICH u. Mitarb., Aesth. Medizin **18**, 141 (1969)] beachten, da sonst meist Rezidiv. Injektion von Kortikoid-Kristallsuspension.
Folgende Methode hat zwar ein etwas schlechteres kosmetisches Ergebnis, führt aber kaum zu Rezidiven: Exzision weit im Gesunden, Schnittführung etwa parallel dem äußeren Rand der Ohrmuschel.

Chondrom. Derbe, die Haut knotig vorwölbende, bis kirschgroße, aus Knorpel bestehende Geschwülste. Sehr selten. Sitz: bes. Kopf. **Ther:** Exzision.

Chordom. Auf die Haut übergreifender maligner Tumor der ektodermalen embryonalen Chordaanlage. *Sitz:* bes. sphenookzipitale und sakrokokzygeale Region. **Ther:** radikale Operation. Lit: H. GARTMANN, Z. Hautkr. **51,** 907 (1976).

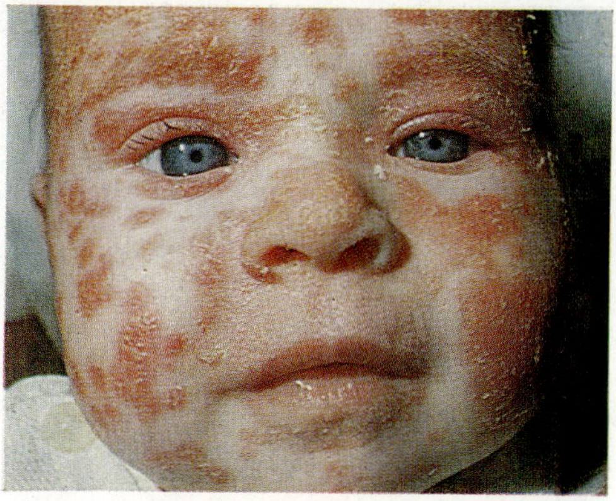

Bild 15
Seborrhoisches Ekzem des Säuglings

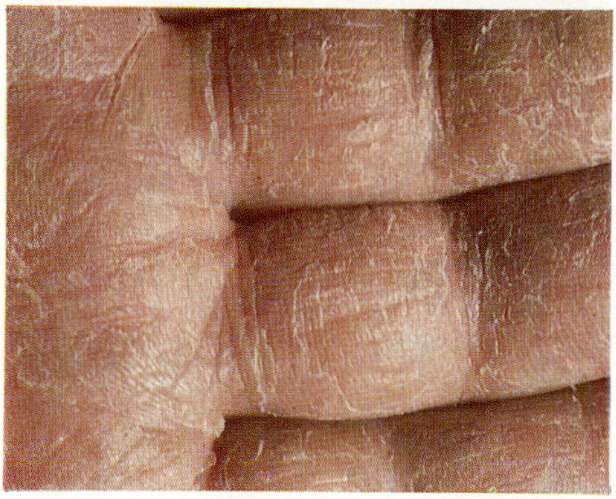

Bild 16
Nicht-allergisches Kontaktekzem

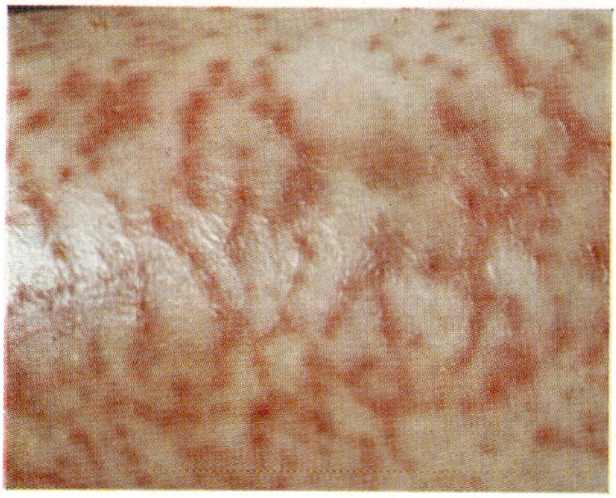

Bild 17
Nicht-allergisches Kontaktekzem (Eczéma craquelé) am Unterschenkel

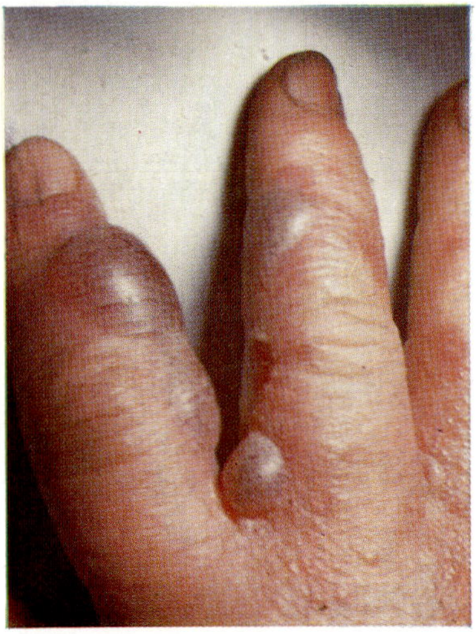

Bild 18
Akutes allergisches Kontaktekzem, ausgelöst durch Wollwachsalkohole

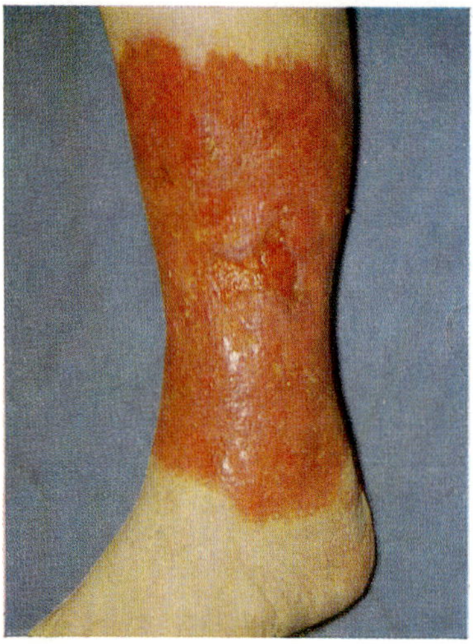

Bild 19
Stauungsekzem mit Ulcus cruris venosum

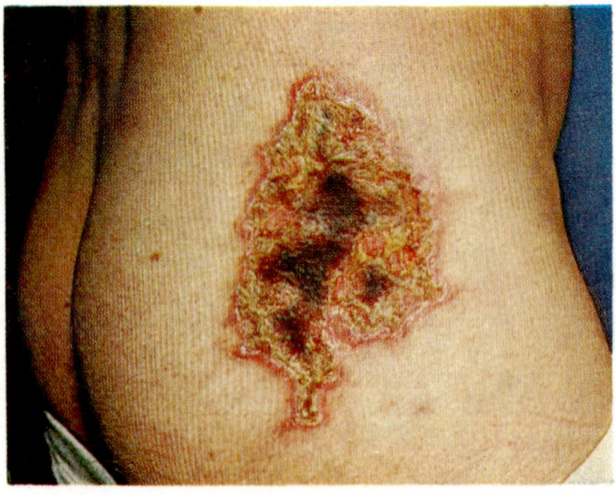

Bild 20
Embolia cutis medicamentosa nach „intramuskulärer" Penicillininjektion

Christ-Siemens-Touraine-Syndrom (Jacquet-Syndrom). Selten. Anhidrosis, Hypotrichosis, Anodontie, Hypodontie, Verbildungen des Nasenskeletts, Wulstlippen, atrophische Koryza, Pigmentanomalien u. a. Androtropie. Sehr selten.

Chromhidrosis. Farbiger Schweiß bei Ausscheidung chemischer Stoffe (Eisen, Kupfer, Indikan, Lipofuszin u. a.) und bei Bakterienansammlungen (Pyocyaneus, Trichomyzesarten u. a.). *Sitz:* bes. Axillen. **Ther:** s. Bromhidrosis.

Chromomykose. Durch Holz oder Erde übertragene Pilzkrankheit in tropischen Ländern. Chronische, ulzerierende oder papillomatöse, granulomatöse Hautveränderungen. *Dg:* Kultur. **DD:** Tuberculosis verrucosa cutis, Leishmaniasis, Blastomykose, Lepra, Bromoderm u. a. **Ther:** Flucytosin tgl. etwa 150 mg/kg Körpergewicht (Ancotil Tbl.). Ancotil-Salbe.

Chrysiasis: bläulichgraue Hautverfärbung nach Goldbehandlung; bes. an lichtexponierten Stellen.

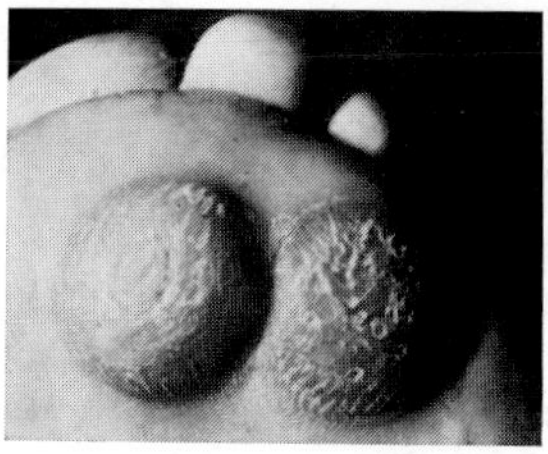

Abb. 18a. Plantare Clavi über den Mittelfußköpfchen

Clavus (Hühnerauge, Leichdorn, s. Abb. 18a). Sehr druckschmerzhafte (bes. bei feuchter Witterung), rundliche bis pfennigstückgroße Hyperkeratose mit einem gelblich-weißen Punkt im Zentrum, oft konzentrischer Schichtung der unmittelbar angrenzenden Hornlamellen (deshalb Hühnerauge genannt) und zentralem in die Tiefe vordringenden Hornzapfen (Hühneraugenwurzel). *Sitz:* Meist auf den Zehengelenken (bes. 5. Zehe); an den Zehen-Innenseiten sind sie infolge Mazeration weich. *Ät. Path:* Lang anhaltender, wiederholter Druck an einer Hautstelle, die einen Knochen überspannt. **DD:** Bei Sitz an der Fußsohle Dornwarze; bei dieser lassen nach Abtragen der Hornhaut die Schmerzen nicht nach.

Ther: Druck beseitigen, orthopädische Maßnahmen. Heiße Seifenbäder, dann beschneiden. Abschaben mit Hornhauthobel. Hühneraugenringe. Keratolytika: Cornina (Pflaster). Elastocorn. Clabin (Lösung). Collomack (Lösung). Verrucid (Tropfen). Efasit (Tinktur, Pflaster).

Cockayne-Syndrom. Seltenes Erbleiden. Beginn im 2. Lebensjahr. Trockene Haut, nach Sonnenbestrahlung entstehen narbig abheilende Blasen, rauhe Stimme, Oligophrenie, Taubheit, Zwergwuchs, tiefliegende Augen, Prognathie, mißgebildete Ohrmuscheln, Verdickung der Schädelkalotte u. a.

Combustio (Verbrennung). Der Grad der Verbrennung läßt sich oft erst einige Zeit nach dem Unfall bestimmen.

— erythematosa. Verbrennung 1. Grades mit diffuser Rötung und Schwellung des betroffenen Hautbezirkes. **Ther:** Sofortiger Kontakt mit kaltem Wasser. Kortikoidsalben.

— bullosa. Verbrennung 2. Grades mit Rötung, Schwellung und Blasenbildung (Bild 6 vor S. 17). Narbenlose Abheilung. **Ther:** bei größerer Ausdehnung s. u. – Blasen eröffnen, Blasendecke zur ungestörten Epithelisierung belassen. Kortikoidsalben mit antibakteriellem Zusatz. Sofra-Tüll. Fucidine-Gaze.

— escharotica. Verbrennung 3. Grades mit Zerstörung der Epidermis, Kutis, u. U. auch der darunterliegenden Gewebsschichten. Charakteristisch sind lederartige, weiße bis gelbbraune, trockene Nekrosen. Hinterläßt Narben, die zu Keloiden und Gelenkkontrakturen führen können und in denen sich später zuweilen Spinaliome entwickeln.

Der schwerste Grad der Verbrennung ist die Verkohlung (Karbonisation). Nur bei Befall einer Extremität ist durch deren Absetzen Rettung möglich; meist tritt nach Unfällen, die zur Verkohlung führen, rasch der Tod ein.

Sind mehr als 15% der Körperoberfläche befallen, so besteht die Gefahr des Verbrennungsschocks: Krankenhauseinweisung. **Ther:** Schmerzbekämpfung (Dolantin), Sedierung (Atosil, Valium u. a.). Flüssigkeitsersatz bei laufender Kontrolle des Hämatokrits, der Harnausscheidung, des Elektrolyt- und Säure-Basen-Haushaltes. – Tetanusprophylaxe.

Bei der ersten Versorgung steriler Verband. – Antibiotische Puder; Austrocknung des Wundbettes und Verminderung der Keimansiedlung durch „offene Behandlung". Nekrosen durch Fibrolan-Salbe, Leukase-Salbe u. ä. oder operativ entfernen. Transplantation.

Condylomata acuminata (Feig- oder Feuchtwarzen) sind offenbar eine terrainbedingte Variante der Verruca vulgaris. Erreger: Virus. *Durch Geschlechtsverkehr übertragbar.* Inkubationszeit 4 Wochen bis zu mehreren Monaten. Das Angehen der Infektion wird gefördert durch Mazeration, z. B. bei Balanitis, Phimose, Urethritis, Fluor vaginalis, Intertrigo, Hämorrhoiden, Analekzem, Condylomata lata (Abb. 103). – Aus stecknadelkopfgroßen Knötchen entstehen blumenkohl- und *hahnenkammartige papilläre Wucherungen. Sitz:* Eichel, Vorhaut, Anus (Abb. 19), Rektalschleimhaut, Vulva, Scheidenwände, Urethramündung. – Krebsige Entartung ist selten. **DD:** Condylomata lata (Spirochätennachweis), Pemphigus vegetans, Karzinom, papillär exophytisch wachsender Morbus Bowen.

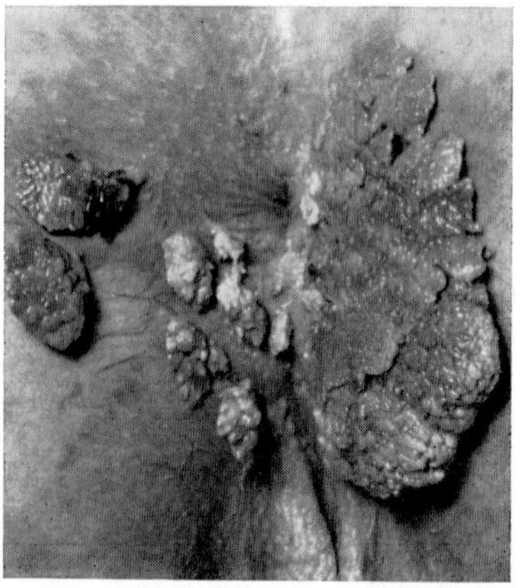

Abb. 19. Condylomata acuminata

Ther: Partner untersuchen und ggf. mitbehandeln. Fördernde Leiden (s. o.) behandeln. Pinseln mit *Rp. Podophyllin* 20, *Alkohol (95%) ad* 100; bei einer Behandlung wegen Resorptionsgefahr immer nur kleine Bezirke pinseln, bes. vorsichtig bei Graviden. Entsteht danach eine zu starke Reizung: Bäder mit Kal.-permang.-Lösung, Dermatolpuder. Bei kleinen C. kann man wiederholtes Aufstreuen von Rp. Pulvis summitat. Sabinae, Alum. ust. aa 5,0 versuchen. *Elektrische Schlinge.* Abkratzen mit dem scharfen Löffel, anschließend Elektro-Koagulation, Dermatolpuder.

Stets Grundleiden (Fluor, Candidosis, Phimose, Oxyuriasis, Gonorrhoe) beseitigen!

—— gigantea (Buschke-Löwenstein-Tumor). Selten. Meist vom Vorhautinnenblatt ausgehende Condylome, die das Präputium durchbrechen und in die Schwellkörper einbrechen. **DD:** Karzinom. **Ther:** Elektrokoagulation.

Congelatio (Erfrierung).
Die Entstehung von Erfrierungsschäden wird gefördert durch die Disposition (abwegige Reaktionsbereitschaft des Gefäßnervensystems), Nikotinabusus, Einwirkung von Feuchtigkeit, nasse, eng anliegende Kleidung. *Sitz:* bes. Akren (Nase, Ohren, Finger, Zehen).

— erythematosa. Erfrierung 1. Grades: Blässe, Abkühlung, Gefühllosigkeit, nach Wiedererwärmung Hyperämie, leichte Schmerzen, Juckreiz. **Ther:** Priscol-Salbe, Linoladiol, Bewegungsübungen, später Wechselbäder.

— bullosa. Erfrierung 2. Grades: sofort oder nach einigen Stunden entstehen Blasen, die ohne Narbenbildung abheilen können.

— escharotica. Erfrierung 3. Grades: trockene Nekrosen (Mumifikation) oder blaurote Blutblasen, nach deren Platzen nasse Nekrosen verschiedener Tiefe sichtbar werden. Abheilung nur unter Narbenbildung.
Komplikationen: Wundinfektion durch Eitererreger, Tetanus- oder Gasbrandbazillen.
Spätschäden: Hyperkeratosen, Hyperhidrosis, Pigmentablagerung, Durchblutungsstörung (Akrozyanose), Morbus Sudeck.
Ther: heiße alkoholische Getränke (Alkohol ist unter den Bedingungen der ersten Hilfeleistung der beste Vasodilatator!). Vasodilatantien z. B. Complamin, Ronicol, Hydergin. Pyrifer. Akut erfrorene Teile in kaltem Bad (10°) auftauen, Wassertemperatur langsam erhöhen. *Betroffene Extremität nicht mit Schnee abreiben: Infektionsgefahr*! Periarterielle Procain-Umspritzung. Lokalbehandlung wie bei Combustio.

Cornelia de Lange-Syndrom. Sehr selten. Clownartige Physiognomie, generalisierte Hypertrichose, Cutis marmorata, bläuliche Gesichtsverfärbung mit verstärkter Venenzeichnung, über der Nase zusammengewachsene Augenbrauen, lange Augenwimpern, hypoplastische Papillarlinien, Hypertelorismus, Skelettabnormitäten u. a. – Die Befallenen sterben meist frühzeitig. [D. S. SCHUSTER et al., Arch. Derm. **93**, 702 (1966)].

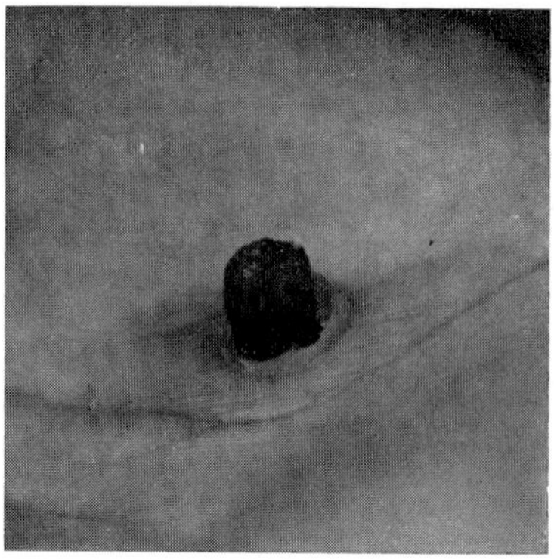

Abb. 20. Hauthorn auf Verruca vulgaris (Handfläche)

Cornu cutaneum (Hauthorn). Tierhornartige Hyperkeratose. Entsteht auf Keratosis senilis, Verruca vulgaris (Abb. 20), Basaliom, Verruca seborrhoica. *Sitz:* oft Kopf. **Ther:** Exzision.

Cowden-Syndrom (multiples Hamartom-Syndrom). Selten. Kuppelförmige Papeln und warzige Läsionen im Gesicht, an den Händen. Pflastersteinartige Mundschleimhautveränderungen. Lipome, Hämangiome, Tumoren der Brust- und Schilddrüse, des Magen-Darm-Traktes und ZNS. Dominant erblich? **DD:** Adenoma sebaceum symmetricum, Epithelioma adenoides cysticum, Dariersche Krankheit, Hyalinosis cutis et mucosae. **Ther.** der Hautläsionen: Fluorouracil (Efudix). Lit: J. W. BURNETT et al., Brit. J. Dermatol. **93,** 329 (1975).

Cumarin-Nekrosen. Selten. 2–10 Tage nach Beginn einer Cumarinbehandlung treten meist bei adipösen Frauen bes. an den Extremitäten hämorrhagische Nekrosen auf. **Ther:** Cumarin absetzen. Vitamin K. Heparin i. v.

Cushing-Syndrom. Wichtige Symptome: Vollmondgesicht, Stammfettsucht, Hypertonus, Hyperglykaemie, Amenorrhoe, Plethora, allgemeine Schwäche, Hirsutismus, blaurote Striae, Osteoporose, Akne, Ekchymosen, erhöhte 17-Hydroxykortikoidwerte im Harn, erhöhte Plasmakortisolwerte, Eosinopenie.
Ät. Path: Erhöhung des Kortisolspiegels im Organismus infolge von
1. NNR-Tumoren
2. vermehrter Bildung von ACTH
a) durch Adenome des HVL
b) durch funktionelle Hyperaktivität bei Störung der hypothalamischen Regulationen,
3. Verabreichung von Kortikoiden oder ACTH (iatrogenes Cushing-Syndrom).
Ther: Bei NNR-Hyperplasie Bestrahlung der Hypophyse. Evtl. bilaterale Adrenalektomie, dann Substitutionstherapie.

Cutis hyperelastica (Ehlers-Danlos-Syndrom, Gummihaut, Bild 9). Abnorme Dehnbarkeit der Haut und Überstreckbarkeit der Gelenke (Bild 7 vor S. 17). Abnorme Vulnerabilität: ausgedehnte Hämatome schon nach geringen Traumen. Hautverletzungen heilen mit charakteristischen atrophischen Narben (Bild 8). Fakultative Fehlbildungen: Arachnodaktylie, Linsenluxation, blaue Skleren, Herzfehler, Schwimmhautbildung. Das seltene Leiden manifestiert sich meist in den ersten Lebensmonaten. *Ät. Path:* autosomal-dominant vererbbare mesodermale Fehlbildung.

Cutis laxa = Dermatochalasis.

Cutis linearis punctata colli (stippled skin). Hervortreten der Talgdrüsen bes. am Hals als kleine weiße Papeln. *Ät. Path:* Hautatrophie infolge langdauernder Kortikoideinnahme oder Anwendung halogenierter Kortikoid-Externa.

Cutis marmorata teleangiectatica congenita. Selten. Angeborene netzartige Gefäßerweiterungen, die nach einigen Jahren durch die zunehmende Entwicklung des subkutanen Fettpolsters schwinden.

Cutis rhomboidalis nuchae. Bräunlich-gelbliche Verfärbung, Verdickung und rautenförmige Felderung der Nackenhaut. Sonderform der degenerativen senilen Atrophie (s. Altershaut). Licht, Hitze, Kälte, Wind und Nässe fördern die Entstehung. Bei Frauen – offenbar durch den besseren Lichtschutz (langes Haar) – seltener.

Cutis verticis gyrata. Verdickung, Falten- und Furchenbildung der Kopfhaut nach Art der Gehirnwindungen. *Ät. Path:* Bindegewebshyperplasie. Symptomatisch bei Akromegalie, Pachydermoperiostose (hierbei auch Befall von Stirn, Wangen, Handtellern, Fußsohlen) oder idiopathisch. Androtropie. **DD:** Naevus cerebriformis. **Ther:** Operation.

Dariersche Krankheit (Dyskeratosis follicularis vegetans). Selten. Unregelmäßig dominant erblich, aber auch sporadisch auftretend. Beginnt meist im 2. Dezennium. Bis linsengroße, mit einer braungrauen Kruste bedeckte, oft follikuläre Papeln mit Neigung zur Gruppierung. Beim Abkratzen erscheint eine trichterförmige Einsenkung.

An intertriginösen Stellen kommt es leicht zum Nässen und zur Bildung papillomatöser, übelriechender Vegetationen. Selten Blasenbildung. *Sitz:* meist symmetrisch, ausnahmsweise linear angeordnet. Bes. seborrhoische (Nasolabialfalten, Schläfen, Stirnhaargrenze, Kapillitium, Hals, vordere und hintere Schweißrinne) und intertriginöse Stellen.

Diagnostisch wichtig sind die an Verrucae planae erinnernden Veränderungen *(Akrokeratosis verruciformis)* an Hand- und Fußrücken sowie punktförmige *Unterbrechungen der Papillarlinien* (Dermatogramm).

Die Nägel sind oft verdickt, längsgestreift, undurchsichtig. Am harten Gaumen, seltener an der Wangenschleimhaut, sieht man weißliche, pflastersteinartig nebeneinander gelagerte Knötchen. Oft Intelligenzdefekte, zuweilen Depressionen.

Komplikationen: Infektion mit Vakzine- oder Herpes-simplex-Virus [E. D. Loeffel, Arch. Derm. **102,** 451 und 650 (1970)]. Leukoderma guttatum [R. L. Cornelison, Arch. Derm. **102**, 447 (1970)].

DD: Pemphigus familiaris benignus, Pemphigus vegetans, seborrhoisches Ekzem.

Ther: Vitamin-A-Palmitat tgl. 400000 E. 1–2 Monate (cave A-Hypervitaminose!). Vitamin A 200 000 I. E. + Vitamin E (600 mg tgl.) über Monate.

Vitamin-A-Säure lokal und innerlich (tgl. 20–50 mg, 4 Wochen). 10%ige Salizyl-Diachylon-Salbe. Versuch mit hochtourigem Schleifen. Vegetationen mit elektrischer Schlinge abtragen. Grenzstrahlen.

Dekubitus. Durch langanhaltenden Druck verursachte Nekrose der Haut. *Sitz:* bes. Stellen, an denen Knochen unmittelbar der Haut anliegen, z. B. Kreuzbein, Fersen. Chronische Kreislaufschwäche, Innervationsstörungen (Lähmung u. a.), mangelnde Hygiene fördern die Entstehung. **Prophyl. u. Ther:** Wasserkissen, Fersenringe, Luftring, aufblasbares Luftkissen (Decupad Beiersdorf). Moltex-Unterlagen. Hebrasches Wasserbett mit Zusatz eines Desinfiziens. Lagewechsel. Antidekubitor (Dräger). Delesan- oder Heydogen-Spray. Desitin Salbenspray. Alkohol-Abreibung, Pudern. Eiweißreiche Ernährung, evtl. Anabolika. Durchblutungsfördernde Mittel. Lokalbehandlung der Dekubitalgeschwüre s. Ulcus cruris.

Demodicidosis. Durch Haarbalgmilben (Demodex folliculorum) hervorgerufene Erytheme und follikuläre Schuppung im Gesicht bes. bei Frauen. Milbennachweis: Follikel ausdrücken, Inhalt mit 1 Tropfen Glycerin aufhellen oder Hautschuppen in 30%ige Kalilauge bringen. – Der Krankheitsbegriff ist nicht von allen Autoren anerkannt. **Ther:** 10%ige Schwefelsalbe.

Dermatite lichénoide purpurique et pigmentée Gougerot-Blum (s. Purpura pigmentosa progressiva). Stecknadelkopfgroße, glänzende, dicht stehende, lichenoide, anfangs rote, später bräunliche, oft juckende Papeln, die zu unregelmäßig geformten Herden zusammenfließen können. Sitz: symmetrisch, meist an den Unterschenkeln. **Ther:** Kalzium, Rutinion, Ruticalzon, Vitamin C.

Dermatitis exfoliativa generalisata (Wilson-Brocq). Universelle Erythrodermie mit großlamellöser Schuppung, Hyperkeratose der Handteller und Fußsohlen, starkem Juckreiz, Ausfall der Haare und Nägel, Ektropium der Augenlider, Lymphknotenschwellung. Idiopathisch oder symptomatisch, z. B. bei Retikulose, Leukämie. **DD:** Pityriasis rubra pilaris. **Ther:** Grundleiden behandeln. Kortikoide.

Dermatitis exfoliativa neonatorum Ritter von Rittershain. Selten. Blasenbildung am ganzen Körper im 1. Lebensmonat (Bild 10 nach S. 32). *Ät. Path:* gehört offenbar zum Lyell-Syndrom. Antigen-Antikörper-Reaktion(?) nach Infektion mit Staphylococcus pyogenes Phagen-Typ 71. **Ther:** Antibiotika. Prednison. Periston-Infusion. Kortikoid-Salben.

Dermatitis herpetiformis Duhring. Unter Brennen und Juckreiz entstehen erythematöse, ekzematöse, urtikarielle, pruriginöse Veränderungen sowie *herpesähnlich gruppierte, subepidermale Bläschen* (Bild 12 vor S. 33), selten größere Blasen. Außerdem sieht man Kratzeffekte, Impetiginisation, Pigmentierungen. Es ergibt sich ein *polymorphes Bild. Sitz:* bes. Extremitätenstreckseiten, Schultern, Gesäß. *Ät. Path:* polyätiologisches Syndrom, bei dem Fokalinfekte, maligne Tumoren, Wurmbefall, jodhaltige Medikamente, Allergie gegenüber Hülsenfrüchten, Schokolade u. a. eine Rolle spielen können. *Dg:* Biopsie. Oft Bluteosinophilie. Jodüberempfindlichkeit: Bläschenbildung nach Auftragen einer 30 %igen Jodkalivaseline oder sicherer nach Jodkali-Einnahme (Kal. jodat. 10,0, Aqu. dest. ad 150, o. D. S. 1–3mal 1 Teelöffel). Bei zu starker Reaktion Natriumthiosulfat i. v. – **DD:** bullöses Pemphigoid (monomorphe Erscheinungen: Blasen auf erythematösem Grund), Pemphigus vulgaris, Pustulosis subcornealis, nummuläres Ekzem. Prognose quoad vitam gut, quoad sanationem weniger gut. **Ther:** Fokus-Sanierung. Kochsalzarme Diät; Vermeiden von Seefischen (jodhaltig!), Schokolade, Hülsenfrüchten, Schweinefleisch. – Bei Jodüberempfindlichkeit homöopathisch Jod D_4. – *Sulfone* (DADPS Bayer, 50–100 mg tgl.). Versuch mit Madribon, Neo-Erycinum. – *Kortikoide* sind *nur in hoher Dosierung* wirksam. Bäder mit $KMnO_4$, Tannolact, Balneum Hermal mit Teer, Balnacid. Pinselung mit Farbstoffen (1%ig Brillantgrün), 1%iger Vioform-Schüttelmixtur. Fettarme Kortikoid-Externa.

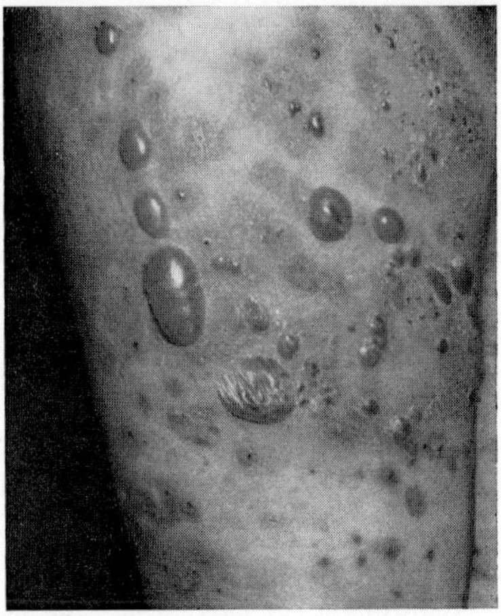

Abb. 21. Dermatitis herpetiformis Duhring

Ferner werden empfohlen: Eigenblutinjektionen (5–10 ml Blut, jeden 2. Tag), Vitamin B_1 und B_6 sowie Chlorambucil (etwa 8 mg Leukeran tgl., mindestens 40 Tage lang). – Gluten-Ex.

Dermatitis linearis. Streifenförmig angeordnete, keratotische, meist stark juckende Papeln, die an eine Neurodermitis, einen Lichen ruber, eine Psoriasis erinnern. **DD:** systematisierter Naevus (besteht seit Geburt). **Ther:** Kortikoid-Salben unter Okklusivverband.

Dermatitis plantaris sicca. Symmetrisch an der Plantarfläche der Zehen und des Vorfußes bei Kindern auftretende glänzende, trockene, schuppige Haut mit tiefen, schmerzenden Rissen, oft mit schwarzen Furchen. Im Winter Verschlimmerung. *Spontane Abheilung* im Alter von 13–14 Jahren. *Ät.:* unbekannt.

Offenbar wird das Hautleiden gefördert durch Tragen von Gummischuhen, synthetischen Strümpfen, durch häufiges Baden, trockene Haut, atopische Konstitution.

DD: allergisches Kontaktekzem (positive Epikutanteste), Tinea pedis (positiver Pilzbefund) bei Kindern unter 14 Jahren selten, atopische Dermatitis sitzt an den Beugefurchen der Dorsalseiten der Zehen.

Ther: Versuch mit Hydrokortisonsalben (Sanatison-Salbe 1/3 %), Locasalen-Salbe. Linola-H-Fett, Linola-Fett. RV-Creme fettend. Calmurid Salbe.

Dermatitis ulcerosa (Pyodermia ulcerosa serpiginosa, Pyoderma gangraenosum, Phagédénisme). Auf Haut und Subcutis beschränkte, ovaläre oder serpiginöse Geschwüre mit einem 2–5 mm breiten, blauroten, druckschmerzhaften, unterminierten Rand, der von einem etwa 3 cm breiten, hellroten Ring umgeben wird. Zentrale Abheilungs-, zentrifugale Ausbreitungstendenz. Tritt spontan oder 6–14 Tage nach einer Operation in der Operationswunde oder deren Umgebung auf *(postoperative progressive Gangrän)*.

Sitz: bes. Extremitäten. Ausdruck einer Systemerkrankung, bei Colitis ulcerosa, rheumatischer Arthritis, oft mit Paraproteinämie (z. B. Plasmozytom) einhergehend. Allergischer Prozeß?

DD: Blastomykose, Lues III, Tbc., Bromo-, Jododerm, Cumarin-Nekrose.

Ther: Versuch mit Antibiotika, Sulfonamiden, Azathioprin (150 mg Imurek tgl.), Gamma-Globulin, Totalexzision, UV-Bestrahlung, Kortikoiden (inner lich oder als Kristallsuspension subläsional).

Clofazimine (Lampren) 3mal 100 mg tgl. [G. Michaelsson et al., Arch. Dermatol. **112**, 344 (1976)].

Hyperbare Sauerstofftherapie [Lit: D. L. Fuhrman, Arch. Dermatol. **111**, 657 (1975)].

Dermatochalasis. Selten. Abnorme Erschlaffung umschriebener Stellen der Haut (selten des ganzen Integumentes) mit hochgradiger Runzel- und Faltenbildung. Wird auch als *Cutis laxa* bezeichnet. *Kongenitale Form:* bei der Geburt vorhanden oder in den ersten Lebensmonaten (selten später) auftretend. Oft Teilsymptom einer mesenchymalen Dysplasie mit Dystopie von Leber, Milz, Rektumprolaps, Hernien u. a. – *Erworbene Form:* meist während der Pubertät auftretend spontan oder nach entzündlich ödematösen Hautveränderungen.

Ther: evtl. plastische Operation.

Lit: H. Kerl et al., Hautarzt **26**, 191 (1975).

Dermatofibrosarcoma protuberans. Sehr langsam wachsender, harter, knolliger, von einer plattenartigen Infiltration ausgehender Tumor (Abb. 22), der mitunter schon in der Jugend auftritt. Metastasierungen sind sehr selten. *Sitz:* bes. Stamm. **Ther:** wegen der großen Rezidivneigung Exzision weit im Gesunden.

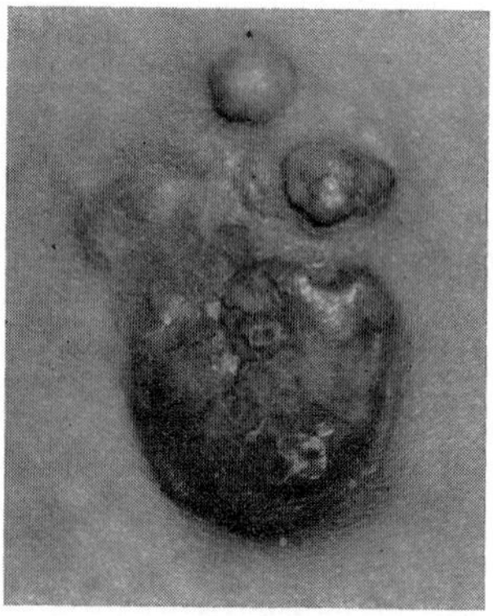

Abb. 22. Dermatofibrosarcoma protuberans an der Brust

Dermatomyositis. Selten. Ödematöse, weinrote z. T. schuppende Erytheme. *Sitz:* Oberlider *(oedème lilacé périorbitaire)* und Umgebung, Hals, Brustausschnitt, Ellbogen, Knie.

Porzellanfarbene, rundliche Atrophien über den Fingergelenken, am oberen Rumpf und an den Oberarmen. Zuweilen treten netzförmige Teleangiektasien, Hyper- und Depigmentierungen, lichenoide Papeln, Blasen und Hämorrhagien hinzu und führen zum Bild der Poikilodermie. Recht typisch ist ein *gelblicher, hyperkeratotischer Nagelfalz*, der beim Zurückschieben *schmerzt*. Manchmal Kalkablagerungen in der Subkutis der Extremitäten. Auch Mundschleimhautbeteiligung (Rötungen, Erosionen u. a.). Weinerlicher Gesichtsausdruck, depressive Stimmungslage.

Schmerzhaftigkeit und *Ermüdbarkeit der Muskulatur:* die Kranken können sich nicht mehr kämmen, nicht mehr aufstehen. Auch Atem-, Schluck- und Herzmuskulatur werden befallen. Lungenfibrose, Nephritis, Osteoporose, Neuritis können hinzutreten.

Ät. Path: Autoimmunkrankheit? – Bei Dermatomyositiskranken kommen 5mal häufiger maligne Tumoren vor als bei anderen Personen. Bei gleichzeitig vorliegendem Malignom wurden positive Intrakutanteste mit Spätreaktion gegen körpereigenes Tumoreiweiß beobachtet. Bei Kindern spielen Infekte eine Rolle.

Dg: Biopsie (Haut, M. deltoideus). Hyperkreatinurie. Hypokreatininurie. Perorale Kreatinbelastung [H. W. Kreysel et al., Hautarzt **19** (1968)]. Transaminasen (SGPT, bes. SGOT), Aldolase, Kreatin-Phosphokinase (CPK), Myokinase sind erhöht. Elektromyogramm. **DD:** Erythematodes acutus (LE-Zellen, Leukopenie, hohe BSG), ferner Periarteriitis nodosa, Sclerodermia diffusa, Trichinose. *Prognose:* akuter und chronischer Verlauf. Etwa $^2/_3$ der Kranken sterben nach $^1/_2$–2 Jahren. Im 1. und 2. Dezennium günstiger.

Ther: Bei Erwachsenen Tumorsuche und ggf. Behandlung. – Kortikoide (z. B. Prednisolon anfangs 60 mg tgl.) zur Beseitigung der akuten, entzündlichen Zustände. Immunosuppressiva, z. B. Puri-nethol 50 mg tgl., gleichzeitig 20 mg Prednisolon. Versuch mit Antilymphozytenserum. Ferner Versuch mit Cocarboxylase (Berolase), Vitamin E, anabolen Steroiden, Antimalariamitteln (s. Erythematodes). – Physikalische Behandlung (Massage, Elektrotherapie).

Dermatopathische Lymphadenitis (réticulose lipomélanique Pautrier et Woringer). Reaktive, rückbildungsfähige Lymphknotenschwellung mit Proliferation von Retikulumzellen, Lipoidspeicherung, Melanin- und Hämosiderinablagerung bei ausgedehnten Dermatosen z. B. Ekzem, Mykosis fungoides, Erythrodermie. **DD:** Morbus Brill-Symmers. **Ther:** Grundleiden behandeln.

Dermatozoenwahn (Parasitophobie, Dermatozoophobie, wahnhafter Ungezieferbefall). Die Kranken – meist Frauen jenseits des 60. Lebensjahres – schildern ausführlich, daß sie von Milben, Mikroben u. ä. befallen seien und sehr geplagt würden. Sie bringen Hautschuppen, Schmutzteilchen u. ä. zum Arzt und zeigen sie ihm als die Erreger der Krankheit. Der gesamte *Lebensinhalt* ist *darauf gerichtet*, das *vermeintliche Ungeziefer zu beseitigen*. Die Kranken sind beleidigt, wenn der Arzt ihnen keinen Glauben schenkt, sie von ihrem Irrtum überzeugen oder sie gar zum Nervenarzt überweisen will. Ursachen: Cerebralsklerose u. a. **Ther:** Sedativa, *Librium*, *Truxal*, juckreizstillende

Mittel, spirituöse Einreibungen. Psychotherapie ist erfolglos. Die Wahnideen verlieren mit der Zeit etwas an Wichtigkeit, so daß die Pat. dem Leiden gegenüber gleichgültiger werden und keine Behandlung mehr verlangen.

Dermite ocre FAVRE et CHAIX. Ockergelbe bis dunkelbraune münzengroße und größere Flecken an der unteren Hälfte der Unterschenkel meist nach dem 50. Lebensjahr. Oft treten mikrobielle Ekzeme und Ulcera hinzu. *Ät. Path:* Erythrozytendiapedese bei chronisch-venöser Insuffizienz. **DD:** Purpura pigmentosa progressiva. **Ther:** s. Varizen.

Dermo-Epidermitis Lutz entspricht dem mikrobiellen Ekzem. Es wird ein erosiv-nässender und ein erythematös-squamöser Typ unterschieden. *Sitz:* meist Unterschenkel, ferner Körperfalten (Intertrigo, „Wolf"), Umgebung von Geschwüren (paratraumatisches Ekzem), retro- und periaurikulär. **Ther:** Grundleiden behandeln (Ulcus, Varizen). Pinselung mit Sol. Castellani oder mit 1%iger Pyoktaninlösung. Locacorten-Vioform-Paste. Sermaform.

Dermographismus zeigt meist die Erregbarkeit des Gefäßnervensystems der Haut an.

— albus, Blaßwerden nach Hautstrich bes. deutlich bei Neurodermitis constitutionalis (Bild 13 vor S. 33).

— elevatus. Quaddelleiste nach Streichen der Haut. Nur bei überempfindlichem Gefäßnervensystem der Haut.

— niger. Auf der Haut liegender Puder schmirgelt feinste Metallteilchen von Ringen, Armbändern usw. ab und führt zur Dunkelfärbung.

— ruber. Etwa 20 Sek. nach strichförmiger Reibung der Haut (z. B. mit Holzspatel) tritt infolge von Histaminfreisetzung aus den Mastzellen eine lokale Vasodilatation und damit eine lebhafte Rötung auf.

Dermoidzysten entstehen durch Einschluß von Epithelkeimen mit Hautanhangsgebilden im Bereich embryonaler Spalten. Sie beginnen in der Kindheit und können Apfelgröße erreichen. Sie enthalten Keratin, Talg, Haare. *Sitz:* bes. Orbitalregion, Nasenwurzel, Warzenfortsatz, Fontanellenbereich. **Ther:** Exzision.

Diabetes mellitus. Hierbei können folgende Haut- und Schleimhauterkrankungen und Syndrome auftreten:

Achard-Thiers-Syndrom
Akanthosis nigricans benigna (selten).
Amyloidosis cutis nodularis atrophicans diabetica (selten).
Anhidrosis et Oligohidrosis diabetica
Asteatosis diabetica
Balanitis.

Bullosis diabeticorum (selten). Blasenbildung bes. an den Extremitäten.

Candidosis

Ekzeme. Ihr Auftreten, bes. das des mikrobiellen Ekzems, wird durch Diabetes gefördert.

Gangrän. Bes. an Fersen und Zehen.

Granuloma anulare (generalisierte Form).

Grinspan-Syndrom

Hypertrichosis beobachtet man selten beim Diabetes, und zwar periumbilikal und an den Scapulae (Hypertrichosis scapularis diabetica).

Malum perforans diabeticum

Mundschleimhautveränderungen: Gingivitis, Stomatitis, Paradentose, Mundwinkelrhagaden als Zeichen einer Ariboflavinose.

Nekrobiosis lipoidica diabeticorum.

Paronychia et Onychopathia diabetica

Prätibiale braune Flecken und runde oder ovale atrophische Herde.

Pruritus tritt generalisiert oder lokalisiert (meist an der Vulva) auf. Die Benetzung mit zuckerhaltigem Urin und dessen Zersetzung fördert die Entstehung des Pruritus vulvae.

Purpura diabeticorum

Pyodermien (Furunkel, Karbunkel).

Rubeosis. Rosige Gesichtsfarbe bes. bei Kindern infolge Durchscheinens des erweiterten Venenplexus.

Xanthome treten über das ganze Integument verstreut auf und schwinden bei Behandlung des Diabetes.

Xanthosis. Gelbfärbung der Haut bes. im Gesicht, an Handtellern und Fußsohlen bei Diabetikern, die viel Karotine und Karotinoide essen.

Diese Erkrankungen sind u. a. bedingt durch erhöhten Hautzuckergehalt (führt z. B. zu Pyodermie, Soor), diabetische Angiolopathie (führt zu Gangrän, Nekrobiosis), eine mit dem Diabetes verbundene Fettstoffwechsel-Störung (führt zu Xanthomen).

Diapneusis buccalis. Hernienartige Vorwölbung der Wangenschleimhaut im Bereich einer Zahnlücke. **Ther:** Schließen der Zahnlücke.

Digitus mortuus (Reilscher toter Finger). Meist nur Minuten anhaltende und schmerzlose Ischämie eines oder mehrerer Finger nach Kältereizen oder psychischen Alterationen. Daumen und Kleinfinger sind gewöhnlich nicht beteiligt. Betroffen sind bes. junge Mädchen in der Pubertät. Anfälle lassen mit zunehmendem Alter nach. *Ät. Path:* Fingerarterienspasmen. Fokalinfekte? Zuweilen gleichzeitig Spondylarthrose der HWS. **DD:** Raynaudsche Krankheit. **Ther:** hyperämisierende Maßnahmen z. B. Rubrimentbäder. Akrotherm-Salbe. Spasmolysin. Hydergin. Reserpin (z. B. Sedaraupin).

Diphtherie der Haut. Sehr selten. Meldepflichtig. Erreger: Corynebacterium diphtheriae. Impetiginöse, intertriginös-ekzematoide, gelblich-graue, pseudomembranöse Läsionen. Komplikationen: Lähmungen, Myokarditis. *Sitz:* Ohrfurche, Wundflächen.

Dg: Erreger-Nachweis. **Ther:** Diphtherie-Serum. Erythromycin. Penicillin 2 Mega I. E. tgl. + 1 g Streptomycin tgl. Lokal 1 %ige alkoholische Pyoktaninlösung.

Dorsalzysten (Abb. 23). Mit gallertiger Substanz gefüllte, oft transparente, bis haselnußgroße, derbe Vorwölbungen (Pseudozysten). *Sitz:* Finger- und Zehenstreckseiten, paraartikulär. *Ät. Path:* offenbar schleimige Bindegewebsdegeneration infolge mechanischer Dauerreize. **DD:** Fibrome, traumatische Epidermiszysten, Fingerknöchelpolster. **Ther:** Stichinzision, Expression, Kortikoid-Kristallsuspension injizieren. – Hyaluronidase injizieren, Inhalt absaugen, ruhigstellen. Evtl. Rö.-Strahlen.

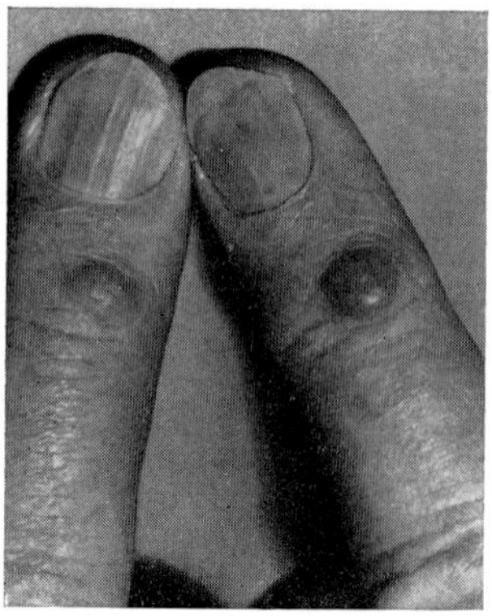

Abb. 23. Dorsalzysten

Dyshidrosis (Synonyme: *Cheiropompholyx* = Blasen an den Händen, *Podopompholyx* = Blasen an den Füßen). Sagokornartige, pralle, juckende Bläschen (Bild 14 vor S. 33), zuweilen auch Blasen auf unveränderter Haut an Handflächen, Fingerseiten, seltener an den Fußsohlen. Gefahr der Sekundärinfektion mit Lymphangitis. *Ät. Path:* 1. Folge einer Fußmykose (Mykid an den Händen) oder eines mikrobiellen Ekzems (Mikrobid). 2. Kontaktekzem (Erscheinungen auch am Handrücken). 3. Endogenes Ekzem. 4. Arzneiexanthem. 5. Nahrungsmittelallergie. 6. Inhalationsallergie. 7. Essentielle Form. **DD:** dyshidrotische Form der Epidermophytie (bevorzugt die Plantae, Pilznachweis), pustulöses Bakteriid (hierbei vorwiegend mittlere Anteile der Palmae und Plantae befallen und in den Ruhephasen nach Rückbildung der Bläschen psoriasiforme Schuppung).

Ther: Ursache beseitigen. *Äußerlich:* Anfangs austrocknende Maßnahmen, Hände mit Spitirus dilutus wiederholt abreiben, nachts einpudern, Zwirnhandschuhe. Mehrere Minuten heißes Handbad, dann abreiben mit 2 %igem Salicyl-Resorcin-Spiritus. *Kortikoidhaltige Tinktur,* z. B. Volon A-Tinktur. Pasta exsiccans DRF. Trockenpinselung. Größere oder sekundärinfizierte Blasen eröffnen, feuchte Umschläge mit Tannosynt- oder Kal.permang.-Lösung.

Innerlich: Entwässerung mit Furosemid (Lasix) 3 Tage lang, dann salinische Abführmittel, z. B. Karlsbader Salz. Kochsalzarme Diät. Calcium. Antihistaminika. Kortikoide, z. B. Prednisolon anfangs 30 mg tgl. – Bellergal, Valium u. ä. Bei Sekundärinfektion (Lymphangitis) z. B. Bactrim oder Vibramycin. – Evtl. Klimatherapie.

Dyshidrosis lamellosa sicca (Exfoliatio areata manuum, Sommerabschilferung der Haut). Halskrausenartige Schuppung an den Händen. Durch Konfluenz entstehen münzengroße, polyzyklische Herde. Kein Juckreiz.

Keine Pilze nachweisbar. Tritt meist im Sommer auf. Rezidivneigung. *Ät. Path:* 1. Mykid an den Händen bei Fußmykose. 2. Exsiccationsschaden der Haut durch häufiges Händewaschen, Kontakt mit organischen Lösungsmitteln. 3. Beziehung zu allergischen Entzündungen des Magen-Darm-Traktes? 4. Leichte Form der essentiellen Dyshidrosis.

Ther: entsprechend der Ätiologie: 1. Fußmykose behandeln. 2. Hautschutzsalbe wie Sansibal, Stephalen-Creme. 3. Antihistaminika. 4. s. Dyshidrosis.

Dyskeratosis congenita (Zinsser-Engman-Cole-Syndrom). Selten. Leukoplakien der Schleimhäute. Netzartige Poikilodermie bes. an Hals, Brust, Hautfalten. Hyperhidrosis an Händen, Füßen. Haarwachstumsstörungen, Zahnanomalien. Androtropie. Symptomatik erst nach dem 10. Lebensjahr voll ausgeprägt. Panmyelopathie kann hinzutreten (Fanconi-Zinsser-Syndrom). **DD:** Pachyonychia congenita (hierbei Palmoplantarkeratosen).

Dystrophia adiposogenitalis (Fröhlich-Syndrom). Sehr selten. Beginnt meist im Pubertätsalter. Fettsucht bes. an Becken und Oberschenkeln. Infantilismus der inneren und äußeren Genitalorgane. Diabetes insipidus. Gonadotropine im Harn nicht nachweisbar, 17-Ketosteroide vermindert. *Ät:* Erkrankung der Hypophyse (Tumor) oder des Dienzephalons. Androtropie. **DD:** Präpubertätsfettsucht (nicht so selten). **Ther:** Grundleiden behandeln.

ECHO-Virus-Infektion. Abgesehen von Fieber, Übelkeit, Kopfschmerzen, Meningitis und/oder Magen-Darm-Störungen können rubeoli-, morbilli-, skarlatiniforme, urtikarielle, vesikulöse, petechiale Exantheme sowie Mundschleimhautläsionen (ähnlich der Herpangina) auftreten. *Dg:* Virusisolierung aus Rachenspülwasser und Stuhl. Antikörperanstieg. **Ther:** bei schwerem Verlauf Gammaglobulin, antibiotische Abschirmung.

Ejaculatio praecox. Vorzeitiger Samenerguß, der zum Abbruch des Coitus und der Erektion führt. **Ther:** Glans mit Xylocain-Salbe einreiben. Melleril-Dragees 50–200 mg 1–3 Stunden vor dem Verkehr. Bellergal. Progynon B ol. 5 mg alle 14 Tage. Prostatamassagen. Zirkumzision. Psychotherapie.

Squeeze-technique: die Frau legt ihren Daumen auf das Frenulum und Zeige- und Mittelfinger auf die Dorsalseite des erigierten Penis zu beiden Seiten der Corona glandis. Die Finger werden 3–4 Sekunden gegeneinander gedrückt. Der Mann verliert dann sofort den Drang zu ejakulieren. 30 Sek. später soll die Frau den Penis erneut stimulieren, dann wieder Druck-Technik. Stimulation und Drucktechnik sollen 20 Min. im Wechsel durchgeführt werden, ohne daß es zu einer Ejakulation kommt, was die Partner bisher noch nicht erlebt haben. Lit: W. H. Masters et al., Impotenz u. Anorgasmie, Goverts Krüger Stahlberg Verlag 1973.

Ejaculatio retardata. Trotz Immissio penis und lange fortgesetzter Friktion tritt die Ejakulation erst nach längerer Zeit ein. Psychotherapie.

Ejakulation, retrograde. – Hierbei wird das Sperma nicht durch die Harnröhre nach außen entleert, sondern retrograd in die Harnblase. Die Folge ist eine Impotentia generandi.

Die Voraussetzungen für die normale Ejakulation sind die Abdichtung der Urethra proximal vom Colliculus seminalis und der Weitertransport des Samens durch die Urethra distal vom Colliculus seminalis.

Ät.: Innervationsstörungen (multiple Sklerose, diabetische Neuropathie, lumbale Sympathektomie, Rektumresektion, Querschnittslähmung, Commotio). Störungen im Bereich des Blasensphinkters oder der Urethra: Mißbildungen, transurethrale Prostatektomie, Traumen. Mechanische Hindernisse: Prostatahypertrophie, ausgeprägte Phimose.

Dg: Nachweis vom Sperma im Urin post masturbationem.

Ther: Bei Kinderwunsch Verwendung von retrograd entleertem Sperma zur homologen Insemination.

Ekthyma. Oft von schwärzlichen Krusten bedecktes Ulcus mit einem wie ausgestanzten Rand. Meist multipel. Geringe Heilungstendenz. Erreger: meist hämolysierende Streptokokken. Unterernährung, Verschmutzung, Verletzungen fördern die Entstehung. *Sitz:* bes. Unterschenkel. **DD:** ulzeröse Syphilide, Erythema induratum Bazin, Vasculitis allergica.

Ekthyma contagiosum. Erreger: Orf-Virus. Inkubationszeit: 4–8 Tage. Kann von Schafen und Ziegen auf den Menschen übertragen werden. Bes. an den Händen und Fingern von Landwirten entstehen papulo-pustulöse, den Melkerknoten ähnliche Veränderungen. *Dg:* Elektronenmikroskopie, Tierversuch. **DD:** Anthrax, Granuloma pyogenicum, Impetigo contagiosa, Primäraffekt bei Tularämie. **Ther:** Tetracyclin-Salbe.

— gangraenosum terebrans. Über den ganzen Körper verstreute Pusteln und Ulzerationen, meist bei geschwächten Säuglingen und Kleinkindern.

Prophyl: Sauberkeit. **Ther:** Umschläge mit Rivanol- oder Kal.-permang.-Lösung. Antibakterielle Salben. Tetracyclinpuder (Wiotax). Evtl. Antibiotika innerlich (nach Resistenzbestimmung). Vitamin A und C. Roborierende Maßnahmen.

Ekzem, endogenes s. Neurodermitis constitutionalis.

DD:

	Neurodermitis constitutionalis	**seborrhoisches Ekzem**
Familien-anamnese	oft Ekzem, Asthma, Rhinitis	–
Schuppung	gering	stark
Rötung	stärker	geringer
Lokalisation	bes. Wangen, Gelenkbeugen	bes. Scheitel, medianer Gesichtsbereich.
Prognose	ungünstig: Rückbildung meist erst in der 2. Lebenshälfte.	günstig: Rückbildung meist bis zum 3. Lebensjahr.
Beginn	nach dem 3. Lebensmonat	meist im 1. Trimenon

Ekzem, seborrhoisches Ekzem der Säuglinge und Kleinkinder. Beginnt meist in den ersten Lebensmonaten als Gneis. Hierunter versteht man fest anhaftende, fettige, graue bis dunkelbraune Schuppenkrusten auf dem Scheitel bei Säuglingen. Nach Entfernung der Schuppenkrusten zeigt sich eine rötliche, oft glänzende und feuchte Kopfhaut. Von dem Gneis aus kann sich das seborrhoische Ekzem auf Gesicht (Bild 15 nach S. 48), Hals, Gelenkbeugen, zuweilen auch auf den ganzen Körper (s. Erythrodermia desquamativa Leiner) ausdehnen. *Ät:* unklar. Fehlernährung? Magen-Darm-Störungen?
Ther: Kortikoid-Creme. 1%ige Vioform-Schüttelmixtur. Kopfwäschen mit Hegor ST. Innerlich: Vitamin B_{12}, Antihistaminika, evtl. Antibiotika.

Ekzema herpeticatum (Abb. 24). Entsteht durch Übertragung des Herpes-simplex-Virus auf eine Ekzemhaut. Es hinterläßt Narben. – Gelangt Vakzine-Virus auf eine Ekzemhaut, so kann sich das **Ekzema vaccinatum,** das Pockennarben hinterläßt, entwickeln. Letalität 10–30%. Beim E. vaccinatum läßt sich die Infektionsquelle meist ermitteln, beim E. herpeticatum nur sehr selten. **DD:** Pocken. **Ther:** Im akut-nässenden Stadium Kal.-permang.-Umschläge, später Pinselung mit Pyoktaninlösung (1%), darüber Vioformschüttelmixtur (1%). Gamma-Globulin. Tetracycline. Evtl. Prednisolon 50 mg und mehr tgl.

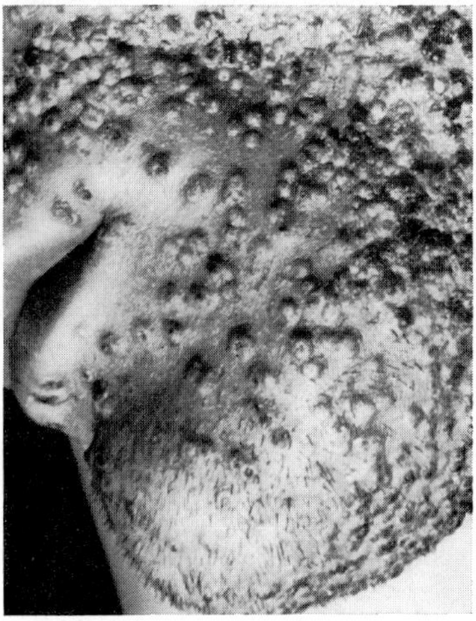
Abb. 24. Ekzema herpeticatum

Ekzema infantum. Hierbei handelt es sich meist um eine Neurodermitis constitutionalis oder um ein seborrhoisches Ekzem, zuweilen auch um ein bakterielles Ekzem. Das allergische Kontaktekzem kommt bei Säuglingen und Kleinkindern sehr selten vor.

EKZEMA VULGARE

Häufigste Hautkrankheit. Polyätiologisch bedingte Reaktionsform der Haut. Man unterscheidet zwei Stadien:

1. *akutes Stadium:* Juckreiz, unscharf begrenzte Rötung (E. erythematosum), Papulo-Vesikeln (E. papulo-vesiculosum), Pusteln (E. pustulosum), Nässen (E. madidans), Krusten (E. crustosum) zuweilen auch Blasen (E. bullosum, Bild 16 nach S. 48).

2. *chronisches Stadium:* Juckreiz, chagrinlederartige Vergröberung der Hautoberfläche (Lichenifikation), Schuppung (E. squamosum), Hyperkeratosen (bes. an Handtellern und Fußsohlen kommt es zu Hornschichtverdickungen mit Rhagaden: E. tyloticum).

Histologisch zeigt das *akute Ekzem* suprabasales, interzelluläres Ödem (Spongiose) mit folgender Bläschenbildung und Parakeratose. Im oberen Corium Gefäßerweiterung, Ödem, Infiltration von Lymphozyten, Histiozyten und Monozyten. Einwanderung dieser Zellen in die Epidermis. Im *chronischen Stadium tritt* die Bläschenbildung in den Hintergrund, Akanthose und lymphohistiozytäre Infiltrate im Papillarkörper beherrschen das Bild.

Das Ekzem neigt sehr zu Rückfällen, es kann vom chronischen Stadium wieder ins akute übergehen.

1. Nicht-allergisches Kontaktekzem (Bild 16 nach S. 48).

Synonyma: degeneratives E., degenerativ-toxisches E., traumiteratives E., Expositions-E. – Hierher gehören auch die Begriffe Abnutzungsdermatose (als Vorstufe zum Ekzem angesehen) und Empfindlichkeitsekzem (ihm liegt eine gesteigerte Hautempfindlichkeit zugrunde, so daß schon relativ geringe Reize zu seiner Entstehung führen).

Die Ursache ist eine Erschöpfung der chemischen Abwehrfunktion der Epidermis infolge länger dauernden oder wiederholten Kontaktes mit Alkalien (Alkaliekzem), Mineralölen, Fettlösungs- u. Waschmitteln (Hausfrauenekzem) und infolge zu häufigen Waschens. Dieses Ekzem *heilt, sobald die Schädigung fortfällt. Streuphänomene fehlen.* Die *Epikutanteste* bleiben *negativ.* Man kann 2 Phasen unterscheiden:

a) Zunächst kommt es zur Schädigung der Hornschicht mit Exsiccation und Rhagadenbildung: *Exsiccationsekzematid.* Hierher gehören das *Eczéma craquelé* (Bild 15 nach S. 48) mit grabenartigen Einrissen in unregelmäßigen Mustern und das *Eczéma canalé* (rundliche, gerötete, schuppende Herde, die am Rand von einem Hornschichtdefekt umgeben sind).

b) Später werden die tieferen Schichten der Epidermis geschädigt: Rötung, Infiltration, Papelbildung, Lichenifikation treten auf. Nur selten entstehen Bläschen, Nässen und Krusten. *Sitz:* meist Hand- und Fingerrücken.

DD: Toxische Kontaktdermatitis (tritt bei jedem Menschen nach Einwirkung obligat toxischer Stoffe, z. B. Crotonöl, Säuren, Röntgenstrahlen auf), allergisches Kontaktekzem (zeigt positive epikutane Testreaktionen).

Die durch das nicht-allergische Kontaktekzem vorgeschädigte Haut fördert das Eindringen von Allergenen und damit die Entstehung des allergischen Kontaktekzems.

Prophyl. und Ther: Bei der Arbeit Tragen von Gummihandschuhen, darunter Baumwollhandschuhe. Kationenaustauscher: pH-Stabil-Creme. Aquanon Hermal. Stephalen-Creme. RV-Creme (fettend oder intermediär). Lipocreme Cordes. Zum Waschen: Sebamed, Dermowas, Stephalen-Waschgel. Ölzusätze zu Bädern (Balneum Hermal).

2. Das allergische Kontaktekzem (Bild 18 vor S. 49) tritt nach kurzem Kontakt mit kleinsten Mengen des Schadstoffes zunächst nur an der Berührungsstelle auf. Es liegt ihm eine *spezifische Sensibilisierung* gegen eine oder mehrere Substanzen zugrunde.

Dieses Ekzem ist eine *allergische Reaktion vom Spättyp,* d. h. sie setzt erst 10 Std. nach Antigenapplikation ein und erreicht etwa nach 48 Std. ihren Höhepunkt. Das ist

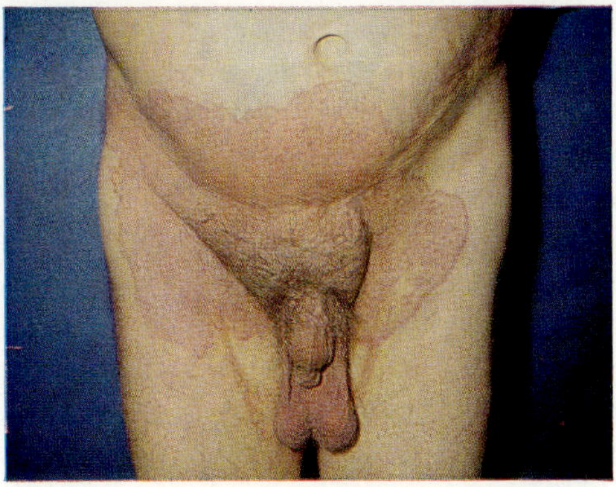

Bild 21
Epidermophytia inguinalis
(Ekzema marginatum Hebra)

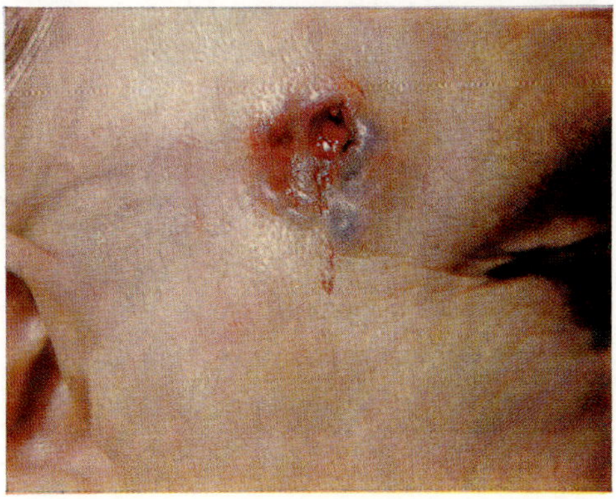

Bild 22
Basalioma exulcerans mit
Knötchenrand

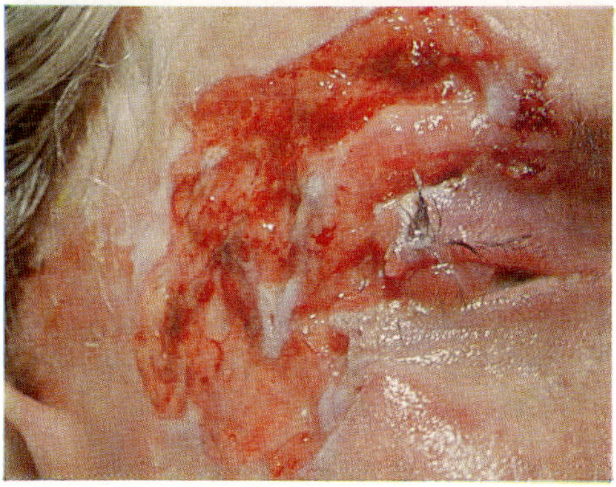

Bild 23
Basalioma exulcerans

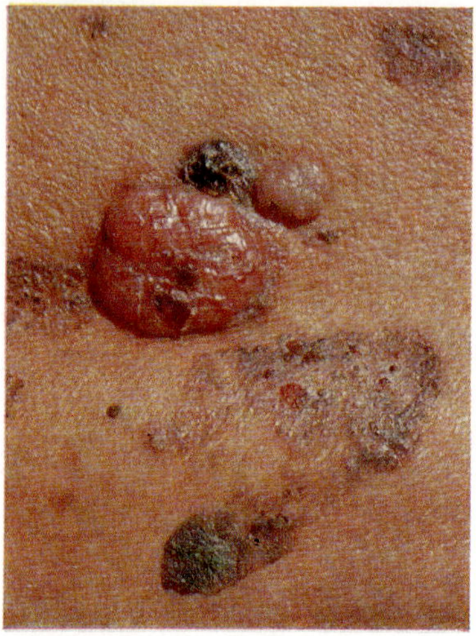

Bild 24
Nodöse, pigmentierte und oberflächliche Basaliome nebeneinander

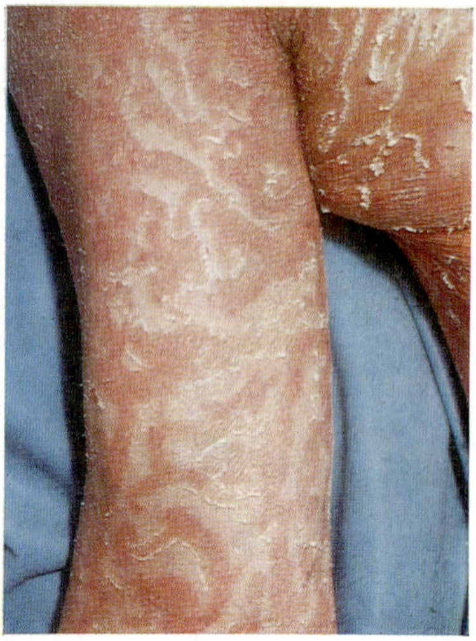

Bild 25
Erythema gyratum repens bei Bronchialkarzinom

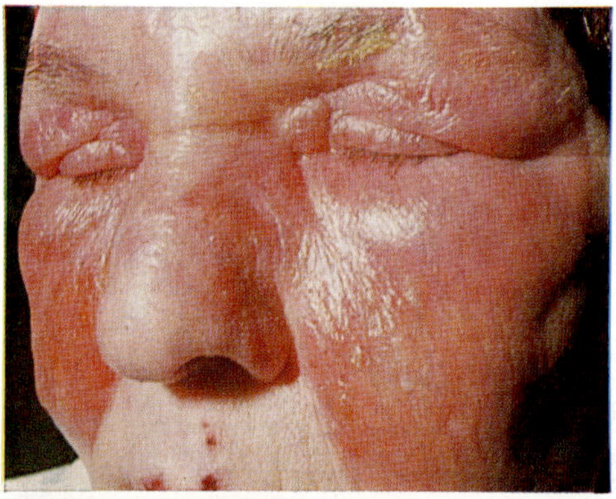

Bild 26
Erysipel

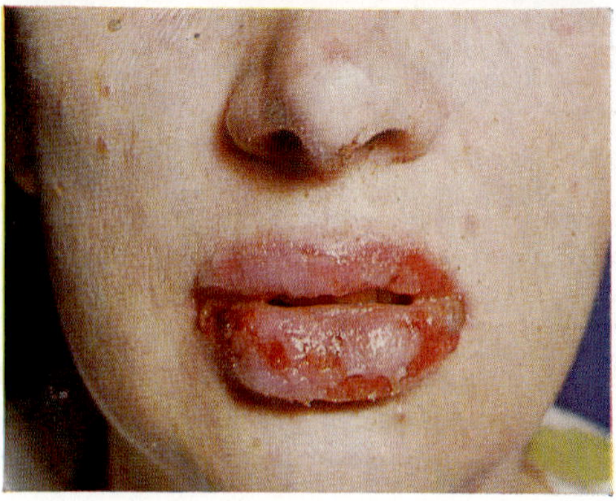

Bild 27
Erythema exsudativum multiforme majus: Herde an den Lippen (und Schleimhäuten)

z. B. wichtig bei der Läppchenprobe: die erste Ablesung nach 24 Std. ist weniger wichtig als die beiden späteren, da zu dieser Zeit die Reaktion stärker oder überhaupt erst vorhanden ist.

Die Zahl der ekzematogenen Substanzen ist unübersehbar. Hier seien einige wichtige Kontaktallergene genannt: Chromatsalze (kommen vor in Zement, Leder, Bohröl, Zündhölzern, Korrosionsschutz), Nickel- u. Kobaltsalze, Formalin, Terpentin, Holzteer, Gummi, Kunstharze, Primeln.

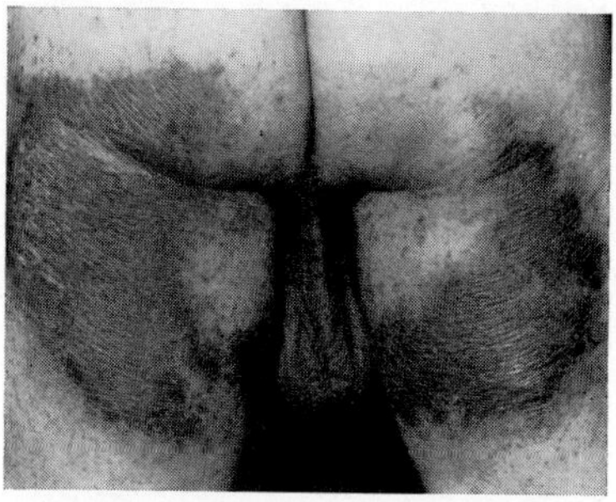

Abb. 25. Kontaktekzem durch Toilettenbrille

Bei einer *Gruppenallergie* besteht eine Sensibilisierung gegen verschiedene Stoffe mit ähnlicher chemischer Struktur: z. B. tritt bei der Parastoff-Gruppenallergie eine Sensibilisierung gegen Substanzen auf, die einen Benzolring mit paraständigen Gruppen haben (Procain, Anilin, Sulfonamide, p-Phenylendiamin). Kommt es zu einer Sensibilisierung gegenüber einer Substanz, so kann bei erneuter Exposition das Ekzem auch durch die anderen Parastoffe ausgelöst werden.

Zur Auffindung der Kontaktallergene dienen die Epikutanteste (bewährt hat sich der Standard-Epicutantest-Hermal). – Die Überempfindlichkeit dauert oft bis zum Lebensende an.

Bei Verdacht auf ein **Berufsekzem, Meldung** an die zuständige Berufsgenossenschaft.

Das *allergische Kontaktekzem* ist *im Kleinkindes-* und *Kindesalter* äußerst *selten.*

Bei wiederholtem Kontakt mit dem Ekzematogen oder durch falsche Behandlung kann es zu ausgedehnten, evtl. *exanthematischen Streuungen* mit dicht nebeneinander gelagerten Knötchen oder Papulovesikeln kommen. Zu Streuungen neigt besonders das Nickelekzem.

Gefördert wird die Entstehung des Kontaktekzems durch eine verminderte Alkaliresistenz; deren Bestimmung gibt Auskunft über die Widerstandsfähigkeit der Haut, nicht nur gegenüber Laugen, sondern auch Säuren und Lösungsmitteln (Benzin, Benzol). Menschen mit verminderter Alkaliresistenz sollten vor den genannten Noxen geschützt werden und keine ekzemgefährdeten Berufe ergreifen.

Dg: eingehende Anamnese, Lokalisation an den Kontaktstellen, positive Epikutanteste.

Die *Epikutanteste* sind *bei Kleinkindern wertlos:* in den ersten drei Lebensmonaten reagiert die Haut auf die Standardtestkonzentrationen überhaupt nicht, danach bis zum Ende des 3. Lebensjahres beobachtet man gehäuft positive Reaktionen, die wahrscheinlich toxisch bedingt sind.

Sitz des Ekzems	Differentialdiagnose
Gesicht	Akrodermatitis enteropathica (Kleinkinder), Aktinoretikulose, Lichtsensibilisierung durch Medikamente, Pellagra, Protoporphyria erythropoetica
Lippen	Candida-Cheilitis (meist auf Lippenkommissuren beschränkt), Cheilitis actinica, Erythematodes
Mamillen	Erosive Adenomatose der Brustwarze, Fox-Fordyce' Krankheit, Pagetkrebs, primäres Brustwarzenkarzinom, Scabies
Achselhöhlen	Erythrasma, Fox-Fordyce' Krankheit, Pemphigus familiaris chronicus benignus, Tinea axillaris
Stamm (vulgäre Ekzemherde sind hier selten)	Dermatitis herpetiformis, Pustulosis subcornealis, Scabies
weibliche Genitalien	Bowensche Krankheit, Fox-Fordyce' Krankheit, Lichen ruber, Talgdrüsen (ektopische)
Analregion	Candidosis, Intertrigo, Psoriasis
Hände	Dysidrosis, Neurodermitis constitutionalis, Psoriasis vulgaris, pustulöses Bakteriid, Tinea manuum
Gesäß	Neurodermitis constitutionalis

Lokalisation	Ursachen
behaarter Kopf	Dauerwellen, Haarfärbemittel, Haarwässer, kosmetische Präparate
Gesicht	Augenbrauenstift, Blumen, Brillengestell, Hutband, Kosmetika, Lidschatten, Lippenstift, Mundwasser, Wimperntusche, Zahnpaste
Hals	Farbe und Material von Kleidungsstücken, Pelze, Schmuck
Achselhöhlen	Desinfektionsmittel (z. B. am Fieberthermometer), Enthaarungsmittel, Parfüms, Schweißblätter
Stamm	Badezusätze, Büstenhalter, Kleidungsstücke, Massagecreme, Parfum
Beine	antirheumatische Externa, Streichholzschachteln (in Hosentaschen), Strumpfhalter, Textilien, Toilettensitz, Ulcus-Heilsalben, Zigarettenetuis (in Hosentaschen)
Füße	antimykotische Externa, Schuhe, Schuhpflegemittel, Strümpfe
Hände	Berufsnoxen wie Kaliumdichromat (z. B. Maurer), Terpentin (z. B. Maler); Pflanzeninhaltstoffe z. B. in Chrysanthemen, Primeln, Tulpen; Hölzer z. B. Rio-Palisander, Teak; Handschuhe, Lenkrad, Nagellack
Analgegend	Hämorrhoidalzäpfchen, Toilettenpapier
Genitalbereich	Bruchband, Desinfizientien, Kondom, Körperpflegemittel, Seifen

Symptomatische Ekzem-Therapie

Lokalbehandlung: meist werden heute angewandt:

KORTIKOID-EXTERNA

Chemische Kurzbezeichnung	Beispiele für Handelspräparate
Halogenfrei:	
Hydrocortisonacetat	Ficortril, Sanatison, Schericur, Scheroson F
Prednisolon	Linola-H, Alpicort
Methylprednisolonacetat	Medrate
Halogeniert:	
Betamethasondipropionat	Diprosone
Betamethasonvalerat	Betnesol-V, Celestan-V
Clobetasolpropionat	Dermoxin
Clocortolon (-capronat, -pivalat)	Kaban
Desoximetason	Topisolon
Dexamethason	Dexatopic
Diflucortolonvalerianat	Nerisona, Temetex
Flumetasonpivalat	Locacorten, Locasalen
Fluorandrenolon = Fludroxycortid	Sermaka
Fluocinolonacetonid	Jellin
Fluocinonid	Topsym
Fluocortinbutylester	Vaspit
Fluocortolon (-capronat, -pivalat)	Ultralan, Ultracur
Fluoroformylon	Deidral
Fluorometholon	Delmeson, Ehrtolan
Fluprednylidenacetat	Decoderm, Etacortin
Halcinonid	Halog
Triamcinolonacetonid	Volon A, Volonimat, Delphicort

Zubereitungsformen	**Beispiele für Warenzeichen**
W/O-Emulsion	Ultralan-Salbe
O/W-Emulsion	Ultralan-Creme
wasserfreie lipophile Grundlage	Ultralan-Fettsalbe
Paste	Locacorten-Vioform-Paste
Gel	Terracortil-Gel
Lotio	Ultralan-Lotio
Schaum	Delmeson-Schaum
Spray	Volon-A-Spray
Tinktur	Volon-A-Tinktur
Pflaster	Ultralan-Pflaster, Sermaka-Folie

Ther: Entfernung der Kontaktallergene durch Baden, z. B. mit Dermowas, Sebamed.

Ausschaltung der Noxe. Das ist oft schwierig, besonders wenn es sich um ubiquitär vorkommende Stoffe (wie Chrom, Terpentin) handelt.

Bei *Chromatallergie* vor einem evtl. Kontakt Schutzsalbe Ivosin mehrmals tgl. anwenden. Zum Hautschutz vor Metall-Ionen (z. B. Chrom-, Nickel- und Kobaltverbindungen) Ivosin RK mindestens 3mal tgl. auf die gereinigte Haut auftragen.

Bei *Lanolinkontaktallergie* Versuch mit 1%iger Hydrokortison-Lanette, Ulralan-Creme oder -Fettsalbe, Farbstoffen.

Akutes nicht nässendes Ekzem: Lotio alba, Lotio Hermal, Kortikoid-Lotio (Ultralan-Milch, Etacortin Lotio, Betnesol-V Lotio).

Akutes nässendes Ekzem: *feuchte Umschläge* (kein Luftabschluß). Mullkompressen mit 0,9%iger NaCl-Lösung oder Aqu. dest.; mindestens alle 2 Std. anfeuchten. 1mal am Tag Mullkompressen wechseln. *Fettfeuchte Behandlung:* Ultralan-Creme, Diprosone-Creme, Kaban-Creme, Terracortril-Salbe auf Mull oder Leinenstücke auftragen und mit 0,9%iger NaCl-Lösung anfeuchten. – Bäder mit Tannosynt, Kaliumpermanganatzusatz, Eichenrinde.

Nach Rückgang des Nässens (subakutes Ekzem): Pasten mit 5–10% Tumenol oder mit Ichthyol oder mit Kortikoiden (z. B. Locacorten-Vioform-Paste).

Bei *krustös-nässendem*, superinfiziertem E.: Pinselung mit

Pyoktanini	1,0	Pyoktanini	1,0	Brillantgrün	1,0
Aquae ad	100,0	Spirit. dil. ad	100,0	Spirit. dil. ad	100,0

Sol. Castellani DRF (enthält Fuchsin, Phenol, Resorcin, Borsäure, Aceton, Spiritus). Bäder mit Tannosynt, Tannolact, Kal. permang. (etwa 2 ml einer 10%igen Lösung auf ein Vollbad).

Chronisches Ekzem. Kortikoidsalben (z. B. Kaban-, Nerisona-, Topisolon-, Ultralan-, Volon A Salbe) evtl. mit Salizylsäurezusatz (z. B. Sali-Decoderm Salbe) oder mit Tumenol- bzw. Teerzusatz (Delmeson-Tumenolsalbe, Teer-Linola-Fett, Tumesonum). Fettsalben (Ultralan-Fett-, Nerisona-Fett-, Topsym-F-Salbe). Die Wirkung der Salben kann verstärkt werden durch vorausgehende Behandlung mit *Volon A-Tinktur* und durch Abdecken der messerrückendick aufgetragenen *Steroidsalbe* mit *Plastikfolie*. Diesen Okklusivverband nicht länger als 12 Std. liegen lassen (Gefahr einer Candidosis und Pyodermie!).

Hyperkeratotisches Ekzem mit *Rhagaden* bes. der Palmae und Plantae: Calmurid-HC-Salbe. Rp. Calmurid Salbe 50,0, Linola-Fett 40,0. Rp. Acid. salicyl., Ungt Diachylon, Ungt. molle (5:15:30).

Nach anfänglicher Kortikoidanwendung kann – zur Vermeidung von Steroid-Nebenwirkungen – Bufexamac (Parfenac-Creme) versucht werden.

Beim chronischen E. und zum Abschluß der Behandlung bes. eines Gewerbe-Ekzems empfiehlt sich *Steinkohlenteer*, rein (nach Aufstreichen mit

Talkum überpudern) oder als 5–10%ige Salbe (z. B. in Ungt. molle). Bewährt hat sich auch Sol. Arning (Tumenol-Ammonii 4, Anthrarobini 1, Aetheris 10, Tinct. Benzoes 15). Sacksche Lösung (Pic. lithanthrac. 10, Benzol 20, Aceton. ad 100).

Vor der Teerbehandlung Verträglichkeit zunächst auf einem kleinen Bezirk prüfen. Auf Nebenwirkungen achten: Follikulitis, Sensibilisierung gegen Sonnenlicht, Nierenschädigung bei langdauernder Anwendung auf großen Flächen.

Bäder mit Balneum Hermal mit Teer. – Zum Waschen Syndets z. B. Dermowas, Sebamed, Stephalen-Waschgel.

Evtl. zum Schluß Röntgen, z. B. Dermopan Stufe II, alle 8 Tage 100 R, insgesamt 3mal.

Allgemeinbehandlung

1. *Kortikoide* nur bei ausgedehntem, schwerem E. zur raschen Beseitigung des akuten Stadiums, ferner beim dyshidrotischen E.

Bei schwerem, chronischen E. kann *Tetracosactid* (hierbei sind die Nebenwirkungen leichter und seltener als bei Kortikoiden) gegeben werden und zwar Synacthen-Depot oder Cortrophin-S Depot anfangs jeden 2. Tag 1 mg, dann Dosis-Reduzierung.

2. *Antihistaminika* (Avil, Copyronilum, Omeril, Sandosten-Calcium, Tavegil) auch kombiniert mit Kortikoiden (Adeptolon forte, Celestamine, Corto-Tavegil).

3. *Sedativa*, *Psychopharmaka* wie Bellergal, Diazepam (Valium), Chlordiazepoxid (Librium).

4. Gefäßabdichtende Mittel: Calcium, Rutin.

5. Bei starker Sekundärinfektion: Antibiotika.

6. Diuretika (Lasix) bei starker Exsudation und Ödematisation.

7. Vitamin-B-Komplex und Vitamin B_{12} beim seborrhoischen E., Vitamin C bei exsudativem E.

8. Umstimmungstherapie: Vaccineurin, Eigenblut, Milchinjektionen.

9. *Klimatherapie* (z. B. Nordsee).

10. *Diät.* Zu meiden sind Kaffee, Tee, Nikotin, Alkohol (erlaubt ist allenfalls Rotwein), da sie Juckreiz auslösen können. Bei ausgedehntem, exsudativem E. NaCl-arme und kaliumreiche Kost. Reis-Obst-Tage. Bittersalz.

Durch das Ekzem ist die schützende Hornschicht geschädigt. Sie wird nur langsam wieder normalisiert. Bes. bei primär minderwertiger Haut mit *herabgesetzter Alkaliresistenz* und erhöhter Permeabilität der Hornschicht (zum Nachweis dient die Probe nach *Locher* mit *Nitrazingelb*) ist nach klinischer Abheilung des Ekzems eine Schonungszeit von mehreren Wochen nötig.

3. **Nummuläres mikrobielles Ekzem.** Münzgroße, runde, scharf begrenzte, dichtstehende Papulovesikeln, zuweilen honiggelbe Krusten aufweisende

Herde. *Sitz:* bes. Extremitäten. *Ät. Path:* Sensibilisierung der Haut bes. gebenüber Staphylococcus aureus. „id-Reaktion". *Dg:* negative Epikutanteste, positive Intrakutanteste mit Bakterienallergenen, IgG und IgM Verminderung, Nachweis eines Fokus, Abheilung nach Fokus-Sanierung, erhöhte Antistreptolysintiter, Antistaphylosintiter.

Lit: H. Koester et al., Derm. Mschr. **161**, 257 (1975).

DD: Mykose, Morbus Duhring. Prophyl: rasche, sorgfältige Behandlung von Pyodermien. **Ther:** s. S. 60. Farbstoffe, Kortikoid-Creme oder -Lotio. Fettsalben werden anfangs oft nicht vertragen. Steinkohlenteer. Bei disseminierten Formen Breitbandantibiotika, Totocillin, Dichlor-Stapenor u. a. Zur Abwehrsteigerung: Gammaglobulin, Eigenblutinjektionen, *Autovakzine.* – Fokalsanierung.

4. **Lokales mikrobielles** (parafokales, paratraumatisches, paraulzeröses) **Ekzem.** S. Dermoepidermitis. Hierbei sind neben der mikrobiellen Besiedlung Terrainfaktoren entscheidend. **Ther:** z. B. Sermaform.

Ekzematid, seborrhoisches. Rundliche oder ovale oder blattartige *(petaloide)*, oft randwärts betonte *(Pityriasis marginata)*, scharf begrenzte, kaum juckende, gelbliche bis rötliche Herde mit fettigen Schuppen. Häufig gleichzeitig weißliche Kopfschuppen (Seborrhoea capitis).

Sitz: Kapillitium, Stirnhaargrenze (Corona seborrhoica), Lidrand (Blepharitis ciliaris), Nasolabialfalten, vordere und hintere Schweißrinne (Ekzema mediothoracicum), Nabel, bei älteren Männern auch Eichel (Balanitis seborrhoica). – Das *follikuläre seborrhoische E.* ist gekennzeichnet durch kleine, rote, an die Follikel gebundene, oft gruppierte Knötchen an Brust, Rücken, Schultern bei Männern mit Status seborrhoicus. Tritt bes. im Sommer auf.

Nach irritativer Behandlung oder nach Sonnenbestrahlung oder Kontaktsensibilisierung kann eine seborrhoische Erythrodermie entstehen.

Ät. Path: unbekannt. Voraussetzung ist ein Status seborrhoicus mit abwegiger Talgzusammensetzung (dysseborrhoische Dermatitis). Bevorzugt befallen sind Männer vom 4. Dezennium an.

Durch mikrobielle Einflüsse kann das seborrhoische Ekzematid (gute Heilungstendenz) in ein *seborrhoisch-mikrobielles Ekzem* (schlechte Heilungstendenz) übergehen. **DD:** Psoriasis, Pityriasis rosea, Mykose, Letterer-Siwesche-Krankheit, Pemphigus seborrhoicus. **Ther:** Kortikoid-Creme (Etacortin, Sermaform, Ultralan). Am Stamm auch Schwefelschüttelmixtur (3%), Vioformlotio (3%), Lotio Hermal. Kapillitium: Alpicort, Crino-Kaban, Crinohermal-P Tinktur, Solutio Cordes Dexa, Dexa Loscon Tinktur. Bei starker Schuppenbildung: Lygal-Kopfsalbe, Ultralan-Creme (nachts unter Badekappe). Kopfwäsche: Selsun, Hegor ST, Sebopona-Waschcreme mit Schwefel, Sebamed. Innerlich Vitamin B-Komplex oder – B_{12}.

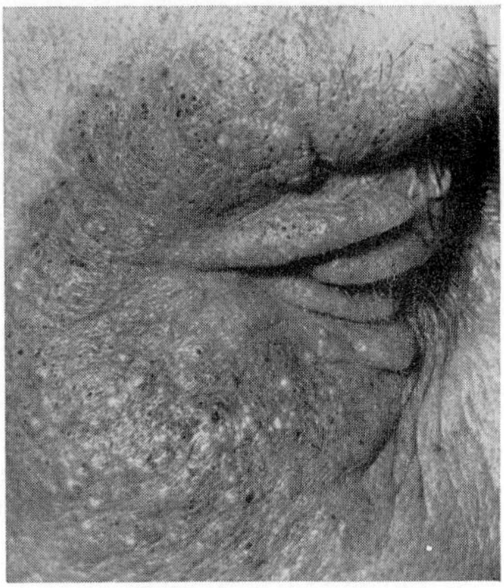

Abb. 26. Elastoidose cutanée avec kystes et comédons

Elastoidose cutanée nodulaire avec kystes et comédons FAVRE et RACOUCHOT. Sonderform der senilen aktinischen Elastose. Weiche, verdickte, gelbliche, runzelige Haut mit größeren und kleineren Follikelzysten und Komedonen. *Sitz:* bes. Periorbitalbereich und Schläfen, vorwiegend bei älteren Männern. **Ther:** Hochtouriges Schleifen. Zur Entfernung der Komedonen 1–2mal tgl. dünn 0,1%ige Vitamin-A-Säure-Lösung (s. Chlorakne) auftragen.

Elephantiasis. Unförmige Anschwellung von Körperteilen bes. Extremitäten. Anfangs eindrückbar, später infolge zunehmender Kollagenfaserbildung auf Druck keine Dellen zeigende, derbe Hautschwellung. Hinzu treten Schuppung und Hyperkeratosen mit graugelblicher Hautverfärbung sowie papillomatöse (Abb. 27), warzige Wucherungen *(Pachydermia vegetans)*, zwischen denen sich infolge Mazeration übelriechendes Sekret findet.

Ät. Path: 1. angeborener Lymphbahndefekt, 2. Lymphgefäßverschluß durch rezidivierendes Erysipel, rezidivierende Thrombophlebitiden mit Periphlebitiden, durch rezidivierenden Herpes simplex der Lippen (Makrocheilie), Lymphopathia venerea (E. der Genitalien), durch Lepra oder Filariasis (E. tropica), 3. Ausschaltung der Lymphknoten durch Tumoren, Operation oder ionisierende Strahlen.

Komplikation: Stewart-Treves-Syndrom.

Dg: Lympho- und Phlebographie. **Ther:** Ursache ausschalten. Kompressionsverbände und -strümpfe. Intermittierende Staudruckmassage mit Jobst-Gerät.

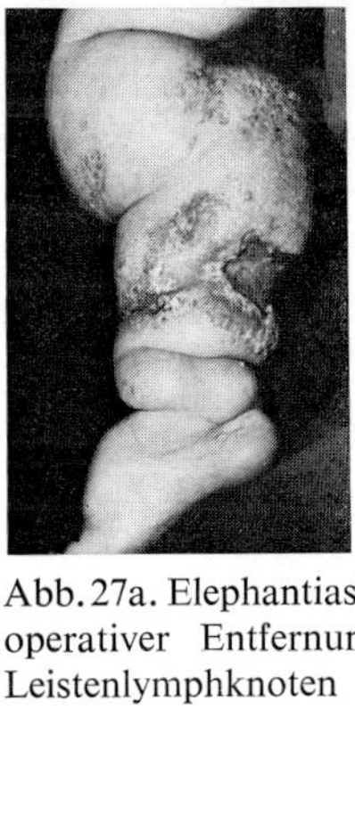

Abb. 27a. Elephantiasis nach operativer Entfernung der Leistenlymphknoten

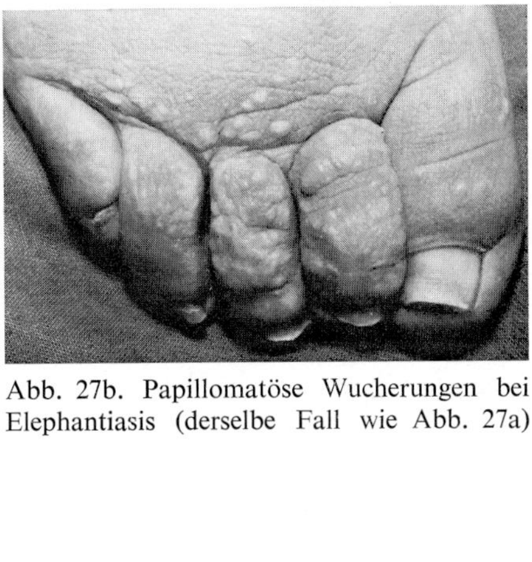

Abb. 27b. Papillomatöse Wucherungen bei Elephantiasis (derselbe Fall wie Abb. 27a)

Schlauchbehandlung des primären Lymphödems: 15 min Bein hochlagern, Fuß und Ferse mit starken Binden wickeln, dann über eine Strecke von etwa 10 cm einen weichen Gummischlauch fest anlegen. Nach wenigen min bzw. nach Auftreten von Schmerzen Schlauch abnehmen und den jetzt ödemfreien Abschnitt mit Binden wickeln, dann Schlauch auf die nächste proximal gelegene Strecke von 10 cm fest anlegen. Jede Sitzung dauert etwa 1–1½ Stunden. Danach Bein mit nichtelastischen Binden fest wickeln. Etwa nach 1 Woche nächste Sitzung. *Am Oberschenkel keine Schlauchbehandlung.*

Lit: H. R. v. d. MOLEN, Folia angiolog. Suppl. IV, 10 (1974). Evtl. operative Entfernung des kranken Gewebes.

Embolia cutis medicamentosa. Gelangen i. m. injizierte Medikamente (z. B. Wismut, Butazolidin, Penicillin) in eine Arterie, so können (sofort, meist aber erst einige Stunden später) an der Injektionsstelle livedoartige Veränderungen oder infarktähnliche *Nekrosen* (Bild 20 vor S. 49) entstehen. *Prophyl:* Vor Injektion Spritze abnehmen oder ansaugen. I. m. Injektion soll mit möglichst geringem Druck erfolgen. **Ther:** Unterspritzung der Injektionsstelle mit einem Lokalanästhetikum. Gefäßerweiternde Substanzen. Zur Nekrosenbeseitigung: Leukase-, Fibrolan-, Iruxol-Salbe.

Endangiitis obliterans (Winiwarter-Bürger). Fortschreitende organische Gefäßerkrankung bes. bei Männern im 3.–4. Dezennium meist der Beine, selten der Arme. Oft geht eine Phlebitis saltans jahrelang voraus. Man unterscheidet 4 Stadien: 1. Beginn meist einseitig. Parästhesien, Kältegefühl, rasche Ermüdbarkeit des befallenen Fußes bzw. Beines. 2. Claudicatio intermittens, Schwinden der Fußpulse. 3. blaurote Anschwellung des Vorfußes. 4. Nekrosen der Zehen, evtl. des Fußes, des Unterschenkels. *Ät. Path:* Allergisch-hyperergischer(?) Prozeß mit Entzündung, Intimawucherung, Thrombosierung. Rauchen und Kälteeinwirkung verschlechtern den Verlauf. *Dg:* Oszillometrie, Angiographie. Lipoide im Serum normal. **DD:** Arteriosklerose, Diabetes, Ischias. **Ther:** Nikotinverbot. Vermeidung von Kälteeinwirkung. Intraarterielle Infusion von Laevadosin, Complamin u. a. (s. arterielle Verschlußkrankheit). Versuch mit Prednisolon (10 Tage lang 30 mg tgl., dann langsam auf 10 mg reduzieren). Valium, Luminaletten u. ä., über einige Wochen Bettruhe. Procaininfiltration der Grenzstrangganglien. Periarterielle oder paravertebrale Sympathektomie. Bei ausgedehnten Nekrosen Amputation.

Bei normotonen Kranken langzeitige Anhebung des RR um 15 mm Hg durch Mineralokortikoide (z. B. Astonin-H) und 5–15 g NaCl tgl.

Endometriose der Haut. Verschleppung von Endometrium z. B. bei Uterusoperation. Während der Regel anschwellender und schmerzender Knoten. Sitz: bes. Vulva, Damm, Laparotomienarben. **Ther:** Ovulationshemmung z. B. mit 1 Dragee Duoluton vom 5.-24. Zyklustag über 4–6 Zyklen. Exzision.

Enteritis regionalis Crohn befällt meist das Ileum. Symptome: Bauchschmerzen, Erbrechen, Durchfälle, Anämie, Gewichtsverlust, Ödeme, *Uhrglasnägel*, *Fistel-* und *Geschwürbildung anal*, *perianal* und bes. an der vorderen Bauchwand, selten Erythema nodosum, schwere Akne. *Ät:* unbekannt. **Ther:** Kortikoide. Eiweiß-, mineral- und vitaminreiche Kost. Azulfidine (4–8 g tgl.). Evtl. Operation.

Eosinophiles Leukämoid. Selten. Eosinophilie (13–80%), generalisierte Lymphknotenschwellung, verschiedenartige (z. B. prurigoartige, papulo-urtikarielle), eosinophilenhaltige Hauterscheinungen. Prognose quoad vitam gut. *Ät. Path:* Folge einer allergischen Reaktion? **Ther:** evtl. Kortikoide. [L. PFLEGER et al., Arch. klin. exp. Derm. **208,** 98 (1959)].

Epidermiszysten, traumatische. Bis erbsgroß. Sie entstehen aus Epidermiszellen, die durch Traumen in die Tiefe verlagert sind. *Sitz:* bes. Finger, Handteller. **Ther:** Exzision.

Epidermodysplasia verruciformis s. Verrucosis generalisata.

Epidermolysis bullosa hereditaria simplex (Bullosis mechanica simplex). Dominant erblich. Blasenbildung schon auf geringe mechanische Traumen bes. an Händen, Füßen, Knien, Ellbogen. Beginn meist schon bei Neugeborenen oder in den ersten Lebenswochen. Blasen heilen ohne Atrophie ab.

——— dystrophica. Dominant erblich. Blasen heilen unter Hinterlassung von atrophischen Narben, Keloiden, Milien, Hyper- und Depigmentierungen. Zuweilen Verstümmelung der Hände durch Narbenkontrakturen, Nageldystrophie. Zahndystrophie mit Schmelzhypoplasie. In 20% der Fälle Schleimhautbeteiligung (Mund, Nase, Ösophagus u. a.). Akrozyanose. Hyperhidrosis palmoplantaris. – Manifestation bei der Geburt. Mit zunehmendem Alter nimmt die Blasenbildung ab.

——— polydysplastica. Diese rezessive Form verläuft am schwersten. Die befallenen Kinder sterben meist bald. Beteiligung von Mundschleimhaut und Magendarmtrakt führen zu Marasmus. Zahnanomalien, Hirnschäden, Skelethypoplasie.

DD: Acrodermatitis enteropathica, Erythrodermia congenitalis ichthyosiformis bullosa, Lichen ruber pemphigoides, Lyell-Syndrom, Mastzell-Erythrodermie, Porphyria congenita. Bei Neugeborenen auch Incontinentia pigmenti, Pemphigus acutus neonatorum, Pemphigus syphiliticus.

Prophyl. u. Ther: Vermeidung von Traumen, heißen Bädern, Sekundärinfektionen. Versuch mit Vitamin B_1, Kieselsäure (z. B. Equisetum-Teep), DADPS (Bayer), Bluttransfusionen, Kortikoiden, Vitamin-E-acetat (300 bis 600 mg tgl.).

——— tarda (Bullous recurrent eruption of the feet). Bildung ungewöhnlich zahlreicher Blasen bei Erwachsenen bes. an den Füßen nach stärkerer Belastung (Märschen). Dominant erblich. **Ther:** Kortikoidsalben.

— papulo-alboidea Pasini. Verläuft wie die E. b. h. dystrophica. Im 2. Dezennium entstehen – unabhängig von den Blasen – am Stamm linsengroße, derbe, weißliche Papeln.

Epidermophytia. Sammelname für Fadenpilzerkrankungen, die vornehmlich die Epidermis befallen. Erreger: bes. Trichophyton mentagrophytes (= Epidermophyton Kaufmann-Wolf), Trichophyton rubrum, Epidermophyton floccosum.

Früher glaubte man, daß jede Pilzart nur ein ganz bestimmtes Krankheitsbild hervorruft und daß dieses wiederum einen Rückschluß auf den Erreger zuläßt. Heute weiß man, daß gleiche Krankheitserscheinungen durch verschiedenartige Pilze hervorgerufen werden können.

So kann die Epidermophytie nicht nur durch Epidermophyton-Arten, sondern auch durch Trichophyton-Arten verursacht werden. Deshalb haben verschiedene Autoren die Bezeichnungen ,,Epidermophytie" und ,,Trichophytie" fallen gelassen und den Begriff ,,Tinea" (s. d.) eingeführt.

Pilznachweis im Nativ-Präparat: Material von der Peripherie des Herdes entnehmen, auf Objektträger bringen und mit Deckglas versehen. Von der Seite einen Tropfen Kalilauge (20%) zusetzen. Präparat vorsichtig erwärmen und im Mikroskop betrachten (Abb. 28). Findet man in einem verdächtigen Herd keine Pilze, so klebt man einen Leukoplaststreifen für 4 Tage auf, entfernt ihn dann und untersucht nochmals.

Die Aufhellung und damit die Beurteilung des Präparates geht schneller bei Verwendung von 10%iger Tetramethylammoniumhydroxidlösung (Merck, Artikel 8123).

Zur exakten Diagnose ist eine *Kultur* notwendig z. B. auf Derma-Nährboden (Temmler-Werke).

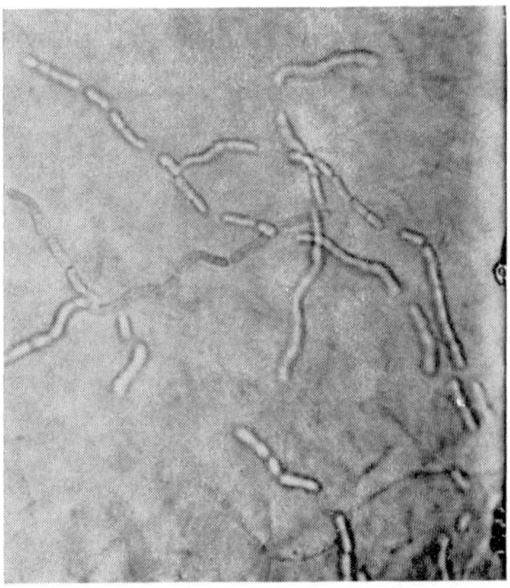
Abb. 28. Fadenpilze (Nativ-Präperat)

Durchblutungsstörungen, Hyperhidrosis, Feuchtigkeit (Arbeiten im Bergwerk, Tragen von Gummihandschuhen) *fördern die Entstehung.*

— corporis. Annuläre und nummuläre, etwas schuppende, randwärts erhabene, gerötete, meist juckende Herde. *Sitz:* bes. Stamm (Abb. 29). **DD:** mikrobielles Ekzem.

— inguinalis (Ekzema marginatum Hebra, Bild 21 nach S. 64). Juckende, scharf begrenzte, rundliche, fein schuppende, braunrote Herde mit zentraler Rückbildung und infiltriertem Randsaum. *Sitz:* Oberschenkel-Innenseiten, Gesäß. **DD:** Erythrasma (Herde sind flach, nicht entzündlich, zeigen im Wood-Licht Rotfluoreszenz), Ekzem, Psoriasis, Intertrigo.

— manuum et pedum (Hand- und Fußmykose). Man unterscheidet:

dyshidrotische Form: stecknadelkopf- bis linsengroße Bläschen, die platzen oder eintrocknen. *Sitz:* meist Fußsohlen, Zehen, selten Handflächen, Finger. **DD:** pustulöses Bakteriid, Dyshidrosis.

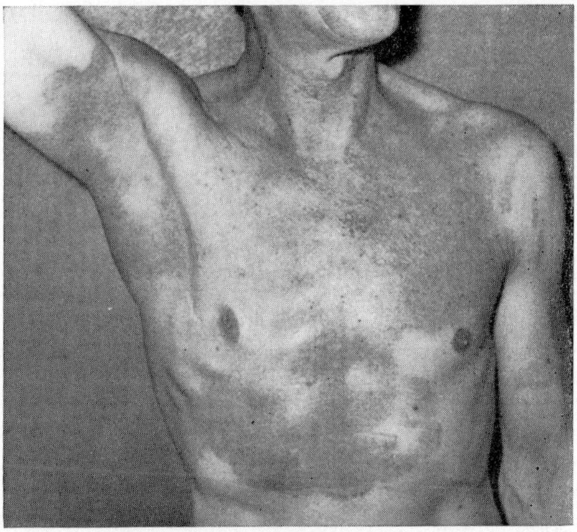

Abb. 29. Tinea corporis. Kulturell: Trichophyton rubrum

intertriginöse Form: weißes, gequollenes Epithel, Erosionen, Nässen, Rhagaden. *Sitz:* zunächst meist 3. und 4. Zehenzwischenraum, kaum an den Händen. **DD:** gramnegativer Fußinfekt (s. d.).

squamös-hyperkeratotische Form: trockene Abschilferung, Hyperkeratosen, Rhagaden. Meist gleichzeitig Onychomykose. *Sitz:* Plantae, Palmae, oft einseitig. **DD:** Psoriasis, hyperkeratotisches Ekzem.

Interdigitalmykosen können nach Penicillin-Injektionen exazerbieren und u. U. eine Dyshidrosis an den Händen auslösen.

Therapie der Fadenpilzerkrankungen: dyshidrotische, nässende Formen an Händen und Füßen: Eröffnung der Blasen, Bäder mit Kaliumpermanganatlösung, Tannosynt, Ormicetten, Pinselungen mit 1%iger wäßriger oder alkoholischer (70%) Pyoktanin- oder Brillantgrünlösung oder mit Sol. Castellani.

Ältere Antimykotika wie Chinolin-, Halogen-, Phenolderivate, Invertseifen, Salizylamide, Salizylanilide (Chlorisept, Dequafungan, Exomycol, Jadit, Multifungin, Myxal, Phebrocon, Wespuril u. a.). Variotin (Supral).

Neuere Antimykotika: Clotrimazol (Canesten-Creme, -Lösung), Haloprogin (Mycanden-Salbe, -Lösung), Miconazol (Daktar-Creme, -Puder, Epi-Monistat-Creme, -Puder), Natamycin-Pimaricin (Pimafucin-Creme, -Puder) Tolnaftat (Tonoftal-Creme, -Lösung, -Puder).

In den Handel kommt: Econazol-Nitrat (Epi-Pevaryl Creme).

Innerliche Ther: nur bei ausgedehnten, hartnäckigen Formen *Griseofulvin* (Likuden M oder Fulcin S 4 × 1 Tbl. tgl. oder Fulcin S 500 1 Tbl. tgl. über 2–4 Wochen evtl. länger. Bei Kindern 10 mg/kg Körpergewicht).

Prophylaxe: Einbringen von antimykotischem Puder (z. B. Epi-Monistat-Puder) in Zehenzwischenräume, Socken und Schuhe. Gründliches Trocknen der Füße nach dem Baden. Trockenhalten der Füße: offenes lockeres Schuhwerk, Sandalen, Wollsocken, häufiges Wechseln der Schuhe.

Epididymitis acuta. Schmerzhafte Schwellung des Nebenhodens. Die Skrotalhaut ist gerötet und ödematös. Fieber 39–40°. Meist fortgeleitet von einer Prostatitis oder Urethritis (bei Dauerkatheter, Gonorrhoe), seltener hämatogen. **DD:** Orchitis. Der Hoden liegt ventral vom Nebenhoden und ist bei der Epididymitis nicht schmerzhaft.

|| **Entzündliche „Hodenschwellungen" sind meist Epididymitiden!**

Bei Jugendlichen Hodentorsion (s. d.) ausschließen!

Ther: Bettruhe, Hodenhochlagerung, feuchte Umschläge, Eisblase. Antibiotika entsprechend der Erreger-Resistenzanalyse aus Sperma (wenn nicht möglich aus Urin). – Pyrollidino-methyl-tetracyclin (Reverin 275 mg tgl. i. v.) über 2 Wochen oder Co-Trimoxazol (z. B. Sulfotrimin) 2 Wochen lang tgl. 2mal 2 Tbl., dann 4 Wochen lang tgl. 2 Tbl. – Bei Einschmelzung baldige Inzision und Drainage.
Nachbehandlung: Sitzbäder mit Salhumin, Ichtho-Bad sowie Ichtho-Bellol oder Pelvichthol Supp.-Suspensorium.

— chronica. Harte, knotige Anschwellung des Nebenhodens. Restzustand einer akuten E. oder schleichender Beginn. **DD:** E. tuberculosa. **Ther:** Bei Nachweis von Erregern im Ejakulat oder Prostataexprimat Antibiotika oder Sulfonamide. Sonst Kurzwelle, protrahierte warme Sitzbäder. Eigenblutinjektionen oder Vaccineurin. Polyvalenter Antigenkomplex (Euflamin).

— tuberculosa. Linsen- bis walnußgroße, höckerige Infiltrate an einem oder beiden Nebenhoden. Später können die Hoden befallen werden. *Dg:* Biopsie. Nachweis von TB in der Prostata (Punktion), im Ejakulat und Urin. **Ther:** Epididymektomie, Tuberkulostatika.

Epithelioma adenoides cysticum Brooke (Trichoepithelioma papulosum multiplex). Meist symmetrische Aussaat derber, halbkugeliger, bis erbsgroßer, hautfarbener Knötchen (Abb. 30). Beginnt in der Jugend. Gehört zu den Naevobasaliomen. Familiäre Häufung. *Sitz:* bes. Nasolabialfalten. **DD:** Morbus Pringle, Zylindrome, Syringome, Basaliome. **Ther:** Exzision, Kaustik. Röntgenstrahlen.

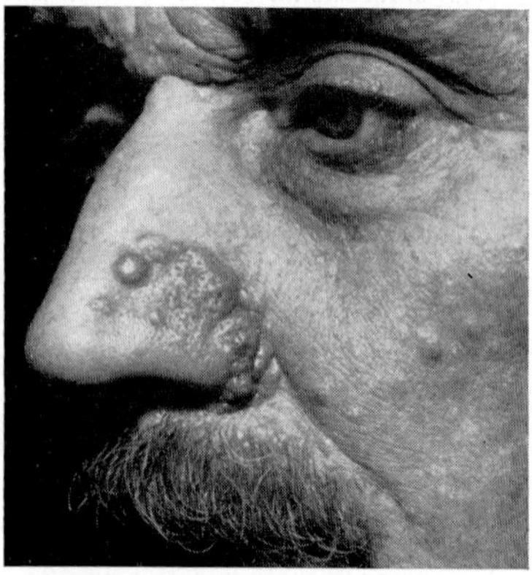

Abb. 30. Epithelioma adenoides cysticum

Epithelioma basocellulare (Basaliom). Sitzt meist im Gesicht, metastasiert nicht, wächst langsam und steht bezüglich seiner Bösartigkeit zwischen Spinaliom und Naevus. S. a. Basalzellkarzinom und Basalzell-Naevus-Syndrom.

—— exulcerans. Ulcus rodens (Bilder 22, 23 nach S. 64). Scharfrandiges Geschwür. Häufigste Form des Basalioms.

—— nodosum. Durchscheinende, wachsgelbe bis graurötliche, halbkugelige Tumoren (Bild 24 vor S. 65). Hierher gehört der meist breitbasig aufsitzende, an der Dorso-Lumbo-Sakral-Region lokalisierte praemaligne, fibroepitheliale Pinkus-Tumor (Abb. 31).

—— pagetoides. Rundliches, bis münzengroßes, von einem perlschnurartigen Randwall umgebenes, oberflächliches Basaliom. *Sitz:* Rumpf, Gesicht.

—— pigmentosum. Pigmentiertes Basaliom. **DD:** Melanom.

—— planum cicatricans wird von einem bindfaden- oder perlartigen Saum umgeben; im Zentrum Narben.

—— sklerodermiforme (keloidartiges B.). Scharf begrenzte, plattenförmige, wachsgelbe Geschwulst, die an ein Keloid erinnert. *Sitz:* meist Gesicht. Spricht auf Rö-Bestrahlung schlecht an.

Epithelioma basocellulare superficiale (Arningsches Karzinoid). Rötliche, mit Schüppchen oder Krüstchen bedeckte Herde, die manchmal feine perlartige Knötchen am Rande aufweisen. Tritt zuweilen schon in jungen Jahren am Rumpf *(multiple Rumpfhautbasaliome)* in der Vielzahl auf. Gelegentlich 20–30 Jahre nach langdauernder Arsenbehandlung. **DD:** Psoriasis vulgaris, Ekzem, Morbus Bowen. **Ther:** s. u. Hochtouriges Schleifen. 5%ige 5-Fluoro-uracil-Salbe unter Okklusivverband.

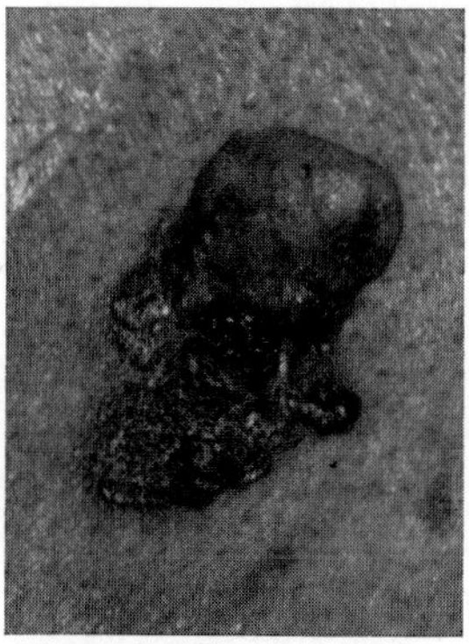

Abb. 31. Pinkus-Tumor

—— terebrans. Bricht in die Tiefe ein, zerstört Knochen, Dura usw.

Ther: Exzision; beim B. terebrans bes. weit im Gesunden. Elektrische Schlinge. Röntgenbestrahlung.

In Lokalanästhesie mit scharfem Löffel von der Mitte zum Rande hin auskratzen, Blutstillung durch Tupferkompression und dann

5 Wochen lang 5%ige 5-Fluoro-uracil-Salbe (Efudix) jeden zweiten Tag unter Okklusivverband (Leukoplast genügt) anwenden. Nicht zuviel Salbe nehmen, damit die Umgebung nicht mazeriert wird. Zwischendurch Nekrosen mit Pinzette entfernen.

oder

50%ige Chlorzinklösung 4 Sek. auftragen, dann mit Wasser abtupfen.

Beim sklerodermiformen B. ist die Exkochleation schwierig.

Chemochirurgische Methode nach Mohs [BAER et al., Hautarzt **22,** 241 (1971)] mit schrittweiser Exzision und histologischer Untersuchung.

Epithelioma calcificans (verkalkendes Epitheliom Malherbe, Pilomatricom). Harter, in der Kutis gelegener, bis walnußgroßer, zuweilen pigmentierter Tumor. Tritt meist in der Kindheit auf. Gutartig. Gehört zu den Naevobasaliomen. *Sitz:* bes. Kopf, Extremitäten. **DD:** Atherom. **Ther:** Exzision.

Epithelioma intraepidermale (Borst-Jadassohn): flache, etwas hyperkeratotische Geschwulst, die klinisch von einem oberflächlichen Basaliom, einem Morbus Bowen, einer Verruca senilis nicht sicher unterschieden werden kann. Es kann nach langem Bestehen in ein Basaliom oder Spinaliom übergehen. **Ther:** Exzision. Elektrische Schlinge. Röntgenstrahlen, 5%ige 5-Fluoro-uracil-Salbe (Efudix) unter Folienverband.

Epithelioma spinocellulare (Spinaliom, spinozelluläres Karzinom, Plattenepithelkrebs, Stachelzellenkrebs): bösartiger Hautkrebs, der zerstörend wächst, lymphogen metastasiert und unbehandelt schließlich zum Tode führt. Der Tumor entsteht meist auf chronisch entzündeter Haut (Lupuskrebs), strahlengeschädigter Haut (Lichtkrebs, Röntgenkrebs), auf straffen Narben. Karzinomgefährdet sind Alters-, Seemanns-, Landmannshaut, Xeroderma pigmentosum u. a. – Das Spinaliom ist hart, schmerzlos. Es wächst exophytisch-papillomatös (Abb. 32) oder ulzerös (Abb. 33). **DD:** Kerato-Akanthom, Basaliom, Pseudorezidiv.

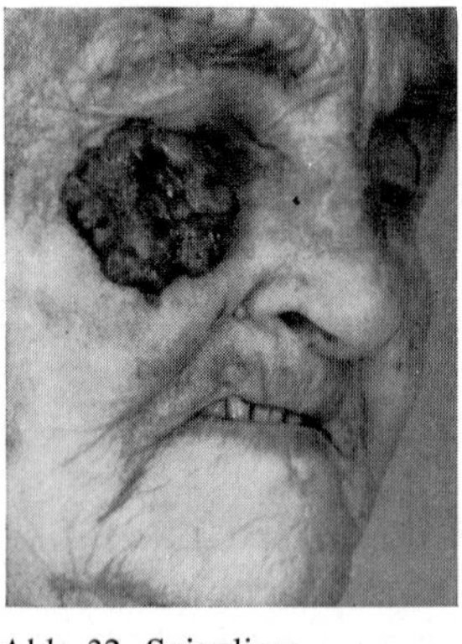

Abb. 32. Spinaliom

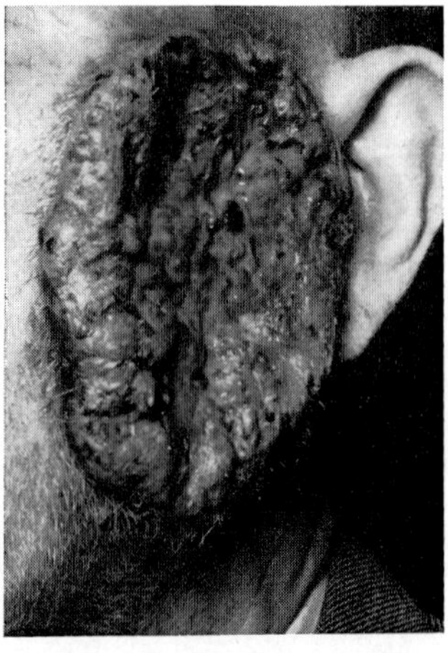

Abb. 33. Spinaliom

Pseudorezidive sind knötchenförmige oder ringförmige Epidermisverdickungen mit Hyperkeratosen, die 2–9 Wochen nach Röntgenbestrahlung von Epitheliomen auftreten können. *Sitz:* entspricht meist dem Tubusrand, seltener dem Zentrum des

Bestrahlungsfeldes. Spontane Rückbildung nach Wochen bis Monaten. *Ät. Path:* Druck des Tubusrandes, Altershaut, Seborrhoe. Ätzung mit Acid. carbol. liquef. fördert die Rückbildung.

Ther: Exzision. Elektrische Schlinge. Röntgenstrahlen: z. B. Dermopan Stufe III–IV, Gesamtdosis 6 000–10 000 r, tgl. 500 r. Bei Feldgrößen über 5 cm niedriger fraktionieren (200 r Einzeldosis), ebenfalls bei Sitz über Knochen oder Knorpel. Kleine Unterlippenspinaliome kann man bei Fehlen von Lymphknotenschwellungen exzidieren; die submentalen und submandibularen Lymphknoten sind nachzubeobachten. Größere Tumoren (Abb. 34) sind chirurgisch-plastisch zu versorgen oder zu bestrahlen. Versuch mit dem zytostatisch wirksamen Antibiotikum Bleomycin.

Epithelioma spinocellulare des Penis (Peniskarzinom). Tritt meist als papillomatöse Wucherung oder als zerfallendes, derbes Infiltrat (Ulcus carcinomatosum) auf. Entsteht oft aus einer Erythroplasie oder bei einem Lichen sclerosus et atrophicus. Metastasiert auf dem Lymphwege (zunächst Leistenlymphknoten). **Ther:** Bei kleinen (bis 2 cm Durchmesser) Tumoren: Rö-Strahlen. Bei größeren Tumoren: Tele-Cobalt-, Tele-Cäsium-Bestrahlung oder schnelle Elektronen. Bei Beschränkung des Tumors auf Präputium oder Glans: Exzision und evtl. zusätzlich Bleomycin. Bei Übergreifen des Tumors auf die Schwellkörper: Penisamputation und zusätzlich Bleomycin. Bei Lymphknoten-Metastasen: Lymphknotenausräumung mit Vor- und/oder Nachbestrahlung.

—— der Vulva wächst infiltrierend oder ulzerierend oder papillomatös. Sitz: bes. große Labien am Übergang zu den kleinen und Klitoris. Sehr bösartig! Setzt frühzeitig Metastasen. **Ther:** Betatron. Evtl. Versuch mit Bleomycin.

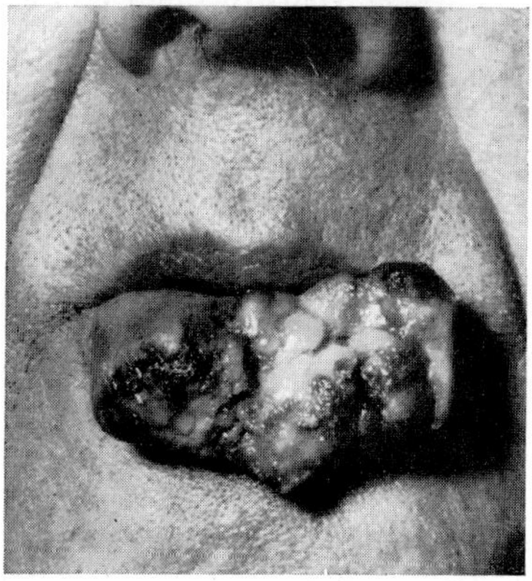

Abb. 34. Spinaliom der Unterlippe

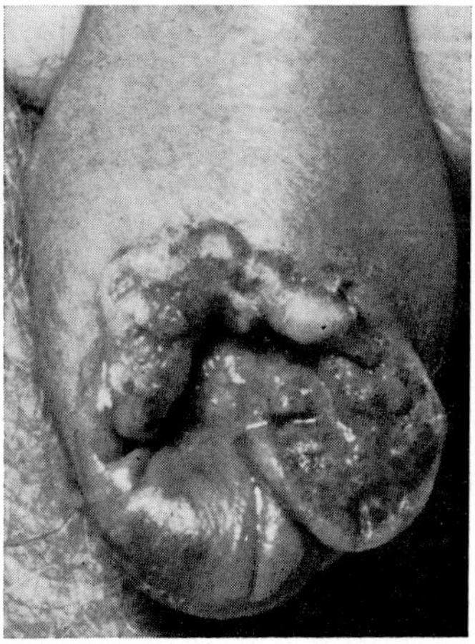

Abb. 35. Spinaliom des Penis

—— **der Zunge.** Beginnt als harter Knoten, der in wenigen Monaten geschwürig zerfällt.

Jedes Geschwür an der Zunge, das innerhalb von 3 Wochen trotz Behandlung nicht abheilt, ist krebsverdächtig. Biopsie!

Ther: Operation. Bestrahlung. Evtl. Versuch mit Bleomycin.

Epizootien (Epizoonosen). Durch Ektoparasiten (z. B. Scabiesmilben, Vogelmilben, Trombidien, Läuse, Flöhe, Wanzen, Zecken) hervorgerufene Dermatosen.

Epulis. Reiskorn- bis pflaumengroße, polypöse Wucherung in der Umgebung kariöser Zähne oder aus der Alveole extrahierter Zähne hervorwachsend. Oft zystische Auftreibung des benachbarten Kieferanteils. Tritt im zahnlosen Greisenkiefer nicht auf. *Ät:* Resorptionsgranulom. **Ther:** Operation, evtl. zusätzlich Röntgenstrahlen.

Erysipel (Wundrose). Erreger: meist hämolysierende Streptokokken. Voraussetzung ist offenbar eine vorhergehende Sensibilisierung der Haut gegenüber Streptokokken. Eintrittspforte: z. B. Ulcus cruris, Fußmykose, Rhagaden am Naseneingang. Inkubationszeit wenige Stunden bis 2 Tage. Mit Schüttelfrost und hohem Fieber einhergehende, scharf begrenzte, schmerzhafte, ödematöse Rötung mit flammenförmigen Ausläufern, oft mit Bläschen und Blasen *(Erysipelas vesiculosum* et *bullosum)* selten mit Gangrän *(E. gangraenosum)* oder Vordringen in die Subkutis *(E. phlegmonosum).* Das Erysipel neigt zu Rückfällen, die in der Regel weniger heftig sind (kein höheres Fieber). *Sitz:* meist Unterschenkel und Gesicht (Bild 26 vor S. 65).

Komplikationen:
bei rezidivierendem E. Obliteration der Lymphbahnen und damit Oedema perstans (*Elephantiasis* nostras) mit Hautverdickung (Pachydermie) bes. an den Beinen, selten an Lippen oder Penis.
bei Befall des Larynx: *Glottisödem.*
bei Befall der Lider: *Sinusthrombose*, Sepsis.
bei Befall des Penis: Penisgangrän.

DD: akute Dermatitis (fieberfrei, unscharfe Begrenzung), Erysipeloid (fieberfrei, blauroter Farbton).

Prophylaxe: Ausschaltung der Eintrittspforte: **Ther:** Bettruhe. Evtl. Herz-, Kreislaufbehandlung. Aureomycin-, Soframycin-, Leukomycin-Salbe, 10%ige Ichthyol-Vaseline, darüber Umschläge mit 3%igem Borwasser oder Alkohol (25%). – *Tgl. 4 Mega Penicillin* (z. B. Megacillin forte, Hydracillin forte), *10 Tage lang.*

Bei *Penicillin-Unverträglichkeit:* Tetracycline, z. B. Vibramycin (am 1. Tag 200 mg, dann tgl. 100 mg, bei schweren Fällen 200 mg 10 Tage lang) oder Erythromycin (z. B. Neo-Erycinum 1–2 g tgl., 10 Tage lang) oder Clindamycin (4mal tgl. 1–2 Kapseln Sobelin zu 150 mg, 10 Tage lang).

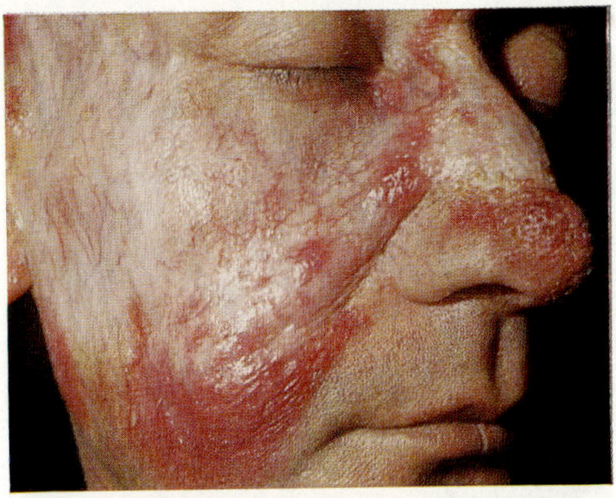

Bild 28
Erythematodes chronicus

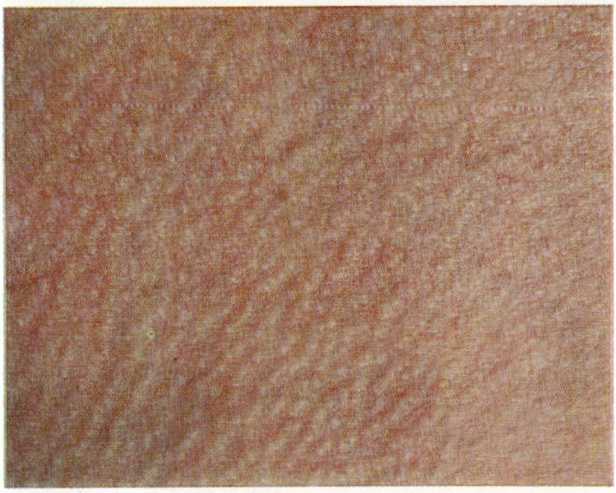

Bild 29
Erythrosis interfollicularis colli

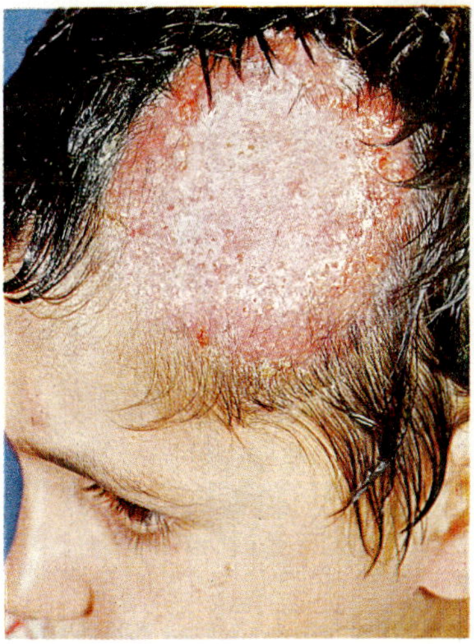

Bild 30
Favus

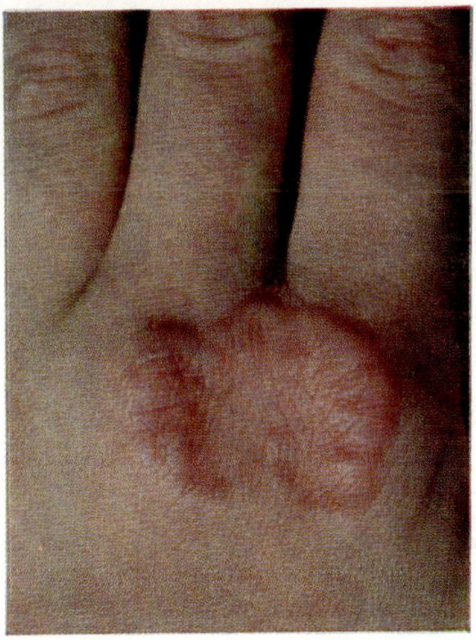

Bild 31
Granuloma anulare

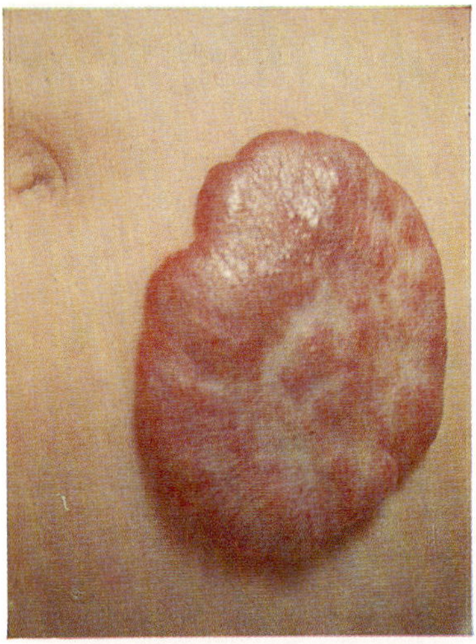

Bild 32
Haemangioma cavernosum cutaneum

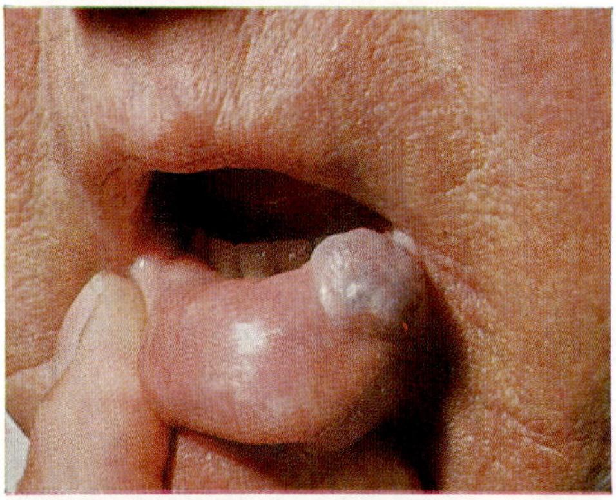

Bild 33
Sog. seniles Hämangiom der Unterlippe

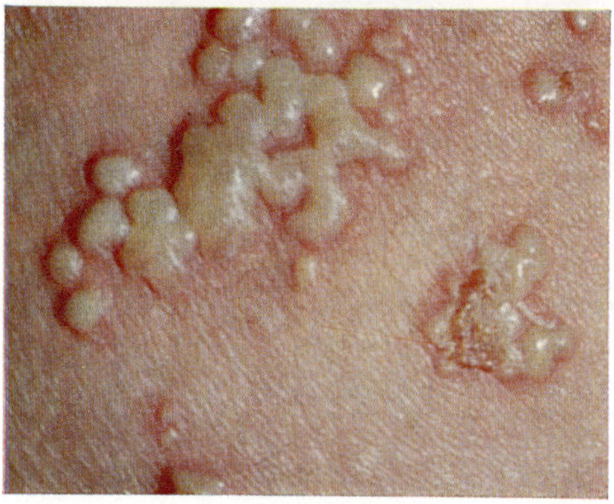

Bild 34
Herpes simplex

Prophylaxe des chronisch-rezidivierenden E.: Benzathin-Penicillin (Tardocillin 1200, 1mal im Monat, 6 Monate lang). 1 Tbl. Sulfamethoxypyrazin (Longum) jeden 7. Tag über 6 Monate. Gammaglobulin z. B. Histadestal (3 s. c. Injektionen im Abstand von 4 Tagen). Fieberkuren. Röntgenstrahlen (50 R 3mal im Abstand von 10 Tagen). Ganzkörper-UV-Bestrahlungen in Suberythemdosen.

Erysipeloid Rosenbach (Schweinerotlauf). Erreger: Erysipelothrix rusiopathiae. 1–2 Tage nach Verletzung an Knochen oder Fischgräten rotlaufkranker Tiere entsteht bes. an den Händen ein peripher fortschreitendes, manchmal etwas juckendes Erythem mit abblassendem Zentrum. Unbehandelt kann das E. über Monate bestehen. Oft regionäre Lymphknotenschwellung. Zuweilen Arthritis der kleinen Fingergelenke. **Ther:** Penicillin tgl. 1 Mega E, insgesamt 6–8 Tage. Auch Tetracycline sind wirksam. Gegen die Arthritis Kurzwellen, Phenylbutazon, Watteverbände mit 10%iger Ichthyolsalbe.

Erythema anulare centrifugum Darier. Rasch zentrifugal wachsende, ringförmige oder polyzyklische, violett-bräunliche Herde mit etwas erhabenem, rotem Randsaum, der einen nach innen gerichteten Schuppensaum zeigen kann. Schubweise treten neue Herde auf, während die alten verschwinden. Manchmal leichter Juckreiz. Meist spontane Abheilung nach 9–12 Monaten. *Ät. Path:* Infektionsallergie? Gastrointestinale Intoxikation? Manchmal liegt ein Tumorleiden (s. paraneoplastisches Syndrom) zugrunde. **DD:** Granuloma anulare, Urtikaria, Mykose, Erythema exsudativum multiforme, Pityriasis marginata. **Ther:** Herdsanierung. Calcium i. v. Salizylate. Wismut-Injektionen. Eigenblutinjektionen. Echinacin. Abführmittel. Mit innerlichen Gaben von Antibiotika und Kortikoiden wird man bei dem harmlosen Leiden zurückhaltend sein. Kortikoidpflaster.

Erythema anulare rheumaticum. Zarte, hellrosafarbene Ringe am Stamm, bes. periumbilikal, bei Kindern mit akutem Gelenkrheumatismus. Prognostisch ernstes Zeichen (Endokarditis!). **Ther:** Grundleiden behandeln.

Erythema chronicum migrans. Durch Zeckenbiß übertragene Viruskrankheit? Peripher wachsendes, hellrotes, ringförmiges, leicht infiltriertes Erythem, das einen Durchmesser von 50 cm erreichen kann und sich im Zentrum unter livider Verfärbung zurückbildet. *Sitz:* bes. Beine, Rumpf. Spontanheilung nach mehreren Monaten. **DD:** Erythema anulare centrifugum (mehrere Herde). **Ther:** Penicillin (Gesamtdosis etwa 6 Mega E.). Tetracycline (1 g tgl., 5 Tage lang). Sulfonamide. Höhensonnenbestrahlung. Kromayer-Lampe. Lokal: evtl. Jodanstrich.

Erythema dyschronicum perstans (ashy dermatosis). Länglich-ovale Pigmentierungen (Durchmesser bis zu 3 cm) mit leichter Infiltration und peripherer Erhabenheit. *Sitz:* bes. Stamm und Arme. *Ät:* Einatmung oder Einnahme verschiedener Noxen [z. B. Ammoniumnitrat, S. Jablonska, Dermatologica **150,** 287/1975)]? **DD:** Arznei-Exanthem, Felty-Syndrom.

Erythema elevatum et diutinum (Abb. 36). Runde bis polygonale, scheiben- oder knotenförmige, hell- bis lividrote, oft zentral gedellte Effloreszenzen, die jahrelang bestehen bleiben, spontan verschwinden, aber auch rezidivieren können. *Sitz:* bes. Extremitätenstreckseiten. Ät: Bes. Form d. Vasculitis nodosa **DD:** Granuloma anulare, Xanthome, Sarkoidose, Prurigo nodularis Hyde, knotige Form des Erythematodes. **Ther:** Fokus-Sanierung. Absetzen von verdächtigen Arzneimitteln. Kortikoide zusammen mit Breitbandantibiotika. Sulfamethoxypyridazin (Lederkyn) und Sulfone (DADPS). Exzision. CO_2-Schnee. Kortikoide subläsional. Nikotinsäureamid.

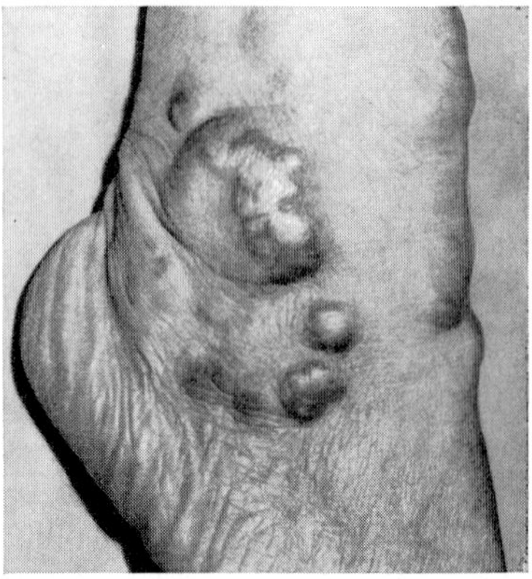

Abb. 36.
Erythema elevatum et diutinum

Eine Variante des E. e. e. d. ist offenbar die *extrazelluläre Cholesterinose*, bei der sekundär zwischen den Kollagenbündeln Lipoide abgelagert werden.

Erythema exsudativum multiforme minus. Runde, scheibenförmige, im Zentrum bläuliche, zuweilen blasige, am Rand hellrote, *kokardenartige* Herde. Der Blaseninhalt kann hämorrhagisch werden. Frischere Effloreszenzen ordnen sich zuweilen um ältere an: es bilden sich konzentrische Ringe, die an eine Schützenscheibe erinnern. Durch Zusammenfließen entstehen girlandenförmige Herde. Abheilung ohne Residuen in 1–3 Wochen. Befallen werden bes. jüngere Menschen. *Sitz:* bes. unbedeckte Körperpartien: Handrücken, Unterarmstreckseiten, Gesicht, Hals. *Prodromalsymptome:* rheumatoide Beschwerden, leichtes Fieber, Abgeschlagenheit, Herpes simplex; öfter nach Infektionskrankheiten (Angina, Grippe). *Rezidivneigung* bes. im Frühjahr und Herbst. – Eine schwere Verlaufsform ist das

——— majus (Dermatostomatitis Baader, Ectodermose érosive pluriorificielle Fiessinger-Rendu, Stevens-Johnson-Syndrom, Syndroma muco-cutaneo-oculare Fuchs). Akuter Beginn, schwere Störung des Allgemeinbefindens, hohe Temperaturen. Befall von Haut (auch Handflächen, Stamm), Lippen (dunkelrote Blutkrusten, Bild 27 vor S. 65), Mund-, Nasen-, Genital- und Analschleimhaut. Augenbeteiligung (Konjunktivitis, Keratitis, Iritis).

Ät. Path: 1. Idiopathisch. 2. Symptomatisch: offenbar allergische Reaktion auf Arzneimittel, Bakterien (Bakteriid), Viren (Virusid). Hier ist das *postherpetische E.e.m.* zu nennen, das 5–8 Tage nach einem Herpes simplex auftritt. Id-Reaktion auf maligne Tumoren. – Da das *E.e.m.* gleichzeitig mit einem *Erythema nodosum* vorkommen kann, dürften beide Erkrankungen *pathogenetisch verwandt* sein. Das E. n. geht von den tiefen Gefäßen aus, das E. e. m. von den oberflächlichen.

DD: Maul- und Klauenseuche (Virusnachweis!), Pemphigus vulgaris, bullöses Pemphigoid, Lyell-Syndrom.

Ther: Absetzen aller verdächtigen Arzneimittel. Lichtschutz. Fokus-Sanierung. Bei *leichten Formen:* Lotio Hermal, Vioform-Lotio (1%), Kortikoid-Creme (z. B. Ultralan-, Volon A Creme). Nikotinsäure-, Folsäurepräparate. Vitamin C 1 g tgl. Natriumsalizylat (2–3 g tgl.). Bei *schweren Formen:* Kortikoide (anfangs 100 mg Prednisolon tgl. und mehr) i. m. oder i. v., Breitbandantibiotika, Gammaglobulin. Bei *Mundschleimhautbefall:* Betnesol-Pastillen. Pinseln mit Gentianaviolett (1%), Herviros. Mundspülen mit: Bepanthen-Lösung, Cional, Gumox, Hexoral, Mallebrin. Dynexan-Salbe, Dontisolon-P-Mundheilpaste, Volon A Haftsalbe. Anaesthesin-Bonbons. – Zur *Rezidivprophylaxe:* Histadestal. Bei rezidivierendem *postherpetischen E. e. m.* Desensibilisierung mit Lupidon.

Erythema gyratum repens (Bild 25 vor S. 65). Paraneoplastisches Hautsyndrom (s. d.). Kommt bei Krebskranken vor. Bräunlich-rote, unregelmäßige, *serpiginöse*, wellenförmige, rein makulöse, stark juckende Bänder mit schuppenden Rändern. Die Gestalt dieser zebraartigen, *an Holzmaserung erinnernden Veränderungen* wechselt täglich. In den abgeheilten Bezirken treten kleinfleckige Rezidive auf, welche die gleiche Entwicklung durchlaufen. Sitz: bes. Stamm, proximale Extremitätenpartien. **Ther:** Tumorsuche und -behandlung. Äußerlich Kortikoid-Lotio.

Erythema infectiosum acutum (Megalerythema epidemicum s. infectiosum, Morbus quintus, Ringelröteln. Auch Ohrfeigenkrankheit, slap-cheek-disease, genannt wegen des leuchtenden Erythems der Wangen, mit dem die Dermatose beginnt). Harmlose, meist bei Kindern zwischen dem 6.–15. Jahr auftretende Viruskrankheit. Inkubationszeit 7–14 Tage. Zunächst schmetterlingsförmige Gesichtsröte (Umgebung des Mundes bleibt frei), dann *ring- und girlandenförmige*, z. T. urtikarielle, zuweilen juckende, intensiv-rote *Flecken* zunächst an den Extremitätenstreckseiten, später auch an den Beugeseiten und am Stamm. Häufig Enantheme (bes. kleine, rote Flecken an der Wangenschleimhaut). Spontanheilung in 10–14 Tagen. **DD:** Arznei-Exanthem, Margarinekrankheit, Masern, Röteln, Scharlach, Urtikaria. **Ther:** bei Juckreiz Antihistaminika (z. B. Copyronilum, Sandosten-Calcium, Tavegil-Sirup). Schüttelmixtur (Lotio Hermal). Kortikoid-Externa (z. B. Schericur). Zur späteren Hautpflege: Linola.

Erythema nodosum. Schubweise auftretende, anfangs hell-, dann *düsterrote*, später bläulich-grünlich-gelbliche (ähnlich einem zurückgehenden Hämatom, daher die Bezeichnung „Erythema contusiforme“), nicht ulzerierende, unscharf begrenzte, rundliche oder ovale, sehr *druckschmerzhafte*, derbe *Knoten* und Infiltrate. BSG meist stark beschleunigt. Gehäuftes Auftreten im Frühjahr und Herbst. Bevorzugt bei jüngeren Menschen und beim weiblichen Geschlecht. Rückbildung in 2–3 Wochen. Rezidivneigung. *Sitz:* symmetrisch bes. *Unterschenkelstreckseiten*, seltener Oberschenkel, Unterarme. – Zuweilen tritt gleichzeitig ein Erythema exsudativum multiforme auf.

Ät. Path: s. Vasculitis profunda. Offenbar allergische Reaktion auf Arzneimittel (Sulfonamide, Penicillin, selten auf orale Kontrazeptiva u. a.), Bakterien- und Virusantigene. Bei Kleinkindern können auch toxisch wirkende Tuberkelbakterien-Anteile, die aus dem Primärherd stammen, eine Rolle spielen. Bei Erwachsenen ist die *Sarkoidose* eine häufige Ursache (*Löfgren-Syndrom*: bilaterale Hiluslymphknotenschwellung, Tuberkulin-Hypo- oder Anergie, Erythema nodosum).

In jedem Falle von Erythema nodosum an Sarkoidose denken! Röntgenthoraxaufnahme!

DD: Erythema induratum Bazin (sitzt an den Beugeseiten, zerfällt ulzerös), Periarteriitis nodosa cutanea (Histologie).

Ther: Absetzen aller verdächtigen Arzneimittel. Grundkrankheit behandeln. Salizylate. Antiphlogistika (Tomanol, Eumotol u. a.), Vitamin C 1 g tgl. Kortikoidsalben unter Okklusivverbänden. Evtl. Kortikoide innerlich.

Erythema palmare et plantare hereditarium symmetricum (Lane). Dominant erblich. Erytheme beider Handflächen (bes. Thenar und Hypothenar) und seltener der Fußsohlen.

Erythema palmare (et plantare) symptomaticum. Erytheme der Handflächen und Fußsohlen bei Lebercirrhose *(liver palms)*, während der Gravidität, bei chronischen Lungenkrankheiten, infektiöser Mononukleose, Erythematodes acutus, Colitis ulcerosa u. a. Ther: evtl. Grundleiden behandeln.

Erythema perstans faciei. Kongestives, oft schmetterlingsförmig angeordnetes, wochenlang bestehendes Gesichtserythem. Frühstadium eines Erythematodes integumentalis. Später treten Infiltration und follikuläre Hyperkeratose hinzu. **DD:** Arzneiexanthem, Rosacea (hierbei oft Pusteln), mikrobiell-seborrhoisches Ekzem (bes. ausgeprägt in den Nasolabialfalten), Sarkoidose. **Ther:** s. Erythematodes.

Erythema scarlatiniforme recidivans. Unter Fieber und Allgemeinbeschwerden entsteht bes. an Händen und Fußsohlen eine pityriasiform bis groblamellös schuppende Erythrodermie, die innerhalb von 4 Wochen abheilt. Enteritis, Gelenkschmerzen, Nierenleiden können hinzutreten. Neigung zu Rezidiven, die meist leichter verlaufen. **DD:** Scharlach (hierbei Angina, Himbeerzunge). *Ät. Path:* Arznei-Exanthem? **Ther:** 1/3%ige Hydrokortisonsalbe (z. B. Sanatison). Puderbett.

Erythematodes acutus (– visceralis, systemischer Lupus erythematodes). Selten. Schwere, prognostisch ungünstige Erkrankung des Gefäßbindegewebssystems. Befällt bes. Frauen im 3. Lebensjahrzehnt.

In etwa 80% der Fälle *Hauterscheinungen:* ödematöse Rötung im Gesicht (Schmetterlingserythem), Nässen, Krustenbildung und Atrophie können hinzutreten. Zuweilen erythemato-papulo-vesikulöse Herde im Gesicht, am Hals und Brustausschnitt. Erytheme an Palmae und Plantae, bes. an Finger- und Zehenendgliedern mit Teleangiektasien und Punktblutungen. Akrozyanose. Am Stamm morbilli- und skarlatiniforme Exantheme. Diffuse Alopezie. Erosionen, selten Ulzerationen an Lippen und Mundschleimhaut. Obliterierende

Gefäßveränderungen mit raynaudartigen Anfällen, Zehen- und Fingergangrän und mit Ulcera crurum.

Gelenkschmerzen und *-schwellungen*. Myalgien. Generalisierte Lymphknotenschwellung. Nephritis mit Proteinurie, Zylindrurie. Endo-, Myo-, Perikarditis. Endokarditis, Nephritis, Gelenkveränderungen faßt man als *Libmann-Sacks-Syndrom* zusammen. Polyserositis. Polyneuritis, Hemiplegien, Krämpfe.

Stark beschleunigte BSG (100 mm in der 1. Stunde). Hypochrome Anämie, Thrombo-, Leuko-, Lympho- und Eosinopenie.

Hypergammaglobulinämie. Immunelektrophorese: IgG vermehrt.

> *Bei schubweise auftretendem Fieber, Gelenkschmerzen, Gewichtsabnahme und bei sehr stark erhöhter BSG an Erythematodes denken!*

Dg: Nachweis von Lupus-erythematodes-Zellen (LE-Zellen) im peripheren Blut oder Sternalmark: Neutrophile, die einen homogenen, rauchig-wolkigen Einschlußkörper aufgenommen haben, der den Zellkern des Neutrophilen an den Rand der Zelle drängt. Diese Nukleophagozytose wird durch den LE-Faktor, ein 7 S-Gammaglobulin, ausgelöst. LE-Zellen sind nicht unbedingt spezifisch für den akuten Erythematodes, sie kommen zuweilen auch bei anderen Kollagenkrankheiten vor; sie fehlen aber bei dem auf die Haut beschränkten Erythematodes.

Weitere Nachweismethoden antinukleärer Faktoren: Indirekte Immunfluoreszenztechnik an Gewebsschnitten und kernhaltigen Blutzellen (Titer steigt bei Verschlechterung, fällt bei Besserung der Krankheit). Antiglobulin-Konsumptionstest. Latex-Nukleoprotein-Test (zur Verlaufskontrolle geeignet). – Feingeweblicher Nachweis einer direkten Immunfluoreszenz an der Basalmembran der Epidermis durch IgG, IgA und IgM und durch Komplementkomponenten.

Ät. Path: wahrscheinlich genetisch fixierte Autoimmunkrankheit, bei der nukleäre und zytoplasmatische Stoffe Antigen-Eigenschaften annehmen. Infekte, Arzneimittel, Licht- und Kälteeinwirkung fördern die Manifestation.

Ther: Fokus-Sanierung. Kortikoide (anfangs etwa 80 mg Prednisolon tgl.), gleichzeitig immunodepressive Substanzen (z. B. Imurek). Evtl. Antibiotika.

— chronicus discoides (Erythematodes integumentalis). Scharf begrenzte, runde, münzengroße, rote, bes. am Rand infiltrierte, oft schon bei geringer Berührung schmerzende Herde mit follikulären Hyperkeratosen (Tapeziernagelphänomen: dornartige Fortsätze an der Unterfläche größerer Schuppen). Es

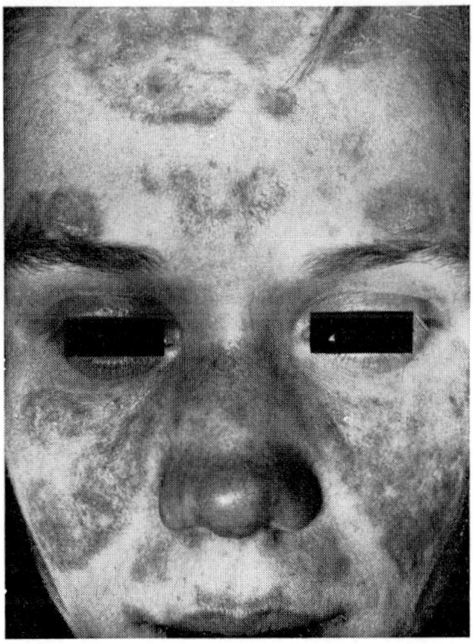

Abb. 37. Erythematodes chronicus discoides

können hinzutreten: narbige Atrophie im Zentrum der Herde, Hyper- und Depigmentierungen, Gefäßerweiterungen und punktförmige Blutungen bes. am Rand. *Sitz:* bes. Gesicht (oft symmetrisch, schmetterlingsförmig angeordnet), Capillitium (führt hier zur Alopecia atrophicans). An Mundschleimhaut und Lippen (bes. Unterlippe) Rötung mit streifen- und netzförmiger Epitheltrübung.

Selten entstehen infolge eines massiven Infiltrates tumorartige vorgewölbte Verdickungen *(E. tumidus)* oder neben typischen diskoiden Herden tiefe schmerzhafte Knotenbildungen mit entzündlich geröteter Oberfläche *(E. profundus Kaposi-Irrgang)*.

Ät. Path: Fokalinfekte, Sonnen-, Kälteeinwirkung, Durchblutungsstörungen, Arzneimittel können die Entstehung fördern. Eine wichtige Rolle spielen Autoimmunvorgänge. Immunfluoreszenztechnisch läßt sich an der Epidermis-Kutis-Grenze ein Immunglobulinband nachweisen. **DD:** Rosacea (keine Atrophie!), seborrhoisches Ekzem, Lupus vulgaris (lupoide Infiltrate), erythematodesähnliche Lichtdermatose (heilt ohne Lichteinwirkung ab). An der Mundschleimhaut Lichen ruber, Leukoplakie.

Ther: Fokus-Sanierung. Lichtschutz. Bei Kälteempfindlichkeit durchblutungsfördernde Maßnahmen (Wechselbäder, Pernionin-Salbe u. ä., Pelzhandschuhe usw.).

Kortikoid-Externa: Haut reinigen, 2mal hintereinander Volon-A-Tinktur auftragen, jedesmal bis zum Abtrocknen warten, dann Kortikoidsalbe unter Folienverband oder Kortikoid-Pflaster (z. B. Ultralan-Pflaster). Unterspritzung von Kortikoid-Kristall-Suspension.

CO_2-Schnee (anfangs 6, später evtl. 10 Sek.). Pinseln mit CO_2-Schnee-Aceton-Gemisch. Bei stärkeren Hyperkeratosen hochtouriges Schleifen. Vorsichtig ätzen mit Acid. carbol. liquef.

Antimalaria-Mittel: Resochin 10 Tage lang 2mal 1 Tbl. zu 0,25 g, dann tgl. 1 Tbl. (Gesamtdosis pro Kur 15 g). Kontraindikation: Leberschäden. Auf Augenveränderungen (Hornhautinfiltrate) achten. Quensyl (1 Drg. tgl.). – In den ersten 3–4 Wochen evtl. zusätzlich 10 mg Prednisolon tgl. Venoruton-P_4-Kapseln (7–20 Tage lang 1 g tgl., dann langsam abbauen auf 400 mg tgl.), Vitamin E, Nikotinsäureamid.

Neuerdings wurden 100–200 mg Clofazimine (Lampren) tgl. mit Erfolg gegeben.

Erythematodes chronicus cum exacerbatione acuta geht aus einem chronischen Erythematodes hervor: er befällt wie der akute E. Haut und innere Organe, hat aber eine günstigere Prognose als der akute E. **Ther:** s. o.

—— disseminatus. Zahlreiche, scharf begrenzte, bis talergroße, rundliche, erythematöse Herde mit pityriasiformer Schuppung im Gesicht, an Brust, Rücken, Armen. Viszerale Beteiligung fehlt meist. **DD:** seborrhoisches Ekzem, Psoriasis. **Ther:** s. o.

Erythrasma. Bakterielle Dermatose. Erreger: Corynebacterium minutissimum.

Kaum ansteckend. Scharf begrenzte polyzyklische, rötlich-braune Flecken, die im Wood-Licht oft rot fluoreszieren. Meist sind Männer befallen. *Sitz:* bes. Oberschenkelinnenseite (Anliegeseiten des Skrotums), seltener Analregion, Axillen, Zwischenzehenfalten, bei Frauen submammär. *Dg:* im Nativpräparat (Gramfärbung, Ölimmersion) kokkoide und bazilläre Elemente. **DD:** Pityriasis versicolor, Epidermophytie, Intertrigo. **Ther:** Tinctura Arning, Sol. Castellani. Canesten. Aureomycin-Salbe. In hartnäckigen Fällen Erythromycin per os. Wegen Rezidivneigung Nachbehandlung mit 2%igem Salizylspiritus, häufig Leibwäsche wechseln und waschen mit Syndets (z. B. Sebamed, Dermowas) oder mit Dermido.

Erythrodermia desquamativa Leiner. Schwerste Form des seborrhoischen Ekzems der Säuglinge. Meist im 2. Lebensmonat auftretende Rötung und Schuppung der gesamten Haut. Gleichzeitig oft Magen-Darm-Störungen (z. B. Fettstühle) und zunehmende Anämie. **DD:** Dermatitis exfoliativa neonatorum, Erythrodermia congenitalis ichthyosiformis bullosa. **Ther:** Kortikoid-Externa. Kortikoide innerlich. Vitamin-B-Komplex. Evtl. Bluttransfusionen.

Erythrodermie. Rötung, lamellöse oder pityriasiforme Schuppung, ödematöse Schwellung der gesamten Haut. Oft Juckreiz, Spannungsgefühl, Frösteln, diffuser Haarausfall, Nagellockerung, Neigung zu Eiweißmangelzuständen (bes. infolge der starken Schuppung) und evtl. zur Kachexie. **Ther:** eiweißreiche Ernährung. Anabolika (z. B. Primobolan). Versuch mit verschiedenen Vitaminen. Bei Juckreiz Antihistaminika. Zinköl. Kortikoid-Externa. Bäder mit Kleie, Eichenrinde, Tannosynt, Balneum Hermal, Kal.-permanganat-Lösung. Nur bei schweren, späteren Stadien Röntgenstrahlen, Kortikoide (innerlich) und Zytostatika.

—, primäre: entsteht ohne Vorhergehen einer anderen Hautkrankheit z. B. durch Arzneimittel (sog. toxische Erythrodermie) wie Pyrazolon, Sulfonamide, Antibiotika, ferner bei Lymphogranulomatose, Retikulose, Mycosis fungoides, Leukämie.

Die E. bei Mycosis fungoides, Retikulose, seltener bei lymphatischer Leukämie kann histologisch ein spezifisches Infiltrat zeigen, das die Diagnose ermöglicht.

Hier sind einzuordnen: Erythema scarlatiniforme recidivans, Dermatitis exfoliativa generalisata Wilson-Brocq, Pityriasis rubra Hebra.

Ther: s. o. – Verdächtige Arzneimittel absetzen. Grundleiden behandeln.

–, sekundäre: entsteht aus einer zunächst umschriebenen Dermatose, z. B. aus einem Ekzem (s. a. Erythrodermia desquamativa Leiner, Alterserythrodermie), Lichen ruber planus, einer Psoriasis vulgaris. *Dg:* Genaue Anamnese. Mundschleimhautbefund z. B. bei Lichen ruber, Tüpfelnägel bei Psoriasis, Histologie. **Ther:** s. o. – Grundleiden behandeln.

Erythrokeratodermia figurata variabilis Mendes da Costa. Schubweise auftretende, nach Wochen und Monaten schwindende und an anderer Stelle wiederkommende Erytheme und pityriasiforme, weißlich-gelbe Schuppungen. *Sitz:* bes. Gesicht, Hals, Extremitäten. Beginnt in der Jugend. Dominant erblich? **Ther**: Vitamin A. Fluorierte Kortikoide innerlich und äußerlich. S. a. Ichthyosis.

Erythromelalgie. Sehr selten. Anfallsweise auftretende, durch Wärmeeinwirkung oder verstärkte Muskelarbeit ausgelöste, schmerzhafte, hyperämische Rötung und Anschwellung der Haut bes. an den Beinen. Die E. tritt idiopathisch oder symptomatisch bei Polyzythämie, Diabetes mellitus, Endangiitis obliterans auf. *Ät. Path:* paroxysmale Weitstellung der kutanen Gefäße bei gesteigerter Wärmeempfindlichkeit. Die E. ist somit das Gegenteil zum Morbus Raynaud. **DD:** Burning-Feet-Syndrom. **Ther:** Grundleiden behandeln. Im Anfall horizontale Lagerung und kühle Umschläge. Azetylsalizylsäure. Vitamin B_1 (100 mg mehrmals tgl. i. m.). Paravertebrale Grenzstrangblockaden. Schlaftherapie. CO_2-Bäder. Gewöhnung an höhere Temperaturen durch ansteigende Teilbäder. Bürstenmassage. Psychotherapie.

Erythroplasie Queyrat. Präkanzerose des Übergangsepithels und der Schleimhaut. Rundliche oder ovale, feucht glänzende, scharf begrenzte, düsterrote, samtartig weiche, wenig erhabene bis münzengroße Herde. Entspricht histologisch dem Morbus Bowen. *Sitz:* Eichel, inneres Vorhautblatt, Klitoris, Vulva, hintere Kommissur. **DD:** Balanitis bzw. Vulvitis chronica plasmacellularis. **Ther:** Röntgenstrahlen. Betastral Strontium 90/Yttrium 90. Elektrische Schlinge. Exzision.

Erythrosis interfollicularis colli (Bild 29 nach S. 80). Flächenhafte Hautrötung, zuweilen auch Hyperpigmentierung, mit Aussparung der normalfarbenen Follikel. Tritt häufig auf bei Menschen, die aktinischen Einflüssen ausgesetzt sind (Seeleute, Bauern usw.). *Sitz:* Hals unterhalb der Ohren, Brustausschnitt. *Prophyl:* Lichtschutz. Keine langzeitige Anwendung von halogenierten Kortikoid-Externa.

Erythrozyanosis crurum puellarum. Livides Erythem, oft mit zinnoberroten Flecken, follikulären Hyperkeratosen und mit teigigem Infiltrat. Irisblendenphänomen auslösbar (s. Akrozyanose). Meist bei jungen, adipösen Mädchen. *Sitz:* bes. unteres Unterschenkeldrittel (lateral), Innenfläche der Knie und Oberschenkel. *Ät. Path:* Steht den Perniones nahe. Neurohormonale Kreislaufstörung. Das dicke Fettpolster schützt zwar vor Wärmeverlust, isoliert aber auch die darüberliegende Haut, so daß sie durch Kälte leichter geschädigt wird. **Ther:** Kälteschutz. Kohlensäure- oder Lichtbäder. Unterwasserdruckmassage. Sauna. Pernionin Salbe, Rubriment Öl. S. a. Perniones.

Exanthema subitum (kritisches Dreitagefieber). Häufige Viruskrankheit. Inkubationszeit 3–7 Tage. Fast nur bei Kindern im Alter von 4 Monaten bis zu $2^1/_2$ Jahren. 3 Tage lang Fieber bis zu 40°, dann 1–2 Tage rubeoli-, morbilli- oder skarlatiniformes Exanthem zunächst am Stamm, dann an den Extremitäten. Häufig kleinfleckiges Enanthem am Gaumen. **DD:** Arznei-Exanthem, Masern (Kopliks, beim Exanthem Fieber), Röteln (meist erst im

Schulalter), Mononucleosis infectiosa (Paul-Bunnel-Reaktion), Scharlach. **Ther:** Evtl. Antipyretika. Einpudern.

Exsudative discoide und lichenoide chronische Dermatose von Sulzberger und Garbe. Seltene, stark juckende, sehr polymorphe Dermatose, die folgenden Erkrankungen ähneln kann: Dyshidrosis, nummuläres Ekzem, Pityriasis rosea, Lichen chronicus Vidal, Lichen planus, atopische Dermatitis, Morbus Duhring, Scabies, Psoriasis, Praemykosis. Urtikarielle Erscheinungen können hinzutreten. – Oft zunächst exsudative, später trockene, schuppende, lichenoide Veränderungen. *Sitz:* bes. Stamm, Oberarme, Oberschenkel, Penis. Generalisierte Lymphknotenschwellung. Eosinophilie. Jederzeit können Remissionen auftreten. Nach Monaten oder Jahren allmähliche Abheilung. *Ät. Path:* unbekannt. Psychische Faktoren? **Ther**: Prompte Besserung schon nach geringen Kortikoiddosen (anfangs 20 mg Prednisolon tgl.).

Fanconi-Syndrom: aplastische Anämie, Thrombopenie, Kleinwuchs, Mißbildung der Hand, Nierenmißbildungen, *Pigmentanomalien* (Hyperpigmentierungen bes. in den Achselhöhlen und Leistenbeugen, daneben vitiligoartige pigmentfreie Flecke, schiefergrauer Farbton der Lippen) u. a.

Fasciitis nodularis pseudosarkomatosa. Selten. Plötzlich auftretender, rasch wachsender, meist solitärer, zuweilen schmerzhafter, subkutaner Knoten, über dem die Haut verschieblich ist und der in 1–2 Monaten bis über fünfmarkstückgroß werden kann. Nach Wochen bis Monaten spontane Rückbildung. – Reaktive vaskuläre und fibroblastische Proliferation unklarer Ätiologie. *Sitz:* oft Unterarme. **DD:** bes. Fibrosarkom. **Ther:** Exzision und histologische Untersuchung.

Favus (Erbgrind). Fadenpilzerkrankung bes. bei Kindern. Meldepflichtig! Erreger: Trichophyton Schönleini. Schwefelgelbe, bröcklige, bis linsengroße, schüsselförmig gedellte Schildchen *(Scutula)* auf dem behaarten Kopf. Die Folge kann bleibender Haarausfall sein: *Favus-Alopezie.* Oft Mäuseharngeruch. Zuweilen keine Scutula, sondern nur Schuppung: *Favus squamosus* seu pityroides (DD: seborrhoisches Ekzem, Psoriasis). Beim *Favus impetiginoides* finden sich honiggelbe Krusten (DD: Impetigo contagiosa). Selten werden Nägel und unbehaarte Haut (scheibenförmige, randbetonte, erythematosquamöse Herde) befallen. *Dg:* mikroskopischer und kultureller Pilznachweis. **Ther:** Griseofulvin s. Epidermophytia. Äußerlich antimykotische Salben, z. B. Canesten-Creme, Mycanden-Salbe.

Felty-Syndrom. Erwachsenenform des Still-Syndroms. Primär-chronische Polyarthritis, Milztumor, Leukopenie, Anämie, Dysproteinämie, generalisierte indolente Lymphknotenschwellung, Achylie, bräunliche Hautpigmentierungen an unbekleideten Körperstellen, Ulzeration an Unterschenkeln und Mundschleimhaut. **Ther:** s. Lehrbuch Innere Medizin.

Fettgewebs-Erkrankungen: Erythema induratum, Erythema nodosum, Fettnekrosen der Mammae, Insulinlipodystrophie, Kältepanniculitis, Lipoatrophia, Lipodystrophia, Panatrophia cutis localisata, Panniculitis factitia, Panniculitis nodularis non suppurativa, Panniculitis Typus Rothmann-Makai, Paraffinom, Pingranliquose, Sarkoid Darier-Roussy, Vasculitis nodosa.

Fettnekrosen (zystische) der Mammae. Meist bei adipösen Frauen nach einem Trauma auftretende gerötete Knoten, die im Inneren als Folge einer aseptischen Steatonekrose dünnflüssiges Fett enthalten. **DD:** Karzinom. **Ther:** Exzision.

Fibrokeratom, erworbenes digitales —. Halbkugeliger Tumor. *Sitz:* Finger, Handkante oder -innenfläche. **DD:** Fingerrudiment (besteht seit Geburt, sitzt an der Basis des 5. Fingers, oft beidseitig), Cornu cutaneum. **Ther:** Exzision. – Lit: R. S. Bart et al., Arch. Dermatol. **97,** 120 (1968).

Fibroma (gutartige Bindegewebsgeschwulst).

— durum (hartes Fibrom). Tritt angeboren oder meist später auf. Solitäre Fibrome können bis orangengroß werden. Fingerfibrome (Abb. 38) zeigen unregelmäßige Gestalt. Meist sind die Fibrome nur bis erbsgroß, derb, hautfarben oder graubräunlich. Sie treten solitär oder multipel auf als gering erhabenes oder in die Haut eingelassenes Knötchen (fibrome en pastille, nodulus cutaneus). Die bedeckende Haut ist manchmal etwas eingezogen. *Sitz:* bes. Extremitäten. **DD:** Histiozytom. **Ther:** Exzision.

— molle (weiches Fibrom, Fibroma molluscum). Man unterscheidet: 1. *solitäres*, breitbasig aufsitzendes oder gestieltes (– pendulum) Fibrom. *Sitz:* bes. Rumpf. 2. *multiple*, kleine fadenförmige (– filiformis) weiche Papeln meist bei Frauen nach dem 40. Jahr. *Sitz:* Hals, Axillen, perigenital, periorbital.

Flegel et al. [Hautarzt **18,** 251 (1967)] bezeichnen die weichen Fibrome als „*organoide Papillome*", da anscheinend die Hyperplasie des Epithels das Primäre und das Bindegewebswachstum das Sekundäre ist.

Ther: zu 1: Exzision, zu 2: Scherenschlag. Elektrische Schlinge.

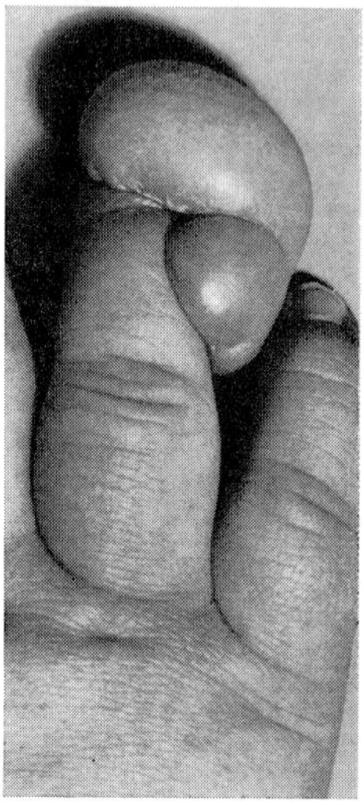

Abb. 38. Angeborenes gelapptes Fibrom am Finger bei einem Jungen von 11 Monaten

Fibrome, rezidivierende **Digitalfibrome** im Kindesalter (Abb. 38). Selten. Halbkugelige, bei der Geburt bestehende oder in den ersten drei Lebensjahren (auch multipel) auftretende Bindegewebsknoten an den Rücken und Seiten der Finger oder Zehen. Rezidivneigung im Kindesalter, später spontane Rückbildungstendenz. **Ther:** Exzision (keine Amputation von Phalangen!). Lit: E. **Jaschke** et al., Z. Hautkr. **48,** 317 (1973).

Fibrome, Mundschleimhaut-. Häufig. Erbs- bis kirschgroße Knoten. *Sitz:* bes. Wangen (Interdentallinie), Zunge. **Ther:** Exzision. Elektrische Schlinge.

Fingerapoplexie (Achenbach-Syndrom). Spontan oder nach Belastung (Verschnüren von Paketen, Tragen von Einkaufstaschen u. a.) auftretende Hämatome an der Volarseite der Finger oder Hände, bes. in Gelenknähe. Rückbildung innerhalb weniger Tage. Häufig Rezidive. Im Intervall sind im befallenen Bereich oft durch die Haut schimmernde, leicht erhabene Venektasien bes. bei herabhängendem Arm zu sehen. *Ät. Path:* bes. Gefäßfragilität. **Ther:** Ruticalzon. Essaven Gel u. ä.

Fingerknöchelpolster (coussinets des phalanges, knuckle pads). Ovaläre, polsterartige Verdickungen mit fein gestichelter Oberfläche über den Streckseiten der ersten Interphalangealgelenke (Abb. 39). *Ät. Path:* funktionelle Gefäßstörungen? Akrozyanose, Frostschäden scheinen die Entstehung zu fördern. Zuweilen kommen sie gleichzeitig mit Induratio penis plastica und Dupuytrenscher Kontraktur vor. **DD:** Fingerknöchelpolster vom Schwielentyp zeigen histologisch keine Fibrose, sondern Akanthose und Hyperkeratose. Gleichzeitig Arbeitsschwielen. – Sehnenxanthome; multiple Fingerfibrome. **Ther:** Durchblutungsfördernde Mittel (Complamin, Stutgeron forte u. ä.). Akrotherm-Salbe. Exzision.

Fistula auris congenita (Rest eines Kiemenganges) findet sich vor oder unter dem Tragus. Bei Verschluß der äußeren Öffnung Zysten- oder Abszeßbildung. **Ther:** Exstirpation.

Flohstiche (Floh = pulex irritans) erzeugen gruppenweise angeordnete, heftig juckende Quaddeln mit zentraler Blutung (Purpura pulicosa). *Sitz:* bekleidete Hautstellen. **Prophyl:** Insektizides Carbamat und Dichlorvos (Blattanex-Spray, Oko-Spray). **Ther:** Antihistamin-Salbe (Soventol-Gelee). 1%iger Mentholspiritus. Kortikoid-Lotio.

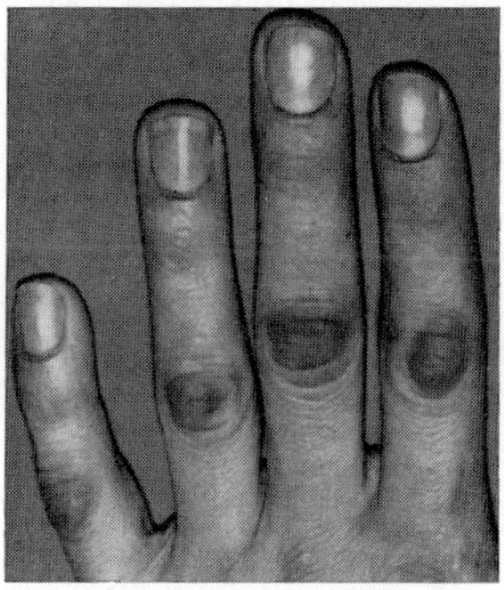

Abb. 39. Fingerknöchelpolster

Foetor ex ore (übler Mundgeruch; Halitosis = übler Atemgeruch). Ursachen: bakterieller Abbau von Nahrungsresten, abgeschilferten Epithelien, Gewebeteilen bei schlecht gereinigten oder kariösen Zähnen, ferner Paradentose, Tonsillitis, langes Nüchternbleiben, Erkrankungen des Respirations- und Magendarmtraktes, gewisse Arzneimittel (z. B. Dimethylsulfoxyd) u. a. **Ther:** Kausal. – Säuberung mit Bürste und Paste, Mundspülen mit Mallebrin, Hexoral, Chlorophyll liquid. Chlorophyll-Pilletten. Floracit Gummetten (enthalten Süßmolke-Konzentrat u. a.). – Fettzufuhr auf 60 g tgl. reduzieren. Knoblauch, Zwiebeln, Alkohol meiden. Für Stuhlgang sorgen. Combizym. Metifex. Ausreichende körperliche Bewegung.

Folliculitis. Meist durch Staphylokokken hervorgerufene Entzündung des Follikels (und perifollikulären Gewebes). Gerötetes, schmerzhaftes Knötchen mit zentraler, von einem Haar durchbohrter Pustel.

— barbae. Synonyma: Staphylodermia follicularis sykosiformis, Sykosis simplex, Sykosis staphylogenes, Sykosis non parasitaria. Entweder über die ganze Bartgegend ausgestreute oder gruppierte, in einem Herd zusammengedrängte Follikulitiden. Diese agminierte Form kommt bes. an der Oberlippe bei chronischer Rhinitis vor. – Die Haare lassen sich leicht ausziehen und zeigen weißlich gequollene Haarscheiden. – Bei dem sehr chronischen Prozeß spielen nicht nur die Erreger (Staphylococcus aureus) sondern auch bes. dispositionelle Faktoren eine Rolle. **DD:** Sykosis parasitaria = Trichophytia profunda barbae (Pilznachweis!). **Ther:** Refobacin-Creme. Antibakterielle Kortikoidsalben. Elektrorasur. Evtl. mechanische Epilation der kranken Haare. Antibiotika möglichst nach Resistenzbestimmung. Gamma-Globulin. Autovakzine. Fieberkuren.

Ferner werden empfohlen: Hexomedin transcutan und Ichthoseptal-Lösung.

— barbae candidamycetica. Erreger: Candida albicans. Follikuläre Pusteln an Lippen und Kinn. An der umgebenden Haut oft mit gelben Krusten bedeckte, an Impetigo contagiosa erinnernde Herde.

|| Bei therapieresistenten Fällen von Bartflechte an Candida-Infektion denken.

DD: periorale Dermatitis. **Ther:** s. Soor. Grundleiden (Diabetes u. a.) behandeln, fördernde Faktoren (innerliche oder äußerliche Anwendung von Antibiotika, Kortikoiden, Zytostatika) ausschalten. Beseitigung von Infektionsquellen (Soor der eigenen Mundhöhle oder der des Partners, infiziertes Rasiergerät, infizierte Salben), Moronal-Salbe, Candio-Hermal-Paste, Ampho-Moronal-Creme. Candio-Hermal Creme.

— decalvans capillitii. Selten. Follikuläre Papulo-Pusteln, die peripher fortschreiten und zu narbigem Haarausfall führen. Im Herd können vereinzelte Haare stehenbleiben. Sehr chronischer Verlauf. **Ther:** Evtl. Grundleiden (Diabetes mellitus, chronische Nephritis u. a.) behandeln. Antibiotika nach Resistenzbestimmung. Antibakterielle Kortikoid-Salben (z. B. Ecomytrin H).

— eczematosa barbae beginnt mit einem chronischen Ekzem der Bartgegend; bald treten Follikulitiden hinzu. Sehr chronisch. **Ther:** s. Folliculitis barbae.

— et Perifolliculitis profunda, s. Furunkel.

— et Perifolliculitis suffodiens et abscedens (E. HOFFMANN). Abszeßbildung mit Unterminierung der Haut auf dem Kopf und im Nacken bei Männern. Sonderform der Akne conglobata (?). **Ther:** Antibiotika nach Resistenzbestimmung. Spaltung der Gänge. Röntgenstrahlen.

—, gramnegative —. Follikuläre perinasale (selten auf Kopfhaut und Brust sitzende) Pusteln oder sukkulente Zysten (im Gesicht bei Seborrhoikern). *Ät. Path:* durch gramnegative Bakterien hervorgerufene Komplikation der Antibiotikabehandlung z. B. der Akne vulgaris. **Ther:** Versuch mit Ampicillin (500–250 mg tgl., anfangs mehr). Sulmycin-Creme.

Lit: G. PLEWIG et al., Hautarzt **25,** 541 (1974).

— nuchae sclerotisans (Dermatitis papillaris capillitii). Bei Männern entstehen an der Nackenhaargrenze follikuläre Papeln und Pusteln, die zu keloidartigen Wülsten führen. Diese zeigen erweiterte Follikeltrichter, aus denen z. T. gebündelte Haare herausragen. **Ther:** Exzision der ganzen Hautpartie. Elektrische Schlinge. Kortikoid-Kristallinjektionen. Röntgenepilation.

—, perforierende —. 2–5 mm große, follikuläre Papeln mit zentralem Hornpfropf, nach dessen Entfernung ein kleiner blutender Krater entsteht. *Sitz:* bes. Extremitätenstreckseiten. Histologie: durch Perforationslücken des Epithels dringt nekrotisch umgewandeltes Bindegewebe in den erweiterten Follikel. **DD:** Lichen pilaris, reaktive perforierende Kollagenose, Ölakne, Morbus Kyrle. **Ther:** Versuch mit Vitamin-A-Säure (Epi-Aberel Creme, -Lösung).

— simplex disseminata. Über größere oder kleinere Hautbezirke ausgestreute F. Entstehung wird gefördert durch Verschmutzung, Schwitzen, Reibung, Diabetes mellitus. **Ther:** Antibiotika, Antibakterielle Salben. Vioformschüttelmixtur (2%). Locacorten-Vioform-Paste. Refobacin-Creme. Pyodron hautfarben Paste.

— staphylogenes superficialis (Ostiofolliculitis, Impetigo Bockhart). Oberflächliche, in der Mitte von einem Haar durchbohrte, stecknadelkopfgroße, von einem roten Rand umgebene Pusteln, die durch Einziehung in der Mitte pockenähnlich aussehen können (Pustulosis vacciniformis acuta). Die Entstehung wird gefördert durch juckende Dermatosen, Okklusivverbände, Teeranwendung, Kontakt mit Ölen, starkes Schwitzen. **Ther:** 2%ige Vioformschüttelmixtur. Refobacin-Creme.

— sykosiformis atrophicans (Ulerythema sykosiforme, lupoide Sykosis.) Selten. Beginn meist im 3. Dezennium. Rundliche oder zirzinäre Herde aus Follikulitiden, die peripher fortschreiten und im Zentrum narbig-atrophisch abheilen. Chronischer Verlauf. Variante der F. decalvans. *Sitz:* bes. Bartgegend. **DD:** Lupus vulgaris, chron. Erythematodes. **Ther:** Antibiotika. Antibakterielle Kortikoidsalben.

Fox-Fordycesche Krankheit. Selten. Stark juckende, hautfarbene, dicht stehende, flache bis halbkugelige Papeln. Fast nur bei Frauen, in der Pubertät beginnend. *Sitz:* Bereich der apokrinen Drüsen (Axillen, Brustwarzen, Nabel, Genitale). *Ät. Path.* apokrine Schweißretention infolge hormoneller Störungen? **Ther:** orale Kontrazeptiva. Intrafokale Kortikoid-Injektion. CO_2-Schnee. Hochtouriges Schleifen. Evtl. Exzision. Rö-Bestrahlung.

Frambösie (Pian, Yaws). Erreger: Treponema pertenue, nicht zu unterscheiden vom Tr. pallidum. Klinischer Verlauf und Seroreaktionen (auch Nelson-Test) wie bei Lues. – F. kommt aber nur in den Tropen vor, verschont innere Organe (keine angeborene F.) und Nervensystem. Infektion meist in der Kindheit. Primäraffekt oft an den Füßen oder Unterschenkeln, papulöse himbeerartige Sekundärerscheinungen. Später ulzeröse Tertiärerscheinungen an Haut und Knochen. Ferner juxtaartikuläre Knoten. **DD:** Leishmaniasis, Lepra. **Ther:** 1 Mega Penicillin tgl., 6 Tage lang. Auch Aureomycin und Chloromycetin sind wirksam.

Franceschetti-Syndrom (Zwahlen-Syndrom, Dysostosis mandibulofacialis). Sehr selten. Antimongoloide Lidachsenstellung, Fehlen von Unterlidwimpern und Meibomschen Drüsen, Makrostomie mit offenem Biß, Hypoplasie des Jochbeins und Oberkiefers, Fischmaulphysiognomie u. a. Dominant erblich. [M. AMMERMANN et al., Münch. Med. Wschr. **113**, 1686 (1971)].

Fremdkörpergranulome. Rötlich-bräunliche oder hautfarbene Knötchen oder Knoten. Sie entstehen Monate oder Jahre nach Eindringen von Fremdkörpern durch:

Beryllium, nach Verletzung mit Leuchtröhrensplittern.

Haare, bei Melkern und Frisören (an den Zwischenfingerfalten).

Paraffin (Injektion aus kosmetischen Gründen). Nach einer Latenzzeit von 3 Monaten bis zu einigen Jahren entstehen knotige, lividrote Paraffinome, die abszedieren und fisteln können.

Silikate, bei Sturz auf Sand. Silikatgranulome können viele Jahre nach einem Trauma auftreten und klinisch wie histologisch eine Sarkoidose vortäuschen.

Stacheln von Kakteen, Seeigeln *(maladie des oursins)*, Rosendornen.

Talkum, durch Einstreuen von Wundpuder in Hautwunden.

Mycobacterium balnei s. marinum. Schwimmbadgranulome. Nach Schürfverletzungen beim Baden entstehen bes. an Ellbogen und Knien papulonodöse Herde, die ulzerieren können.

Zirkonium. Nach Anwendung desodorierender, Zirkonium enthaltender Stifte in den Achselhöhlen.

Ther: Exzision.

Frenulum, verkürztes. Angeboren oder nach einer Balanoposthitis. Beim Koitus kommt es leicht zu schmerzhaften Einrissen, deren narbige Abheilung eine weitere Verkürzung verursachen kann. **Ther:** Quere Spaltung, Längsvernähung des Frenulums.

Furunkel (Staphylodermia follicularis profunda). Akute eitrige, nekrotisierende Entzündung des Haartalgdrüsen-Apparates. Erreger: Staphylokokken. Bis walnußgroßer, schmerzhafter, entzündlich geröteter Knoten mit zentralem nekrotischem Pfropf und starkem Ödem der Umgebung. Das Auftreten wird gefördert durch Unsauberkeit, Reibung durch Kleider, juckende Hautleiden (Krätze, Ekzem u. a.), langdauernde Teerbehandlung, mangelhafte Ernährung (Eiweißmangelschaden), Agammaglobulinämie, Stoffwechselkrankheiten (Diabetes, Magen- und Darmstörungen, Nephritis u. a.).

Komplikationen: regionäre Lymphangitis und Lymphadenitis, metastatische Abszesse in Nieren, Knochen und anderen Organen. Bei Gesichtsfurunkeln bes. der Nase und Oberlippe besteht die Gefahr der Sinusthrombose, Meningitis und Sepsis, erkennbar an Kopfschmerzen, Schüttelfrost, Fieber und Ödemen der Augenlider. *DD:* Trichophytie (Pilznachweis).

Ther: Nicht ausdrücken! Ruhigstellung! Anfangs reines Ichthyol dick auftragen, mit Watte bedecken, verbinden. Antibiotikahaltige Salben, z. B. Aureomycin-, Ecomytrin-, Nebacetin-, Fucidine-, Leukomycinsalbe. Umgebung mit 0,5%iger Vioform-Zinkschüttelmixtur abdecken. Röntgenentzündungsbestrahlung, z. B. Dermopan Stufe IV 75 r am 1. Tag, je 50 r vom 2.–4. Tag. Wärmeanwendung (Rotlicht, Sollux, Leinensamenkataplasmen). Bei Fluktuation Stichinzision.

Penicillaseresistente Penicilline wie Dicloxacillin (Dichlor-Stapenor). Lincomycin (Cillimycin). Erythromycin (Neo-Erycinum). Tetracycline (Vibramycin). Evtl. Immunglobulin (z. B. Intraglobin).

Bei Oberlippen- und Nasenfurunkel keine operativen Eingriffe, sondern Bettruhe, flüssige Kost, Sprechverbot, Antibiotika s. o.

Furunkulose. Auftreten immer neuer Furunkel. **Ther:** Evtl. Grundleiden (Diabetes, Nephritis, Obstipation) behandeln. Fokus-Sanierung. Schwefelbäder. UV-Bestrahlungen. Klimatherapie (z. B. Nordsee). Zum Waschen Sebamed, Satina. Häufiger Wäschewechsel. Antibiotika entsprechend dem Ergebnis der Resistenzbestimmung. Vitamin C. Faexojodan, Levurinetten. Tgl. ein haselnußgroßes Stück Bäckerhefe. Ichthraletten. Tardolyt. Eigenblutinjektionen. Autovakzine. Gesamtantigen-Autovakzine [J. Vogt, Hautarzt **21**,38 (1970)].

Fußinfekt, gramnegativer. Weißliche Verquellung zunächst im 3. und 4., später in allen Zehenzwischenräumen; evtl. Übergreifen auf Dorsal- und Plantarflächen der Zehen und auf den distalen Teil der Fußsohlen. Brennen, Juckreiz, Bläschen, Fissuren und Erosionen treten hinzu. Zuweilen papulovesikulöse Streuungen an Stamm und Extremitäten. *Ät. Path:* gramnegative Keime, z. B. Pseudomonas pyocyanea, Proteus mirabilis. Die Entstehung wird gefördert durch: Hyperhidrosis, feuchtheißes Klima, Tragen von Gummischuhen, Anwendung antibakterieller Seifen, die die grampositive Flora verdrängen. *Dg:* bakteriologische, mykologische Kultur, **DD:** Tinea pedum. **Ther:** Pinseln mit Sol. Castellani, 3%igem Vioformzinköl, Pyodron, Betaisodona Lösung. Einlegen von Mullstreifen zwischen die Zehen.

Gangrän, akute des äußeren Genitales. Sehr seltenl Feuchter Brand an Penis, Skrotum oder Vulva. Beginnt meist mit Schüttelfrost und Fieber. Kann zur Hodenatrophie führen. *Ät. Path:* eine mikrobielle Infektion oder Operation geht oft voraus. Gangränöses Erysipel? Lokales Sanarelli-Shwartzman-Phänomen? Resistenzschwäche (z. B. bei Diabetes mellitus) fördert die Entstehung. **Ther:** Antibiotika.

Gardner-Syndrom. Selten. Dominant erblich. Manifestation im frühen Kindesalter. Multiple Atherome bes. im Gesicht und am Kopf, Fibrome, Osteome, Polyposis des Colons und Rectums mit Neigung zu Karzinombildung. Zahnanomalien, seltener Leiomyome, Lipome, Trichoepitheliome. **DD:** Peutz-Jeghers-Syndrom. Lit: [P. E. Weary et al., Arch. Derm. **90,** 20 (1964)].

Gefäßspinnen entsprechen klinisch dem Naevus araneus (s. d.). Sie treten auf bei Leberzirrhose, Schwangerschaft, Einnahme von oralen Kontrazeptiva, Hyperthyreose, Polyarthritis chronica, langdauernder Unterernährung. *Sitz:* bes. Gesicht, Hals, Schultergürtel, Streckseiten der Arme. **Ther:** Verkochung des Zentrums mit elektrischer Nadel. Evtl. Exzision.

Gerstenkorn (Hordeolum). Infektion (meist durch Staphylokokken) der Mollschen oder Meibomschen Drüsen. Beginnt mit Rötung des Lidrandes sowie mit Schmerz- und Druckgefühl „im Auge“. Dann kommt es zu einer umschriebenen Vorwölbung mit Eiterbildung und zum Durchbruch des Eiters. Rezidivneigung.

Ther: feuchtwarme Umschläge oder Heizkissen. Noviform-Salbe. Terramycin-Augensalbe. Scheroson F ophthalmicum. Inzision ist nur selten erforderlich. Bei Rezidiven Diabetes mellitus ausschließen, Levurinetten, Autovakzine.

Geschlechtskrankheiten. Erkrankungen, die meist durch den Geschlechtsverkehr übertragen werden und deren Erscheinungen bes. an den Genitalien sitzen. Man rechnet dazu: Syphilis, Gonorrhoe, Ulcus molle, Lymphopathia venerea, Granuloma venereum. Jeder Fall einer ansteckungsfähigen Erkrankung an einer Geschlechtskrankheit (außer Granuloma venereum) ist von dem behandelnden oder sonst hinzugezogenen Arzt unverzüglich ohne Nennung des Namens und der Anschrift des Erkrankten dem Gesundheitsamt zu melden, in dessen Bezirk der Arzt seine ärztliche Tätigkeit ausübt.

Geschwülste, dunkel- bis schwarzfarben: Basalioma pigmentosum, Dermatofibrom, Hämangiom, Histiozytom, Naevus coeruleus, Naevus pigmentosus, Melanocytoblastom, Sarcoma *Kaposi*, *Stewart-Treves*-Syndrom, Verruca senilis.

Geschwülste, schmerzhafte: Angioleiomyom, Glomustumor, Leiomyom, Neurinom, Neurom, Spiradenom.

Gicht. Unregelmäßig dominant vererbte Purinstoffwechselstörung mit Uratablagerungen vorwiegend in Gelenken und Haut (*Tophi*) bes. bei Männern nach dem 40. Lebensjahr. Beginnt mit Schmerzanfällen meist im Großzehengrundgelenk (*Podagra*), später in anderen Gelenken. Gelenkdeformierungen (DD: Lepra) folgen. Meist erst nach Jahren entstehen weißlich-gelbliche Knötchen (Tophi) bes. an den Ohrmuscheln und kleinen Hand- und Fußgelenken. *Selten* gehen Tophi den Gelenkveränderungen voraus *(primäre Hautgicht)*. *Dg:* Erhöhung des Harnsäurespiegels auf 7 mg% und mehr. Uratnachweis in Gichtknoten (Murexidprobe). Therapeutisch gute Ansprechbarkeit. **DD:** Chondrodermatitis nodularis chronica helicis, Xanthome, juxtaartikuläre Knoten, Heberdensche Knoten, Noduli rheumatici, Amyloid- und Kalkablagerungen. **Ther:** Beim Anfall Amuno, Tomanol. Zur Dauerbehandlung Allopurinol (Zyloric 300–600 mg tgl.). Benzbromaronum (Uricovac). Purinarme Diät.

Gingivitis. Zahnfleisch entzündlich gequollen, leicht blutend, Foetor. Ursachen: Zahnstein, mangelhafte Mundpflege, Schwangerschaft, Skorbut, Nikotin-, Alkoholabusus, Hydantoin-Präparate (Zentropil, Mesantoin u. a.), Schwermetalle (Wismut, Blei, Quecksilber), längerer Kontakt mit Watterollen, Diabetes, Leukämie u. a. **Ther:** Zahnsteinentfernung, Spülungen mit Mallebrin, Tinct. Myrrhae, Kamillosan, Hexoral. Herviros. Betnesol-Pastillen.

Glomustumor (Angiomyoneurom). Meist solitär (bes. subungual sitzende) selten multipel auftretende, bis erbsgroße, gutartige blaurote Geschwülste, die auf Berührung, Temperaturwechsel oder auch spontan *sehr schmerzhaft* sind. Die Schmerzen können weit in die Umgebung ausstrahlen. Die Tumoren gehen aus von den arteriovenösen Anastomosen (Hoyer-Grosserschce Organe), die für die Hautdurchblutung wichtig sind. **DD:** Ekkrines Spiradenom, Hämangiom, Leiomyom, Neurinom, Neurom. **Ther:** Exzision. Rezidive kommen vor.

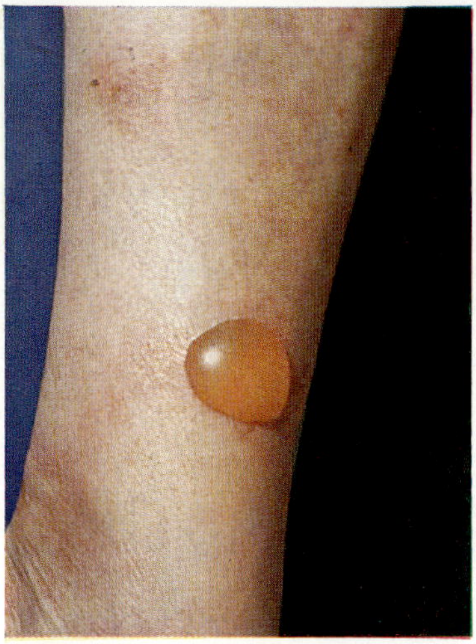

Bild 35
Culicosis bullosa: Blasenbildung nach Mückenstich der Culex-Gattung

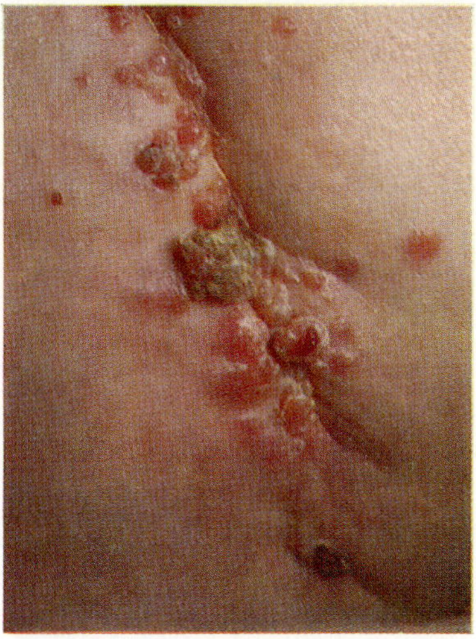

Bild 36
Hautmetastasen in Laparatomienarbe bei Magenkarzinom

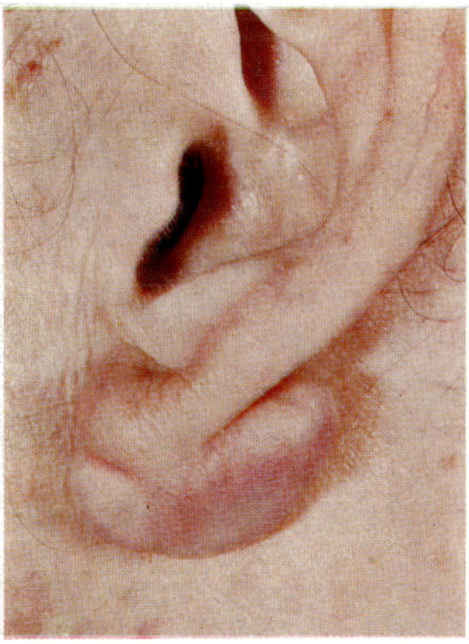

Bild 37
Keloid am Ohrläppchen

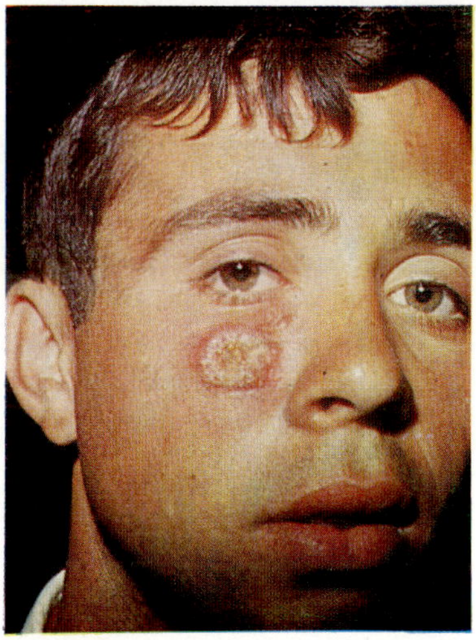

Bild 38
Leishmaniasis cutanea

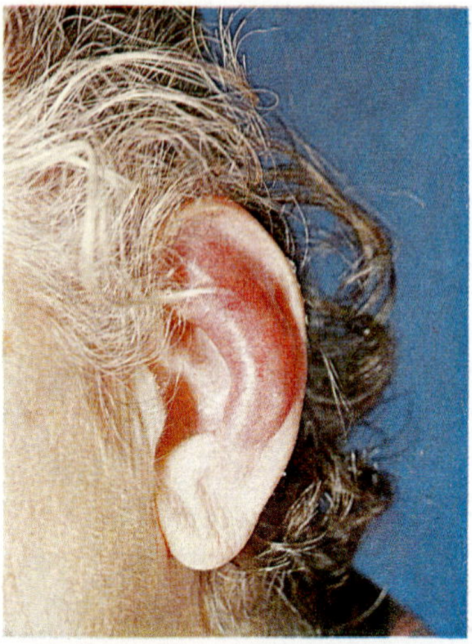

Bild 39
Lymphozytom

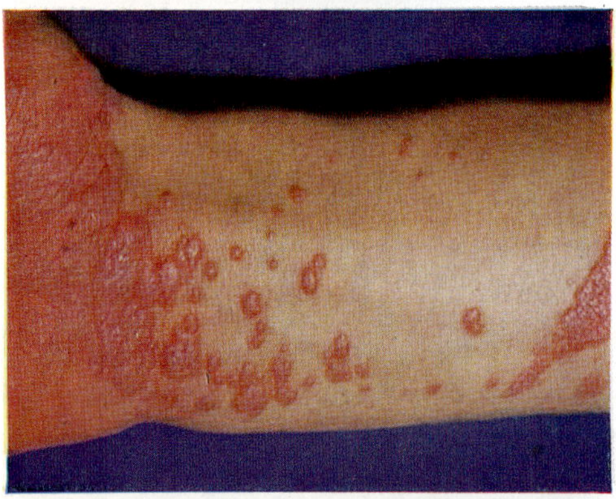

Bild 40
Lichen ruber planus an der Beugeseite des Unterarmes und Handgelenkes

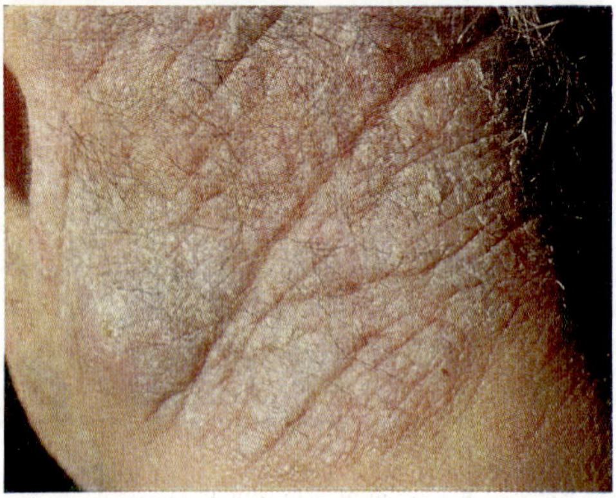

Bild 41
Lichen simplex chronicus Vidal mit Furunkel

Glossitis mediana rhombica. Rhombischer oder ovaler, 1,5–4 cm langer, 0,5–1 cm breiter rötlicher oder weißlicher Herd in der Mitte des hinteren Zungenrückens. Die Oberfläche ist eingesunken oder erhaben, verrukös, tumorartig. Histologisch: Hämolymphangiom mit Entzündungsreaktion. **DD:** wird oft für Karzinom gehalten. **Ther:** meist nicht nötig, da keine Beschwerden, evtl. intrafokale Injektion verdünnter Kortikoid-Kristallsuspension.

Goltz-Gorlin-Syndrom (Osteo-okulo-dermale Dysplasie). Selten. Gynäkotropie. Dominant erblich? Unregelmäßig angeordnete Hautatrophien, die bei größerer Ausdehnung zu Fettgewebshernien führen. Poikilodermie. Papillome an Lippen und Ano-genital-Schleimhaut. Nageldystrophie, Haarwachstumsstörungen. Knochensymptome: Syndaktylie, Polydaktylie, Skoliose, Spina bifida, Asymmetrie des Gesichtsschädels. Zahn-, Augenanomalien. **DD:** Naevus lipomatodes cutaneus superficialis, Incontinentia pigmenti, Rothmund-Syndrom.

Lit: O. Braun-Falco et al., Hautarzt **26**, 393 (1975).

Gonadendysgenesie. Fehlen von Keimzellen bei weiblich entwickeltem inneren und äußeren Genitale. Hinzutreten können Kleinwuchs und Mißbildungen (*Turner-Syndrom* bzw. *Bonnevie-Ullrich-Syndrom*) z. B. Pterygien an den Gelenken oder am Hals (Abb. 40), tiefer Nackenhaaransatz, lymphangiektatische Hand- und Fußödeme, frühzeitige Osteoporose, Cutis laxa, Überstreckbarkeit der Gelenke, Syndaktylie. **Ther:** evtl. Östrogen-Gestagen-Substitution z. B. mit Progylut.

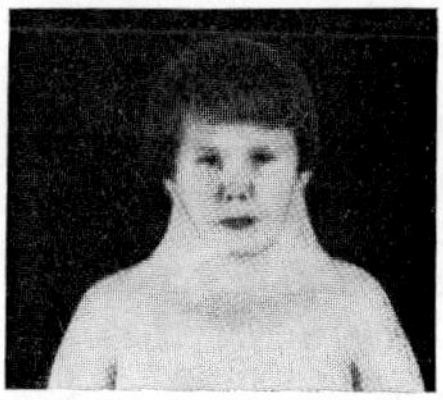

Abb. 40. Pterygium colli

GONORRHOE

(GO, Blennorrhoe, Tripper)

Erreger: Gonokokkus (A. Neisser 1879), Neisseria gonorrhoeae, gramnegativer Diplokokkus, der in Haufen, semmelförmig gelagert, meist innerhalb von Leukozyten liegt.

Nachweis: von der Harnröhre (nach vierstündiger Urinpause) bzw. auch von der Zervix (evtl. auch vom Rektum) mit Platinöse Sekret unter leichtem Abschaben der Schleimhaut entnehmen, auf Objektträger ausstreichen und mit Methylenblau bzw. nach Gram färben.

Mikroskopisch *von den Gonokokken* (GK) *nicht zu unterscheiden sind Pseudogonokokken* (z. B. Neisseria catarrhalis, -flavescens, -cinerea). Auch *Keime der Mimea-Gruppe* werden leicht mit GK verwechselt. Solche Erreger können eine „penicillin-resistente GO" vortäuschen. Sie sind kulturell von GK zu unterscheiden.

Bei Versand Einbringen des Abstrichmaterials (bei Männern u. U. auch Urinsediment) in ein GK-Transport-Medium. Kultur z. B. auf THAYER-MARTIN-Nährboden. Oxydase-Reaktion (GK sind oxydasepositiv). Vergärungsproben (GK vergären Dextrose). Evtl. Prüfen der Pigmentbildung (GK bilden kein Pigment).

Schließlich ist die Immunfluoreszenz-Methode zum GK-Nachweis geeignet.

Die Infektion erfolgt meist durch den Geschlechtsverkehr, selten außergeschlechtlich (Augentripper, Vulvovaginitis infantum). Inkubationszeit durchschnittlich 3 Tage.

GO des Mannes

2–3 Tage nach der Ansteckung bemerkt der Erkrankte in der vorderen Harnröhre Brennen mit erst wäßrigem, bald eitrigem Ausfluß *(Urethritis anterior)*, der zur Balanoposthititis und entzündlichen Phimose führen kann. Selten: Entzündung paraurethraler Gänge, die Blindgänge sind und am Frenulum, an der Raphe penis oder in der Nähe der Harnröhrenöffnung münden. Sie kann die Ursache von Rückfällen sein.

Urethritis posterior (etwa 3 Wochen post inf.): Befall der Urethra hinter dem Schließmuskel. Diagnose: Zweigläserprobe. Bei Urethritis anterior ist nur die erste Harnportion trübe, bei Beteiligung der hinteren Harnröhre sind beide Harnportionen trübe. – Weitere Symptome: schmerzhafte Erektionen, Harndrang (Pollakisurie), Blutung am Ende der Miktion.

Chronische GO: tagsüber kein Ausfluß. Morgens ist die Harnröhrenöffnung verklebt oder es erscheint auf Druck der „Bon-jour-Tropfen“. Der Morgenurin enthält Fäden aus Schleim, Epithelien, Leukozyten evtl. auch Gk. Die Abgrenzung vom postgonorrhoischen Katarrh ist nur durch wiederholte Untersuchung (auch der Fäden) möglich.

Seltene Komplikationen:

Epididymitis tritt meist mit hohem Fieber und sehr schmerzhafter Anschwellung des Nebenhodens auf. Kann bei Doppelseitigkeit zur Sterilität führen. DD: Epididymitis durch Staphylokokken, Streptokokken, Viren; auch hämatogen bei Pneumonie, Typhus, Grippe.

Lymphangitis: schmerzhafte Schwellung des dorsalen Lymphstranges und der Leistenlymphknoten.

Postgonorrhoischer Katarrh entsteht durch Pathogenwerden saprophytärer penicillin-resistenter Keime (s. Urethritis non gonorrhoica).

Prostatitis: Schmerzen und Austritt blutigen Eiters beim Stuhlgang, Vergrößerung, Druckempfindlichkeit der Prostata, evtl. Bildung von Abszessen, die sich in die Harnröhre, selten in das Rectum entleeren.

Spermatocystitis: schmerzhafte Pollutionen mit Blutbeimengung zum Ejakulat, Schmerzen in der Kreuzbeingegend, Samenbläschen als fingerdicke Stränge tastbar.

GO der Frau

1. Untere GO: symptomarm
2. Obere GO: symptomreich

1. Die GO befällt zunächst die Zervix (Rötung und Schwellung der Portio, grünlich-gelblicher Ausfluß) und die Urethra (evtl. Brennen beim Wasserlassen). Die *Scheide* wird *fast nie befallen* (nur beim Kind, bei der Schwangeren und der Greisin). Selten entsteht eine hühnereigroße, schmerzhafte Anschwellung der großen und kleinen Labien: *Bartholinischer Pseudoabszeß.*

2. Die Gonokokken erreichen über das Endometrium die Adnexe: Salpingitis, Perioophoritis, Tubo-ovarial-Abszesse mit hohem Fieber, kolikartigen Schmerzen. Bauchfellreizung. Spätfolgen können sein: *Sterilität*, *Tubargravidität.*

Die *Diagnose* ist wenn irgend möglich *durch Kulturverfahren* zu *bestätigen.*

Vulvovaginitis gonorrhoica infantum. Rötung und Schwellung der Vulva und der kleinen Labien. Eitriger Ausfluß aus der Vagina, die stets mit erkrankt, da ihr Epithel beim Kinde viel lockerer gefügt ist als bei der erwachsenen Frau. Meist auch Rektal-GO. Nur sehr selten wird das Endometrium befallen.

Die Infektion erfolgt meist durch Schlafen mit tripperkranken Erwachsenen oder durch gemeinsame Benutzung von Schwämmen und Handtüchern.

Bei eitriger Genitalerkrankung kleiner Mädchen immer nach GO fahnden!

DD: Vulvovaginitis durch Oxyuren, Trichomonaden, Candida albicans, Fremdkörper sowie nach Masern, Scharlach, Windpocken.

Liegt eine GO vor, so ist ein Vermerk über die Beschaffenheit des Hymens in die Krankenpapiere einzutragen (Stuprum, gerichtliche Nachfrage!)

Ulcera gonorrhoica. Selten. Sie zeigen in der Regel ausgezackte und unterminierte Ränder, sind schmierig belegt und schmerzhaft. *Sitz:* meist Genitale. *Dg:* durch Abstrich, Kultur und möglichst durch Gonokokkennachweis im Gewebe.

Extragenitale Komplikationen

Arthritis gonorrhoica. Befällt meist nur ein Gelenk (bes. Knie-, Fuß- und Handgelenk), ist sehr schmerzhaft und kann unbehandelt zur Versteifung führen. Diagnose durch Nachweis der Gonokokken an den Genitalien und evtl. durch Komplementbindungsreaktion, die hierbei im Gelenkpunktat fast immer positiv ist.

Gonokokken-Sepsis, benigne —. Meist bei Frauen. Fieberschübe, Arthralgien (meist mehrere große Gelenke befallen), oft schmerzhafte, bis linsengroße rote Papeln, Pusteln, Bläschen, Haemorrhagien mit hellrotem Hof, bes. an Palmae und Plantae. *Dg:* Kultureller Nachweis einer Urogenital-GO. GK-Nachweis im Pustelinhalt durch direkte Immunfluoreszenz. Positive Komplementbindungsreaktion.

Lit: R. Schröter et al., Z. Hautkr. **50,** 637/1975.

Gonorrhoische Sepsis mit Endokarditis. Zweifelhafte Prognose. Sehr selten.

Iritis gonorrhoica entsteht hämatogen. Sehr selten.

Ophthalmoblennorrhoe (Augentripper, Conjunctivitis gonorrhoica). Starke Lidschwellung, schwere eitrige Konjunktivitis, evtl. Hornhauteinschmelzung (bes. bei Erwachsenen), Panophthalmie. Zur Prophylaxe wird Neugeborenen 1 Tropfen Silbernitratlösung (1%) in jeden Konjunktivalsack geträufelt (Credé-Prophylaxe).

Perihepatitis acuta gonorrhoica. Nur bei Frauen. Fibrinöse Entzündung durch GK-Ansiedlung im subphrenischen Raum. Akuter Beginn mit Schmerzen im rechten Oberbauch und in der rechten Schulter. *Dg:* GK-Nachweis im Urogenitalsekret. **DD:** Cholezystitis u. a. Lit: R. AMMAN et al., Dtsch. med. Wschr. **96,** 15115 (1971).

Pharyngitis (Tonsillitis) *gonorrhoica* soll durch orogenitalen Kontakt entstehen und symptomarm verlaufen.

Rektal-GO. Bei Frauen häufig, auch bei homosexuellen Männern. Symptome: gering, evtl. Juckreiz und Eiterabsonderung. *Dg:* Mastdarmspülung mit Rücklaufkatheter, Flocken mit Platinöse entnehmen und auf Gk untersuchen.

Ther: Das Mittel der Wahl ist Penicillin. Nachlassende Penicillin-Empfindlichkeit der Erreger zwang zu immer höherer Dosierung, die eine evtl. gleichzeitig erworbene Syphilis kupieren, der Erkennung entziehen und u. U. auch heilen kann.

Drei i. m. Injektionen zu je 4 Mega E. eines Depot-Penicillin-Präparates (z. B. Megacillin forte, Hydracillin forte) in 1–2tägigen Abständen.

Eine Penicillininjektion (4 Mega E.) und gleichzeitig 1 g Probenecid (Benemid) per os; dieses verzögert die Penicillinausscheidung und bewirkt einen starken Anstieg des Penicillinserumspiegels.

Orale Einzeitbehandlung der akuten GO des Mannes: Ampicillin (z. B. Binotal) 3,5 g, gleichzeitig 1 g Benemid.

Arthritis gonorrhoica. 1 Injektion Megacillin forte tgl., 8 Tage lang. Zusätzlich anfangs etwa 40 mg Prednisolon tgl. Alkoholdunstverbände. Biersche Stauung. Nicht zu lange ruhigstellen. Kurzwelle, Massage.

Ophthalmoblennorrhoe. Säuglinge tgl. 0,4 Mega E., Erwachsene tgl. 4 Mega E. Penicillin 6 Tage lang. Äußerlich 3mal tgl. Leukomycin-Augensalbe o. ä.

Vulvovaginitis gonorrhoica infantum. 1 Mega E. Penicillin tgl. über 8 Tage. Lokal: Aureomycin-Salbe.

Bei *Penicillin-Unverträglichkeit:* Spectinomycin (Stanilo) beim Mann 1 i.m. Injektion von 2 g, bei Frauen 4 g (auf 2 Injektionsstellen verteilt). Beeinflußt eine gleichzeitig mit der GO erworbene Lues nicht.

Thiamphenicol (Urfamicina): 5 Kapseln zu 0,5 g oral unter Aufsicht des Arztes; 24 Std. später weitere 4 Kapseln. – Bei unzuverlässigen Kranken können alle 9 Kapseln auf einmal gegeben werden. Urfamicina soll nicht in den ersten 3 Schwangerschaftsmonaten verabreicht werden.

Ich bevorzuge *Stanilo* oder *Urfamicina*, da ich nach diesen Präparaten keine allergischen Reaktionen und kaum Versager gesehen habe.

Spiramycin (Selectomycin, Rovamycine) 3 g auf einmal unter Aufsicht des Arztes schlucken lassen. Bei GO der Frau besser 2 × 3 Kapseln tgl., 2–3 Tage lang.

Tetracycline z. B. Doxycyclin (Vibramycin) am 1. Tag 0,2 g dann am 2.–4. Behandlungstag 0,1 g tgl.

Gentamycin (Refobacin, Sulmycin) tgl. 80 mg i. m. 5 Tage lang.

Rifampicin 2mal 300 mg tgl. 3 Tage lang.

Co-Trimoxazol (z. B. Co-trim-Tablinen) 3mal 2 Tbl. tgl. 4 Tage lang.

Feststellung der Heilung:

1. Kein Fluor, keine Beschwerden mehr.
2. Bei Männern: 3 negative Abstriche innerhalb von 8 Tagen.
3. Bei Frauen: 3 negative Abstriche und nach oder während der nächsten Menstruation eine negative Kultur.
4. Nach 2–6 Monaten serologische Untersuchung auf Lues, da verschiedene Antibiotika den Ausbruch einer gleichzeitig erworbenen Syphilis verzögern können. Bei Titeranstieg der Lues-Serologie: Penicillinkur.

*

Granuloma anulare (Bild 31 nach S. 80). Derbe, meist ringförmig oder serpiginös, dicht aneinandergereihte, alabasterfarbene bis rötliche, häufig zentral eingedellte Knötchen. Die Herde neigen zu peripherer Ausbreitung. *Sitz:* bes. Hand- und Fußrücken bei Kindern.

Selten *erythematöse Form* (rote Flächen mit etwas erhabener Begrenzung), *generalisierte Form* (über das ganze Integument ausgestreute, mehr zur Aggregation als zur Ringbildung neigende Knötchen), *knotige Form* (knotige, derbe, subkutane von unveränderter Haut überzogene Herde), *punktierte Form* (über ausgedehnte Bezirke ausgestreute hautfarbene Papeln von 1–2 mm Durchmesser).

Ät. Path: Polyätiologie. Allergisch-rheumatische Reaktion? Gefäßveränderungen spielen pathogenetisch eine wichtige Rolle. Trat zuweilen während der Lupusbehandlung mit Vitamin D auf. Der generalisierten Form liegt bei älteren Kranken oft ein Diabetes mellitus zugrunde. **DD:** Erythema elevatum et diutinum, Nekrobiosis lipoidica, Noduli rheumatici, Sarkoidose.

Ther: Nach Probe-Exzision oft Schwinden der Herde. Abdeckung mit Heftpflasterverband. Unterspritzung mit Kortikoid-Kristallsuspension. Okklusivverband mit Jellin ultra oder Topsym. Kohlensäureschnee. Kromayer-Lampe. Bei ausgedehnten Formen innerlich Kortikoide oder INH. Evtl. Diabetes behandeln.

Auch Unterspritzungen mit Scandicain (0,5 %), heiße protrahierte Bäder und Massagen können versucht werden. Im übrigen therapeutische Zurückhaltung wegen der spontanen Rückbildungstendenz der harmlosen Veränderungen.

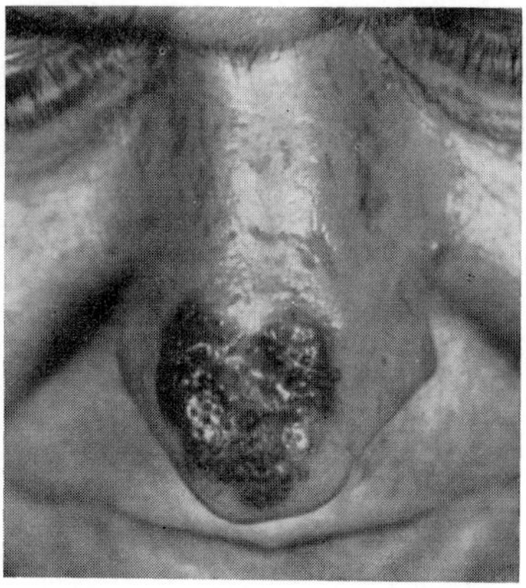

Abb. 41. Granuloma eosinophilicum faciei

Granuloma eosinophilicum faciei (Abb. 41). Braunrote, rundliche oder polyzyklische, flach erhabene, scharf begrenzte, oft multipel auftretende Herde mit erweiterten Follikeln (daher orangenschalenartiges Aussehen). Entstehung meist im 4.–5. Lebensjahrzehnt. *Sitz:* Gesicht bes. Schläfen und Wangen.

Ät. Path: offenbar reaktive, umschriebene Retikulogranulomatose der Haut. *Dg:* Histologie. **DD:** Lymphozytom, Sarkoidose, Lupus vulgaris, fixes Arzneiexanthem. **Ther:** Bei kleinen Herden Exzision. CO_2-Schnee. Intraläsionale Injektion von Kortikoid-Kristallsuspension. Kortikoid-Pflaster. Innerlich: Kortikoide, Resochin oder Versuch mit DADPS (Bayer) tgl. 1 Tbl., später 1/2 Tbl. – Röntgenbestrahlungen sind erfolglos.

Granuloma fissuratum auris seu nasi. Am Rand erhabene, in der Mitte eingesunkene oder ulzerierte, einem Basaliom sehr ähnliche Veränderung. *Sitz:* retroaurikuläre Falte bzw. Nasenwurzel neben dem Augenwinkel. *Ät. Path:* gutartige, reaktive, epidermale und dermale Hyperplasie infolge Druck durch Brillenbügel bzw. -steg. **Ther:** Anpassung der Brille.

Granuloma gangraenescens nasi. Selten. Verläuft in 3 Stadien: 1. blutig-eitriger Schnupfen, Ödem der Nase. 2. Ulzerationen der Nase mit Nekrosen. 3. Knochenzerstörungen: Perforation des Gaumens und Nasenseptums. Zerstörung der Nasennebenhöhlen. Tod (1/2–3 Jahre nach Erkrankungsbeginn) durch Arrosionsblutung, Meningitis, Sepsis oder Pneumonie.

Histologisch: unspezifische, granulierend-nekrotisierende Entzündung. – Selten Übergang in Retikulosarkom. **DD:** Tbc, Lues, gangräneszierendes Erysipel, Noma, Rotz, Rhinosklerom, vegetierende Pyodermie, Wegenersche Granulomatose (Variante der Periarteriitis nodosa), tumorförmiges eosinophiles Granulom der Haut.

Ther: Rö.-Therapie, Kortikoide, Zytostatika (Imurek), Bluttransfusionen, Vitamin B und C.

Granuloma glutaeale infantum. Bei Säuglingen auftretende, runde oder ovale, bis pflaumengroße, flach erhabene, blaurote, derbe Knoten mit vergrößerter Hautfelderung. *Sitz:* Gesäß, Oberschenkelbeugeseiten. Spontane Rückbildung in einigen Monaten. *Ät. Path:* Biowaschmittel? Weichspüler? Halogenierte Kortikoidexterna? **DD:** Lymphadenosis cutis benigna, Mastzellen-Tumoren.

Lit: P. ALTMEYER, Z. Hautkr. **48,** 621 (1973).

Ther: Pinseln mit 1%iger Gentianaviolettlösung. Candio-Hermal Paste. Ampho-Moronal Creme.

Granuloma pediculatum (– teleangiectaticum, – pyogenicum, Botryomykom, Stielknollen). Linsen- bis kirschgroße, weiche, leicht blutende, *pilzförmige,* dunkelrote, *hämangiomartige Neubildung* (Abb. 42). Das Epithel fehlt auf der Oberfläche; es umwächst den Tumor kragenartig (Collerette). Oft 1–3 Wochen nach Verletzungen. Sitz: bes. Hände, Lippen, Mundschleimhaut.

DD: malignes Melanom.

Ther: Exzision oder Entfernung mit elektrischer Schlinge. Der Stiel muß bis ins Unterhautfettgewebe entfernt wer-

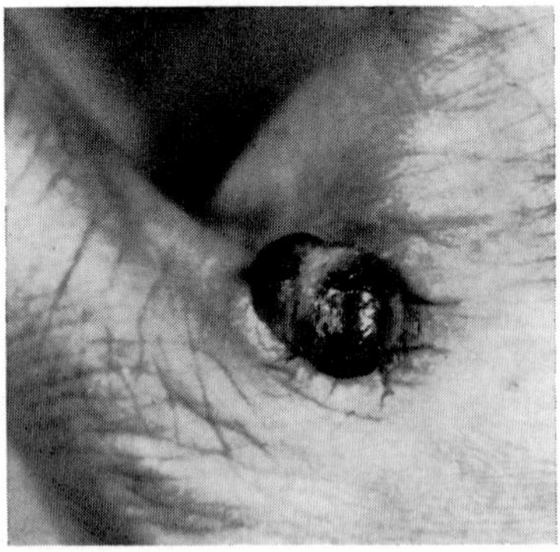

Abb. 42. Granuloma pediculatum an der Hand

den, sonst Rückfall. Auch Röntgenstrahlen (1000 R) führen zur Rückbildung.

Selten entstehen nach Exzision des Tumors in der Umgebung der Operationsnarbe kleine (benigne!) Satelliten. Lit: R. J. COSKEY et al., Arch. Dermatol. **96,** 71 (1967).

Granuloma venereum (Donovanosis). Chronisch verlaufende Geschlechtskrankheit in warmen Ländern. Erreger: Donovania granulomatis. Inkubation: 8–14 Tage. Zerfallende Geschwüre und üppige Granulationen, die schwere Verstümmelungen hinterlassen. *Sitz:* Geschlechtsteile, Leistenbeuge, Damm, Mastdarm. *Dg:* Erregernachweis. **DD:** Lues, Ulcus molle, Frambösie, Leishmaniose, Tbc, Lymphogranuloma inguinale. **Ther:** Tetracycline 2 g tgl., 10–28 Tage lang je nach Ausdehnung des Prozesses. Streptomycin 1–2 g tgl., 5–20 Tage lang. Auch Chloramphenicol ist wirksam. Lokal Ätzung mit Phenol. liquef. Sorgfältige Nachkontrolle, da häufig Rezidive.

Granulomatosis (tuberculoides) pseudoslerodermiformis symmetrica chronica Gottron = Granulomatosis disciformis chronica et progressiva Miescher: s. Nekrobiosis lipoidica.

Granulosis rubra nasi (Schwitznase). Blaurötliche Nase mit stecknadelkopfgroßen, hellroten Knötchen und Schweißperlen bei Kindern. In der Pubertät meist Spontanheilung. *Ät. Path:* Vasoneurose auf konstitutioneller Grundlage? Erbgang nicht geklärt. **Ther:** Schälung mit Quarzlampe, 10%ige Ichthyoltrockenpinselung. Betupfen mit 2%igem Resorcinspiritus. CO_2-Aceton-Schnee. Bellergal.

Grinspan-Syndrom. Erosiver Lichen planus der Mundschleimhaut, Diabetes mellitus, Hypertonus. **Ther:** Behandlung des Diabetes bessert auch den Lichen planus.

Grippe-Exantheme sind bei Kindern häufiger als bei Erwachsenen, entstehen am 1. Krankheitstag, sind skarlatiniform oder morbilliform, bleiben 1–2 Tage bestehen. Purpura ist ein ungünstiges Zeichen. *Enantheme:* stecknadelkopfgroße Bläschen am vorderen Gaumenbogen und am weichen Gaumen, flohstichartige Petechien bes. an der Wangenschleimhaut, kleine gelblich-weiße Flecken (Grippepünktchen) an der Wangenschleimhaut, am Übergang vom Lippenrot zur Lippenschleimhaut.

Gynäkomastie. Weibliche Brustbildung beim Manne. *Ät:* physiologisch in der Pubertät (die Pubertätsgynäkomastie bildet sich meist spontan zurück), bei Intersexualität (z. B. Klinefelter-Syndrom), östrogenbildende Tumoren der Nebenniere und Hoden, Akromegalie, Hyper- und Hypothyreose, Lebercirrhose, Medikamente (Östrogene, Testosteron, Choriongonadotropin, Digitalis, Meprobamat, Reserpin, Spironolacton, Alpha-methyldopa, Phenothiazin). **DD:** Fibroadenom (meist einseitig). **Ther:** Grundleiden behandeln. Evtl. Operation. Versuch mit Mesterolon (Proviron 30 mg tgl.), das nicht wie Testosteron in Östrogene konvertiert wird.

Haargranulome. Bei Friseuren gelangen Haare beim Waschen, Massieren usw. infolge Mazeration in die Haut bes. zwischen den 2. und 3. Zwischenfingerraum und bilden interdigitale Granulome und Fisteln. **Ther:** Exzision.

HAARVERÄNDERUNGEN

Bajonetthaare. Nach einer dünnen, fadenförmigen Spitze folgt eine (selten zwei) stark pigmentierte spindelförmige Verdickung, dann kommt ein längerer Hals und erst dann der normale Haarschaft. Das Haar ist meist mehrfach gebogen und teils rechtwinklig, teils stumpfwinklig geknickt. Offensichtlich verkümmerte Haare bei geschwächtem Haarwuchs. Kommt auf jeder menschlichen Kopfhaut vor.

Canities. Ergrauen im Alter durch Pigmentschwund in den Haaren; kann vorzeitig auftreten bei Anaemia perniciosa, Chloroquindiphosphat-Einnahme, Basedow, Cushing, Louis-Bar-Syndrom, Progerie, Sideropenie. **Ther:** bei Fehlen eines Grundleidens Versuch mit Vitamin-B-Komplex, Bepanthen Tbl. Auch p-Aminobenzoesäure, enthalten in Pantogar-Dragees, führt zur Haardunkelung.

Kraushaarnaevus (Wollhaarnaevus). Sehr seltene, angeborene, umschriebene Kräuselhaarbildung des Kopfhaares. Die gekräuselten Haare sind etwas dünner und heller als die umgebenden normalen Haare.

Monilethrix (Aplasia pilorum intermittens, Spindelhaare). Unregelmäßig dominant erblich. Beginnt meist im 1. Lebensjahr. Die Haare zeigen in Abständen von 0,5–1 mm abwechselnd Anschwellungen und Einschnürungen. Sie brechen ab, der Kopf ist fast kahl und mit follikulären Hornkegeln bedeckt. – Gleichzeitig zuweilen Nagel- und Zahnanomalien sowie Debilität. **Ther:** UV-Bestrahlungen. Vitamin A in hohen Dosen.

Pili anulati (Ringelhaare). Längs angeordnete, etwa 2 mm lange, dunkle und – offenbar infolge abnormen Luftgehaltes im Markkanal – helle Ringe wechseln miteinander ab.

Pili bifurcati. Gabelung des Haarschaftes in unregelmäßigen Abständen.

Lit: P. E. Weary et al., Arch. Dermatol. **108**, 403 (1973).

Pili recurvati (incarnati). Die Spitzen der Barthaare treten nicht frei an die Oberfläche, sondern schieben sich tangential in die Hornschicht. Es entstehen kleine Papeln, die beim Rasieren abgeschnitten werden und bluten. **Ther:** elektrisch und nicht zu stark rasieren. Keratolytische Mittel. Evtl. Röntgentherapie. Versuch mit regelmäßigem Epilieren.

Poliosis circumscripta. Herdförmiges Ergrauen der Haare. Angeboren oder erworben bei Vitiligo u. Alopecia areata (Haare wachsen zunächst unpigmentiert nach).

Rollhaare. Durch abnorme Verhornung der Follikelmündung wird das wachsende Haar an seinem Austritt aus dem Haarbalg gehindert, rollt sich auf und bildet durch die Hornschicht hindurchschimmernde kleine Haarringe oder sog. Rollhaarzysten.

Trichokinesis (Pili torti). Bandartige Abflachung und Drehung in Abständen von 5–12 mm. Die gedrehten Haare glänzen bei Sonnenbestrahlung, erscheinen kraus und brechen leicht ab. Tritt kongenital oder posttraumatisch auf.

Abb. 43.

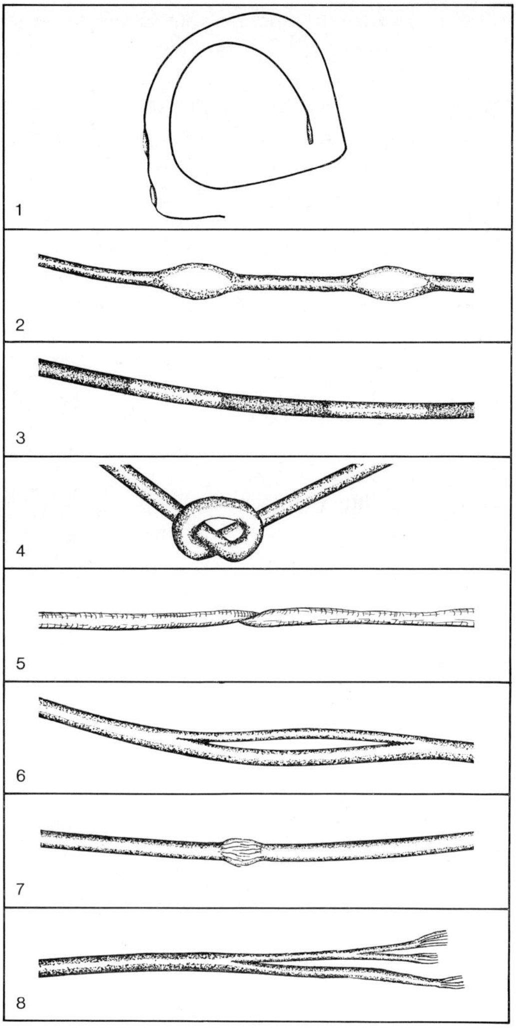

Bajonetthaare

Monilethrix

Pili anulati

Trichonodosis

Trichokinesis

Pili bifurcati

Trichorrhexis nodosa

Trichoptilosis

Trichoklasie. Queres Abbrechen des Haarschaftes. *Ät:* idiopathisch oder chemische oder mechanische Traumatisierung.

Trichomalazie. Erhöhte Weichheit der Haare bes. bei Kindern. Bis handtellergroße, unscharf begrenzte Stellen mit schütterem Haarwuchs auf dem behaarten Kopf. *Ät. Path:* Entsteht wahrscheinlich durch Zupfen und Zerren.

Trichonodosis. Bildung von Schlingen und Doppelschlingen am Haare, meist zusammen mit Trichoschisis und Trichorrhexis nodosa. *Sitz:* bes. Kopf- und Schamhaare. *Ät. Path:* Zerren, Kratzen (z. B. bei juckenden Dermatosen), Massieren, längere starke Windexposition.

Trichorrhexis invaginata s. Netherton-Syndrom.

Trichorrhexis nodosa (Haarbrechen). An Kopf- und Barthaaren entstehen pinselartige Aufsplitterungen, die aussehen wie hellgraue Knötchen, an Nissen erinnernd. *Ät:* zu häufiges Waschen und Bürsten, vielleicht auch idiopathisch. **Ther:** Einfetten. Brillantinen.

Trichoschisis (Trichoptilosis). Pinselförmige Auffaserung und Längsspaltung des Haares. *Ät:* mechanische und chemische Traumatisierung. **Ther:** Ausschaltung der Noxe, Einfetten.

Trichostasis spinulosa (Pinselhaare, Thysanothrix). Follikuläre, komedoartige Bildungen. Untersucht man diese nach Expression mikroskopisch, so sieht man bis zu 60 dicht nebeneinanderliegende, dünne Kolbenhaare. *Sitz:* bes. Nase u. Stirn, meist bei älteren Menschen. *Ät. Path:* Überschießende Papillenaktivität und Retention der abgestorbenen Haare im hyperkeratotischen Follikel. **DD:** Komedo. Teerakne.

Ther: Epilieren mit Wachs. Entfernung mit Komedonenquetscher.

Vitamin-A-Säure-Lösung (0,05 %) tgl. auf die befallenen Partien aufbringen. Epilieren mit Klebstoffen, z. B. Cyanoacrylatpräparaten.

Lit: H. Goldschmidt et al., Hautarzt **26**, 299 (1975).

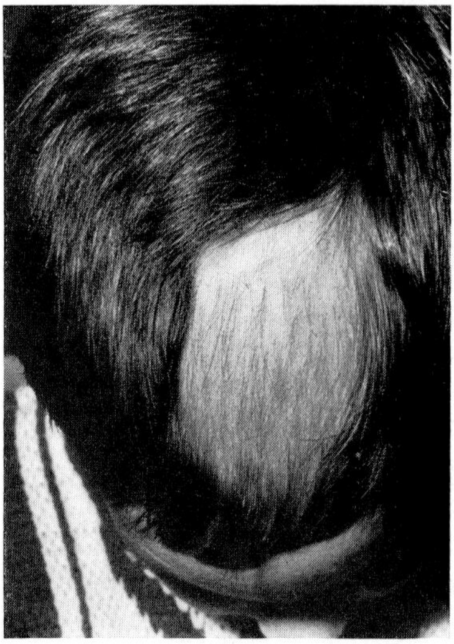

Abb. 44. Trichotillomanie

Trichotemnomanie. Zwanghaftes Abschneiden von Haaren bei Hypochondrie; bes. bei älteren Frauen mit Arteriosklerose. *Dg:* Trichogramm.

Trichotillomanie (Haarrupf-Tic). Hierbei werden die Haare an umschriebener Stelle vom Kranken selbst ausgerissen. Meist handelt es sich um Kinder, seltener um Erwachsene (Neurotiker u. a.). In einem Bezirk fehlen die langen Haare; kleine, unterschiedlich lange, neue Haare sind jedoch vorhanden. *Dg:* Trichogramm: im Herd vermindert Telogenhaare. Telogenes Haarwurzelmuster schließt eine T. aus [Lit: H. G. Meiers et al., Hautarzt **24**, 248 (1973)]. Histologie [Lit: A. H. Mehregan, Arch. Dermatol. **102**, 129 (1970)]. **Ther:** Rasieren der Kopfhaut. Schutzkappe. Psychotherapie.

*

Haber-Syndrom (familial rosacea-like dermatosis). In früher Jugend auftretendes Gesichtserythem mit Teleangiektasien und follikulären Knötchen. Grübchenförmige, horngefüllte Follikel an Stamm und Extremitäten. Lit: M. Seiji et al., Arch. Dermatol. **103,** 452 (1971).

Haemangioma. Gutartige Blutgefäßgeschwulst.

S. a. angeborene multilokuläre Hämangiomatose, Blue Rubber Bleb Nevus Syndrom, Hämangiom-Thrombopenie-Syndrom, Mafucci-Kast-Syndrom.

— plano-tuberosum (— cavernosum cutaneum, Blutschwamm). Häufigste Form. In den ersten Lebenstagen oder -wochen solitär oder multipel auftretende, bläulichrötliche, etwas über das Hautniveau erhabene, feinhöckerige, bei sehr oberflächlichem Sitz himbeerartig gefurchte Neubildung, deren Durchmesser in der Regel 4 cm nicht überschreitet (Bild 32, vor S. 81).

Meist spontane Rückbildung innerhalb von 2–5 Jahren.

Weißgraue Narbenzüge an der Oberfläche sind das erste Zeichen einer Rückbildung. *Sitz:* bes. Gesicht, Rumpf. **DD:** Naevus flammeus (bei der Geburt vorhandene, flache Blutgefäßektasie, keine Geschwulst).

— tubero-nodosum (— cavernosum cutaneum et subcutaneum, Blutschwamm). Entsteht im ersten Lebensmonat, sitzt in der Kutis und Subkutis. Kugelig prominenter, eindrückbarer, dunkel- bis blauroter Tumor (Abb. 45).

— subcutaneum. Bläulich durch die Oberhaut schimmernder, oft eindrückbarer, wenig prominenter Tumor. Spontanheilung unsicher.

Sehr selten treten nicht nur in der Haut sondern auch in den inneren Organen kavernöse Hämangiome auf: multilokuläre Hämangiomatose. Die Kinder sterben meist im 1. Lebensjahr.

Ther:

In der Regel zurückhaltend, wegen spontaner Rückbildungstendenz.

Kryotherapie nur bei oberflächlichem H. CO_2-Schnee anfangs 4–6 Sek. (später evtl. länger) oder Pinseln mit flüssigem Stickstoff (20–60 Sek.). Nach Abklingen der blasigen Reaktion evtl. erneute Behandlung. Vorsicht im Bereich der Fontanellen.

Bei sehr kleinem H. frühzeitig *Kauterisatio*, um späterem Wachstum vorzubeugen. *Exzision* bes. bei subkutanem H., das strahlenresistent ist oder über Knochenwachstumszonen liegt. Injektionen *sklerosierender* Lösungen bei kleinem H.

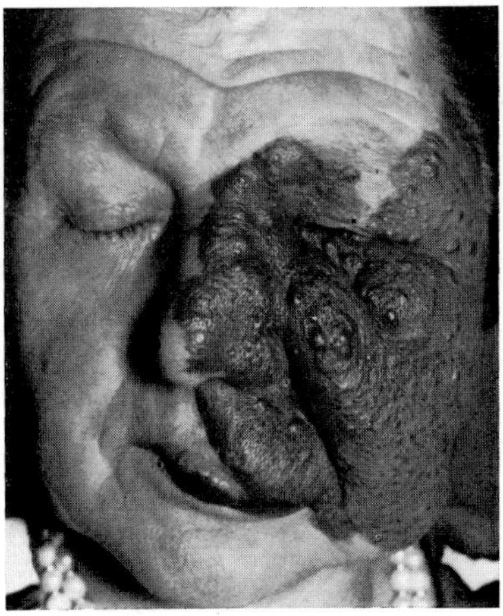

Abb. 45. Hämangiom

Bei starker Wachstumstendenz evtl. *Röntgenstrahlen* (frühestens ab 10. Lebenswoche). Hämangiome von kurzer Bestandsdauer (bis zu 6 Monaten) sprechen besser an als länger bestehende. 200–300 R im Abstand von 4 Wochen, höchstens 5mal wiederholen. Bestrahlung ist kontraindiziert bei Sitz über: Knochenwachstumszonen, Schilddrüse, Gonaden, offenen Fontanellen, Brust bei Mädchen.

Betastrahler (Strontium 90. Yttrium 90) bei oberflächlichem H.

Versuch mit halogenierten *Kortikoid-Externa* unter Okklusionsbedingung bei sehr ausgedehntem, oberflächlichem Hämangiom z. B. an einer Extremität.

Intraläsionale Injektion von *Volon A* 10 *Kristallsuspension* bei H. bis Bohnengröße.

Ausnahmsweise bei raschem, aggressivem Wachstum, bei Bedrohung wichtiger Organe (Auge), Behinderung von Atmung und Nahrungsaufnahme *Kortikoide innerlich* z. B. 2–3 mg Prednisolon pro kg Körpergewicht tgl. über Wochen und Monate unter langsamer Reduzierung der Dosis.

Haemangioma racemosum (Rankenangiom). Konvolut von erweiterten, verdickten Arterien u. Venen. Eig. kongenitale arterio-venöse Fisteln. **Ther:** Operation.

— senile (taches rubis, points rubis). Fast bei allen Menschen multipel auftretende, rundliche, purpurrote, völlig gutartige Gefäßgeschwülste von 1–3 mm, selten bis 10 mm Durchmesser. Die Bezeichnung „senil" ist nicht ganz zutreffend, weil sich die Tumoren oft schon bei Zwanzigjährigen finden. *Sitz:* bes. Rumpf. An Handtellern und Fußsohlen kommen sie nicht vor. – Das sog. senile H. der Lippen (Bild 33 vor S. 81) ist kein Tumor, sondern eine umschriebene Gefäßektasie. **Ther:** Elektrokoagulation. An den Lippen Verödung (z. B. mit 1 Tropfen 2%igem Aethoxysklerol).

Hagelkorn (Chalazion). Schmerzlose, kugelige Vorwölbung im Bereich der Lidhaut. Diese ist meist nicht entzündet. Es entsteht durch Sekretverhaltung einer Meibomschen Drüse. **Ther:** Versuch mit Scheroson F ophthalmicum, sonst Eröffnung von der Bindehautseite und Auskratzen des Granulationgewebes.

Halsfistein. *Lateral* entstehen sie aus Resten des Ductus thymopharyngeus. Sie münden am inneren Kopfnickerrand nach außen. *Median* entstehen sie aus Resten des Ductus thyreoglossus. Sie münden in der Mitte dicht oberhalb des Schildknorpels. Die Haut in der Umgebung ist durch dauernde Sekretion entzündlich gerötet. **Ther:** Exzision des Fistelganges.

Hämangiom-Thrombopenie-Syndrom (Kasabach-Meritt-Syndrom). Sehr selten. Rasch wachsendes, seit Geburt oder seit den ersten Lebenswochen bestehendes kavernöses *Riesenhämangiom* (oder auch multiple Hämangiome) und hochgradige *Thrombozytopenie*, die offenbar durch Zerstörung der Blutplättchen in dem Hämangiom bedingt ist und zur Purpura führt. **Ther:** Beseitigung des Hämangioms (s. d.), gleichzeitig Kortikoide zur Beeinflussung der Thrombopenie.

Hämangiomatose, angeborene multilokuläre —. Selten. Multiple Hämangiome an der Haut und an anderen Organen. Progredienter Verlauf mit zunehmender Dystrophie und Tod innerhalb der ersten 9 Lebensmonate, aber auch spontane Rückbildung möglich. **Ther:** evtl. Versuch mit Kortikoidgaben.

Hämangiopericytom. Sehr selten. Meist solitärer Gefäßtumor mit oft raschem Wachstum und Neigung zur Metastasierung. Entsteht durch neoplastische Proliferation aller am Perithelaufbau beteiligten Adventitiazellen. *Sitz:* Kutan-subkutan bes. Extremitäten, Kopf. **Ther:** Exzision weit im Gesunden.

Hämochromatose (Bronzediabetes). Eisenspeicherkrankheit. Leber- und Pankreaszirrhose, Diabetes mellitus, bronzeartige Hautverfärbung infolge Eisenablagerung, Hodenatrophie, Impotentia coeundi, Androtropie. – *Dg:* erhöhtes Serumeisen, Eisenablagerung in Haut (Biopsie), Leber, Knochenmark. **Ther:** Verminderung der Eisendepots durch Aderlässe und Desferal. Leber- und Pankreaszirrhose behandeln.

Hämophilie. Man unterscheidet *Hämophilie A* (klassische H. bei Faktor-VIII-Mangel) und *Hämophilie B* (Cristmas disease bei Faktor-IX-Mangel). Sie sind rezessiv erblich; nur männliche Individuen erkranken. Nach Verletzungen entstehen Blutungen in die Haut, Schleimhäute, Muskeln, Gelenke, innere Organe (z. B. Nieren). Erscheinungsfreie Intervalle kommen vor und werden mit zunehmendem Alter länger. Lebenserwartung herabgesetzt. – *Hämophilie C* (Faktor-XI-Mangel). Dominant erblich, nicht geschlechtsgebunden. Oft abortiver Verlauf. **Ther:** Vermeidung unnötiger Traumatisierung. Auf blutende Stellen Thrombinlösung, dann Kompressionsverband. Substitution des fehlenden Faktors. Antihämophiles Kryopräzipitat (bei H. A), Prothrombinkonzentrat (bei (H. B).

HÄMORRHOIDALLEIDEN

Hierbei können folgende Symptomeauftreten:

Analekzem. Ursächlich kommen (abgesehen von Hämorrhoiden) in Betracht: Oxyuren, Prostata-Adenom, Kontaktallergie, Diabetes mellitus, Analfalten u. a. **Ther:** Ursache beseitigen. Verödung. Kortikoid-Externa. Analtoilette (s. u.).

Analfalten (Marisquen) sind oft Restzustand einer perianalen Thrombose. Sie füllen sich – zum Unterschied von Hämorrhoiden – bei Betätigung der Bauchpresse nicht. Sie fördern die Entstehung von Analpruritus und Ekzem. **Ther:** Evtl. Entfernung mit elektrischer Schlinge.

Analfissur. Bis auf den M. sphincter internus reichender Riß der Analschleimhaut. *Sitz:* meist dorsale Kommissur (6-Uhr-Steinschnittlage), selten ventrale. Distal von der Analfissur findet sich oft eine ödematöse Vorpostenfalte, kranial eine hypertrophe Analpapille. *Symptome:* Schmerz, Sphinkterkrampf (meist geringe Blutung).

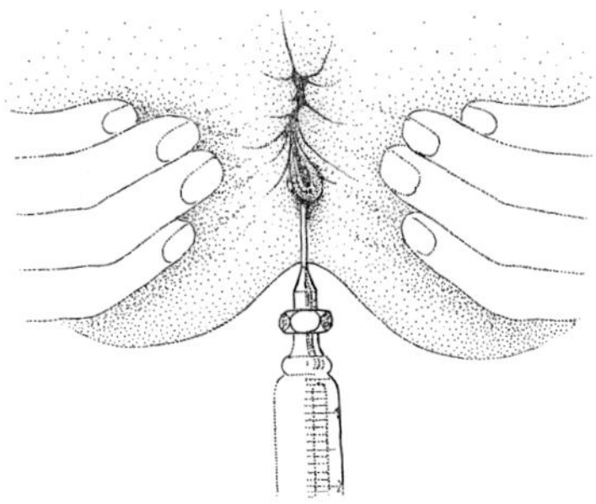

Abb. 46. Unterspritzung einer Analfissur mit einem Lokalanästhetikum

Mit dem Stuhlgang beginnende und lang anhaltende Schmerzen sprechen für Analfissur.

Akute Fissur: länglich ovales Geschwür. *Chronische Fissur:* hat verdickte, oft unterminierte Ränder und einen weißlichen Grund.

Ät. Path: meist Folge einer subkutanen, infizierten Thrombose. Innere Hämorrhoiden fördern die Entstehung einer Fissur. **DD:** luischer Primäraffekt (schmerzt nicht), Fisteln bei Morbus Crohn, Colitis ulcerosa.

Ther: Vor der Untersuchung wegen der Schmerzhaftigkeit unter die Fissur 2–3ml Scandicainlösung (1%) injizieren.

1. Alleinige Unterspritzung mit einem Lokalanästhetikum genügt oft zur Heilung. Oberflächliche Fissuren mit Albothyl Konzentrat touchieren.
2. Flache Unterspritzung mit 2 ml Scandicain (1%), dann in den Fissurgrund in einem Winkel von 45° 1–2 mm tief 1 Tropfen Sklerosierungslösung injizieren.
3. Vorsichtige Sphinkterdehnung in i. v. Kurznarkose zunächst mit 2, dann mit 4 Fingern.

Subakute Fissur: haben Schmerzen und Sphinkterkrampf nachgelassen, so soll der Kranke 1–2mal tgl. unter ständigem Drehen einen mit Salben (im Wechsel z. B. Albothyl-Gel, Ichthoseptal-Creme, Refobacin-Creme) bestrichenen Analdehner bis zum Rand in den Anus einführen.

Chronische Fissur: Lokalanästhesie, Exzision der Fissur einschließlich der kranialen Analpapille und der kaudalen Vorpostenfalte.

Lit: W. Roschke, Z. Hautkr. **50,** 325 (1975).

Analfissuroid. Klinisch akute Fissur meist in 6 h Steinschnittlage, aber ohne Schmerzen, ohne Sphinkterkrampf. **Ther:** Analdehner (s. o.).

Analfistel. Chronisch eiternder röhrenförmiger Gang, der oft nach einem periproktalen Abszeß entsteht. Die inkomplette Analfistel hat eine innere oder äußere Öffnung, die komplette hat eine innere und äußere Öffnung. Man unterscheidet: *Intersphinktere F.* (Abb. 47) liegt zwischen dem M. sphincter ani internus et externus. *Transsphinktere F.* verläuft von der Linea dentata durch den M. sphincter internus et externus. *Extrasphinktere F.* verläuft von der perianalen Haut bis ins Rektum. Sie durchbohrt den M. levator ani.

Dg: Eiterabsonderung (spontan oder auf Druck), Schmerzen etwa 20 Min. nach dem Stuhlgang, rezidivierende periproktale Abszesse. Aufsuchen der inneren Öffnung mit einer Hakensonde. **DD:** Enteritis regionalis Crohn, Colitis ulcerosa, Aktinomykose. **Ther:** erstes Ziel ist die Umwandlung einer inkompletten Fistel in eine komplette. Bei inkompletter intersphinkterer Fistel mit Sonde ins Darmlumen perforieren und Gang mit Kauter eröffnen. – Bei kompletter transsphinkterer Fistel mit einer Ösensonde Perlonfaden durch die Fistel ziehen, vor der äußeren Öffnung verknoten. Faden am Gesäß mit Leukoplast so befestigen, daß ein geringer Zug auf den Faden ausgeübt wird. Nach Wochen oder Monaten durchtrennt der Faden die Muskelfasern, ohne daß eine Inkontinenz entsteht. – Ist das Fisteldach dünn, so ist eine Spaltung angezeigt.

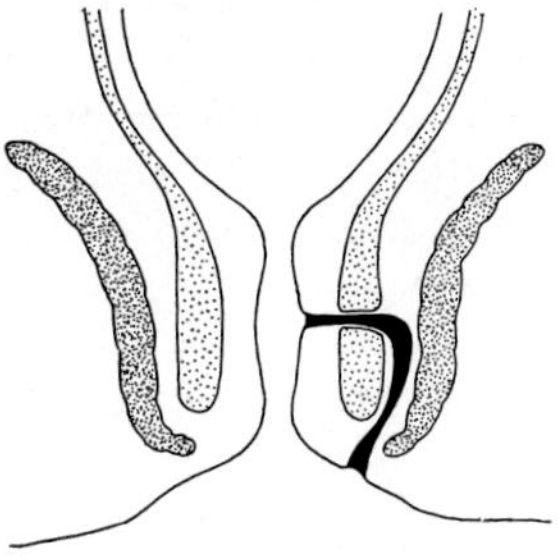

Abb. 47a. Intersphinktere Fistel

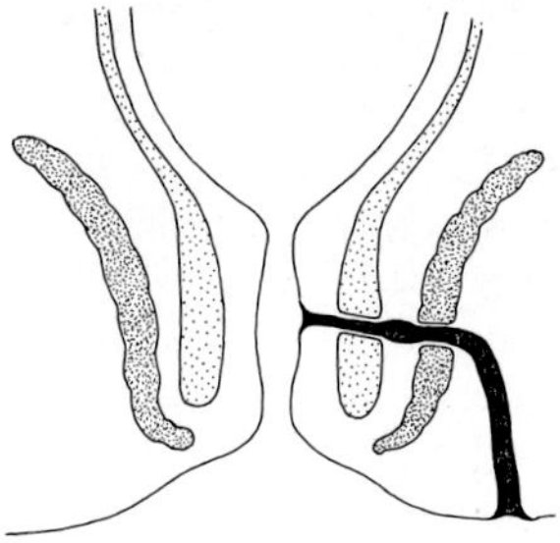

Abb. 47b. Transphinktere Fistel

Analprolaps tritt anfangs nur bei starkem Pressen auf, später bei jeder Defäkation, schließlich bleibt er dauernd bestehen. **Ther:** Reposition, Hämorrhoidenverödung. Sind keine Hämorrhoiden vorhanden, dann Schleimhaut in der Umgebung durch Injektion eines Sklerosierungsmittels fixieren. Nach der ersten Sitzung Redreßverband für 24 Std.: eingefettetes zylindrisches Polster aus Mull und Zellstoff in den Anus einführen. Um ein Herausrutschen zu verhindern, Polster über den Anus legen und mit Heftpflaster kreuzweise fixieren.

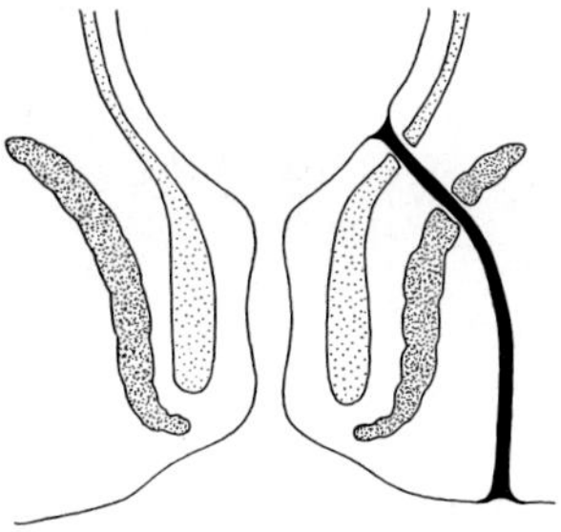

Abb. 47c. Extrasphinktere Fistel

Analpruritus (s. a. Pruritus ani). **Ther:** Hämorrhoidenverödung. Evtl. fächerförmige Injektionen von Volon-A-10-Kristallsuspension mit Scandicain.

Analrhagaden. Oberflächliche, strichförmige, meist radiär zum Anus verlaufende, oft schmerzende Epitheldefekte. Nicht selten zusammen mit Analekzem, Mykose (Soorkultur!). **Ther:** Evtl. Grundkrankheit (z. B. Diabetes, Fistelleiden, Mykose) behandeln. Sorgfältige Analtoilette nach dem Stuhlgang. Keine Abführmittel. Vorsichtiges Ätzen mit dem Argentumstift. Pinselung mit Sol. Castellani oder 1%iger Sol. Pyoktanini. Sitzbäder mit Eichenrinde, Tannosynt, Kal. permanganat-Lösung. Einlage eines Leinenläppchens.

Kryptitis. Entzündung der Morgagni-Krypten. Schmerzen während der Defäkation. Druckdolente, muldenförmige Vertiefungen, bes. der dorsalen Darmabschnitte. Im Spreizspekulum gerötete, ödematöse (mit Hakensonde nachweisbare) Taschen. Oft entsteht dabei eine Papillitis mit geröteten, ödematösen Papillen. **Ther:** Mit vorn umgebogener Knopfkanüle Terracortril-Salbe einbringen. Sklerosierung der über den Krypten liegenden Hämorrhoidalknoten.

Melanosis recti. Schollenartige Pigmenteinlagerungen in die Darmschleimhaut nach langem Gebrauch von Laxantien. Harmlos.

Perianale Thrombose. Plötzlich auftretender, derber, oft sehr schmerzhafter Knoten am Analrand. Starkes Pressen beim Stuhl, Durchfall, Erkältung u. a. können die Entstehung auslösen. Nach 8–14 Tagen langsame Rückbildung, oft unter Hinterlassung einer schlaffen Analfalte. **Ther:** Am 1.–4. Tag Lokalanästhesie, radiäre Inzision, Koagulum auspressen. Zur Verhinderung eines Rezidives Austupfen der Wundhöhle mit Eisenchloridlösung. Antiphlogisticum (z. B. Tomanol).

Periproktaler Abszeß. Abszesse im Analbereich entstehen entweder durch thrombosierte und vereiterte Hämorrhoidalvenen oder durch Infektion einer Morgagnischen Krypte. **Ther:** Damit sich die Abszeßhöhle gut reinigen kann und kein Fistelleiden entsteht, muß eine klaffende, lange offen bleibende Wunde geschaffen werden: großer, bogenförmiger, zirkulärer Schnitt, Austasten der Wundhöhle, Einreißen etwa vorhandener Septen.

Proktalgia fugax. Im Abstand von Wochen bis Monaten, meist nachts auftretende, heftige, krampfartige, nur wenige Minuten dauernde Schmerzen in der Anal- und Rektumgegend. *Ät. Path:* Hämorrhoiden, nervale Faktoren u. a. **Ther:** Evtl. Hämorrhoiden-Verödung. Wärmeapplikation.

Proktitis und Rektitis sind oft Teilerscheinung einer anderen Erkrankung, z. B. Enteritis, Colitis ulcerosa, Lymphopathia venerea, Gonorrhoe. Symptome: Druck, Schmerzen im Anus und Rektum, Stuhldrang, Tenesmen, serös-eitrige oder blutige Sekretion. S. a. Kryptitis. **Ther:** bei unspezifischer Pr. Azulfidine-Suppositorien.

Hämorrhoiden sind variköse Erweiterungen des Enddarmes. Sie werden bei Betätigung der Bauchpresse größer oder überhaupt erst sichtbar.

—, äußere. Von äußerer Haut bedeckte, weiche, perianale „Knoten", die sich unter Fingerdruck entleeren. **DD:** perianale Thrombose (plötzlich entstehende, harte Knoten), Analfalten (füllen sich beim Pressen nicht).

—, innere. Wulstartige Schleimhautvorwölbungen im unteren Rektum. Sie prolabieren in das seitliche Fenster des Proktoskops und finden sich bei etwa 70% aller Erwachsenen. Beschwerden brauchen sie nicht zu machen. Man unterscheidet.

H. I. Grades: finden sich 5 cm oberhalb des Analringes, reichen nicht unter die Linea dentata, sind nicht zu tasten und bluten. Sie prolabieren in das seitliche Fenster des Proktoskopes.

H. II. Grades: treten beim Pressen aus dem Analkanal.

H. III. Grades: bluten wegen Fibrosierung nicht, prolabieren evtl. bei aufrechter Körperhaltung (Analprolaps).

Ät. Path: Hyperplasie des Corpus cavernosum recti(?). Sitzende Lebensweise, chronische Obstipation, Pressen beim Stuhlgang, intestinale Intoxikationen und Allergien, Prostata-Adenom, Gravidität, Leberzirrhose fördern die Entstehung. Erbliche Faktoren (Bindegewebsschwäche) spielen eine Rolle.

Fieberhafte Infekte, übermäßiger Gebrauch von Laxantien, häufiger Alkoholgenuß, reichliches, stark gewürztes Essen können die H. verschlimmern.

Ther: *Allgemeine Maßnahmen:* Analtoilette (Waschungen mit weichem Schwamm und kaltem Wasser post defaecationem), Stuhlregulierung durch Diät mit Obst, Gemüse, Vollkornbrot. Vermeidung von Laxantien und reizenden Substanzen (Kaffee, Alkohol, Gewürze). Schließmuskelübungen: willkürliche Kontraktion des Sphinkters für 5–10″, 50–150mal tgl.

Medikamente: Hämorrhoidal-Salben und Zäpfchen (z. B. Isochinol, Alcos-Anal) nur nach vorheriger Diagnosestellung. Kortikoidhaltige Hämorrhoidenmittel (Erboproct, Delmeson-Hämorrhoidal-Salbe u. Zäpfchen, Procto-Kaban, Steros-Anal, Ultraproct u. a.) lindern oft die Beschwerden, können aber bei kritikloser Anwendung Fissuren, Fisteln, Kryptitis verschlimmern.

Sklerosierung führt bei 95 % der Patienten zur Beschwerdefreiheit. Vor jeder Behandlung rektale Tastuntersuchung.

Bei Prostata-Adenom nicht bei 12 Uhr (Steinschnittlage) injizieren: Gefahr der Prostatitis u. Harnsperre.

H. in das Fenster des Proktoskops prolabieren lassen, submukös über und unter und in die Hämorrhoidalkonvolute an insgesamt 6–8 Stellen je 0,1 ml Sklerosierungsmittel (20 %ige Chininlösung oder 3 % Natriumtetradecylsulfat = Thrombovar oder Aethoxylsklerol forte 4 %) injizieren. In der Regel sind 5–10 Sitzungen erforderlich.

Eine Operation ist bei 5 % aller Kranken mit H. bes. bei starker Fibrosierung und Prolapsneigung der Knoten indiziert.

*

Hand-, Fuß-, Mundkrankheit. Erreger: Coxsackie-Virus Typ A 16 (auch A 5 und A 10). Inkubation 4–8 Tage. Meist erkranken Kinder unter 10 Jahren. Ovale oder eckige, 1–3 mm große, flache, weiße oder graue, von einem schmalen, roten Rand umgebene Bläschen an Händen (bes. Volae, Fingerseiten) und Füßen (bes. Fersen, Großzehen). Zuweilen papulöser Ausschlag an Nates und Oberschenkeln. Im Mund aphthöse Erscheinungen. Evtl. leichtes Fieber, Dyspepsie. Abheilung nach 1 Woche. **DD:** Maul- und Klauenseuche (nur selten auf Menschen übertragen, Fieber, Bläschen sind größer), Varizellen (kommen fast nie an Händen und Füßen vor). **Ther:** Mundschleimhaut: Volon-A-Haftsalbe. Herviros. Haut: Zinköl, Pyodron-Schüttelmixtur.

Handödem, chronisch traumatisches. Artefakt durch tägliches Beklopfen des Handrückens oder regelmäßige langdauernde Einschnürung des Unterarmes ohne Abdrosselung der arteriellen Blutzufuhr. Auf Schnürfurche achten. **DD:** Fraktur, Luxation von Handwurzelknochen, Sudeck-Atrophie.

Hartnup-Syndrom (Aminoazidurie). Pellagroide Hautveränderungen mit Bildung von Blasen an lichtexponierten Stellen, Kleinhirnataxie, Migräneanfälle u. a. *Ät. Path:* autosomal-rezessiv erblich. Störung des Tryptophanstoffwechsels und dadurch bedingter Mangel an Nikotinsäureamid. **DD:** Porphyria cutanea tarda. **Ther:** Vitamin B_6 in hohen Dosen. Lichtschutz.

Heberdensche Knoten. Schmerzlose Exostosen an den dorsalen und lateralen Anteilen der Endphalangealgelenke des 2.–5. Fingers. Oft symmetrisch angeordnet. *Ät. Path:* tritt meist bei Frauen im Klimakterium dominant vererbt auf. Mechanische und thermische Traumatisierung fördert die Entstehung. **DD:** Gichttophi sind auf der Unterlage verschieblich und weisen weißliche, durch die Haut schimmernde Uratablagerungen auf.

Hellzellenakanthom (Klarzellenakanthom, acanthome à cellules claires). Rundes bis ovales, bräunlich-rötliches, schuppendes, zuweilen nässendes oder leicht blutendes bis bohnengroßes derbes Knötchen. *Sitz:* bes. Beine. *Ät. Path:* reaktive Akanthose als Antwort auf einen chronisch-entzündlichen Prozeß? **Dg:** nur histologisch möglich: „Tumor“ aus – offenbar infolge Glykogenreichtums – hellen Stachelzellen. **Ther:** Exzision.

Hemiatrophia facialis progressiva idiopathica. Selten. Halbseitige Atrophie von Haut, Fettgewebe, Muskulatur und Knochen bes. im Versorgungsgebiet des N. trigeminus. Kennzeichnend ist die Asymmetrie des Gesichtes. Zuweilen auch Atrophie einer Zungenhälfte oder der Uvula. – Beginnt meist im 2. Lebensjahrzehnt zuweilen mit Neuralgien. Ursache unbekannt: **DD:** Sklerodermie (beginnt mit Ödem und Verhärtung). **Ther:** Plastische Operation.

Heroin-Sucht. Hieran ist bei folgenden Hauterscheinungen zu denken: Abszessen und Geschwüren bes. an Armen, Oberschenkeln, Brust infolge unsteriler Spritzen, Fingergangrän, chronischem Handödem durch obturierende Thrombophlebitis, Verbrennungen an den Fingern durch Zigaretten, wenn die Patienten „high“ sind. Zahlreiche hyperpigmentierte Injektionsspuren an Ellenbeugen, Unterarmen und Händen sowie Pruritus, Pigmentierung an lichtexponierten Stellen, Gelbsucht und Gynäkomastie weisen ebenfalls darauf hin.

Herpangina ZAHORSKY. Beginnt plötzlich mit hohem Fieber, mit stecknadelkopfgroßen, froschlaichartigen, kettenartig an Uvula und weichem Gaumen angeordneten Bläschen mit schmalem roten Hof. Abheilung in 3–5 Tagen. *Ät:* Coxsackie-A-Virus. Inkubationszeit etwa 4 Tage. Meist erkranken Kinder im Alter von 1–7 Jahren. **DD:** Stomatitis aphthosa. **Ther:** Antipyretika, Vitamin C, Bettruhe.

Herpes gestationis. Tritt meist in der 2. Hälfte der Schwangerschaft auf und bildet sich in der Regel innerhalb eines Monats nach der Entbindung zurück. Erscheinungen entsprechen dem Morbus Duhring. *Ät. Path:* Autosensibilisierung gegen Gestagene? Orale Kontrazeptiva können zu einem Rezidiv führen. **Ther:** Kortikoid-Lotio. Kortikoide innerlich.

Herpes-Sepsis der Neugeborenen. Übertragung erfolgt durch die Mutter (z. B. von einer Vulvovaginitis herpetica) oder durch Pflegepersonal mit Herpes simplex. Inkubationszeit 3–6 Tage. Herpes simplex der Haut, Stomatitis aphthosa, hohes Fieber, zerebrale Symptome; meist nach wenigen Tagen Tod durch Kreislaufkollaps. *Prophyl:* bei Herpes-Infektion der Mutter z. Zt. des Geburtstermins Gammaglobulin bei der Mutter und dann beim Neugeborenen.

Herpes simplex

Erreger: Herpes simplex-Virus. Es gibt 2 Stämme: Stamm 1 läßt sich von Haut und Mundschleimhaut, Stamm 2 vom Genitale isolieren. Das Virus ruft ferner hervor: Aphthoid Pospischill-Feyrter, Stomatitis aphthosa, Ekzema herpeticatum, Meningo-

Enzephalitis herpetica, herpetische Kerato-Konjunktivitis, Herpes-Sepsis der Neugeborenen.

Nach Abklingen des mütterlichen Antikörperschutzes erfolgt die Erstansteckung im 1.–5. Lebensjahr durch Schmier- oder Tröpfcheninfektion aus Herpesläsionen oder von „gesunden“ Dauerausscheidern. Sie hinterläßt im Gegensatz zum Zoster keine Immunität. Die *häufigen Rezidive* können folgendermaßen erklärt werden: zwischen dem im Epithel latent verbliebenen Virus und den Wirtszellen besteht ein Gleichgewicht. Wird dieses durch Fieber *(H. febrilis)*, Insolation *(H. solaris)*, Menstruation *(H. menstrualis)*, Magen-Darm-Störungen oder Traumen gestört, so entsteht der Rückfall.

Nach Juckreiz und Spannungsgefühl entstehen auf gerötetem Grund gruppierte Bläschen (Bild 34 vor S. 81), die zu Krusten eintrocknen, am Genitale zu polyzyklischen Erosionen führen. *Sitz:* meist Lippen (H. labialis) und Genitale (H. genitalis). **DD:** Lues (bei Sitz am Genitale), Zoster.

Ther: Zur schnellen Eintrocknung Phenolzinkpaste (Labiosan). *Virustatika: 5-Jod-2-desoxyuridin* (Virunguent, bei lokaler Irritation Virunguent P). *Tromantadin* (Viru-Merz-Serol), Vidarabin 3% Salbe.

Bei „in loco“ rezidivierendem Herpes Grenzstrahlen (100 R, 20 kV) oder Bestrahlungen mit Kromayer Lampe. Chloräthylvereisung (im Abstand von etwa 30 cm, 2–3mal aufsprühen). Evtl. Behandlung an zwei aufeinander folgenden Tagen wiederholen.

Herpesantigen: Lupidon H (bei H. am Stamm oder Kopf), Lupidon G (bei H. am Genitale oder an den Extremitäten). Behandlungsdauer etwa 1 Jahr. Bei Immunglobulin-Mangel (Immunelektrophorese) Beriglobin bzw. Gamma-A- oder Gamma-M-Konzentrat und Lupidon.

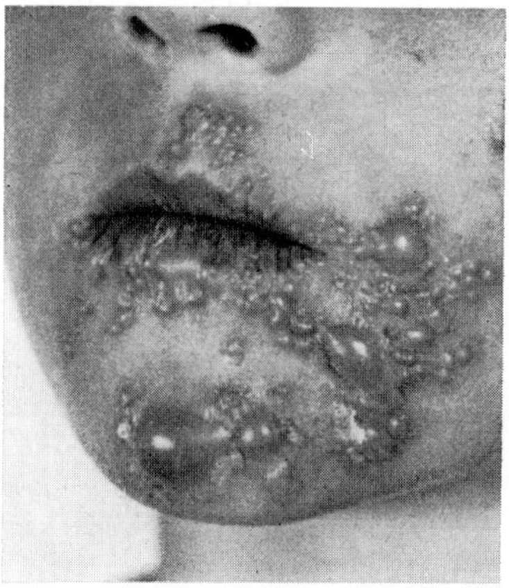

Abb. 48. Herpes simplex

Herpes tonsurans. Trichophytie (s. d.). Scheibenförmige, runde, scharf begrenzte, kleienförmig schuppende, zuweilen Bläschen und Pusteln aufweisende Herde mit abgebrochenen Haaren (kahle, tonsurartige Herde). Sitz: Capillitium. **Ther:** s. Trichophytie.

Hertoghesches Symptom. Ausfall der seitlichen Augenbrauen beim endogenen Ekzem, bei Hypothyreose u. a.

Hidroadenoma papilliferum. Adenom der apokrinen Schweißdrüsen. Rundlicher, derbelastischer, erbsgroßer, gutartiger Tumor. *Sitz:* bes. große Schamlippen und Damm bei Frauen. **Ther:** Exzision.

Hidroadenome (Syringome). Fehlbildungen der Schweißdrüsen (Schweißdrüsenfehlknötchen).

— der Unterlider. Bis reiskorngroße, meist multipel auftretende Knötchen bes. bei älteren Frauen. **DD:** Xanthelasma palpebrarum, Milien.

—, eruptive. Im 2.–3. Dezennium schubweise auftretende, linsengroße, gelbliche Papeln. *Sitz:* bes. Hals, Vorderseite des Stammes.

Ther: Exzision. Kaustik.

Hirsuties papillaris penis (Papillae coronae glandis). Reihenförmig angeordnete filiforme Exkreszenzen am hinteren Rand der Glans. Angeborene Anomalie.

Hirsutismus. Männliche Behaarung bei Frauen.

—, idiopathischer. Beruht offenbar auf vermehrter Androgenbildung in der Haut oder auf gesteigerter Empfindlichkeit der Haarfollikel gegenüber Androgenen.

—, symptomatischer. Tritt auf als Symptom bei Funktionsstörungen der Nebennierenrinden (Cushing-Syndrom, adrenogenitales Syndrom), der Ovarien (Stein-Leventhal-Syndrom), ferner nach Androgenbehandlung, bei Akromegalie, Enzephalitis.

Ther: Evtl. Grundleiden behandeln. Antiandrogene z. B. Eunomin. Eine stärkere antiandrogene bzw. antihirsute Wirkung hat Cyproteronacetat (Therapievorschlag Seite 7). Äußerlich bei borstigen Haaren Elektrokoagulation der einzelnen Follikel: Nadel in Wachstumsrichtung der Haare einführen, Strom geben. – Mit Pernatrol einseifen, dann mit Bimsstein polieren. – Mit 3–5%igem H_2O_2 tgl. betupfen. Enthaarungsmittel (Pilca, Veet usw.).

Histiozytom (Abb. 49). Derber, hautfarbener bis tiefbrauner, halbkugeliger, gutartiger Hauttumor, der Hämosiderin und Lipoide speichernde Histiozyten enthält. Bes. an den Beinen bei Frauen im 4.–5. Lebensjahrzehnt. **DD:** Fibrom, Xanthom, malignes Melanom (dieses ist weicher). **Ther:** Exzision.

Histiozytosis giganto-cellularis (multiple Retikulohistiozytome). Selten. Eruptive, derbe, bis erbsengroße braune bis lividrote Knötchen, die aus histiozytären und riesenzelligen Elementen bestehen. Zuweilen spontane Rückbildung. *Sitz:* bes. Handrücken, Fingerstreckseiten, Gesicht. *Ät. Path:* reaktive Granulome? Oft gleichzeitig mit destruierenden Gelenkprozessen bes. an Händen und Füßen. **DD:** Granuloma anulare, Xanthome, u. a. **Ther:** Versuch mit Kortikoiden. Evtl. INH.

Histiozytosis X. Hierzu werden drei zusammengehörende Krankheiten gerechnet:
1. Letterer-Siwesche Krankheit (Abb. 50). Tritt in den ersten 18 Lebensmonaten auf. Septisches Krankheitsbild mit Hepatosplenomegalie, Lymphknotenschwellungen, Knochendefekten, Otorrhoe, Anämie und ekzematoiden Hauterscheinungen (schuppen- und krustenbedeckte Papeln, Erytheme, Petechien, bes. am Stamm und den Extremitäten). Prognose infaust.

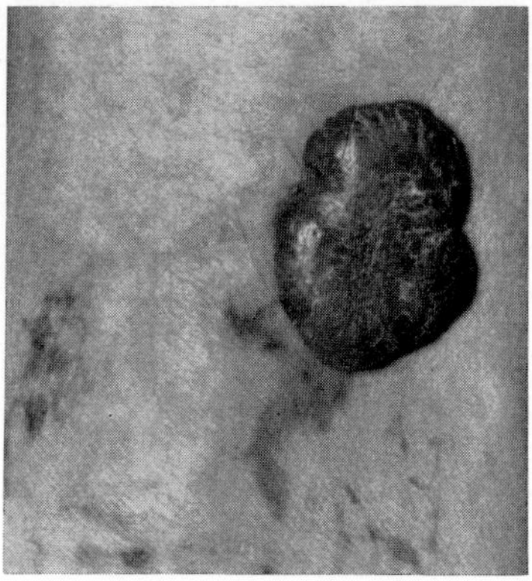

Abb. 49. Histiozytom

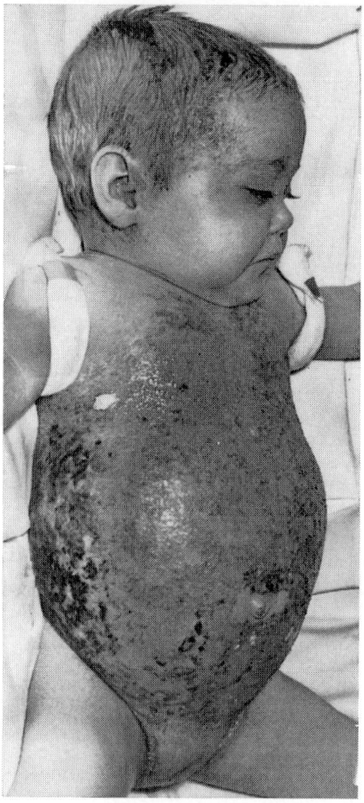

Abb. 50. *Letterer-Siwe*sche Krankheit, begann im Alter von 3 Monaten, vorübergehende Besserung nach 5 mg Prednisolon tgl., Tod im Alter von 19 Monaten

2. Hand-Schüller-Christiansche Krankheit. Beginnt in den ersten 6 Lebensjahren, verläuft chronisch und führt oft zum Tode. Knochendefekte, bes. am Schädel *(Landkartenschädel)*, *Exophthalmus*, *Diabetes insipidus*, nicht selten auch Hautveränderungen (Petechien, *ekzematoide Veränderungen* am Kopf und Stamm, Xanthome, Nagelveränderungen).

3. Eosinophile Granulomatose. Bes. bei Kindern und Jugendlichen. Knochendefekte (Auftreibung am Schädel). Zuweilen Hautveränderungen: seborrhoide Dermatitis am Kopf und Stamm sowie *ulzeröse Granulome*, bes. an *Vulva*, *Damm* und in den Axillen. Histologisch: retikulohistiozytäres, eosinophilenhaltiges Granulationsgewebe.

Ät. Path: Fermentschaden? Retikuloendotheliale Proliferation evtl. mit sekundärer Lipoideinlagerung.

Ther: Kortikoide, evtl. Methotrexat, Vinca-Alkaloide (Velbe). Antibiotika. Bei granulomatösen Hautveränderungen Röntgenstrahlen. Bei Knochenveränderungen Röntgenstrahlen oder Curettage der Herde.

Histoplasmose. Systemmykose. Erreger: Histoplasma (H.) capsulatum und H. duboisii. Kommt in den USA vor, selten in Europa. Es können u. a. auftreten: pneumonieartige Bilder, Durchfälle, an der Haut papulöse oder geschwürige, dem luischen PA gleichende Veränderungen. *Dg:* Erregernachweis, Kultur, Histoplasmin-Test. **Ther:** in schweren Fällen Amphotericin B.

Hitzemelanose (Cutis marmorata pigmentosa Buschke-Eichhorn, Pigmentatio reticularis calorica). Grobmaschige, netzförmige Braunfärbung der Haut nach Hitzeeinwirkung (Heizkissen, Heißluftkasten u. a.). Kommt im Gesicht und an den Händen nicht vor.

Hodentorsion. Akut einsetzende, in die Leiste ausstrahlende Schmerzen. Kein Fieber. Der hochsitzende Hoden schwillt an, das Skrotum zeigt einseitige ödematöse Schwellung und Rötung. Hochlagerung des Hodens bedeutet keine Schmerzlinderung wie bei entzündlichen Erkrankungen.

Bei akut einsetzenden Schmerzen des Hodens bes. im Pubertätsalter an Hodentorsion denken!

DD: Orchitis (bei Kindern nur nach Parotitis epidemica).

	Hodentorsion	akute Epididymitis
Auftreten:	meist zwischen dem 10. und 14. Lebensjahr	meist erst nach dem 18. Lebensjahr
Übelkeit:	häufig	fehlt
Temperaturen:	keine	hoch
Urinbefund:	—	Leukozyt- und Bakteriurie
Leukozytose:	fehlt	meist vorhanden
Schmerzerleichterung bei Anhebung des Hodens	nein	ja

Ther: umgehende operative Retorsion.

Hodentumoren. Sehr bösartig, befallen bes. 20- bis 40jährige. Man unterscheidet: Seminome, Terato-, Embryonalkarzinome, Chorionepitheliome. Derbe, meist schmerzlose Hodenschwellung, Gefühl der Schwere des Organs. **DD:** Epididymitis (meist schmerzhaft), Hydrozele (durchleuchtbar). **Ther:** Semikastration, Hochvoltbestrahlung, evtl. Lymphadenektomie, Zytostatika.

Holzbock (Ixodes ricinus), Hauterscheinungen durch – . Diese Zeckenart kommt in Wäldern vor, bohrt sich beim Kontakt in die Haut ein, saugt sich mit Blut voll und ragt als schwarzblaues, ovaläres Gebilde hervor. Durch Zeckenbiß kann ein Erythema chronicum migrans, vielleicht auch eine Lymphadenosis cutis benigna und eine Akrodermatitis chronica atrophicans übertragen werden. **Ther:** *Nicht abreißen*, da durch den zurückbleibenden Kopf *Granulome* entstehen können. Nach Auftragen von Vaseline, Öl, Benzin erstickt die Zecke und fällt ab. Rascher läßt sich die Zecke mit der „Schraubmethode" entfernen: Zecke zwischen Daumen und Zeigefinger möglichst weit vorne fassen, einen Zug ausüben, dann ruckartige Drehung in der Längsachse der Zecke um etwa 90°.

Hyalinosis cutis et mucosae (Lipoidproteinose Urbach-Wiethe). Sehr selten. Offenbar rezessiv erblich. Weißliche oder gelbe, derbe, bis linsengroße, zuweilen keratotische, oft juckende Papeln. *Sitz:* bes. Gesicht, Hals, Hände, Ellbogen, Mundschleimhaut, Kehlkopf (in der Kindheit auftretende Heiserkeit ist oft das erste Krankheitszeichen). *Ät. Path:* Austritt von Plasmaeiweißkörpern aus den Gefäßen ins Gewebe, wo sie ausgefällt werden und Hyalinisierung des Bindegewebes bewirken? **DD:** Morbus Pringle, Xanthome, Xanthomatose, Pseudoxanthoma elasticum, Amyloidosis cutis. **Ther:** Versuch mit Kortikoiden.

Hydrargyrosis cutis. Blaugraue Verfärbung der Gesichtshaut durch Quecksilberablagerung nach jahrelanger Anwendung Hg-haltiger Salben.

Hydroa vacciniforme. Seltene, bei Kindern vorkommende Lichtdermatose. Schubweise, nach stärkerer Besonnung bes. an lichtexponierten Stellen auftretende rote Flecken mit genabelten Bläschen und Pusteln, die varioliforme, eingesunkene Narben hinterlassen. Zur Zeit der Pubertät hören die Schübe meist auf. **DD:** Porphyrie. **Ther:** Lichtschutzmittel (z. B. Contralum). Versuch mit Antimalaria-Mitteln (z. B. Quensyl).

Hydrocele testis (Wasserbruch). Flüssigkeitsansammlung in der Tunica vaginalis. Prallelastische Geschwulst. Durchleuchtbarkeit mit Taschenlampe prüfen. **DD:** Leistenhernie, Hodentumor, Epididymitis. **Ther:** Punktion (Einstich vorn unten in schräger Richtung nach oben); häufig Rezidive. *Operation.*

Hyperhidrosis. Krankhaft vermehrte Schweißabsonderung, bes. an Händen, Füßen, Achselhöhlen, oft verbunden mit penetrantem Geruch *(Bromhidrosis)*. Reaktiv entstehen flächenhafte Hyperkeratosen an Fersen und Fußballen und u. U. eine livide Verfärbung der Fußsohlen. *Ät. Path: symptomatisch* bei Adipositas, Akromegalie, Arzneimittel-Verabreichung (Gruppe der Cholinergika, Kortikoide, Nikotin, Salizylsäure u. a.), Gicht, Hyperthyreose, Rheumatismus, Tbc. – *Idiopathisch.*

Ther: evtl. Grundkrankheit behandeln. Luftdurchlässige, schweißaufsaugende Kleidung, die häufig zu wechseln ist. Regelmäßige Körperwaschungen. Wechselbäder. Sauna. UV-Bestrahlung.

Adstringentien vermindern die Schweißsekretion durch Abdichtung und leichte Schrumpfung der Ausführungsgänge: Bäder mit Eichenrinde, Tannosynt, Tannolact, Walnußblättern, Kal. permang. (etwa 1:5000). Spiritus Formalini DRF zum Pinseln der Fußsohlen. Hexamethylenpräparate (setzen Formalin frei): Antihydral, Fontenal (Salbe, Puder, Spray), Aluminiumsalze: Ansudor-Lotio (-Puder). Hydonan (Aluminiumsalz und Anticholinergikum).

Innerlich werden empfohlen: Salbei als Tee oder als Salvysat, Kampfersäure (in Sweatosan), Agarizinsäure (in Ansudoral), Atropin (in Bellergal, Eukliman), Psychopharmaka (Valium, Limbatril).

Euphorbia oligoplex. 3mal 15 Tr. tgl. – Jaborandi-Pentarkan.

Grenzstrangblockade durch Symprocain (wirkt mehrere Wochen, ist aber wegen der notwendigen Doppelseitigkeit unangenehm) oder durch Operation (kann zu einer störenden Xerodermie führen).

Bei starker *Hyperhidrosis axillarum:* Operation. Schwitzenden Bezirk mit Filzschreiber kennzeichnen. Lokalanästhesie. Exzision eines ungefähr 7 × 2 cm großen, elliptischen Hautstückes von etwa 5 mm Dicke (Kutis + Subkutis). Naht.

Röntgenbestrahlung. Einzeldosis 100–400 r. Gesamtdosis 1000–1500 r. Behandlung beenden, sobald Besserung. Kann zu störender Xerodermie führen.

Iontophorese mit Leitungswasser ist dagegen harmlos und soll bei Hyperhidrosis manuum et pedum wirksam sein [F. Levit, Arch. Derm. **98,** 505 (1968)].

Hyperhidrosis manuum als typischer, mehr oder weniger obligater **Kaltwellschaden bei Friseuren.** Flächenhafte Schweißabsonderung, evtl. sogar mit Tropfenbildung. Finger und Handflächen können leicht geschwollen und gerötet sein, die Epidermis sieht zuweilen wie gespannt aus (sog. *Lackhände*). Die Erscheinungen schwinden, sobald die Einwirkung von Kaltwellenentwicklerlösung unterbleibt. **Ther:** Dermido, pHiso-Hex.

Hyperkeratosis follicularis et parafollicularis in cutem penetrans (Morbus Kyrle). Regellos angeordnete bis linsengroße Knötchen mit zerklüfteten graubraunen Hornmassen im Zentrum. Entfernt man das Hornknötchen, so bleibt eine schüsselförmige, oft nässende Vertiefung zurück. *Ät. Path:* Genodermatose? Rezessiv erblich? Überstürzte Verhornung im Stratum spinosum und basale mit Penetration des Hornpfropfes in das Corium. **DD:** Morbus Darier, Keratosis follicularis serpiginosa, multiple Kerato-Akanthome. **Ther:** Versuch mit keratolytischer Lokalbehandlung, CO_2-Schnee, Kortikoidsalben, Teer, Vitamin-A-Säure-Salbe, innerlich mit Vitamin A und Behandlung von evtl. Begleitleiden (Diabetes mellitus, Hepatitis).

Hyperkeratosis follicularis senilis. Follikuläre Verhornung auf degenerativ seniler Atrophie. *Sitz:* bes. Stirn, Jochbogen, Schläfen. Steht der Elastoidose cutanée nodulaire avec kystes et comédons sehr nahe.

Hyperkeratosis lenticularis perstans Flegel. Rund-ovale, entzündliche, bis linsengroße Papeln mit bizarr geformten, festhaftenden Keratosen, nach deren Entfernung es blutet. Die Herde zeigen oft collerette-artige Schuppenkrausen. *Sitz:* bes. Fuß-, Handrücken, ferner Unter-, Oberschenkel. **DD:** Morbus Kyrle. Stuccokeratosis. Teerwarzen. **Ther:** Versuch mit 10%iger Salicylvaseline.

Hyperkeratosis traumatica marginis calcis (entspricht der Kératose fissurée du rebord du talon Duperrat). Hufeisenförmige Hyperkeratose am Fersenrand bes. hinten mit schmerzhaften Rhagaden. Tritt auf bei Personen, die auf dem hinteren Fersenrand auftreten. Adipositas, Diabetes, Akrozyanose fördern offenbar die Entstehung. Die Betroffenen neigen auch an anderen Stellen zur Bildung von Hyperkeratosen. **DD:** squamös-hyperkeratotische Form der Epidermophytie. **Ther:** 10%-ige Salizylvaseline. Guttaplast.

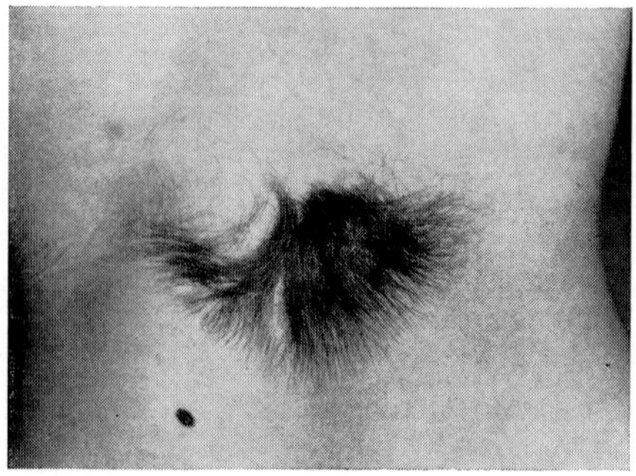

Abb. 51. Hypertrichosis sacralis

Hypertrichosis. Gegenüber der Norm vermehrte Behaarung.

— circumscripta kommt angeboren vor z. B. als Haarbüschel über dem Kreuzbein (Abb. 51), oft gleichzeitig mit Spina bifida, ferner bei Hemihypertrophie [S. Hurwitz et al., Arch. Derm. **103,** 98 (1971)]. Tritt die Hypertrichose im späteren Leben in der Jochbeingegend auf, so ist an eine *Porphyria cutanea tarda* zu denken.

— congenita universalis. Sehr selten. Entsteht durch Weiterwuchs der fetalen Lanugobehaarung. Die Haare können am ganzen Körper, auch im Gesicht, eine erhebliche Länge und Dichte (Hundemenschen) erreichen. S. a. Cornelia-de-Lange-Syndrom.

— irritativa kann – offenbar infolge von Hyperämie – nach langanhaltenden mechanischen oder thermischen Hautreizungen auftreten, z. B. bei Lastträgern auf den Schultern, ferner nach Dermatitiden, in der Umgebung von heilenden Geschwüren, auf prätibialen Myxödemherden.

— lanuginosa et terminalis acquisita. Plötzliches ungehemmtes Haarwachstum. Die sonst unsichtbaren Lanugohaare werden 0,75 cm lang, Augenbrauen und Wimpern 4 cm, Schamhaare 14 cm lang. Kommt bei Eingeweidekrebs vor. S. paraneoplastisches Syndrom.

— medicamentosa kann vorkommen nach Langzeitbehandlung mit Hydantoinpräparaten, Streptomycin, Kortikoiden, ACTH u. a. Nach Absetzen der Präparate in der Regel Rückbildung.

Ther: s. Hirsutismus.

Hypervitaminose A. Bei täglicher Einnahme von 500 000 I. E. Vitamin-A-Palmitat und mehr oder von 20 mg Vitamin-A-Säure und mehr können u. a. auftreten: Kopfschmerzen, Übelkeit, Erbrechen, Haarausfall, Trockenheit der Lippen und des Naseneinganges mit Rhagadenbildung. Die Erscheinungen schwinden in der Regel nach Absetzen des Medikamentes.

Hypohidrosis. Verminderte Schweißsekretion durch Verlegung der Schweißdrüsenausführungsgänge (bei Miliaria, endogenem Ekzem, Psoriasis, Ichthyosis), durch Zerstörung der Schweißdrüsen (bei Sklerodermie, Erythematodes, nach generalisierter, exfoliierender Dermatitis), bei Störungen des Nervensystems (nach Sympathektomie, bei Syringomyelie, Lepra), bei Hypothyreose, beim Sjögren-Syndrom. Siehe Anhidrosis.

Hypomelanosis guttata idiopathica. Multiple weiße, bis linsengroße, selten größere Flecken bes. an den Streckseiten der Beine, seltener der Arme und am Bauch. Entsteht offenbar erst am Ende des 3. Dezenniums. **DD:** Vitiligo, Pityriasis versicolor alba. – [K. I. Cummings et al., Arch. Derm. **93,** 184 (1966)].

Hypoprothrombinämie. Hautblutungen infolge von Prothrombinmangel. Hereditär oder aufgrund von Vitamin-K-Mangel bei Leberschäden, bei Behandlung mit Cumarinderivaten, ferner bei Neugeborenen, bei denen infolge mangelnder Bakterienbesiedlung des Darms Vitamin K nicht synthetisiert wird (Melaena neonatorum mit Haut-, Schleimhaut- und Darmblutungen). **Ther:** Vitamin-K-Präparate.

ICHTHYOSEN

Erythrodermia congenitalis ichthyosiformis bullosa. Autosomal-dominant erblich. Bei der Geburt finden sich auf geröteter Haut großfetzige Epidermisabhebungen oder Blasen. Bald entstehen Hyperkeratosen, die z. T. einer Ichthyosis vulgaris gleichen, z. T. aber kammartige Hornbildungen zeigen. *Dg:* in der Regel nur histologisch möglich (granuläre Degeneration im Stratum granulosum et spinosum). **DD:** Epidermolysis bullosa hereditaria, später Ichthyosis congenita. **Ther:** Kortikoide. S. a. unten.

Ichthyosis congenita (Hyperkeratosis congenita). Autosomal-rezessiv erblich. Die ganze Haut einschließlich der Beugenhaut ist befallen. S. a. Netherton-Syndrom.

—— gravis. Universelle schuppenpanzerartige Bedeckung des Integumentes, Ektropium der Lider, fischmaulartig aufgeworfene Lippen, Mißbildung der Gliedmaßen. Die Kinder sind nicht lebensfähig und sterben nach wenigen Tagen oder werden tot geboren. **Ther:** Kortikoide. S. a. unten.

—— mitior (Kollodiumhaut, Harlekin fetus, Collodion baby). Häufigste Form der Ichthyosis congenita gravis, die sich spontan oder unter einer Kortikoidbehandlung bessert und in die Ichthyosis congenita mitis oder tarda übergeht. Die Säuglingshaut ist mit einer pergamentartigen, zusammenhängenden, leicht knittrigen, grünlichgelben Hornschicht überzogen, die bei Bewegungen zur Rhagadenbildung führt.

—— mitis. Ebenfalls angeborene, aber schwächer ausgeprägte Hornpanzer als bei der I. c. gravis. Kinder bleiben am Leben.

—— tarda. Leichteste Form. Entsteht erst einige Zeit nach der Geburt.

Ichthyosis linearis circumflexa. Sehr selten. Autosomal-rezessiv erblich. Beginnt in den ersten Lebenstagen mit kleienförmiger Schuppung; später serpiginös fortschreitende, lineare Erhebungen, die von einem Randerythem umsäumt sind. Rezidive an abgeheilten Stellen. Steht zwischen den erblichen Erythrokeratodermien und der Ichthyosis. S. a. Netherton-Syndrom. **DD:** Creeping disease.

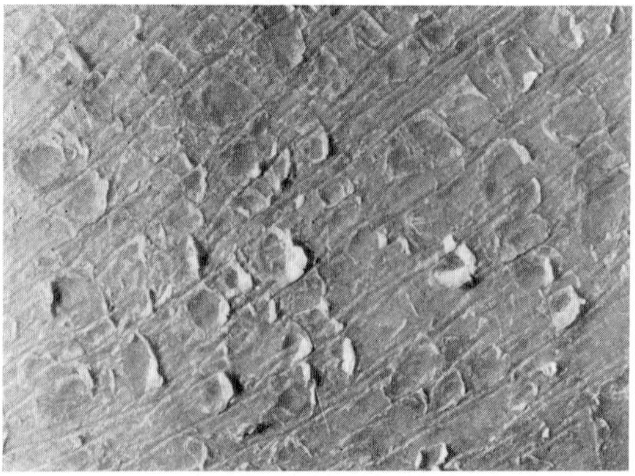

Abb. 52. Ichthyosis vulgaris

Ichthyosis vulgaris (Fischschuppenkrankheit). Autosomal-dominant vererbt. Nicht angeboren, beginnt meist im 1. Lebensjahr. Gelenkbeugen bleiben frei, Handfurchen vermehrt und vertieft. Verschiedene Formen. *Xerodermie* oder *Ichthyosis simplex:* sehr trockene Haut, die pulverartig schuppt (oft erst nach einem Strich mit dem Fingernagel). *I. nitida:* rechteckige oder runde oder ovale weiße Schuppen, die sich am Rande von der Unterfläche abheben, im Zentrum fest sitzen und hier dunkler getönt sind. *I. serpentina:* dickere, dunkelgraue bis grünliche oder schwärzliche Schuppen. *I. hystrix:* zur I. serpentina treten an einzelnen Stellen (bes. Knie, Ellbogen) „stachelschweinartige" braunschwarze Erhebungen hinzu. *I. follicularis:* nicht selten finden sich bei Kranken mit I. vulgaris follikuläre Keratosen an den Extremitäten und am Rumpf.

Selten kommt die I. v. zusammen mit Augensymptomen (atypische Retinitis pigmentosa u. a.), Innenohrschwerhörigkeit, Zeichen einer Polyneuritis und Kleinhirnsymptomen (Ataxie) vor: *Refsum-Syndrom.*

Ichthyosis, X-chromosomal-rezessive —. Nur das männliche Geschlecht erkrankt. Kann schon bei der Geburt vorhanden sein. Die Hautveränderungen sind meist schwerer als bei der Ichthyosis vulgaris. Die großen Gelenkbeugen sind oft befallen, keine Keratosis follicularis, keine vertieften Handfurchen wie bei der Ichthyosis vulgaris. – Beide Formen bessern sich im Sommer.

DD: Ichthyosis congenita (ergreift auch die Gelenkbeugen).

Berufe meiden, bei denen es zur Austrocknung der Haut kommt (Baugewerbe, Wäscherei, Textilindustrie u. a.) oder bei denen eine häufige Reinigung der Haut nötig ist. Ichthyotiker neigen zu Ekzemen.

Ther: Vitamin-A-Säure (Epi-Aberel Creme und Lösung, Eudyna Creme). Ferner Versuch mit: Rp. Natr. chlorat. 50, Ureae pur. 100, Aqu. dest. 200, Eucerin. anhydr. ad 500. Rp. Arovit Amp. Nr. I, Eucerin. c. aqua ad 150. Unguentacid-Salbe. 5%ige Salicylsalbe (Cave Körperganzbehandlung!). Calmurid Salbe (enthält u. a. 10% Harnstoff). Am Kopf: Salicylöl (5%). Vitamin-A-Palmitat (300000 I. E. tgl. über kürzere Zeit; cave: A-Hypervitaminose). Vitamin-A-Säure (nicht im Handel) 10–20 mg oral tgl. 3%ige Kochsalzbäder, Kleie-, Soda- oder Meerbäder nach vorherigem Einölen. Klimatherapie (Nordsee).

*

Impetigo contagiosa. Erreger: Staphylo- u. Streptokokken. Beginn mit

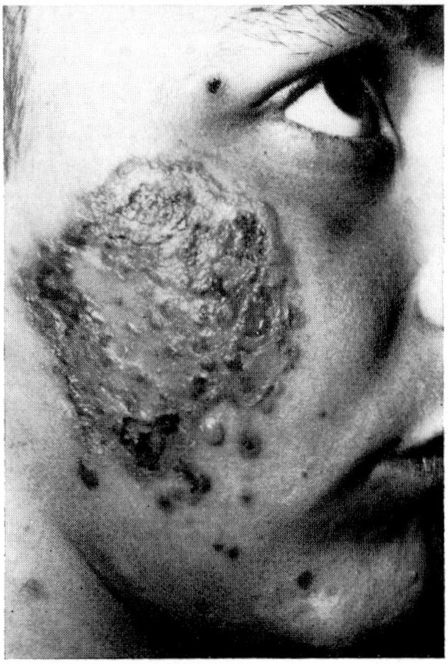

Abb. 53. Impetigo contagiosa

Blasen, die rasch platzen und nur bei der staphylogenen I. wegen dickerer Blasendecke etwas länger erhalten bleiben. Meist sieht man scharf begrenzte, mit honiggelben Krusten bedeckte Herde (Abb. 53). Durch zentrale Abheilung entstehen zirzinäre Formen. Heilt narbenlos ab. – Meist bei Kindern im Gesicht. Seltene Komplikation: Impetigo-Nephritis (deshalb Urinuntersuchung). **DD:** Herpes simplex (polyzyklisch), krustöses Syphilid. Auf dem behaarten Kopf Favus impetiginoides. **Ther:** Ablösung der Krusten mit 3–5%iger Salizylsalbe. Dann Zinnober-Schwefel-Vaseline (1:5:100). Fucidine-Salbe. Ecomytrin-Salbe. Refobacin-Creme. Nebacetin-Salbe. Leukase-Salbe, Soframycin Salbe, Betaisodona Salbe, Leukomycin Salbe, Dermotricine Salbe. Pyodron hautfarben Paste. Evtl. innerlich Antibiotika z. B. Ceporexin, Oracef.

Impetigo herpetiformis. Hypokalzämie, Fieber, Erbrechen, Durchfälle, tonisch-klonische Krämpfe, schubweise auftretende, rasch zu Krusten eintrocknende, oft serpiginös oder zirzinär angeordnete Pusteln auf gerötetem Grund bes. in der Leistengegend und submammär. Tritt meist in der 2. Schwangerschaftshälfte auf, bei erneuter Gravidität oft Rezidiv, selten bei Männern und Kindern nach Strumektomie. *Ät. Path:* Manifestation einer Psoriasis pustulosa bei Hypoparathyreoidismus. **DD:** Psoriasis pustulosa (keine Hypokalzämie, keine Tetanie). **Ther:** AT 10 und Kortikoide. Vitamin D 2, Kalzium.

Impotentia coeundi. Es ist zu unterscheiden zwischen Störung der Libido (meist infolge körperlicher Alteration), der Erektion und der Ejakulation (Ejaculatio praecox sive retardata). In der Regel handelt es sich um eine *Impotentia erectionis. Ät. Path:* bei jüngeren Männern hauptsächlich psychisch, bei älteren nicht selten Absinken des Testosteronspiegels, ferner Hypotonie, Hypertonie, periphere arterielle Durchblutungsstörungen, starke geistige und körperliche Beanspruchung, Mißbrauch von Alkohol, Nikotin u. a. – **Ther:** Grundleiden behandeln. Bei älteren Männern Androgene z. B. 2–3mal 10 mg Testoviron i. m. wöchtl. oder 3mal 1 Tbl. Proviron zu 25 mg tgl. oder 2mal wöchtl. 1 Amp. Testicomb mehrere Wochen. Androgene können ein Prostatakarzinom aktivieren und sein Wachstum fördern; deshalb sind *vor und während der Androgenbehandlung* bei älteren Männern regelmäßig *rektale Palpationen* erforderlich. Ferner werden Präparate empfohlen, die (abgesehen von Androgenen) Yohimbin, Strychnin u. a. enthalten, wie z. B. Tonol und Pluriviron.

Bei jüngeren Männern *Psychotherapie* oder *Masters-Johnson-Therapie*. (Lit: s. Ejaculatio praecox).

Bei erektiler Impotenz *evtl. Implantation* einer Silikon-Gummi-Prothese oder einer hydraulischen Prothese; bei dieser verbindet ein Schlauchleitungssystem ein präperitoneales Flüssigkeitsreservoir mit einem Pumpbällchen im Skrotum und 2 auffüllbaren Plastikzylindern im Penis.

Impotentia generandi (Sterilität, Infertilität). Voraussetzung für die Behandlung ist eine genaue Diagnose. Hierzu gehören u. a. Anamnese (Nebenhodenentzündungen, Lebererkrankungen, Typhus, Paratyphus, Gehirn- und Rükkenmarkstraumen usw.), Allgemein- und Genitalbefund. Achten auf: Schambehaarung, Varikozele, Größe und Konsistenz der Hoden (bei Konsistenzverminderung meist eingeschränkte Tubulusfunktion), Prostata (sehr kleine Prostata ist verdächtig auf Androgen-Mangel). Untersuchung der Samenflüssigkeit (Gewinnung in der Regel durch Masturbation nach 6tägiger sexueller Karenz).

Sperma-Untersuchung

Ejakulatmenge: Normospermie (2–6 ml), Hypospermie (weniger als 2 ml), Hyperspermie (mehr als 6 ml).

Sperma-Farbe: milchig-weiß bis leicht gelblich. Geruch: kastanienblütenartig.

pH: 7,0–8,0. Veränderung des Wertes z. B. bei Prostatitis.

Spermatozoen-Zahl: Normozoospermie (40–250 Mill./ml), Polyzoospermie (mehr als 250 Mill./ml), Oligozoospermie (weniger als 40 Mill./ml), Azoospermie (keine Spermatozoen im Sperma).

Beweglichkeitsbestimmung sofort und nach 30, 60, 120 und 240 Minuten. Normalerweise sind anfangs 40% sehr gut beweglich. Nach 2 Stunden soll der Beweglichkeitsverlust 20% nicht überschreiten.

Test mit Eosin (0,5%) dient zur Unterscheidung lebender (bleiben ungefärbt) und abgestorbener (färben sich an) Spermatozoen. Bei Nekrospermie sind alle Spermatozoen angefärbt.

Teratozoospermie: mehr als 40% pathologische Formen (Riesen-, Mikro-, Rundköpfe, Mittelstück- und Schwanzmißbildungen u. a.) bei einer Spermatozoendichte von über 40 Mill./ml.

Bestimmung der Fruktose, die in den Bläschendrüsen gebildet wird, als Energiespender für die Spermatozoen dient und ein Indikator für die Testosteronproduktion in den Leydigschen Zwischenzellen ist. Werte unter 1200 Gamma/ml weisen auf eine Leydigzellinsuffizienz hin.

Eine *Hodenbiopsie* (stets beidseitig) ist bei Azoospermie und Oligospermie (unter 10 Mill. Spermatozoen/ml) angezeigt.

Bei Verdacht auf eine bakterielle Entzündung im Genitalbereich ist eine *bakteriologische Ejakulatuntersuchung* erforderlich.

Ferner kommen endokrinologische, genetische und urologische Untersuchungen in Betracht.

Ther: Ausschaltung von Noxen z. B. Alkohol- und Nikotinabusus, Medikamenten (z. B. Furadantin, Antineuralgica), Varikozelen, chronischen Infekten, mangelndem Schlaf, körperlichen und seelischen Überanstrengungen.

Gonadotropine, Androgene offensichtlich auch Vitamin A und E sowie Kallikrein können Dichte, Motilität und Morphologie der Spermatozoen bessern. Jede Therapie muß mindestens 3 Monate durchgeführt werden.

Kombinierte *Serumgonadotropin-Testosteron-Kur:* 2 × 2000 I. E. Anteron wöchtl., 3 Wochen lang (insgesamt also 12 000 I. E.). Gleichzeitig oder anschließend 10 mg Testosteronpropionat (Testoviron) wöchtl. oder 25–50 mg Mesterolon (Proviron) tgl. Behandlungsdauer 3–5 Monate.

Humangonadotropin (z. B. Humegon) verspricht nur unter bes. Voraussetzungen (herabgesetzte Gonadotropinausscheidung im Harn u. a.) Erfolgsaussicht.

Bei *erniedrigtem Fruktosewert* 50 mg Proviron tgl. vom 1. Tag der Menstruation bis zum 16. Tage; dadurch wird der Fruktosespiegel zur Zeit des Konzeptionsoptimums normalisiert. Therapiedauer 6 Monate.

Bei Oligospermie mit erhöhten Gonadotropinwerten: 25–75 mg Proviron tgl. über 3–5 Monate.

Zusätzlich können tgl. 50 000–100 000 I. E. Vitamin A (Gesamtdosis 5 Mill. I. E.) und 10–100 mg Vitamin E gegeben werden.

Incontinentia pigmenti ist eigentlich ein histologischer Begriff; er besagt, daß die Basalzellschicht infolge einer Schädigung (z. B. durch eine Erythrodermie, einen Lichen ruber) das Melanin nicht mehr halten kann. Dieses strömt in die Kutis ab und wird dort von den Bindegewebszellen aufgenommen.

Die Bezeichnung wird für zwei Krankheitsbilder verwandt: **1. Siemens-Bloch-Sulzbergersche Pigmentdermatose.** Sie tritt fast nur bei Mädchen bei oder kurz nach der Geburt auf und läuft oft in 4 Phasen ab. 1. Entzündliches Frühstadium mit Erythemen, Blasen, Pusteln, Eosinophilie. 2. Lichenoidkeratotisch-verruköse Effloreszenzen. 3. Stern- und spritzerförmige graubraune Pigmentierung (Abb. 54) bes. an Rumpfseitenflächen und Extremitäten. 4. Rückbildung der Pigmentierung mit und ohne Atrophie. – Oft auch Alopezie, Zahnanomalien, Mißbildungen. *Ät. Path:* Viruskrankheit? Erbleiden? **DD:** Epidermolysis bullosa hereditaria, Pemphigus neonatorum. **Ther:** im Entzündungsstadium Zinköl oder 1/3%ige Hydrokortisonsalbe.

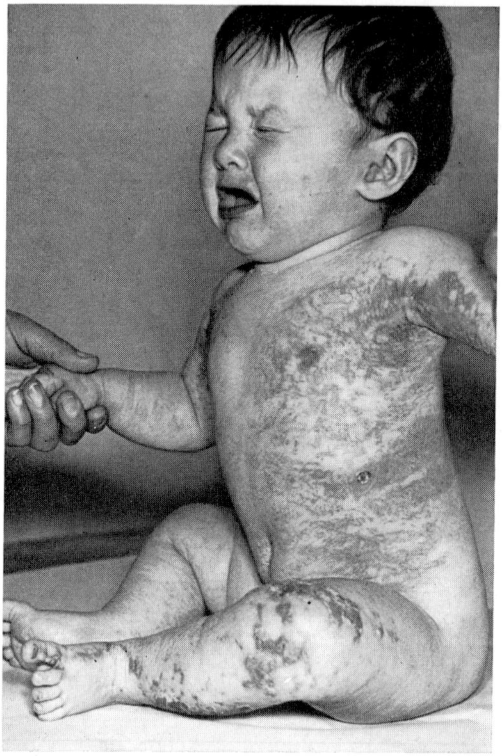

Abb. 54. Incontinentia pigmenti (Bild von Professor Duperrat)

2. Dermatitis pigmentosa reticularis (Chromatophoren-Naevus Naegeli, Franceschetti-Jadassohn-Syndrom). Um das 2. Jahr treten retikuläre Pigmentierungen auf, jedoch ohne Entzündungserscheinungen. Gleichzeitig Keratosis palmo-plantaris. Hypohidrose. Keine Geschlechtsbevorzugung.

Incontinentia pigmenti achromians (Ito-Syndrom). Selten. Meist schon bei Geburt vorhandene, beidseitige, systematisierte Depigmentierungen an Stamm und Extremitäten. Weitere Anomalien: Behaarung (Alopezie), ZNS (geistige Retardierung), Augen (Strabismus u. a.), Muskel-Skelet-System (Hüftgelenks-Dysplasie u. a.). **DD:** systematisierter Naevus achromicus (meist einseitig), Bloch-Sulzberger-Syndrom (entzündliches und hyperkeratotisches Vorstadium). Lit: R. HAPPLE et al., Hautarzt **27**, 286 (1976).

Induratio congelativa submentalis. Die Haut unter dem Kinn ist blaß oder rosafarben, kalt, schmerzhaft, geschwollen. Bei Kindern und Frauen mit Doppelkinn infolge Einwirkung von Kälte und Wind. **Ther:** Akrotherm- oder Rubrimentsalbe.

Induratio penis plastica. In der Tunica albuginea in der Regel am Dorsum penis – meist bei Männern über 50 Jahren – treten derbe Platten und Stränge auf, die bei der Erektion eine schmerzhafte Abknickung des Gliedes verursachen. Manchmal gleichzeitig Dupuytrensche Kontraktur. **Ther:** empfohlen werden 12 g para-aminobenzoesaures Kalium (Potaba-Glenwood) tgl. über 6–12 Monate, Vitamin E (tgl. 300 mg, insgesamt 30 g), intrafokale Injektionen von Kortikoid-Kristallsuspensionen, zur Hälfte verdünnt mit Scandicain oder von Hyaluronidase (Kinetin) verdünnt mit Scandicain; Progynon B ol. 5 mg i. m. alle 2 Wochen; Kurzwellen. Am wirksamsten sind wohl Röntgenstrahlen, die in 30–60% der Fälle das Leiden bessern. Chirurgische Entfernung der Verhärtungen führt in der Regel zur Impotenz.

Ferner kann Methyl-hydrazin versucht werden: Natulan 1 Tbl. tgl., 8 Tage lang, dann 2 Tbl. tgl. 8 Tage lang, dann 3 Tbl. tgl. 8 Tage lang. [Lit.: STURM et al., Bull. Soc. Fr. Derm. Syph. **78**, 523 (1971)].

Insektenstiche können zu juckenden Quaddeln, u. U. zur Blasenbildung (Bild 35 nach S. 104) führen. Bei Überempfindlichkeit kann es u. a. zu generalisierter Urtikaria, Atemnot, Zyanose, Bewußlosigkeit kommen. *Prophyl:* Vitamin B_1 (mindestens 600 mg tgl.), äußerlich Autan oder Bonomol werden als Insekten abweisende Mittel empfohlen. – Evtl. Hyposensibilisierung. **Ther:** Kortikoidsalben (z. B. Topisolon, Nerisona, Sermaka) evtl. unter Okklusivverband. Avil Salbe. Sandosten-Calcium Salbe. S. Schock (allergischer).

Insulinlipodystrophie. Fettschwund (*Lipoatrophie* s. Abb. 55) seltener Lipombildung (*Lipohypertrophie*) an Insulininjektionsstellen bes. bei jugendlichen Diabetikern.

Prophyl.: Regelmäßiger Wechsel der Injektionsstellen, intramuskuläre Injektion, Anwendung von Monokomponent-Insulin (Insulin Monotard).

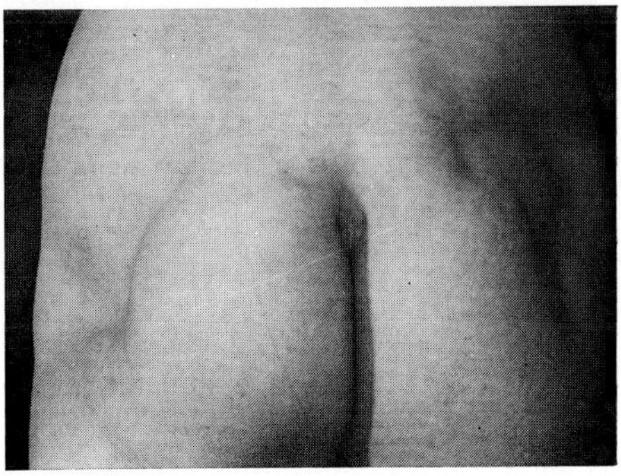

Abb. 55. Insulin-Lipoatrophie

Intertrigo. Rote, erosive, oft Rhagaden aufweisende Herde an den Berührungsflächen der Haut (z. B. unter Hängebrüsten, in der Analfalte, Leistenbeuge). Bes. bei adipösen, stark schwitzenden Personen. *Ät. Path:* Feuchtigkeit, Wärme, Reibung. Oft Infektion mit Candida albicans, bes. bei Diabetikern. **DD:** Psoriasis inversa, intertriginöses Ekzem. **Ther:** Seifenwaschungen meiden. Zwischen die Falten Läppchen legen. Pinselungen mit 1 %iger Pyoktaninlösung oder Sol. Castellani oder Sol. Arning. Kortikoid-Lotio. Rhagaden mit 5 %iger Silbernitratlösung pinseln. Nach Aufhören des Nässens Dermatolpuder. Bei Soorinfektion Ampho-Moronal-Creme oder -Lotio. Candio-Hermal E. comp. Paste. – Zum Waschen sind Syndets (z. B. Dermowas, Sebamed) geeignet.

Jododerma tuberosum (Abb. 56). Arzneiausschlag nach Jodeinnahme. Rotbraune, schwammigweiche Vegetationen mit ulzero-krustöser Oberfläche und pustulösem Randsaum. *Sitz:* bes. Gesicht, Beine. **Ther:** 0,9 %ige NaCl-Lösung i. v., Kochsalz per os. Kortikoide. Lokal: antiphlogistische Salben.

Juxtaartikuläre Knoten (Nodositates juxtaarticulares). Subkutane, derbe, oft symmetrisch auftretende, fibröse Knoten in der Nähe von Gelenken, bes. am Ellbogen- und Kniegelenk. Zuweilen spontane Rückbildung. *Ät:* meist Folge chronisch-entzündlicher Erkrankungen (Akrodermatitis chronica atrophicans, Frambösie, Lepra, Lues). **DD:** Gicht- und Rheumaknoten. **Ther:** Evtl. Exzision.

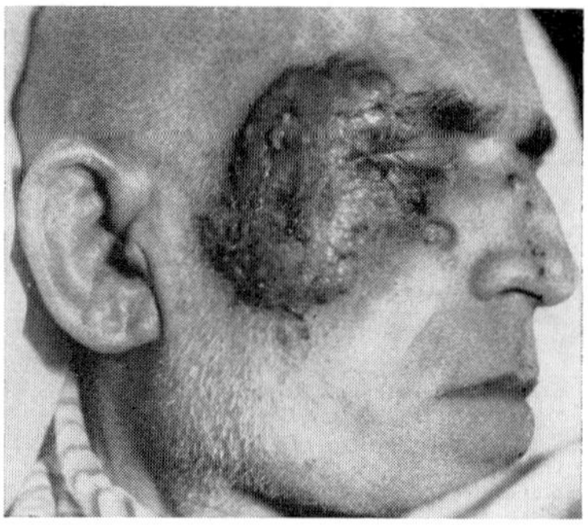

Abb. 56. Jododerma tuberosum

Juxta-claviculäre Perlen-Schnüre. Stecknadelkopfgroße, in Reihen in der Umgebung der Schlüsselbeine liegende, den Spaltlinien parallel angeordnete, oft ein feines Haar enthaltende Knötchen. Häufig bei Schwarzhäutigen. Histologisch: etwas hypertrophische Talgdrüsen zuweilen mit erweiterten, ein Vellus-Haar enthaltenden Follikelmündungen. **DD:** Cutis linearis punctata colli, Mucinosis papulosa. Lit: T. Butterworth et al., Arch. Dermatol. **110**, 891 (1974).

Kälte-Panniculitis (Adiponecrosis e frigore). 6–72 Std. nach stärkerer Kälteeinwirkung treten schmerzhafte, kissenartige (histologisch: lymphohistiozytäre Infiltrate in der Subkutis) Schwellungen auf, die sich nach spätestens 3 Wochen spurlos zurückbilden. Bes. bei Säuglingen und Kleinkindern im Gesicht. *Dg:* durch Auflegen von Eiswürfeln auslösbar. **DD:** Kälte-Urtikaria (in der Kutis lokalisiert).

Karbunkel. Konglomerat von Furunkeln. Erreger meist hämolysierende Staphylokokken. Beginnt mit hartem, entzündlichem, schmerzhaftem Infiltrat, das später siebartige Einschmelzungen und tiefe Gewebszerstörung zeigt. Schweres Krankheitsbild mit Schüttelfrösten, Fieber, Lymphangitis, Lymphadenitis, Sepsisgefahr. Entstehung wird gefördert durch Diabetes mellitus, Tuberkulose, Kachexie. Befallen werden in der Regel Männer jenseits des

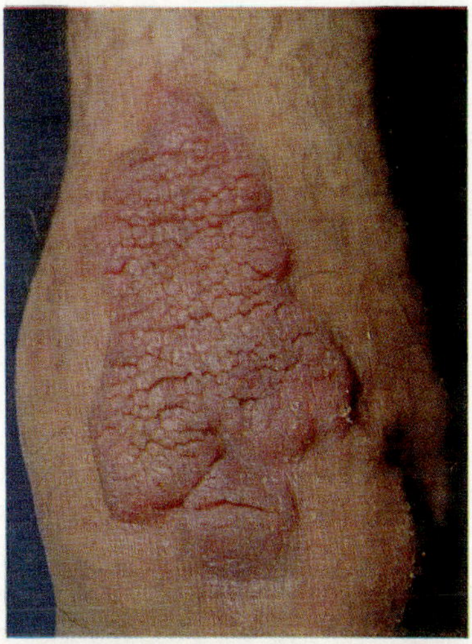

Bild 42
Lichen simplex verrucosus am Unterschenkel und Fußrücken

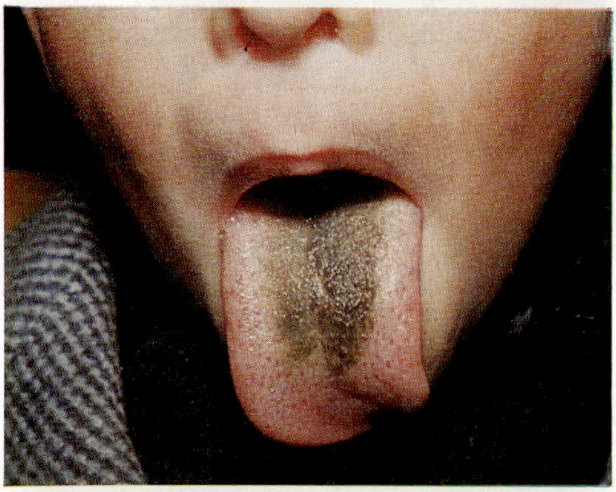

Bild 43
Lingua villosa nigra

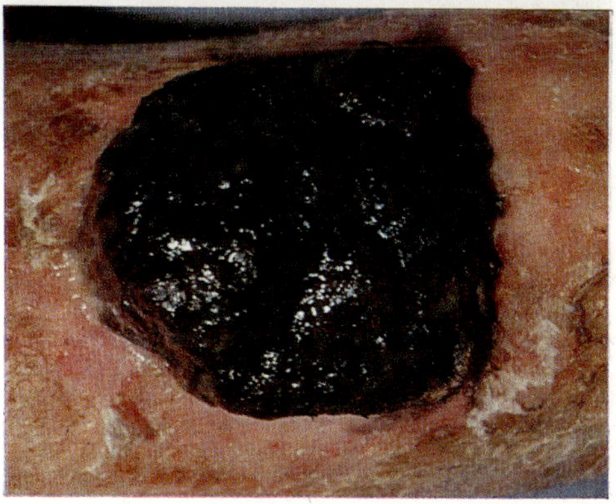

Bild 44
Malignes Melanom am Unterschenkel

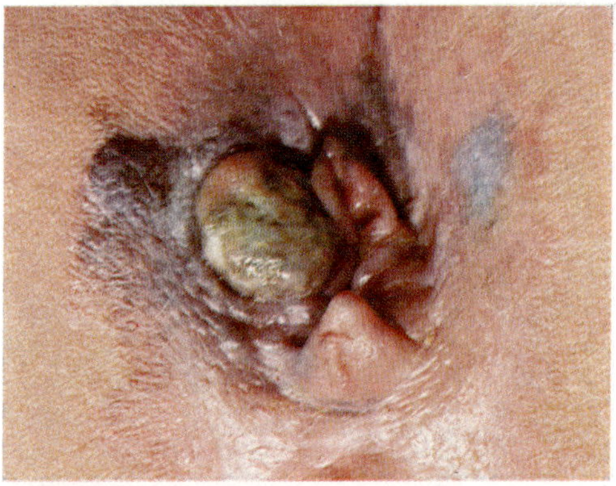

Bild 45
Malignes Melanom am Anus

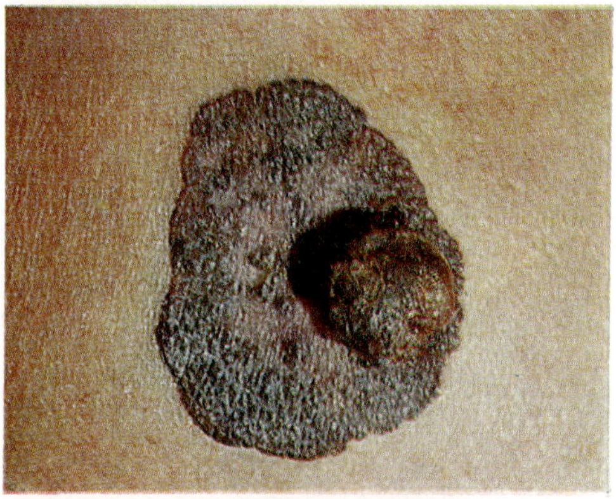

Bild 46
Superficial spreading melanoma

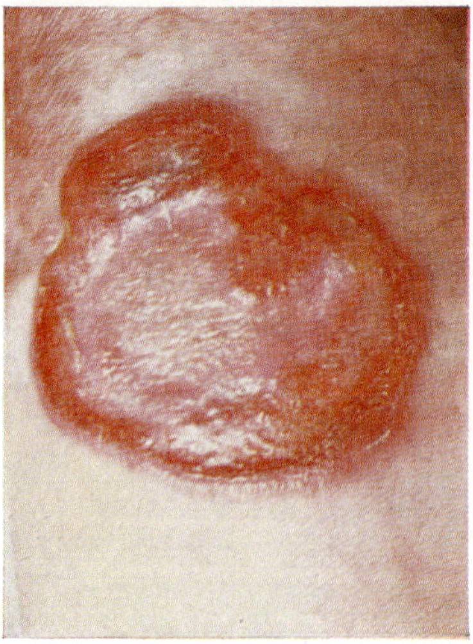

Bild 47
Mycosis fungoides d'emblèe am linken Unterarm

50. Lebensjahres. *Sitz:* meist Nacken, Rücken. **Ther:** Antibiotika s. Furunkel. Evtl. Ausräumung des nekrotischen Gewebes mit elektrischer Schlinge.

Karotin-Gelbsucht (Karotinodermie, Xanthodermie, Aurantiasis cutis). Gelbfärbung der Haut, bes. der Palmae, Plantae und Nase bei übermäßigem Genuß von Karotten, Orangen bei Säuglingen, ferner bei Diabetikern, bei denen Karotinoide ungenügend abgebaut und in der Haut abgelagert werden.

Karzinoidsyndrom (Hyperserotonismus). An sich gutartige Darmgeschwulst, die durch vermehrte Serotoninausschüttung zu Diarrhoen (evtl. Bronchospasmen) und zu *anfallsweiser Rötung im Gesicht (Flush)*, am Hals und u. U. am Oberkörper führt. Später kommt es zu Zyanose mit Teleangiektasien im Gesicht und an den Armen, oft mit Juckreiz verbunden. **Ther:** Evtl. Tumorentfernung.

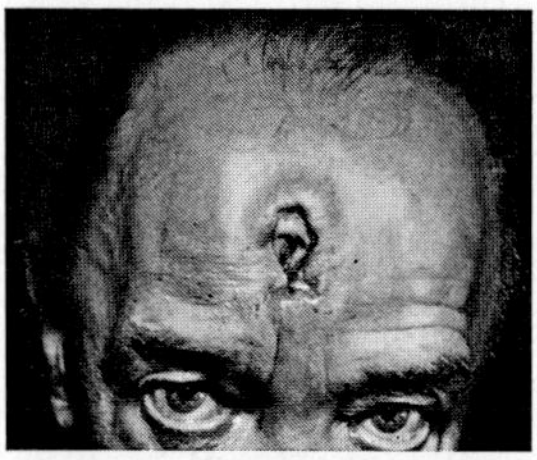

Abb. 57. Geschwürig zerfallende Karzinom-Metastase

Karzinom-Metastasen innerer Organe in der Haut (Bild 36 nach S. 104) sind selten. Sie sind prognostisch ungünstig. Ausnahmsweise gibt die histologische Untersuchung einen Hinweis auf den Sitz des Primärtumors, z. B. beim Hypernephrom.

—— **hämatogene:** multiple, harte, blaurötliche bis hautfarbene Knötchen und Knoten.

—— **lymphogene** entstehen durch Ausbreitung auf dem Lymphwege, bes. beim Mammakarzinom. 1. *Erysipelas carcinomatosum:* derbes Ödem und erysipelartige Rötung mit flammenförmigen Ausläufern. 2. *Cancer en cuirasse* (Panzerkrebs): derbe, plattenartige, den Brustkorb ummauernde Infiltrate.
Ther: Wenn möglich, Behandlung des Primärtumors. Operation.

Katzenkratzkrankheit (maladie des griffes de chat, benigne Inokulations-Lymphoretikulose). Offenbar Viruskrankheit. Einige Tage nach Katzenkratzern – aber auch nach anderen Verletzungen – entsteht eine indurierte, verkrustete Papel und 1–3 Wochen später eine *regionale Lymphknotenschwellung.* Eintrittspforte kann auch eine Verletzung der Mundschleimhaut sein. Anfangs Leukopenie. Eosinophilie. – *Spontane Heilung* innerhalb einiger Wochen. *Dg:* Anstieg der Psittakose-Antikörper im Serum. Intrakutantest mit Mollaret-Antigen (aus dem Drüseneiter von Erkrankten gewonnen). **DD:** bes. Tularämie. **Ther:** Tetracycline. Chloramphenicol.

Kauschwielen. Ausgeprägte Hautverdickung über den Dorsalseiten der Fingermittelgelenke bei Jugendlichen durch dauerndes, unwillkürliches Kauen. **DD:** „echte" Fingerknöchelpolster, rheumatische Gelenkschwellungen, Ostitis cystoides multiplex, Pachydermoperiostose. **Ther:** Fehlverhalten durch Aufklärung beseitigen.

Keloid (Abb. 58). Derbe, bindegewebige, manchmal juckende Neubildung mit zuweilen krebsscherenartigen Fortsätzen. Es entsteht bei bes. Disposition nach Traumen (Verbrennung, Impfung u. a.) und Entzündungen (z. B. Folli-

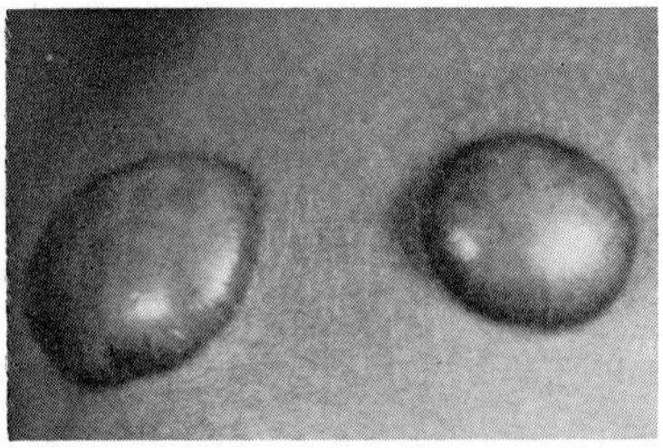
Abb. 58. Keloide nach Pockenimpfung

kulitis) bevorzugt bei Frauen und bei der dunklen Rasse. Beim sog. Spontankeloid ist der vorausgegangene Reiz sehr schwach oder unbekannt. Nach alleiniger Exzision meist Rezidiv.

Prophyl: Hautinfektionen rasch und intensiv behandeln. Vitamin E. Kortikoidsalben nach Verbrennungen. **Ther:** Beim K., das nicht älter als 1 Jahr ist, Contractubex compositum mehrmals tgl. einmassieren, außerdem messerrückendick unter Verband anwenden. Ichtholan spezial. Lasonil. Nuclinal. Subläsionale Injektionen von Kortikoid-Kristallsuspension (Volon A 10), evtl. unmittelbar vorher Vereisung des Keloids mit CO_2-Schnee. Bei älterem K. Exzision und 5 Tage später Röntgenstrahlen (5 $\times$ 300 R, Stufe 4 Dermopan) oder Unterspritzung mit Volon A 10.

Keratoakanthom (Molluscum sebaceum seu pseudocarcinomatosum). In 3–4 Wochen entstehender rundlicher Knoten, der im Zentrum einen mit Hornmassen gefüllten Krater aufweist (Abb. 59a). Selten ist das „plattenförmige" Keratoakanthom, das keinen Krater zeigt (Abb. 59b). Zuweilen auch multiples Auftreten. In der Regel spontane Rückbildung innerhalb von 8 Wochen. Sitz: bes. Gesicht, Handrücken. *Ät. Path:* geht offenbar von der äußeren Haar-Wurzelscheide aus. Virose? **DD:** Spinaliom. **Ther:** Da eine Präkanzerose oder ein Spinaliom nicht mit Sicherheit auszuschließen ist, wird man in der Regel die Veränderung mit dem Skalpell oder der elektrischen Schlinge entfernen und histologisch untersuchen. Sonst kann Skarifikation und anschlie-

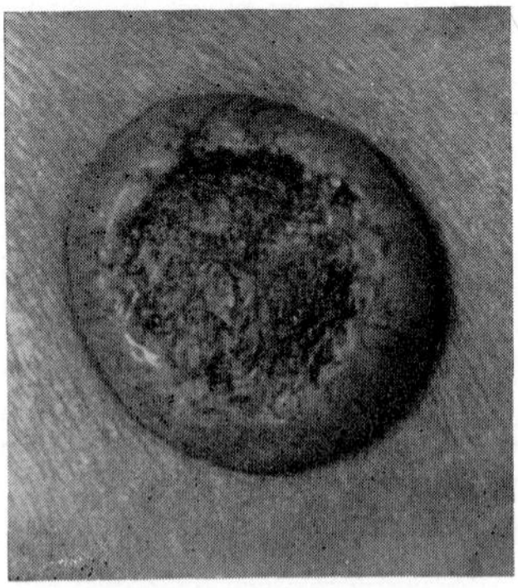
Abb. 59a. Kerato-Akanthom

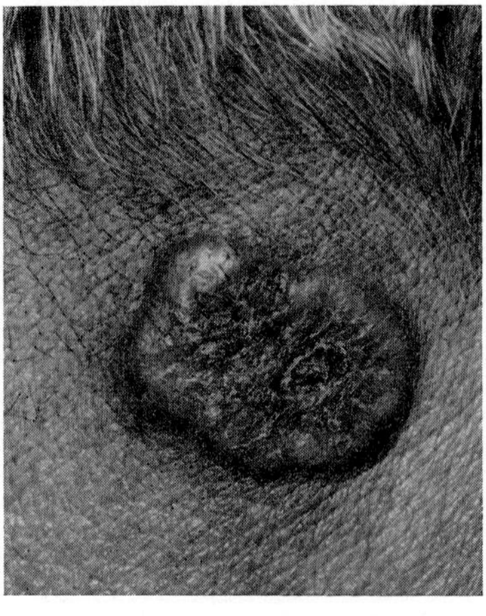
Abb. 59b. Plattenförmiges Kerato-Akanthom

ßend 5%ige 5-Fluoro-uracil-Salbe unter Occlusivverband (nicht in Augennähe) versucht werden. Auch subläsionale Injektion von Kortikoid-Kristallsuspension in wöchentlichen Abständen wurde empfohlen.

Keratodermie infolge Arthrosis vertebralis. Hyperkeratosen der Handflächen bei Arthrosis im Bereich von C 6–C 8. **Ther:** Röntgenbestrahlung der HWS.

Keratoma climactericum (Haxthausen). Selten. Papulöse verhornte Effloreszenzen an Handtellern und Fußsohlen. Ekzematöse Veränderungen mit Rhagaden treten hinzu. Befallen sind Frauen im Klimakterium, bei denen gleichzeitig Fettsucht, Hypertension und Arthritis bestehen. *Ät. Path:* neurohormonale Störungen? **Ther:** Östrogene z. B. Progynova. Linoladiol. 10%ige Salizylvaseline.

Keratoma palmare et plantare hereditarium diffusum (Unna Thost). Dominant erblich. Flächenhafte, dicke, gelbliche oder schmutzig-graue Hyperkeratosen an Volae und Plantae mit rötlichem Randsaum. Hyperhidrosis manuum et pedum. Zuweilen Rhagaden. Manifestation in den ersten beiden Lebensjahren.

——— dissipatum (Brauer). Dominant erblich. An Volae und Plantae bis linsengroße, kegelförmige Hyperkeratosen, nach deren Herausfallen trichterförmige Einsenkungen entstehen. Manifestation frühestens im 2. Dezennium.

——— insuliforme et striatum. Dominant erblich. Insel- oder streifenförmige Keratosen an den Beugeseiten der Finger und Zehen. Zuweilen Leukokeratosen der Mundschleimhaut. Manifestation in den ersten Lebensjahren.

DD: hyperkeratotische Tinea, Psoriasis vulgaris, tylotisches Ekzem, Schwielen, Clavi, Warzen, Arsenkeratosen, Keratosen bei Syringomyelie, Pityriasis rubra pilaris.

——— transgrediens (Mal de Meleda). Rezessiv erblich. An den Volae und Plantae flächenhafte Keratosen, die sich allmählich auf Hand- und Fußrücken, Unterarme und Unterschenkel ausdehnen. Erythematöser Randsaum. Zuweilen umschriebene keratotische Herde bes. an Ellenbogen, Knien, Nagelveränderungen, Schleimhautkeratosen. Zuweilen kommt es infolge Retraktion des Horns zu Abschnürungen an einzelnen Fingern: Keratoma hereditarium mutilans.

Es gibt auch Fälle mit dominantem Erbgang (Greither), die im 6. Dezennium zur spontanen Rückbildung neigen.

Abb. 60. Keratoma palmare et plantare hereditarium insuliforme et striatum

Keratoma palmare et plantare hereditarium mit Periodontopathie (Papillon-Lefèvre-Syndrom). Rezessiv erblich. Beginnt im 2.–3. Lebensjahr. Diffuse Palmoplantarkeratosen (deutliche Rückbildung im höheren Alter). Hyperhidrosis, Parodontitis des Milch- und bleibenden Gebisses, frühzeitiger Zahnausfall. Duraverkalkung und psoriasiforme Plaques bes. an Knien und Ellbogen können hinzutreten.

Patienten mit *Palmoplantarkeratosen* auf Parodontitis und *Zahnausfall* untersuchen. *Schädelröntgenaufnahme!*

Ther: Vitamin A (tgl. 100000–400000 E.) wurde versucht. Erweichende Maßnahmen: Seifenbäder, 20%ige Salizyl-Diachylon-Salbe. Cornina.

Keratosis areolae mammae naeviformis. Bis linsengroße, dunkelbraune, warzenähnliche Hyperkeratosen am Warzenvorhof bei Frauen. **Ther:** Salizylsalbe (5%).

Keratosis follicularis „epidemica". Trat nach dem 2. Weltkrieg bes. in Basel auf. Follikuläre Hyperkeratosen, Komedonen, Hornzysten bes. im Gesicht. Granuloma-anulare-artige Herde an den Händen. *Ät:* Keine infektiöse Genese! Offenbar toxische Schädigung durch Verwendung von ungereinigtem Paraffin und Wachs. **DD:** Chlor-, Öl-, Teerakne.

Keratosis follicularis serpiginosa LUTZ (Elastoma intrapapillare perforans verruciforme MIESCHER, Elastoma perforans serpiginosum). Ringförmig oder serpiginös angeordnete, bis linsengroße, verruköse Papeln (Abb. 61). *Sitz:* bes. Hals, Nacken. Heilt schließlich spontan ab, wenn auch oft erst nach Rezidiven. *Ät. Path:* Elastikadegeneration im Bereich einer Entzündungszone, deren Abbauprodukte durch das Epithel nach außen abgestoßen werden(?). **DD:** Porokeratosis Mibelli, Morbus Kyrle. **Ther:** Versuch mit CO_2-Schnee, flüssigem Stickstoff, wiederholtem Abreißen der Veränderungen mit Tesafilm. Keine Exzision, keine elektrische Schlinge (Keloidbildung!).

Keratosis follicularis spinulosa (Lichen spinulosus). Symmetrisch gruppiert auftretende, einige Millimeter lange, fädige oder dornartige, hornige Exkreszenzen. Bes. bei Jugendlichen. Dominant erblich. *Sitz:* bes. Nacken, Schulter, Streckseiten der Arme und Oberschenkel. **DD:** sekundärer Spinulosismus bei Lichen ruber acuminatus, Lichen scrofulosorum, Lichen trichophyticus, Lichen pilaris (s. d.). **Ther:** Vitamin A. 10%ige Salizylsalbe.

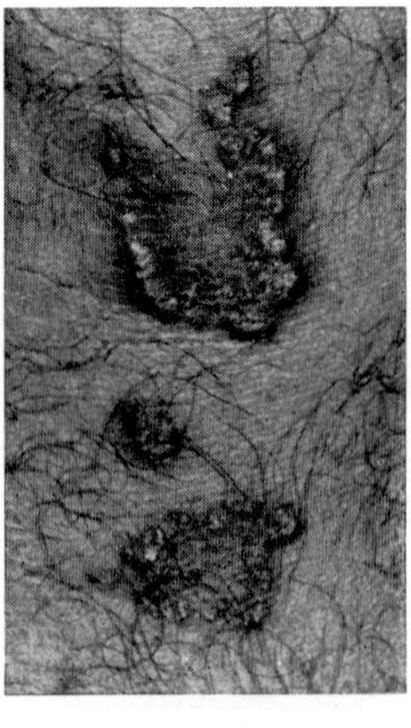

Abb. 61. Keratosis follicularis serpiginosa *Lutz*

Keratosis senilis (Keratoma senile). Solitär oder multipel auftretende, bis pfenniggroße, scharf begrenzte, anfangs gerötete keratotische Herde. Später beherrschen grau-braune Hyperkeratosen das Bild. In etwa 25% der Fälle Übergang in Spinaliom. *Sitz:* bes. Gesicht, Kopfhaut bei Glatzenträgern, Handrücken. *Ät. Path:* entsteht bes. auf lichtgeschädigter (daher die Bezeichnung „aktinische Keratose"), atrophischer Haut. **DD:** Verruca senilis (Sitz: normale Haut, bes. Rumpf), Arsenkeratosen (Sitz: meist Palmae, Plantae). *Prophyl:* Lichtschutz. Heparin- oder heparinoidhaltige Salben. **Ther:** Hochtouriges Schleifen (nicht bei Verdacht auf beginnende Spinaliombildung). Evtl. CO_2-Schnee. Exzision. *Kaustik.* Röntgenstrahlen. Bei *multiplen* Keratosen 5 *%ige 5-Fluoro-uracil* Salbe (Efudix).

Diese wird 3–4 Wochen lang tgl. 1–2mal in dünner Schicht auf die betroffenen Stellen aufgetragen. Die störende entzündliche Reaktion kann durch jeweils anschließendes Auftragen von 0,5%iger Triamcinolon-Acetonid-Creme unterdrückt werden [Lit: T. Breza et al., Arch. Dermatol. **112,** 1256 (1976)].

Kerion Celsi. Tiefe Trichophytie, bes. bei Kindern, am Capillitium. Es entstehen derbe, unregelmäßige Höcker und Knoten. Die Haut wird von kleinen Abszessen durchsetzt, so daß die Herde wabenartig (κηρίον Honigwabe) aussehen. Die Haare sind von einer glasig geschwollenen Scheide umgeben und folgen dem Zuge leicht. Später geht ein Teil der Haare zugrunde und die Krankheit heilt unter Narbenbildung. **Ther:** Griseofulvin s. Epidermophytia. Bactrim gegen Sekundärinfektion. Intrakutane Trichophytin-Injektionen. Rotlicht. Äußerlich Antimykotika z. B. Tonoftal-Creme.

Kimurasche Krankheit. Kommt in Japan vor. Einzeln oder multipel auftretende subkutane Tumoren, die lymphoide Infiltrate mit Follikelbildung, Eosinophile, vermehrte kollagene und vaskuläre Gewebselemente zeigen. Bluteosinophilie. *Sitz:* bes. Gesicht. *Ät. Path:* allergisches Geschehen? **DD:** angiolymphoide Hyperplasie mit Eosinophilie. **Ther:** Röntgenbestrahlung. Lit: A. Kawada, Hautarzt **27,** 309 (1976).

Klein-Waardenburg-Syndrom. Sehr selten. Partieller Albinismus, weiße Stirnlocke, breite Nasenwurzel, Hypertrichose der medialen Anteile der Augenbrauen, Taubstummheit, Heterochromie der Iris. Autosomal dominant erblich. Lit: J. P. Ortonne et al., Ann. Derm. Syph. **103,** 245 (1976).

Klimakterium virile. Infolge Abnahme der Testosteronproduktion beim älteren Manne können folgende Symptome auftreten: Hitzewallungen, Spannungszustände, Schwindel, Potenzstörungen, Frösteln, Kopfschmerzen, Konzentrations- und Gedächtnisschwäche, Erschöpfungszustände u. a. **Dg:** erniedrigte Fruktosewerte unter 1200 /ml im Spermaplasma als Ausdruck einer mangelnden Testosteronproduktion, Verminderung der Testosteronmenge im Harn sowie der Ejakulatmenge unter 2 ml, kleine, weiche, reliefarme Prostata. **Ther:** eiweißreiche Ernährung, ausreichender Schlaf, Ausgleichssport. Mesterolon (30–50 mg Proviron tgl.). Vor und während der Androgenbehandlung sind regelmäßig rektale Palpationen zum Ausschluß eines Prostatakarzinoms erforderlich.

Klinefelter-Syndrom. Beiderseitige Hodenhypoplasie (Tubulussklerose, Leydigzellwucherungen), positives Geschlechtschromatin (Nachweis in Leukozyten u. Mundschleimhaut. Neuerdings wird die äußere Haarwurzelscheide zur Geschlechtsbestimmung benutzt), Aspermie, Hypergonadotropinurie. Fakultative Symptome: Gynäkomastie, spärliche Bart- (oft keine Rasur nötig), Achsel-, Brust- und Schambehaarung, hohe Stimme, eunuchoider Wuchs, geringe Intelligenz, vorzeitige, ausgeprägte Osteoporose, Prostataatrophie, Potenzstörungen nach dem 30. Lebensjahr als Folge der vorzeitig verminderten Testosteronproduktion.

Phänotypisch und dem Geschlecht der Gonaden nach handelt es sich um männliche Individuen. Die Geschlechtschromosomenkonstitution ist in der Regel XXY (beim normalen Mann XY). Die Kranken besitzen also 47 Chromosomen anstelle von 46.

Bei Männern mit sehr kleinen Hoden ist an ein Klinefelter-Syndrom zu denken und das Geschlechtschromatin zu untersuchen.

Ther: Die Sterilität ist nicht zu beheben, eine Besserung der Intelligenz nicht zu erwarten. Zur Entwicklung des männlichen Habitus und später zur Verhütung einer Impotentia coeundi und einer Osteoporose ist Testosteron zu empfehlen, und zwar ab 12. Lebensjahr Testoviron-Depot 100 mg monatl., ab 20. Lebensjahr 250 mg oder 2–4mal 1 Tbl. Proviron zu 25 mg tgl. Bei Osteoporose zusätzlich Natriumfluorid, Kalzium und Vitamin D.

Knoblauchzehenfibrom (garlic-clove-fibroma). Aus dem Nagelbett herauswachsendes zwei- oder dreigeteiltes Fibrom. *Ät.:* Reaktion auf einen chronischen Reiz. **Ther:** Exzision.

Köbner-Phänomen (isomorpher Reizeffekt). Bei Lichen ruber, Psoriasis, Ekzem, Verrucae planae juveniles u. a. entstehen **an Stellen äußerer Reize**, z. B. nach Kratzwunden, **neue** strichförmig angeordnete **Effloreszenzen.**

Kollagenosen *(Klemperer).* Erkrankungen mit abnormer hyperergischer Reaktionsbereitschaft des Bindegewebes: Periarteriitis nodosa, Erythematodes visceralis, progressive Sklerodermie, Dermatomyositis, Polyarthritis rheumatica.

Kolloidmilium (Pseudomilium colloidale). Selten. Weißgelbliche, rundliche bis ovale, isoliert stehende oder aneinandergelagerte Papeln, aus denen beim Einritzen der Haut eine geleeartige Masse austritt. *Sitz:* bes. Gesicht. *Ät. Path:* aktinische Einflüsse bei familiärer Disposition. Es handelt sich um eine bes. Form der degenerativen Altersatrophie. Degeneration des Kollagens oder der Elastika? Ablagerungsdermatose? **DD:** Syringome, Milien, Amyloid. **Ther:** Kromayer -Druckbestrahlung. Kohlensäureschnee. Elektrokoagulation. Versuch mit Vitamin C in hohen Dosen.

Konstitutionelle Thrombopathie (Pseudohämophilie, v. Willebrand-Jürgens-Syndrom). Haut- und Schleimhautblutungen. Blutungszeit verlängert, Gerinnungszeit und Thrombozytenzahl normal. *Ät. Path:* mangelnde Fähigkeit zur Thrombokinasebildung. Autosomal-dominant erblich. **Ther:** Bluttransfusionen. Kortikoide.

Kortikoid-Externa. Nebenwirkungen bei langfristiger Anwendung: Cutis punctata linearis colli (stippled skin), Hautatrophie (Kortikoid-Haut), Hypertrichose, Infektausbreitung (bes. unter Okklusivverbänden), Kontaktallergien (extrem selten), Pigmentverschiebungen, Purpura, Steroid-Akne, Striae cutis, systemische Nebenwirkungen durch Resorption (nur bei Kindern, sehr selten), Teleangiektasien, Wundheilungsstörung. Die Nebenwirkungen treten offenbar nur nach halogenierten Kortikoid-Externa auf.

Eine Ausnahme bildet der (fluorierte) Fluocortin-Butylester (Vaspit-Salbe, -Fettsalbe), der nicht zu Atrophie, Striae, Teleangiektasien und Steroidakne führt.

Kranzfurchen-Phlebitis. Geschlängelte Strangbildung im Sulcus coronarius. Besondere Form des Morbus Mondor. Wird beobachtet nach langdauerndem Geschlechtsverkehr, bei Herpes simplex, Scabies. **Ther:** Butazolidin. Tanderil. Lokal: Thrombotison, Lasonil.

Kryopathien. Erkrankungen, bei deren Manifestierung Kälte-Einwirkung ursächlich beteiligt ist.

— durch obligate Kälteschädigung: s. Congelatio, Induratio congelativa submentalis.

— durch Kälte-Intoleranz. Krankhafte Reaktionen auf normalerweise nicht pathogene Kälte-Einflüsse. Hierbei unterscheidet man:

Kryoproteinämische Kryopathien:

Kryoglobulinämie. Kryoglobuline sind kältelabile Immunglobuline, die bei Abkühlung des Serums auf 4° ausfallen und sich bei Erwärmung auf 37° wieder auflösen. Bei Kälteeinwirkung: Erythrozytenverklumpung, Kryoglobulinpräzipitation und Gefäßverschluß durch Immunglobulinthromben mit Akrozyanose, Raynaud-Phänomen, Kältepurpura, seltener Kälteurtikaria, Kältepanniculitis, Gefäßprozessen vom Typ der Vasculitis evtl. mit Nekrose und Ulzeration. *Ät. Path:* symptomatisch bei malignen lymphoretikulären Prozessen oder idiopathisch. **Ther:** Behandlung der evtl. Grundkrankheit. Kortikoide, Antikoagulantien.

Kryofibrinogenämie. Präzipitation bei Abkühlung nur im heparinisierten Serum. Bes. an den Unterschenkeln oberflächliche und tiefe Vaskulitis, Ulcera crurum, Purpura.

Kälteagglutininkrankheit. Kälteagglutinintiter über 1:128. Intravasale Erythrozytenagglutination mit Akrozyanose, Raynaud-Phänomen u. U. bis zur Nekrose der Akren. *Ät. Path:* idiopathisch, Viruskrankheiten, lymphoretikuläre Prozesse.

Kälte-Hämolysin-Syndrom. Kältehämolyse und Kältehämoglobinurie, Akrozyanose, Kälteurtikaria.

Nicht kryoproteinämische Kryopathien: s. Erythrozyanosis crurum puellarum, Kältepanniculitis, Kälteurtikaria, Perniones, Pruritus hiemalis.

Lit: A. LUGER et al., Hautarzt **25,** 373 (1974). H. G. MEIERS et al., Med. Klin. **66,** 1007 (1971).

Kryptokokkose. Erreger: Cryptococcus neoformans, ein in der Natur (bes. in Tauben-Exkrementen) weit verbreiteter Hefepilz. Wird meist nur bei schweren Allgemeinkrankheiten bes. unter immunsuppressiver Behandlung pathogen. In der Regel werden zunächst die Lungen durch Inhalation der Pilzsporen befallen. Bes. Affinität zum Zentralnervensystem. An der Haut Erytheme mit Blasenbildungen, Ulzerationen, papulopustulöse Effloreszenzen. **DD:** Pyodermien bes. Furunkulose, Arzneimittel-Exanthem, Lues III. **Ther:** Amphotericin B, Flucytosin (Ancotil). – Lit: C. W. SCHUPBACH et al., Arch. Dermatol. **112,** 1734 (1976).

Kryptorchismus. Hierbei bleiben beide Hoden oder nur einer in der Bauchhöhle oder im Leistenkanal liegen: Retentio testis abdominalis bzw.

inguinalis. Bei einseitigem K. ist ein anatomisches Hindernis vorhanden, der doppelseitige K. wird auf endokrine Ursachen zurückgeführt. Einseitiger K. führt zu herabgesetzter Fertilität, doppelseitiger zu Infertilität. – Der Descensus kann bis zur Pubertät erfolgen.

DD: der retraktile Hoden, der sich nur zeitweise im Skrotum befindet, ist eine harmlose Anomalie. Bei der Untersuchung kann der Hoden durch den Cremaster-Reflex bis in den Leistenkanal hochgezogen werden. Ist der Hoden nicht im Skrotum, so muß man den Leistenkanal palpieren und evtl. versuchen, den Hoden von oben in den Leistenkanal hineinzudrücken. Wenn der Hoden hierdurch ins Skrotum gelangt, so handelt es sich um einen retraktilen Hoden und nicht um einen Kryptorchismus.

Ther: Behandlungsziel ist die spätere Fertilität. Bei ein- oder beidseitigem Hodenhochstand Choriongonadotropin und zwar bei Säuglingen (ab 4. Lebensmonat) 2 × 250 I. E. Primogonyl wöchtl. über 5 Wochen, bei Kindern bis zu 6 Jahren 2 × 500 I. E. wöchtl., bei älteren Kindern 2 × 1000 I. E. wöchtl. über 5 Wochen. Die Therapie ist möglichst frühzeitig durchzuführen. Nach Pubertätsbeginn ist die Behandlung nicht mehr sinnvoll. – Kommt es während der 1. oder spätestens während der 2. Kur nicht zum Descensus, soll operiert werden.

Kuhpocken (Vakzine-Knoten). Erreger: originäres Kuhpockenvirus. Rötlichlivide, bis haselnußgroße Knoten, aus denen sich hämorrhagisches Sekret entleert. *Sitz:* bes. Finger u. Hände von Melkern. Lymphangitis, Lymphadenitis, Fieber. **DD:** Anthrax, Melkerknoten, Vaccina inoculata. **Ther:** zur Beseitigung der bakteriellen Sekundärinfektion Antibiotika.

Kwashiorkor. Eiweißmangelkrankheit bei Kleinkindern in den Tropen und Subtropen: Anämie, Ödeme, Zurückbleiben im Wachstum, Durchfälle, Leververgrößerung, Erythro- oder Achromotrichie, Depigmentierungen, pellagraähnliche Erscheinungen. Führt unbehandelt rasch zum Tode. **Ther:** Langsame Umstellung auf eiweißreiche Kost. Zunächst Frauenmilch und Kaseinolakt. Vitamin-B-Komplex.

Landmannshaut (Seemannshaut). Entzündlich degenerative Hautatrophie mit Hyper- und Depigmentierungen, Teleangiektasien, senilen Keratosen. Im Nacken bes. bei Männern Cutis rhomboidalis. Nur bei Weißhäutigen. *Ät. Path:* jahrelange Witterungseinflüsse, bes. Lichtexposition.

Prophylaxe: Lichtschutzmittel (z. B. Ilrido Creme ultra). RV-Creme fettend. Linola-Fett. Linoladiol (östrogenhaltig). Lipocreme Cordes. Pregnenolonhaltige Präparate (Aquamoist- und Optima Serie, Fa. Binella). Placentahaltige Präparate (Placenta-Serol).

Lassueur-Graham-Little-Syndrom. Atrophisierende Alopezie bes. am Kopf, Herde von Lichen ruber planus oder follicularis am Stamm, Nageldystrophie. Selten.

Leberleiden und Hautveränderungen. Folgende Hautsymptome können bei organischen Leberleiden (bes. bei Leberzirrhose) auftreten:

Chloasma hepaticum (masque biliaire).

Erythema palmare et plantare (liver palms). Rötung beider Handinnenflächen (tritt bes. beim Überstrecken der Hand hervor) meist unter Aussparung der Mitte der Handteller. Kommt auch während der Schwangerschaft und bei chronischer Polyarthritis vor.

Gefäßspinnen (Lebersternchen) sind recht kennzeichnend für chronische Lebererkrankungen, finden sich aber auch während der Schwangerschaft, bei Einnahme von Ovulationshemmern, bei Polyarthritis u. a. Sie treten meist in größerer Zahl auf und können sich bei Besserung des Leberleidens zurückbilden. Von einem zuweilen pulsierenden Zentralgefäß (Spinnenleib) gehen dünne, hellrote Gefäße (Spinnenbeine) sternförmig ab. *Sitz:* bes. Gesicht, Hals, Schultergürtel, obere Extremitäten.

Geldscheinhaut. Feine arterielle Gefäßerweiterungen, welche an die Fäserchen im Papiergeld erinnern. Sitz: bes. Gesicht, Nacken, Brustausschnitt.

Gynäkomastie.

Haarveränderungen. Ausfall der Achselhaare, Brusthaare, femininer Behaarungstyp mit Bauchglatze, Verlust der Kräuselung der Schamhaare.

Hämochromatose (Bronzediabetes). Eisenspeicherkrankheit. Symptome: Leber- und Pankreaszirrhose als deren Folge ein Diabetes mellitus auftritt, braungraue, bronzeartige Verfärbung der Haut, bes. im Nacken, Gesicht und an den Extremitäten.

Ikterus. Man unterscheidet je nach dem Farbton: Verdin-I. (Verschluß-I.), Rubin-I. (Parenchym-I.), Flavin-I. (Hämolytischer I.).

Lacklippen sind für Leberzirrhose recht kennzeichnend, sie sind knallrot und leicht glänzend.

Nagelveränderungen. Uhrglasnägel und Trommelschlegelfinger kommen bes. bei biliärer Leberzirrhose vor. Ferner sieht man bei Leberzirrhose zuweilen Weißnägel: die gesamte Nagelplatte erscheint dann weißlich, glanzlos. Die Lunula ist auch am Daumen nicht mehr zu sehen.

Porphyria cutanea tarda.

Pruritus ist stets generalisiert und kann 1–2 Jahre der Erkennung einer Leberzirrhose vorausgehen. Ursächlich kommt eine Histaminfreisetzung und beim Verschlußikterus eine Vermehrung der Gallensäuren im Blut und in der Haut in Betracht.

Purpura. Spontan oder nach geringen Traumen auftretende Flecke sollen an eine Leberzirrhose denken lassen. Am häufigsten sieht man Blutungen nach Art der „senilen Purpura". *Ät. Path:* erhöhte Gefäßbrüchigkeit infolge Dysproteinämie, Mangel an Gerinnungsfaktoren (z. B. Faktor V und VII) oder an Vitamin K.

Venenerweiterungen der vorderen Bauchwand: Caput medusae.

Weißfleckung der Haut. Bis pfennigstückgroße, weiße Flecken, die bei Abkühlung bes. deutlich hervortreten. *Sitz:* bes. in d. Umgeb. der Gefäßspinnen, Gesäß, Unterarme.

Xanthome.

Zungenveränderungen: glatte, rote Zunge bes. bei akuter Lebernekrose und Leberzirrhose.

Leiomyome entstehen meist aus Haar- oder Gefäßmuskeln.

—, multiple. Oft in Gruppen und Reihen angeordnete, hautfarbene bis bräunliche, bis erbsengroße, druckschmerzhafte, kälteempfindliche Knötchen. Sitz: bes. Gesicht Extremitätenstreckseiten.

—, solitäre kommen vor an der Tunica dartos (myome dartoique), den großen Schamlippen und im Mamillarbereich. Lokale Reize (Druck, Kälte) können Kontraktionen hervorrufen. – Bes. an den unteren Extremitäten tritt das *Angioleiomyom* auf, ein subkutaner bis kirschgroßer, kugeliger, schmerzhafter Tumor, der von den Muskelzellen der Venen ausgeht.
Dg: oft nur histologisch zu stellen. **Ther:** Exzision.

Leishmaniasis cutanea (Orient-, Aleppo-Beule). Erreger: Leishmania tropica, eingeißeliger Flagellat. Überträger: Stechmücken (Phlebotomus-Arten). Inkubationszeit meist 1–3 Monate. Vorkommen: Mittelmeerraum, Afrika, Südamerika. An der Eintrittstelle des Parasiten entsteht eine langsam wachsende Papel, die nach einigen Wochen spontan abheilt oder sich zu einem bis 3 cm großen, mit einer schmutzig-gelblichen Schuppenkruste bedeckten, *nicht schmerzhaften Geschwür* (Bild 38 nach S. 104) entwickelt. Meist keine örtliche Lymphknotenschwellung. Auch ausgedehnte Ulzerationen, lupus- und erythematodeseähnliche Bilder kommen vor. *Sitz:* bes. unbedeckte Körperstellen.
Dg: Erregernachweis (Giemsafärbung) im Schnittpräparat oder im Ausstrich vom Geschwürsrand. Kultur. Intrakutantest.

DD: Pyodermie, Sarkoidose, Bromo- u. Jododerm, Frambösie, Lues I, Histoplasmose, Blastomykose, Tuberculosis cutis verrucosa et luposa.

— mucocutanea (— brasiliensis, Espundia). Erreger: Leishmania brasiliensis. Zerstört oft Mund- und Nasenschleimhaut sowie darunterliegende Knorpel und Knochen. Häufig Beteiligung der Lymphbahnen und Lymphknoten.
Prophylaxe: Nicht im Erdgeschoß schlafen, da die Phlebotomen meist in einer Höhe von 150 cm fliegen.

Ther: in der Regel *zurückhaltend*, da die L. cutanea meist nach 1 Jahr spontan heilt.
Bei kleineren Herden *Exzision.* *CO_2-Schnee* nach vorheriger Beseitigung der Sekundärinfektion. Röntgenweichstrahlen.
Antimonpräparate: Glucantime (0,06–0,19 g/kg/Tag über 2 Wochen. Höchste Einzeldosis tgl. 6 g.), Pentostam.
Antimalariamittel: Resochin (3mal 1 Tbl. tgl., 3 Wochen lang). Resochin-Injektion in den Herd. Cycloguanilpamoat (Camolar 350 mg i. m., evtl. nach 2–3 Monaten eine zweite Injektion).
Antibiotika: Gentamycin 2 × 80 mg tgl., 13 Tage lang. Dihydrostreptomycin 1 g tgl., 12 Tage lang. Amphotericin B.
Metronidazol (Clont, Sanatrichom) 3mal 250 mg, 2 Kuren über je 10 Tage.
Bei Rezidiven evtl. zusätzlich Kortikoide.

Lit: D. Schüle et al., Z. Hautkr. **49,** 951 (1974).

Lentiginosis centrofacialis. Bei Kindern in der Gesichtsmitte auftretende Lentigines, die kombiniert sein können mit Epilepsie, Oligophrenie, Spina bifida, Kyphoskoliose, Trichterbrust u. a. Veränderungen. Dominant erblich.

Lentiginosis perigenitoaxillaris. Lentigines im Bereich der apokrinen Schweißdrüsen d. h. der Genitalien und Axillen. **DD:** „axillary freckling" bei Neurofibromatosis generalisata.

Lentiginosis-profusa-Syndrom. Auch kardiokutanes- oder **LEOPARD**-Syndrom bezeichnet: **L**entigines, **E**lectrocardiographic conduction defects, **O**cular hypertelorism, **P**ulmonary stenosis, **A**bnormalities of genitalia, **R**etardation of growth, **D**eafness.

Lentigo (Leberfleck, Linsenmal). Rundlicher oder ovaler, bis linsengroßer, brauner bis schwarzer Fleck (selten etwas erhaben), der mit zunehmendem Lebensalter zum Abblassen neigt. Kann in einen Naevuszellen-Naevus übergehen. Histologisch: verlängerte Reteleisten, Zunahme der Melanozyten und des Pigmentes in der Basalschicht. **DD:** Epheliden (blassen im Winter ab). **Ther:** Kaustik. Exzision.

— maligna s. Melanosis circumscripta praecancerosa.

Lepra (Aussatz). Meldepflichtig. Erreger: Mycobacterium leprae (Hansen 1873). Wenig kontagiös. Inkubationszeit: 3–30 Jahre. Uncharakteristische Frühsymptome, z. B. Abgeschlagenheit, Appetitlosigkeit, Kopfschmerzen, intermittierendes Fieber, rheumatoide Gelenkbeschwerden. Vielfältige klinische Verlaufsformen.

—, dimorphe (borderline Lepra). Selten. Sie ist in gewisser Weise eine Art Zwischenglied zwischen L. lepromatosa und L. tuberkuloides. Asymmetrische, rötliche Plaques und Knötchen mit reichlich Erregern. Meist später Übergang in L. lepromatosa.

— indeterminata (unbestimmte Lepra). Meist asymmetrisch lokalisierte, manchmal auch gering erythematöse Herde mit Anästhesie. Polyneuritische Symptome können auftreten. Spontane Rückbildung oder Übergang in L. lepromatosa, selten in L. tuberkuloides möglich.

— lepromatosa. Anergische, infektiöse (in Haut- und Schleimhautveränderungen massenhaft Erreger) Verlaufsform mit ernster Prognose. Symmetrische, rotbraune, knotige Infiltrate (Abb. 62) mit allmählichem Übergang in die Umgebung. Ausfall der Augenbrauen. Sitz: bes. Gesicht (Facies leontina). Meist *Befall der Nasenschleimhaut* mit

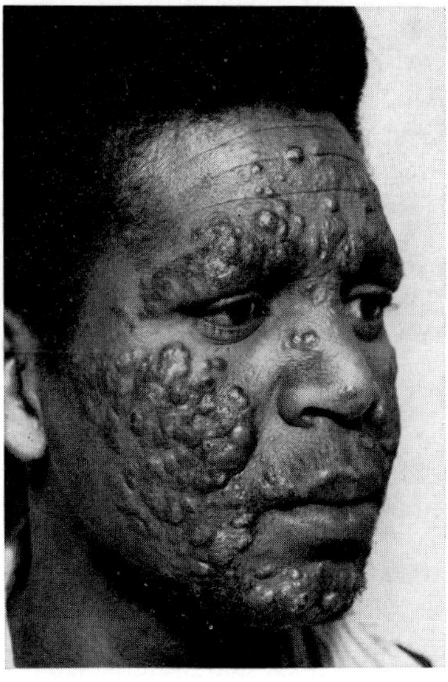

Abb. 62. Lepra lepromatosa

Behinderung der Nasenatmung. Befall der Augen, der *inneren Organe*. Mutilationen durch Knochenabbau.

— tuberculoides. Hyperergische kaum infektiöse Form (Erreger kaum nachweisbar). Gute Abwehrlage und Prognose. Asymmetrische, klein- oder großknotige, anuläre, rötlichbraune Plaques. *Frühzeitig Nervenbefall:* Sensibilitäts-Störungen, Facialisparese, Stimmbandlähmung mit Stimmverlust, Klauenhand u. a. – *Innere Organe und Schleimhäute nicht befallen.*

Dg: 1. Kontakt mit Leprakranken? 2. Fahnden nach Erythemen, *diffusen Infiltraten, Depigmentierungen*, Knoten (Ohrläppchen palpieren!), Haarausfall bes. der Augenbrauen. 3. Palpieren von *Nervenverdickungen bes. am N. ulnaris.* 4. Prüfung auf *Analgesie* (Nadelstich-Test). 5. Unfähigkeit, den kleinen Finger zu strecken (Frühsymptom!). Klauenhand. Muskelatrophie an Händen und Füßen. 6. Augensymptome: Keratitis, Iridocyclitis, Lagophthalmus u. a. 7. Erreger-Nachweis (Ziehl-Neelsen-Färbung) im Ohrläppchenpunktat, im Nasenschleim oder in verdächtigen Effloreszenzen nach Skarifikation. 8. Biopsie. 9. Histamintest an hypochromen und anästhetischen Herden: 1 Tropfen Histamin (1:1000) auf den Herd bringen und skarifizieren. Bei Lepra kein Reflexerythem (normal: Erythem und Quaddel). 10. Lepromin-Test (MITSUDA) vorwiegend prognostischer Test. Intrakutane Injektion von Extrakt aus Lepromen. Bei stark positiver Reaktion entsteht ein Geschwür. Bei L. tuberkuloides positive Reaktion (gute Abwehrlage), bei L. lepromatosa negative Reaktion (schlechte Abwehrlage).

DD: Lues III, Frambösie, Mykosis fungoides, Leishmaniosis, tiefe Mykose, leukämische Tumoren, Vitiligo, Syringomyelie u. a. **Ther:** Für alle Formen und Stadien geeignet ist: 4,4–Diamino-diphenyl-sulfon (DADPS, Kurzname: Dapson. Tagesdosis: 50–100 mg. Therapiedauer 3–5 Jahre). Besonders wirksam ist die Kombination von DADPS und Rifampicin (600 mg tgl. per os). Bei DADPS-Unverträglichkeit Clofacimin (Lampren, 300 mg wöchtl.). Bei Leprareaktionen (fieberhafte Exazerbationen) Kortikoide (anfangs etwa 60 mg Prednisolon tgl.) oder Lampren (200 mg tgl.).

Leukoderm. Meist vorübergehender, fleckförmiger Melaninverlust durch toxische Schädigung der Melanozyten nach entzündlichen Dermatosen wie Erythematodes chronicus, Lepra, Lichen ruber, Lues II, Parapsoriasis, Psoriasis. DD: Pseudoleukoderm. **Ther:** Abdecken mit Covermark.

Leukokeratosis nicotina palati. Durch starkes Rauchen verursachte weißliche, derbe, 1–3 mm große Knötchen am Gaumen. Zur Leukoplakie gehörig. **Ther:** Rauchverbot, Vitamin A 100000 I. E. tgl., längere Zeit.

Leukomelanodermie. Auftreten von fleckförmigen Depigmentierungen neben Hyperpigmentierungen z. B. bei Xeroderma pigmentosum, Sclerodermia diffusa, Erythrodermien. **Ther:** Abdecken mit Covermark.

Leukoplakia der Mundschleimhaut und Lippen. Weißliche Epitheltrübung und Epithelverdickung, die auch schmerzhafte Rhagaden aufweisen kann.

Leukoplakia idiopathica. Hierbei handelt es sich eher um eine harmlose Anomalie als um eine Krankheit. Hierher gehören u. a. die epithelialen Schleimhautnaevi, die als weißliche, beetartige Plaques oder papillomatöse Wucherungen erscheinen. *Sitz:* bes. Wangenschleimhaut. Dg: frühzeitiges Auftreten, histologisch gutartig. **DD:** Soor, Lichen ruber, Morsicatio buccarum, L. praecancerosa.

— praecancerosa. Sie sitzt meist an der Unterlippe, ihre Erkennung ist oft nur feingeweblich möglich.

— retroangularis. Sie sitzt an der Schleimhautseite der Mundwinkel, ist häufig, führt nur selten zum Krebs, ist also nicht unbedingt praekanzerös.

— symptomatica. Sie tritt auf als Symptom bei Erkrankungen, welche vorwiegend die Haut befallen, z. B. bei Lichen ruber, Erythematodes, Lupus vulgaris, Lues III. Ferner sieht man sie nach traumatisch-irritativen Einwirkungen wie Tabak, scharfe Zahnkanten, galvanische Ströme durch verschiedene Metalle in den Zähnen (metallischer Geschmack, schwärzliche Verfärbung, Erosionen der Mundschleimhaut), gewohnheitsmäßiges Kauen an den Lippen und der Wangenschleimhaut (Morsicatio labiorum seu buccarum). Die symptomatischen Leukoplakien sind fakultativ präkanzerös. Je stärker die entzündlichen Veränderungen sind, um so eher tritt eine krebsige Entartung auf.
Ther: Grundkrankheit behandeln. Auslösenden Reiz ausschalten. Rauchverbot. Spülungen mit Bepanthenlösung, verdünnter Myrrhentinktur. Vitamin A 100000 E tgl., 3 Monate lang. Bes. bei warziger Wucherung Exzision (Histologie!), elektrische Schlinge, Röntgenstrahlen, evtl. Versuch mit Bleomycin.

— vulvae sive glandis et praeputii. Kann auf dem Boden einer Kraurosis (s. d.) entstehen und in ein Karzinom übergehen. Prophyl: frühzeitige Behandlung der Kraurosis (s. d.). **Ther:** s. o.

Leukosen (Leukämien).

—, akute. Leukozytenzahl meist sehr erhöht. Anämie, Thrombozytopenie, Fieber, Atemnot, Haut- und Schleimhautblutungen, evtl. makulo-papulöses oder pustulöses (einer Lues II ähnelndes) Exanthem. **Ther:** s. Lehrbuch Innere Medizin.

—, chronische. Die *Lymphadenose* der Haut zeigt verschiedene Bilder: 1. braunrote, derbe Tumoren im Gesicht nach Art einer Facies leontina, 2. plattenartige, bräunlich-rote bis handflächengroße Infiltrate. 3. makulopapulöses Exanthem (DD: Lues II). 4. Erythrodermie. Ferner Lymphknotenschwellung, Hepatosplenomegalie, im weißen Blutbild bis zu 90% Lymphozyten. **Ther:** wegen des chronischen Verlaufs zunächst Zurückhaltung mit Zytostatika. Bei Gewichtssturz, Leukanämie, Abgeschlagenheit usw. Arsen, Kortikoide, Zytostatika.

Die *chronische Myelose* der Haut ist selten. Sie zeigt purpurische, noduläre, u. U. ulzerierende Erscheinungen. Frühsymptom ist manchmal Priapismus. **Ther:** Zytostatika. Rö-Bestrahlung der Hautinfiltrate.

Lichen nitidus. Selten. Meist bei Kindern und Jugendlichen auftretende stecknadelkopfgroße, weiße oder rötliche, glänzende, transparente Knötchen. *Sitz:* bes. Penis, Unterarmbeugeseiten. Nach längerer Zeit spontane Rückbildung. *Ät:* Abart des Lichen ruber planus. *Dg:* Histologie. **DD:** Lichen scorbuticus, -scrofulosorum, -syphiliticus, -trichophyticus. **Ther:** Versuch mit Kortikoidsalben. Volon-A-Tinktur, anschließend Okklusivverband mit Kortikoidsalbe. Höhensonne. Kromayer-Lampe.

Lichen obtusus. Juckende, bis erbsgroße Knötchen mit der Form eines abgestumpften Kegels. Da die Bezeichnung für verschiedene Dermatosen (Lichen ruber, Lichen simplex, Prurigo nodularis) gebraucht wird, sollte sie besser vermieden werden.

Lichen pilaris (Keratosis pilaris, Keratosis suprafollicularis alba et rubra). Sehr häufig. Durch stecknadelkopfgroße Hornpfröpfe in weißlichen oder geröteten Follikelmündungen fühlt sich die *Haut reibeisenartig* an. Sitz: bes. Streckseiten der Oberarme, Oberschenkel und Gesäß. Beginnt in der Jugend, schwindet später spontan. Gynäkotropie. *Ät. Path:* peristatischer Kreislaufzustand. Manchmal gleichzeitig mit Akrozyanose oder Erythrozyanosis crurum puellarum. Offenbar dominant erblich. **Ther:** Seifenbäder. 5%ige Salizylvaseline. Rp. Acid. salicyl. 2,5, Natr. chlorat. 5,0, Aqu. 15,0, Eucerin. anhydr. 15,0, Glycerin. 7,5, Vaselin. ad 100,0. Calmurid-Salbe. Vitamin-A-Säure Creme (Epi-Aberel Creme). Sauna, Glühlichtbad, Klimatherapie (Nordsee-Insel). Innerlich Vitamin A und C.

Lichen ruber planus (flache Knötchenflechte). Hirsekorngroße, polygonale, flache, oft zentral gedellte, *wachsartig glänzende*, hellrote oder *violette* bis bräunliche, häufig stark *juckende Papeln.* Sie zeigen – als Ausdruck einer ungleichmäßig ausgebildeten Granulose – meist weiße Punkte und Netze (*signe du réseau*, Wickhamsche Streifen) bes. deutlich nach Einölen der Oberfläche. Die Knötchen sind manchmal strichförmig angeordnet *(Köbner-Phänomen)*, zuweilen konfluieren sie zu Platten, z. B. am Handrücken. Nach Abheilen bleiben oft Pigmentierungen und Atrophien zurück. *Sitz:* bes. Beugeseiten der Vorderarme (Bild 40 vor S. 105), Genitale, auch ganzes Integument (L. r. generalisatus), Lippenrot, Wangenschleimhaut (Netzphänomen hier bes. deutlich), auf der Zunge oft leukoplakieartige Herde (Abb. 63b). **DD:** lichenoide Syphilide, Tuberkulide, Verrucae planae. Bei alleinigem *Schleimhautbefall:* Morsicatio buccarum, Soor, Leukoplakie, Lues II, Erythematodes. Bei isoliertem *Befall der Handteller* und *Fußsohlen* – hier sehen die Effloreszenzen blaß aus – kommen verschiedene Keratosen in Betracht.

—— acutus. Selten. Plötzlich am ganzen Körper auf geröteter Haut auftretende, juckende, kleinste Papeln oder Vesikulopapeln. Ekzemähnlich. Typische Lichenpapeln sind oft nur vereinzelt zu sehen. Tritt bes. bei jüngeren Menschen auf.

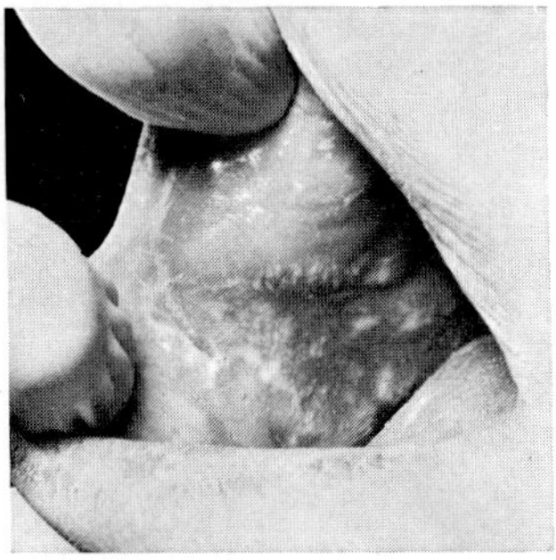

Abb. 63a. Lichen ruber der Wangenschleimhaut

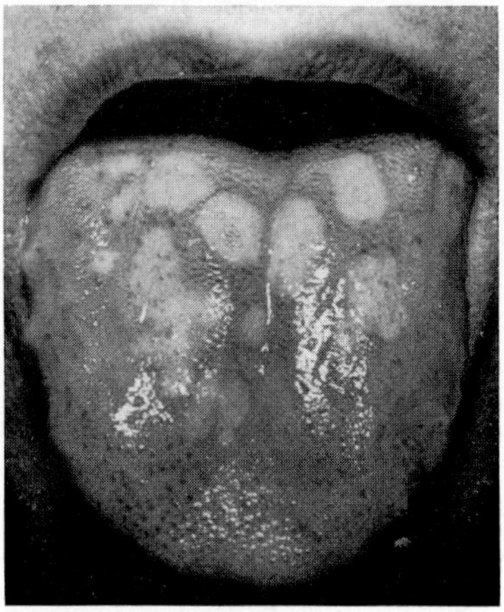

Abb. 63b. Lichen ruber der Zunge

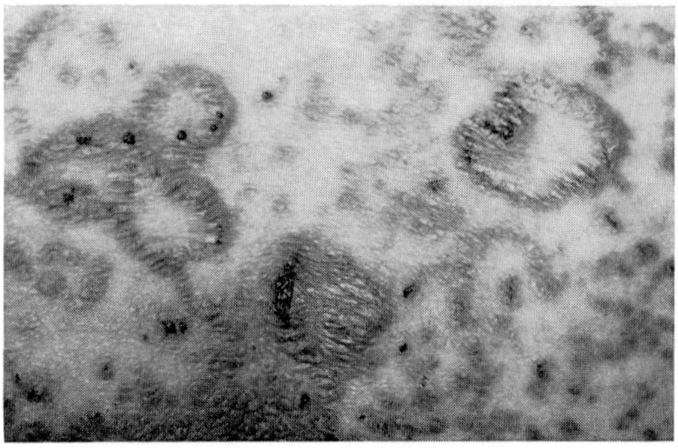

Abb. 63c. Lichen ruber anularis

—— **anularis.** Ringförmige Anordnung der Papeln (Abb. 63c).

—— **atrophicus.** Die Papeln hinterlassen eine Atrophie. Selten.

—— **exanthematicus.** Hierbei wird das ganze Integument – Gesicht und Kopfhaut bleiben in der Regel frei – mehr oder weniger dicht befallen. Übergang in Erythrodermie ist möglich.

—— **follicularis** seu acuminatus. Meist dicht gestellte, stecknadelkopfgroße, zartrote Knötchen; reibeisenartig.

—— **follicularis decalvans** *(Lassueur-Graham-Little-Syndrom)*. Follikulärer L. r. am Rumpf und am Capillitium, wo er zur Alopecia atrophicans führt.

— — obtusus. Großknotiger L. r.; bis erbsengroße, kalottenförmige, derbe Papeln mit verhältnismäßig glatter Oberfläche. Der Name „Lichen obtusus" wird auch für andere großknotige Prozesse (z. B. Prurigo nodularis Hyde) gebraucht.

— — pemphigoides. Selten treten bis erbsgroße Blasen hinzu. Sie entstehen auf Lichenpapeln, auf livid-roten Flecken oder auf unveränderter Haut. *Im Mund* platzen die Blasen rasch und führen zu *schmerzhaften Erosionen.* Siehe Grinspan-Syndrom. **DD:** Pemphigus vulgaris.

— — striatus. Strichförmige Anordnung der Papeln bes. an den Extremitäten.

— — ulcerosus pedum. Lichen ruber mit Blasen, Ulzerationen und Nagelverlust an den Füßen. Narbige Alopecia capitis. Lit: J. Thormann, Arch. Dermatol. **110,** 753 (1974).

— — ungium. Längsstreifung, Verdünnung der Nagelplatte, subunguale Keratosis, Hyperpigmentierung, Pterygiumbildung, völlige Nagelatrophie. **Ther:** innerlich Kortikoide.

— — verrucosus. Warzenartige, ovale, bandförmige oder unregelmäßige Plaques mit bläulichem Farbton am Rande. *Sitz:* bes. Unterschenkelstreckseiten. **DD:** Lichen simplex chronicus.

Ät. Path: Psychische Einflüsse? Virus? Sonnenbestrahlung kann eine exanthematische Eruption hervorrufen.

Ther: *Innerlich:* Sedativa, Psychopharmaka: Bellasanol, Bellergal, Psyquil, Valium. Antihistaminika: Avil, Copyronilum, Fenistil, Systral, Tavegil. Kortikoide bei L.r. exanthematicus: Prednisolon anfangs 60 mg tgl. Ferner Adeptolon forte, Celestamine. Synthetisches ACTH z. B. Synacthen Depot anfangs 1 mg i. m. jeden 2. Tag, später dreitägige und noch längere Intervalle. Vitamin-A-Säure (nicht im Handel) tgl. 30 mg über 3 Wochen.

Bei infiltratreichem L.r.: INH (Dosierung s. Tuberculosis cutis). – Eigenblutinjektionen. Kochsalzarme Diät.

Äußerlich: halogenierte Kortikoidsalben z. B. Diprosone, Topsym, Ultralan evtl. unter Okklusivverband. Vitamin-A-Säure-Creme (z. B. Eudyna), dabei auf die zu erwartende entzündliche Reaktion aufmerksam machen. Nicht an intertriginösen Stellen!

Lauwarme Bäder. Balneum Hermal mit Teer, Balnacid. Brausen (35°) 1–3 Min., dann kalter Guß. Klimatherapie. Evtl. Röntgenstrahlen (1–2mal 100 R).

L.r. verrucosus: Kortikoidpflaster (Ultralan-Pflaster, Sermaka-Folie) oder Kortikoidsalben oder Vitamin-A-Säure Creme unter Okklusion, an den Unterschenkeln zusätzlich Kompressionsverband. Unterspritzung mit Volon A 10-Kristallsuspension. Evtl. CO_2-Schnee oder hochtouriges Schleifen.

L.r. der Mundschleimhaut: Vitamin-A-Säure-Creme (0,05 %) 2mal tgl. auf die befallenen Stellen bringen. Unterspritzung mit Volon A 10-Kristallsuspen-

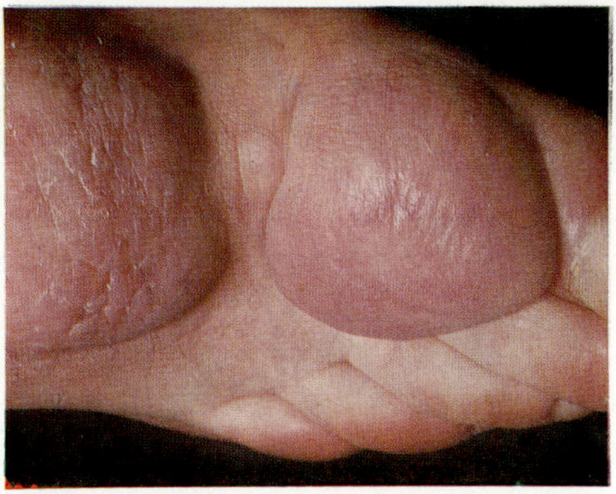

Bild 48
Myxoedema circumscriptum tuberosum

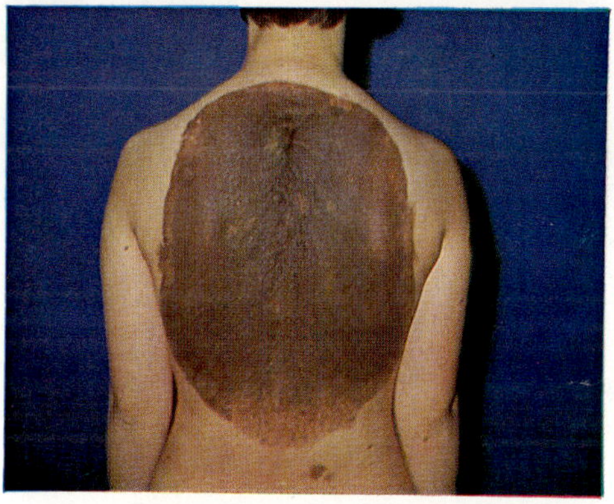

Bild 49
Tierfellnaevus

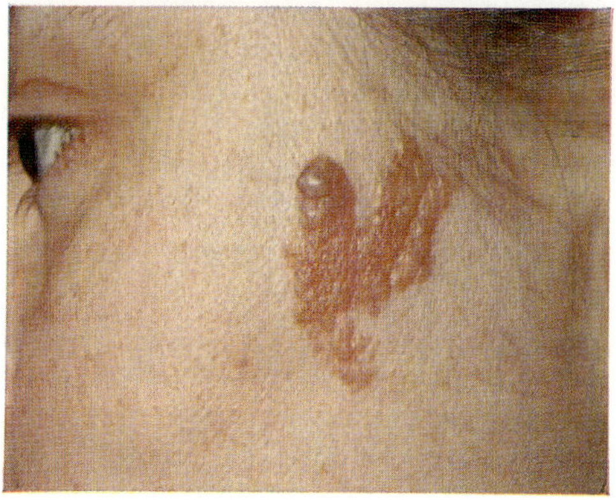

Bild 50
Naevus sebaceus
(Talgdrüsen-Naevus)

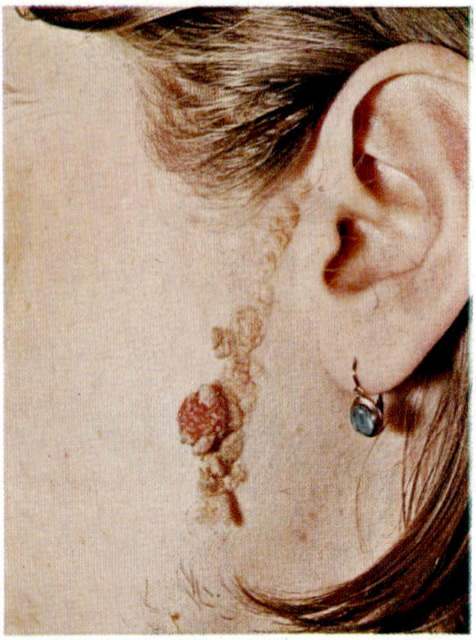

Bild 51
Naevus syringocystade-
nomatosus papilliferus

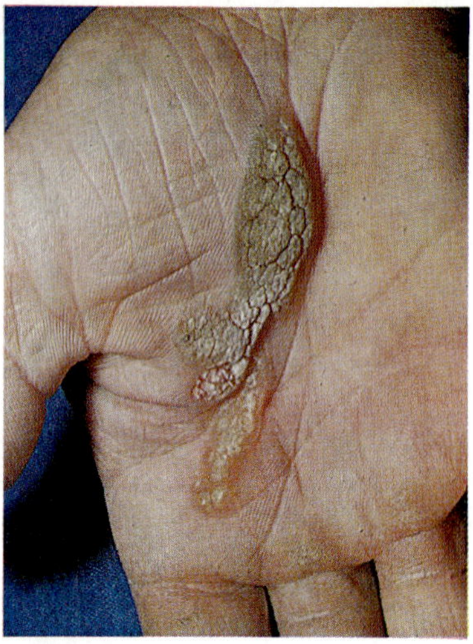

Bild 52
Naevus verrucosus

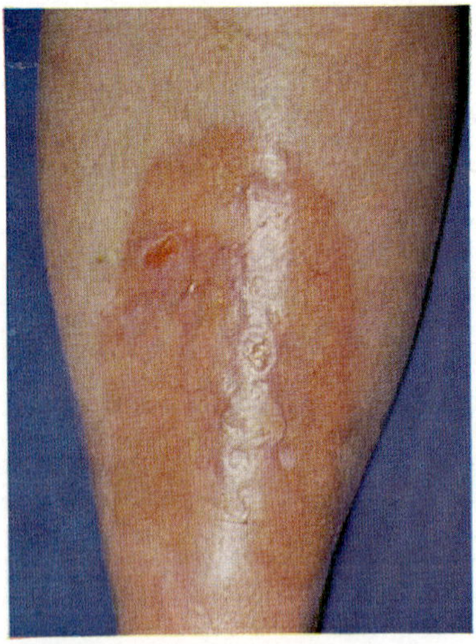

Bild 53
Nekrobiosis lipoidica diabeticorum am
Unterschenkel

sion. Volon A Haftsalbe. – 4mal tgl. 1 Betnesol-Pastille im Mund zergehen lassen.

Herviros. Gumox. Frubienzym. Subcutin- oder Bepanthen-Lösung. Vitamin A 100 000–200 000 E. tgl. Versuch mit INH.

Lichen sclerosus et atrophicus (White spot disease oder Weißfleckenkrankheit, Lichen albus). Bis erbsgroße porzellan- oder bläulichweiße, rundliche, follikuläre, komedoartige Hyperkeratosen aufweisende Effloreszenzen, die zu unregelmäßig begrenzten, größeren Herden zusammentreten können. Meist bei Frauen zwischen 40–50 Jahren. *Sitz:* bes. Hals, Schultergürtel, Handgelenke, Genitale (s. u.). **DD:** Sclerodermia circumscripta. **Ther:** Intrafokale Injektion von *Kortikoid-Kristallsuspension.* Kortikoid-Salben unter Okklusivverband. Volon-A-Tinktur. CO_2-Schnee. Resochin. Vitamin B 6.

———— penis (Abb. 63d). Weißlich-atrophisch-sklerotische Umwandlung von innerem Vorhautblatt und Eicheloberfläche. Zuweilen auch subepitheliale, serös-hämorrhagische Blasen. Führt zu Phimose und oft zur Einengung der Harnröhrenmündung. Fakultative Präkanzerose. Die *Balanitis xerotica obliterans* entspricht dem Frühstadium, die *Kraurosis penis* dem Spätstadium dieses Leidens. Selten gleichzeitig extragenitale Herde.

Ther: Zirkumzision: danach soll die Glans nicht mehr von Präputialresten bedeckt sein. Deshalb vom inneren Vorhautblatt nur ganz schmalen Rand belassen, der gerade noch die Naht ermöglicht. Danach Hydrocortison-Salbe (1%). Linoladiol-H. Evtl. Dilatation der Harnröhrenmündung oder Meatotomie. Vitamin A und E innerlich.

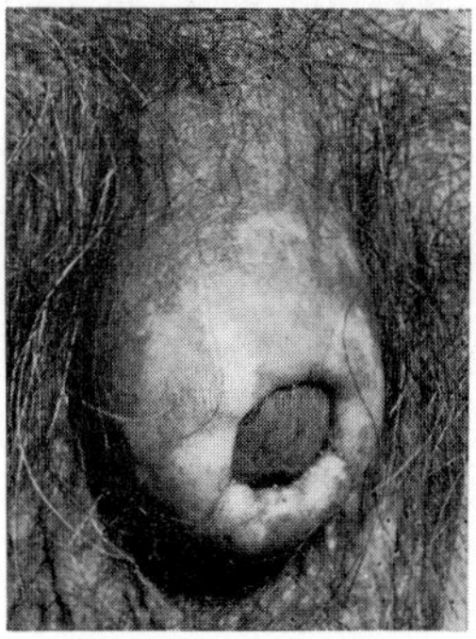

Abb. 63d. Lichen sclerosus et atrophicus des Praeputiums

———— vulvae. Mit Schrumpfung und Atrophie einhergehender, meist stark juckender Prozeß, der zum Schwund von Labien und Präputium, zur Einengung des Vestibulum vaginae und – ohne Behandlung – zum Krebs führen kann. Das Frühstadium zeigt pergamentartigen Glanz des Epithels, Hyperkeratose der Follikel- und Schweißdrüsenmündungen. **DD:** Chronisches Ekzem. Im Spätstadium *(Kraurosis vulvae)* Schwund von Labien und Präputium. In einem Drittel der Fälle gleichzeitig extragenitale Herde.

Ther: Am wirksamsten ist die intrafokale Injektion von Kortikoid-Kristallsuspension: Volon A 10, Scandicain (1%) āā. Kortikoidsalben (z. B. Linoladiol H). Östrogenhaltige Salben (Linoladiol). Sitzbäder mit Balneum Hermal mit Teer. Östrogene: Ovestin tgl. 1 Tbl. über längere Zeit oder Progynon Depot 10 mg alle zwei Wochen. Vitamin E (tgl. 100 mg über Monate). Vitamin A (tgl. 100 000 I. E. z. B. 2 Kaudragees Arovit).

Lichen simplex chronicus Vidal (Neurodermitis circumscripta, Bild 41 vor S. 105). Bis handtellergroße, rundliche oder auch streifenförmige, stark juckende, lichenifizierte, zuweilen depigmentierte Herde. In ihrer Umgebung sieht man oft glänzende Einzelknötchen, die manchmal von einer bräunlichen Zone umgeben sind. Oft nur ein Herd. *Sitz:* bes. Nacken (bei Frauen), Streckseiten der Unterarme und Unterschenkel, Vulva, Skrotum. Der *Lichen simplex hat keine Beziehung zur Neurodermitis constitutionalis.*

Sonderformen: *lichénification géante Pautrier:* stark juckende, vegetierende, papillomatöse Plaques. *Sitz:* Skrotum, Vulva, Inguinalfalten, Rima ani. *Lichen simplex verrucosus* (Bild 42 nach S. 144) mit verruköser Oberfläche und starkem Juckreiz. *Sitz:* bes. Unterschenkel. **DD:** Lichen ruber verrucosus.

Ät. Path: intestinale Autointoxikation bei Magen-Darm-Störungen, Obstipation, Cholezystitis? Nuchale Osteochondrose fördert die Entstehung von Nackenherden. **Ther:** Grundleiden behandeln. Sudabäder. Kochsalzarme Diät. Antihistaminika, Tranquillizer (Valium, Librium u. a.). Kortikoidsalben unter Folienverband. Kortikoid-Pflaster. *Unterspritzung* von Procain (z. B. Impletol) oder *Kortikoid-Kristallsuspension.* Reiner Steinkohlenteer, mit Talkum überpudern. Sacksche Lösung. Kromayer-Lampe. Röntgenstrahlen. Klimatherapie, z. B. Nordseeinsel.

Lichen simplex occipitalis psoriasiformis. Münzengroße, umschriebene Lichenifikation mit psoriasiformer Schuppung im Nacken bei Frauen. **Ther:** Unterspritzung mit Volon A 10 Kristallsuspension. Halogenierte Kortikoidsalben.

LICHTDERMATOSEN

Längere Lichteinwirkung führt zur vermehrten Melaninbildung (Hyperpigmentierung) und zur Verdickung der Hornschicht (Lichtschwiele): diese Reaktionen dienen dem Lichtschutz.

An eine Lichtdermatose ist zu denken, wenn überwiegend lichtexponierte Hautstellen befallen sind und der Kranke die Abhängigkeit der Hauterscheinungen vom Lichteinfluß beobachtet hat.

1. Phototraumatische Reaktionen entstehen bei normaler Lichtempfindlichkeit der Haut durch Überdosierung von kurzwelligem UV-Licht. *Sonnenbrand* (Dermatitis solaris): Rötung, Schwellung, Bläschen, Blasen, später Schuppung. *Prophyl:* Gewöhnungskur mit Höhensonne anfangs je Körperstelle 1/2–1 Min., jeden 2. Tag um 30% steigern. So erreicht man eine Lichtschwiele und vermeidet dadurch eine spätere UV-Dermatitis. Lichtschutzmittel.

Bei diesen gibt der *Lichtschutzfaktor* (LF) an, um wieviel länger man sich der Sonne nach Auftragen eines Präparates aussetzen kann, bis eine Dermatitis auftritt. Bekommt man einen Sonnenbrand ohne Lichtschutzmittel nach 10 min, so verlängert ein Präparat mit LF 3 die Zeit auf 30 min. Beispiele: *Ilrido*-Creme (LF = 3), Ilrido Creme Ultra (LF = 9), *Spectraban* (LF = 5,68), Nivea Sonnenöl (LF = 2,3).

Ther: Bei ausgedehntem Sonnenbrand Antihistaminika (z. B. Avil i. m.), Kalzium sowie bei Ödem Reparil i. v. Ferner Kortikoid-Externa (z. B. Volon A-Creme, Ultralan Creme). Bufexamac (Parfenac).

Cheilitis actinica acuta. Rötung, Schwellung und Bläschenbildung nach Sonneneinwirkung bes. im Hochgebirge. *Sitz:* vorwiegend Unterlippe. *Prophyl:* Ilrido Lippenstift (LF = 9).

Ther: Kortikoid-Creme.

Auch die *Frühlingslichtdermatose* (Dermatitis vernalis aurium) ist im wesentlichen phototraumatisch bedingt. Sie kommt meist bei Knaben (bei Mädchen schützt das Haar die Ohren) im Frühling nach Sonnenexposition vor. Symptome: Juckreiz, Rötung, Papeln mit Bläschen. *Sitz:* Ohrmuschelränder, Ohrläppchen. *Prophyl:* Lichtschutzsalbe.

2. Phototoxische Reaktionen. Können bei jedem Menschen entstehen nach Kontakt mit einem „Lichtsensibilisator“ (z. B. Trypaflavin, Rivanol, Teer, Eosin) und Lichteinwirkung.

Nach Sonnenbestrahlung einer mit Teerpräparaten bedeckten Haut tritt die *Teersonnendermatitis* auf, die eine Hyperpigmentierung (Teermelanose) hinterläßt.

Die *Berloque-Dermatitis* entsteht durch Sonneneinwirkung nach Anwendung von Kosmetika mit Bergamottöl. Die hierin enthaltenen Furocumarine rufen eine leichte Dermatitis mit nachfolgenden, lange persistierenden, streifenförmigen Hyperpigmentierungen hervor. **Ther:** Depigman.

Furocumarine lösen ferner die *Wiesendermatitis* (Dermatitis bullosa pratensis) aus: streifenförmige, erythematös-bullöse Veränderungen beim Sonnenbaden nach Kontakt der bloßen Haut mit Wiesenpflanzen. **Ther:** Kortikoid-Lotio.

Die Einnahme von *Tetracyclinen*, bes. Demethyltetracyclin, kann ebenfalls phototoxische Reaktionen hervorrufen.

Porphyrine lösen ebenfalls phototoxische Reaktionen aus.

3. Photoallergische Reaktionen treten nur bei einer kleinen Zahl von Menschen auf und zwar erst nach einer Sensibilisierungsphase. Sie zeigen oft ein ekzemartiges Bild. Die Photoallergie ist durch Epikutantestung mit nachfolgender Belichtung der Teststellen nachweisbar.

Bei der seltenen *Lichturtikaria* handelt es sich um einen allergischen Prozeß vom Soforttyp. Lit: D. Tödt et al., Z. Hautkr. **49**, 31 (1974).

Verschiedene Arzneimittel können photoallergische Reaktionen auslösen (s. Tabelle).

Bei jeder Lichtdermatose eingehende Arzneimittel-Anamnese!

Photoallergisch bedingt sind wahrscheinlich auch das *Ekzema solare* (summer prurigo) und die *chronisch-polymorphen Lichtausschläge.* Hierbei entstehen im 3. Dezennium an belichteten Hautstellen juckende, ekzematöse, prurigoähnliche und urtikarielle Erscheinungen. Das Leiden zieht sich meist über

photoallergene Substanzen	benutzt als	inner-lich	äußer-lich
Chlorpromazin	Neuroleptikum	+	
Cyclamat	Süßstoff	+	
Griseofulvin	Antimykotikum	+	
halogenierte Salizylanilide			+
und Derivate (Bithionol, Dibromsalizylanilid, Tribromsalizylanilid)	Antimikrobika, Antimykotika		+
Nalixidinsäure	Bakteriostatikum	+	
Paraaminobenzoesäure	Lichtschutzmittel		+
Promethazin	Antihistaminikum	+	+
Stilbene	optische Aufheller		+
Sulfonamide	Chemotherapeutika	+	+
Sulfonylharnstoffe (Carbutamid, Tolbutamid)	Antidiabetika	+	
Thiazide	Diuretika	+	
Triacetyldiphenolisatin	Laxans	+	

Jahrzehnte hin. *Ät:* bei älteren Kranken besteht zuweilen Eisenmangel oder Anazidität oder Pankreasinsuffizienz. **Ther:** evtl. Grundleiden behandeln. Versuch mit *Beta-Carotin* (150–200 mg tgl.) oder Quensyl oder Reducdyn. Lichtschutz z. B. Contralum, Ilrido Creme ultra.

4. Weitere Lichtdermatosen und Hautkrankheiten, bei denen Licht provozierend oder verschlimmernd wirken kann, sind: Cheilitis glandularis simplex, Erythema exsudativum multiforme, Erythematodes, Herpes solaris, Hydroa vacciniforme, Pellagra, Retikulose (aktinische), Xeroderma pigmentosum.

Lichtempfindlichkeit findet sich ferner bei: Albinismus, Bloom-Syndrom, Cockayne-Syndrom, Hartnup-Syndrom, Phenylketonurie, Rothmund-Thomsons-Syndrom, Vitiligo.

*

Linea fusca (brauner Stirnring). Streifenförmige, bräunliche Verfärbung der Stirn bei Frauen parallel zur Haargrenze bei chronischen Erkrankungen des ZNS (Syringomyelie u. a.), bei Schwangeren: **Ther:** BVK-Roche, Vitamin C, Depigman.

Lingua geographica (Exfoliatio areata linguae, Landkartenzunge). Von einem weißlichen Randsaum umgebene rote Herde, die ihre Gestalt oft von Tag zu Tag ändern („Wanderplaques"). **Ther:** lokal Versuch mit Aureomycin-Spiritus 0,25%.

— scrotalis (L. plicata, Faltenzunge). Starke Furchenbildung der Zungenoberfläche. Häufige angeborene Variante des Zungenprofils, s. a. Melkersson-Rosenthal-Syndrom.

— villosa nigra (schwarze Haarzunge). Verlängerung, Verdickung, Dunkelfärbung der fadenförmigen Papillen (Bild 43 nach S. 144). Sitz: bes. Mitte des Zungenrückens. Ätiologisch werden u. a. angeschuldigt: Antibiotika, Soor, Nikotinabusus, H_2O_2-Spülungen, Ernährungsstörungen, Diabetes mellitus, Bakterien u. a. – **Ther:** Ursache ausschalten. Vitamin A 200000 E. tgl. Nikotinsäureamid. – H_2O_2-Spülungen und Röntgenstrahlen können versucht werden, wenn sie nicht im Einzelfalle gerade die Ursache der Haarzunge sind.

Bürsten mit einer weichen Zahnbürste. *Vitamin-A-Säure* Pinselungen (z. B. Epi-Aberel Lösung).

Lipoatrophia anularis. Band- und ringförmige Fettgewebsatrophie meist an den Armen. *Ät. Path:* lokalisierte, atrophisierende Panniculitis?

— circumscripta. Umschriebene Fettgewebsatrophie nach Traumen, Injektionen von Insulin sowie von Kortikoid-Kristall-Suspensionen in das Fettgewebe.

— semicircularis. Nur den halben Oberschenkel umgreifende Fettgewebsatrophie. Spontane Rückbildungstendenz. *Ät. Path:* lokalisierte, atrophisierende Panniculitis. Lit: W. R. Gschwandtner et al., Hautarzt **25,** 222 (1974).

Lipodystrophia generalisata acquisita. Meist nach Infektionskrankheiten bei Kindern und Jugendlichen auftretender Verlust des subkutanen Fettgewebes. Später kann ein insulinresistenter Diabetes mellitus hinzukommen.

—— congenita (Seip-Lawrence-Syndrom). Autosomal rezessiv erblich. Seit Geburt hochgradige Verminderung des Fettgewebes der Haut und der Eingeweide. Hyperlipidämie zuweilen mit Xanthomen. Hepatosplenomegalie. Insulinresistenter Diabetes tritt um das 10. Lebensjahr auf. Geistige Unterentwicklung. Oft Akanthosis nigricans und Hypertrichose.

Lipodystrophia progressiva (Simons Syndrom). Selten. Bei Frauen meist in der Pubertät beginnender Schwund des subkutanen Fettgewebes des Oberkörpers („Totenkopfgesicht") und Zunahme des Fettpolsters der unteren Körperhälfte. Bisweilen gleichzeitig Otosklerose, Knochenzysten, Debilität, Regelstörungen.

Lipogranulom. Plattenartige, manchmal schmerzhafte und fistelnde Infiltrate nach Injektion von Insulin (Insulinlipodystrophie), öligen Medikamenten (Wismut), Paraffin (Paraffinome), ferner nach Traumen (Schlag, Stoß). *Sitz:* bes. Beine, Gesäß bei Frauen. **Ther:** Evtl. Exzision. Bei traumatogenem L. intraläsionale Kortikoid-Injektion versuchen.

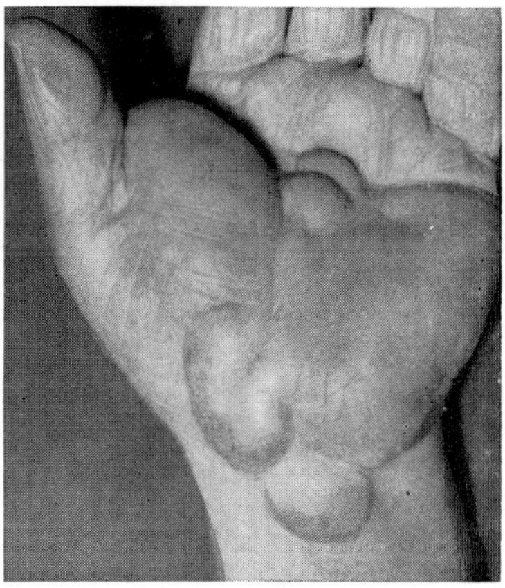

Abb. 64. Lipome

Lipom. Einzeln oder multipel (Abb. 64), oft symmetrisch auftretende, weiche Geschwülste aus Fettgewebe. **Ther:** Evtl. Exzision. Versuch mit Héparine lipocaique Biosedra (Frankreich), 3 Tbl. tgl.

—, braunes (Hibernom). Sehr selten. Solitärer, weicher subkutaner Tumor, der aus braunem Fett besteht, das mit dem Winterschlaffett der Tiere zu vergleichen ist. *Sitz:* bes. Nacken, Schultern. **Ther:** Exzision.

Lipomatosis dolorosa. Spontan und auf Druck schmerzhafte, am Rumpf und symmetrisch an den Extremitäten auftretende knotige oder wulstförmige Fettgewebswucherungen bes. bei Frauen zwischen dem 30. und 50. Lebensjahr. **DD:** Adipositas dolorosa, Neurinome, Neurofibromatosis generalisata. **Ther:** Exzision.

Lippenfistel. Punktförmige Öffnung am Übergang vom Lippenrot zur Schleimhaut. *Sitz:* meist Unterlippe. Auf Druck entleert sich etwas Schleim. **Ther:** evtl. Exzision.

Lippenzyste. Bläulich-glasige, bis kirschgroße, prallelastische Gebilde an der Innenseite der Unterlippe. Histologisch selten Zysten, sondern meist sog. Schleimgranulome. **Ther:** Exzision.

Listeriose. Erreger: Listeria monocytogenes. Durch Kontakt mit kranken Tieren (Ratten, Kühen u. a.) selten auf Menschen (z. B. Tierärzte nach Abortausräumung) übertragen. An der Haut Papeln, Pusteln, Bläschen. *Dg:* Komplementbindungsreaktion. **Ther:** Penicillin, Streptomycin.

Livedo racemosa. Baum- und rankenförmige, livide Streifenbildungen infolge von Entzündungen der kleinen, subkutanen Gefäße. Kommt u. a. vor bei Gelenkrheumatismus, Dermatomyositis, Endangiitis obliterans, Periarteriitis nodosa, Hypertonie. **Ther:** Grundkrankheit behandeln. Sauna, Wechselbäder, Bindegewebsmassagen. Evtl. Phenylbutazon, Kortikoide, Antibiotika.

— reticularis e calore. Nach Wärmeeinwirkung (Heizkissen, Ofen) netzförmige Rötung, später evtl. Pigmentierung *(Pigmentatio reticularis calorica)*.

— reticularis e frigore (Livedo anularis, Cutis marmorata). Netzförmige livide Verfärbung bei Abkühlung. Oft zusammen mit Cutis anserina. Schwindet bei Erwärmung. *Path:* Arteriolenspasmus bei passiver Venolen-Hyperämie.

Livedo Vasculitis (Segmentale hyalinisierende Vasculitis). Entspricht offenbar der Livedo reticularis mit Ulzeration. Makulo-papulöse, an eine Livedo reticularis erinnernde, später auch hämorrhagische Veränderungen an den Unterschenkeln mit sehr schmerzhaften rezidivierenden Geschwüren bes. an den Knöcheln. Die Ulcera heilen mit Narben ab, die einer Atrophie blanche ähneln. Ther: Rheomacrodex (10%)-Infusionen, anfangs tgl. 1 Liter, später 500 ml. [Lit: S. W. Issroff et al., Br. J. Derm. 85, Suppl. 26 (1971)].

Lyell-Syndrom (Epidermolysis acuta toxica, Epidermolysis acuta combustiformis, Syndrom der verbrühten Haut). Ausgedehnte, blasige Ablösung der Epidermis, die dann grauweiß, wie verbrüht aussieht (Abb. 65). Es entstehen schmerzende Erosionen. Positives Nikolsky-Phänomen (s. d.). Oft postläsionale Hyperpigmentierungen. Auch an der Schleimhaut (Mund, Nase, Speiseröhre, Urethra, Vagina) sowie an den Konjunktiven (Erblindungsgefahr) kommt es zu Epithelablösungen. Mortalität 20–50%.

Ät. Path: Bei Kindern meist Staphylokokken-Infektion, bei Erwachsenen Arzneimittel-Allergie + Infekt. Erneute Verabfolgung des Arzneimittels führt nicht in allen Fällen zum Rezidiv.

Auch nach Masern (Masernpemphigoid), nach Impfungen gegen Masern, Diphtherie, Tuberkulose, Poliomyelitis, Tetanus kann ein Lyell-Syndrom auftreten [Lit: R. G. Shoss et al., Arch. Dermatol. **110,** 766 (1974)].

Immunologische Störungen fördern die Entstehung des Lyell-Syndroms.

Die *Dermatitis exfoliativa neonatorum* entspricht einem durch Staphylokokken ausgelösten Lyell-Syndrom.

Lyell-Syndrom ausgelöst durch ⟶	Staphylococcus aureus	Arzneimittel (Sulfonamide, Penicillin, Pyrazolone, Phenylbutazon u. a.)
Pathogenese	offensichtlich bullöse Staphylodermie	Antigen-Antikörper-Reaktion
Anamnese	vorausgehende Staphylodermien	Einnahme von Arzneimitteln
Alter der Erkrankten:	unter 10 Jahren	
Kultureller Nachweis von Staphylococcus aureus in Haut, Nasopharynx, Konjunktiven:	+	—
Erythema exsudativum – ähnliche Herde:	nicht vorhanden	vorhanden
Wangenschleimhautbefall:	seltener	häufig
Histologie:	Nekrose der oberen Epidermis	Nekrose der gesamten Epidermis
Therapie:	Totocillin i. v.	Infusion hoher Kortikoiddosen (anfangs 100–500 mg Prednisolon tgl.).

Ersatz von Flüssigkeit und Elektrolyten: z. B. Sterofundin BS, Humanalbumin (20%).

Äußerlich: Sofra-Tüll. Nebacetin Puder Spray. Desitin-Salben-Spray. Metalline. Freiluftbehandlung im klimatisierten Raum. Evtl. Wasserbett.

DD: Erythema exsudativum multiforme majus, Pemphigus-Gruppe. Bei Kindern Epidermolysis bullosa, Incontinentia pigmenti.

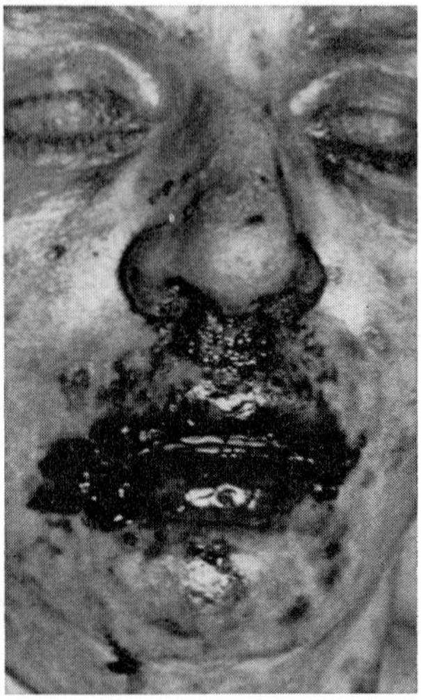

Abb. 65. Lyell-Syndrom

Lymphadenosis cutis benigna (Lymphozytom). *Großknotige* Form: einzelner, scharf umschriebener, blauroter, oft halbkugeliger, weicher Knoten (Abb. 66) bes. im Gesicht. Seltener sind erbsgroße, *disseminierte* Knötchen im Gesicht und am Rumpf. *Infiltrative* Form: flächenhafte, wenig erhabene, blaurote Herde mit Teleangiektasien bes. an den Beinen.

Eine Variante ist das *Spiegler-Fendtsche Sarkoid* mit disseminierten, blauroten, bis fingernagelgroßen Tumoren am Stamm und an den Extremitäten. Gutartig trotz des histologisch sarkomähnlichen Bildes mit Kernpolymorphien, Mitosen, infiltrierendem Wachstum.

Spontane Rückbildung ist bei allen Formen möglich. *Ät. Path:* das vorwiegend lympho-histiozytäre Infiltrat entsteht oft nach Traumen offenbar durch Übertragung eines Virus. Das zuweilen gleichzeitige Vorkommen in demselben Krankheitsherd von Acrodermatitis chronica atrophicans oder Erythema chronicum migrans (dieses in der Peripherie, das Lymphozytom im Zentrum) fällt auf. **DD:** lymphatische Leukämie.

Kontrolle des weißen Blutbildes evtl. Sternalpunktion.

Eosinophiles Granulom, Erythematodes chronicus, lymphozytäre Infiltration Jessner u. Kanof, Lupus vulgaris. **Ther:** Penicillin 10 Mega E., tgl. 1 Mega E. Röntgenstrahlen (2–4mal 200–300 R im Abstand von etwa 5 Tagen). Kortikoid-Kristallsuspension (z. B. Volon A 10) intrafokal.

Lymphangioma. Gutartige Neubildung von Lymphkapillaren oft mit gleichzeitiger Erweiterung präexistenter Lymphkapillaren. Tritt angeboren oder in früher Kindheit auf.

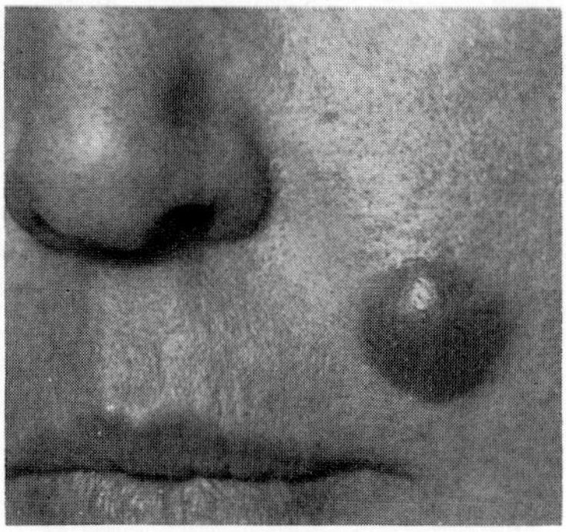

Abb. 66. Lymphozytom

— circumscriptum profundum (– cavernosum subcutaneum). Angeborene, kissenartige, weiche, unscharf begrenzte Schwellung der Haut oder Schleimhaut. Der Tumor kann sehr groß werden: unförmige Verdickung des Halses, Makrocheilie, Makroglossie.

— circumscriptum superficiale (cysticum). Bis linsengroße meist gruppierte „Bläschen" mit serösem Inhalt. *Sitz:* bes. Rumpf, Extremitäten. Nicht selten kommen Häm-Lymph-Angiome vor.

Ther: Exzision. Versuch mit Röntgen- oder Radiumstrahlen. Bei oberflächlichem L. wird auch kaltkaustische Stichelung oder Verödung z. B. mit Äthoxysklerol empfohlen.

Lymphknotenschwellungen, entzündliche.

Lymphadenitis

— acuta. Schmerzhaft. Auf eine Lymphknotengruppe beschränkt. Eintrittspforte meist leicht zu finden. Zuweilen weist ein lymphangitischer Strang auf die Verletzung hin.

— chronica. Bis haselnußgroße, nicht schmerzhafte Lymphknoten bes. am Kieferwinkel und in der Leistenbeuge.

Lymphadenitis ist ein wichtiges Symptom

— bei Akrodermatitis papulosa infantum

— bei Blastomykose

— bei *Boeck*schem Sarkoid

— bei Brucellosis

— bei Erythematodes acutus

— bei *Felty*-Syndrom

— bei Katzenkratz-Krankheit

— bei Lues I und II

— bei Lymphogranuloma inguinale (Leistenlymphknoten)

— bei Mononucleosis infectiosa

— bei Röteln

— bei Toxoplasmose

— bei Tularämie

Lymphadenitis dermatopathica, s. dermatopathische Lymphadenitis.

— tuberculosa (am Hals meist bei jungen Menschen).

Lymphknotenschwellungen, tumorbedingte u. a. bei Leukämie, *Brill-Symmer*scher Krankheit, Lymphogranulomatosis maligna.

Lymphogranulomatose (Morbus Hodgkin, Morbus Paltauf-Sternberg). Viruskrankheit? Beginnt oft mit Lymphknotenschwellung am Hals. Fieber, erhöhte BSG, Nachtschweiß, Appetitlosigkeit, Kachexie. Nach Alkoholgenuß sollen in lymphogranulomatösem Gewebe Schmerzen auftreten. Prognose in der Regel infaust.
Hauterscheinungen:

a) *unspezifische* (nicht selten) wie Pruritus, Prurigo, Urtikaria, ekzematöse Erscheinungen, skarlatiniforme oder morbilliforme Exantheme. Manchmal weist erstmalig ein generalisierter Zoster auf das Leiden hin.

b) *spezifische* mit charakteristischem Granulationsgewebe in der Haut sind selten: 1. kutane oder subkutane Knoten. 2. diffuse flächenhafte Infiltrate. 3. Erysipelas lymphogranulomatosum. 4. ulzerierende Herde als Folge von 1 und 2 oder von darunter liegenden Lymphknoten, Knochen oder anderen Geweben ausgehend.

Ther: Röntgenbestrahlung umschriebener Herde. Primäre Exstirpation (selten möglich). Zystostatika (z. B. Endoxan gleichzeitig mit Velbe und Natulan) zusammen mit Prednisolon.

Lymphopathia venerea (Lymphogranuloma inguinale, Morbus Durand-Nicolas-Favre, 4. Geschlechtskrankheit). Erreger: der Psittakosisgruppe zugeordnetes Virus. Fast nur durch Geschlechtsverkehr übertragbar. Inkubationszeit 2–4 Wochen. Primärläsion: rasch abheilende, kaum schmerzhafte, solitäre oder multiple Erosionen oder Geschwüre an den Genitalien. Danach entsteht eine meist einseitige Schwellung der Leistenlymphknoten (Bubonen-Stadium), die zu Paketen verkleben, mit der darüber liegenden, entzündlich geröteten Haut zusammenbacken, erweichen und nach außen durchbrechen. Auf der Beckenschaufel kann man die vergrößerten iliakalen Lymphknoten tasten. In einem Teil der Fälle, bes. bei Frauen, kommt es zur Elephantiasis anorectalis (Spätstadium) mit Schwellung, papillomatösen und geschwürigen Veränderungen an Genitale, After und Mastdarm. Evtl. Rektumstrikturen.

Dg: 1. direkter Erregernachweis (schwierig). 2. Züchtung in Gewebekulturen oder intrazerebrale Übertragung auf Babymäuse. 3. Frei-Reaktion mit hitzedenaturiertem Buboneneiter. 4. Serologisch: KBR ist nicht streng spezifisch (auch positiv bei Psittakose).

|| Bei chronischen Ödemen und Geschwüren am Genitale, bei hartnäckigen Fisteln und Abszessen an Rektum, Anus und Damm ist an eine L. v. zu denken.

Ther: Sulfonamide und Antibiotika z. B. Tetracycline oder Erythromycin oder Oleandomycin 1–2 g tgl. Bei Rektumstrikturen Dehnungen und intrafokale Kortikoid-Injektionen sowie Versuch mit Ultraschall und Rö-Strahlen.

Lymphozytäre Infiltration (Jessner-Kanof). Selten. Scharf begrenzte, flache oder polsterartig erhabene, entzündlich gerötete, derbe Infiltrate ohne follikuläre Hyperkeratosen. *Sitz:* Gesicht bes. Jochbogengegend, meist symmetrisch. *Ät. Path:* Reaktion auf Lichtreize bei Infektionsallergie (?). **DD:** Erythematodes chronicus, Lymphozytom. **Ther:** Resochin. Penicillin. Intraläsionale Injektion von Kortikoid-Kristall-Suspension. Kortikoid-Externa (z. B. Ultralan-Pflaster). Lichtschutzsalben (z. B. Ilrido Creme).

Madurafuß (Mycetom). Tropische Dermatose. Erreger: verschiedene Fadenpilze und Nocardien. Fistelnde Abszesse und unförmige Anschwellungen bes. an den Füßen. **Ther:** Amphotericin B. Meist Amputation nötig.

Mafucci-Kast-Syndrom. Sehr selten. Multiple kavernöse Hämangiome der Haut und der inneren Organe, Chondromatose der Knochen und zuweilen Pigmentstörungen. Wahrscheinlich erblich.

Malabsorptionssyndrom. Hierbei ist die Resorption der Nahrung aus dem Darm beeinträchtigt, z. B. infolge einer Magen- oder Darmresektion, einer Sklerodermie, einer Pankreatitis. Verschiedene Hautveränderungen können auftreten z. B.: Pigmentierungen, bes. im Gesicht, atrophische dünne, trockene Haut, Ödeme, diffuse Alopezie, Onychodystrophie, Cheilitis, Glossitis, Ödem, Purpura. **Ther:** Grundleiden behandeln.

Mal perforant plantaire. Tiefe torpide Geschwüre an Ferse und Zehenballengegend bes. bei Tabes, Diabetes mellitus, Lepra. **Ther:** Grundleiden behandeln.

Marfan-Syndrom. Sehr selten. Unregelmäßig autosomal-dominant erbliche Fehlentwicklung bes. des Mesoderms. Subkutanes Fettgewebe und Muskulatur sind unterentwickelt. Schlaffer Bandapparat mit Überstreckbarkeit der Gelenke wie bei der Cutis laxa. Arachnodaktylie, Vogelgesicht (fliehendes Kinn), Kyphoskoliose, Trichter- oder Hühnerbrust, Herzfehler, Linsenluxation, blaue Skleren, Ohrmuscheldeformationen u. a.

Margarinekrankheit (Kieler oder Osnabrücker Krankheit oder Bläschenkrankheit). Rote, meist urtikarielle, zuweilen ringförmige Herde im Gesicht, dann am ganzen Körper. Manchmal Stomatitis, oft Fieber. *Ät:* Emulgator in bestimmten Margarinesorten? Trat 1959/60 in Deutschland und Holland epidemisch auf. **Ther:** symptomatisch.

Masern (Morbilli). Sehr kontagiöse Viruskrankheit. Inkubationszeit etwa 10 Tage. *Katarrhalisches Stadium* (Dauer 3–4 Tage): hohes Fieber, Konjunktivitis, Rhinitis, Pharyngitis, Laryngobronchitis, am 2–3. Tag *Kopliksche Flecken* (weiße Stippchen an der Wangenschleimhaut in der Gegend der vorderen Backenzähne). Am 4.–5. Tag beginnt das *Exanthemstadium:* großfleckiges, evtl. konfluierendes Exanthem zunächst hinter den Ohren und im Gesicht, dann an Rumpf und Extremitäten. Nach 4–5 Tagen Rückgang der Erscheinungen, Fieberabfall. Leukozytopenie bes. am 2.–3. Exanthemtag. Komplikationen: Masernenzephalitis, Bronchopneumonie, Otitis media. **DD:** Arzneiexanthem, syphilitische Roseola, Röteln (Drüsenschwellung im Nacken), Scharlach (hierbei Mund-Kinn-Dreieck ausgespart, Angina, Himbeerzunge). *Prophyl:* Masern-Lebend-Impfstoff. **Ther:** Bei schweren Fällen Gammaglobulin.

Maul- und Klauenseuche (Stomatitis epidemica epizootica). Virusinfektion bes. bei Rindern. Sehr selten auf Menschen übertragen, und zwar nur durch direkten Kontakt mit virusreichen Exkreten (z. B. Speichel). Bläschen, Aphthen und Geschwüre der Mundschleimhaut. Bläschen auf geröteter Haut bes. an den Akren und am Genitale. *Dg:* Virusnachweis. Meldepflicht. **DD:** Aphthoid-Pospischill-Feyrter, Erythema exsudativum majus. **Ther:** symptomatisch.

Melanodermitis toxica lichenoides et bullosa. Lichtdermatose. Braunrote, fleck- und netzförmige Verfärbung, geringe Schuppung, follikuläre Hyperkeratosen, selten Blasenbildung. Sitz: bes. Gesicht, Hals. Ät. Path: Einatmung von Rohöldämpfen, Anwendung ungereinigter Vaseline, Einnahme phenolphthaleinhaltiger Abführmittel und häufige Sonneneinwirkung. **DD:** Schmutzauflagerungen. **Ther:** Ursache ausschalten. Depigman.

Melano-Erythrodermie mit Kachexie und Lymphknotenschwellungen (Alterserythrodermie). Meist bei älteren Männern. Anfangs düsterrote, später anthrazitähnliche Verfärbung der gesamten Haut mit pigmentlosen Inseln. Oft pityriasiforme Schuppung. Das Oberflächenrelief der Haut ist vergröbert. Haarausfall. Nageldystrophie. Starker Juckreiz. Schwellung der hautnahen Lymphknoten. Schweres Krankheitsgefühl. Kachexie. Arteriosklerose und Ekzeme fördern die Entstehung. **Ther:** Prednisolon anfangs tgl. etwa 50 mg. Antimalariamittel evtl. Zytostatika. Rö-Ganzbestrahlung. Kortikoidsalben.

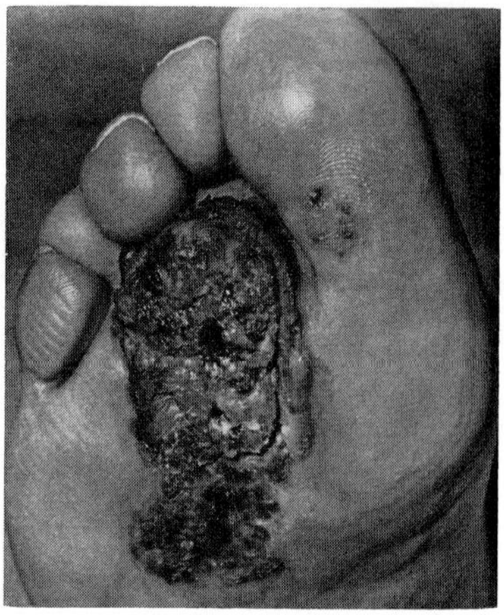
Abb. 67. Melanom

Melanom, juveniles (Naevus Spitz). Variante des Naevuszellen-Naevus. – Gutartiger, rasch wachsender gelblich-rötlicher bis braunroter, meist bis erbsgroßer, selten größerer Tumor mit glatter oder auch warziger Oberfläche, die oft Teleangiektasien aufweist. Tritt in der Regel zwischen dem 1.–9. Lebensjahr, selten bei Erwachsenen auf. *Sitz:* bes. Wangen. **DD:** Haemangiom, Fibrom, Lupus vulgaris, Verruca. **Ther:** Exzision im Gesunden und histologische Untersuchung.

Melanom, malignes. Man unterscheidet 3 Typen bzw. Entstehungsarten:
1. noduläres Melanom: wächst von Anfang an exophytisch und infiltrierend.
2. Melanom auf Melanosis circumscripta praeblastomatosa.
3. Superficial spreading melanoma.

Melanom, noduläres. Sehr bösartiger, meist braunblauschwarzer (Bild 44 nach S. 144), selten pigmentfreier (amelanotischer), mehr oder weniger rundlicher Tumor, der frühzeitig zu lymphogenen und hämatogenen Metastasen führen kann. Sehr selten vor der Pubertät, meist zwischen dem 30. und 60. Lebensjahr. Der Tumor kann im Bereich eines Naevuszell-Naevus auftreten. Für die maligne Entartung eines Naevuszell-Naevus bzw. für ein noduläres Melanom sprechen: siehe Tabelle, S. 149.

objektive Symptome:	subjektive Symptome:
schnelle Größenzunahme eines Naevus Entstehung einer höckrigen Oberfläche Zunahme der Pigmentierung blauschwarze Verfärbung rötlicher, entzündlicher Hof um einen Naevus, Blutungsneigung, Ulzeration Regionäre Metastasierung in Form kleiner Satellitenknötchen Anschwellung der zugehörigen Lymphknoten	Schmerzen Juckreiz „es arbeitet in der Geschwulst“

DD: pigmentiertes Basaliom (oft perlenartiger Rand), Granuloma pediculatum (gestielt, pilzförmig, colleretteartige Hyperkeratose), Verruca senilis (wie auf die Haut aufgesteckt, fettige papillomatöse Oberfläche, keine Blutungsneigung), Histiozytom, Pigmentnaevi, bes. solche mit darunter entstandener, entzündeter Talgretentionszyste. Intrakorneales Hämatom (s. black heel). Angiokeratom. Angiectasia eruptiva thrombotica.

Keine Probeexzision bei klinischem Verdacht auf Melanom! **Ther:** Exzision weit (5–7 cm) im Gesunden wenn möglich in Vollnarkose oder Leitungsanästhesie. Liegt der Tumor nahe den regionären Lymphknoten, so werden diese und die abführenden Lymphbahnen mitexzidiert (bloc-dissection).

Vorbeugung und Behandlung von *Metastasen:* 1. endolymphatische Radionuklid-Therapie *(heiße Lymphographie)* nur für die Extremitäten geeignet. Hiermit können Metastasen in den Lymphknoten bis zu 8 mm Durchmesser zerstört werden. 2. Viel schwieriger ist die *extrakorporale Zytostatika-Perfusion:* der gesamte Kreislauf der Extremität wird vorübergehend isoliert und mit übergroßen Zytostatikadosen durchströmt.

3. *Immuntherapie.* Oberflächliche Metastasen und flache Primärtumoren mit 3%-iger Dinitrochlorbenzol-Vaseline bedecken, darüber Okklusiv-Verband [Lit: L. ILLIG et al., Hautarzt **27**, 579 (1976)].

Intratumorale Injektion von komplettem Freundschen Adjuvans (Mineralöl, Emulgator, abgetötete Mykobakterien). BCG-Vakzinierung zur systematischen Steigerung der Immunabwehr. BCG + Infusionen des relativ melanom-spezifischen Zytostatikums DTIC (Dacarbazin). Intratumorale Injektion von Pockenlymphe. 4. Bei nachgewiesenen Lymphknoten-Metastasen evtl. totale Ausräumung der Leistengrube, Achselhöhle oder Halslymphknoten oder Versuch mit schnellen Elektronen.

Melanosarkom. Maligne Degeneration eines Naevus coeruleus. Sehr selten. **Ther:** Exzision weit im Gesunden.

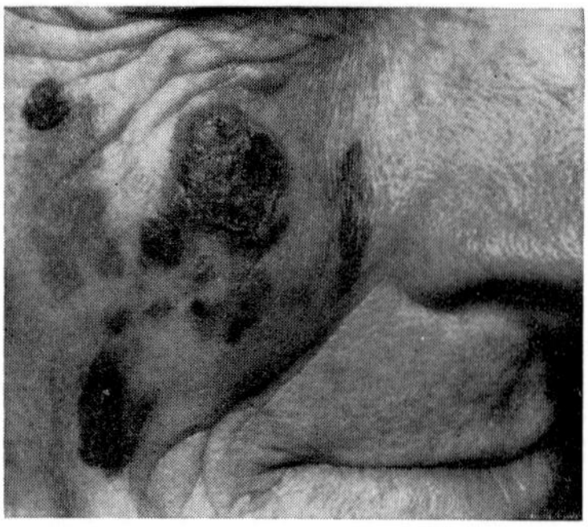

Abb. 68. Melanom auf Melanosis circumscripta praeblastomatosa

Melanosis circumscripta praeblastomatosa Dubreuilh (Lentigo maligna, melanotic freckle). Bis über fünfmarkstückgroßer, rundlicher oder polyzyklisch begrenzter, ungleichmäßig pigmentierter (teils hell-, teils dunkelbraun bis schwärzlich), langsam größer werdender Fleck *(nicht tastbar!)*. Dieses Melanoma in situ tritt im höheren Lebensalter auf und geht – oft erst nach vielen Jahren – in ein malignes Melanom über: es bilden sich dann innerhalb des Fleckes pigmentierte Knötchen. *Sitz: unbedeckte* Körperstellen oft Gesicht.

DD: Alterspigmentierung, Naevus spilus, pigmentiertes Basaliom, Verruca seborrhoica.

Ther: Totalexzision. Röntgenstrahlen (z. B. 5 × 2000 R). Bei Knötchenbildung siehe Melanom.

Der dritte Typ des Melanoms ist das **oberflächlich spreitende Melanom** (superficial spreading melanoma), das Epidermishyperplasie *(tastbar!)*, zuweilen einen erhabenen Rand und eine feinknotige Oberfläche aufweist und auch an *bedeckt* getragenen Körperstellen vorkommt. Geht durchschnittlich nach 3–4 Jahren in ein malignes Melanom über. **Ther:** s. Seite 149.

Melanosis Riehl. Lichtdermatose. Tiefbraune Verfärbung bes. der Gesichtshaut. *Ät:* einseitige Ernährung mit lichtsensibilisierenden Unkrautsamen, Vitamin-B_2-Mangel, Genuß von Mineralfetten. **Ther:** Ursache ausschalten. Depigman.

Melkergranulationsknoten. Bis erbsgroße, bläulichrote Knoten. Sitz: bes. Zwischenfingerräume, volare und laterale Seiten der Finger. *Ät. Path:* Fremdkörpergranulome, die durch Eindringen von Kuhhaaren in die Haut entstehen. **Ther:** Exzision.

Melkerknoten (Melkerpocken). Erreger Paravakzine-Virus. Inkubationszeit: etwa 5–7 Tage. Bis kirschgroße, halbkugelige, blaurote Knoten, die von einem hellroten Saum umgeben sind und nach etwa 8 Wochen spontan abheilen. *Sitz:* bes. Hände von Melkern. **DD:** Vakzine-Knoten (durch Übertragung von Vakzine-Virus vom Rind auf Melker). **Ther:** trockene Schutzverbände. Bei bakterieller Superinfektion Aureomycinsalbe.

Melkerschwielen. Teils flache, teils knotige Schwielen an den Daumen bei Melkern.

Melkersson-Rosenthal-Syndrom. Gesichtsschwellung (s. Cheilitis granulomatosa), Facialisparese, Lingua plicata. *Ät:* Fokalinfekt? Viruskrankheit?

Mikrobide sind meist symmetrische (z. B. pityriasiforme, ekzematiforme, hämorrhagische, lichenoide) Exantheme bei hyperergischer Reaktionslage. Sie sind Ausdruck einer Antigen-Antikörper-Reaktion (u. U. bei hämatogener Streuung der Erreger). Man unterscheidet:

Bakteriid:	bei bakteriellen Infekten
Mykid:	bei Mykosen
Tuberkulid:	bei Tuberkulose
Virusid:	bei Virusinfekten

Ther: Ausschaltung des Primärherdes.

Mikrosporide. Makulöse, lichenoide oder papulovesikulöse (allergische) Exantheme bei Mikrosporie. **Ther:** Griseofulvin.

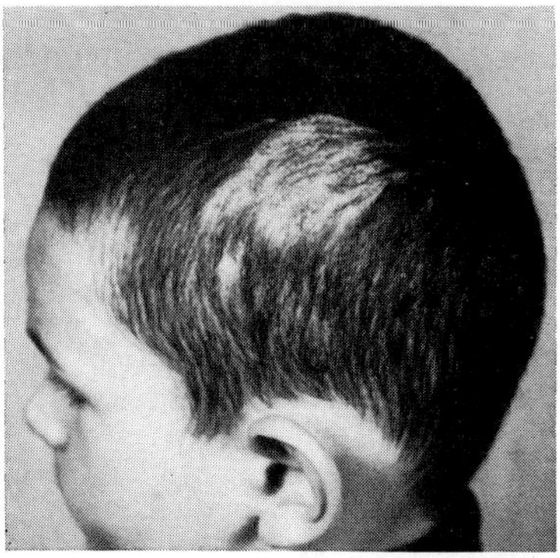

Abb. 69. Mikrosporie

Mikrosporie. Meldepflichtige Mykose. Das sehr infektiöse *humane Mikrosporon* (M.) *Audouinii* verursacht bei Kindern auf dem behaarten Kopf runde, fein schuppende, im Woodlicht grünfluoreszierende Herde mit kurz über der Kopfhaut abgebrochenen Haaren (Abb. 69) oder lediglich eine graulamellöse Schuppung. Spontane Abheilung mit der Pubertät. Juckende, randbetonte, hellrote, schuppende Herde im Gesicht, am Rumpf und an den Extremitäten kommen zuweilen vor. Das *animale M. canis* befällt mehr die lanugobehaarte Haut, macht stärkere Entzündungserscheinungen, ist häufiger bei Erwachsenen. Das *M. gypseum* kommt im Erdboden vor (Gärtner-Mikrosporie) und macht Erscheinungsbilder wie die Trichophytie.

Dg: Im Woodlicht Grünfluoreszenz (mit Ausnahme des M. gypseum). Diese dient auch zur Kontrolle während der Behandlung (Salbenreste können wegen ihrer Eigenfluoreszenz zu Fehldiagnosen führen). Nativpräparat. Kultur. **DD:** Psoriasis, seborrhoische Dermatitis, Pityriasis rosea.

Ther: Griseofulvin (Likuden M, Fulcin S), Miconazol (Epi-Monistat-Creme), Clotrimazol (Canesten-Creme), Haloprogin (Mycanden-Salbe). S. Epidermophytie. – Epilation der fluoreszierenden Haarstümpfe im Woodlicht. Beseitigung der Schuppen.

Miliaria cristallina (Sudamina). Stecknadelkopfgroße, wasserhelle, rasch platzende Bläschen bes. am Rumpf nach Schweißausbrüchen im Verlauf von Typhus, Pneumonie, Scharlach u. a., nach Sauna. *Ät. Path:* Verschluß des Schweißdrüsenporus durch Horn. Heftpflaster, häufige Seifenanwendung fördern die Verhornungsstörungen am Porus. **Ther:** Lotio Zinci. Evtl. Vitamin A 100000–200000 E. tgl.

— rubra (prickly heat). Aussaat kleiner, oft juckender Bläschen auf gerötetem Grund bes. am Rumpf. Zuweilen Umwandlung in Pusteln (Miliaria pustulosa). *Ät. Path:* s. o. Hinzutreten entzündlicher Erscheinungen bei großer Hitze. **DD:** kleinvesikulöses Ekzem.
Ther: s. o. Wenig (cave Alkohol) trinken. Wenig Körperbewegung. Puder. Lotio Zinci.

Milien (Hautgrieß). Stecknadelkopfgroße, weißliche, kugelige, horngefüllte Zysten. Spontane Rückbildung möglich.

— primäre stammen offenbar von kleinen Abschnürungen der Epidermis ab und treten in großer Zahl in den oberen zwei Dritteln des Gesichtes auf, z. B. bei jungen Mädchen, Neugeborenen (Abb. 70).

— sekundäre sind Follikel- und Schweißdrüsenretentionszysten nach blasenbildenden Erkrankungen, z. B. Pemphigus, Verbrennung, Porphyria cutanea tarda.

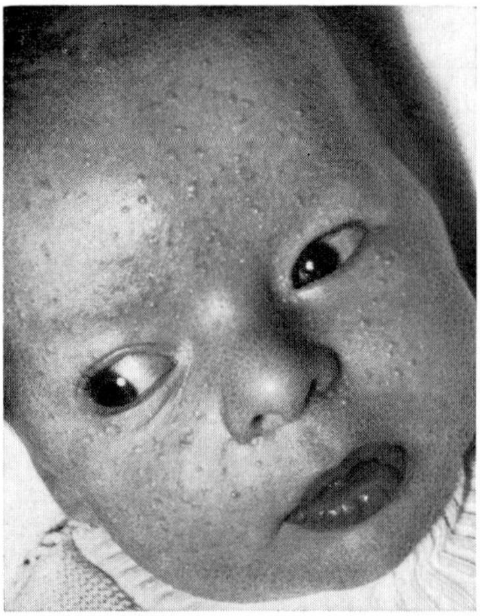

Abb. 70. Primäre Milien

Ther: Anritzen mit dem Starmesser, Heraushebeln der Hornperlen. Hochtouriges Schleifen.

Mischtumoren. Seltene epitheliale Tumoren mit besonderer Gestaltung des Zwischengewebes. Sie kommen nicht nur in der Parotisgegend (Parotismischtumor), sondern auch am Kopf und an den Extremitäten vor. *Dg:* Histologie. **Ther:** Exzision.

Molluscum contagiosum (Dellwarze). Durch ein Quadervirus hervorgerufene, infektiöse Epitheliose bes. bei Kindern und Jugendlichen. Meist in Gruppen auftretende, stecknadelkopf- bis erbsgroße, selten größere, durchscheinende,

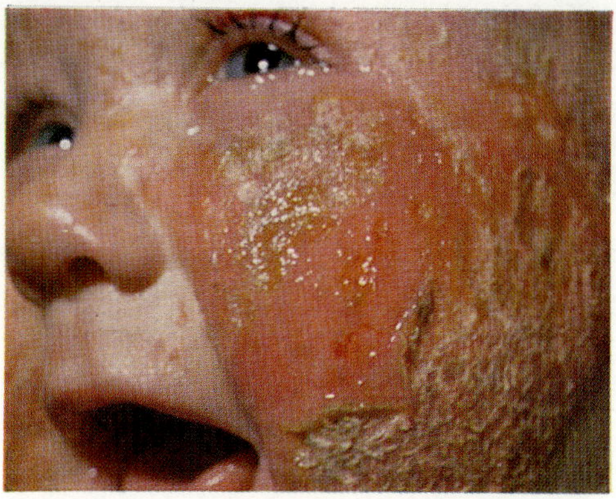

Bild 54
Neurodermitis constitutionalis (frühexsudatives Ekzematoid)

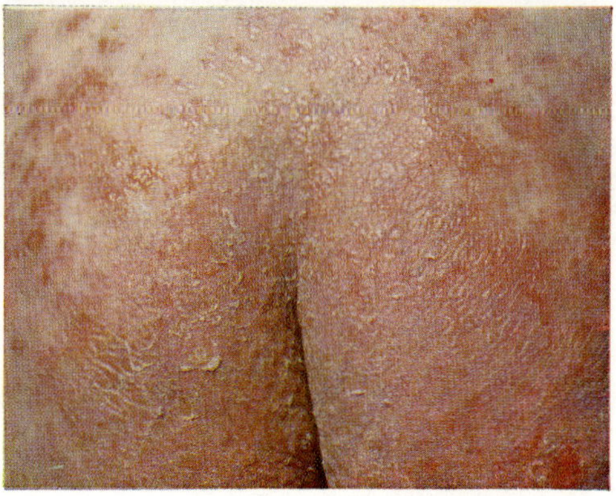

Bild 55
Neurodermitis constitutionalis, Gesäßlokalisation bei 5jährigem Jungen

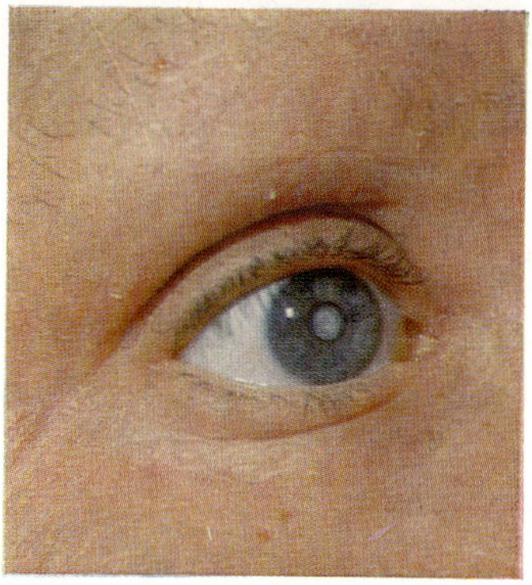

Bild 56
Neurodermitis constitutionalis mit Cataracta dermatogenes: 38jährige Patientin. Im Alter von 20 Jahren Beginn einer Katarakt auf dem linken Auge, etwa 10 Jahre später Auftreten einer Katarakt auf dem rechten Auge. Augenbrauen sind abgerieben. Gleichzeitig leidet die Patientin an einem Bronchialasthma

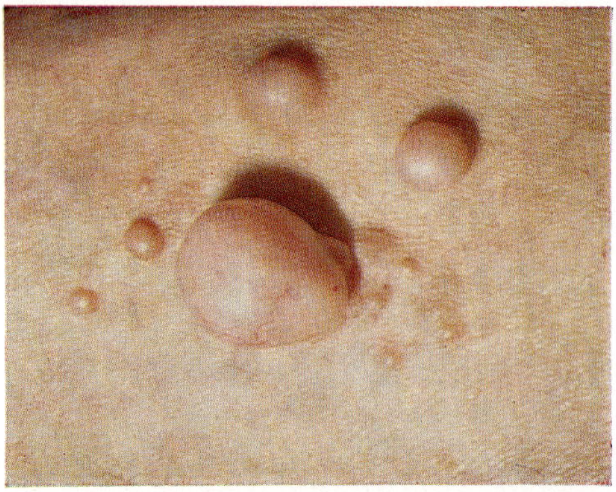

Bild 57
Gestielte Neurofibrome am Gesäß

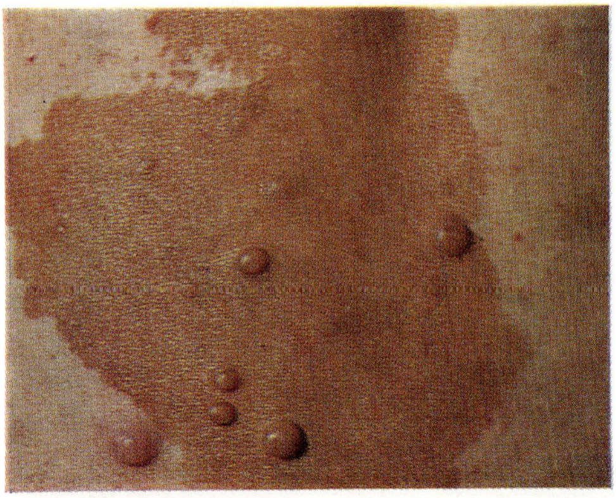

Bild 58
Neurofibromatosis generalisata: Naevus spilus mit Neurofibromen am Rücken

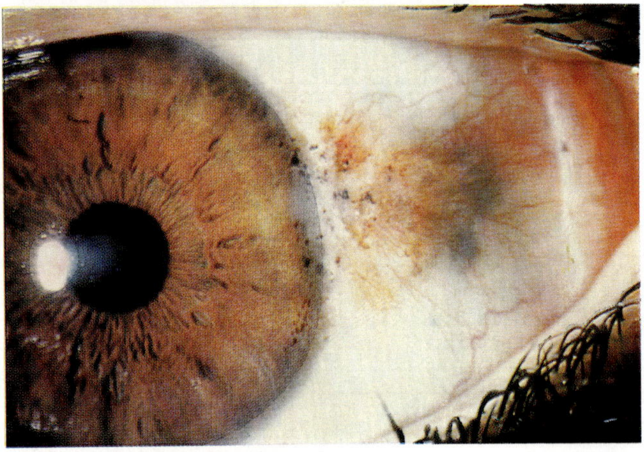

Bild 59 Verfärbung der Skleren bei Ochronose
(Bild von H. Teller aus Hautarzt **24**, 539/1973)

hautfarbene, an der Kuppe gedellte Knötchen, aus denen sich bei Druck eine krümelige Masse entleert. Inkubationszeit: 2 Wochen bis Monate. *Sitz:* bes. Gesicht, Hals, Genitalien. **DD:** Milien (sind kleiner, kompakter). **Ther:** Knötchen mit Starmesser anritzen und mit Komedonenquetscher oder mit Pinzette ausdrücken, Jodierung. – Abkratzen mit scharfem Löffel, Jodierung. Bei zahlreichen Dellwarzen Versuch mit 0,1%iger Vitamin-A-Säure Lösung (z. B. 3mal tgl. Epi-Aberel Lösung mit Wattestäbchen aufbringen).

Mondorsche Krankheit. Strangförmige, oberflächliche Phlebitis. Bis 30 cm lange, harte, bis bleistiftdicke, subkutane, zuweilen netzartig untereinander verbundene Stränge. Spontane Rückbildung in Wochen bis Monaten. *Sitz:* vordere Thoraxpartien, Extremitäten, Penis. *Ät. Path:* Traumen, Röntgenstrahlen, infektiöse Prozesse. **Ther:** Evtl. Fokus-Sanierung. Tomanol. Zuweilen rasche Rückbildung des Stranges nach Probeexzision.

Mongolenfleck. Sonderform des Naevus coeruleus. Angeborene, bläuliche Verfärbung über dem Kreuzbein, seltener an anderen Körperstellen. Zuweilen multiples Auftreten. Bes. bei mongolischen und japanischen Neugeborenen. Meist spontane Rückbildung im Alter von 3–7 Jahren.

Morsicatio buccarum (Pareiophagie)

— labiorum (Cheilophagie) durch dauerndes Kauen bzw. Beißen ausgelöste Schleimhautschwiele mit opaker Trübung, evtl. mit Erosion, Ulzeration, flottierenden Schleimhautfetzen. *Ät. Path:* Zernagen der Wangen bzw. Lippen nach Art eines „Tics", auch angeregt durch wollustartig empfundene Schmerzen. **Ther:** Psychotherapie.

Mucinosis follicularis (Alopecia mucinosa, Mucophanerosis intrafollicularis et seboglandularis). Klinisches Bild recht unterschiedlich, nicht immer charakteristisch: ovaläre entzündliche Infiltrate mit erweiterten Follikelmündungen und meist mit Haarausfall oder follikuläre, zu Plaques konfluierende Knötchen oder ekzematidartige Herde. *Sitz:* bes. Kopf. *Dg:* Nur histologisch möglich: vakuoläre Degeneration, schleimige Umwandlung des Talgdrüsenapparates. **DD:** Erythematodes, Lepra, mikrobielles Ekzem, Morbus Boeck, Tinea. – Man unterscheidet:

— —, idiopathische Form. Spontane Abheilung möglich. **Ther:** Kortikoide innerlich oder subläsional. Röntgenstrahlen.

— —, symptomatische Form bei Retikulose, Mycosis fungoides, Morbus Hodgkin, Sklerodermie, Lichénification géante. **Ther:** Behandlung des Grundleidens.

Muzinosen. Dermatosen, bei denen die Muzinvermehrung das wesentliche Krankheitssymptom ist: Myxoedema circumscriptum tuberosum, Myxoedema diffusum, Myxoedema lichenoides et papulosum, Skleromyxoedem.

Mycosis fungoides. Chronische granulomatöse Entzündung, die meist von der Haut ausgeht, aber auch Lymphknoten und innere Organe befallen kann. In der Regel beginnt sie jenseits des 4. Lebensjahrzehntes und führt nach Jahren, selten in Monaten zum Tode. Gewöhnlich durchläuft die M. f. drei Stadien:

1. Prämykosides Stadium. Kann Jahre dauern. Zeigt uncharakteristische Symptome wie Juckreiz und Veränderungen, die einem chronichen Ekzem, einer Psoriasis, einer Parapsoriasis en plaques ähneln. Die Erscheinungen können ferner einer Urtikaria oder einer Mucinosis follicularis entsprechen. Zuweilen entsteht eine Erythrodermie *(l'homme rouge d'Hallopeau)* mit kleinen Aussparungen gesunder Haut.

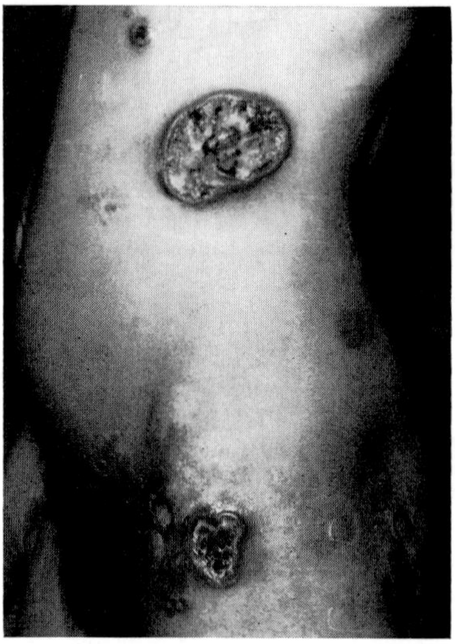

Abb. 71. Mycosis fungoides

2. Infiltratives Stadium. Rote, rundliche, bis handtellergroße sukkulente Infiltrate, die sich zentral zurückbilden, so daß ring- und kreisbogenähnliche Formen entstehen. Auffallend sind bizarre oder polygonale, scharf begrenzte, ausgesparte Inseln normaler Haut.

3. Mykosides Stadium. Tomatenartige, pilzförmige, braunrote, oft geschwürig zerfallende (Abb. 71) Tumoren. Schleimhautbeteiligung selten. – Die *M. f. d'emblee* beginnt sogleich mit Tumoren (Bild 47 vor S. 145).

Ät. Path: Virusinfektion? Wucherung von immunkompetenten Zellen? Immunozytom? *Dg:* Histologie. **DD:** zu 2 und 3: nodöse Arzneiexantheme, maligne Retikulose, Retothelsarkom, Lymphogranulomatosis maligna.

Ther: Stadium 1. Höhensonne. Heliotherapie (Nordsee, Mittelmeer). Kortikoid-Externa. Gegen den Juckreiz: Antihistaminika, Barbiturate, Psychopharmaka.

Stadium 2 und 3: *Heliotherapie.* Kortikoid-Externa mit und ohne Okklusivverband. Ultralanpflaster. Kortikoid-Kristallsuspensionen intraläsional. *Zytostatika:* Pinselungen mit Stickstoff-Lost (unmittelbar vor der Anwendung 1 ‰ in Aqu. bidest. lösen, mit Wattebausch 4–5 Min 1mal wöchtl. auftragen*). 5%ige 5-Fluorouracilsalbe mit und ohne Okklusivverband. 5%ige Natulan-Salbe mit und ohne Okklusivverband. *Röntgenstrahlen* (Strahlenempfindlichkeit nimmt im Laufe der Bestrahlung ab: deshalb anfangs Einzeldosen möglichst niedrig). – Exzision einzelner störender Tumoren.

Photochemotherapie: PUVA (**P**soralen plus **UVA**). Orale Gabe von 30 bis 50 mg 8-Methoxypsoralen (Meladinine) und 2 Std. später Bestrahlung mit UV-A-Licht (Wellenlänge etwa 365 nm).

* D. S. Waldorf, Hautarzt **21**, 319 (1970).

Innerlich bei Strahlenresistenz: Kortikoide und Zytostatika z. B. tgl. 40 mg Ultralan, 2 Dragees Endoxan (100 mg) und wöchentlich 2 mg Vincristin i. v., 30 mg Methotrexat i. m. – Vitamine. Evtl. Bluttransfusionen, Anabolika.

Myiasis. Durch Fliegenlarven hervorgerufene Dermatosen.

— furunculosa. Die Tumbufliege Afrikas (Cordylobia anthropophaga) legt ihre Eier in den Sand. Die Larven gelangen von hier in die Haut bes. des Gesäßes, der Arme und Oberschenkel. Es entstehen schmerzhafte furunkelähnliche Veränderungen und Geschwüre. Nach etwa 10 Tagen verlassen die Larven die Haut, und die Geschwüre heilen langsam ab. **Ther:** Larven mit Pinzette herausziehen, evtl. vorher zur Betäubung Äther aufträufeln oder luftdichtes Pflaster aufkleben.

— linearis migrans (Creeping disease). Durch in der Haut kriechende Larven der Pferdemagenbremse hervorgerufene juckende, verschlungene, rote Gänge. **Ther:** Ausschneiden der Larve am Gangende. Kaustik. CO_2-Schnee. 2mal tgl. Pinseln mit Rp. Tiabendazol 2, DMSO (90%) ad 100. Innerlich Tiabendazol (Minzolum) 2mal 25 mg/kg Körpergewicht tgl. an 2 aufeinanderfolgenden Tagen.

Mykid. Durch Ausschwemmung von Pilztoxinen oder Pilzelementen ausgelöste, exanthematische urtikarielle oder ekzematiforme oder papulo-squamöse oder lichenoide oder einem Erythema nodosum ähnliche Veränderungen, in denen keine Pilze gefunden werden. **Ther:** Antimykotische Behandlung des mykotischen Primärherdes.

Mykosen (Pilzkrankheiten). Man kann folgende Gruppen unterscheiden:

Dermatophytien befallen fast nur Haut, Haare und Nägel: Epidermophytie, Favus, Mikrosporie Trichophytie. **Ther:** äußerlich Antimykotika (z. B. Canesten), innerlich Griseofulvin.

Hefemykosen können Haut, Schleimhäute und innere Organe befallen: Candida-Infektionen (Synonyme: Moniliasis, Soormykose), Cryptococcose (Synonyme: europäische Blastomykose, Morbus Busse-Buschke, Torulose), Piedra alba, Torulopsidose, Trichosporose, u. a. **Ther:** Nystatin, Amphotericin B, Pimaricin, Breitbandantimykotika z. B. Canesten-Creme, Mycanden Salbe, Epi-Monistat Creme.

Schimmelmykosen werden durch saprophytäre Pilze („Schimmel") verursacht: Aspergillose, Cephalosporiose, Maduramykose, Phykomykose, Scopulariopsidose (= Kladiose) u. a. **Ther:** lokale Antimykotika (z. B. Canesten).

Systemmykosen befallen nicht nur einzelne Organe, sondern ganze Organsysteme: Chromomykose, Coccidioidomykose, Histoplasmose, nordamerikanische sowie südamerikanische Blastomykose, Sporotrichose u. a. Ther: s. betr. Krankheiten.

Myoblastenmyom (Abrikossoff-Tumor, granuläres Neurom). Sehr selten. Meist solitär auftretender, bis erbsgroßer gutartiger Tumor. *Sitz:* bes. Haut, Zunge, Mundschleimhaut. Früher nahm man an, daß der Tumor von Myoblasten ausgeht, Feyrter denkt an eine *neurogene Herkunft*. **DD:** Fibrom. **Ther:** Exzision.

Myoepitheliom. Bis haselnußgroßer Knoten in Kutis oder Subkutis. Soll aus dem sekretorischen Abschnitt der ekkrinen Drüsen hervorgehen. Das *Klarzellenmyoepitheliom* enthält helle Zellen, die an Pflanzenzellen erinnern. Beide Tumoren sind gutartig. **Ther:** Exzision.

Myxoedema circumscriptum tuberosum (praetibiale symmetricum). Kissenartige, gelbliche bis lividrote, *derbe*, apfelsinenschalenartige *Infiltrate* bes. an den *Unterschenkelstreckseiten* und Fußrücken (Bild 48 nach S. 160); gleichzeitig *Exophthalmus* und oft Trommelschlegelfinger.

Die Kombination **E**xophthalmus, **M**yxoedema circumscriptum, **O**steoarthropathia hypertrophicans ist als *EMO-Syndrom* beschrieben worden.

Ät. Path: Anreicherung saurer Mucopolysaccharide im Bindegewebe. Tritt bes. bei Hyperthyreotikern nach Strumektomie, Röntgenbestrahlung oder Thyreostatika-Einnahme auf. – Im Serum der Kranken läßt sich meist LATS (long acting thyreoid stimulator) nachweisen, bei dem es sich offenbar um einen thyreoideastimulierenden Autoantikörper handelt. *Autoimmunkrankheit?*

Ther: eingehende Schilddrüsendiagnostik (Titerbestimmung von Schilddrüsenantikörpern) und ggf. thyreostatische Behandlung bzw. Hormonsubstitution. – Intraläsionale Injektion von Kortikoid-Kristallsuspension (Volon A 10). Injektionen von Hyaluronidase (Kinetin) helfen wenig. Innerlich evtl. Kortikoide oder/und Immunsuppressiva (Azathioprin).

Lit: R. KIND et al., Hautarzt **27**, 375 (1976).

— diffusum. Die Haut ist kühl, trocken, blaß, teigig geschwollen. Nach Fingerdruck keine Dellenbildung. Herabgesetzte Talg- und Schweißdrüsentätigkeit. *Ät. Path:* Hypothyreose. **Ther:** Schilddrüsenhormone.

Myxoedema lichenoides et papulosum (Lichen myxoedematosus, Mucinosis papulosa). Stecknadelkopf- bis erbsgroße, halbkugelige, pralle, derbe, hautfarbene bis rötliche Knötchen bes. bei Frauen im Klimakterium. *Sitz:* bes. Extremitäten-Streckseiten. *Ät. Path:* keine Störung der Schilddrüsenfunktion nachweisbar. Infolge Leberschädigung abwegig gebildete Proteine, die in der Haut abgelagert werden(?). **DD:** Lichen ruber verrucosus, Lichen nitidus, Lichen amyloidosus. **Ther:** evtl. Leberschädigung behandeln. Melphalan. Röntgenbestrahlung. Lit: T. G. HILL et al., Arch. Dermatol. **112,** 67 (1976).

Myxom. Weicher bis bohnengroßer intrakutaner Tumor aus Schleimgewebe. **Ther:** Exzision.

Naevobasaliome (naevoide Basaliome) stehen wegen ihres multiplen Auftretens in der Jugend und ihrer Gutartigkeit den Naevi nahe. Histologisch kann man sie als differenzierte Basaliome auffassen. Hierzu gehören: Epithelioma adenoides cysticum, Syringome, verkalkende Epitheliome, Zylindrome.

Naevoxanthoendotheliom. Tritt in den ersten Lebenswochen und -monaten oft schubweise auf und bildet sich nach 1–2 Jahren spontan zurück. Gelbliche oder bräunliche bis erbsgroße Knötchen *(kleinknotige Form)*. *Sitz:* bes. Gesicht, oberer Rumpf. Selten sind einzelne bis münzengroße Knoten *(großknotige Form)*. Zuweilen Organbefall (Lungen, Hoden, Augen). Bluteosinophilie.

Da die Knötchen weder naeviformen noch endotheliomatösen Charakter haben, sondern aus Granulationsgewebe bestehen, ist die Bezeichnung *juveniles Xanthogranulom* treffender.

DD: Histiozytosis X, Urtikaria pigmentosa, Xanthom. **Ther:** nicht erforderlich, da Selbstheilung.

NAEVUS

(Muttermal)

Angeborene oder erst später (N. tardus) auftretende, scharf umschriebene Fehlbildung der Haut. Man unterscheidet:

1. einfache Naevi, die durch eine übermäßige Entwicklung (z. B. Naevus flammeus), seltener durch das Fehlen eines (z. B. Naevus anaemicus) oder mehrerer Bestandteile der Haut entstehen.
2. Naevuszellen-Naevi, die durch Naevuszellen gekennzeichnet sind.

Naevus achromicus (N. depigmentosus). Angeborener, depigmentierter Fleck in Einzahl oder Mehrzahl. **DD:** Naevus anaemicus.

— anaemicus. Rundliche, unregelmäßig begrenzte, konfluierende, weiße Flecken, die nach Reibung od. nach Injektion von Acetylcholin, Pilocarpin, Histamin, Serotonin nicht rot werden. *Sitz:* bes. Brust. *Ät. Path:* Störungen der motorischen Endplatten und verstärkte Stimulierung der Vasokonstriktoren. **DD:** Naevus depigmentosus (wird nach Reibung rot), Pityriasis versicolor alba (Pilznachweis), Vitiligo (glattrandig).

— araneus (Spinnen- oder Spider-Naevus). Entsteht solitär oder multipel im Kindesalter; oft Rückbildung im 2. Dezennium. Stecknadelkopfgroße, zuweilen leicht pulsierende, etwas vorspringende, zentrale Gefäßerweiterung, von der radiär feine Gefäßreiser ausstrahlen. *Sitz:* bes. Gesicht, Halsausschnitt, Schulter. **DD:** Gefäßspinnen bei Morbus Osler, Leberzirrhose, Gravidität, nach Einnahme oraler Kontrazeptiva. **Ther:** Verödung des Zentralgefäßes mit der elektrischen Nadel. Bei Rezidiv kleine, aber tiefreichende Exzision des Zentralgefäßes.

—, Becker-Naevus (Melanosis naeviformis). Handgroßer, oft behaarter, am Rande archipelartig gestalteter, brauner Fleck (histologisch Hyperpigmentierung, keine Naevuszellen). Entsteht meist zwischen dem 10.–20. Lebensjahr. Spontane Rückbildung möglich. *Sitz:* stets einseitig, bes. Schulter, obere Thoraxgegend. **DD:** Pityriasis versicolor.

—, Bindegewebsnaevus. Seit Geburt oder frühester Jugend vorhandene, einzeln oder gruppiert stehende derbe Knötchen oder Knoten. Man unterscheidet:

1. lumbosakraler B., der aus gruppierten, bis erbsgroßen und größeren hautfarbenen Knoten besteht (Abb. 72). *Sitz:* Lumbosakralgegend. Gehört zum Adenoma sebaceum symmetricum.

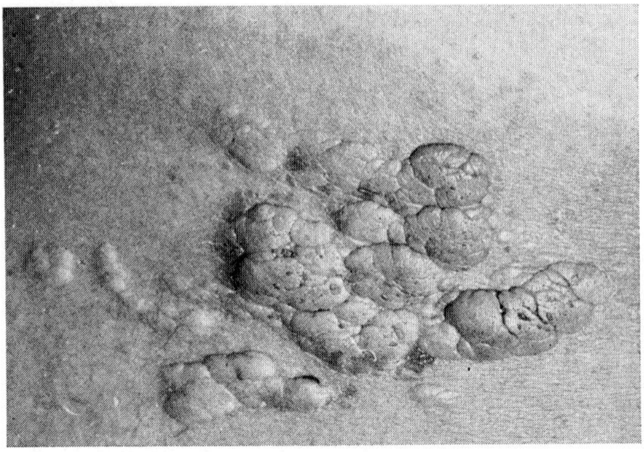

Abb. 72. Lumbosakraler Bindegewebsnaevus

2. Naevus elasticus regionis mammariae: herdförmig gruppierte, hirsekorngroße, hautfarbene Knötchen an der oberen Thoraxgegend.

Für beide Formen wird auch die Bezeichnung ,,Pflastersteinnaevus" gebraucht.

3. grobknotig disseminierte, erbsgroße und größere *Bindegewebsnaevi,* die an verschiedenen Körperstellen vorkommen.

— **cerebriformis** (Abb. 73). Den Hirnwindungen ähnlicher Naevuszellen-Naevus am Kopf. **Ther:** Exzision, plastische Deckung.

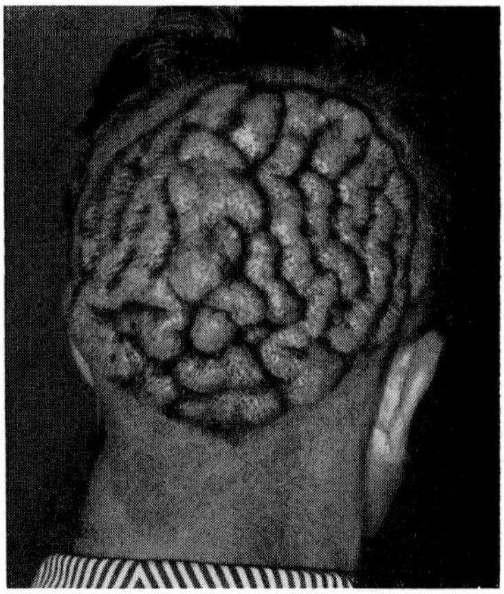

Abb. 73. Naevus cerebriformis

Naevus coeruleus (blauer Naevus). Durch Wucherung kutaner Melanozyten entstehendes, rundliches, blauschwarzes, bis linsengroßes Knötchen. *Sitz:* bes. Fuß-, Handrücken, Kopf. **DD:** Fremdkörpereinsprengung.

Der zellreiche blaue Naevus ist derb bis markstückgroß, selten größer, schwarzblau. **DD:** Melanom, Histiozytom, Naevuszellen-Naevus.

Maligne Entartung sehr selten. **Ther:** Exzision.

— **comedonicus.** Follikuläre, komedonenartige, oft segmentär angeordnete Hornzysten. Wenn diese ausfallen oder entfernt werden, bleiben atrophische, grubenartige Vertiefungen zurück (Abb. 74).

—, **epidermaler Naevus.** Umschriebene nicht durch äußere Einflüsse bedingte Epidermishyperplasie. Sie kann je nach dem Grad der Verhornung weich oder hart (s. N. verrucosus) sein.

— **flammeus** (Naevus vasculosus vinosus, Feuermal, Weinfleck). Meist angeborene, durch Kapillarerweiterungen bedingte, hell- bis dunkelblaurote, oft bizarr konfigurierte Flecken verschiedener Größe. *Sitz:* bes. Gesicht, Nakken (s. Naevus Unna-Politzer), Extremitäten. – Median gelegene (Stirnmitte, Nasenwurzel) können sich spontan zurückbilden. Der N. flammeus kann Symptom einer Angiophakomatose (s. d.) sein. **Ther:** Grenzstrahlen und hochtouriges Schleifen befriedigen nicht. Versuch mit CO_2-Schnee oder Aceton CO_2 -Brei. Tgl. abdecken mit Schminke Covermark wasserfest.

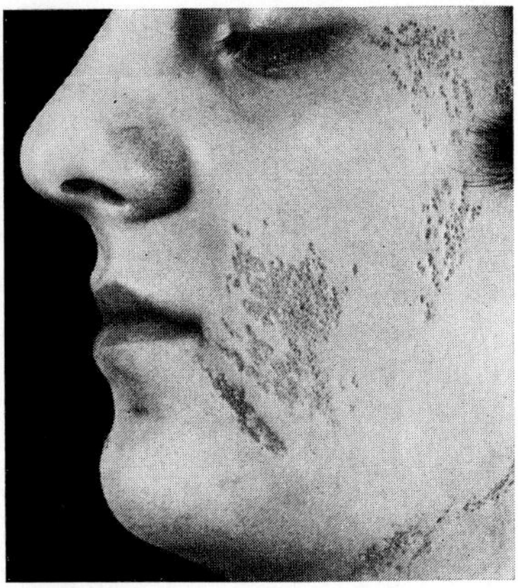

Abb. 74. Naevus comedonicus [Bild von K. GELLNER aus Hautarzt **20,** 371 (1969)]

— **fusco-coeruleus ophthalmomaxillaris Ota.** Entspricht einem blauen Naevus des 1. und/oder 2. Trigeminusastes. Sklera und Konjunktiva können ebenfalls blau verfärbt sein. Kommt fast nur bei Asiaten vor. Gynäkotropie.

— der **Haarfollikel. Haarfollikelnaevus.** Gutartige Neubildung, die aus Haarfollikeln besteht (s. Trichofollikulom). *Sitz:* bes. Nasolabialfalten. **Ther:** Exzision.

—, **Kokarden-Naevus.** Seltene Variante des Nävuszellen-Naevus, bei dem die Stärke der Pigmentierung in konzentrischen Ringen wechselt.

— **lipomatodes cutaneus superficialis (Hoffmann-Zurhelle).** Gruppierte, stecknadelkopf- bis walnußgroße, hautfarbene oder gelbliche, flach erhabene oder halbkugelig vorgewölbte, weiche Knötchen oder Knoten. Bereits bei der Geburt vorhanden oder im späteren Leben entstehend. Auftreten von Fettgewebe im oberen Corium. *Sitz:* bes. Gesäß, Hüfte, proximale Oberschenkelhälfte.

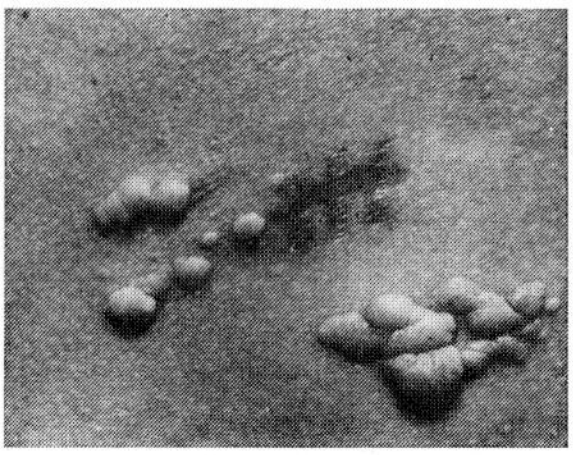

Abb. 74a. Naevus lipomatodes cutaneus superficialis

— **naevocellularis (Naevuszellen-Naevus).** Enthält Naevuszellen. Kommt fast bei jedem Menschen in größerer Zahl überall am Körper (kein Vorzugsitz!) vor. Hell- bis dunkelbraune, oft schwarze, selten hautfarbene Tumoren verschiedener Größe und Gestalt (flach, kugelig-erhaben, verrukös, gestielt). Selten maligne Entartung (s. Melanom). **Ther:** Exzision. Bei größeren Naevi Serienexzision (Intervallexzision), die möglichst bis zum 6. Lebensjahr durchzuführen ist. Elektrische Schlinge. Evtl. CO_2-Vereisung (nur bei kleinen Naevi).

Naevus pigmentosus papillomatosus (Abb. 75). Naevuszell-Naevus mit höckeriger, brombeerartig gefurchter Oberfläche.

— pilosus. Naevuszell-Naevus mit reichlich Haaren. Bei großer Ausdehnung spricht man von Tierfellnaevus (Bild 42 nach S. 128).

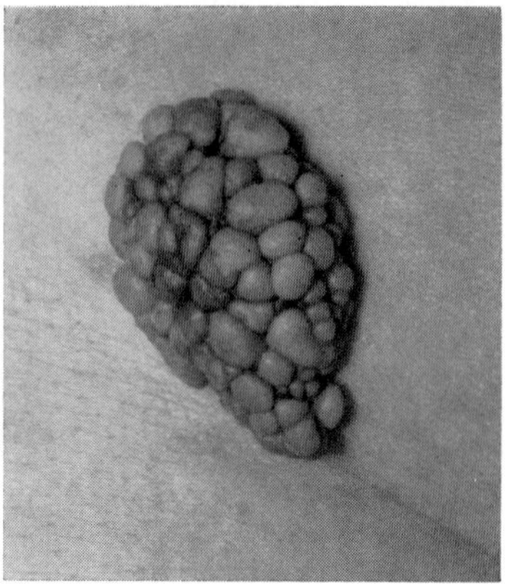

Abb. 75.
Naevus pigmentosus papillomatosus

Naevus sebaceus (Bild 50 nach S. 160). Meist angeborener, selten im 2.–3. Dezennium auftretender, traubenartig aus kleinen Knötchen zusammengesetzter, feinhöckeriger gelber Talgdrüsentumor, zuweilen mit einem Basaliom kombiniert. *Sitz:* bes. Kopf. **DD:** Naevuszellen-Naevus, Naevus syringocystadenomatosus.

Bei ausgedehntem, systematisiertem Auftreten oft gleichzeitig zerebrale Krampfanfälle und Fehlbildungen der Augen (*Schimmelpenning-Syndrom*).

Ther: Exzision.

Naevus spilus. Erbsen- bis handflächengroße, angeborene oder in früher Kindheit auftretende, rundliche oder unregelmäßig begrenzte, gelblich-braune (café-au-lait-Flecke) bis schwarzbraune Pigmentflecke. Nur Hyperpigmentierung in den Basalzellen, keine Naevuszellen.

Bei mehr als sechs Naevi spili nach Neurofibromatosis generalisata fahnden!

DD: Peutz-Syndrom, Albright-Syndrom, Epheliden (sitzen an unbekleideten Hautstellen, sind von der Lichteinwirkung abhängig, oft gleichzeitig helle oder rötliche Haarfarbe), Lentigo simplex, Lentigo senilis, Lentigo maligna, Naevuszellen-Naevus. **Ther:** s. Sommersprossen. Einzelne Naevi können mit CO_2-Schnee oder Exzision entfernt werden. Versuch mit hochtourigem Schleifen.

—, Spindelzellen-Naevus s. Melanom, juveniles.

— Spitz s. Melanom, juveniles.

Naevus Sutton (Halo-Naevus, Leukoderma acquisitum centrifugum, Albinismus perinaevicus). Von einem depigmentierten Hof umgebener pigmentierter Naevuszellen-Naevus. Dieser schwindet allmählich, hinterläßt zunächst einen depigmentierten Herd, der dann im Laufe von Monaten repigmentiert. Beruht vielleicht auf Autoimmunität.

Naevus syringocystadenomatosus papilliferus (Syringocystadenoma papilliferum). Von den Ausführungsgängen apokriner Drüsen ausgehend. Papillomatöser, warzenförmiger, zuweilen verkrusteter, kleiner Tumor. *Sitz:* Capillitium, Stirn, Schläfen. **Ther:** Exzision.

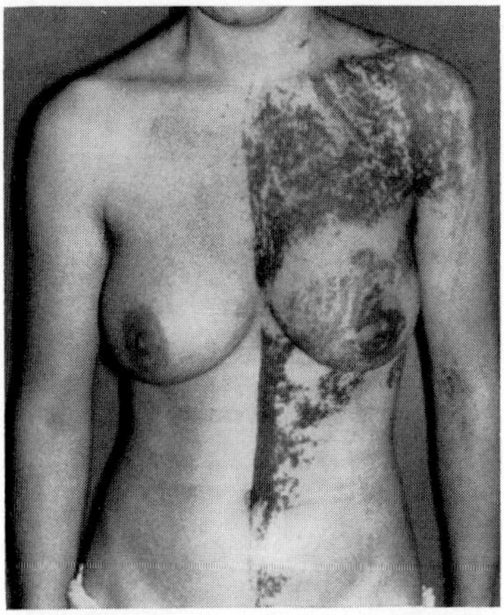

Abb. 76. Naevus systematicus

— systematicus liegt im Bereich bestimmter Nervengebiete. Meist einseitig (Abb. 76). Er kann schmal oder breit sein, sich verzweigen oder linear verlaufen. Systematisiert angeordnet können auftreten z. B. Naevuszellen-Naevi, epitheliale Naevi, Naevi spili, Naevi comedonici.

Bei systematisiertem Naevus am Kopf stets nach Veränderungen am Auge, am Zentralnervensystem und am knöchernen Schädel suchen.

— tardus. Im höheren Alter auftretender Naevus.

— teleangiectaticus ist eine Variante des N. flammeus. Man sieht ein dichtes Netz von Teleangiektasien. **Ther:** Versuch mit hochtourigem Schleifen.

— Unna-Politzer. Blaßrotes Feuermal im Nacken, sog. Storchenbiß. Häufig.

Naevus varicosus osteohypertrophicus *(Klippel-Trenaunay-Parkes-Weber-Syndrom).* Ausgedehnte, oft eine ganze Extremität einnehmende, dunkelblaurote Naevi teleangiectatici mit Varizen (Abb. 77) und Hypertrophie der Weichteile sowie der Knochen. – Zuweilen arteriovenöse Fistel (pulsierendes Schwirren und Überwärmung der hypertrophischen Extremität. Arteriographie!), die zur Herzbelastung und Minderdurchblutung peripher der Fistel führt und dadurch prognostisch ungünstig ist. **Ther:** Bei arteriovenöser Fistel – wenn möglich – Operation.

Lit: H. Partsch, Hautarzt **25,** 249 (1974).

— verrucosus. Gelb-bräunliche, warzenartige Gebilde mit oft linearer Anordnung (Naevus unius lateris, Bild 52 vor S. 161). Histologisch keine Naevuszellen, sondern Hyperkeratose, Papillomatose, Akanthose. **Ther:** Exzision.

Nekrobiosis lipoidica (diabeticorum). Beginnt mit intensiv roten, linsengroßen, peripher wachsenden Papeln, aus denen etwas eingesunkene, scheibenförmige, bis handtellergroße, gelbe, sklerotische, von Teleangiektasien durchzogene Herde entstehen (Bild 53 vor S. 161). Sie sind umgeben von einem 2–3 mm breiten, leicht erhabenen, lividen Randsaum. *Sitz:* meist Unterschenkelstreckseiten. *Ät. Path:* Infektionsallergie? Diabetes und Hypertonus fördern die Entstehung, sind aber nicht immer vorhanden. Nekrobiosis kann einem Diabetes mehrere Jahre vorausgehen. Gefäßveränderungen und Durchblutungsstörungen sind pathogenetisch wichtig. **DD:** Sarkoidose, Granuloma anulare, Sclerodermia circumscripta, Granulomatosis (tuberculoides) pseudosklerodermiformis symmetrica chronica Gottron; bei dieser fehlt histologisch die Nekrobiose. Die Granulomatosis ist offenbar eine Variante der Nekrobiosis. Ob sich im Einzelfall eine Nekrobiosis oder eine Granulomatosis entwickelt, hängt vom Grad der Kreislaufstörungen und vom Reaktionsvermögen des perivasalen Bindegewebes ab.

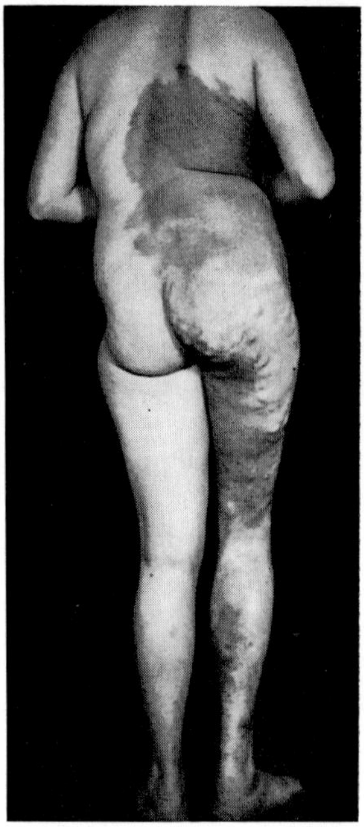

Abb. 77. Naevus varicosus osteohypertrophicus

Ther: Grundleiden (Diabetes, Hypertonus) behandeln. Durchblutungsfördernde Mittel. Antimalariamittel und INH wurden empfohlen. Kleine Herde exzidieren, größere mit Kortikoid-Kristallsuspension unterspritzen. Ultralan-Pflaster. Kortikoidsalbe unter Okklusivverband.

Nekrobiosis maculosa Miescher. Gelblichbräunliche bis düsterrote, scharf begrenzte Herde mit leicht eingesunkenem Zentrum und etwas erhabenem Randsaum. Entspricht klinisch weitgehend der Granulomatosis pseudosklerodermiformis (s. o.), histologisch dem Granuloma anulare. *Sitz:* bes. Arme, Gesicht. **Ther:** Kortikoidsalben unter Folienverbänden. Unterspritzung von Kortikoid-Kristallsuspension.

Nekrosen nach Kohlenoxyd- und Schlafmittelintoxikationen (Barbiturate, Bromcarbamide, Piperidin-Derivate) können nach längerer Bewußtlosigkeit bes. an druckexponierten Stellen (Fersen, Gesäß, Schulterblattregion, Kreuzbeingegend) auftreten. **Ther:** symptomatisch.

Netherton-Syndrom. Selten. Bambushaare (Trichorrhexis invaginata = Knotenbildung der Haare durch Invagination des distalen in den proximalen Haarschaft), Ichthyosis congenita oder Ichthyosis linearis circumflexa, atopische Diathese (Bronchialasthma, Urtikaria). Rezessiv erblich? Gynäkotropie. Bei der Geburt vorhanden, in der Pubertät spontane Rückbildung.

Neurinom (Neurolemmom, Schwannom). Meist bei *Recklinghausen*scher Krankheit vorkommende, oft etwas druckschmerzhafte Geschwulst, die aus den *Schwann*schen Zellen hervorgeht. **Ther:** evtl. Exzision.

Neurodermitis constitutionalis.

Synonyma: N. disseminata, N. diffusa, N. generalisata, endogenes Ekzem, konstitutionelles Ekzem, atopische Dermatitis, atopisches Ekzem, früh- und spätexsudatives Ekzematoid, Prurigo Besnier, Prurigo diathésique, Asthma-Ekzem, Asthma-Prurigo, Prurigo-Ekzem.

Erblich prädisponierte Erkrankung. Beginnt meist zwischen dem 3.–6. Lebensmonat mit einer exsudativ-entzündlichen Hautreaktion (daher die Bezeichnung „frühexsudatives Ekzematoid") mit Juckreiz, Papulovesikeln, Nässen und Krusten (Milchschorf) bes. an den Wangen (Bild 54 nach S. 168) und im Scheitelbereich.

Nach dem 2. Lebensjahr entspricht das Bild im wesentlichen der N. des Erwachsenen, jedoch sind im Kindesalter meist die Gelenkbeugen (Ekzema flexurarum) und nicht selten das Gesäß (Bild 55 nach S. 168) befallen, bei Erwachsenen sind Gesicht, Hals, Nacken, Brust, Schulter und Gelenkbeugen bevorzugter Sitz.

Hauptsymptom: quälender Juckreiz, Juckkrisen bes. nachts.

Talg- und Schweißdrüsen arbeiten auffallend träge. Die erkrankte Haut ist glanzlos, trocken, nicht selten leicht ichthyosiform schuppend, ihr Oberflächenrelief ist vergröbert *(Lichenifikation)*. *Pruriginöse* (juckende Knötchen mit zentraler Kruste) und *erythemato-squamöse* Veränderungen können hinzutreten.

Im Bereich der Erytheme tritt nach einem kräftigen Strich mit dem Fingernagel oder nach Auftragen eines Nikotinsäureesters (z. B. Trafuril) ein *Dermographismus albus* (Bild 13 vor S. 33) auf. Dieser ist der Ausdruck einer erhöhten Vasokonstriktoren-Erregbarkeit. Die Nägel sind durch das ständige Kratzen abgenutzt, die Augenbrauen abgerieben.

Die N. nimmt mit zunehmendem Alter an Intensität ab und verschwindet oft um das 60. Lebensjahr.

Etwa 17% der Kranken leiden gleichzeitig an einem *Bronchialasthma*, etwa 11% an einer vasomotorischen *Rhinitis*, etwa 1% an *Linsentrübungen* (Cataracta dermatogenes, Bild 56 nach S. 168). Oft findet man eine Eosinophilie im Blut.

Seelische Einflüsse können das Leiden bessern oder verschlechtern. Oft Verschlimmerung im Winter oder Frühjahr. Zuweilen tritt eine Kontaktallergie hinzu; dann finden sich positive epikutane Testreaktionen.

Komplikationen: Bakterielle (Pyodermie) oder virale (Ekzema vaccinatum, Ekzema herpeticatum) Sekundärinfektion.

Pockenimpfung darf wegen der Gefahr des Ekzema vaccinatum nur bei klinischer Erscheinungsfreiheit durchgeführt werden.

Seltene Formen: *nummulär-mikrobielle* Ekzeme bei Jugendlichen bes. an der Beugeseite der Beine und am Gesäß oft zusammen mit Dysidrosis an Handtellern und Fußsohlen. – *Lichtprovozierte*, ekzematoid-krustöse N. im Sommer meist bei Mädchen. *Sitz:* Gesicht, Nacken, Hände. – Atopische *seborrhoische Prurigo* auf dem Kapillitium mit zahllosen, stark juckenden, stecknadelkopfgroßen Krusten. – N. *invisibilis:* keine lichenoiden und ekzematösen Veränderungen nur sehr starker Pruritus und Kratzeffekte. – Einer *Dysidrosis* lamellosa sicca ähnliche oder echte dysidrosiforme Veränderungen bes. an den Beugeseiten der Fingerendglieder. – Stark juckende, *follikuläre*, rote *Knötchen* an Brust und Bauch bei Kindern und Jugendlichen. –

Dg: Beginn im Säuglingsalter, Auftreten von Neurodermitis, Asthma bronchiale oder Rhinitis bei Eltern, Geschwistern oder Kindern, Lokalisation der Erscheinungen in den Beugen, im Gesicht und am Hals, weißer Dermographismus, pelzmützenartiger Haaransatz, Lichtung der seitlichen Augenbrauen, Unterlidfalte, fahles Hautkolorit, trockene Haut, Wolle-Empfindlichkeit. Eosinophilie im Blut, negative epikutane Teste, stark erhöhter IgE-Serumspiegel.

DD: Neurodermitis professionalis (durch Nickel, Chrom u. a. hervorgerufenes Kontaktekzem, das morphologisch von der N. constitutionalis nicht zu unterscheiden ist).

Berufswahl: Verschlimmert wird das Leiden durch feinen Staub (Mehl-, Getreidestaub), Wolle, Glaswolle und große Hitze. Auch von Berufen mit starker Hautbelastung (Friseur, Spritzlackierer, Anstreicher, Desinfektor, Dreher, Schlosser) ist abzuraten.

Ther: Zu vermeiden sind: stärkere körperliche Anstrengungen (Kampfsport), Aufenthalt in überheizten Räumen, heiße Bäder, plötzliche Abkühlung, Tragen wollener Kleidung auf der Haut.

Kortikoidsalben: höher konzentrierte, halogenierte Salben nur kurzfristig (Gefahr von Hautatrophie, Teleangiektasienbildung u. a.), zur Langzeitbehandlung Hydrokortisonsalben z. B. Sanatison $^1/_3$%.

Neuerdings wird bes. bei Kindern *Fluocortin-Butylester* (Vaspit-Salbe, -Fettsalbe) empfohlen, bei dem weder systemische noch lokale Kortikoid-Nebenwirkungen zu erwarten sind.

5%ige Ichthyolzinkpaste. – Rp. Pic. lithanthrac. 3,0, Vioform 1,0, Past. zinci moll. ad 100,0. – Reiner Steinkohlenteer (Cave bei Sonnenbestrahlung!), darüber Puderschicht. Teer-Linola-Fett.

Balneum Hermal mit Teer, Balnacid, Kleiebäder. Zum Waschen Praecutan, Dermowas, Satina.

Antihistaminika, Sedativa, Psychopharmaka: Tavegil, Atosil, Systral, Sandosten-Calcium, Periactinol, Megaphen, Librium, Limbatril, Prominal (1–2mal tgl. 0,2 g).

Evtl. Versuch mit Epsilon-Aminocapronsäure (8–16 g tgl. über viele Monate).

Nur bei schweren Fällen kurzfristig Kortikoide, z. B. Prednisolon anfangs 30 mg tgl.

Geringere Nebenwirkungen (abgesehen von evtl. Wasserretention) hat synthetisches ACTH z. B. Synacthen Depot. Dosierung: anfangs 1 mg i. m. jeden 2. Tag, später dreitägige und noch längere Intervalle.

Vitamin A 200000 E. tgl. Bei Kindern Protovita „Roche". Vitamin-B-Komplex. Vitamin C tgl. 1 g.

Zur Umstimmung: Eigenblut, Vaccineurin. Causat, Calcium i. v., Psychotherapie, autogenes Training, Hypnose.

Am bewährtesten ist Klimatherapie: mindestens 6wöchige Kuren auf Nordseeinsel oder im Hochgebirge in Höhen über 1600 m.

Diätetische Richtlinien: konzentrierter Alkohol, starker Kaffee und Tee, Nikotin in größeren Mengen sind zu verbieten. Einschränkung von Fett und Kohlehydraten, dafür hochwertiges tierisches Eiweiß. Tägliche Gesamtfettmenge nicht mehr als 80 g, davon 30 g Maiskeimöl (Mazola) zum Kochen, Dünsten, Backen; 30 g Streichfett in Form von Pflanzenmargarine. Die restlichen 20 g Fett sind bereits in den Nahrungsmitteln enthalten. Kochsalzarme Kost.

Neurofibrom. Meist gestielte oder lappige, weiche, vom Endoneurium ausgehende Geschwulst. Größere Tumoren zeigen oft Teleangiektasien (Bild 57 vor S. 169). Eine bes. Vielfalt findet man bei der Neurofibromatosis generalisata. **Ther:** Exzision.

Neurofibromatosis generalisata (Recklinghausensche Krankheit). Zu den Phakomatosen gehörendes Erbleiden. Manifestation meist im Kindesalter. In der Spaltrichtung der Haut liegende Café-au-lait-Flecke (Naevi spili) bes. am Stamm (Bild 58 vor S. 169). Verschieden große, zuweilen druckschmerzhafte, weiche oder harte, z. T. bläuliche, eindrückbare und nach dem Loslassen wieder klingelknopfartig zurückschnellende Neurofibrome; seltener sind Neurinome. Sehr große „Rankenneurinome", die infolge Elastikaschwundes sackartig herabhängen *(Lappenelephantiasis)*. Geschwülste an den Augen, dem ZNS und den peripheren Nerven (tastbare Tumoren an den subkutanen Nerven bes. des Halses und der Arme). Sarkomatöse Entartung kommt vor. Geti-

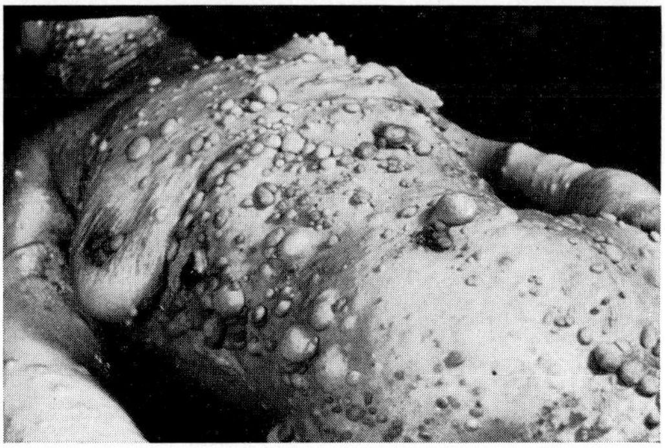

Abb. 78. Neurofibromatosis generalisata

gerte Iris. Hypertrichosis sacralis. Knochenveränderungen (Skoliosen, Zysten u. a.). Seltener sind Hämangiome und Lymphangiome. Oft verminderte Intelligenz. An Formes frustes ist bei größeren Café-au-lait-Flecken zu denken.

Ther: Exzision störender Tumoren.

Neurom. Etwa erbsgroßer, oft schmerzhafter Knoten, der aus markhaltigen Nerven besteht und meist traumatisch (z. B. am Amputationsstumpf) bedingt ist. **Ther:** Exzision. Injektion von Kortikoid-Kristallsuspension.

Neurotische Exkoriationen. Die Kranken bringen sich durch Zwangsvorstellungen ovale oder irreguläre, einen Durchmesser von etwa 0,5 cm aufweisende, mit blutigen Krusten bedeckte Exkoriationen bei. Sie geben die Selbstbeschädigung zu, zum Unterschied gegenüber anderen Artefakten. Psychotherapie.

Noma (Wasserkrebs). Sehr selten. Schwerste Form der Stomatitis Plaut-Vincenti bei allgemeiner Abwehrschwäche (z. B. chronische Malaria, Hungersnot). Führt zu nekrotischem Zerfall einer Wange. **Ther:** Antibiotika. Roborierende Maßnahmen. Vitamin C. Mundspülungen (z. B. Kamillosan, H_2O_2-Lösung).

Ochronose. Sehr selten. Rezessiv-erbliche Stoffwechselstörung. Durch einen Enzym-Defekt erscheint im Blut und Harn Homogentisinsäure, die sich durch den Luftsauerstoff braunschwarz färbt. Im Säuglingsalter Dunkelfärbung des Harnes (Alkaptonurie) und dadurch auch der Windeln. Im Alter von 30–50 Jahren gelbbraune Verfärbung der Haut, braune Flecken in Skleren und Konjunktiven. Ohr- und Nasenknorpel schimmern blauschwarz durch die Haut hindurch. Der Schweiß kann blaugrau gefärbt sein. Ablagerung von Ochronosepigment im Knorpel (Osteoarthrosis deformans alcaptonurica). **DD:** Morbus Addison. **Ther:** Eiweißarme (Eiereiweiß ist erlaubt), kohlenhydrat- und fettreiche Kost. Leberpräparate.

Odontogene Hautfisteln (Bild 60 nach S. 184) mit kraterförmiger Hauteinziehung kommen vor bei Parodontitis, Osteomyelitis, infizierter Kieferzyste u. a. – Sitz: Kinn, Wangen, Hals. **Ther:** Grundleiden behandeln.

Ölakne. Häufigste Form der Berufsakne. Follikuläre, schwarze Pfropfbildungen, Komedonen, Follikulitiden, Furunkel. *Sitz:* bes. Streckseiten der Arme und Oberschenkel. *Ät:* Außer Mineralölen spielen offenbar kleinste Verletzungen durch Glas- und Metallsplitter sowie in den Ölen vorhandene bakterielle Verunreinigungen für die Entstehung eine Rolle. **Ther:** Akne-Vausept u. ä. Dermowas zum Waschen. Versuch mit 0,3 %iger Vitamin-A-Säure-Lösung.

ONYCHOSEN

Nagelerkrankungen. Ursachen: angeborene, mechanische, chemische, infektiöse (Bakterien, Pilze), bes. Angewohnheiten (Nagelkauen). Oft Symptom einer Dermatose (Psoriasis, Ekzem, Lichen ruber u. a.) oder einer inneren Krankheit.

Allgemeine therapeutische Empfehlungen. Ursache ausschalten, evtl. Grundleiden behandeln. Bei Brüchigkeit Versuch mit Multivitaminpräparaten (z. B. Supradyn), Vitamin A und D, Cystin, Kytta-Nagelkur, Gelatine (7 g tgl. 3 Wochen lang z. B. in Form von Gelatinepudding), Gelacet, Eisenpräparate (z. B. Ferrlecit 100). Bei Nagelverdickungen hochtouriges Schleifen oder Abfeilen. Zum Schutz bes. vor chemischen Einflüssen Nagellack. Bei kosmetisch störenden Nagelveränderungen Nagelersatz Tayler-Nagel-Neu.

Altersnagel. Die Nägel erscheinen stumpf, glanzlos, weisen eine deutliche Längsstreifung auf. Die Nagelplatte kann gelblich bis grünlichgrau verfärbt sein. Das Nagelwachstum ist verlangsamt.

Aplasia congenita totalis seu partialis. Angeborener vollständiger oder teilweiser Nagelmangel infolge funktionsunfähiger Nagelmatrix.

Beau-Reilsche Querfurchen. Rißartige Querfurchen (Abb. 79). *Ät. Path:* vorübergehende Matrixschädigung infolge schwerer Allgemeinkrankheiten (Pneumonie, Typhus u. a.) oder Lokalerkrankungen (Fingerekzem u. a.). **Ther:** Vitamin A und Vitamin-B-Komplex.

Dystrophia ungium mediana canaliformis. Vom Nagelhäutchen bis zum freien Nagelrand reichende Spaltung oder Kanalbildung (meist) in der Mitte des Nagels, bes. am Daumen. *Ät. Path:* vorübergehende Störung der Nagelmatrix (nicht selten nach längerer Zeit Spontanheilung) offenbar traumatischer Art.

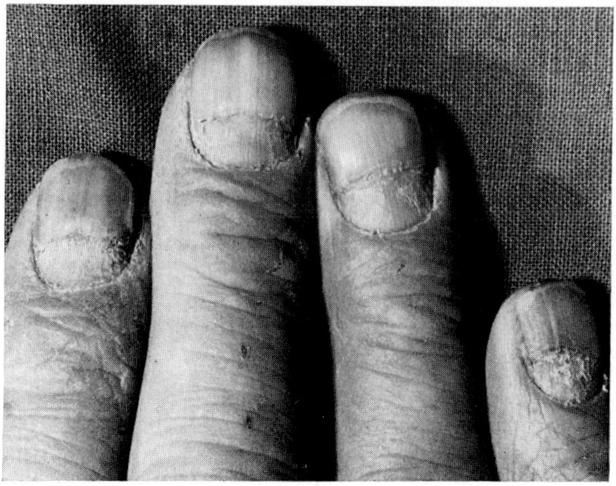

Abb. 79. Beau-Reilsche Querfurchen bei Fingerekzem

Farbveränderungen	**Ursachen**
bläulich:	Argyrie, Chloroquin-Einnahme, Glomustumor, Ochronose, Wilsonsche Krankheit (bes. Lunula).
bräunlich:	Fadenpilze, Haarfärbemittel, Nikotin, Psoriasis.
gelb:	Ikterus, Skleronychie, subunguale Eiterung.
grünlich:	Pyocyaneus.
rot:	arterielle Hyperämie.
Rotfluoreszenz:	Einnahme von Dimethylchlortetracyclin oder Phenolphthalein
schwärzlich:	Hämatom, Hefe- und Schimmelpilze, Kontakt mit $AgNO_3$, Pseudomonas aeruginosa (bes. bei Onycholysis), Röntgenstrahlen.
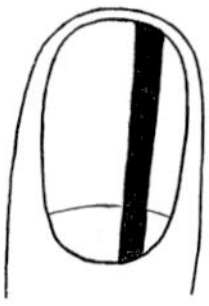 Abb. 80.	Longitudinaler Streifen (bei Farbigen bedeutungslos) weist auf aktiven Naevuszell-Naevus (Abb. 80) hin. **Ther:** Exzision des in der Matrix gelegenen Naevus, histologische Untersuchung.
	Das maligne Melanom beginnt oft als schwarzer Fleck im Bereich der Lunula. **Ther:** Absetzen des Gliedes.
weiß:	s. Leukonychie, s. Meessche Streifen, Leberzirrhose, Hypalbuminämie.

Hapalonychie. Dünne, weiche Nagelplatte. *Ät. Path:* Einwirkung von alkalischen Substanzen, Magendarmstörungen u. a. **Ther:** Kalzium, Vitamin D. Eisengaben per os.

Koilonychie (Löffelnägel). Schüsselförmige Eindellung und gleichzeitige Verdünnung der Nagelplatte. *Ät. Path:* feuchte Arbeit (z. B. berufliche bei Friseuren), Alkalischäden, Eisenmangel-Anämie u. a. **Ther:** Nagellack zur Verhinderung der Durchfeuchtung. Vitamin A. Vitamin-B-Komplex. Evtl. Eisenpräparate.

Längsfurchen oder -leisten der Nagelplatte treten bes. im Alter auf.

Leukonychia. Weißfärbung der Nägel. L. punctata, L. striata (streifenförmig), L. totalis. *Ät. Path:* unzweckmäßige Nagelpflege, Traumen, gewerbliche Schädigung (Nitritlösung), Mykosen (L. trichophytica), fieberhafte Erkrankungen, Ernährungsstörungen, Leberzirrhose, Arsenvergiftung. L. totalis auch dominant erblich.

Meessche Streifen. Weißliche, parallel zur Lunula verlaufende Querstreifen. *Ät. Path:* Arsen-, Thalliumvergiftung, Verbrennung der Handrücken, Röntgenbestrahlung der Nagelmatrix.

Mikronychie. Kleinwuchs der Nägel bei genuiner Epilepsie, progressiver Sklerodermie, Nagelkauen u. a.

Nagel-Patella-Syndrom. Anonychie oder Mikroonychie, Aplasie oder Hypoplasie der Patella, Exostosen an den Ossa ischii. Dominant erblich.

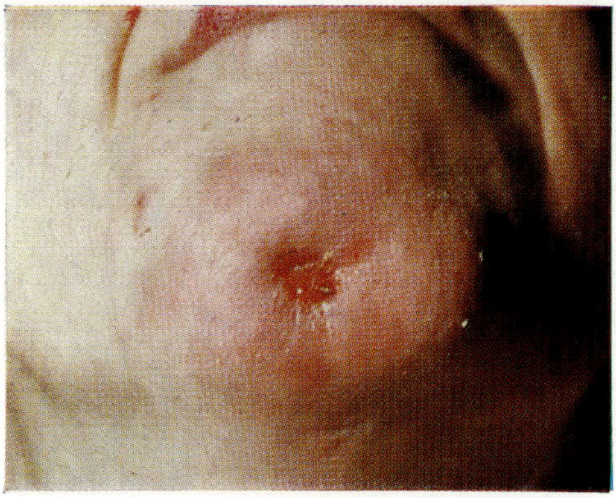

Bild 60
Odontogene Hautfistel
am Kinn

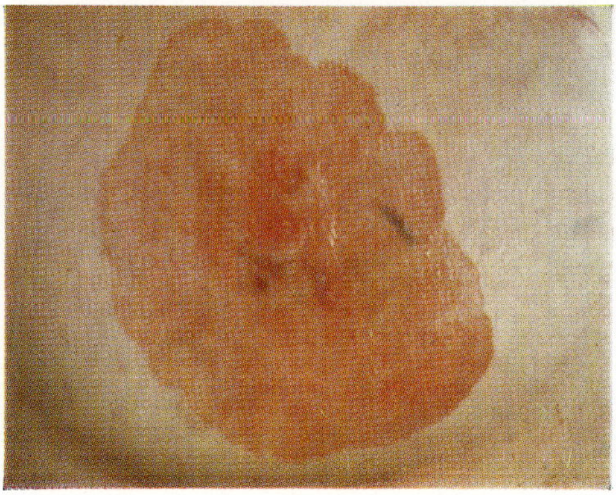

Bild 61
Morbus Paget (Paget's
disease of the nipple)

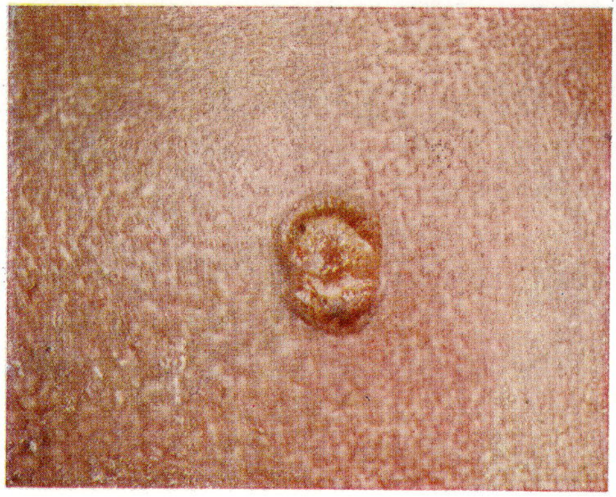

Bild 62
Parakeratosis variegata mit
Mycosis fungoides

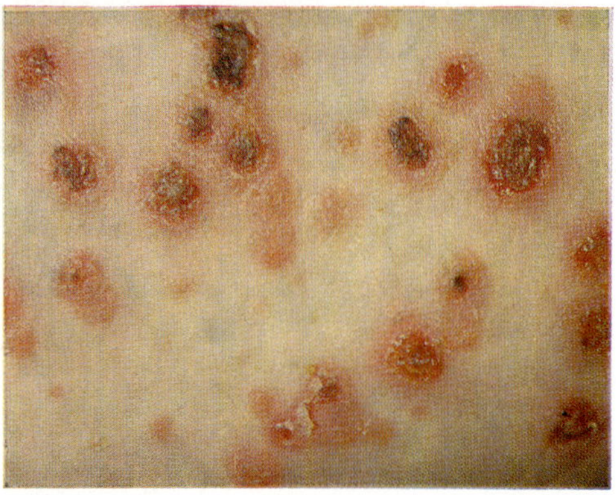

Bild 63
Pityriasis lichenoides et varioliformis acuta Mucha-Habermann

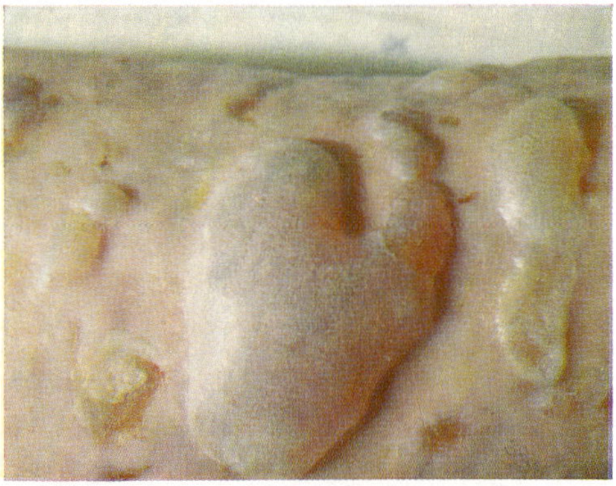

Bild 64
Bullöses Pemphigoid am Unterschenkel

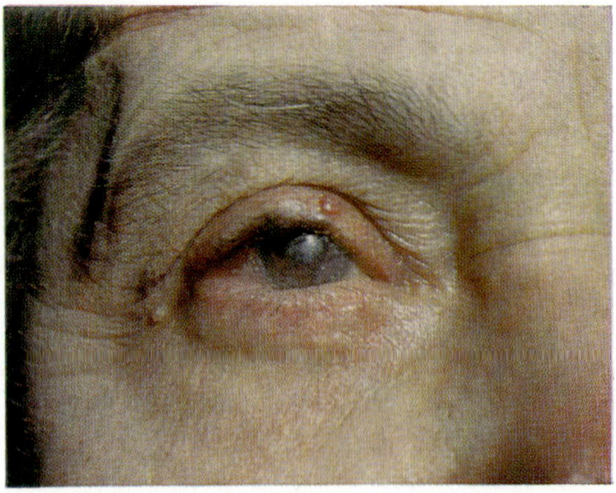

Bild 65
Pemphigus conjunctivae

Nagelverlust, periodischer. Dominant erblich. Einer oder mehrere Nägel werden wiederholt in toto abgestoßen und durch neue ersetzt. Allmählich entstehen erhebliche Deformierungen.

Onychauxis. Verdickung der Nagelplatte.

Onychogryposis (Krallennagel). Krallenartige Krümmung, Verdickung, schwärzliche Verfärbung des Nagels (Abb. 81). *Sitz:* bes. Großzehen, selten Finger (Abb. 82). *Ät. Path:* Erbfaktoren, Traumen, Nervenverletzungen, venöse Insuffizienz. Höheres Lebensalter fördert die Entstehung. **Ther:** Erweichung der Hornmassen durch heiße Seifenbäder mit Sodazusatz, Entfernung der Nagelenden mit Zange und Feile. Nur ausnahmsweise Verödung des Nagelbettes, da hierdurch die Brauchbarkeit des Zehs vermindert wird. Bei Nachweis von Pilzen s. Onychomykose.

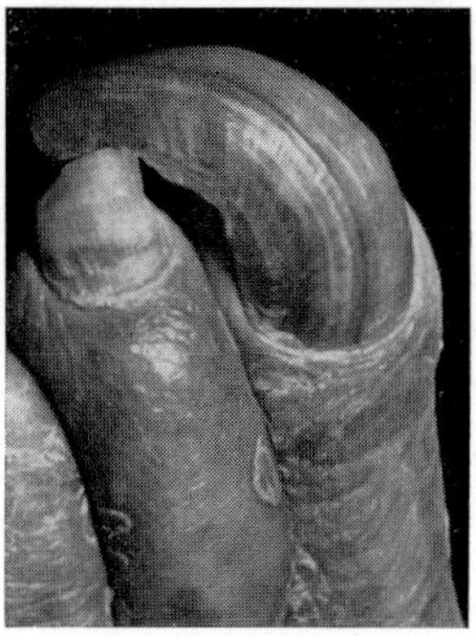

Abb. 81. Onychogryposis

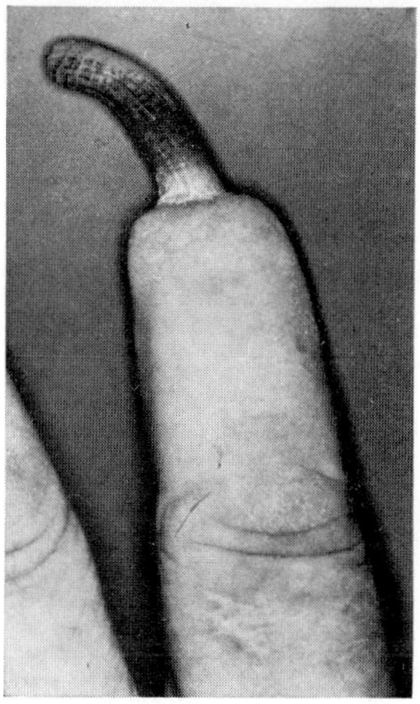

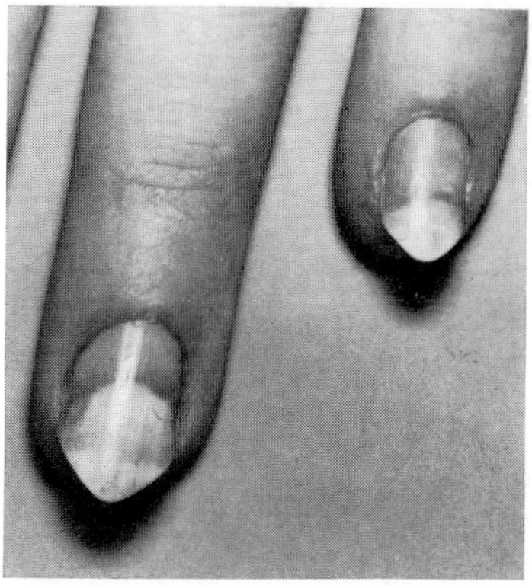

Abb. 83. Onycholysis semilunaris

Abb. 82. Onychogryposis am linken Zeigefinger nach Einklemmen des Endgliedes

Onycholysis. Ablösung der Nagelplatte vom Nagelbett.

— semilunaris. Halbmondförmige Nagelablösung am distalen Ende. *Ät. Path:* häufige, langdauernde Einwirkung von Wasser und Seifenlösungen. **Ther:** Nägel kurz halten.

— totalis. Totale Nagelablösung bei Entzündungen im Nagelbereich, schweren Allgemeinerkrankungen, Psoriasis, Pemphigus, Epidermolysis. **Ther:** Grundleiden behandeln. Versuch mit Gelacet oder Kytta-Nagelkur.

Onychomykosen (Nagelpilzerkrankungen)
Ihre Entstehung wird gefördert durch: Durchblutungsstörungen (z. B. Akrozyanose), Hyperhidrosis, Tragen von Gummischuhen oder Gummisohlen, Manikürverletzungen, häufigen Kontakt mit Wasser und Seifen.

Pilznachweis. Nagelspäne z. B. mit der Kante eines Objektträgers abschaben. Nativpräparat: zur Aufhellung 1 Tropfen 10%ige Tetramethylammoniumhydroxidlösung (Merck, Artikel 8123) hinzufügen. Kultur z. B. auf Kimmig-Agar-Platte anlegen.

Eine *Kultur mit einem extrahierten Nagel* oder einem abgeschnittenen Nagelstück ist meist *ergebnislos*, da hierbei nur abgestorbene Pilzelemente übertragen werden.

— durch Fadenpilze (bes. Trichophyton mentagrophytes bzw. rubrum). Infektion erfolgt meist vom freien Nagelrand aus. Nägel werden grau-gelblich, bröckelig, splittern auf (Abb. 84); vielfach subunguale Hyperkeratosen mit Onycholysis semilunaris mycotica. *Dg:* Nativpräparat in 30%iger Kalilauge aufhellen und Kultur. **Ther:** Antimykotika (z. B. Canesten, Epi-Monistat, Mycanden) nachts unter Okklusiv-Verband. Kranke Nagelsubstanz abfeilen. – Onychofissan-Tinktur, Fungiplex-Nagellack. – Bei sehr störenden Veränderungen Extraktion, innerlich über 3–6 Monate Griseofulvin (Fulcin S 500 1 Tbl. tgl. oder Likuden M 4×1 Tbl. tgl.), äußerlich s. o. Ggf. Durchblutungsstörungen behandeln.

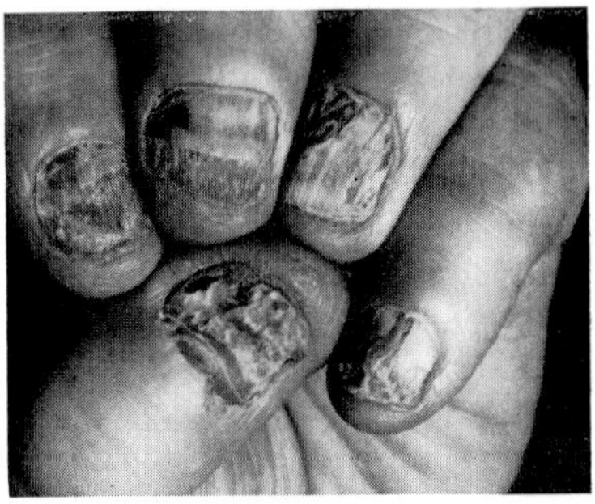

Abb. 84. Onychomykose
(Kultur: Trichophyton rubrum)

— durch Schimmelpilze. Am häufigsten ist die durch Scopolariopsis brevicaulis hervorgerufene Akauliose. Hierbei sind die Nagelbettleisten zunächst distal später auch proximal weißlich-gelblich verfärbt. Andere Schimmelpilze (Fusarium) färben den Nagel schwarz. **Ther:** Fungiplex-Nagellack. Sukzessives Abfeilen des Nagels, Canesten Lösung, Mycanden Salbe, Epi-Monistat-Creme. Auch ammoniakalische Silbernitratlösung wird empfohlen (Rp. Solutionis argenti nitrici 10%/30,0, Liquor. ammonii caustici qu. s. ad solutionem praecip. DS. Ad vitrum nigrum).

— durch Sproßpilze, bes. Candida albicans. Meist dringen die Pilze zunächst in die Nageltasche ein und rufen eine chronische Paronychie hervor, die dann zu Nagelveränderungen führt: transversale Spalten der Nagelplatte, unregelmäßige Höcker, wallartige Erhebungen des Nagels, grünlich-schwärzliche Verfärbung der lateralen Nagelränder. Die Zehennägel werden nur selten befallen. *Dg:* Kultur. **Ther:** Vermeidung feuchter Arbeit, Haushaltsgummihandschuhe. Fungiplex-Nagellack. Ampho-Moronal-Salbe (evtl. unter Folienverband). Candio-Hermal Paste. Nagelentfernung meist nicht erforderlich.

Onychophagie (Nagelkauen). Schlechte, oft unbewußte Angewohnheit an den Nägeln zu knabbern. Die abgenagten Nägel haben keinen freien Rand mehr, sie können auf kurze Nagelstümpfe reduziert sein.

|| **Bei allen unklaren Fingernagelveränderungen nach Onychophagie fahnden!**

Ther: lokale Pinselungen mit 5%iger wäßriger Chininlösung. Bei größeren Mädchen kann Anhalten zur Maniküre von der Angewohnheit ablenken. Psychotherapie.

Onychorrhexis. Aufsplitterung der abnorm brüchigen Nägel in der Längsrichtung. *Ät. Path:* häufiges Waschen, Einwirkung alkalischer und fettlösender Flüssigkeiten, Nagellackentferner, selten Hypothyreose, Vitamin-Mangel. **Ther:** Schutz des Nagels durch Nagellack. Gelacet. Multibionta. Merz spezial Dragees.

Onychoschisis. Schichtweise Aufsplitterung der Nägel parallel zur Oberfläche. *Ät. Path:* unzweckmäßige Maniküre, häufige Einwirkung alkalischer Waschmittel, Röntgenstrahlen, Ekzem u. a. **Ther:** Nagellack. Vitamin A.

Onychotillomanie. Nagelveränderungen durch dauerndes Schnipsen u. a. Zwangshandlungen.

Pachyonychia congenita s. d.

Pterygiumbildung. Das Nagelhäutchen wächst distal über die Nagelplatte vor, haftet fest an ihr und teilt sie zunächst in 2 Hälften. Später kann die ganze Nagelplatte vom Häutchen bedeckt sein. Kommt vor bei: Raynaud-Syndrom, Lichen ruber planus, kongenitaler ektodermaler Dysplasie.

Skleronychia acquisita. Nagelplatte verdickt, gelblich, Lunula nicht sichtbar.

Skleronychie-Syndrom (Yellow-nail-syndrome). Skleronychie, verlangsamtes Nagelwachstum, Lymphödem infolge Hypoplasie der peripheren Lymphgefäße, bronchitische und asthmoide Erscheinungen.

Subunguale Exostosen. Harte, dicht am freien Rand liegende Verdickungen unter der Nagelplatte. *Sitz:* bes. Großzehe. *Dg:* Röntgenaufnahme. **Ther:** Resektion der Exostose.

Subunguale Splitterblutungen. Feinste strichförmige Blutungen bei Endokarditis lenta, Psoriasis, Ekzem u. a.

Subunguales Hämatom, diffuses. Dunkelrote bis schwarze Verfärbung meist nach Trauma ferner bei hämorrhagischer Diathese, Scharlach, Sepsis. Führt oft zur Nagelablösung. **Ther:** evtl. anfangs zur Druckentlastung Nagelplatte mit einer erhitzten Nadel durchbohren.

Trachyonychie. Die Nageloberfläche ist rauh, wie mit Asche bestreut. Die Lunulae sind verschwunden. *Ät:* Kontakt mit Kalilauge, Mineralöl u. a.

Tüpfelnägel (Grübchennägel) kommen vor bes. bei Psoriasis, aber auch bei Alopecia areata, Ekzem.

Uhrglasnägel (Hippokratische Nägel). Große, gewölbte Nägel, oft zusammen mit Trommelschlegelfingern. Vorkommen bei: Bronchiektasen, Lungentuberkulose, Bronchial-Karzinom, Herzfehlern u. a.

*

Oral-fazial-digitales Syndrom (Papillon-Léage-Psaume Syndrom). Selten Gynäkotropie. Dominant erblich. Verdicktes, verdoppeltes Zungenbändchen, Zungenlappung, Zungenfibrome, Gaumenspalte, Zahnaplasien, Hypertelorismus, Epidermiszysten im Gesicht, Hypoplasie der Nasenknorpel (Adlernase), Alopezie, Poly- und Syndaktylien, neurologische und psychische Anomalien.

Oslersche Krankheit (Teleangiectasia hereditaria haemorrhagica). Beginnt meist im 2. Dezennium. Dem Naevus araneus ähnliche Teleangiektasien mit dunkelrotem, kavernomartigem Zentrum. *Sitz:* Haut und Schleimhäute, bes. Gesicht, Mund-, Nasen- und Darmschleimhaut. Es kommt zu Haut- und Schleimhautblutungen (z. B. Nasenbluten, Hämaturie). *Ät. Path:* Offenbar generalisierte Gefäßerkrankung (Gefäßwandschaden), bei der Teleangiektasien der Haut ein leicht erkennbares Symptom sind. **DD:** Der Morbus Osler unterscheidet sich von Angiomen anderer Genese durch die Trias: Angiektasien, Blutungsneigung, dominante Vererbung. **Prophylaxe** und **Ther:** Vermeiden von heißen Getränken, hochkonzentriertem Alkohol, Tee, Kaffee. Bei Blutungsneigung Ruticalzon, Kalzium, Konakion Dragees, Östrogene wie Orgastyptin 40 mg tgl. i. v., nach einigen Tagen Dauerbehandlung mit Presomen Dragees. Bei Epistaxis Betupfen der Blutungsherde mit Epsilon-Aminocapronsäure (2%). Elektrokoagulation einzelner Teleangiektasien. Bei Anämie Eisenpräparate.

Osteom. Bis erbsgroße Knochengeschwulst, die aus embryonal versprengten osteogenen Keimen entsteht **Ther:** Exzision.

Osteosis cutis kann entstehen mit oder ohne vorausgehende Verkalkung in Hautgeschwülsten (verkalkendes Epitheliom, Follikelzysten, Atherom u. a.), in chronisch entzündlichen Prozessen (z. B. Narben, Granulomen), bei örtlichen Kreislaufstörungen (Varizen). **Ther:** Evtl. Exzision.

Othämatom. Blaurote, kissenartige evtl. fluktuierende Schwellung der Ohrmuschel. *Ät. Path:* Bluterguß zwischen Perichondrium und Knorpel oder zwischen Haut und Perichondrium infolge einer stumpfen Verletzung. **Ther:** Punktion, Druckverband. Kurzwelle oder Solluxlampe zur Steigerung der Resorption. Evtl. operative Ausräumung.

Otitis externa maligna. Schwere fortschreitende Pseudomonas-Infektion des äußeren Gehörganges mit papillomatösen Wucherungen, schmerzhafter Anschwellung des Ohres, Chondritis, Ostitis, Mastoiditis, Parotitis und tödlicher Meningitis. Bes. bei älteren Diabetikern. **Ther:** Frühzeitige radikale Entfernung des nekrotischen Gewebes und Antibiotika. Lit: J. W. Petrozzi et al., Arch. Dermatol. **110,** 258 (1974).

Pachydermoperiostose (Touraine-Solente-Golé-Syndrom). Pachydermie nach Art der Cutis verticis gyrata im Bereich von Stirn, behaartem Kopf, Gesicht, Extremitäten. Generalisierte Hyperperiostose. Oft Trommelschlegelfinger, Uhrglasnägel. *Ät. Path:* Vermehrte Ausschüttung von STH-releasing-Faktoren? **Ther:** Plastische Operation der pachydermischen Haut.

Pachyonychia congenita (Jadassohn-Lewandowsky-Syndrom). Genodermatose, dominant erblich. Wichtigste Symptome: Pachyonychie (oft schon bei Geburt vorhanden): die Nägel sind bis zu 1 cm verdickt, gelblich bis braunschwarz verfärbt, nach distal verschmälert, lateral vom Nagelfalz gelöst. Keratome an Händen und Füßen. Hyperhidrosis. Follikelkeratosen bes. an Knien, Ellbogen, Extremitätenstreckseiten. Trockene Haut am Stamm. Erscheinungen ähnlich der Granulosis rubra nasi. Hyper- und Hypopigmentation. Leukokeratose der Mundschleimhaut, evtl. auch der Stimmbänder (Heiserkeit). Blasenbildung nach Druck, bes. an den Füßen. Trockene, glanzlose, oft spärliche Haare. Zahn- und Knochenanomalien. Katarakt. **DD:** Epidermolysis bullosa dystrophica, Akrodermatitis enteropathica. **Ther:** Nägel evtl. entfernen und Nagelmatrix exzidieren.

Pagetkrebs der Brustwarze (Bild 61 nach S. 184), geht aus von den Milchgängen. Meist bei älteren Frauen, ausnahmsweise auch bei Männern. *Einseitiger, ekzemähnlicher*, scharf begrenzter, rundlicher *Herd* mit geröteter, schuppender, evtl. nässender oder krustöser Oberfläche.

Langsame Vergrößerung trotz antiekzematöser Therapie.

Selten extramammärer Sitz – von den Duftdrüsen ausgehend – in den Achselhöhlen und im Anogenitalbereich. *Dg:* Biopsie. **DD:** Ekzem, Mykose, Morbus Bowen, Adenomatose. **Ther:** Mamma-Amputation. Röntgenbestrahlung.

Panatrophia cutis localisata. Selten. Münzengroße oder größere muldenförmige Einsenkung der Haut infolge Atrophie des Fettgewebes und evtl. der darunterliegenden Muskulatur. Es können mehrere Herde entstehen. *Ät:* idiopathisch oder Folge einer Sklerodermia circumscripta. **DD:** Panniculitis non suppurativa febrilis et recidivans.

Panniculitis. Entzündliche Erkrankung, die sich primär in der Subkutis abspielt. Hier sind zu nennen:
Adiponekrosis subcutanea neonatorum (s. d.).
Kälte-Panniculitis (s. d.).
Panniculitis bei *Pankreatitis* und *Pankreaskarzinom* mit erhöhter Lipaseaktivität im Serum. Erscheinungen entsprechen etwa dem Pfeifer-Weber-Christian-Syndrom.
Panniculitis *factitia* (s. Lipogranulom). Selten. *Ät. Path:* mechanisch (s. Artefakte), Kälte-Einwirkung (s. o.), Injektion von Medikamenten (ölige Substanzen, Pentazocin u. a.). *Sitz:* bes. Oberschenkel. Lit: L. FÖRSTRÖM et al., Arch. Dermatol. **110,** 747 (1974).
Pingranliquose (s. d.).
Poststeroid-Panniculitis wurde bes. bei Kindern 1–13 Tage nach Absetzen einer hochdosierten Kortikoidtherapie beobachtet.
Zystische *Fettnekrosen* der *Mamma*. *Ät. Path:* oft Traumen.
Von den Panniculitiden zu *unterscheiden* sind die primär vaskulären Erkrankungen der Subkutis (s. *Vasculitis profunda*), die sekundär auf das Fettgewebe übergreifen.

Panniculitis nodularis non suppurativa febrilis et recidivans (Pfeifer-Weber-Christiansches Syndrom). Meist mit Fieber und rheumatischen Beschwerden schubweise auftretende, druckschmerzhafte, subkutane, rötliche, manchmal erweichende und blutigseröse Flüssigkeit entleerende Knoten und plattenartige Infiltrate, die sich nach Wochen unter Hinterlassung muldenförmiger Einziehungen zurückbilden können. *Sitz:* Stamm, Extremitäten. BSG stark erhöht.

Ät. Path: Autoimmunkrankheit? Allergie bei bes. Reaktionsbereitschaft des Gefäßnervensystems. **DD:** Lipogranulom, Vasculitis profunda, Lues III, metastasierendes lipasebildendes Pankreasadenom (hierbei blaurote Knoten, Polyarthritis, Bluteosinophilie, s. St.Wuketich et al., Arch. klin. exp. Derm. **216,** 412(1963), Pingranliquose.

Ther: Fokalsanierung. Kortikoide (anfangs etwa 30 mg Prednisolon tgl.). Evtl. Zytostatika. Rö-Bestrahlung fördert die Rückbildung. Antibiotika allein helfen nicht.

— Typus Rothmann-Makai (Lipogranulomatosis subcutanea). Bis haselnußgroße, harte, schmerzlose, subkutane Knoten. *Sitz:* bes. Stamm, Extremitäten. Kein Fieber. Nach Monaten bis Jahren spontane Rückbildung. Kommt bes. bei unterernährten, schwächlichen Kindern vor. *Ät. Path:* zeitweilige, hochgradige Erregbarkeit der Endstrombahn der Haut infolge Unterernährung? Gehört offenbar zur Vasculitis nodosa. **DD:** s. oben. **Ther:** bessere Ernährung. Anabolika. Durchblutungsfördernde Mittel. Vitamin A.

Papillomatose papuleuse confluente réticulée et pigmentée de Gougerot-Carteaud. Sehr selten. Gräuliche bis bräunliche, netzartig angeordnete und flächig konfluierende Papeln. Beginnt meist zwischen dem 15.–24. Lebensjahr. *Sitz:* Regio sternoepigastrica et intermammaria, Bauch, Axillen, Nacken. **DD.** Pityriasis versicolor. **Ther:** Vitamin A und Salben wie bei Ichthyosis.

Papillomatosis cutis carcinoides Gottron (Abb. 85). Krebsähnliche, blumenkohlartige Wucherungen, meist symmetrisch an den Unterschenkeln. Histologisch gutartig. Wird von Miescher, Degos u. a. als hochdifferenziertes Spinaliom angesehen. *Ät. Path:* abwegige Durchströmungsverhältnisse und mechani-

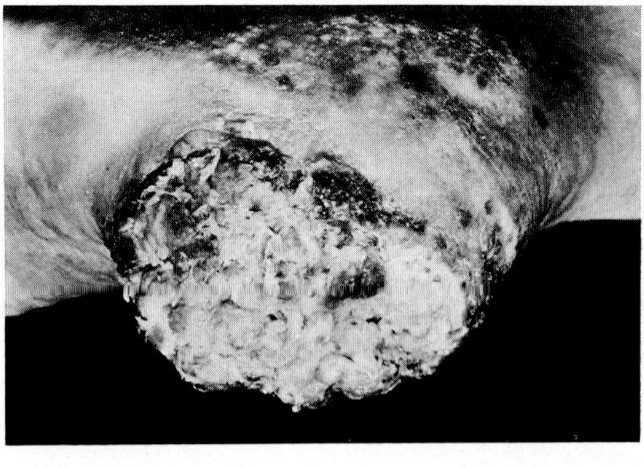

Abb. 85. Papillomatosis cutis carcinoides an der linken Ferse.

Beginn vor 30 Jahren. Wiederholte Rö-Bestrahlung u. Operation ohne Erfolg. Nach Bleomycin (20 i. v. Injektionen zu 15 mg) Rückbildung sche Dauerreize fördern die Entstehung. **DD:** Spinaliom, Pyodermia chronica papillaris et exulcerans. **Ther:** Exzision mit elektrischer Schlinge im Gesunden (neigt zu Rezidiven). Versuch mit Bleomycin.

Papillomatosis mucosae carcinoides (Oral Florid Papillomatosis). Selten. Blumenkohlartige, histologisch benigne Wucherungen der Mundschleimhaut. *Ät:* Traumen? **Ther:** wegen Rezidivneigung radikale Exzision mit plastischer Deckung. Versuch mit Zytostatika bes. Bleomycin.

Papulosis atrophicans maligna (Degos-Syndrom). Sehr selten. Schubweise auftretende bis erbsgroße Papeln, deren Zentrum in einigen Wochen einsinkt und porzellanweiße Farbe annimmt. Wenige Monate bis Jahre später treten anämische Infarkte meist am Darm (mit nachfolgender Peritonitis) seltener am Gehirn auf. *Ät:* allergische Vaskulitis? Prognose infaust. **Ther:** Laparatomie wegen Peritonitis ist zwecklos. Versuch mit Phenylbutazon. Gegeben wurden ferner Antikoagulantien, Imurek, Complamin.

Paraneoplastische Hautsyndrome. Onkogene Hautveränderungen, bei denen es sich nicht um Metastasen handelt und die nach Operation oder Bestrahlung des Tumors verschwinden und beim Tumorrezidiv erneut auftreten: Acanthosis nigricans maligna, Akrokeratose (BAZEX), Erythema gyratum repens, Tylosis palmoplantaris. Außerdem können folgende Dermatosen auf das Vorliegen eines malignen Tumors hinweisen: bullöses Pemphigoid, Dermatitis herpetiformis, Dermatomyositis, Erythema anulare centrifugum, Erythrodermie, Ichthyosis serpentina (Pityriasis circinata), Mucinosis follicularis, Porphyria cutanea tarda, Pustulosis subcornealis, Pruritus sine materia. Siehe auch Hypertrichosis.

Paraphimose. Wird bei einer Phimose die Vorhaut gewaltsam zurückgezogen (z. B. beim Coitus) und kann sie nicht wieder über die Glans nach vorn geschoben werden, so entsteht ein starkes, schmerzhaftes Ödem der Vorhaut (spanischer Kragen) und der Glans (Abb. 86) mit Gefahr der Gangrän. **Ther:** Expression des Ödems nach Stichinzision; Reposition. Evtl. zuvor Injektion von 1 Ampulle Kinetin. Bei empfindlichen Patienten vorher Umspritzung der Peniswurzel mit 1%igem Scandicain. Selten ist eine Dorsalinzision des Schnürringes erforderlich. Später Zirkumzision.

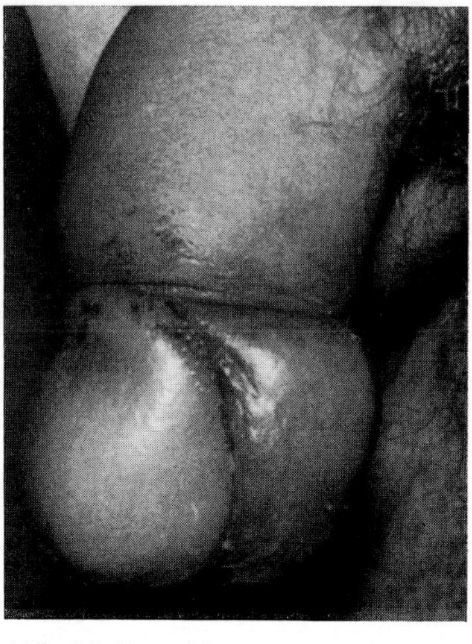

Abb. 86. Paraphimose

Parapsoriasis. Diesen Begriff hat Brocq 1902 eingeführt. Die hierzu gehörenden Dermatosen, deren Ursachen unbekannt sind, haben nichts mit der Psoriasis zu tun.

— en plaques (Brocqsche Krankheit, Erythrodermie pityriasique en plaques disséminées). Gelblich-rötliche, zart (pseudoatrophisch) gefältelte, gering pityriasiform schuppende, rundliche, ovale oder bandförmige, bis handflächengroße Herde. *Sitz:* Rumpf, Extremitäten. Hochchronische Erkrankung. **DD:** seborrhoisches Ekzematid. Bei Juckreiz und zunehmender Infiltration der Herde ist an eine *beginnende Mycosis fungoides* zu denken. **Ther:** Versuch mit Höhensonne, Klimatherapie (z. B. Nordsee), Fotochemotherapie (s. Psoriasis).

— guttata (Pityriasis lichenoides chronica Juliusberg). Schubweise auftretende, bis linsengroße, rote oder braune Knötchen. Auf diesen wird durch Kratzen eine membranartige Schuppe sichtbar: *Kollodiumhäutchen.* Dieses entsteht im Verlaufe der Erkrankung auch spontan; es löst sich zunächst an den Rändern des Knötchens ab, im Zentrum bleibt es länger haften. Schließlich fällt es ab, das Knötchen bildet sich zurück, zuweilen unter Hinterlassung eines Leukoderms. *Sitz:* Rumpf, Extremitäten. Sehr chronischer Verlauf. **DD:** Lues (papulöses Syphilid). **Ther:** Versuch mit Höhensonne, Klimakuren (z. B. Nordsee), Cignolin-Vaseline (0,2–1 %), Vitamin K.

Von Mucha und Habermann wurde die **Pityriasis lichenoides et varioliformis acuta** (Bild 63 vor S. 185) beschrieben, die nach fieberhaften Infekten (Angina, Grippe) oder aus vollem Wohlbefinden entsteht. Es handelt sich um ein polymorphes Exanthem aus linsengroßen, rotbraunen, schuppenden Papeln, hämorrhagischen Bläschen und papulo-nekrotischen Effloreszenzen, die unter Hinterlassung varioliformer Narben abheilen können. *Sitz:* bes. Rumpf. Nach einigen Schüben kann die Krankheit heilen. *Ät. Path:* entspricht offenbar der Vasculitis allergica superficialis. **DD.** Pityriasis lichenoides chronica, Varizellen, **Ther:** Fokalsanierung. Breitbandantibiotika. Evtl. kleine Kortikoiddosen.

— lichenoides (Lichen variegatus, Parakeratosis variegata). Netzartig angeordnete Rötungen, Lichen ruber-artige Knötchen, zarte Atrophien, poikilodermie-ähnliche, glänzende oder gering schuppende Veränderungen. Chronischer Verlauf. Nicht selten Übergang in Mycosis fungoides (Bild 62). *Sitz:* Rumpf, Extremitäten. **DD:** Lichen ruber, Dermatomyositis. **Ther:** Versuch mit Höhensonne, Klimatherapie, Kortikoid-Externa.

Paronychia acuta. Akute Entzündung des Nagelwalles mit schmerzhafter Schwellung und Rötung evtl. mit Eiterblasen- und Abszeßbildung (s. Bulla rodens). *Ät. Path:* Eindringen von Staphylokokken oder Streptokokken infolge von Traumen. **Ther:** heiße Schmierseifenbäder. Alkoholumschläge. Bei Einschmelzung Inzision, Ruhigstellung des Fingers.

— chronica. Schmerzhafte, chronisch-entzündliche Schwellung des Nagelwalles. *Sitz:* meist Finger. *Ät. Path:* Erreger oft Candida albicans, ferner Schimmelpilze, Streptokokken, Staphylokokken, Pseudomonas aeruginosa. Die Entstehung wird gefördert durch: Diabetes mellitus, Akrozyanose, Hyperhidrosis, Eiweißmangel, feuchte Arbeit, häufigen Kontakt mit Waschlaugen, unsachgemäße Maniküre. **Ther:** Evtl. Grundleiden behandeln, z. B. durchblutungsfördernde Mittel (Complamin u. a.). Vermeidung feuchter Arbeit, alkalischer Seifen. Beim Spülen und Scheuern Zwirnhandschuhe (z. B. tg-Handschuhe Lohmann), darüber weite Gummihandschuhe. Befallene Finger 3mal tgl. mehrere Minuten in Hexomedin transkutan baden. Ungt. Hydr. praec. alb. Antibiotikahaltige Salben (z. B. Soframycin, Nebacetin). Pinseln mit Volon-A-Tinktur. Kurzwelle. Bei hartnäckigen Fällen evtl. Röntgenstrahlen. Selten ist die Entfernung der Nägel nötig, danach Nagelbett mit Tinct. Arning oder Sol. Castellani pinseln. Bei Nachweis von Candida albicans am Tage Volon-A-Tinktur, nachts Amphotericin (Ampho-Moronal-Creme).

Auf Candidose des Magen-Darm-Traktes und der Vagina achten und ggf. behandeln.

Pediculosis capitis. Kopfläuse kitten ihre Eier (Nissen) an die Haare bes. im Nacken sowie über und hinter den Ohren. Alle 2–3 Std. saugen die Läuse Blut. Die Folgen sind: Juckreiz, Rötung, Bläschen, Pusteln, Nässen, Schuppenkrusten und Pyodermien mit Anschwellung der Nackenlymphknoten. Die Haare können zu einem unentwirrbaren „Weichselzopf" (Plica polonica) verkleben.

|| **Bei Kopfjucken und bes. bei impetiginisiertem Nackenekzem ist nach Kopfläusen und Nissen zu suchen!**

DD: Seborrhoea capitis (seborrhoische Auflagerungen sind vom Haar abstreifbar, die Nissen nicht).

Ther: Kopfhaut und Haare mit Gamma-Hexachlorcyclohexan (Jacutin-Gel) einreiben. Zur Entfernung der Nissen: häufiges Waschen mit einem Detergens oder Auswaschen mit warmem Essig (etwa 6%ig) oder mit einer Lösung von 1 Teelöffel Natrium carbonicum auf 1 Liter Wasser; danach Auskämmen mit dem Staubkamm.

Oder Goldgeist forte einreiben, 1/2 Std. einwirken lassen, ausspülen. Oder Blattanex-Staub mehrere Stunden auf dem Kopf belassen, dann bürsten und waschen. Nissen müssen nach 8 Tagen einer zweiten gleichartigen Behandlung unterzogen werden.

Überholt erscheint Cuprex (feuergefährlich), 20–50 ml in das Haar einreiben, 2 Std. einwirken lassen, dann Kopfwäsche. Nach 8 Tagen wiederholen.

Pediculosis pubis (Phthiriasis). Die gelbbraunen Filzläuse unterscheiden sich von den Kopf- und Kleiderläusen dadurch, daß ihr Abdomen breiter ist als lang. Die Filzläuse liegen flach und regungslos der Haut an. Sie sind in diese und die Haare eingekrallt. Durch den Stich der Läuse entstehen Juckreiz und bes. an den Seitenpartien des Abdomens linsengroße, *blaue Flecke (taches bleues)*. Sitz von Läusen und Nissen: Genito-Analbereich, Oberschenkel, Brust, Axillen, selten Barthaare, Augenbrauen, Wimpern, ausnahmsweise Kopfhaar. – Übertragung durch den Geschlechtsverkehr, auch durch unsaubere Wolldecken u. a. **Ther:** Jacutin (Emulsion, Gel). Bei Befall der Augenwimpern: Rp. Hydrarg. oxyd. flav. 0,2, Vasel. alb. ad 10,0 oder *Rp. Pilocarpin. hydrochlor. 0,2* (oder *Mintacol 0,1*), Vasel. alb. ophth. ad 10,0. Evtl. Säuberung der Wimpern mit Zilienpinzette.

— vestimentorum. Kleiderläuse und Nissen sitzen in den Nähten und Falten der Wäsche und Kleider. Ihre Stiche verursachen Juckreiz, umschriebene Hämorrhagien, Quaddeln, Papeln, Kratzeffekte. Bei mangelhafter Hygiene treten Pigmentverschiebungen, Verdickungen der Haut und Pyodermien hinzu *(Cutis vagantium)*. Läuse können Fleckfieber, Rückfallfieber, Mykosen (z. B. Favus) übertragen. **Ther:** Desinfektion der Kleider und Wäsche. Insektizides Carbamat (Blattanex-Staub). Jacutin Puderspray.

Pellagra. An unbedeckten Körperpartien – bes. Gesicht, Hals (Casalsches Halsband), Handrücken – entstehen vornehmlich im Frühjahr und Sommer nach Sonneneinwirkung scharf begrenzte, ödematöse, *rotbraune, brennende Erytheme*, die sich später dunkel färben und schuppen, evtl. Blasen aufweisen. Weitere Symptome: Cheilitis, Stomatitis, Glossitis, Vulvitis, Magendarmstörungen (Diarrhoe), nervöse Erscheinungen (Schlaflosigkeit, Kopfschmerzen, Brennen der Hände und Füße, Psychosen u. a.). *Ät. Path:* Nikotinsäureamidmangel infolge einseitiger Maisernährung, bei Alkoholismus, beim metastasierenden Karzinoid, bei Resorptionsstörung infolge Magen-Darm-Erkrankungen, bei Behandlung mit Isonikotinsäurehydrazid. *Dg:* klinisches Bild mit den „3 D“: Dermatitis, Diarrhoe, Dementia. **DD:** Porphyria cutanea tarda, Erythematodes. **Ther:** Nikotinsäureamid (50–200 mg tgl.). Zusätzlich Vitamin-B-Komplex. Vitamin C. Eiweißreiche Kost. Evtl. Grundleiden behandeln.
Bei INH-induzierter P. kann Nikotinsäureamid äußerlich (1%ig in Cetomacrogol) versucht werden [(Lit: J. S. Comaish et al., Arch Dermatol. **112,** 70/1976)].

Pemphigoid der Neugeborenen (Pemphigus acutus neonatorum, Pemphigus contagiosus, Impetigo bullosa, Schälblasen). Generalisierte, großblasige Staphylodermie. Volae et plantae bleiben meist frei (Gegensatz zum Pemphigus luicus!) **Ther:** Eröffnung der Blasen, Antibiotika (z. B. Refobacin-Creme). Kal.-permang.-Bäder.

Pemphigoid, bullöses —. (Alters- oder Parapemphigus). Auf gesunder oder erythematöser Haut entstehen – meist im 7. Lebensjahrzehnt – pralle, subepitheliale, häufig unregelmäßig gestaltete (Bild 64 vor S. 185), oft gruppierte, nicht selten hämorrhagische Blasen. Mundschleimhaut nur ausnahmsweise befallen. *Ät. Path:* wahrscheinlich Autoimmunkrankheit. Bildung von Antikörpern gegen die Basalmembranzone. Nicht selten paraneoplastisches Hautsyndrom!

Beim bullösen Pemphigoid Tumorsuche!

DD: *Dermatitis herpetiformis Duhring* (Unterscheidung durch Histologie und Immunfluoreszenz meist möglich). *Pemphigus vulgaris* (hat schlaffe, wegen Akantholyse rasch platzende Blasen. Fast immer Mundschleimhaut-Beteiligung. Schlechtere Heilung der Epitheldefekte, ungünstigere Prognose). *Benigne chronische bullöse Dermatose der Kinder* (subepidermale Blasen bes. an der unteren Körperhälfte, spontane Exazerbationen und Remissionen, Abheilung nach 2–3 Jahren).
Lit: S. Prystowsky et al., Arch. Dermatol. **112,** 837 (1976).

Ther: Kortikoide und Immunsuppressiva (s. Pemphigus vulgaris). DADPS (Bayer) 2mal tgl. 1/2 Tbl.

Pemphigus. Für die Diagnose des Pemphigus sowie auch anderer bullöser Erkrankungen sind die *direkte* (anhand einer Hautprobe vom Kranken) und die *indirekte* (anhand von Patientenserum) *Immunfluoreszenz* wichtig. Hiermit lassen sich beim *Pemphigus vulgaris* IgG-Antikörper gegen die Interzellularsubstanz der Epidermis nachweisen. Beim *bullösen Pemphigoid* sieht man eine lineare gegen die Basalmembran gerichtete Ablagerung von IgG. Bei der *Dermatitis herpetiformis Duhring* kann mit der direkten Immunfluoreszenz subepidermal im Bereich der Papillen feingranuläres IgA nachgewiesen werden.

Pemphigus conjunctivae (benignes Schleimhautpemphigoid, vernarbendes Schleimhautpemphigoid). Kennzeichen: subepidermale Blasenbildung (keine Akantholyse!), chronischer, nur ausnahmsweise tödlicher Verlauf, Neigung zu Narbenbildung, Auftreten bes. an Bindehaut, Mundschleimhaut, in einem Drittel der Fälle auch Hauterscheinungen. *Beginn* oft *als einfache Konjunktivitis, später* Symblepharon, Entropium, Trichiasis, Hornhauttrübung (Bild 65 vor S. 185), evtl. *Erblindung.* Bläschen sind hier nur selten zu sehen. Dagegen finden sich oft Blasen an der Mundschleimhaut. Auch Larynx, Ösophagus (Strikturen!) und Genitalschleimhaut können befallen werden. **DD:** Dermatitis herpetiformis Duhring (hierbei Augenbeteiligung sehr selten), Endzustand des Stevens-Johnson-Syndroms. **Ther:** Subkonjunktivale Injektionen von Kortikoidkristallsuspension. Zusätzlich Kortikoidaugentropfen. Kortikoide innerlich in hohen Dosen. Durch diese Therapie kann die Erblindung hinausgezögert werden.

Pemphigus familiaris benignus chronicus (Hailey-Hailey). Unregelmäßig dominanter Erbgang. Auf normaler oder geröteter Haut entstehen gruppierte Blasen und Bläschen, die sich zu Schuppenkrusten umwandeln. Periphere Ausbreitung, vorübergehende, zentrale Abheilung unter Pigmentierung. Rundliche, bogig begrenzte Herde mit positivem Nikolsky-Phänomen in der Umgebung. Oft Juckreiz und Brennen, AZ. kaum gestört. *Chronischer Verlauf* mit Remissionen und Rezidiven. Im Sommer oft Verschlechterung. *Sitz:* Halsseiten, Nacken, intertriginöse Gegenden. **DD.:** *Impetigo* (heilt bald ab, zeigt keine Akantholyse), *Morbus Darier* (Lokalisation an seborrhoischen Hautstellen, Bläschen sind nicht die Primäreffloreszenz), Ekzem. **Ther:** Antibiotika äußerlich und innerlich (nach Resistenzbestimmung!). Co-Trimoxazol (z. B. Sulfotrimin). Kortikoidsalben unter Okklusivverband. Versuch mit Vitamin-A-Säure Creme. Bei ausgedehnten Fällen Kortikoide innerlich (Anfangsdosis 40 mg Prednisolon tgl. und mehr) oder Tetracosactid (z. B. Synacthen-Depot anfangs 1 mg jeden 2. Tag). Röntgenbestrahlung. Klimatherapie (z. B. Nordsee).

Pemphigus vulgaris. Auf meist unveränderter Haut entstehen in der Regel schlaffe (intraepitheliale, akantholytische) Blasen (Abb. 87), die bald platzen und Erosionen sowie Krusten hinterlassen. Im fortgeschrittenen Stadium bilden sich keine Blasen mehr, die Epidermis löst sich einfach ab. Die Epitheldefekte zeigen nur geringe Heilungstendenz und sind sehr schmerzempfindlich. Durch seitlichen Druck kann man die Blasen in die Umgebung verschieben oder auf unveränderter Haut Epithellösungen erzielen *(Nikolsky-Phänomen). Sitz:* Gesamtes Integument, bes. die Stellen, die Druck und Reibung ausgesetzt sind (Rücken, Gesäß). *Mundschleimhaut* (Bild 66 nach S. 192) ist *fast immer befal-*

len, oft beginnt hier die Krankheit. Auch Nasen-, Rachen-, Genital-, Konjunktivalschleimhaut können beteiligt sein. Prognose war früher sehr ernst, durch Kortikoid-Behandlung jetzt wesentlich günstiger.

Dg: *Tzanck-Test:* Blasendecke mit kleinem Skalpell eröffnen, vom Blasengrund – ohne eine Blutung hervorzurufen – Material entnehmen, auf Objektträger ausstreichen, nach May-Grünwald färben. Zahlreiche Epithelzellen (beim Morbus Duhring und bullösem Pemphigoid nur wenige Epithelzellen und viele Leukozyten) mit hyperchromatischen Kernen, perinukleärer Aufhellungszone und Verdichtung des Zytoplasma an der Zellmembran sprechen für Pemphigus vulgaris. – *Biopsie.*

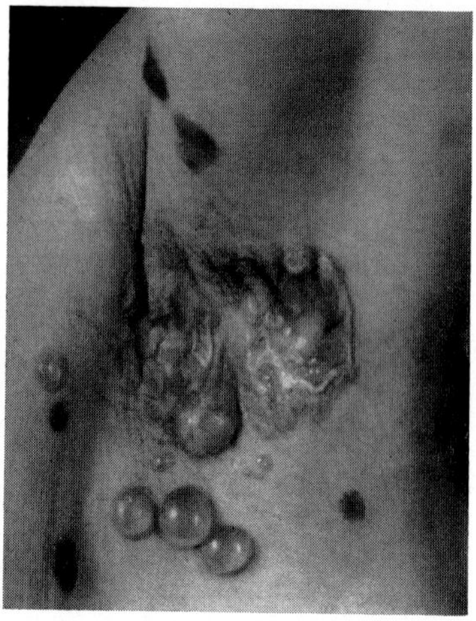

Abb. 87. Pemphigus vulgaris

DD: bullöses Pemphigoid (hierbei sind große, pralle, subepitheliale Blasen kennzeichnend, beim P. vulgaris dagegen Epitheldefekte), Dermatitis herpetiformis (subepitheliale Blasen), Erythema exsudativum majus (hierbei kokardenartige Herde, schwere Konjunktivitis, hohes Fieber, Somnolenz), Lyell-Syndrom (s. d.). Bei alleinigem Mundschleimhautbefall: Lichen ruber pemphigoides, Stomatitis aphthosa.

— foliaceus. Beginnt mit schlaffen, hinfälligen, subkornealen Blasen. Wegen ihrer oberflächlichen Lage kommt es nicht zu Epitheldefekten, sondern zur Exfoliation. Man sieht erythematöse Flächen mit Schuppen und Krusten. Beginn oft im Gesicht („Schmetterlingsform"), allmählich wird der größte Teil oder das ganze Integument befallen. Nur selten Mundschleimhautbefall. **DD:** exfoliierende Eythrodermie (hat kein Nikolsky-Zeichen), P. seborrhoicus, Erythematodes.

— seborrhoicus seu erythematosus (Senear-Usher-Syndrom) wird angesehen als leichte Form des P. foliaceus. Erythematodes-artige Rötungen zunächst im Gesicht, später Herde mit Schuppung, schlaffen, subkornealen Blasen, Nässen und Krusten. Nach Entfernung der Schuppen und Krusten sieht man oberflächliche Erosionen (Bild 67 nach S. 192). *Sitz:* talgdrüsenreiche Bezirke (Gesicht, Kopf, Brust- und Rückenrinne). **DD:** seborrhoisches Ekzem, Erythematodes chronicus.

— vegetans Hallopeau (Pyodermite végétante Hallopeau) zeigt zunächst Pusteln, denen verruköse Vegetationen folgen. Diese breiten sich peripher aus. *Sitz:* bes. intertriginöse Stellen. *Ät. Path:* wahrscheinlich bakteriell bedingt. **Ther:** Antibiotika.

— vegetans Neumann. Diese Form beginnt oft an der Mundschleimhaut und ist eine Variante des P. vulgaris; sie unterscheidet sich von ihm dadurch, daß viele Epitheldefekte mit Vegetationen (papillomatösen Wucherungen) abheilen (Abb. 88), daß sie längere Spontanremissionen zeigt und protrahierter verläuft.

DD: zum P. vegetans: Jododerm, Bromoderm, Condylomata acuminata, Akanthosis nigricans.

Ät. Path: wahrscheinlich Autoaggressionskrankheiten mit Bildung von Autoantikörpern gegen Epidermiszellen und Zwischenzellsubstanzen sowie antinuklearen Autoantikörpern. Fluoreszenztechnisch lassen sich Antikörper gegen Interzellularsubstanz nachweisen.

Ther: Kortikoide, anfangs eine Äquivalenzdosis von mindestens 120 mg Prednisolon tgl. Tritt nach 4–7 Tagen keine Besserung ein, so muß die Dosis wesentlich erhöht werden. Nach Abheilung der Hauterscheinungen wird die Dosis in 1–4 Wochen auf 40 mg reduziert. Die weitere Reduzierung muß sehr langsam erfolgen. Werden nicht mehr als 25 mg Prednisolon tgl. benötigt, so kann anstelle des Kortikoids jeden 2. Tag 1 mg Synacthen-Depot gegeben werden (hierbei Nebenwirkungen seltener und leichter als bei Kortikoiden). – Um Kortikoide einzusparen kann man zusätzlich Methotrexat oder Imurek geben.

Lit: F. R. Rosenberg et al., Arch. Dermatol. **112,** 962 (1976).

Eiweißreiche Kost. Evtl. Anabolika (z. B. Primobolan). Bei Sekundärinfektion Antibiotika. – Kal. permang.-, Teer-, Eichenrindenbäder. Wasserbett nach Hebra. 5%ige Tumenol-Zink-Trockenpinselungen. Kortikoid-Lotio. Teer auf frisch abgeheilte Hautbezirke (keratoplastische Wirkung). – Zum Schutz gegen Dekubitus: Heydogen-Spray, Delesan-Spray, Moltex-Krankenunterlagen D 5. –

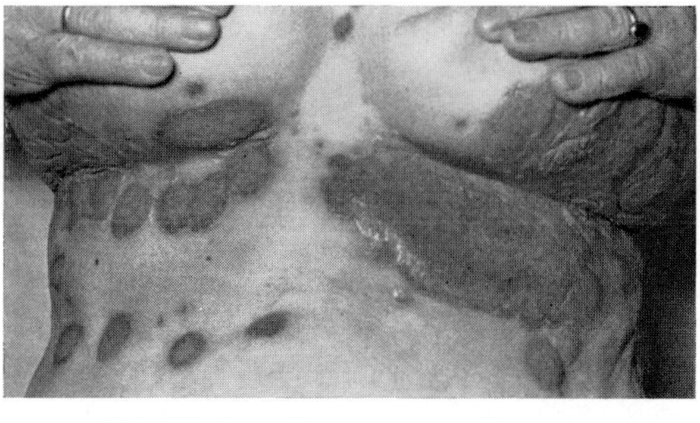

Abb. 88 Pemphigus vegetans Neumann

Mundschleimhautbehandlung: Betnesol-Pastillen. Volon-A-Haftsalbe. Dontisolon-„P"-Mundheilpaste, Dynexan, Hexoral, Gumox, Spülungen mit H_2O_2 und 1%iger Bepanthen-Lösung. Estosan-Konzentrat. Tct. Myrrhae. Anästhesin-Dragees. Pantocain. Contradol. Ungesalzenen Speck lutschen. Zur Fernhaltung von Soor: Pinselung mit Moronal-Suspension, 1%ige Gentianaviolettlösung, Ampho-Moronal Lutschtabletten.

Penicillin-Nebenerscheinungen.
Anaphylaxie. Wenige Minuten bis 3 Stunden nach der Penicillin-Verabreichung kommt es u. a. zu Urtikaria, Erbrechen, Atemnot, Kollaps, evtl. zum Tod.

Prophyl: vor der Behandlung eingehende Befragung des Patienten; liegt eine allergische Disposition insbesondere gegenüber Penicillin vor, kein Penicillin geben! Nach der Injektion den Behandelten mindestens 20 Minuten (schwere Nebenerscheinungen zeigen sich meist in dieser Zeit) in der Praxis **warten lassen,** um bei beginnender allergischer Reaktion sofort eingreifen zu können.

Ther: beim Schock sofort Adrenalin, und zwar 0,5 ml einer mit 0,9%iger NaCl-Lösung 10fach verdünnten Suprarenin-Stammlösung (1:1000) i. v. oder in den Zungenrücken senkrecht zwischen Mittellinie und seitlichen Zungenrand. Kortikoide, Kalzium, Antihistaminika i. v., Sauerstoffatmung, evtl. künstliche Beatmung.

Embolisch-toxische Sofortreaktion (Hoigné-Syndrom) tritt sofort nach einer i. m. Penicillin-Injektion von 600000 E. und mehr auf. Akustische und optische Halluzinationen, Unruhe, Erregung, Todesangst. Blutdruck bleibt normal. Hautteste mit Penicillin sind negativ. *Ät. Path:* offenbar infolge akzidenteller i. v. Injektion und Verschleppung von Penicillinpartikeln ins Gehirn. *Prophyl:* Injektionsstelle jeweils wechseln. **Ther:** Kortikoide i. v.

Exantheme. Am häufigsten kommt es zur Urtikaria, die wenige Stunden bis 2 Wochen nach Verabreichung auftritt und in 1–2 Wochen abklingen oder monatelang rezidivieren kann. Bei i. m. Injektion findet sich an der Injektionsstelle manchmal eine bes. große Quaddel. – Seltener beobachtet man skarlatini-, morbilli- oder rubeoliforme Exantheme, ausnahmsweise ein Erythema nodosum oder ein Erythema exsudativum multiforme. Hautteste mit PPL (s. u.) bei einem Teil der Kranken positiv.

Kontaktekzem nach Penicillin. Hierbei positive Epikutanteste.

Lokalisierte Allergie im Sinne eines Arthusphänomens. An der Stelle des i. m. injizierten Penicillins kommt es zu Rötung, schmerzhafter Infiltration und evtl. später zur Nekrose. *DD:* Erysipel, Spritzenabszess.

Reaktionen vom Serumkrankheitstyp treten nach 8 Stunden bis 3 Wochen – offenbar nur nach parenteraler Verabreichung – auf. Fieber bis über 39°, Gelenkbeschwerden, Hauterscheinungen (Urtikaria, Schwellungen vom Typ des Quincke-Ödems bes. an Händen, Füßen und im Gesicht). Scratch-, Prick- oder intrakutaner Haut-Test mit PPL (Penicilloylpolylysin) sind meist positiv. Bei Testung Schock-Gefahr! **Ther:** Kortikoide.

Penis-Fraktur. Verletzung evtl. aller Schwellkörper durch ein stumpfes Trauma des erigierten Penis mit starker Hämatombildung. **Ther:** Hochlagerung des Penis, kühlende Umschläge, Salbenverbände mit Heparinoidzusätzen. Antibiotika. Prednisolon anfangs tgl. 25 mg zur Einschränkung der Narbenbildung. Bei Miktionsbeschwerden, Hämaturie oder starken Blutungen nach außen chirurgischer Eingriff.

Periarteriitis nodosa (Panarteriitis nodosa). Schwere, prognostisch ungünstige Erkrankung mit Fieber, hoher BSG, Eosinophilie, Leibschmerzen, Erbrechen, Diarrhoe, Hepatitis, Nephritis, Neuritis, Myositis, Endokarditis u. a. In 25%

der Fälle Hautbeteiligung: Livedo racemosa, erbsgroße Knoten oder walzenförmige Verdickungen an den Arterien, rezidivierende flächenhafte Blutungen, aus denen zackig begrenzte, nekrotische Geschwüre (Bild 68 nach S. 192) entstehen. *Ät. Path:* allergisch-hyperergische entzündliche Reaktion der Arterien evtl. auch der Venen gegen Arzneimittel oder Bakterien. Ferner idiopathisch (Autoimmunkrankheit?). **Ther:** Fokus-Sanierung. Medikamentöse Noxen ausschalten. Kortikoide. Immunsuppressiva (z. B. Azathioprin). Gefäßabdichtende Mittel (Reparil, Styptobion u. a.). Antibiotika.

—— cutanea benigna. Isolierter Hautbefall. Knoten mit Nekrotisierungstendenz bes. an den Extremitätenstreckseiten, an ein Erythema induratum Bazin erinnernde Veränderungen, Livedo racemosa. *Ät. Path:* entspricht offenbar der Vasculitis allergica und entsteht drogenallergisch, bakterienallergisch oder endogen. **Ther:** Fokus-Sanierung. Verdächtige Arzneimittel absetzen. Kortikoid-Externa unter Okklusivverbänden. Kortikoide innerlich. Gefäßabdichtende Mittel (Reparil u. a.). Durchblutungsfördernde Maßnahmen. Evtl. Immunsuppressiva.

Perniones (Frostbeulen). Knotige bis flächenhafte, teigige, bläulichrote, bei Erwärmung juckende und brennende Schwellungen. Oft treten Blasen, Geschwüre und Sekundärinfektion hinzu. Verschwinden in der warmen Jahreszeit. Befallen werden bes. jüngere Leute und Frauen im Präklimakterium.

Sitz: Unterschenkel, Füße bes. im Herbst *(Herbstperniosis)* in schlecht geheizten Räumen. Hände, Nase, Ohren bes. im Frühling *(Frühlingsperniosis)* bei Menschen, die in den kalten Morgenstunden im Freien arbeiten. *Ät. Path:* infolge mangelnder Anpassung der Hautgefäße führt schon geringer Kältereiz (+6 bis +10° C) zu peristatischer Hyperämie und evtl. zu vorübergehender Stase. **DD:** an den Unterschenkeln Erythema induratum Bazin, Sarkoidose, an den Händen Erythema exsudativum multiforme.

Ther: weite Schuhe, Handschuhe, lange Hosen. Hyperämisierende Maßnahmen: Kurzwelle, Heißluft, Sauna, Wechselbäder (2 Min. warm, 10 Sek. kalt), Massagen, Gymnastik. Höhensonnen-Ganzbestrahlung. Complamin, Vasculat, Hydergin. – Ichthraletten, Ichthophen. Vitamin E und Vitamin D_3. Äußerlich Kortikoid-Salben, Akrotherm- oder Rubrimentsalbe. 20%ige Ichthyolvaseline.

Perniosis follicularis. Dicht stehende, lividrote, stecknadelkopfgroße Follikelschwellungen mit Dauerkontraktion der Haarmuskeln (Cutis anserina perpetua). Oft treten follikuläre Hyperkeratosen hinzu. Hartnäckiges Kältegefühl an den Gliedern. *Sitz:* Beine, Streckseiten der Arme. **Ther:** s. Perniones.

Peutz-Jeghers-Klostermann-Syndrom (Pigmentfleckenpolypose). Selten. Dominant vererblich. Kleine, dunkle, unregelmäßig (oft strich- oder kommaförmig) gestaltete, in früher Kindheit auftretende Pigmentflecken. *Sitz:* bes. Umgebung von Augen, Nase, Mund, ferner Lippenrot, *Mundschleimhaut* (hier etwas größere Flecke), seltener Streckseiten der Finger, Palmae, Plantae. **DD:** Epheliden (sind heller, saisonabhängig), Lentiginosis profusa. – Das zweite Kardinalsymptom, die Darmpolypen, tritt meist später auf als die Pigmentflecken. Die Polypen können zur Blutung (Anämie) und Invagination (Ileus) führen. **Ther:** Fleckenentfernung kann durch Fräsen versucht werden.

Phakomatosen. Dysplasien mit geschwulstähnlichen Hyperplasien, Flecken, neuroektodermalen oder/und mesenchymalen Tumoren: Angiophakomatosen, Basalzell-Naevus-Syndrom, Bourneville-Pringlesche Krankheit, Melanophakomatosen, naevoide Basaliome vom Typ Spiegler und Brooke, Naevus fuscocaeruleus ophthalmomaxillaris, Peutz-Jeghers-Klostermann-Syndrom, Recklinghausensche Krankheit.

Phenylketonurie (Morbus Fölling, Oligophrenia phenylpyruvica). Autosomal rezessiv erblich. Erstmanifestation 4. – 6. Lebensmonat. Schwachsinn, Krampfanfälle, *helle Komplexion* (blaue Augen, hellblonde Haare, pigmentarme Haut, Lichtempfindlichkeit), Neigung zur Ekzematisation, sklerodermieähnliche Veränderungen, Hyperhidrosis. *Ät. Path:* durch Enzymdefekt ist die Umwandlung von Phenylalanin in Tyrosin unmöglich, die Melaninbildung gestört. *Dg:* Phenylalanin im Blut erhöht. **Ther:** Phenylalaninarme Diät.

Phimose (Vorhautverengung). Bei der *vollständigen Ph.* läßt sich die Vorhaut schon im schlaffen Zustand des Penis nicht über die Glans zurückbringen, bei der *unvollständigen* Ph. macht das Zurückziehen der Vorhaut nur bei der Erektion Schwierigkeiten (Gefahr der Paraphimose!). Man unterscheidet 1. *angeborene* Ph., 2. *erworbene* Ph. (meist entzündlich) bei Gonorrhoe, Lues, Balanitis, ferner bei Lichen sclerosus et atrophicus (s. d.) u. a.

Phimose fördert die Entstehung des Peniskarzinoms!

Ther. zu 1: Zirkumzision im Schulalter. Zu empfehlen ist hierfür die Gomco-Klemme (Abb. 89), die ein gutes kosmetisches Ergebnis gibt.

Ther. zu 2 : Evtl. spezifische Behandlung. Sonst antibakterielle Kortikoidsalben mit Watteträger in den Vorhautsack bringen. Ausspritzungen mit Kal. permang.-Lösung. Wenn nötig Dorsalinzision oder nach Abklingen der Entzündung Zirkumzision.

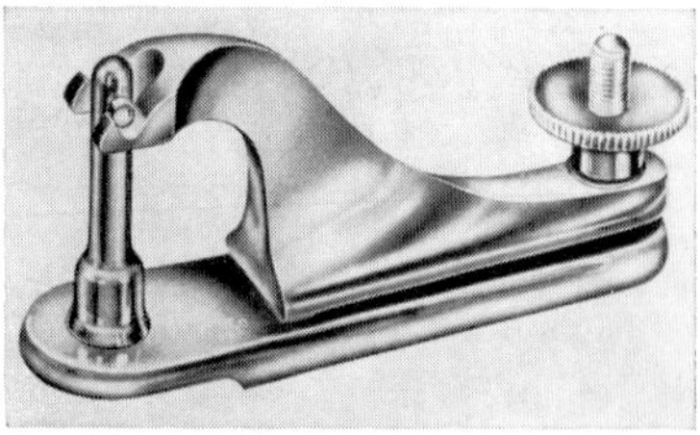

Abb. 89. Gomco-Klemme

Phlebarteriektasie. Fortschreitende, diffuse oder sackförmige Erweiterung eines arteriellen und des dazugehörenden venösen Gefäßabschnittes. Schwirren und Pulsieren über den Gefäßkonvoluten. Die darüber liegende Haut kann lividbraun verfärbt sein, kleinknotige Infiltrate und Teleangiektasien zeigen. *Sitz:* bes. Hände und Füße. *Dg:* Arteriografie. **DD:** Morbus Kaposi. **Ther:** Operation.

Phlegmasia alba dolens. Becken- und Oberschenkelvenenthrombose meist nach Parametritis puerperalis. Schwellung des ganzen Beines mit hochgradiger Druck-

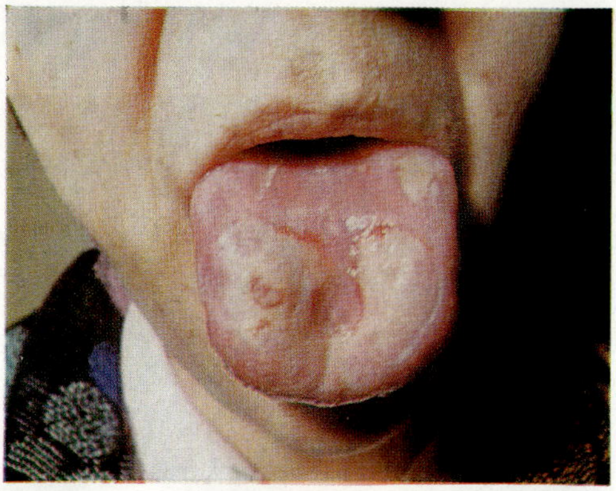

Bild 66
Pemphigus vulgaris:
Beginn an der Mundschleimhaut

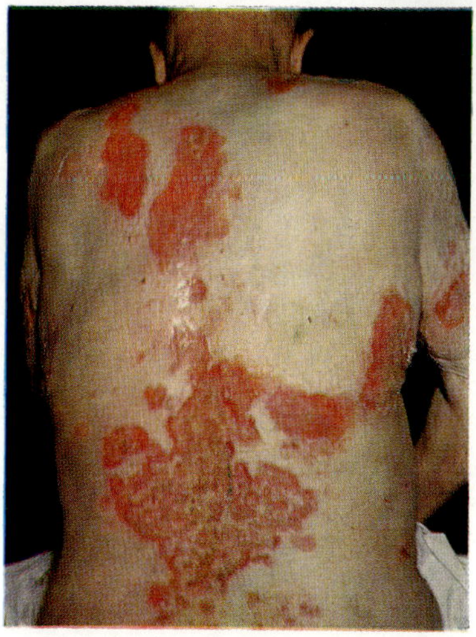

Bild 67
Pemphigus seborrhoicus
(Senear-Usher-Syndrom)

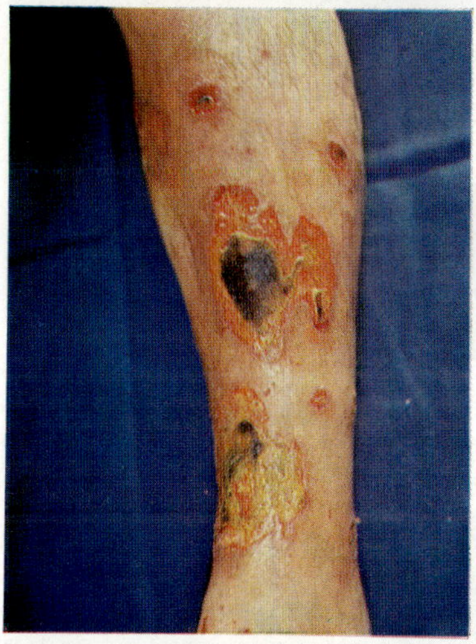

Bild 68
Periarteriitis nodosa: zackig begrenzte Unterschenkelgeschwüre

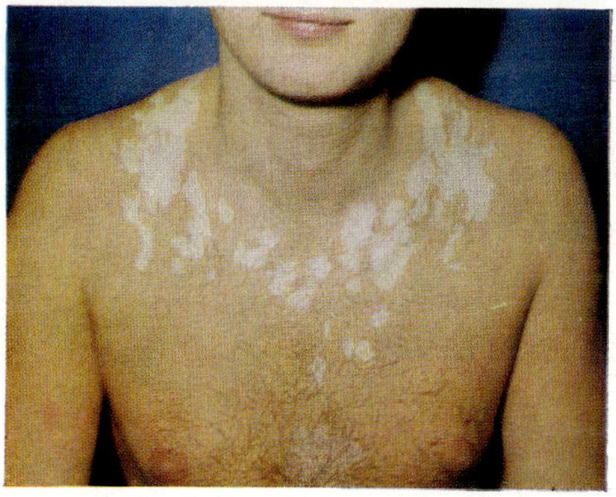

Bild 69
Pityriasis versicolor alba

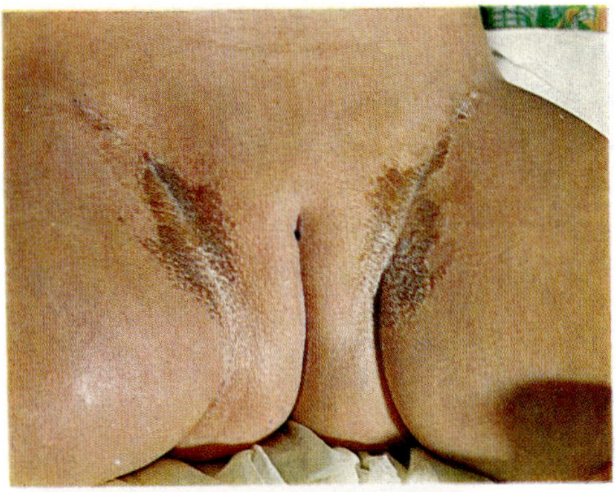

Bild 70
Inguinale Pomadenkruste der Säuglinge

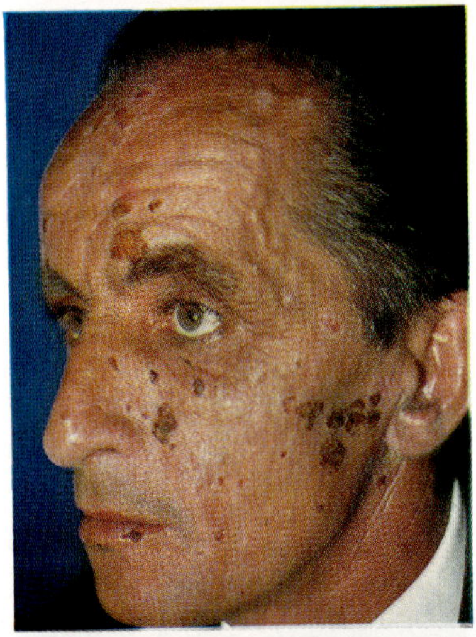

Bild 71
Porphyria cutanea tarda

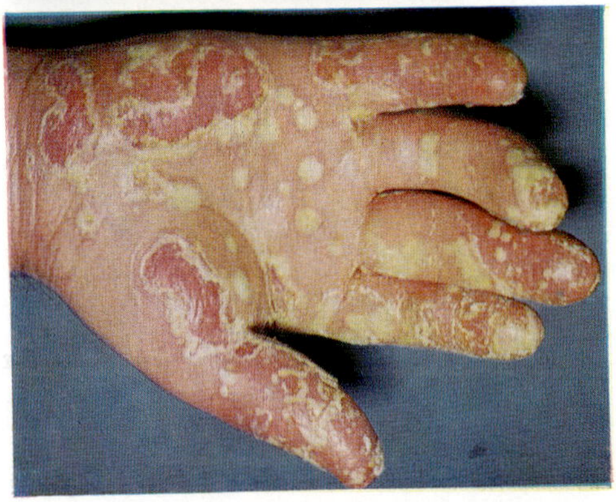

Bild 72
Psoriasis pustulosa (Typ Barber)

schmerzhaftigkeit und reflektorischer Blässe. Fieber. **Ther:** s. Thrombophlebitis profunda.

Phlegmasia coerulea dolens (fulminante tiefe Beinvenenthrombose). Plötzliche Gerinnung des Blutes in allen Venen eines Beines mit reflektorischer arterieller Minderdurchblutung. Operationen, Infektionen, Lungenerkrankungen u. a. können vorausgehen. – Heftiger Initialschmerz in einer Wade, rasche Anschwellung der Extremität, zunehmende Blaufärbung, zuweilen Schock. Gefahr der Lungenembolie und der Gangrän des Beines. **DD:** arterielle Embolie (hierbei ist das Bein blaß, nicht geschwollen). **Ther:** Hochlagerung des Beines, Klinikeinweisung. – Streptokinase, Heparin, später Marcumar. Evtl. Thrombektomie.

Photodermatitis pigmentaria Freund (Berloque Dermatitis). Hyperpigmentierungen bes. im Gesicht und am Hals nach Anwendung furocumarinhaltiger Kosmetika (Eau de Cologne, Parfums, Erfrischungstücher, Sprays, Hautcremes u. ä.) in der Sonne. Die Verfärbung kann mehrere Monate, selten mehrere Jahre, persistieren. **Ther:** Depigman, Depigman forte.

Piezogene Knötchen. Druckbedingte Fersenknötchen, multiple Fettgewebshernien der Ferse. Bei Männern und Frauen in jedem Lebensalter auftretende, nur im Stehen sichtbare, prall-derbe, hautfarbene, erbsgroße, kalottenförmige Knötchen an den Fersen, seltener an den lateralen Handkanten. *Ät:* infolge Defektes der Septierung des Fettgewebspolsters nahe der Kutis-Subkutisgrenze prolabierende Fett-Trauben.

Pigmentatio reticularis calorica. Netzartige Pigmentierung der Haut nach wiederholter Hitzeeinwirkung durch Heizkörper, Heizkissen. Kann jahrelang bestehenbleiben.

Pingranliquose. Multiple, runde und walzenförmige, derbe, subkutane Knoten, die außen eine bindegewebige Kapsel und innen z. T. flüssiges Fett aufweisen. Die darüberliegende Haut ist zuweilen eingezogen. *Sitz:* bes. Gesäß und Unterbauch bei älteren, adipösen Menschen. *Ät:* obliterierende Arteriosklerose? **DD:** metastasierendes, lipasebildendes Pankreasadenom, Panniculitis (s. d.), Sarkoid Darier-Roussy, Lipogranulom. **Ther:** Ausräumung des erkrankten Fettgewebes.

Pinta (Carate). Erreger: Treponema carateum. Unterscheidet sich morphologisch nicht von der Syphilis- und Frambösiespirochäte. Übertragung wahrscheinlich durch Insekten. Vorkommen in Mittel- und Südamerika. Erythemato-squamöse Initialpapel, papulosquamöse Sekundärerscheinungen, im Spätstadium der Vitiligo ähnliche Pigmentverschiebungen. Seroreaktion wie bei Lues. **Ther:** Penicillin 600 000 I. E. tgl., 10 Tage lang.

Pityriasis alba (Parakératose achromiante). Weißliche, münzenförmige, leicht kleieartig schuppende Herde bes. an den Armen und am Stamm.

— — faciei. Münzengroße, weißliche, kleieförmig schuppende Herde bei Kindern bes. an den Wangen.

Die Veränderungen gehören offensichtlich zum seborrhoischen Ekzematid. **Ther:** Rp. Acid. salicyl. 3,0, Sulf. praecip. 5,0, Vaselin. flav. ad 100,0 Linola-Fett. Evtl. Linola-H-Fett. RV-Creme fettend.

Pityriasis rosea (Schuppenröschen). Bes. im Frühjahr und Herbst entstehen vorwiegend bei 20- bis 30jährigen rundliche, rosafarbene, leicht schuppende, etwas erhabene Effloreszenzen sowie ovale, mit der Längsachse *in Spaltrichtung der Haut* gelegene Herde *(Medaillons)* mit gelblichem, pityriasiform schuppendem Zentrum, das von einer nach innen gerichteten Schuppenkrause (Collerette) eingeschlossen ist. Jeder Herd ist außen von einem roten Saum umgeben. Meist geht eine bes. große „*Primärplaque*" voraus. Manchmal Juckreiz. Zuweilen follikuläre Knötchen, urtikarielle Effloreszenzen und Bläschenbildung. Spontane Rückbildung nach mehreren Wochen. Fast nie Rückfälle. *Sitz:* Stamm, Hals, Oberarme, Oberschenkel. *Ät. Path:* Infektallergie? Virusinfektion? Nicht selten nach Benutzung neuer Wäsche. **DD:** seborrhoisches Ekzematid (keine schnelle Spontanheilung), Roseola syphilitica (juckt nicht), Mykose. **Ther:** milde Behandlung, da sehr reizbar. Waschen und Baden einschränken. Zinköl. Kortikoid-Externa (z. B. Sanatison $^1/_3$%). Schwache Höhensonnenbestrahlungen. Bei starkem Juckreiz: Antihistaminika (z. B. Tavegil). 1 Vaccineurin-Injektion i. v. – Offenbar raschere Rückbildung nach Streptomycin-Injektionen (1 g tgl., 10 Tage lang).

Pityriasis rubra Hebra. Pityriasiform schuppende Erythrodermie mit Polyskleradenitis. Nach Jahren Kachexie und Tod. *Ät:* Folge interner Grundleiden (Retikulose, Leukämie, Tuberkulose)? **Ther:** s. Erythrodermie. – Evtl. Grundleiden behandeln.

Pityriasis rubra pilaris Devergie. Rote, gruppierte, follikuläre Hornpapeln, die der Haut eine reibeisenartige Rauheit verleihen und bes. an den Extremitätenstreckseiten sitzen. Typisch sind grau-schwarze, kleine Hornkegel auf dem Rücken der Fingergrundglieder. Die follikulären Papeln können zu größeren Plaques zusammenfließen. Man sieht zuweilen auch erythrodermische Bilder.

Kapillitium: hochgradige pityriasiforme oder psoriasiforme, weißliche Schuppung. *Gesicht:* psoriasiforme Schuppung oft ohne Hornpapeln, zuweilen Ektropium. *Ellenbogen, Knie:* psoriasiforme Herde, häufig ohne follikuläre Knötchen. *Palmae, Plantae:* flächige Hyperkeratosen mit tiefen Rhagaden.

Manchmal Juckreiz. Nägel verdickt. Beginn oft in der Kindheit. **DD:** Psoriasis, Erythrodermie, Lichen ruber acuminatus, Lichen pilaris. **Ther:** Methotrexat abwechselnd 5 mg bzw. 2,5 mg tgl. per os über längere Zeit. Kortikoide innerlich bes. bei erythrodermischen Formen. Vitamin A 100000–300000 E. tgl. – 5%ige Salizylsalbe. $^1/_8$–1 %ige Cignolinsalbe. Für Palmae und Plantae: Rp. Acid. salicyl., Ungt. Diachylon, Vaseline (5:15:30). Für den Kopf: 10%iges Salicylöl. Zum Kopfwaschen Tenside, z. B. Hegor KSK. Höhensonnenganzbestrahlungen. Klimatherapie: 8wöchige Kuren z. B. auf Nordseeinsel.

Pityriasis senilis (Ichthyosis senilis). Dünne, kleinlamellös schuppende, trockene Haut an bedeckt getragenen Körperstellen bei alten Menschen. **Ther:** Licht-, Luftbäder. Salizylsalbe (2%).

Pityriasis versicolor (Kleienpilzflechte). Oberflächliche Mykose; befällt nur das Stratum corneum, daher fast nie entzündliche Veränderungen. Erreger: Malassezia furfur. – Bis linsengroße, rötlichgelbliche oder häufiger gelblichbräunliche oder bräunlichschwarze Flecke, die zu größeren Herden konfluieren können. Auf die verschiedenen Farbtöne weist der Beiname „versicolor" (= Farbe wechselnd) hin. Die Herde zeigen nach Kratzen kleienförmige Schuppung *(Hobelspanphänomen)*. Nach Sonnenbestrahlung bleibt die Haut unter den Pilzrasen weiß: *Pityriasis versicolor alba* (Bild 69 nach S. 192). Starkes *Schwitzen fördert die Entstehung*, deshalb bes. häufig in den Tropen, ferner bei Phthisikern, Heizern u. a. – Kaum ansteckend. Leicht rezidivierend. *Sitz:* bes. Rumpf, aber auch andere Körperstellen, zuweilen sogar Kopfhaut.

Dg: Tesafilm auf verdächtige Hautstellen kräftig aufkleben, rasch abreißen und auf Objektträger bringen, der vorher am besten mit 1 Tropfen 10%iger Tetramethylammoniumhydroxidlösung (Merck, Artikel 8123) beschickt wird.

DD: Erythrasma. Bei P. v. alba: Vitiligo, Hypomelanosis guttata idiopathica. **Ther:** Luftdurchlässige, schweißaufsaugende Kleidung. Keine Nylonhemden. – Pinseln mit 2%igem Salizyl- oder Resorcinspiritus. Rp. Acid. salicyl. 2,0, Hexachlorophen 0,5, Glycerin 5,0, Spirit. isopropyl. 70% ad 100,0. – Rp. Acid. salicyl. 2,0, Phenol. liquefact. 1,0, Spirit. dilut. ad 100,0. – Antimykotika wie Canesten- oder Mycanden-Lösung, Epi-Monistat-Creme. Bäder (nicht zu häufig) mit Schmierseife, Schwefel oder Syndets (z. B. Sebopona). Danach gut abtrocknen. Höhensonne wirkt schälend und daher günstig. In hartnäckigen Fällen 0,1%ige Cignolin-Zinkpaste. – Bei Befall der Kopfhaut diese mitbehandeln, sonst Rezidivgefahr. Hyperhidrosis behandeln.

Empfohlen wird ferner: an 4 aufeinanderfolgenden Tagen Selsun auf den befallenen Partien zum Schäumen bringen (Gesicht und Genitalien aussparen). 10 Minuten einwirken lassen, dann gründlich abspülen.

Therapie-Erfolg im Woodlicht (Verschwinden der rötlichgelben bis gelb-grünlichen Fluoreszenz) prüfen. Nach Aufhören der Fluoreszenz noch 3 Wochen behandeln.

Plasmozytom (multiples Myelom, Kahlersche Krankheit) gehört zu den Retikulosen. Plasmazell-Wucherungen in den Knochen (bes. Schädel), Lymphknoten, Leber u. a. Organen, zuweilen auch in der Haut (selten beginnt hier das P.) und Mundschleimhaut. Oft stark erhöhte BSG, Hyperparaproteinämie, im Urin Bence-Jones-Protein. Manchmal Paramyloidablagerungen in der Haut sowie Kryoglobulinämie. **Ther:** Röntgenstrahlen, evtl. Exzision, Zytostatika, Kortikoide.

Poikiloderma. Atrophische, infolge von Pigmentierungen, Depigmentierungen und Teleangiektasien buntscheckige Haut („schwarz-weiß-rot").

— congenitale. Selten. Siehe Bloom-Syndrom, Dyskeratosis congenita, Goltz-Gorlin-Syndrom, Hartnup-Syndrom, Rothmund-Thomson-Syndrom.

— acquisitum kommt bei Jugendlichen und Erwachsenen vor. Selten primär, meist sekundär bei Dermatomyositis, Mycosis fungoides, Parakeratosis variegata, Retikulosen, Röntgenspätschäden, Lichen ruber u. a.

Poikilodermia vascularis atrophicans Jacobi. Netz- und streifenförmige Hyper- und Depigmentation, Teleangiektasien, Atrophie, meist pityriasiforme Schuppung. Offenbar keine selbständige Dermatose, sondern Endzustand von Dermatomyositis, Erythematodes, Lichen ruber atrophicans, Lymphogranulomatose, Mycosis fungoides, Parakeratosis variegata.

Polychondritis chronica atrophicans. Schubweise verlaufende Entzündung und Auflösung des Knorpelgewebes bes. von Nase und Ohren, die blaurot, geschwollen und schmerzhaft sind. Erweichung von Kehlkopf und Trachea kann zur Erstickung führen. Häufig entzündliche Augenveränderungen. *Ät. Path:* Autoimmunkrankheit? **DD:** Chronische Polyarthritis bei Befall der Gelenkknorpel. Wegenersche Granulomatose. **Ther:** Kortikoide. Dapsone.

Polycythaemia vera. Vermehrung der Erythrozyten (6–10 Millionen/mm^3), Leukozyten und Thrombozyten. Hochrotes, meist etwas zyanotisches Gesicht oder Erscheinungen wie bei Rosacea. Diese greift hierbei aber auf Kopfhaut, Ohren und Hals über, zeigt meist papulöse Effloreszenzen und ist auffallend gleichmäßig verteilt. Weitere Symptome: stark injizierte Bindehäute (Pseudokonjunktivitis), Kopfschmerzen, Schwindel, oft Milztumor und Hypertonus u. a. **Ther:** Radioaktiver Phosphor.

Polydaktylie. Vielfingerigkeit. Verdopplung eines Fingerstrahls, oft zusammen mit Syndaktylie, Hypotrichose, Hypertelorismus. Kommt vor bei zahlreichen Syndromen z. B. bei: Bloom-S., Goltz-Gorlin-S., Laurence-Moon-Biedl-S., Pappillon-Léage-Psaume-S.

—, rudimentäre. Überzähliger Finger. Erbs- bis bohnengroße angeborene Tumoren. Sie können Knorpel- und Nervengewebe enthalten und haben ein Papillarleistenmuster. *Sitz:* Grundglied der kleinen Finger, meist bds. **DD:** erworbene digitale *Fibrokeratome* können an jedem Finger auftreten, haben an der Spitze oft eine Hyperkeratose.

Polyfibromatosis hereditaria. Dominant erblich. Neigung zur Hyperplasie des Bindegewebes mit Dupuytrenscher Kontraktur, Keloidbildung, Induratio penis plastica, Fingerknöchelpolstern, Fibromen an Haut, Zunge und Uterus. Vorzeitige Arteriosklerose.

Polykeratosis congenita ist mit der Pachyonychia congenita weitgehend identisch. Palmar-Plantar-Keratosen. Pachyonychie, umschriebene Keratosen bes. an den Ellbogen, follikuläre Keratosen, Leukokeratosen. Hinzutreten können: Hyperhidrose, Hypotrichose, Trommelschlegelfinger, Blasenbildung, Pigmentstörungen, seltener Heiserkeit, Katarakte, Zahnanomalien, psychische Störungen.

Polyspermie (Spermienzahl über 300 Mill./ml) kann Infertilität, gehäufte Aborte, Mißgeburten zur Folge haben. **Ther:** Testoviron-Depot 250 mg i. m. alle 3 Wochen, bis die Spermienzahl auf etwa 80 Mill./ml abgesunken ist.

Pomadenkruste der Säuglinge (Bild 70 vor S. 193). Gelbliche bis rötlichbräunliche Schuppenkrusten in beiden Leistenbeugen. *Ät. Path:* Durch über-

triebene, langzeitige Anwendung von Säuglingsölen und -Cremes entsteht eine mit Salbenresten vermengte Retentionshyperkeratose. **Ther:** Pudern.
Lit: M. Jänner et al., Hautkr. **50,** 951 (1975).

Porokeratosis Mibelli. Selten. Unregelmäßig dominant erblich. Aus einer punktförmigen Hornpapel entstehen runde oder polyzyklische, leicht atrophische, meist münzengroße Herde, die von einem Randwall umgeben sind. Dieser wiederum ist von einer schmalen Furche durchzogen. Zahlreiche Varianten, die u. a. folgende Dermatosen vortäuschen können: Lichen ruber atrophicus, Verruca, Keratosis senilis, Morbus Bowen, Basaliom, Spinaliom, Keratosis pilaris. *Sitz:* bes. Extremitätenstreckseiten, Gesicht. An den lichtexponierten Stellen tritt die oft juckende disseminierte oberflächliche aktinische Porokeratosis auf. *Dg:* histologisch parakeratotische in die Epidermis eindringende „kornoide Lamelle". **Ther:** Versuch mit CO_2-Schnee, Elektrokoagulation, Kortikoidpflaster. Vitamin-A-Säure Creme unter Okklusion.

Porokeratosis disseminata actinica superficialis. Verruciforme Papeln und polyzyklische Ringformen mit einer keratotischen Randleiste und einem leicht atrophischen Zentrum. Verschlechterung im Sommer. *Sitz:* lichtexponierte Stellen (Gesicht, Handrücken, Unterschenkel). **DD:** Lichen ruber anularis, Elastosis perforans serpiginosa. **Ther:** Versuch mit Vitamin-A-Säure Creme. Lit: M. E. Chernosky et al., Arch. Dermatol. **99,** 401 (1969).

Porom, ekkrines. Bis kirschgroßer, roter, fester, breitgestielter, gutartiger, von den intraepidermalen Schweißdrüsengängen (sog. Porus-Epithelien) ausgehender Tumor. Sitz: meist Fußsohle. **DD:** Granuloma pediculatum. **Ther:** Exzision.

Porphyrien weisen – mit Ausnahme der Porphyria acuta intermittens – gesteigerte Lichtempfindlichkeit auf. In Geweben sowie im Stuhl und Harn sind Porphyrine oder deren Vorstufen vermehrt. Es liegt eine Störung der Porphyrinsynthese entweder im Knochenmark *(erythropoetische P.)* oder in der Leber *(hepatische P.)* zugrunde.

—, erythropoetische.

Koproporphyria congenita ist klinisch der Protoporphyria erythropoetica sehr ähnlich. Erythrozyten zeigen Rotfluoreszenz durch starke Vermehrung von Koproporphyrin III.

Porphyria congenita Günther. Autosomal-rezessiv vererbt. Beginnt in den ersten Lebensjahren. Nach Sonneneinwirkung entstehen an den belichteten Hautstellen Rötungen, bis erbsgroße, gedellte seröse oder hämorrhagische *Blasen,* die schüsselförmige Narben hinterlassen. Später bilden sich Geschwüre, die zu *Verstümmelungen* führen.

Zuweilen Hypertrichose, Hyperpigmentierung. Konjunktivitis, Keratitis, Photophobie. Im Winter Besserung der Erscheinungen. *Erythrodontie:* Milchzähne sind rot, Dauerzähne im Wood-Licht Rotfluoreszenz. Stark vermehrte Porphyrinausscheidung im *Harn* (*weinrot!*) und Stuhl. *Rotfluoreszierende Erythrozyten.* Hämolytische Anämie mit Milzvergrößerung. Die Kranken überleben kaum das 3. Lebensjahrzehnt. **DD:** Epidermolysis bullosa hereditaria, Xeroderma pigmentosum. **Ther:** Nach Splenektomie vorübergehende Besserung. Lichtschutz.

Protoporphyria erythropoetica. Autosomal dominant erblich. Beginnt in früher Kindheit. Wenige (bis 30) Minuten nach Sonneneinwirkung kommt es an den belichteten Hautpartien zu Brennen, Juckreiz, Erythem, Ödem, oft auch Bläschen, zuweilen Petechien. Es entstehen Närbchen, periorale Radiärfurchen. Einlagerung hyaliner Massen mit Lichenifikation an Handrücken und im Gesicht. Erythrozyten zeigen Rotfluoreszenz, enthalten vermehrt Protoporphyrin III und Koproporphyrin III. Diese werden auch vermehrt in den Faeces ausgeschieden. Keine Rotfärbung des Urins, keine Erythrodontie. Zuweilen Leberzirrhose. **DD:** Hyalinosis cutis (hierbei Schleimhautbefall, Heiserkeit). **Ther:** β-Carotin anfangs 50–200 mg tgl. Lichtschutzmittel (Ilrido, Contralum).

—, hepatische Porphyrien.

Porphyria acuta intermittens. Autosomal-dominant vererbt. Kolikartige Bauchschmerzen, Erbrechen, neurologische und psychische Störungen. An der Haut höchstens Pigmentierungen. Im Harn große Mengen von Deltaaminolävulinsäure und Porphobilinogen. **Ther:** Leberbehandlung.

Porphyria cutanea tarda (Bild 71 vor S. 193). Beginnt meist mit Blasen im Frühjahr und Sommer nach Sonneneinwirkung und Alltagstraumen. Hinzu treten Pigmentierungen, Milien, u. U. sklerodermieartige Veränderungen. *Sitz:* belichtete Hautstellen (bes. Gesicht, Handrücken).

Manchmal ist eine starke Pigmentierung der Gesamthaut das einzige Hautsymptom: *Melanodermie-Porphyrie.* **DD:** Morbus Addison, Hämochromatose.

Das Kopfhaar ist meist dicht und schwarz. Nicht selten Hypertrichose bes. der Jochbeingegend. Meist erkranken Männer nach dem 40. Lebensjahr. Harn meist dunkelrot, zeigt im Wood-Licht Rotfluoreszenz durch Uroporphyrin I und III, Koproporphyrin und Zinkporphyrin. Es findet sich ein *Leberschaden* (Lebervergrößerung, pathologische Leberfunktionsproben, Leber zeigt infolge erhöhten Porphyringehaltes Rotfluoreszenz) durch Alkoholabusus, Arzneimittel (Barbiturate, Östrogene bzw. Ovulationshemmer), Virushepatitis. Hypersiderämie. Nicht selten gleichzeitig Diabetes mellitus.

Ther: Lichtschutz (z. B. Contralum). *Aderlässe* (anfangs wöchtl. 2mal 250 ml, später alle 2 Wochen 250 ml). Eisenentzug mit Deferoxamin (Desferal). Leberschutz: Alkoholverbot, Diät (Meidung fetter und gebratener Speisen). Laevocholin-DTI-Infusionen. Essentiale 303. Primobolan Depot 1 Injektion alle 14 Tage. Versucht wurden Pyridoxal-5-Phosphatat (tgl. 500 mg langsam i. v.) und Natriumbikarbonat (4–6 g tgl.).

Die metabolische Alkalisierung mit Uralyt-U (Na-, K-Citrat und Citronensäure) ermöglicht eine beschwerdefreie Dauertherapie.

[Lit: H. Schmidt et al., Hautarzt **23**, 259 (1972)].

Porphyria hepatica variegata. Autosomal dominant erblich. Hautveränderungen – wie bei Porphyria cutanea tarda – beginnen schon im 2. Lebensjahrzehnt. Symptome der Porphyria acuta intermittens treten hinzu. *Dg:* Nachweis von Delta-Aminolävulinsäure und Porphobilinogen im Harn.

Porrigo amiantacea (Pityriasis oder Tinea amiantacea, Asbestflechte). Längliche, asbestartige, grauweiße, trockene, die Kopfhaare in verschiedener Länge umscheidende Schuppenlamellen. *Ät. Path:* meist bes. Form der Seborrhea sicca, ferner Psoriasis vulgaris. **Ther:** Abweichen der Schuppen mit 5–10%igem Salizylöl oder mit Lygal-Kopfsalbe. Dann Loscon oder Loftyzon oder Lygal-Kopftinktur oder Crinohermal-Haartinktur.
Lit: R. GSCHWANDTNER, Hautarzt **25,** 134 (1974).

Präkanzerosen. Hautveränderungen, die mit einer gewissen Regelmäßigkeit zur Entstehung eines Hautkrebses führen: Arsenkeratosen, Erythroplasie Queyrat, Keratosis senilis, Leukoplakie, Melanosis circumscripta praecancerosa, Morbus Bowen, Teerwarzen.

Priapismus. Schmerzhafte Dauererektion des Penis, die unabhängig von sexueller Erregung auftritt. Miktion nicht wesentlich beeinträchtigt. *Ät. Path:* Tabes dorsalis, multiple Sklerose, Verletzungen und Tumoren des ZNS, Penisverletzung, Überdosierung von Yohimbin, Nikotin- und Alkoholabusus, Leukämie, Polyzythämie, Typhus, rheumatisches Fieber, Pneumonie, Diabetes mellitus, Blei-, Kohlenoxydvergiftung u. a. – Der Priapismus entsteht entweder durch Stauung des venösen Abflusses oder durch erhöhten arteriellen Zustrom. Das Corpus cavernosum urethrae bleibt – zum Unterschied von der physiologischen Erektion – ungefüllt. **Ther:** Kalte Kompressen. Sedativa (Megaphen, Atosil u. a.). Indometacin (Amuno). Rheomacrodex-Infusionen. Innerhalb von 48 Std. Streptokinase. Penis tgl. 5mal einpinseln mit Dimethylsulfoxyd (DMSO). Evtl. Ausräumung der Schwellkörper (hinterläßt Impotentia coeundi) oder Anlegung einer Anastomose zwischen V. saphena und Corpora cavernosa.

Progeria adultorum (Werner-Syndrom). Rezessiv erblich. Im 2.–3. Dezennium beginnende Vergreisung mit bilateraler Katarakt, juveniler Arteriosklerose, Osteoporose, vorzeitig ergrauendem schütterem Haar. Nageldystrophie. Sklerotische und atrophische Haut. Vogelgesicht. Plantarhyperkeratosen. Fistelstimme infolge Stimmbandleukoplakie. Hypogonadismus. Lebenserwartung herabgesetzt. **DD:** Sklerodermia diffusa.

— infantilis (Hutchinson-Gilford-Syndrom). Rezessiv erblich? In den ersten Lebensmonaten beginnende Vergreisung mit Altershaut, verstärkter Venenzeichnung, mangelnder Subkutis, frühzeitigem Ergrauen und Ausfallen der Haare, Nageldystrophie, Osteoporose, Arteriosklerose, Muskelatrophie. Genitalhypoplasie. Das 2. Dezennium wird meist nicht überlebt.
Eine Abortivform ist die **Akrogerie Gottron,** die bei der Geburt vorhanden ist oder in den ersten Lebensmonaten manifest wird. Welke, dünne Haut, mangelndes subkutanes Fettgewebe. *Sitz:* bes. Glieder. Geistige und körperliche Entwicklung normal. **DD:** Akrodermatitis chronica atrophicans.

Prurigo. Dermatosen mit stark juckenden, urtikariellen, persistierenden, oft mit Krusten bedeckten Papeln.

— Besnier s. Neurodermitis constitutionalis.

— gestationis. Beginnt meist im 2. bis 3. Schwangerschaftsmonat und schwindet nach der Entbindung. *Ther:* Kortikoid-Externa.

— Hebra. Sehr selten. Beginnt in früher Kindheit mit schubweise auftretenden, stark juckenden, urtikariellen Papeln. Lichenifikation, Ekzematisation treten hinzu.

Infolge Sekundärinfektion schmerzhafte Schwellung der regionären Lymphknoten (Prurigobubonen). Im Blut Eosinophilie. *Sitz:* bes. Extremitäten, Rumpf. *Ät. Path:* Allergie (?) gegenüber Milben oder Insektenstichen (?). Mangelnde Hygiene fördert das Auftreten. **Ther:** Sauberkeit. Kortikoidexterna. Antihistaminika.

— nodularis Hyde. Schubweise auftretende, halbkugelige bis kirschgroße, derbe, stark juckende Knoten mit zentraler Exkoriation oder verruköser Oberfläche. Sehr chronisch. *Sitz:* bes. Extremitäten älterer Frauen. *Ät. Path:* allergische noduläre Polyneuritis? **Ther:** Kaustik, Exzision, Kohlensäureschnee. Injektion mit Kortikoid-Kristallsuspension. Kortikoidsalben unter Okklusivverband, Ultralan-Pflaster. Steinkohlenteer. Röntgenstrahlen.

— simplex acuta (Strophulus infantum). Bei Kleinkindern schubweise auftretende, juckende, hellrote bis linsengroße, urtikarielle Papeln mit einem stecknadelkopfgroßen Knötchen in der Mitte. Dieses wandelt sich in ein Bläschen um. Zuweilen entstehen größere Blasen (Strophulus bullosus). *Sitz:* bes. Unterbauch, Extremitäten. *Ät. Path:* Epizoonose durch Flöhe, Milben? Alimentäre Intoleranz (Schokolade, Süßigkeiten)? Verwurmung? **DD:** Varizellen, Skabies, Trombidiosis. **Ther:** Antihistaminika. Kortikoid-Externa.

— simplex subacuta (Lichen urticatus, Urticaria papulosa chronica, Prurigo temporanea). Schubweise auftretende, bes. abends und nachts stark juckende, etwa 5 mm große, hellrote, urtikarielle Papeln, die rasch aufgekratzt werden und braunrote Krusten hinterlassen. *Sitz:* bes. Extremitäten-Streckseiten. *Ät. Path:* Magen-, Darm-, Lebererkrankungen, Fokalinfekte, hormonelle Störungen (P. gestationis). **DD:** symptomatische Prurigoformen bei Diabetes mellitus, Leukämie, Lymphogranulomatose, Urämie. **Ther:** Grundleiden behandeln. Vegetabile Kost. Schokolade, Eier, Käse meiden. – Karlsbader Salz. Hylak-Tropfen forte. Calcium i. v. Antihistaminika. Ausnahmsweise Kortikoide. Balnacid, Balneum Hermal mit Teer, Schwefel- u. Kleiebäder. Höhensonne. Klimatherapie (Nordsee, Hochgebirge). Kortikoid-Externa. Neo-Calmitol. Calmitol.

Pruritus (Juckreiz) kann nur an Haut und hautnahen Schleimhäuten auftreten. Als dominierendes Rezeptions- und Leitsystem der Juckreizempfindung gilt das Schmerzsinnesorgan.

Pruritus cum materia (sekundärer Pruritus). Juckreiz als Begleiterscheinung von Hautkrankheiten (z. B. Ekzem, Mykose). An *Scabies* denken, besonders wenn Familienangehörige auch über Juckreiz klagen.

Pruritus sine materia (primärer Pruritus). Juckreiz ohne primäre Hautkrankheiten. Als Folge sieht man Kratzeffekte, strichförmige in parallelen Reihen angeordnete Krusten, Pigmentierung, Lichenifikation, Pyodermie.

— ani. Ursachen: *Hämorrhoiden*, *Vermes*, Prostata-Adenom, Obstipation, verschiedene Nahrungsmittel, Nikotinabusus, Verwendung bedruckten Papiers nach dem Stuhlgang, mangelhafte Reinigung. **Ther:** Grundleiden behandeln. Kortikoidsalben.

— generalisatus. Ursachen: Lebererkrankungen, Diabetes mellitus, Nephritis, Leukämie, Lymphogranulomatosis maligna, Hypertonie, Arteriosklerose, Alkohol-, Kaffee- und Teeabusus, Arzneimittel, progressive Paralyse, Wurmbefall, Empfindlichkeit gegenüber Wäschestoffen u. a.

Bei trockener, rauher Haut an Schädigung durch zu häufiges Waschen denken!

Ther: Ursache ausschalten! Grundleiden behandeln! *Äußerlich.* Kortikoidsalben. Antihistaminika z. B. Andantol-Gelee, Avil Salbe, Pragman-Gelee, Soventol-Gelee, Systral Salbe. Bufexamac (Parfenac). Crotamiton (Euraxil-Salbe, -Lotio). Oberflächenanästhetika z. B. Erbocain Creme, -Salbe, Thesit Gel. 1%iger Mentholspiritus. Rp. Menthol 0,25, Phenol. liquef. 1,0, Spirit. dilut. ad 100,0. Kombinationspräparate Calmitol Lösung, – Salbe. – Höhensonne, Blaulicht, evtl. Röntgen-Ganzkörperbestrahlung, Kleiebäder, Schwefelbäder.

Innerlich. Antihistaminika:

1. mit *starkem sedativen* Effekt: Alimemazin (Theralene), Promethazin (Atosil).
2. mit *sedativem Effekt:* Bamipin (Soventol), Chlorphenoxamin (Systral), Cyproheptadin (Periactinol), Dimetinden (Fenistil), Pheniramin (Avil).
3. mit *schwachem sedativem* Effekt: Chlorphenamin (Polaronil), Clemastin (Tavegil), Mebhydrolin (Omeril), Triprolidin (Ambodryl) und die Kombinationspräparate Copyronilum, Soventol C, Systral C.

Kalzium-Antihistaminikum-Kombination: Sandosten-Calcium. Kortikoid-Antihistaminikum-Kombination: Celestamine, Adeptolon, Adeptolon forte.

Psychopharmaka, z. B. Librium, Valium. Kalzium i. v. Zentramin. Kortikoide nur mit Vorsicht.

Pruritus senilis (Altersjuckreiz) ist außerordentlich quälend. Die Fettverarmung der Haut wird als wesentliche Ursache angenommen.

Bevor diese Diagnose gestellt wird, *müssen alle Krankheiten, die mit Juckreiz einhergehen,* wie Diabetes mellitus, Leukämie, Leberleiden, Arzneimittelallergien, *ausgeschlossen werden.*

Ther: s. o. – Bei Männern Androgene, z. B. 3mal tgl. 1 Tbl. Proviron zu 25 mg. Vor und während der Androgenbehandlung sind rektale Palpationen zum Ausschluß eines Prostatakarzinoms erforderlich. -Linola-H-Fett.

— vulvae. *Ät:* Diabetes, Fluor vaginalis (bei Trichomoniasis, Soormykose), Kontaktekzem, Konversionsneurose, Lichen sclerosus et atrophicus, Lichen simplex, Lichen ruber planus, Oxyuriasis, Psoriasis. **Ther:** Grundleiden behandeln. Kortikoid-Externa z. B. Linoladiol-H (kortikoidhaltige Östrogen-Emulsion).

Pseudoakanthosis nigricans tritt bei dunkelhaarigen und dunkelhäutigen, sehr adipösen Menschen im jugendlichen und geschlechtsreifen Alter auf. Symptome: bräunliche Lichenifikation, papillomatöse Exkreszenzen. *Sitz:* Achselhöhlen, submammär, Nacken, Leistenbeugen. Kein Schleimhautbefall (im Gegensatz zur Akanthosis nigricans)! **Ther:** Behandlung der Fettsucht. Nach Gewichtsabnahme schwinden die Hauterscheinungen.

Pseudo-cicatrices stellaires spontanées. Sternförmige, streifige, unregelmäßig gestaltete, weißliche, scharf begrenzte Effloreszenzen in altersatrophischer Haut. Oft gleichzeitig mit Purpura senilis. *Sitz:* bes. Handrücken, Unterarmstreckseiten. *Ät. Path:* offenbar echte oberflächliche Narben nach kleinen Traumen. **Ther:** Linoladiol.

Pseudokanzerosen. Hautveränderungen, die klinisch und histologisch krebsähnlich, in ihrem Verlauf aber gutartig sind und nicht zu Metastasen führen: Kerato-Akanthom, Papillomatosis cutis carcinoides.

Pseudoleukoderm. *Scheinbarer Melaninverlust.* Beispiele: 1. bei der *Pityriasis versicolor* führt Sonnenbestrahlung nur auf der gesunden Haut zur Pigmentierung. Sie bleibt aus an Stellen mit Pilzrasen. Hier sieht man dann scheinbar weiße Flecken.
2. bei der *Pityriasis alba faciei* verhindern die Schuppen, daß das UV-Licht zur Pigmentierung führt.
3. bei der *mit Cignolin behandelten Psoriasis* werden die Effloreszenzen nicht verfärbt, sie erscheinen weiß gegenüber der umgebenden gesunden Haut, die sich unter der Cignolineinwirkung braun verfärbt.

Pseudosklerodermien. Sklerodermieartige Hautveränderungen kommen vor bei: Dermatomyositis, Polyarthritis chronica, Arteriosklerose (bei Wärme sich verschlimmerndes hartes Ödem des Gesichtes und der Hände), Scleroedema adultorum (meist spontane Rückbildung), Skleromyxödem (hierbei scheint die Haut zu groß zu sein und hängt in Falten herab), pseudosklerodermische Porphyrie (Sklerodaktylie weniger ausgeprägt als bei Sklerodermie), Progeria adultorum, Sheehan-Syndrom.

Pseudoxanthoma elasticum (Elastorrhexis generalisata, Darier-Grönblad-Strandberg-Syndrom). Selten. Erbliche Systemerkrankung mit degenerativen Veränderungen am elastischen Gewebe von Haut, Schleimhaut, Augenhintergrund, Gefäßen. – Symmetrisch angeordnete, rundlich-ovale oder streifenförmige, gelbliche (daher der Name „Pseudoxanthoma") oder bräunlich-bläuliche Papeln. *Sitz:* bes. Halsseiten, Unterlippe, Mund-, Genitalschleimhaut. Frühzeitige Degeneration der Gefäßwände mit Gefäßverschluß *(bei Arteriosklerose und Apoplexie im jugendlichen Alter ist an Pseudoxanthoma zu denken!)* oder/und *Blutungen* z. B. *in Haut*, den Magen-Darm-Trakt, ins Gehirn. *Sehstörungen* („angioid-streaks" am Augenhintergrund). Manchmal gleichzeitig Ostitis deformans Paget. *Dg:* Hautveränderungen sind zuweilen nur histologisch nachzuweisen. **Ther:** stärkere körperliche Anstrengungen meiden! Bei großer Gefäßbrüchigkeit Flavonoide. Bei Beinödemen Kortikoide und Acetazolamid (Diamox). Zur Ausschwemmung der Kalksalze aus den veränderten elastischen Fasern Versuch mit Chelatbildnern (Titriplex). Vitamin E.

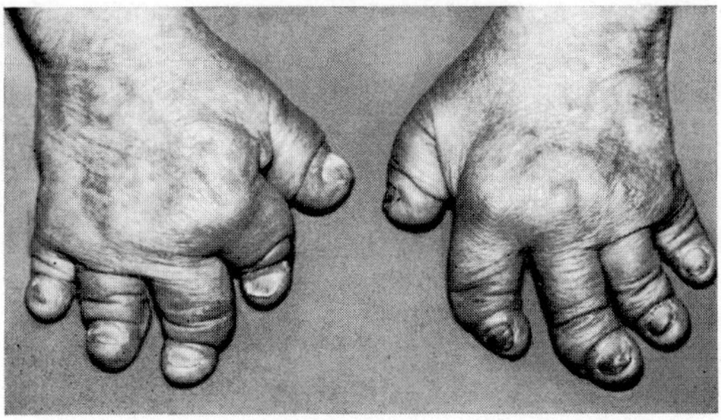

Abb. 90. Mutilierende Knochenprozesse bei Psoriasis arthropathica (Opernglasfinger)

Psoriasis arthropathica (Abb. 90). Psoriatische Haut- und meist auch Nagelveränderungen mit chronisch deformierender Arthritis bes. an den kleinen Hand- und Fußgelenken. Auch die großen Gelenke (bes. Kniegelenke) werden befallen. Spondylitis psoriatica. – Rheumafaktor fast stets negativ. **DD:** Gicht, Morbus Bechterew, primär chronische Polyarthritis, Reitersche Krankheit. **Ther:** Synacthen-Depot 1 mg i. m. Bessern sich danach die Beschwerden, dann weitere Injektionen alle 8–10 Tage. Kortikoide z. B. Ultralan, Urbason. Methotrexat (s. u.). Indometacin (Amuno). Evtl. intraartikuläre Kortikoid-Injektionen. Lit: R. Oppolzer et al., Z. Hautkr. **51**, 131 (1976).

— erythrodermica. Universelle Ausbreitung der Psoriasis, zuweilen nach zu stark reizender äußerlicher Behandlung oder bei Fokalinfekten (z. B. Pyelonephritis). **Ther:** Kortikoid-Salben, innerlich Prednisolon und Methotrexat (s. u.). Röntgen-Ganzkörper-Bestrahlung.

— pustulosa. Tritt meist als Exazerbation einer Psoriasis vulgaris auf. Man unterscheidet: *Typ Zumbusch* mit Pusteln am ganzen Körper, Fieber, schlechtem Allgemeinbefinden und *Typ Barber* (Bild 72 vor S. 193) mit Pusteln an Palmae und Plantae (leichteres Krankheitsbild; identisch mit Akrodermatitis continua und Impetigo herpetiformis?) **Ther:** Bäder mit Tannosynt flüssig, Kal. permang. Lösung. Kortikoid-Externa. *Tetracosactid* (z. B. Synacthen-Depot anfangs 0,5–1 mg jeden 2.–3. Tag) ist wirkungsvoll, die Nebenwirkungen sind seltener und leichter als bei *Kortikoiden* (z. B. Prednisolon). Humanalbumin. Methotrexat.

Psoriasis vulgaris (Schuppenflechte, Bild 73 und 74 nach S. 208). Sie ist neben dem Ekzem in Mitteleuropa die häufigste Hautkrankheit. Ihre Kennzeichen sind: Scharf begrenzte, erythematöse, mit *silberweißen Schuppen* bedeckte, zuweilen juckende Herde verschiedener Größe und Gestalt: Ps. follicularis, guttata, punctata, nummularis, anularis, gyrata, geographica.

Die Schuppen treten beim Kratzen deutlicher hervor („*Kerzenfleck*“). Darunter liegt ein dünnes „Psoriasishäutchen“, nach dessen Entfernung eine punktförmige Blutung auftritt („*blutiger Tau*“ = Zeichen von Auspitz).

Die eruptiv-exanthematische Ps. tritt bes. bei Jugendlichen oft nach einem fieberhaften Infekt auf und zeigt eine Aussaat kleinerer Herde (Typ der

Ps. guttata) ohne Prädilektionsstellen. Sie neigt zur spontanen Rückbildung, kann aber auch in die chronisch-stationäre Form übergehen. Diese weist nur wenige, stark schuppende Herde auf, die Ellbogen, Knie, Kreuzbein und behaarten Kopf bevorzugen.

Bei *Ps. intertriginosa* in Axillen, Leisten, Rima ani können die Schuppen infolge der Mazeration fehlen.

Ps. inversa: bevorzugter Befall von Palmae, Plantae, Beugeseiten, intertriginösen Hautpartien.

Bei der *Ps. exsudativa* zeigen die Herde keine silbrigen Schuppen, sondern serös durchtränkte gelbliche Schuppenkrusten.

Leukoderma psoriaticum: vorübergehende Hemmung der Pigmentbildung an den abgeheilten Herden. *Pseudoleukoderma psoriaticum:* Cignolin u. a. färbt die umgebende Haut bläulichviolett, die Herde selbst nehmen wegen ihrer dauernden Abschilferung diese Substanzen nicht auf; sie färben sich nicht.

Nagelveränderungen kommen bei der Ps. oft vor. Die Ps. kann sich auch nur an den Nägeln manifestieren. Am häufigsten sind stecknadelkopfgroße, napfförmige Einziehungen (*Tüpfelnägel*), die aber z. B. auch bei der Alopecia areata auftreten. *Ölflecke* sind umschriebene, subunguale, gelbliche Verfärbungen infolge des Durchschimmerns von parakeratotischen Nagelbettveränderungen. Diese führen am distalen Nagelbett zum Bild der *Onycholysis semilunaris psoriatica.* Oft sieht man bei der Ps. feine, längsgerichtete, bräunliche Streifen innerhalb der Nagelmatrix (Splitter-Blutungen). Diese finden sich aber auch bei bakterieller Endokarditis, Ekzem u. a. Beim psoriatischen *Krümelnagel* ist die Nagelplatte völlig zerstört. Bei der *Nagelfalzpsoriasis* entstehen schuppende Herde am Paronychium.

Sitz:	**Differentialdiagnose:**
behaarter Kopf, Gesicht	seborrhoisches Ekzematid
Rumpf	psoriasiformes Syphilid, Pityriasis rosea
Palmae, Plantae	tylotisches Ekzem, Mykosen, papulo-squamöses Syphilid, Lichen ruber, Reitersche Krankheit, pustulöses Bakteriid
intertriginöse Stellen	Mykosen (bes. Soor), Ekzem
Glans penis	Balanitis (s. d.)
Nägel	Mykose, Ekzem, Lichen ruber

Ät. Path: autosomal dominant vererbte (mit einer Penetranz von etwa 60%) Stoffwechselstörung(?). Die Psoriasis wird manifest unter dem Einfluß

1. *exogener Realisationsfaktoren*, z. B. nach Verletzungen, Verbrennungen, Verätzungen, Strahleneinwirkung (UV-Licht, Rö. u. a.), entzündlichen Dermatosen wie Impetigo, Zoster, Mykose, Kontaktallergie. Nach dieser ist bei Ps. an Palmae, Unterarmen und im Gesicht durch Anamnese und Teste immer zu fahnden.
2. *endogener Realisationsfaktoren:* akute fieberhafte Erkrankungen (Grippe, Scharlach, chronische Tonsillitis) lösen oft eine eruptiv-exanthematische Ps. guttata aus. Fokalinfekte.

Die Veränderungen beruhen hauptsächlich auf gesteigerter Epidermopoese, abnormer Verhornung (Parakeratose) und entzündlichen Veränderungen im oberen Corium.

DD: s. Tabelle. Bei fraglicher Ps. der Haut sprechen Tüpfelnägel für die Diagnose.

Äußerliche Ther:

Wirksam sind: Salicylsäure, Teer, 1,8-Dihydroxyanthranol (Dithranol*), Chrysarobin (enthält etwa 70% Dioxymethylanthranol), Quecksilberpräzipitat, Schwefel, Benzoxathiol (Psoil), halogenierte Kortikoide u. a.

Bei *akuter, eruptiv-exanthematischer Ps.* milde Behandlung mit Kortikoidsalben, 5%iger Salicylvaseline. Bäder (Haut nicht bürsten, Gefahr des Köbner-Phänomens!) mit Balcanid, Balneum Hermal mit Teer, Kleie, Schmierseife. Später: Rp. Acid. salicyl. 2, Hydrarg. praec. alb. 10, Liqu. carb. deterg. 10, Eucerin anhydr. ad 100.

Bei *chronisch-stationärer Ps.:* 3 Tage lang Schuppenentfernung mit 5–10%iger Salicylvaseline, dann 0,1%ige, langsam steigernd bis 2%ige Dithranolvaseline – nicht am Kopf, da Gefahr einer Konjunktivitis – drei Tage lang, dann Bad und 3 Tage 5%ige Salicylvaseline. Dann wieder Dithranol* usw.

Gleichzeitige Dithranol-Salicyl-Vaseline-Behandlung ist oft wirkungsvoller: Dithranol* ($^1/_{10}$%, ansteigend auf 2%), Acid. salicyl. 10% (bei Kindern 2%), Vaselin. alb.

Steinkohlenteer, darüber Puder oder Watte. –

Teerbad, dann UV-Bestrahlung bis zur Suberythemdosis, dann sofort Dithranol 0,2–0,8%, Acid. salic. 2%, Zinci oxydati 24%, Amyli tritici 24%, Paraffin 51^0 2,5%, Vasel. flav. mit dem Finger (nur) auf die Herde einreiben. Tg Schlauchverband anlegen. Nicht auf Beugeseiten und Anogenitalgegend, da die Paste hier reizt.

2–5%iges Teerpräparat 3mal tgl. auftragen oder, wenn nötig, auch öfter, um die Haut ständig bedeckt zu halten. Nach 24 Std. Teerüberschuß durch leichtes Abwischen mit Öl entfernen und Ganzkörper-Höhensonnenbestrahlung (Suberythemdosis). Hartnäckige Herde können nach Abdeckung der gesunden Haut länger bestrahlt werden. Danach Teer- und Ölreste im Bad mit Seife entfernen. Behandlung tgl. wiederholen.

Bei hartnäckigen Herden Dreuwsche Salbe: Rp. Acid. salicyl. 5, Chrysarobin., Pic. betul. aa 10, Sapon. kalin., Lanolin aa ad 50.

Schmierseifenbad, Volon A-Tinktur oder 2%igen Salizylspiritus einreiben, *halogenierte Kortikoidsalbe* (z. B. Nerisona) unter Okklusivverband. Diesen nicht länger als 24 Std. liegen lassen (cave Candidosis, Pyodermie!).

* Früheres Warenzeichen war Cignolin.

Kleine Herde: Sermaka Folie, Ultralan Pflaster oder Unterspritzung von Volon A 10.

Handelspräparate: Poloris Creme (-Lotio), Psoil-Salbe (3%, 5%), Psoralon-Emulsion (-Salbe), Psorimed, Riasol flüssig, Riasolum-H, StieLasan (Paste 2, Paste 4), Warondo-Psoriasissalbe.

Gesicht: Vitamin-A-Säure-Creme. – Rp. Acid. salicyl. 5,0, Liqu. carb. deterg. 10,0, Ungt emulsif. ad 100,0. – Halogenierte Kortikoid-Externa nur kurzfristig.

Am *behaarten Kopf:* Ablösen der Schuppen mit Rp. Acid. salicyl. 5,0, Ol. Ricini 30,0, Ol. Olivarum ad 100,0. Lygal-Kopfsalbe. StieLasan Kopfsalbe. Ultralan-Creme, Topsym-Salbe, Diprosone-Creme nachts unter Badekappe. Dann Psorimed, Crino-Kaban, Betnesol-V Crinale. Zum *Kopfwaschen:* Hégor KSK, Ichtho-Cadmin Creme, Criniton, Dermowas, Dermido.

Nägel: Röntgenstrahlen (Dermopan 4 × 50 R Stufe II). Okklusivverbände z. B. mit Jellin-ultra-Creme. Volon-A-Tinktur. Triamcinolon Kristall-Suspension wöchtl. einmal in Matrixnähe injizieren. PUVA-Therapie (s. u.). Versuch mit Efudix. Innerlich evtl. Gelacet.

Bäder mit: Balneum Hermal mit Teer, Polytar Emolliens Teerbad, Schmierseife.

Photochemotherapie: orale Gabe von 8-Methoxypsoralen (auch lokale Anwendung ist möglich) und 2 Std. später Bestrahlung mit einer genau zu bestimmenden Dosis langwelliger Ultraviolett-Strahlen (etwa 360 nm). Geeignete Geräte sind z. B. PUVA 6000 oder 4000. Kontraindikationen: Schwangerschaft, Leberleiden. Nebenwirkungen: Pruritus, starke Erytheme, Blasenbildung. – Für die Praxis geeigneter ist die *selektive UV-Phototherapie* (Saalmann S. U. P.-Lampe, Wellenlänge etwa 300 nm) ohne Methoxypsoralen-Anwendung.

Innerliche Ther:

Bei *eruptiv-exanthematischer Ps.* evtl. geringe Kortikoidgaben z. B. einmal Volon A 40 i. m.

Bei Frauen, bei denen sich die Ps. während der Gravidität besserte, Versuch mit oralen Kontrazeptiva.

Bei gichtischer Diathese, leichter Hyperurikämie: Allopurinol (z. B. Foligan).

Ferner werden Folgamma forte i. m. und Echinacin i. v. empfohlen.

Bei *schweren*, hartnäckigen *Fällen* bes. bei *Ps. erythrodermica* und Ps. *pustulosa:*

Methotrexat alle 8 Tage: entweder i. m. oder i. v. 10–25 mg oder per os innerhalb von 36 Stunden 3–4 mal 2,5–5 mg.

Nebenwirkungen: Aphthen, Diarrhoe, Abdominalkrämpfe, Alopezie, Leukopenie, Lebercirrhose. – Regelmäßige Kontrolle von Blutbild, Leber- und Nierenfunktion erforderlich. – Kontraindikationen: Leber-, Nierenschäden, Gravidität, Ulcus pepticum, schlechter AZ., höheres Alter.

Allgemeine Maßnahmen: Fokussanierung. Kreislauf- und Verdauungsinsuffizienz behandeln. Klimatherapie (Nordsee, Mittelmeer) ist oft sehr wirkungsvoll. Vegetarische, fettarme Kost, Maiskeimöl (S. 165).

PURPURA

Multiple, exanthematische Hautblutungen (Bild 4 nach S. 16). Sie entstehen bei hämorrhagischer Diathese (Blutungskrankheiten). Diese teilt man ein in:

1. vorwiegend **plasmatisch** bedingte Hämorrhagien (Koagulopathien): Fibrinogenmangel, Hämophilie (s. d.), Hypoprothrombinämie (s. d.), iatrogene Blutungen (Antikoagulantien, fibrinolytische Therapie), P. hyperglobulinaemica, P. kryoglobulinaemica, P. macroglobulinaemica, Verbrauchskoagulopathien-P.
2. vorwiegend durch **Störungen der Thrombozyten** bedingte Hämorrhagien: Hämangiom-Thrombopenie-Syndrom (s. d.), konstitutionelle Thrombopathie (s. d.), P. Moschcowitz, P. thrombasthenica, P. thrombocytaemica, P. thrombopenica, Wiskott-Aldrich-Syndrom (s. d.).
3. vorwiegend **vaskulär** bedingte Hämorrhagien: Kortikoid-P., Oslersche Krankheit (s. d.), P. anularis Majocchi, P. arteficialis, P. fulminans, P. pigmentosa progressiva, P. Schönlein, P. scorbutica, P. senilis, P. simplex familiaris.

Hautblutungen können sein: punktförmig *(Petechien)*, streifenförmig *(Vibices)*, münzengroß *(Sugillationen)*, flächenhaft *(Ekchymosen, Suffusionen)*, tiefgehende, massive, meist die Haut vorwölbende Blutungen nennt man *Hämatome*. **DD:** rote Flecke durch umschriebene vermehrte Gefäßfüllung werden unter Glasspateldruck blaß, bei einer Hautblutung bleibt die Rötung unter Glasspateldruck bestehen.

Purpura anularis teleangiektodes atrophicans Majocchi. Anfangs teils punkt-, teils strichförmige Teleangiektasien vielfach in ringförmiger Anordnung. Später treten dichtstehende, ebenfalls oft ringförmig angeordnete Punktblutungen und „cayennepfefferartige“ Hämosiderinablagerungen hinzu. Im Zentrum der Herde häufig zarte Atrophie. *Sitz:* meist Beine. Chronischer Verlauf. *Ät. Path:* besondere Form der P. pigmentosa progressiva.

— arteficialis. Absichtlich, z. B. durch Kneifen der Haut hervorgerufene Blutungen.

—, ekzematidähnliche. Multiple bis münzengroße, ovale, pityriasiform schuppende gelblich-bräunliche Herde mit stecknadelkopfgroßen Petechien. Zuweilen geringe Infiltration, geringer Juckreiz. **Ther:** Ruticalzon.

— en cocarde avec oedème (Oedème aigu hémorrhagique du nourrisson). Tritt plötzlich mit Fieber und meist mit Rhinopharyngitis bei Kindern im Alter von 6–18 Monaten auf. Ödem und nummuläre, kokardenartige Purpuraherde. Sitz: Gesicht, Extremitäten (Stamm bleibt frei). *Ät:* allergisch bedingt? Spontanheilung in 1–2 Wochen. Lit: P. Laugier et al., Dermatologica **141**, 113 (1970).

— fulminans. Plötzlich auftretende flächenhafte Blutungen bes. bei Kindern. Meist schweres Krankheitsbild mit hohem Fieber. *Ät. Path:* schwere Kapillarschädigung nach Art des Shwartzman-Sanarelli-Phänomens. Oft nach Masern, Scharlach, Varizellen. Prognose infaust. **Ther:** Kortikoide. Bluttransfusionen.

— hyperglobulinaemica (Waldenström). Über Jahre hin schubweise auftretende Petechien bes. an den Beinen. *Ät. Path:* hyperergische Reaktion infolge chronischer Infekte mit Dysproteinämie (Vermehrung der Gamma-Globuline im Serum, hohe BSG). **Ther:** Kortikoide, evtl. Zytostatika.

—, kortikoidbedingte. Hautblutungen vom Typ der Purpura senilis nach langfristiger Kortikoideinnahme oder langdauernder äußerlicher Anwendung fluorierter Kortikoide. *Ät. Path:* vermehrte Gefäßbrüchigkeit infolge der katabolen Wirkung der Kortikoide. **Ther:** Anabolika. Ruticalzon, Vitamin C.

— kryoglobulinaemica s. Kryoglobulinämie.

— macroglobulinaemica (Waldenström). Bes. bei alten Leuten auftretende Blutungen aus Mund, Nase, Zerebralgefäßen, Retina. Eigentliche Purpura ist selten. Allgemeine Lymphknotenschwellung. Ödem, Kurzatmigkeit. Oft Hepatosplenomegalie.

— Moschcowitz (thrombotische thrombopenische Purpura). Thrombopenische Purpura, hämolytische Anämie, flüchtige zentralnervöse Störungen. Bildung hyaliner Thromben in Kapillaren und Arteriolen. *Ät. Path:* Immunopathie? Prognose infaust. **Ther:** Versuch mit kleinen Heparindosen. Splenektomie.

Purpura orthostatica. Braungelbliche bis blauviolette Pigmentierungen, die konfluieren und zu dem Bild der Dermite jaune d'ocre führen können. *Sitz:* bes. Unterschenkel. *Ät. Path:* infolge von chronisch-venöser Insuffizienz, Herz- und Kreislauferkrankungen, Adipositas sind die Kapillarwände dem hydrostatischen Druck nicht gewachsen. **Ther:** Grundleiden behandeln. Kompressionsverbände. Ruticalzon.

Purpura pigmentosa progressiva. Unter diesem Begriff faßt man heute zusammen: P. anularis teleangiectodes Majocchi, Dermatite lichénoide purpurique et pigmentée, ekzematid-like P., Morbus Schamberg. Symptome: feinste Punktblutungen und Pigmentierungen, Erytheme, staubförmige Schuppung, lichenoide bzw. ekzematoide Veränderungen, oft Juckreiz. *Sitz:* zunächst Beine, dann Gesäß, Stamm, Arme. *Ät. Path:* Bakterien- und bes. Drogenallergie, meist

|| **nach längerer** (wochen- und monatelanger)
Einnahme bromhaltiger Karbamide

wie z. B. Adalin, Betadorm, Bonidorm, Bromural, Carbromal, Dormopan, Doroma, Rebuso, Staurodorm. – Der Rumpel-Leede-Test ist infolge der vaskulären Schädigung positiv. **DD:** Purpura Schönlein. Dermite jaune d'ocre. **Ther:** Verdächtige Arzneimittel absetzen. Als Schlafmittel können z. B. Mogadan, Dalmadorm verordnet werden. Gefäßabdichtende Mittel wie Reparil, Ruticalzon, Vitamin C. Evtl. Prednisolon 15 mg tgl. über 1 bis 2 Wochen.

— Schönlein (P. anaphylaktoides). Schubweise auftretende, rundliche bis kleinmünzengroße, blaßrote Flecken oder Quaddeln, in deren Zentrum eine Blutung erfolgt. Kleinfleckige Purpura, Hämosiderinablagerungen. *Sitz:* bes. Unterschenkel, Fußrücken. – Hinzutreten können u. a. *Gelenkergüsse* („P. rheumatica"), Erbrechen, Magen- und Darmblutungen *(P. Schönlein-Henoch)*, hämorrhagische Nephritis. *Ät. Path:* gehört zur Vasculitis allergica superficialis (s. d.). Die Bezeichnung „P. rheumatica" ist nicht richtig, da es sich nicht um einen Rheumatismus, sondern um ein Rheumatoid handelt. **Ther:** Fokal-Sanie-

Bild 73
Psoriasis vulgaris am Stamm

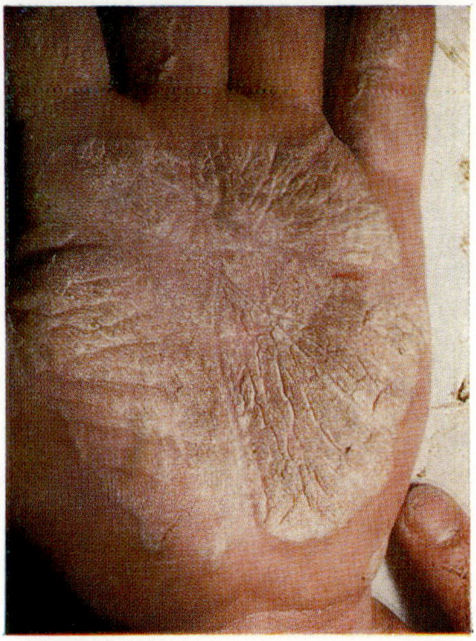

Bild 74
Psoriasis vulgaris der Handfläche

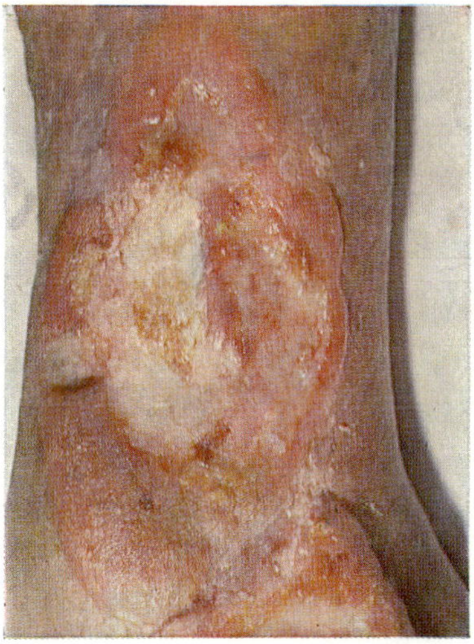

Bild 75
Retikulose: plattenartiges, geschwürig zerfallendes Infiltrat am Unterschenkel (80jährige Frau)

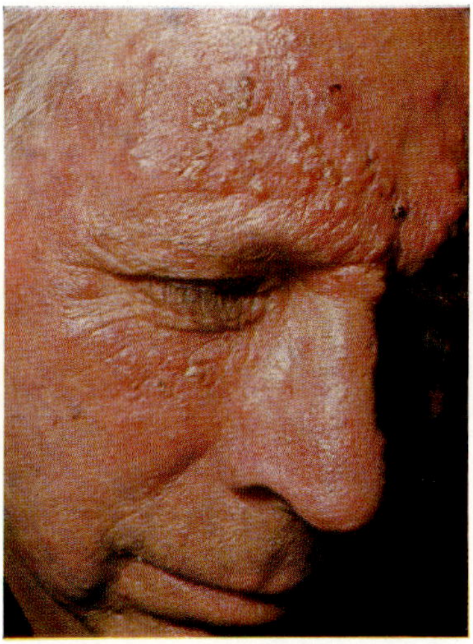

Bild 76
Rosacea papulo-pustulosa

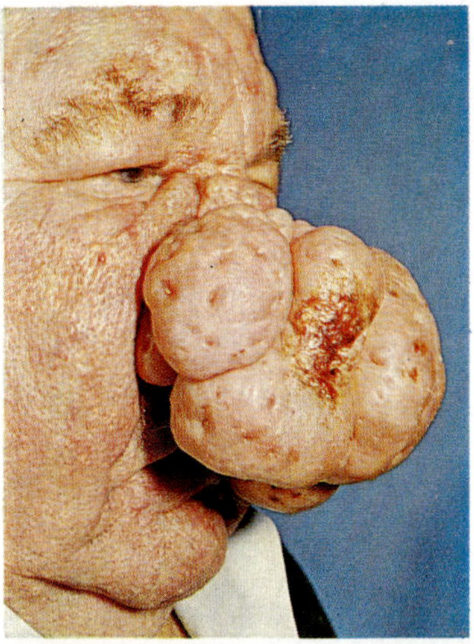

Bild 77
Rhinophym

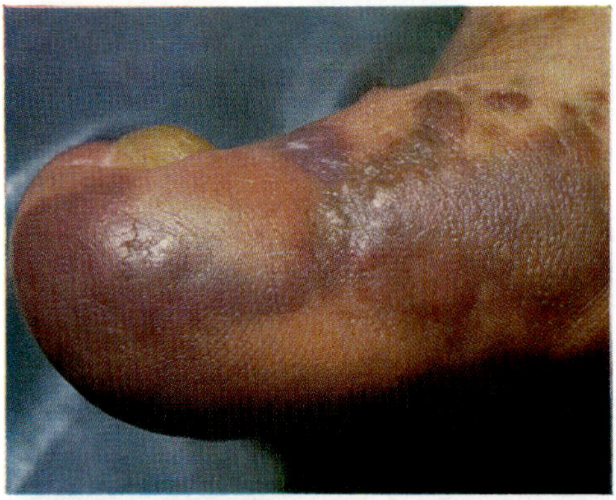

Bild 78
Sarcoma idiopathicum multiplex haemorrhagicum Kaposi

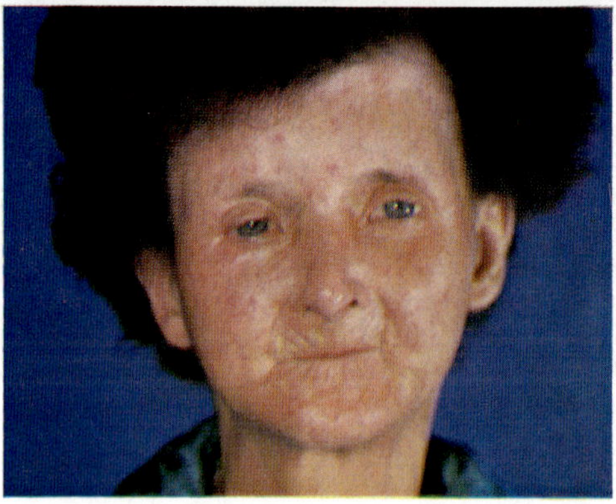

Bild 79
Sclerodermia progressiva: Maskengesicht mit Teleangiektasien und Mikrostomie

rung. Arzneimittelentzug. Bettruhe. Karlsbader Salz, Tierkohle. Kortikoide. Vitamin C 1 g tgl.

— scorbutica. Perifollikuläre Blutungen bes. an den Beinen, flächenhafte Blutungen, Zahnfleischblutungen (nur bei Vorhandensein der Zähne). *Ät. Path:* gesteigerte Kapillardurchlässigkeit bei mangelnder Vitamin-C-Zufuhr oder ungenügender Vitamin-C-Resorption. **Ther:** Vitamin C, 1 g tgl.

— senilis. Bis münzengroße, selten größere, bes. nach Traumen auftretende Blutungen bei seniler Hautatrophie. *Sitz:* bes. Unterarme, Handrücken. **Ther:** Gefäßabdichtende Substanzen wie Vitamin C, Ruticalzon.

— simplex familiaris. Punkt- und fleckförmige Blutungen an Stamm und Extremitäten. *Ät. Path:* erniedrigte Kapillarresistenz. Autosomal-dominant erblich. **Ther:** Ruticalzon, Rutin u. ä.

— thrombasthenica (hereditäre hämorrhagische Thrombasthenie Glanzmann). Haut- und Schleimhautblutungen (bes. Nasenbluten). Blutungszeit verlängert, Gerinnungszeit normal. *Ät. Path:* mangelhafte Funktion der Thrombozyten, deren Zahl normal, deren Gestalt aber krankhaft verändert ist (Mikro- und Makroformen). Autosomal-dominant vererbt.

— thrombopenica:

—— idiopathica (Morbus maculosus haemorrhagicus Werlhof). Punkt- und flächenhafte Haut- und Schleimhautblutungen, oft aus scheinbar völliger Gesundheit. Die Plättchenzahl beträgt meist weniger als 100000 mm^3. *Ät. Path:* antithrombozytäre Autoantikörper. **Ther:** Kortikoide (z. B. 1 mg Prednison/kg Körpergewicht), Zytostatika, frische Vollblutübertragungen. Evtl. Splenektomie.

—— symptomatica. Haut- und Schleimhautblutungen infolge Schädigung der Thrombozytenbildung bei Leukämie, aplastischer Anämie, Plasmozytom, Krebsmetastasen, Strahlenschäden, Drogenallergie, Bakterienallergie, sehr selten Nahrungsmittelallergie. **Ther:** Ursache behandeln. Verdächtige Medikamente ausschalten. Kortikoide.

— thrombozytaemica. Haut- und Schleimhautblutungen nach Verletzungen bei Thrombozytose bis zu 1 Million und darüber. *Ät. Path:* Variante der Polyglobulie Vaquez-Osler? **Ther:** radioaktiver Phosphor (P^{32}).

—, Verbrauchskoagulopathien. Erworbene Gerinnungsstörungen durch intravasale Umsatzsteigerung von Thrombozyten und plasmatischen Gerinnungsfaktoren bei Leberzirrhose, Sepsis, Malignomen u. a. Bei akutem Verlauf Schock, Anurie, bei mehr chronischen Formen können petechiale Blutungen auftreten.

*

Pustulosis palmaris et plantaris (pustulöses Bakteriid Andrews**).** Schubweise auf geröteter, psoriasiform schuppender Haut auftretende sterile Pusteln. Sehr hartnäckig. *Sitz:* Palmae, Plantae, meist symmetrisch. *Ät. Path:* fokaltoxische

Fernreaktion? **DD:** Mykose (Pilznachweis), Dyshidrosis (hierbei keine psoriasiforme Schuppung, aber Mitte und Rand gleich stark befallen), Akrodermatitis continua suppurativa (beginnt an Fingern und Zehen, zeigt Atrophie), Psoriasis pustulosa (Histologie!). **Ther:** Fokalsanierung. Magen-Darm-Störungen behandeln. Ggf. Omniflora, Hylak-Tropfen, Cholagoga. – Synacthen-Depot 1 mg i. m. alle 4–7 (—14) Tage. Bei akuten Schüben Lasix (40 mg i. m.). Calcium-Sandoz i. v. Calcium-Sandoz forte. AT 10. Histadestal. – Beim Aufschießen von Pusteln Bäder mit Tannosynt flüssig, dann Kortikoid-Tinktur (Volon A Tinktur). Evtl. Kortikoid-Kristallsuspension (Volon A 10, Scandicain āā) unter einzelne Herde spritzen. Pasta exsiccans DRF. Im krustösschuppenden Stadium Kortikoid-Salben unter Okklusiv-Verband. – Sol. Castellani, 1 %ige Brillantgrünlösung. Tumenolzinkpaste.

Pustulosis subcornealis Sneddon-Wilkinson (Abb. 91). Schubweise auftretende, rezidivierende, oft gruppiert angeordnete, sterile, oft von einem schmalen rötlichen Randsaum umgebene subkorneale Pusteln. Infolge Neigung der Herde zu zentraler Abheilung und peripherem Fortschreiten können gyrierte Figuren entstehen. Befallen werden bevorzugt ältere Frauen. *Sitz:* bes. Axillen, Leistengegend, proximale Anteile der Extremitäten. **DD:** Morbus Duhring (hierbei stärkerer Juckreiz, polymorphe Effloreszenzen, subepitheliale Bläschen). Impetigo (heilt unter Behandlung rasch ab). **Ther:** Fokus-Sanierung. Mittel der Wahl sind Sulfone (DADPS Bayer), beim Absetzen der Behandlung meist Rezidiv. Kortikoide sind nur in hoher Dosis wirksam. Versuch mit Omeril.

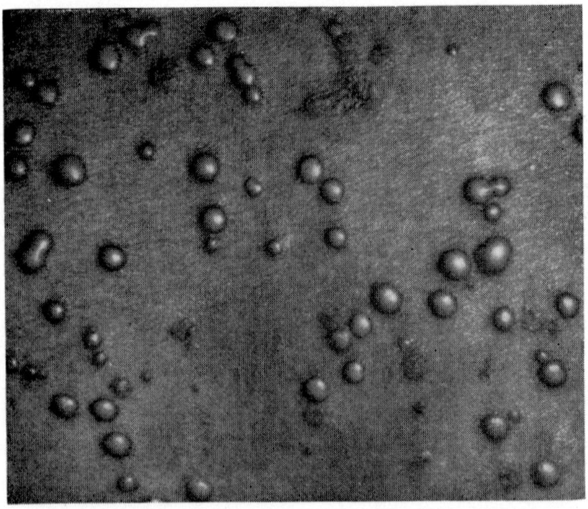

Abb. 91. Pustulosis subcornealis SNEDDON-WILKINSON

Pyodermia chancriformis. Rundes oder ovales, bis 10-pfennigstückgroßes, derbes, schmerzloses Ulcus mit glattem, firnisartig glänzendem Grund, aus

Reitersche Krankheit (urethro-oculo-synoviales Syndrom). *Urethritis, Konjunktivitis, Arthritis* bes. der Fuß- und Kniegelenke. Negativer Rheumafaktor. Muskelatrophie infolge Bewegungseinschränkung durch Gelenkschmerzen. Oft hohes Fieber. Balanitis circinata parakeratotica (Abb. 92): rundliche polyzyklische Erytheme mit weißlichen, leicht entfernbaren Randleisten. Bei langer Vorhaut werden die Herde meist erosiv. Papulo-pustulöse, *parakeratotische Exantheme* bes. an Fußsohlen (Abb. 93) und Handinnenflächen (früher als gonorrhoische Hyperkeratosen angesehen). Subunguale Keratosen, Onycholyse, Onychodystrophie. Zuweilen geht eine Enteritis voraus. – Rezidivneigung.

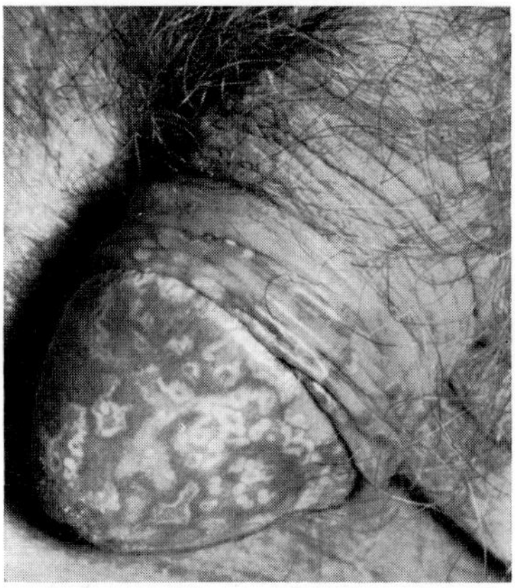

Abb. 92. Balanitis circinata parakeratotica bei Reiterscher Krankheit

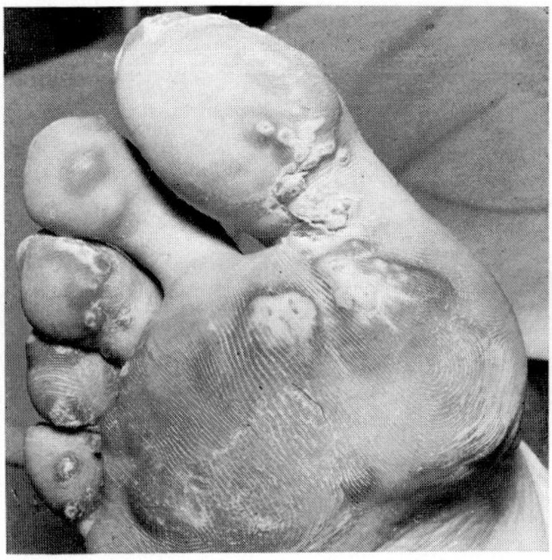

Abb. 93. Rupioide und dickwandig pustulöse Effloreszenzen bei Reiterscher Krankheit

Nach Wochen bis Jahren können Rezidive (Arthritis und andere Symptome) auftreten.

Ät. Path: Virus- oder Mycoplasmen-Infektion? Autoimmunkrankheit?
DD: Siehe Seite 206.

Ther: Antirheumatika z. B. Tomanol, Eumotol, Amuno, Prolixan, Butazolidin. Kortikoide oder synthetisches ACTH. Methotrexat (anfangs 2mal wöchtl. 50 mg i. m., Erhaltungsdosis 1mal wöchtl. 25 mg). Imurek (Initialdosis 125 mg tgl., Erhaltungsdosis 75 mg tgl.).

Kombination von anfangs 200 mg Prednisolon + 200 mg Imurek tgl., Erhaltungsdosis 25–50 mg Imurek und 15–25 mg Prednisolon tgl. Zusätzlich Tetracycline, die eine Konjunktivitis und Urethritis zur rascheren Abheilung bringen können.

Lit: E. Diem et al., Z. Hautkr. **49,** 157 (1974).

REM-Syndrom (Retikuläre erythematöse Mucinosis, Rundzellenerythematosis). Flächenhafte oder netzartige, im Zentrum leicht infiltrierte Erytheme mit zungenartigen Ausläufern. Lichteinwirkung kann die Erscheinungen verschlimmern. *Sitz:*

Brust, Rücken. **Ther:** Antimalariamittel. Lit: G. K. Steigleder et al., Brit. J. Dermatol. **91,** 191 (1974).

DD:

Morbus Reiter	*Psoriasis arthropathica*	*progredient chronische Polyarthritis*	*Arthritis gonorrhoica*
meist bei Männern	—	meist bei Frauen	—
große Gelenke bevorzugt befallen	distale Finger u. Zehengelenke oft befallen	frühzeitige Ulnardeviation	meist nur ein großes Gelenk befallen
Balanitis circinata parakeratotica	zuweilen Balanitis	—	zuweilen erosive Balanitis
Urethritis	—	—	gonorrhoische Urethritis
Konjunktivitis, Iritis	—	—	Konjunktivitis, Iritis möglich
Rheumafaktoren: negativ	meist negativ	meist positiv	negativ

Retikulohistiozytome, multiple (s. Histiozytosis gigantocellularis). Sehr selten. Systemartiges Erscheinungsbild mit gelbbraunen bis erbsgroßen Knotenbildungen bes. an den Fingerstreckseiten seltener im Gesicht und am Stamm. Fieberschübe, Gewichtsverlust, mutilierende Arthritis bes. an den distalen Interphalangealgelenken. Negative Rheumaserologie. **DD:** progredient-chronische Polyarthritis. **Ther:** Versuch mit Kortikoiden.

Retikulosarkom, angioplastisches. Rasch wachsende Geschwulst mit Metastasierung in umgebende Haut, Lungen, Leber usw. Sitz: oft Kopf, Gesicht. Traumatisierung fördert offenbar die Entstehung. Prognose oft infaust. **DD:** Hämangioendotheliom, Hämangioperizytom. **Ther:** Frühzeitig intrafokal und i. v. Trenimon [G. Ehlers u. Mitarb., Hautarzt **22,** 245 (1971)]. Operation.

Retikulosen (Bild 75 nach S. 208) sind autonome, systematisierte Wucherungen der unreifen Zellen des retikulohistiozytären Systems. Von der Haut oder/und vom mitbefallenen Knochenmark können retikuläre Zellen in das Blut gelangen; diese leukämische Reaktion ist ein prognostisch ungünstiges Zeichen.

1. *R. mit primärem Hautbefall* treten in der Regel als tumorartige Wülste oder plattenartige Infiltrate im Gesicht, als großknotige Formen am Stamm auf. Sie bleiben lange aleukämisch.

2. Bei den *R. mit sekundärem Hautbefall* wird zunächst das retikulohistiozytäre System der inneren Organe und dann erst das der Haut befallen. Klinisch sieht

man meist kleinknotige exanthematische oder ekzematoide Veränderungen mit Hepatosplenomegalie und Lymphknotenschwellungen. Oft leukämisch (s. o.).

Die (sehr seltenen akuten und) subakuten R. gehen einher mit Fieber, papulösem petechialem Exanthem. Auch die *sog. Retikulosarkomatose Gottron*, die braunrote Knoten oder münzengroße, mit Teleangiektasien bedeckte flache Infiltrate zeigt, verläuft meist subakut und führt unbehandelt in 6–8 Wochen zum Tode.

Bei der chronischen R. sieht man bis kirschgroße Knoten oder plattenartige lichenifizierte Infiltrate. Pruritus, urtikarielle, ekzematoide oder erythrodermische Erscheinungen können vorausgehen.

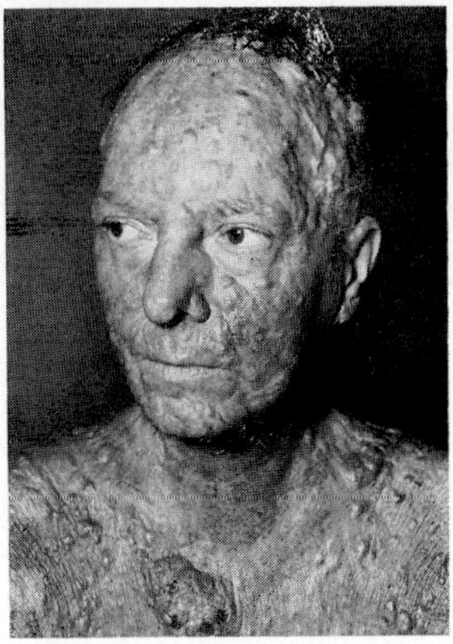

Abb. 94. Sog. Retikulosarkomatose

DD: Lues II, chronische Lymphadenose, Lymphogranulomatose, Mycosis fungoides.

Ther: Exzision kleiner Herde. Rö-Strahlen, anfangs genügen kleine Dosen (200 R, 1–3 mal in zweiwöchigen Abständen). Kortikoide und Zytostatika wie Vinblastin (Velbe), Procarbazin (Natulan), Cyclophosphamid (Endoxan). Heliotherapie, Klimatherapie (Nordsee, Mittelmeer).

Retothelsarkom	**Retikulose**
Beginn unizentrisch	Beginn multizentrisch
Zerfallsneigung	keine Zerfallsneigung
unbeschränktes Wachstum	meist bis münzengroße Einzelherde
Metastasen zunächst in die regionären Lymphknoten	lange Zeit hautbeschränktes Wachstum
kaum Bluteiweißveränderungen	meist stark erhöhte BSG, Gammaglobulinvermehrung – nicht selten Einschwemmung retikulärer Zellen ins Blut
durch Kortikoide kaum beeinflußbar	durch Kortikoide beeinflußbar

Retothelsarkom (Retikulosarkom) der Haut entwickelt sich aus perivaskulären, periglandulären und perifollikulären Adventitiazellen. Rasch wachsender bis apfelgroßer, geschwürig zerfallender Tumor. Sitz: oft Gesicht. **DD:** Mycosis fungoides, maligne Retikulose (s. Tabelle).

Ther: Röntgenstrahlen. Exzision. Zytostatika, bes. Vincristin.

Rheumatismus nodosus (Nodi bzw. Noduli rheumatici). Bis kirschgroße Knoten beim akuten Gelenkrheumatismus (sprechen hierbei für Herzbefall) sowie bei primär chronischer Polyarthritis. Sie treten zuweilen *auch ohne Gelenkrheumatismus* auf. Verschwinden oft spontan. *Sitz:* bes. über Gelenken und über Knochenvorsprüngen, z. B. Dornfortsätze der Wirbelsäule. **DD:** Granuloma anulare, Histiocytosis gigantocellularis, juxtaartikuläre Knoten, Xanthome, Gichttophi, Heberdensche Knoten. **Ther:** Grundleiden behandeln Evtl. Exzision.

Rhinitis allergica. Zwei Formen: 1. *Saisonale* (Pollinosis): Anamnese (Beginn, Dauer u. a.) und Pollenflugkalender weisen auf die als Allergene in Betracht kommenden Pollen hin. 2. *Perenniale:* nicht jahreszeitlich begrenzt. Hierbei sind Hausstaub und Tierhaare die häufigsten Allergene.

Prophylaxe: wenn möglich, Allergenkarenz.

Symptomatische Ther.: Antihistaminika (z. B. Copyronilum, Omeril, Tavegil). Kortikoide (z. B. Volon A 40 i. m.) bei solcher Pollinosis, die nur wenige Wochen im Jahr andauert. Kombinationspräparate z. B. Endrine, Endrine mild, Rhinobacid, Rhino-Xylidrin, Wick-Schnupfenspray. Dinatrium cromoglicicum: Lomupren, Intal Nasal.

Hyposensibilisierung (Dauer bei Pollinosis 3 Jahre, möglichst praesaisonal). Prick- oder u. U. Intrakutantest (empfindlicher).

Stimmen Anamnese und Testergebnis nicht überein: *Provokationstest.* Vermutetes Allergen auf die Nasenschleimhaut bringen, Niesen und Fließschnupfen feststellen, vor- und nachher Abstriche auf eosinophile Zellen untersuchen. – Fragliche Befunde lassen sich mit dem (aufwendigen) *RAST* (Radio-allergen-sorbens-Test) in vitro klären.

Entsprechend dem Testergebnis werden die Extrakte geliefert. Beginn mit 0,1 ml der Flasche I. *Wäßrige Extrakte* alle 2–7 Tage, *Semidepotextrakte* (bevorzugt verwandt, da seltener Nebenerscheinungen) alle 7–14 Tage injizieren und zwar subkutan Oberarmstreckseite, handbreit über dem Ellbogen. abwechselnd rechts und links. Intravasale Injektion vermeiden (aspirieren!). Nach Injektion Patienten 15–30 Min. beobachten.

Vor Testung und vor Hyposensibilierung Schockbehandlung vorbereiten!

Rhinophym (Pfund- oder Knollennase). Bei der *glandulären Form* (Talgdrüsenhyperplasie) ist die Nase unregelmäßig knotig vergrößert, die Farbe normal. Bei der *fibroangiomatösen Form* (Fibrose, Gefäßerweiterungen, entzündliche Erscheinungen) ist die Nase vergrößert, dunkelrot. Diese Form tritt häufiger bei der Rosacea auf. **Ther:** Abtragung durch hochtouriges Schleifen oder mit Skalpell oder mit Diathermieschlinge.

Rhinosklerom. In Westeuropa sehr selten. Erreger: Klebsiella rhinoscleromatis. Knorpelharte, blaurote Wucherungen, die an der Nasen- und Mundschleimhaut beginnen. **Dg:** Biopsie, Erregernachweis. **Ther:** Streptomycin. Tetracyclin. Röntgenstrahlen. Operation.

Riesenkomedo. Bis bohnengroßer Komedo mit erweitertem Ausführungsgang. Dieser ist mit Talg gefüllt, der an der Oberfläche schwarz gefärbt ist. *Sitz:* bes. Rücken, Brust. **Ther:** Expression. Evtl. Exzision der Follikelwand oder Kaustik.

Ringerohr. Deformierung der oberen Hälfte der Ohrmuschel infolge Knorpelfraktur bei Ringern und Boxern.

Röntgen-Frühschäden entstehen wenige Tage nach der Bestrahlung. In Abhängigkeit von Dosis und Strahlenhärte können auftreten: Rö-Dermatitis I. Grades (düsterrotes Erythem, Ödem), II. Grades (Bläschen, Nässen, narbige Abheilung oft mit dauerndem Haar- und Nagelverlust, Talg- und Schweißdrüsenschädigung), III. Grades (Nekrose, Ulcus).

Manchmal kommt es 2 Wochen bis 10 Monate nach der Bestrahlung zu randständiger Komedonenbildung, die sich spontan zurückbildet.

Ther: s. u. – Bei schwerer Verbrennung Prednison innerlich und gefäßaktive Mittel (Trental, Trental 400, Defluina u. ä.). Hydrokortison-Externa.

Röntgen-Spätschäden entstehen Monate bis Jahre nach wiederholter Bestrahlung sowie nach Frühschäden II.–III. Grades. Trockene und atrophische Haut, Verlust der Anhangsgebilde, Pigmentverschiebungen, Teleangiektasien, Hyperkeratosen (Röntgenwarzen), schlecht heilende Ulcera. Neigung zu maligner Entartung, meist im Sinne eines Spinalioms. – Die Entstehung von Rö-Nekrosen wird gefördert durch Diabetes mellitus, Hyperthyreose, Gicht, Hypotonie mit Akrozyanose, Leberinsuffizienz u. a. **Ther:** Fettsalben, Linola-Fett. Bepanthen-Salbe. Eiweißfreier Blutextrakt (Actihaemyl-Salbe, -Creme). Bei stark schmerzendem Ulcus: Erbocain-Salbe, Panthesin-Balsam. Kurzwellendurchflutung (wöchtl. 1mal mindestens 1 Jahr lang). Ultraschall (wöchtl. 1–3mal, über 8–12 Monate). Blaulicht. UV-Licht. Infrarot. UV-Ganzbestrahlungen. Bei Ausbreitung der Rö-Nekrose durch pathogene Keime Antibiotika innerlich und äußerlich nach Resistenzbestimmung zusammen mit durchblutungsfördernden Mitteln. Geschwüre evtl. exzidieren und plastisch decken. Innerlich: Vitamin A und E, Complamin, Ronicol, Actihaemyl- oder Rheomacrodex (10%)-Infusionen, Anabolika.

Röteln (Rubeolae). Viruskrankheit bes. bei Kindern. Inkubation 2–3 Wochen. Hellrotes, kleinfleckiges Exanthem zunächst im Gesicht, dann am Stamm und an den Extremitäten. Schwellung der zervikalen und nuchalen Lymphknoten.

Im Blutbild Plasmazellen auf 10–20% vermehrt. Prognose gut. Erkrankt jedoch eine Frau in den ersten 3 Schwangerschaftsmonaten, so tritt in etwa 17% der Fälle eine *Embryopathia rubeolosa* (Fruchtschädigung mit Taubheit, Katarakt u. a.) auf. *Dg:* Evtl. serologische Untersuchung. **DD:** Masern (hierbei Koplikscher Flecken, starke katarrhalische Erscheinungen), Scharlach (hierbei Angina, periorale Blässe, Leukozytose), Arzneiexanthem. Prophyl. der Embryopathie: vor der Gravidität Impfung mit abgeschwächter Rubeolen-Lebendvirus-Vakzine. Bei Schwangeren Gammaglobulin (mindestens 0,5 ml/kg) in den ersten 5 Tagen nach der Infektion.

Rosacea (Bild 76 nach S. 208). Beginnt meist im 5. Lebensjahrzehnt mit fleckigen Rötungen (Wallungen), kleinlamellöser Schuppung, Teleangiektasien; Papeln und Pusteln und u. U. polsterartige Infiltrate können hinzutreten (s. Rhinophym). *Sitz:* Stirn, Wangen, Nase, Kinn, selten Prästernalbereich. Zuweilen Blepharitis, Konjunktivitis, Keratitis. *Ät. Path:* Polypathogenetisches Syndrom, bei dem Labilität des Gefäßnervensystems und seborrhoische Konstitution wichtig sind. Auch an Fokalinfekt und Polyglobulie ist ursächlich zu denken. Stark gewürzte Kost, Kaffee, Alkohol, ferner Lichteinwirkung können die R. verschlimmern. Ob Leber- und Magendarmstörungen (bes. Obstipation) ursächlich anzuschuldigen sind, ist fraglich.

DD: rosaceartige Dermatitis (Erstmanifestation meist 10 Jahre früher, keine Augenkomplikationen, keine hypertrophische Form), Steroid-Rosacea (Atrophie), Sarkoidose, anlagemäßig schon in der Jugend auftretende Teleangiektasien, benigne Lymphoplasie, Perniosis, gramnegative Follikulitis. Das rosaceaähnliche Tuberkulid ist der Rosacea gleichzusetzen.

Ther: Heiße Speisen und Getränke, scharfe Gewürze, Alkohol, Kaffee meiden! Darauf achten, welche Nahrungsmittel die R. verschlechtern; diese ausschalten. Magen- u. Darmstörungen, Obstipation behandeln. Fokus-Sanierung. Haut ist leicht reizbar! Waschen mit Dermowas, Praecutan u. ä. Anfangs Kortikoid-Lotio oder -Creme; keine fluorierten Kortikoide über längere Zeit (Gefahr der Bildung von Teleangiektasien). Tgl. nach Reinigung mit 1%igem Salizylspiritus 10 Min. Massage der Haut (kreisende Bewegungen) mit 2%iger Ichthyolzinkpaste oder Ichtho-Cortin fettfrei. Douche filiforme.

Bei Teleangiektasien und papulopustulöser R. bringt *hochtouriges Schleifen* oft gute Ergebnisse. Auch Kohlensäureschnee-Aceton-Abreibungen können versucht werden.

Innerlich: bei papulopustulöser R. *Tetracycline*, und zwar anfangs 250 mg tgl.; nach Besserung genügen oft 100 mg tgl. – Stoßtherapie mit 2–3 g Spiramycin (Rovamycin) tgl. 10 Tage lang; 10 Tage Pause. Wiederholung nach Bedarf.

Versuch mit Panzynorm, Ichthophen-Injektionen, Ichthraletten. Cortiron Depot alle 4 Wochen (Kontraindikationen: Hypertonie, Ödemneigung). –

Bei stark entzündlicher R. Prednison (anfangs 20–30 mg tgl.) über 1 Woche. – Bei Lichtempfindlichkeit und bei Keratitis (hierbei auch AT 10) Resochin oder Quensyl tgl. 1 Tbl.

Rosacea-artige Dermatitis (periorale Dermatitis). Stecknadelkopfgroße, blaßrote, gruppierte Papeln, die oft eine gelbliche Spitze (Pseudopustel) aufweisen und häufig auf gerötetem, leicht schuppenden Grund stehen. Selten Juckreiz oder Brennen. Meist bei Frauen zwischen 25–35 Jahren. *Sitz:* perioral, Kinn, Nasolabialfalten, Wangen, Lider, Stirn.

Ät.Path: ursächlich werden angeschuldigt: langzeitige Anwendung von *halogenierten Kortikoidexterna* sowie von Kosmetika, gramnegative fusiforme Stäbchen, die vom Mund auf die Haut gelangen, Candidosis, Affektionen im kleinen Becken, Magen-Darm-Störungen (Obstipation, Subacidität), psychosomatische Einflüsse (Streßsituationen), orale Kontrazeptiva, Seborrhoe, fluorhaltige Zahnpasten, Waschmittel, Vitamin-B_6-Mangel. **DD:** s. Rosacea. Kontaktekzem.

Ther: halogenierte Kortikoidexterna absetzen. Als Zahnputzmittel Lakalut-Pulver. – Linoladiol oder pH_5-Eucerin, darüber evtl. Aknichthol soft Lotio. Aknefug-Milch simplex. Lotio Hermal. Tgl. Massage der Haut mit 2%iger Ichthyol-Zinkpaste.

Bei Nachweis von Candida (Kultur vom Hautabstrich): Ampho-Moronal-Salbe oder Candio-Hermal E comp.-Salbe.

Innerlich: evtl. Methylprednisolon (Urbason) 8–4 mg tgl. über längere Zeit und gleichzeitig Tetracycline anfangs 250 mg tgl. später evtl. 100–50 mg tgl. – Vitamin A 200000 E tgl. Bei Hypotonus: Cortiron Depot. Bei Magen-Darm-Störungen Panzynorm, Normacol, Gelusil-Lac u. a. – Herauslösung aus der Umgebung (Urlaub), evtl. Psychotherapie werden empfohlen.

Rothmund-Thomson-Syndrom. Selten. Rezessiv erblich. Gynäkotropie. Beginnt im 3. bis 12. Lebensmonat mit Erythemen, dann Poikilodermie (netzartige Atrophien, Teleangiektasien, Hyperpigmentierungen) im Gesicht, an Händen später auch an Armen, Beinen und am Gesäß. Hochgradige *Lichtempfindlichkeit* (Blasenbildung nach kurzer Sonneneinwirkung). Minderwuchs. Katarakt in 30% der Fälle. Oft Hypogenitalismus.

Rotz (Malleus). Meldepflichtig! 2–8 Tage nach Infektion mit dem Rotzbazillus durch kranke Pferde oder Esel kommt es zu akutem (ulzeröser Primäraffekt, Lymphadenitis, hämatogene Erregeraussaat mit Pusteln und Ulcera bes. im Gesicht, rasch tödlich) oder mehr lokalisiertem (Ulzerationen der Nasen- und Mundschleimhaut mit Zerstörung von Knorpel und Knochen) Rotz. *Dg:* Anamnese! Ausstrich, Kultur, Tierversuch. **Ther:** Sulfadiazin, Aureomycin, Streptomycin, Penicillin.

Sahlischer Venenkranz. Feine Gefäßerweiterungen im Verlauf der unteren Thoraxapertur bes. bei Männern nach dem 50. Lebensjahr. *Ät. Path:* konstitutionelle Veranlagung. Geringgradige Stauungen im Gebiet der V. cava sup. (z. B. bei Lungenemphysem) fördern offenbar die Entstehung.

Salbengesicht. Vermehrte Talgabsonderung bei Parkinsonismus. **Ther:** L-Dopa.

Sarcoma idiopathicum multiplex haemorrhagicum (Angiomatosis Kaposi). Beginnt oft mit teigigem *Ödem* der *Füße*, *Unterschenkel* und/oder Hände. Dann entstehen beidseitig bläulichrote und *rotbraune*, rundliche, knotige oder plattenartige *Infiltrate* (Bild 78 vor S. 209). Nach den Extremitäten werden Stamm und Gesicht später auch innere Organe (Magen-Darm-Trakt, Lymphknoten, Milz, Leber u. a.) befallen. Androtropie. *Ät. Path:* Systemerkrankung? Bes. Erkrankungsform des RES?

DD: Im Frühstadium chronisch-venöse Insuffizienz. Lymphozytome. Stewart-Treves-Syndrom (einseitig, bes. am Arm nach Ablatio mammae).

Kaposi Sarkom	**Pseudo-Kaposi-Sarkom** (Arterio-venöse Fistel)
Beginn meist im höheren Alter	Beginn in der Jugend
beidseitig	einseitig
	Hypertrophie von darunterliegenden Knochen und Weichteilen, Schmerzen, verstärkte Pulsation, Varizen.
	Nachweis im Arteriogramm

Lit: R. N. Earhart et al., Arch. Dermatol. **110,** 907 (1974).

Ther: Rö-Strahlen (Einzeldosen von 200 R jeden 2.–3. Tag). Exzision einzelner Knoten. Bei ausgedehnten Tumoren: Zytostatika (s. Mycosis fungoides).

Sarkoid Darier-Roussy. Subkutane, schmerzlose, aphlegmasische, nicht einschmelzende, gut abgrenzbare Infiltrate, die sich unter Hinterlassung kahnförmiger Einsenkungen oft nach mehreren Wochen spontan zurückbilden. *Ät. Path:* Gehört offenbar zur Vasculitis nodosa. Manchmal vielleicht subkutane Form der Sarkoidose. **Ther:** Kortikoide evtl. gleichzeitig INH.

Sarkoidose (*Boecksches Sarkoid*, *Morbus Besnier-Boeck-Schaumann*, benignes Miliarlupoid). Systemerkrankung (tuberkulöse Erkrankung bei bes. Allergielage??) mit Beteiligung bes. von Lungen, Lymphknoten, Knochen (Ostitis multiplex cystoides der Phalangen), Augen, Nervensystem und Haut. Kennzeichen der Hautveränderungen: *Chronizität*, *blaurot-bräunlicher* Farbton in leicht zyanotischen Hautbezirken, gelblicher „*lupoider*" Farbton unter Glasspateldruck, oft randständiges Fortschreiten bei zentraler Abheilung *(ringförmige Herde)*. Verschiedene Formen der Herde: 1. erythematös, meist großflächig, 2. knötchenförmig (lichenoid), 3. kleinknotig bis großknotig (z. B. *Angiolupoid* an der Nase mit Teleangiektasien an der Oberfläche), 4. diffus infiltrierend (z. B. *Lupus pernio* der Nase, weil durch rötlich-blaue Verfärbung an Pernionen erinnernd) 5. anulär, 6. psoriasiform, 7. Lichen ruber verrucosus-ähnlich. *Sitz:* kühle Hautpartien bevorzugt bes. Gesicht, Hals, Streckseiten der Extremitäten; Stamm nur bei exanthematischen Formen. Auch Mund- und Nasenschleimhaut können befallen sein. – Sarkoidoseherde treten gern in Narben auf.

Dg: Diaskopie, Histologie, negativer Tuberkulintest. Röntgenaufnahmen von Lungen und Knochen (bes. der Finger). *Kveim-Reaktion:* 6 Wochen nach i. c. Injektion von hitzesterilisiertem Gewebsbrei aus Sarkoidose-Lymphknoten und -Milz (Sarkotest Hermal) Injektionsbereich exzidieren. Bei positivem Ergebnis sarkoide Gewebsreaktion. Hyperkalzämie, Hypergammaglobulinämie. Beschleunigte BSG.

DD: Lupus vulgaris (Tuberkulintest und Sondenversuch positiv, Histologie), Lepra tuberculoides (Anamnese, Anästhesie der Läsionen), Lues III (Serologie), Leishmaniasis.

Sonderformen: Löfgren-Syndrom (bihiläre Adenopathie, Gelenkschmerzen, Erythema nodosum).

Zur Sarkoidose gehört auch das *Heerfordt-Syndrom:* oft Fieber, meist doppelseitige Parotisschwellung, häufige Mitbeteiligung der übrigen Speicheldrüsen und der Tränendrüsen, oft bilaterale Uveitis und Nervenparesen (z. B. periphere Facialisparese), zuweilen Hautbeteiligung z. B. als erythrodermische Sarkoidose.

Ther: Tendenz zur *Spontanheilung* berücksichtigen! Klimakuren (Schwarzwald). Hohe Dosen Vitamin C. *Prednisolon* (anfangs 40 mg tgl., Erhaltungsdosis 10–15 mg tgl.). Zusätzlich INH, wenn die Tuberkulinreaktion ausnahmsweise positiv ist oder wenn die Gefahr einer Aktivierung einer Lungentuberkulose besteht.

Intraläsionale Injektionen von Trimacinolon (Volon-A 10 Kristallsuspension). Ferner werden lokal CO_2-Schnee, Röntgenweichstrahlen und Bestrahlungen mit der Kromayerlampe empfohlen.

Sind Kortikoide kontraindiziert, so kommen in Betracht: Chloroquin (Resochin), Oxyphenbutazon (Tanderil), bei vitaler Indikation Azathioprin (Imurek), Cyclophosphamid (Endoxan) u. a.

Sarkom. Bösartige Bindegewebsgeschwulst primär an der Haut (Abb. 95) oder metastatisch. Fibro-, Hämangio-, Leiomyo-, Lipo-, Lymphangio-, Melano- (von einem Naevus coeruleus ausgehend), Neurofibro- (tritt in einzelnen Geschwülsten der Neurofibromatosis generalisata auf), Retothel-Sarkom. **Ther:** Exzision. Röntgenbestrahlung.

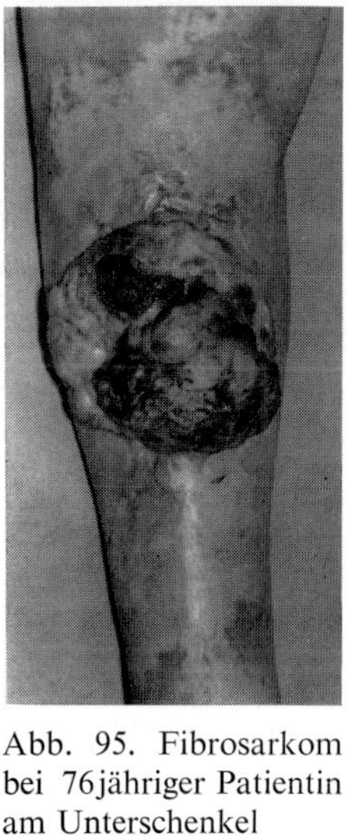

Abb. 95. Fibrosarkom bei 76jähriger Patientin am Unterschenkel

Scabies (Krätze). Erreger: Acarus siro variatio hominis (früher Sarcoptes scabiei genannt).

Die etwa 0,4 mm große weibliche Milbe gräbt zur Eiablage bis zu 1 cm lange Gänge in das Stratum corneum. Die männlichen Tiere leben dagegen auf der Hautoberfläche. Übertragung erfolgt durch intensiven körperlichen Kontakt. In Kleidungsstücken, Decken usw. bleiben Milben nur 2–3 Tage am Leben.

Kennzeichen: winkelige, geknickte Gänge, an deren Ende sich die weibliche Milbe in einer gelblichen Erhebung (Milbenhügel) findet. Juckendes, ekzemähnliches Exanthem mit Papeln, Papulovesikeln, Pusteln, Kratzeffekten. Bei guter Körperhygiene nur sehr geringe Hauterscheinungen! *Sitz:* bes. Finger, Interdigitalfalten, Beugeseite der Handgelenke, vordere Achselfalten, Brustwarzenvorhof, Penis. Bei Kleinkindern Handteller und Fußsohlen. – Rücken, Kopf und Hals bleiben meist erscheinungsfrei.

Mikroskopischer *Nachweis* von Milben, ihrer Vorstufen (Ei, Larve) oder Scabies-Kot oder eines Ganges. Hierfür vermutlichen Gang tangential abtragen und in Glycerin einbetten. Man kann auch mit einer Nadel die Milbe aus dem Milbenhügel ausgraben; sie bleibt dann als eben sichtbares Kügelchen an der Nadel haften.

Trotz oft sehr zahlreicher Papeln und Bläschen sind immer nur wenige Milben nachweisbar: die Hauterscheinungen, in denen sich keine Milben finden, sind offenbar als Folge einer immunbiologischen Auseinandersetzung – etwa im Sinne eines Mikrobids – aufzufassen.

Dg: Juckreiz bei Kontaktpersonen. In der Bettwärme verstärkter Juckreiz. Milbengänge (Milbennachweis gelingt nicht immer). Sitz der Effloreszenzen. Papeln am Penis sprechen für Scabies.

DD: Prurigo, Ekzem.

— discreta. Abortive Form bei sehr gepflegten Menschen. Sehr starker Juckreiz bes. in der Bettwärme. Kaum Hautveränderungen.

— nodosa. Disseminierte bis erbsgroße, braunrote, juckende, durch Abbau-Produkte der Milben allergisch bedingte Knoten, die monatelang trotz ausreichender antiskabiöser Behandlung bestehen bleiben können. *Sitz:* Stamm, Extremitäten, Axillen (bes. bei Kleinkindern).

— norvegica (in Norwegen zuerst beobachtet), auch Borkenkrätze genannt. Erythrodermie mit dicken Borkenbildungen an Händen und Füßen, bes. bei mongoloiden Idioten auftretend. Offenbar verminderte Abwehrbereitschaft der Haut. Sehr ansteckend!

Ther: Hexachlorcyclohexan (Jacutin-Emulsion, -Gel) 3 Tage hintereinander von Hals bis Fußsohlen jeweils abends einreiben, am anderen Morgen abduschen. Leibwäsche tgl. wechseln. Wäsche kochen. Hitzeempfindliche Kleidungsstücke, Bettzeug, Kämme, Bürsten u. ä. 3–5 Tage im Freien lüften. Kontaktpersonen mitbehandeln.

Kinder nur 2 Tage hintereinander einreiben und jeweils nach 3 Std. baden. – Kinder bis zum 3. Lebensjahr nur stationär behandeln.

Schwefelsalbe (Sulf. praecip. 10%ig, für Kinder 3–6%ig) oder Crotamiton (Euraxil-Lotio, -Salbe) können ebenfalls verwandt werden.

Bei *Scabies nodosa:* Euraxil. – Ein weiteres Mittel gegen Krätze ist Benzylbenzoat: Antiscabiosum 25% (für Kinder 10%).

—, Krämerkrätze. Juckende, mikropapulöse Veränderungen an frei getragenen Hautpartien hervorgerufen durch Käsemilben, die auch in getrockneten Früchten vorkommen.

—, tierische. Tiermilben (z. B. von Hunden, Pferden) rufen zuweilen bei Menschen juckende, stecknadelkopfgroße Papeln, Papulovesikeln, Pusteln bes. am Rumpf hervor. Typische Milbengänge sind sehr selten. Spontane Abheilung in 2–3 Wochen.

Bei juckender, papulovesikulöser Dermatitis unklarer Genese bes. am Stamm und an den Armen nach Kontakt mit Hunden fahnden, die mit Sarcoptes scabiei variatio canis infiziert sind.

—, Vogelmilbenkrätze (Gamasidiosis). Nächtlicher Juckreiz, mikropapulöse, ekzemartige, zuweilen urtikarielle Hautveränderungen an unbedeckten Körperstellen bei Personen, die z. B. in Hühnerstallungen arbeiten.
Lit: A. Hidano et al., Arch. Dermatol. **112,** 882 (1976).
Ther: Vollbad. Euraxil-Lotio.

Scharlach (Scarlatina). Streptokokkeninfektion. Inkubation 2–5 Tage. Beginnt mit Fieber, Kopfschmerzen, Erbrechen, Schluckbeschwerden. Bald zeigt sich die *typische Angina* mit Enanthem: flammende Rötung des weichen Gaumens, nach dem harten Gaumen zu scharf begrenzt. Nach 1–2 Tagen entsteht bes. in den Gelenkbeugen, am Hals und im Gesicht – Umgebung des Mundes bleibt frei – ein Exanthem aus punktförmigen follikulären roten Flecken. Ab 3. Tag *Himbeerzunge* mit roten, geschwollenen Papillen. In der 2. Woche kommt es zu einer kleieförmigen Schuppung im Gesicht, an Stamm und Extremitäten, zu einer *groblamellösen an Volae und Plantae.*
Beim Wundscharlach, der bes. bei Operations- und Verbrennungswunden auftritt, beginnt das Exanthem in der Umgebung der Wunde. Das Enanthem fehlt.
Nachkrankheiten: bes. Nephritis, Endomyokarditis. Meldepflicht. Isolierung nach Penicillinbehandlung etwa 3 Wochen. **DD:** Arznei-Exanthem, Masern, Röteln. **Ther:** Penicillin. Tardocillin 1200 einmalige Gabe von 0,6 Mega IE bei Kindern bzw. 1,2 Mega IE bei Erwachsenen. Megacillin bei Kindern 0,3 Mega IE, bei Erwachsenen 0,6 Mega I. E., jeden 3. Tag, insgesamt dreimal. Oral-Penicillin (z. B. Baycillin): 60000 E/kg/KG/Tag 6 Tage lang. Bei Penicillin-Unverträglichkeit Erythromycin. Nach dieser Behandlung ist der Kranke (nach Bad und Wäschewechsel) in der Regel nicht mehr ansteckend.

Schleimhautnaevus, epithelialer (Leukoplakischer epithelialer Naevus, white spongy naevus of the mucosa). Selten. Wellige bis runzelige, weißliche Fältelung der Schleimhaut. Familiäres, frühzeitiges Auftreten. *Sitz:* symmetrisch an den Wangen, seltener Gaumen oder Vagina. **DD:** Morsicatio buccarum, Lichen ruber, idiopathische oder präkanzeröse Leukoplakie.

Schock, allergischer tritt innerhalb weniger Minuten bis zu 1 Stunde nach Antigeneinwirkung (z. B. Penicillin, Procain, artfremdes Serum, Insektenstich) auf.

Symptome: Schwäche, Schweißausbruch, Erbrechen, Sphinktererschlaffung, Bewußtseinstrübung, RR-Abfall, gesteigerte Herzfrequenz, zentraler Atemstillstand. Bei etwas langsamerem Verlauf können Urtikaria und Schleimhautschwellung auftreten.
Man kann oft einen kardiovaskulären (RR-Abfall, Herzstillstand), einen respiratorischen (Schleimhautschwellung, Bronchospasmus, Lungenödem) und einen zerebra-

len (Bewußtseinstrübung infolge Hirnödem, Krämpfe, Atemstillstand) Typ voneinander abgrenzen.

Ther:

1. Kopf tief lagern, so daß Erbrochenes abfließen kann. Freihalten der Atemwege.
2. Sofort i. v. Verweilkanüle anlegen.
3. Adrenalin 0,5 ml i. m., in schweren Fällen 0,5 ml in 10facher Verdünnung i. v. Anschließend i. v. Tropf mit 100–200 mg Novadral oder 2,5–5,0 mg Angiotensin (Hypertensin), zusätzlich 5 mg Metaproterenol (Alupent) in 500 ml Flüssigkeit. Blutdruck soll systolisch nicht über 110 mm Hg steigen.
4. Urbason solubile forte 1000 i. v.
5. Sauerstoff-Zufuhr
6. Bei Glottis- und Hirnödem Furosemid i. v. (Lasix 40 mg)
7. Bei Krämpfen Barbiturate i. v. (z. B. Evipan-Natrium 0,2–0,5 g)
8. Bei Herz-Kreislaufstillstand (Bewußtlosigkeit, Atemstillstand, weite reaktionslose Pupillen, Pulslosigkeit) extrathorakale Herzmassage und künstliche Beatmung.

Man setzt einen Handballen auf das untere Sternumdrittel, legt die andere Hand darüber und drückt das Sternum (60mal/Min.) 3–5 cm gegen die Wirbelsäule. Nach jeder 5. Herzmassage erfolgt eine Mund-zu-Mund-Beatmung (bei gleichzeitigem Verschluß der Nase) oder eine Mund-zu-Nase-Beatmung (bei Zuhalten des Mundes).

Schweißdrüsenabszesse. Erreger meist Staphylococcus aureus.

— der Erwachsenen (Hidradenitis suppurativa). Sehr schmerzhafte, knotige, oft flächenhaft entzündliche Infiltrate mit Neigung zur Abszedierung. *Sitz:* apokrine Schweißdrüsen der Achselhöhlen, Anal-und Genitalregion. Die Entstehung wird gefördert durch Ekzeme, chemische und mechanische Depilation, Antikörpermangel (s. S. 21). **DD:** Furunkel (hat nekrotischen Pfropf), Tuberkulose. **Ther:** Antibakterielle Salben (z. B. Soframycin, Nebacetin). Reines Ichthyol, mit Watte bedecken. Rotlicht. Kurzwelle. Rö-Entzündungsbestrahlung. Stichinzision bei Fluktuation. Antibiotika nach Resistenzbestimmung (bes. Refobacin, Dichlor-Stapenor, Fucidine). Sanierung pyogener Foci an anderen Körperstellen. Bei Rezidivneigung Autovakzine, Eigenblut- oder Esberitox- oder Echinacin-Injektionen, Tardolyt. Evtl. Gammaglobulin. *Prophyl:* Auf Stoffwechselkrankheiten achten! Kein Heftpflaster. Häufiger Wäschewechsel. Betupfen der bisher nicht erkrankten apokrin versorgten Bezirke mit Hexachlorophenspiritus (0,5%) oder Hexomedin. Schwefelbäder. Klimatherapie.

Bei Versagen konservativer Maßnahmen radikale Exzision und Verschiebeplastik [J. Peters et al., Hautarzt **23**, 160 (1972)].

— der Säuglinge (Staphylodermia sudoripara suppurativa). Tiefliegende, rote Infiltrate, die erweichen und spontan durchbrechen. *Sitz:* bes. Hinterkopf, Rücken, Gesäß. Beginnt oft als ganz oberflächliche Periporitis staphylogenes um die Ausführungsgänge der ekkrinen Schweißdrüsen. – Die Entstehung wird

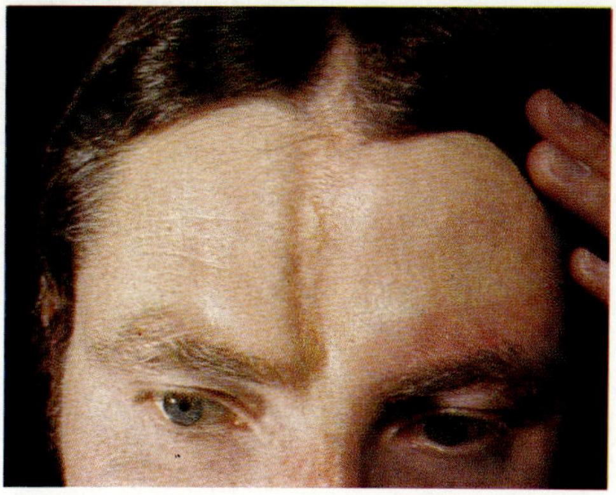

Bild 80
Sclérodermie en
coup de sabre

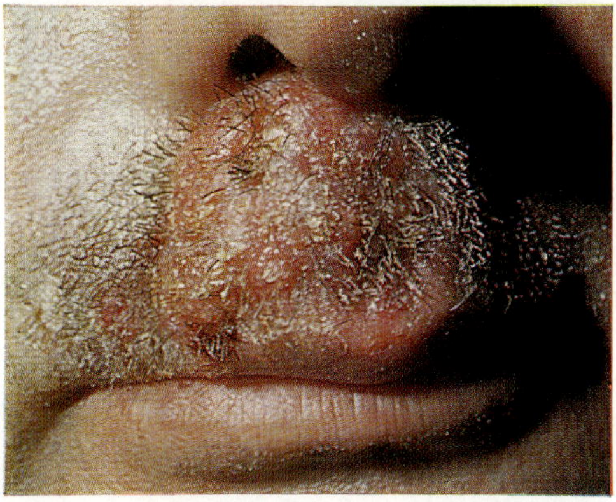

Bild 81
Soorganulom der Oberlippe

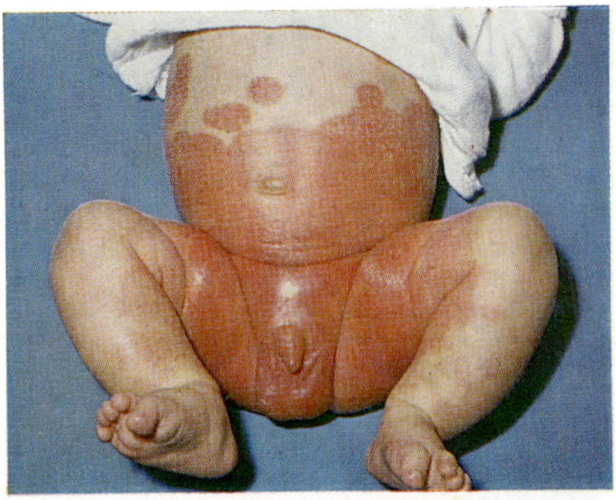

Bild 82
Soormykose der Säuglingshaut

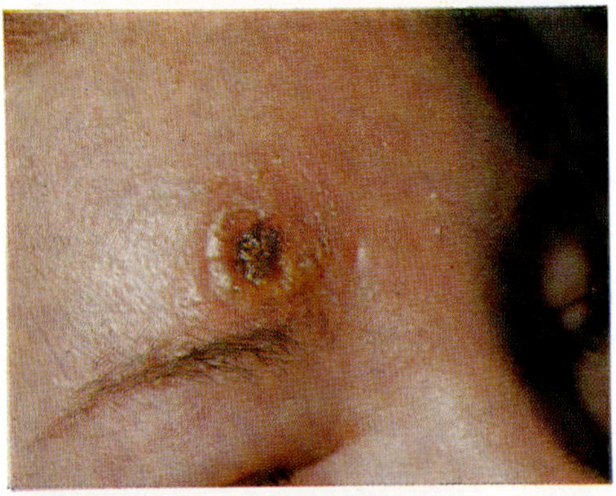

Bild 83
Vaccina inoculata

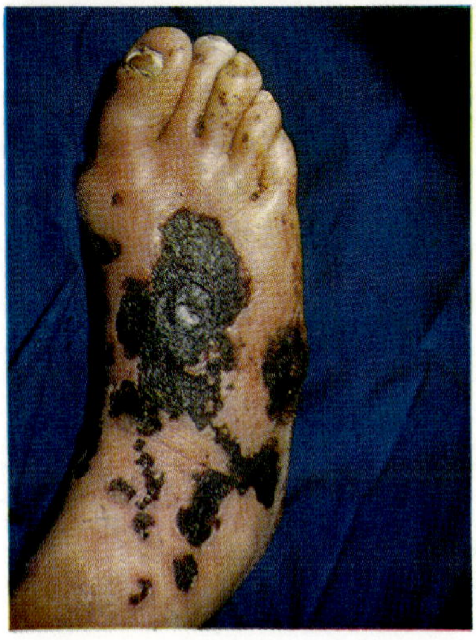

Bild 84
Vasculitis allergica superficialis

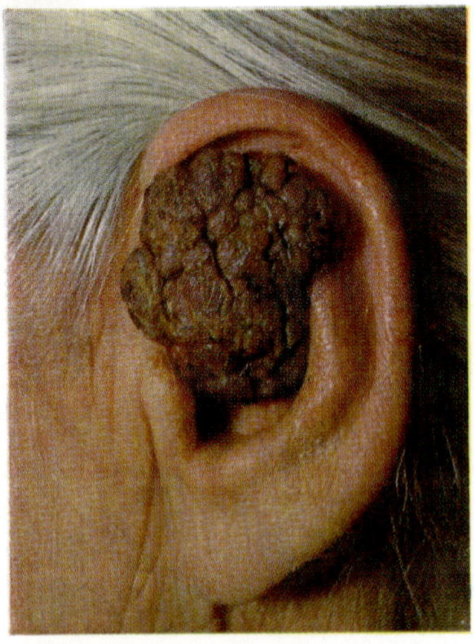

Bild 85
Verruca senilis

gefördert durch Ernährungsschäden, Allgemeinkrankheiten, juckende Dermatosen. **Ther:** s. o. Behandlung des Grundleidens. Stichinzision erweichter Abszesse. Kal. permang. – Bäder. Evtl. Gammaglobulin. Bei Periporitis Pinselungen mit 0,5 %iger Aureomycinschüttelmixtur.

Schweißretentionszysten (Hidrozystome) treten bes. im Gesicht bei älteren Frauen auf, die sich viel der Hitze aussetzen (Wäscherinnen). Bis erbsgroße, pralle Zysten, aus denen sich bei Einstich Schweiß entleert.

Schwimmbadgranulom. Aggregierte rote Papeln oder rote knotige Infiltrate evtl. Ulzeration bes. an Händen, Füßen, Unterarm. Diaskopisch: oft lupoides Infiltrat. *Erreger:* Mycobacterium balnei s. marinum. Inkubationszeit: 2–4 Wochen. Infektion erfolgt durch Schürfwunden beim Baden in Schwimmbädern oder Flüssen oder beim Reinigen von Aquarien. **DD:** Hauttuberkulose (Unterscheidung durch Kultur), Sarkoidose. **Ther:** Evtl. Exzision. Lokale Anwendung von INH (innerlich offensichtlich wirkungslos) oder Tyrothricin-Salbe (Tyrosur). Innerlich evtl. Minocyclin (Klinomycin). Nach Monaten oft auch Spontanheilung. Lit: D. Scholz-Jordan et al., Z. Hautkr. **49,** 9 (1974).

Sclerema adiposum neonatorum (Fettsklerem der Neugeborenen). Diffuse Verhärtung der Haut, die einen gelblichen bis wachsartigen Farbton hat. Beginnt an den Waden und unterhalb der Jochbogen. *Keine Dellenbildung nach Fingerdruck.* Herabgesetzte Hauttemperatur.

— oedematosum neonatorum (Sklerödem der Neugeborenen). Teigig-ödematöse Schwellung der Haut. *Dellenbildung nach Fingerdruck.*

Beide Krankheitsbilder verlaufen oft letal. Sie treten bei schwächlichen dystrophischen Säuglingen auf. *Ät. Path:* zentral bedingte Kreislaufstörungen? **Ther:** Wärmebehandlung. Prednisolon. Antibiotika. Kreislaufmittel. Flüssigkeitszufuhr.

Scleroedema adultorum (Buschke). Sehr selten. Meist nach fieberhaften Infekten (Grippe, Angina u. a.) entsteht zunächst am Nacken und Hals, später im Gesicht, am Stamm und den proximalen Anteilen der Extremitäten eine teigige Schwellung der Haut mit Spannungsgefühl (evtl. Bewegungseinschränkung). Keine Dellenbildung nach Fingerdruck. Nach Monaten oft spontane Rückbildung. *Ät. Path:* toxisch bedingte Störung innerhalb der interfibrillären Grundsubstanz? Hyaluronsäure ist in der Haut angereichert. *DD:* Myxödem, Dermatomyositis, Sclerodermia progressiva, Adipositas dolorosa Dercum. Ther: Massage, heiße Bäder, pyrogene Substanzen (Vaccineurin), Vitamin E, Antibiotika, Hyaluronidase-Injektionen. Vorsichtiger Versuch mit Prednisolon (15 mg tgl.). Beseitigung von Fokalinfekten.

Sclerodermia circumscripta (Morphaea). Beginnt mit einer umschriebenen fleckförmigen Rötung, deren Zentrum sich aufhellt und verhärtet. So entstehen rundliche Herde mit wachsartigem, derbem Zentrum, das oft Hyper- und Depigmentierungen aufweist und einen bläulichroten Saum *(lilac ring)* hat, der sich langsam peripher ausdehnt. An der Stirn sind die Herde oft säbelhiebförmig, an den Extremitäten bandförmig *(Sclérodermie en coup de sabre ou en bandes)*. Bei zahlreichen, kleinen Herden spricht man von Morphaea guttata *(kleinfleckige*, kartenblattartige *Sklerodermie)*.

Prognose günstig, zuweilen spontane Rückbildung unter Hinterlassung einer Atrophie. Eine ganz oberflächlich lokalisierte Form ist die Atrophodermia idiopathica (s. d.). **DD:** Lichen sclerosus et atrophicus, Atrophie nach Injektion von Kortikoid-Kristallsuspension. **Ther:** Massage mit Contractubex compositum, Rubriment-Öl u. a. Ultraschall: etwa 12 Behandlungen zu je 2–10 Min. in 1–2tägigem Abstand.

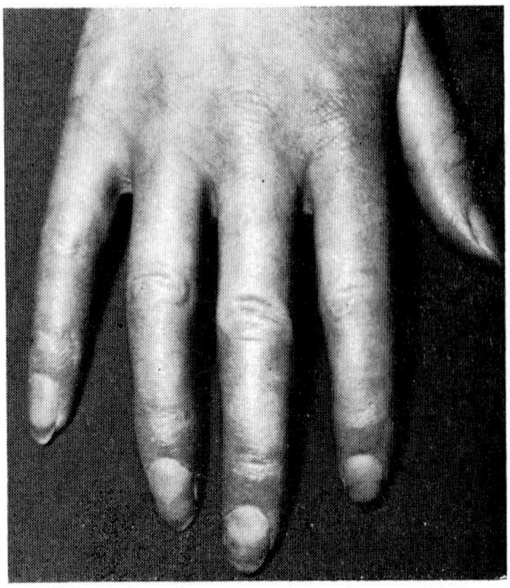

Abb. 96. Madonnenfinger bei Sklerodermie

— progressiva (diffusa). Beginnt meist mit Müdigkeit, Temperatursteigerung und anfallweisem Erstarren einzelner Finger wie beim Morbus Raynaud. Es folgt ödematöse Schwellung, später straffe Atrophie der Haut, die wachsartig hart wird. Die Finger werden dünn (Madonnenfinger, Abb. 96), unbeweglich, in Beugestellung fixiert *(Sklerodaktylie, Akrosklerose)*; die Fingerkuppen zeigen rattenbißartige Nekrosen. Die Veränderungen ergreifen langsam die proximalen Teile der Gliedmaßen und den Stamm. Man beobachtet De- und Hyperpigmentierungen und selten bes. an Fingern, Zehen, über Ellbogen und Knien subkutane Kalkeinlagerungen (Calcinosis cutis, *Thibierge-Weissenbach-Syndrom)*, die sich als krümelige Masse entleeren können. *Maskengesicht mit Teleangiektasien* (Bild 79 vor S. 209) und Mikrostomie.

CRST-Syndrom. **C**alcinosis cutis. **R**aynaud-Phaenomen. **S**klerodaktylie. **T**eleangiektasien (gleichen denen beim Morbus Osler).

Glatte Zungenoberfläche, *sehnig-weißes* verkürztes *Zungenbändchen.* Beim Befall der Stimmbänder heisere, rauhe Stimme. *Katarakt* kann ein Frühsymptom sein.

Meist *Mitbeteiligung innerer Organe:* Speiseröhre (Schluckbeschwerden), Magen (Atonie), Darm (ileusartige Erscheinungen, Malabsorptionssyndrom), Lungensklerose (Dyspnoe), Muskelatrophie, Myokardfibrose, Nierensklerose. *Prognose: infaust.*

Ät. Path: Systemerkrankung des Gefäßbindegewebes. Neurogen ausgelöste Kreislaufstörung(?) mit Austritt von Blutplasmabestandteilen in das Bindegewebe. Offenbar Steigerung der Kollagenneubildung, Verlangsamung des Kollagenabbaues, mangelnde Reifung des Kollagens.

DD: Scleroedema adultorum (tritt nach Infektionskrankheiten auf, bildet sich meist nach einigen Monaten zurück), *Dermatomyositis* (beginnt mit Muskelbefall, Oedème périorbitaire lilacé), *Pseudosklerodermie* bei kutaner Porphyrie (Auftreten von Blasen nach Traumen, geringere Sklerodaktylie), *Skleromyxödem* (hierbei erscheint die Haut zu groß, hängt in Falten herab).

Ther: Im Anfangsstadium kleine Prednisolondosen (15 mg tgl.). Durchblutungsfördernde Maßnahmen: Complamin- oder Rheomacrodex (10%) - Dauertropfinfusionen. – Anabolika. Eiweißreiche Kost.

Im skleratrophischen Stadium Gestagene, z. B. Primolut-Nor im 1. Monat 2mal 5 mg tgl., im 2.–3. Monat 3mal 5 mg tgl., im 4. Monat 2mal 10 mg tgl., im 5.–6. Monat 3mal 10 mg tgl., dann 10–20 mg tgl., Behandlungsdauer etwa 18 Monate.

Ferner wurden empfohlen: Röntgenbestrahlung des Grenzstranges, Vitamin E, Penicillin in hohen Dosen, Chloroquindiphosphat (z. B. Resochin). Novocain (1%) i. v., anfangs 5 ml tgl., langsam steigern auf 20 mg tgl. Langsam injizieren, 1 ml in 1 Minute, Gesamtdosis 100 ml, Kurdauer etwa 4 Wochen.

Chelatbildner bes. D-Penicillamin (Metalcaptase) wurden versucht.

12,5 g p-aminobenzoesaures Kalium (Potaba-Glenwood) tgl. über mehrere Monate. Azathioprin (Imurek) bessert manchmal das Leiden. – Bei Malabsorption sollen Tetracycline wirksam sein.

Äußerlich: Rubriment-Öl, Moorbäder, Fangopackungen, Unterwasserdruckmassagen, Bewegungsübungen. Jeden 2. Tag ein heißes Bad.

Seborrhoea oleosa. Vermehrte Talgproduktion. Die Gesichtshaut ist fettig, glänzend, die Haare sind kurze Zeit nach dem Waschen wieder überfettet und unansehnlich. Die Seborrhoe nimmt in der Wärme zu.

Ät. Path: übermäßige Umwandlung in der Haut von Testosteron in das eigentlich wirksame, die Talgdrüsen stimulierende Dihydrotestosteron.

Ther: *Kopfhaut.* Rp. Euresol. 1,0, Acid, salicyl. 2,0, Liquor. Carbon deterg. 5,0, Olei Ricini 2,0, Spirit. isopropyl. (70%) ad 200,0. – Alpicort, Crinohermal, Crino-Kaban, Loftyzon, Loscon.

Östrogenhaltige Haarwässer: Rp. Progynon B ol 3 ml, Spirit. isopropyl. (70%) ad 150,0. Alpicort F. Crinohermal fem.

Haarwäsche etwa alle 3 Tage, tgl. Haarwäsche ist nicht zu empfehlen: Dermowas, Hégor ST, Loscon, Polytar, Sebamed, Sebopona, Dermido, Benzoyl Peroxyd normal oder stark.

Gesichtshaut: Schwefel Diasporal Lösung oder -Creme, Stepin-Lotio oder -Puder, Sulfoderm Puder, Sulfoform-Spiritus, Sanihaug. Zum Waschen: Rote Schwefel Seife, Sebamed, Dermowas.

Innerlich: bei Frauen *antiandrogen*haltige Präparate wie Eunomin oder Menova (vom 5.–25. Zyklustag tgl. 2 Tbl.). Am wirksamsten ist Cyproteronacetat (Androcur) z. B. tgl. 1 Tbl. zusätzlich zu Sequilar jeweils während der ersten 10 Tage. – Ichthyol (Ichthraletten, Ichthophen).

Seborrhoea sicca. Kleieförmige fettige Schuppung (Schinnen) der Kopfhaut. **DD:** Kontaktallergien auf Haarkosmetika. Psoriasis vulgaris. **Ther:** Kopfwäsche mit: Dermido, Ichtho-Cadmin, Hégor KSK, Sebamed, Selsun. Bei stärkerer Schuppung: Vitamin A Säure Lösung (Epi-Aberel Lösung),

Lygal Kopfsalbe. Bei Juckreiz Kortikoid-Externa: Betnesol-V-crinale, Crinohermal P, Crino-Kaban, Volon-A-Tinktur.

Sebostase. Trockenes, glanzloses Haar, trockene, fettungsbedürftige Haut, die zu feiner Abschilferung und Exsikkationsekzematiden neigt. **Ther:** Lipocreme Cordes, RV-Creme fettend, RV-Hautpflegemilch fettend, Linola-Fett. Kauma-Hautschutz. Hermal-Öl. Bäder mit Balneum Hermal, Olatum Öl. Zum Waschen Olatum Seife, zum Kopfwaschen Hégor LP.

Sebozystomatosis (Günther). Bis haselnußgroße, prallelastische, familiär gehäuft auftretende Retentionsatherome bes. beim männlichen Geschlecht zwischen dem 12. und 18. Lebensjahr. *Sitz:* bes. Stamm. S. a. Gardner-Syndrom. **Ther:** Exzision störender Knoten.

Sepsis. Hierbei können vielfältige Hauterscheinungen auftreten. *Gonokokkämie* (s. d.). *Meningokokkensepsis:* Veränderungen nach Art eines Erythema exsudativum multiforme oder eines Erythema nodosum, ferner Roseolen, Hautblutungen. *Pyozyaneussepsis:* umschriebene Rötungen, blutige Blasen, nekrotische Geschwüre. *Staphylokokkensepsis:* akneartige sowie pemphigoide Hautveränderungen. *Streptokokkensepsis:* hämorrhagisch-purpurische Erscheinungen. Lit: I. Pastinszky et al., Hautveränderungen bei inneren Krankheiten, G. Fischer Verlag 1974.

Serumkrankheit. Kombination allergischer Früh- und Spätreaktionen nach Injektion von artfremdem Serum, das den Körper sensibilisiert. Inkubation 7–12 Tage, nach wiederholter Seruminjektion 2–6 Tage, evtl. nur Stunden. Beginnt oft mit urtikarieller Reaktion an der Injektionsstelle. Es folgen Fieber, Juckreiz, urtikarielles oder morbilliformes oder skarlatiniformes Exanthem, generalisierte Lymphadenitis, Gelenkschwellungen, Erbrechen, Durchfälle u. a. **Ther:** Prednisolon 100 mg i. v. Antihistaminika.

Sexually Transmitted Diseases (STD). Da die Geschlechtskrankheiten (s. d.) seit Einführung der Antibiotikabehandlung ihren früheren – hinsichtlich völliger Heilung – bedenklichen Charakter verloren haben, geht man heute dazu über, sie nicht mehr von anderen Infektionskrankheiten abzutrennen, die auch durch den sexuellen Kontakt übertragbar sind wie z. B. Candidosis, Epizootien, Feigwarzen, Trichomoniasis, Urethritis durch Pseudogonokokken. Bei allen diesen Erkrankungen ist nicht nur der Patient sondern auch der Sexualpartner zu untersuchen und ggf. zu behandeln.

Sézary-Syndrom. Selten. Stark juckende Erythrodermie mit fleckförmigen Aussparungen. Vergrößerte subkutane Lymphknoten. Im Blutausstrich atypische mononucleäre Zellen (Sézary-Zellen = abnorme T-Lymphozyten). Im oberen Korium offenbar identische Zellen. Variante der Mycosis fungoides mit Erythrodermie?

Ther: Anfangs Kortikoid-Externa, Röntgenbestrahlung, Versuch mit Klimatherapie (Nordsee, Mittelmeer), später Zytostatika. Lit: K. Weber et al., Hautarzt **26**, 255 (1975).

Sheehan-Syndrom. Häufigste Form der Hypophysenvorderlappen-Insuffizienz. Postpartuale Nekrose des HVL. Sistieren der Laktation. Apathie. Überempfindlichkeit gegen Kälte. Alabasterfarbene Haut, die wegen des Fehlens von MSH und ACTH kein Pigment mehr bilden kann. Schweiß- und Talgbildung hört auf. Ausfallen der Scham- und Achselhaare. **Ther:** Substitution der fehlenden Hormone.

Sjögren-Syndrom (Sicca-Syndrom). Versiegen der Sekretion von Speichel-, Tränen-, Schweiß-, Talgdrüsen. Xerostomie, Xerophthalmie, Xerodermie, Pigmentverschiebungen, Parotitis, Polyarthritis, Anämie, erhöhte BSG, Verstümmelung der Fingerendglieder wie beim Morbus Raynaud, Nagelwachstumsstörungen. Vorwiegend bei Frauen im Klimakterium. *Ät. Path:* Autoaggressionskrankheit? **Ther:** Kauen von sauren Drops, Kaugummi, Zitronenschalen, Folia Jarborandi, Cocablättern. Benetzung der Mundschleimhaut mit Olivenöl, 10%igem Glycerin-Wasser. Vermeiden von Kochsalz, Gewürzen. Synthetischer Speichel. *Innerlich:* Vitamin A und Vitamin B-Komplex. Eisen. Prednisolon. Östrogene. Podophyllinsäure (Proresid). Endoxan.

Skleromyxödem Arndt-Gottron. Selten. Flächenhafte, elephantiasisähnliche Hautverdickungen mit einer Aussaat lichenoider Knötchen. Zugrunde liegt eine Paraproteinämie (zuweilen auch ein Plasmazytom), die zur Freisetzung von sauren Mucopolysacchariden führt. Diese lagern sich in Haut und Gefäßwänden (dadurch verstärkte Arteriosklerose!) ab. **DD:** Myxödem, Sklerodermie. **Ther:** Versuch mit Zytostatika.

Sommersprossen (Epheliden). Dominant erblich. Kleine gelb-bräunliche Flecke bes. bei Rotblonden. Treten nach Sonnenbestrahlung stärker hervor. Entstehen in früher Kindheit, verschwinden im späteren Leben. *Sitz:* unbedeckte Körperstellen (Gesicht, Arme, Schultern). **DD:** Lentigines (bleiben im Sommer und Winter unverändert). Peutz-Jeghers-Syndrom. **Ther:** Lichtschutzsalben (Contralum). Abdeckung z. B. durch Covermark. – Salben mit Hydrochinon-monobenzyläther (Depigman, Depigman forte, Depigman P). – Rp. Gurkensaft geklärt 10, Spirit. dil. ad 100. – Hg-Präzipitatsalbe: Rp. Hydrarg. praecip. albi, Bismut. subnitr. āā 5, Ungt. lenient., Ungt. cerei āā ad 50. – Nivalban. – Am Tage betupfen mit 2–5%igem Perhydrolspiritus, nachts Rp. Perhydrol 1, Eucerin. anhydr. ad 10. Pernatrol.

Rp. Tretinoin 0,1, Hydrochinon 5,0, Dexamethason 0,1, hydrophile Salbengrundlage ad 100,0. Tgl. anzuwenden 5–7 Wochen.

Jeden Fleck mit CO_2-Stift kurz berühren, Blasenbildung vermeiden. – Ätzung mit 25%igem Phenoläther: Lösung mit höchstens 1 g Phenol (durch Verdunstung des Äthers nimmt die Konzentration rasch zu) im Reagenzglas vorbereiten. Wattetupfer damit tränken und Haut betupfen. In einer Sitzung keine zu große Fläche behandeln (Resorptionsgefahr!).

Hochtouriges Schleifen oder Abschmirgeln mit Sandpapier.

Zusätzlich innerlich 1 g Vitamin C tgl.

Soorgranulom (Granuloma candidamyceticum). Die disseminierte Form beginnt meist im Säuglingsalter mit einem Mundsoor. Es entstehen dann erhabene Herde mit Schuppen und Krusten am Kopf, manchmal auch an Stamm und Extremitäten. Paronychien und Onychosen treten hinzu. – Die isolierte Form tritt in der Regel bei Erwachsenen bes. an den Lippen (Bild 81 nach S. 224) auf. Sie kann einer vegetierenden Pyodermie oder einem Epitheliom ähnlich sein. **Ther:** Ampho-Moronal-Lösung. Canesten (Creme, Lösung).

Soormykose (Candidosis). Gehört zu den weit verbreiteten Hefemykosen. Als wichtigste ist hier *Candida albicans* zu nennen. Dieser Sproßpilz bekommt unter bes. Bedingungen (z. B. nach Einnahme von Antibiotika, oralen Kontrazeptiva, Zytostatika, bei Adipositas, Diabetes mellitus, Gravidität, schweren Allgemeinerkrankungen wie Leukämie, Karzinom, bei Intertrigo, bei langfristigem Arbeiten in feuchtem Milieu) Krankheitswert.

Dg: Das Nativpräparat zeigt nur, daß eine Mykose vorliegt. Ob es sich um Dermatophyten, Hefe- oder Schimmelpilze handelt, entscheidet die Kultur. Candida-Kolonien, die bei 37° schneller als Dermatophyten und Schimmelpilze wachsen, haben eine cremeartige, schleimige Konsistenz mit meist glatter Oberfläche.

Bei symptomarmen Soormykosen z. B. am weiblichen Genitale ist die Anreicherung in flüssiger Bierwürze angezeigt. Zur raschen Differenzierung von Candida albicans hat sich Reisagar bewährt. Bereits 36 Stunden nach Beimpfung lassen sich im Mikroskop infolge der Transparenz des Nährbodens die für Candida albicans typischen Chlamydosporen mit ihrer doppelkonturierten Zellmembran und ihrer intrazellulären Granulierung erkennen.

Die Serodiagnostik (Hämmagglutinationstest) hat bes. für Organmykosen Bedeutung.

Ther: Grundleiden behandeln bzw. fördernde Faktoren ausschalten. *Äußerlich: Farbstoffe*, z. B. 2%ige wäßrige Brillantgrünlösung. Sol. Castellani. *Phenylquecksilberborat* (Merfen, Exomycol). Chinolin-Derivate (Chlorisept, 1%ige Vioform-Zinkschüttel-Mixtur). *Nystatin*, z. B. Candio-Hermal (Paste, Salbe, Puder, Ovula, Dragees, Suspension), Moronal (Salbe, Puder, Suspension, Dragees, Ovula), Moronal-V-Salbe (enthält zusätzlich Neomycin, Gramicidin, Triamcinolon-Acetonid).

Nach oraler Gabe wird Nystatin ebenso wie Amphotericin B *nicht resorbiert:* es ist also nur eine lokale Wirkung in der Mundhöhle und im Magen-Darm-Trakt zu erwarten.

Clotrimazol (Canesten-Creme, -Lösung, -Vaginaltabletten), *Haloprogin* (Mycanden Salbe, -Lösung), *Miconazol* (z. B. Epimonistat Creme, -Puder, Gyno-Monistat Creme, -Ovula).

Amphotericin B, z. B. Ampho-Moronal (Salbe, Creme, Lotio, Tabletten, Lutschtabletten, Ovula, Lösung), Ampho-Moronal V (Salbe, Creme) enthält zusätzlich Neomycin, Gramicidin, Triamcinolon-Acetonid.

Natamycin (Pimaricin): Pimafucin-Creme, -Puder, -Lutschpastillen, -Suspension, -Vaginaltabletten.

5-*Fluorcytosin* (Ancotil Tabletten, Salbe) ist bei generalisierter Candidosis indiziert. Nach oraler Gabe wird es aus dem Intestinum rasch resorbiert.

— des Bartes. Siehe Folliculitis barbae candidamycetica.

— der Eichel. Siehe Balanitis candidamycetica.

— der Körperfalten (Candida-Intertrigo) findet sich bes. inguinal, perianal, perigenital, axillär und submammär bei Fettleibigen im Sommer. Man sieht

Erytheme und Erosionen, die von einem polyzyklischen Saum mit nach innen gerichteter weißlicher Schuppenkrause (hier Materialentnahme für Pilzkultur) begrenzt werden. In der Umgebung meist solitäre Pustulationen.

Bei Candida-Intertrigo immer einen Diabetes mellitus ausschließen!

Die Candida-Intertrigo kann sich auf eine Rhagade z. B. in der Rima ani oder in der Ohrumschlagfalte beschränken. **DD:** Ekzem. **Ther:** s. o. Trennung der Berührungsflächen (Hochbinden der Brust, Zwischenlegen von Leinenläppchen). Sol. Castellani. 2%ige Brillantgrünlösung. Ampho-Moronal-Lotio oder -Creme. Moronal-Puder oder -Suspension. Pimafucort-Lotio oder -Salbe. Candio-Hermal E comp. Paste. Candio-Hermal Creme.

— der männlichen Urethra. Für diese werden Soorpilze nur dann pathogen, wenn die Schleimhaut durch Bakterien, Trichomonaden, Viren bereits irritiert ist. Wiederholter Geschlechtsverkehr mit infizierter Partnerin, Diabetes, langdauernde Antibiotika-Gaben fördern die Entstehung. Meist Juckreiz in der Urethra, Brennen beim Urinieren, geringer morgendlicher Ausfluß. Selten eitriger Fluor, Harndrang, Schmerzen in der Urethra. **Ther:** Amphotericin B zur Infusion instillieren. Pimafucort Lotio oder Pimafucin Suspension 2,5% in die Urethra einspritzen. – Gleichzeitig Partnerin mitbehandeln.

— der Mundschleimhaut. Weißliche, stippchen- bis flächenförmige Beläge bes. beim Säugling und im Alter bei Zahnlosigkeit. **Ther:** Ampho-Moronal (Suspension oder Lutschtabletten). Pimafucin Lutschpastillen. Candio-Hermal Fertigsuspension. Vitamin-B-Komplex. Reinigung der Mundprothesen. Hexoral Spray.

— der Mundwinkel. s. Angulus infectiosus.

— der Nägel. s. Onychomykose und Paronychia chronica.

— der Säuglingshaut beginnt (infolge der intestinalen Hefebesiedlung) in der Analregion. Von hier greifen die Erscheinungen, die vielgestaltig (erythematös, vesikulös, pustulös, schuppend, Mikroabszesse) sein können, auf das Genitale, die Leisten, Oberschenkel und Unterbauch (Bild 82 vor S. 225) über. **Dg:** scharfe Grenze zum Gesunden, Schuppenkrause, Pilzkultur. **Ther:** s. Soormykose der Körperfalten. Ampho-Moronal-Lösung.

— der Scheide (bes. bei Gravidität, Einnahme von Ovulationshemmern). Rötung, Schwellung, weißlicher Fluor, evtl. weißliche Auflagerungen. Juckreiz der Vulva (Vulvitis candidamycetica) und Scheide.

Vaginalsoor bei Schwangeren gefährdet die Neugeborenen. Deshalb rechtzeitige Behandlung der Mutter.

DD: Trichomonaden-Fluor (schaumiger Fluor mit unangenehmen Geruch). Zuweilen findet man gleichzeitig Candida-Arten und Trichomonas vaginalis.

Ther: Amphotericin (Ampho-Moronal: 1–2 Ovula tgl. tief in die Vagina einführen und zur Beseitigung des intestinalen Candida-Reservoirs morgens und abends je 1 Tbl. einnehmen). Ampho-Moronal-Vaginal Creme. Tetracyclin + Amphotericin (Mysteclin-Ovula, -Vaginalcreme). Mysteclin Tripack. Candio Hermal Ovula u. Dragees. Pimafucin (Vaginal-Tabletten, -Creme). Canesten-Vaginaltabletten. Nifuratel (Inimur Dragees, -Vaginalstäbchen). Clodantoin (Sporostacin-Creme). Mundidon (Betaisodona Vaginal-Gel, — Suppositorien, — Antiseptikum).

Bei *therapierefraktären Fällen:* 1 Fläschchen Ampho-Moronal-Lösung mit dem Spekulum einlaufen lassen. Dann Einführen eines Tampons, auf den Mysteclin-Vaginalcreme aufgetragen ist. 6 Tage lang Mysteclin Vaginalcreme o. ä. Dann wieder Ampho-Moronal-Lösung (wie oben).

— der Zwischenfingerfalten (Erosio interdigitalis blastomycetica). Rote Erosion, die krausenartig von mazeriertem Epithel umgeben ist. *Sitz:* Umschlagfalte bes. zwischen dem 3. und 4. Finger. **Ther:** Vermeidung von Feuchtigkeit. Sol. Castellani. Tinctura Arning. Ampho-Moronal-Creme. Pimafucin (Creme, Puder, Suspension 1%). Candio Hermal Paste. Canesten (Creme/Lösung).

Spiradenom, ekkrines. Gutartiger, bis olivengroßer, sehr druckschmerzhafter, intradermaler Tumor, der offenbar von den ekkrinen Schweißdrüsen ausgeht. *Sitz:* bes. oberer Rumpfbereich, Beugeseiten der Arme. **DD:** Glomustumor, Leiomyome, Neurom. **Ther:** Exzision.

Spitzenpigment. Hyperpigmentierung der Dorsalseite der Finger- und Zehenendglieder. Tritt bei etwa $^2/_3$ der Säuglinge auf; bildet sich um das 5. Lebensjahr langsam zurück.

Sporotrichose. Chronische Mykose, die Kutis, Subkutis, seltener innere Organe befällt. Der Erreger „Sporotrichon Schenki“ gelangt durch kleine Traumen in die Haut.

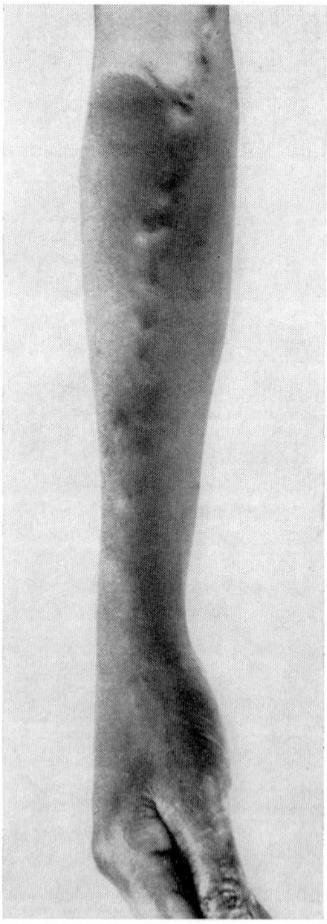

Abb. 97. Sporotrichose

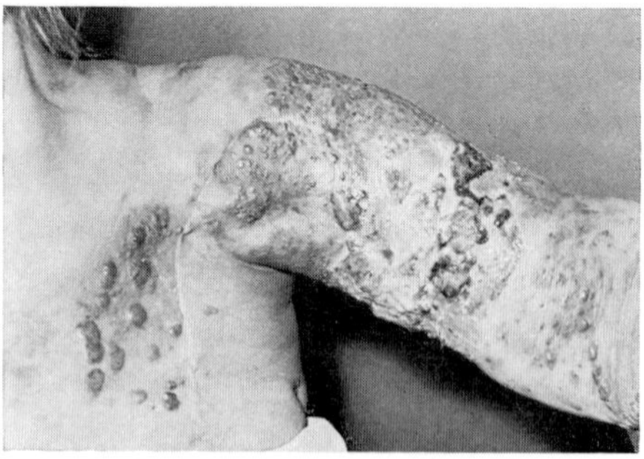

Abb. 98. Stewart-Treves-Syndrom

Bei der *lymphangitischen Form* (Abb. 97) bildet sich an der Eintrittstelle ein Primärherd (Pustel, Ulcus), von dem aus die regionären Lymphgefäße befallen werden: indolente subkutane, durch verdickte Lymphstränge verbundene Knoten, die einschmelzen können. Bei der *disseminierten, prognostisch ernsteren Form* fehlt meist der Primärherd: es entstehen bis haselnußgroße, subkutane, blaurote Knoten, die erweichen und nach außen durchbrechen können. *Dg:* Pilzkultur. **DD:** Lues III, Tularämie, Jododerm, Tuberkulose, Neoplasmen. **Ther:** Kal. jodat. 3 g tgl. über Wochen. Auch Griseofulvin, Amphotericin B, Sulfonamide werden empfohlen.

Steißbeinfistel (Kokzygealdermoid, Sakraldermoid, Pilonidalzyste, Pilonidalsinus, Haarnestfistel). Über dem Steißbein gelegene, mit Epithel ausgekleidete Zyste, die Haare enthalten kann. Es kommt zu Abszeß- und Fistelbildung. **Ther:** Exzision weit im Gesunden.

Steroid-Rosacea. Persistentes Gesichtserythem mit Teleangiektasien, Atrophie, evtl. Papeln u. Pusteln nach langdauernder Anwendung von halogenierten Kortikoid-Externa. **Ther:** Linoladiol. Evtl. Tetracycline 250 mg tgl. Lit: J. J. LEYDEN et al., Arch. Dermatol. **110**, 619 (1974).

Stewart-Treves-Syndrom (Angioplastisches Sarkom bei chronischem Lymphödem). Beginnt mit einem lividroten Knötchen, das rasch wächst, petechiale Blutungen, Teleangiektasien und bald neue Papeln in der Umgebung zeigt. Es können bis pflaumengroße Knoten entstehen, die geschwürig zerfallen und blutig-seröse Flüssigkeit entleeren. Sehr bösartig. *Sitz:* Extremität mit chronischem Lymphödem. Entsteht durchschnittlich 9 Jahre nach Beginn des Ödems. *Ursache des Ödems: meist Mastektomie* und *Bestrahlung wegen Mammakarzinom*, selten angeboren oder postinfektiös. **DD:** Kaposi-Sarkom (tritt bilateral auf, Prognose günstiger). **Prophyl:** Verhütung des Ödems durch Kompressionsverbände, Massagen, Bewegungsübungen, Diuretika (Furosemid, Etacrynsäure), Vorbeugung und ggf. Behandlung von Infektionen, bes. von Erysipelen, die die Ödemneigung fördern. **Ther:** Exartikulation des befallenen Gliedes. Bei Metastasierung hat sich uns bewährt: Endoxan (100 mg tgl.) + Ultralan (40 mg tgl.) + Vincristin (wöchtl. 2 mg i. v.) + Methotrexat (wöchtl. 30 mg i. m.).

Still-Syndrom. Schubweise verlaufende, fieberhafte, primär-chronische Polyarthritis der Kleinkinder, generalisierte indolente Lymphknotenschwellung, stark beschleunigte BSG, Anämie, *lachsfarbenes, morbilliformes Exanthem* (**DD:** Lues). **Ther:** s. Lehrbuch Innere Medizin.

Stomatitis aphthosa (Gingivostomatitis herpetica). Erstinfektion mit Herpes-simplex-Virus bes. bei Kleinkindern. Inkubationszeit: 4–5 Tage. Fieber, Erbrechen, Rötung und Schwellung der Mundschleimhaut mit zahlreichen Aphthen. Spontanheilung nach 1–3 Wochen unter Hinterlassung einer Infektionsimmunität. **Ther:** Spülungen mit Subcutin-Lösung, Hexoral, Pinselungen mit Pyralvex, Pyoktanin-Lösung (1 %). Siogeno-Pastillen. Betnesol-Pastillen. Mundisal Gel.

— ulcero-membranacea (Plaut-Vincent). Akuter, fieberhafter Beginn. Schmerzhafte Entzündung der Mundschleimhaut mit Speichelfluß, Foetor und rundlichen oder streifenförmigen Ulzerationen. *Ät:* fusiforme Bakterien und Spirillen sind offenbar die Erreger. Paradentose, Avitaminose und Unterernährung fördern die Entstehung. **Ther:** s. o. Antibiotika und Vitamine innerlich.

Stomatitis vesicularis. Rhabdoviren-Infektion. Inkubationszeit 1–2 Tage. Fieber, Muskelschmerzen, leichte Stomatitis, Tonsillitis, zervikale Lymphknotenschwellung, evtl. Blasenbildung an den Fingern. Abheilung innerhalb von 10–12 Tagen. **DD:** Maul- und Klauenseuche. **Ther:** Herviros. Bepanthen Lösung. Pyoktanin-Lösung (1 %). Mundisal Gel.

Striae cutis atrophicae (Striae cutis distensae). Zunächst blaurötliche, später gelblichweiße, 3–10 mm breite, durchschnittlich 2–10 cm lange, quergefältelte, atrophische, oft eingesunkene Streifen. *Sitz:* bes. Schultern, Brüste, Bauch, Hüften, Oberschenkel, Oberarme. *Ät. Path:* Schädigung der elastischen Fasern durch Erhöhung des Glukokortikoidspiegels (eiweißkatabole Wirkung), z. B. nach innerlicher oder seltener äußerlicher (im Leisten-Oberschenkel-Bereich oder unter Okklusivverbänden bes. an den Extremitäten) Kortikoidbehandlung, bei Morbus Cushing, nach Operationen, Infektionskrankheiten, in der Pubertät und Schwangerschaft (Striae graviditatis). Überdehnung fördert die Entstehung. **Prophyl.:** eiweißreiche Kost. Anabolika (nicht während der Gravidität!). Vorsicht vor kleinen Traumen. Keine Massage.

Stuccokeratosis (Keratoelastoidosis verrucosa). Leicht erhabene, bis linsengroße, mit rauhen Schuppen bedeckte Papeln. Die Schuppen lassen sich leicht ablösen, ohne daß es zu einer Blutung kommt. *Sitz:* bes. Fuß-, Handrücken, Unterarme, Unterschenkel. *Ät. Path:* Schädigung durch UV-Strahlen? **DD:** Verrucae planae, Akrokeratosis verruciformis, Keratosis senilis, Keratosis lenticularis perstans. **Ther:** 10%ige Salicylvaseline.

Subsepsis allergica Wissler. Polymorphes Exanthem. Oft nur wenige Stunden dauerndes Fieber bis über 40° C. Flüchtige Gelenkschwellungen und -schmerzen. Tritt besonders zwischen dem 2. bis 10. Lebensjahr auf. Kann rezidivieren. *Ät:* Antigen-Antikörper-Komplex-Krankheit? **DD:** akuter Erythematodes. **Ther:** Kortikoide, Zytostatika. Lit. B. KNOPF et al., Derm. Mschr. **157,** 917 (1971).

Sweet-Syndrom (akute febrile neutrophile Dermatose). Fieber, neutrophile Leukozytose; rote, scheibenförmige, erhabene, zuweilen vesikulöse und pustulöse, oft schmerzende Herde. Histologisch leukozytenreiches Infiltrat in der Kutis. *Sitz:* Gesicht, Hals, Extremitäten. Häufig gehen fieberhafte Infekte voraus. Oft Rezidive. Offenbar Variante des Erythema exsudativum multiforme [H. HEISE, Derm. Mschr. **157,** 278 (1971)]. **Ther:** Kortikoide.

SYPHILIS

Syphilis (Lues). Erreger: Spirochaeta pallida (S. p.) = Treponema pallidum (*F. Schaudinn* und *E. Hoffmann* 1905). Die Infektion erfolgt meist durch den Geschlechtsverkehr, selten durch Gegenstände, Bluttransfusion (Syphilis d'emblée – kein PA) u. a.

Die S. p. ist ein korkenzieherartig gewundenes, 10–20 μ langes **Schraubenbakterium** mit 10–20 steilen, gleichmäßigen Windungen. **Charakteristische Bewegungen:** die S. p. schraubt sich um ihre Längsachse, zeigt Abknickbewegungen, Streckung und Beugung im rechten Winkel, behält aber ihre steilen Windungen bei; sie ist leicht von der dickeren Spirochaeta refringens (bewegt sich wellenförmig fort), schwerer von der im Munde vorkommenden Spirochaeta dentium zu unterscheiden.

Nachweis: aus der **verdächtigen Hautstelle** gewonnenes **Reizserum** im **Dunkelfeld** untersuchen. Findet man trotz klinischen Verdachtes keine S. p., läßt man 1–2 Tage Umschläge mit 0,9%iger NaCl-Lösung machen und untersucht erneut. Nachweis der S. p. im **Lymphknotenpunktat,** das mit einem Tropfen physiologischer NaCl-Lösung verdünnt wird.

Serologische Diagnostik.

Das Ergebnis wird als „reaktiv" (früher „positiv") oder „nicht reaktiv" (früher „negativ") bezeichnet. 1. Die *klassischen Seroreaktionen* (kl. R.) werden 5–6 Wochen nach der Infektion (p. i.) reaktiv.

Das älteste Verfahren ist die Wassermannsche Reaktion (WaR). Sie wird heute nicht mehr verwandt. Die kl. R. sind nicht unbedingt spezifisch. Unspezifisch-positive (biologisch falsch positive) Reaktionen kommen z. B. vor bei schweren Leberschäden, bei einigen Infektionskrankheiten (z. B. Mononucleosis infectiosa), bei Autoimmunkrankheiten (z. B. Erythematodes acutus), in der Schwangerschaft.

Die kl. R. werden heute vorwiegend zur *Therapiekontrolle* gebraucht: nach erfolgreicher Behandlung fallen die Titer ab. Verwandt werden:

Cardiolipinkomplementbindung (Kolmer-Test),

Cardiolipinmikroflockung (Veneral-Disease-Research-Laboratory-Test, VDRL-Test).

Diese Reaktionen ermöglichen es, den meist während der Behandlung einsetzenden Titerabfall zu kontrollieren. Nicht reaktiv werden sie nur bei früh einsetzender Behandlung.

2. Die *spezifischen Seroreaktionen* werden vornehmlich zur Sicherung der Diagnose verwandt.

Der *TPI-Test* (Treponema-pallidum-Immobilisations-Test nach Nelson und Mayer) wird 9 Wochen p. i. reaktiv. Er ist sehr aufwendig und wird deshalb nur auf solche Fälle beschränkt, die im TPHA- und FTA-ABS-Test kein verwertbares Ergebnis zeigen. Sein Prinzip besteht darin, daß bewegliche Treponemen durch Syphilitiker-Serum unbeweglich werden.

Der *FTA-ABS-Test* (Fluoreszenz-Treponema-Antikörper-Absorptions-Test) wird bereits 2–3 Wochen p.i. reaktiv.

Er ist für die Diagnose der *Syphilis connata* wichtig. Reaktive Seren Neugeborener können durch passiv von der Mutter übertragene (hierbei ist das Kind gesund) oder durch aktiv im syphilitischen Kind gebildete Antikörper bedingt sein. Sind im Serum des Kindes durch den selektiven FTA-ABS-Test spezifische gegen Treponema pallidum gerichtete Antikörper der IgM-Klasse nachweisbar, dann müssen diese im

Organismus des Kindes entstanden sein; denn die großen Moleküle der IgM-Klasse können die Placenta nicht durchdringen. Das Kind ist dann krank und muß behandelt werden.

Der *TPHA-Test* (Treponema-pallidum-Hämagglutinations-Test) wird 2 bis 3 Wochen p. i. (noch vor dem FTA-ABS-Test) reaktiv. Er ist relativ einfach durchführbar und deshalb als *Suchreaktion* sehr geeignet.

Sind die spezifischen Reaktionen positiv geworden, so bleiben sie es meist zeitlebens. Sie können nur dann wieder negativ werden, wenn die Behandlung bei Lues I oder früher Lues II begonnen wird. – Sie sind auch bei anderen Treponematosen (Frambösie, Pinta) reaktiv. – Biologisch aspezifische reaktive Ergebnisse sind sehr selten.

Liquoruntersuchung (nach Suboccipital- oder besser Lumbalpunktion) ist anzuraten bei:

1. syphilisverdächtigen Erscheinungen des zentralen Nervensystems (ZNS)
2. syphilitischen Erscheinungen des ZNS der Spätzeit zur Abgrenzung ihrer Art (Paralyse, Hirnsyphilis). Man bestimmt: Liquordruck, Zellzahl, Gesamteiweißgehalt, und führt FTA- oder TPHA-Test und VDRL-Test sowie Liquorelektrophorese durch.

Primärstadium (Lues I). Etwa 3 Wochen nach der Infektion (p. i.) entsteht an der Eintrittsstelle der S. p. der *Primäraffekt* (PA, Initialsklerose): linsen- bis pfenniggroße, rundlich-ovale, lackähnlich glänzende, schinkenfarbene, derbe, schmerzlose Erosion (Abb. 99). Selten entsteht ein Geschwür (Ulcus durum,

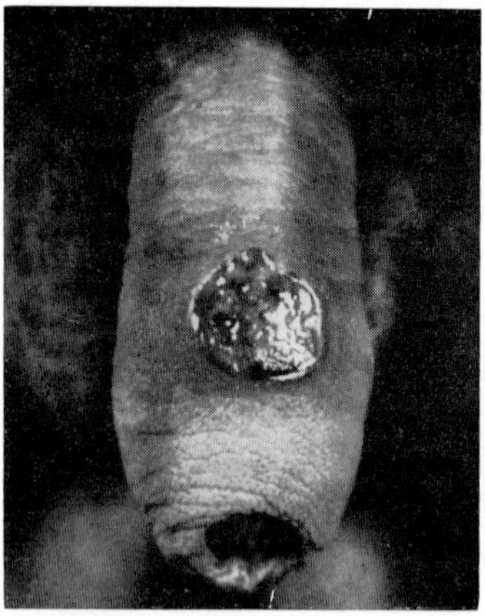

Abb. 99. Primäraffekt

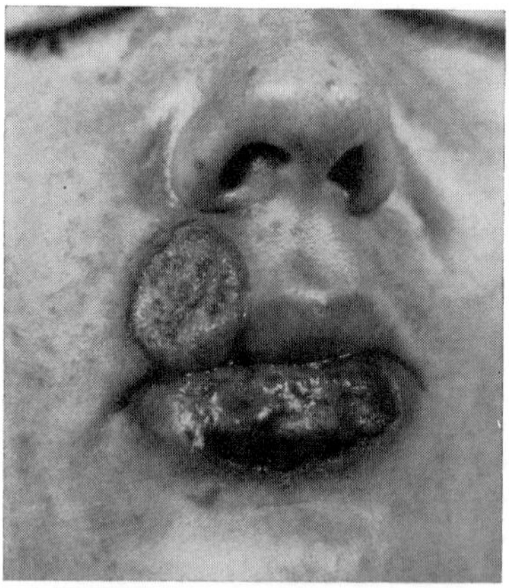

Abb. 100. Primäraffekte an Ober- und Unterlippe

harter Schanker). *Sitz:* meist Genitalien (bei Frauen auch in der Vagina und an der Portio), ferner Gesicht, Anus (bei Homosexuellen) und andere Körperstellen. Der PA kann in der Mehrzahl auftreten. *Dg:* Nachweis der S. p. im Dunkelfeld. **DD:** bes. am Genitale: Herpes progenitalis, Pyodermia chancriformis, Granuloma venereum, Ulcus molle, Trichomonadenulcus.

An Lippen, Schamlippen, Vorhaut kann in der Umgebung des PA durch Obliteration der regionären Lymphwege ein *induratives Ödem* hinzutreten

Etwa 5 Wochen p. i. kommt es zu einer starken, schmerzlosen *Schwellung der* dem PA benachbarten *Lymphknoten*, etwa 8 Wochen p. i. zu einer generalisierten Lymphknotenschwellung *(Polyskleradenitis)*.

Sekundärstadium (Lues II). Es beginnt etwa in der 9. Woche p. i. oft mit leichten Allgemeinerscheinungen wie Kopfschmerzen, Abgeschlagenheit, Schlaflosigkeit, Fieber, Knochen- und Muskelschmerzen. Als Folge einer hämatogenen Ausbreitung des Erregers treten nicht juckende, symmetrisch angeordnete, hellrosarote bis pfenniggroße Flecken *(Roseola syphilitica)* am Stamm, an den Streckseiten der Extremitäten und im Gesicht auf. Seltener entstehen bis linsengroße, meist runde, manchmal mit weißlichen Schuppen bedeckte, rötlichbraune Papeln *(papulöses* Abb. 102 bzw. *papulo-squamöses Syphilid)*. An Stellen mit starker Schweißbildung (After, weibliche Genitalien, Axillen) bilden sich wuchernde, nässende, sehr spirochätenreiche, daher hochinfektiöse Papeln: *Condylomata lata* (Abb. 103).

Diagnostisch wichtiges Kennzeichen: linsengroße – wegen der Dicke der Hornschicht kaum erhabene – **düsterrote Papeln an Handtellern und Fußsohlen.**

Mit fettigen Schuppen bedeckte Papeln an der Stirnhaargrenze bezeichnet man als *Corona veneris* (Stirnband der Venus).

Sehr selten bilden sich auf den Papeln Pusteln, die Krusten hinterlassen *(papulo-pustulöses* bzw. papulo-krustöses *Syphilid)*.

An der Mundschleimhaut, bes. an der Zunge, sieht man bis erbsgroße, perlmuttfarbene Papeln: Plaques muqueuses (Plaques opalines, Abb. 104). Die Tonsillen können gerötet sein: Angina specifica. Kehlkopfpapeln führen zur Heiserkeit. Etwa 4 Monate p. i. können die Haare fleckweise ausfallen: die Kopfhaut sieht wie von Motten zerfressen aus (Alopecia specifica). Etwa zur gleichen Zeit kann ein Leukoderma syphiliticum mit unscharf begrenzten, rundlichen, erbsgroßen, depigmentierten Flecken bes. am Hals entstehen.

Die sekundären Syphilide bilden sich nach einiger Zeit spontan zurück. Nun tritt eine Zeit scheinbarer Gesundheit ein: die *Lues latens*. Nach Monaten kann es zum Rezidiv der Hauterscheinungen kommen. Dieses zeigt meist spärlichere, dafür aber größere Einzelherde, z. B. Ringformen (Roseola annularis) oder gruppierte Papeln *(Bombensyphilid*, bzw. korymbiformes *Syphilid:* im Zentrum große Papeln, in der Umgebung kleinere).

Bei der *Lues maligna*, die vielleicht auf eine besondere Widerstandslosigkeit des Kranken zurückzuführen ist, kommt es zum geschwürigen Zerfall der (Schleimhaut- und) Hauterscheinungen. Diese bedecken sich mit dicken, austernartig geschichteten Krusten (Rupia syphilitica).

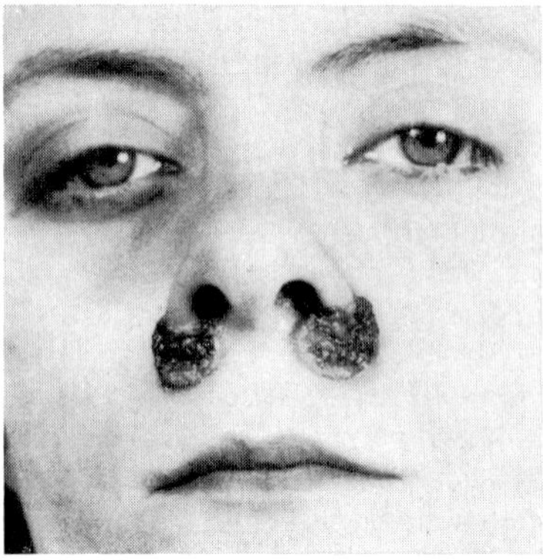

Abb. 101

Abb. 101. Lues II (ulzerierte Papeln)

Abb. 102. Lues II (Papeln an den Handflächen)

Abb. 103. Condylomata lata an den Labien, Condylomata acuminata am After

Abb. 104. Plaques muqueuses an der Zunge

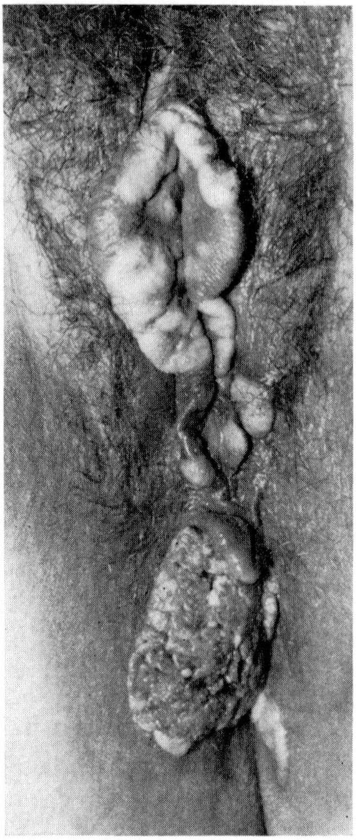

Abb. 103

Abb. 102

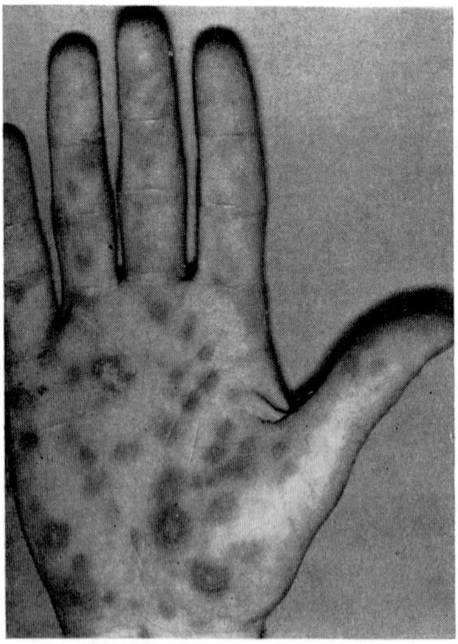

Abb. 104

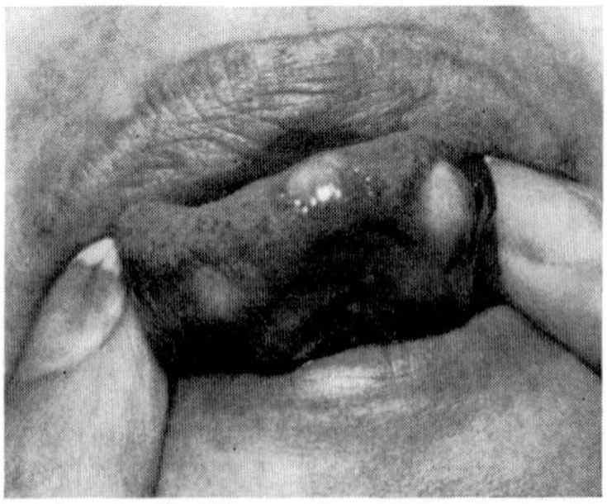

Sekundär-Syphilide	Differentialdiagnose
makulöses Syphilid	Arzneiexanthem, Pityriasis rosea, taches bleues, akute Infektionskrankheiten wie Masern, Röteln, ferner Toxoplasmose u. a.
papulöses Syphilid	Schuppenflechte, Lichen ruber planus, Faulecken, Parapsoriasis guttata
kondylomatöses Syphilid	Feigwarzen, Hämorrhoiden, Pemphigus vegetans
pustulöses Syphilid	Pyodermie, Windpocken, Pocken

||| Sekundäre Syphilide jucken nicht!

Tertiärstadium (Lues III). Beginn 3–5 Jahre p. i. Praktisch nicht mehr ansteckend. Es treten wenige, jedoch tiefgreifende, unter Narbenbildung abheilende Herde auf. Die tertiären Syphilide sind selten. Man unterscheidet: kutanes Syphilid: besteht aus derben braunroten Knoten (tuberöses Syphilid), die gruppiert oder in Schlangenlinien angeordnet sind. Es schreitet nach einer Seite fort und heilt auf der anderen narbig ab (Nierenform). Oft geschwüriger Zerfall *(tuberoserpiginös-ulzeröses Syphilid)*.

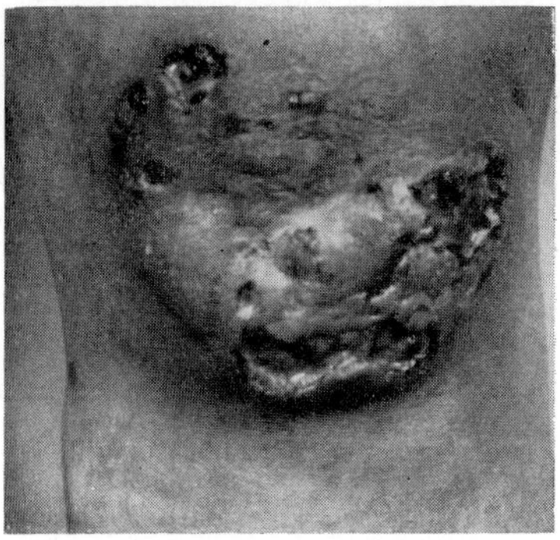

Abb. 105. Lues III (gummöses Geschwür am Knie in charakteristischer Hufeisenform)

Subkutanes Syphilid: es bilden sich Knoten *(Gummen)*, die mit der Kutis verlöten, erweichen und schließlich aufbrechen (Abb. 105). So entsteht ein scharfrandiges, wie mit einem Locheisen ausgestanztes Geschwür. Sitz: bes. Stirn, Nase, Oberlippe, Grenze vom harten zum weichen Gaumen mit Durchbruch in der Mittellinie. **DD:** Tuberculosis cutis (entwickelt sich viel langsamer als die Lues III und neigt zu Rezidiven in der Narbe).

Diagnose der Lues III: klinisches und histologisches Bild, FTA-ABS- bzw. TPHA-Test reaktiv, Ansprechen auf antisyphilitische Therapie.

An den inneren Organen können bei Lues III Gummen sowie interstitielle Entzündungen auftreten. Am häufigsten ist die *Mesaortitis luica* mit Aortenklappeninsuffizienz und Aortenaneurysma.

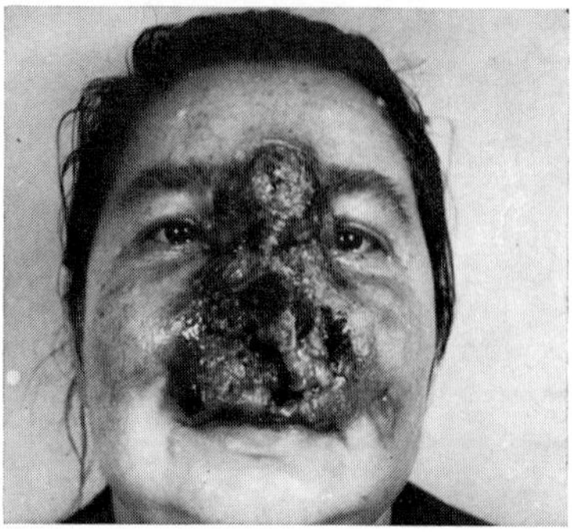

Abb. 105 a. Gumma permagnum bei 53jähriger früher nur mit Wismut behandelter Frau.

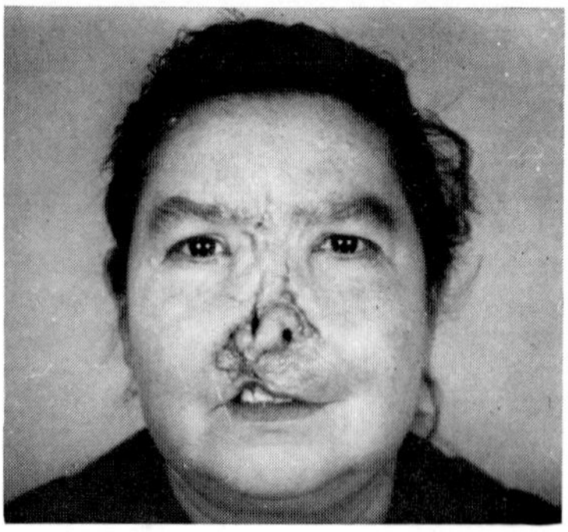

Abb. 105 b. Diesselbe Patientin nach Behandlung mit 30 Mill. E. Penicillin G

Bei der **Neurolues** unterscheidet man *frühsyphilitische* (Meningitis, Meningoenzephalitis mit Kopfschmerzen, Ausfallserscheinungen der Hirnnerven u. a.) und *spätsyphilitische* Veränderungen.

Hier sind zu nennen die *zerebrospinale Gefäßsyphilis* (Hemiplegien, Krämpfe u. a.), die *gummöse Hirnsyphilis* (Erscheinungen wie bei Tumoren), die *Tabes dorsalis* (lanzinierende Schmerzen, gastrische Krisen, Ataxie, Opticusatrophie, reflektorische Pupillenstarre, Fehlen der Kniescheiben- und Achillessehnenreflexe, Arthropathien, Mal perforant u. a., WaR im Blut und Liquor in etwa 60% der Fälle positiv) und die *progressive Paralyse* (Veränderung der Persönlichkeit, Größenwahnideen, Gedächtnisstörungen u. a., WaR im Blut und Liquor fast immer positiv).

Tabes und **Paralyse,** die auch als metasyphilitische Erscheinungen bezeichnet werden, treten meist erst 10–20 Jahre p. i. auf. Sie sind in den letzten 20 Jahren seltener geworden, die Erscheinungen *haben ihre Buntheit verloren:* sie *verlaufen einförmiger;* bei der Tabes sieht man lanzinierende Schmerzen kaum noch, bei der Paralyse herrschen Defekt- und Demenzzustände vor.

Lues connata. Die Spirochäten gelangen von der kranken Mutter über die Placenta in den Fetus, und zwar erst ab 5. Schwangerschaftsmonat.

Aborte in den ersten Schwangerschaftsmonaten beruhen nie auf einer Lues.

Fetale Syphilis. Erfolgt die Infektion des Kindes bei florider Lues I oder II der Mutter zu einem relativ frühen Zeitpunkt während der Schwangerschaft, kommt es meist zur Totgeburt.

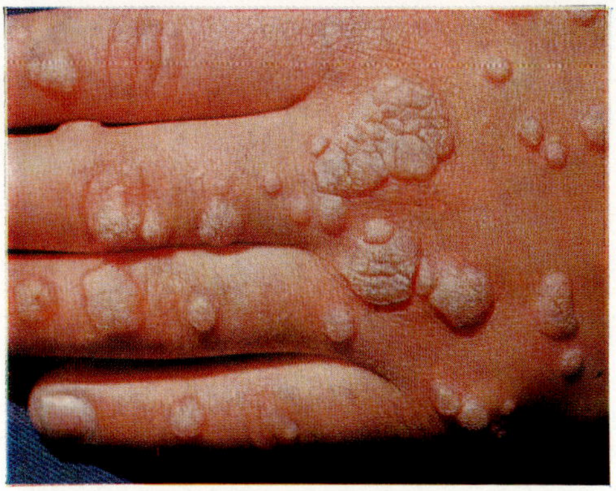

Bild 86
Verrucae vulgares

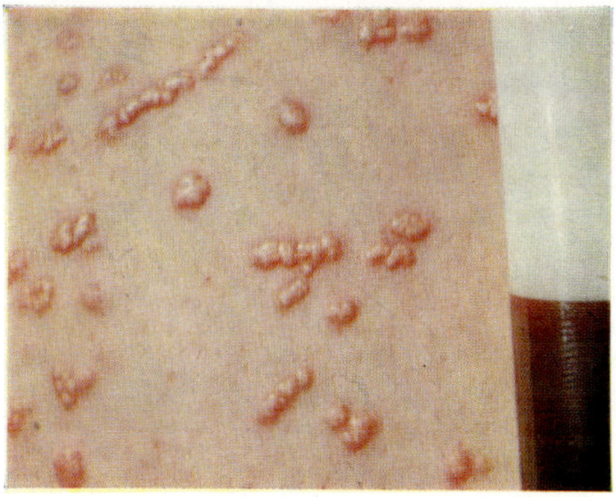

Bild 87
Eruptive Xanthome. Typ III:
„broad-beta-disease".
Rechts: milchiges Serum

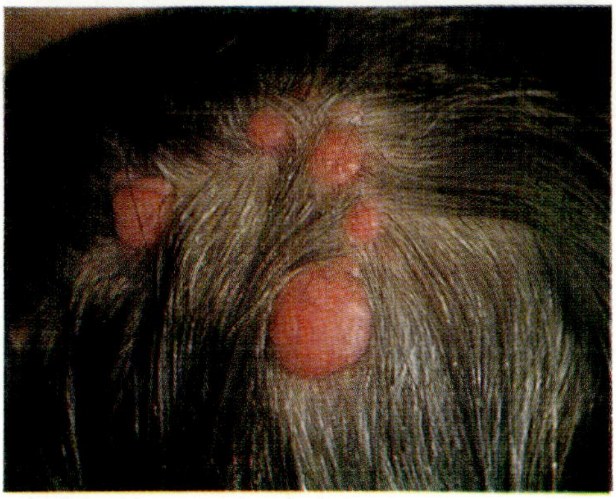

Bild 88
Zylindrome auf dem
behaarten Kopf

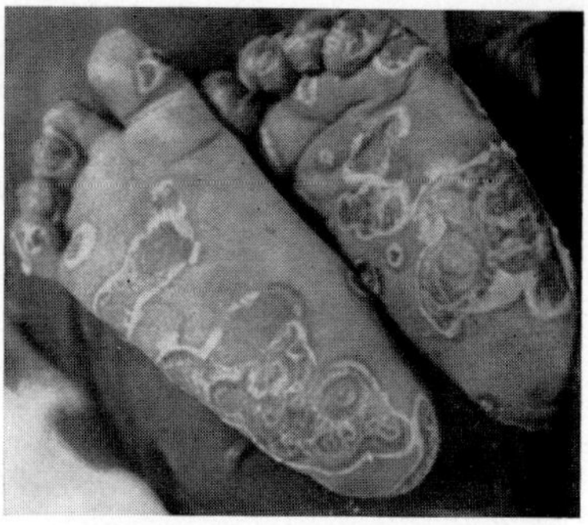

Abb. 106. Lues connata (Pemphigus syphiliticus)

Säuglingssyphilis. Ein syphilitisch infiziertes, lebend geborenes Kind kann folgende Erscheinungen aufweisen: *Pemphigus syphiliticus* (spirochätenhaltige Blasen auf infiltrierter Haut, bes. an Handtellern und Fußsohlen (Abb. 106), flächenhafte, bräunlichrote Infiltrate bes. im Gesicht. Durch Schreien entstehen um den Mund radiäre Einrisse und später Narben (*Parrot*sche Furchen). – Eitrige Koryza syphilitica mit schnüffelndem Atem. Durch Knochenbeteiligung kann eine Sattelnase entstehen. An den Knorpelknochengrenzen bes. der oberen Gliedmaßen kann es zur *Osteochondritis* syphilitica (Röntgenbild!) mit Epiphysenlösung und lähmungsähnlichen Zuständen (*Parrot*sche Pseudoparalyse) kommen. – Die Syphilis connata tarda tritt im Schulalter auf. Kennzeichen sind: *Labyrinthtaubheit*, *Keratitis parenchymatosa*, halbmondförmige *Ausbuchtung an der Schneidefläche* und *Tonnenform der* beiden oberen mittleren *Schneidezähne* des bleibenden Gebisses (Hutchinsonsche Trias), säbelscheidenartige Verkrümmung der Tibia (Abb. 108). Selten kommt es zur Gehirnsyphilis, juvenilen Paralyse und Tabes dorsalis.

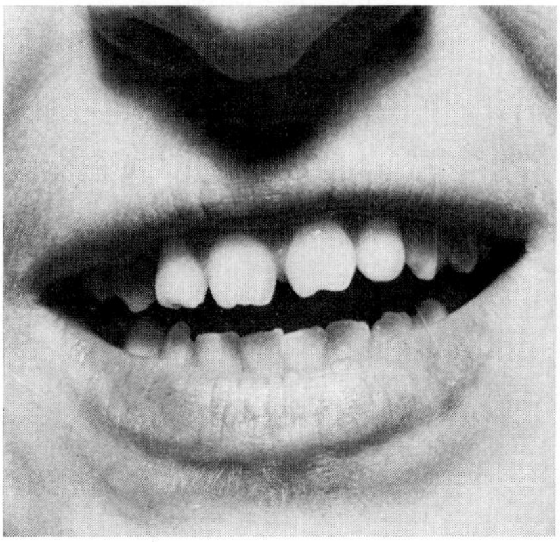

Abb. 107. Lues connata: tonnenförmige obere Schneidezähne

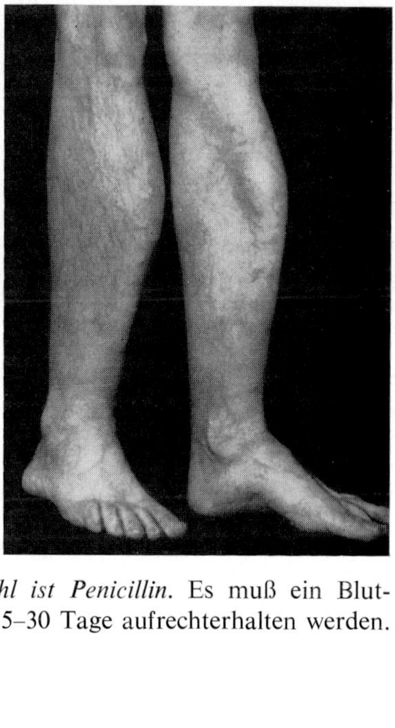

Abb. 108. Lues connata: säbelscheidenartige Verkrümmung der Tibia

Syphilis-Therapie. Das *Mittel der Wahl ist Penicillin.* Es muß ein Blutspiegel von mindestens 0,03 I. E./ml für 15–30 Tage aufrechterhalten werden.

Das gelingt mit 1 Mega Procainpenicillin (z. B. Hydracillin) oder Clemizolpenicillin (z. B. Megacillin) tgl. über 2–3 Wochen.

Einfacher ist es, *2mal wöchtl. 1 Injektion Tardocillin 1200 2–3 Wochen* lang zu geben.

Bei Kranken, die unzuverlässig sind oder nicht regelmäßig zur Behandlung kommen können (Reisende): Benzathin-Penicillin *(Tardocillin 1200)* in jeden Glutaeus 1,2 Mega I. E. Nach 2 Wochen Wiederholung dieser Behandlung. – Ist das nicht möglich: Einzeitbehandlung. In jeden Glutaeus 2 Injektionen Tardocillin 1200, insgesamt also 4,8 Mega I. E. Benzathin-Penicillin.

Oral-Penicilline z. B. Baycillin, Isocillin 1 bzw. 1,2 Mega I. E. 3mal tgl., 3–4 Wochen lang sollten nur ausnahmsweise verordnet werden (Störungen in der Resorption und Unregelmäßigkeit der Einnahme können zu Therapieversagern führen!).

Bei *Penicillin-Unverträglichkeit:* Erythromycin z. B. Neo-Erycinum 2 g tgl., und zwar um 6, 12, 18 und 24 Uhr je zwei Kapseln zu 250 mg. Behandlungsdauer 3–4 Wochen. Wirkungsvoller ist *Doxycyclin* (Vibramycin) 2mal tgl. 100 mg. Behandlungsdauer 3–4 Wochen.

Behandlung während der Gravidität: lege artis behandelte Schwangere mit nicht mehr reaktiven FTA-ABS- und/oder TPHA-Test brauchen nicht nochmals behandelt zu werden.

Sind FTA- oder TPHA-Test trotz Behandlung reaktiv geblieben, so ist keine Therapie erforderlich, wenn die Lipoidantigenreaktionen (VDRL) nicht reaktiv oder mit konstant niedrigem Titer reaktiv sind. Wiederholte quantitative Titerbestimmung ist zu empfehlen.

Eine Behandlung ist nötig bei unbehandelten Frauen mit präkonzeptioneller Infektion und solchen, bei denen die Syphilis erstmals während der Gravidität festgestellt wurde.

Durch den plötzlichen Spirochäten-Zerfall etwa 6 Stunden nach der ersten Penicillin-Injektion kann es zur Jarisch-Herxheimerschen-Reaktion (Fieber, Aufflammen des Exanthems) kommen. Sie ist bei Frühsyphilis meist harmlos, bei Spätsyphilis (Aortensyphilis, Paralyse u. a.) und bei kreislauflabilen Kranken kann sie schwere Folgen haben. Um sie abzuschwächen, gibt man vor der Penicillinbehandlung 1–2 Wochen lang in Abständen von 4 Tagen jeweils etwa 75 mg Wismut (Bispezia, französisches Präparat) und/oder Kortikoide (z. B. Urbason solubile forte i. m. gleichzeitig mit der 1. Penicillin-Injektion).

Lues connata. Säuglinge 50000–100000 I. E. Penicillin/kg Körpergewicht tgl., 2 Wochen lang. Kinder bis zu 10 Jahren 100000–300000 i. E. tgl., 2 Wochen lang. Kinder ab 10. Lebensjahr wie Erwachsene.

Bei Lues III hat auch heute noch *Sol. Kalii jodati* (30/300 DS. 3mal tgl. 1 Eßlöffel in Milch 3–4 Wochen lang) eine gewisse Bedeutung; es ist zwar kein antibakterielles Chemotherapeuticum, stimuliert aber offenbar die körpereigene Abwehr.

Serologisches Kriterium für die Heilung: Abfall des Titers der Cardiolipin-Reaktion. Die Reaktion ist im 1. Jahr alle 3 Monate, im 2.–4. Jahr alle 6 Monate durchzuführen.

Talgdrüsen, heterotope sind ektopisch, frei, d. h. nicht an Haare gebunden. Stecknadelkopfgroße, gelbe, kaum erhabene Knötchen an Lippen, Wangenschleimhaut, Eichel, innerem Vorhautblatt, kleinen Schamlippen.

Tätowierung (Tatauierung). Verfärbung durch Einstechen von Tusche, Zinnober (Abb. 109), durch Abschürfung auf asphaltierter Straße (Unfalltätowierung), durch Pulvereinsprengungen. **Ther:** Sofortbehandlung der Schmutztätowierung ist bis zu 24 Stunden nach dem Unfall möglich. Verschmutzte Hautfläche zunächst mit Waschlappen, dann evtl. mit Handwaschbürste kräftig abreiben. Dabei reichlich Spülflüssigkeit (Oxyzyanatlösung 1:1000) anwenden. Blutung durch Mullkompressen, evtl. durch Verschorfung stillen. Durch Aufdrücken eines Glasspatels feststellen, ob in tiefen Gewebsschichten noch Schmutzteilchen vorhanden sind. Augen abdecken, um Reizung durch Spülflüssigkeit zu verhindern. – *Exzision.* – Oberflächliches Abschleifen bis der Farbstoff freiliegt. Tgl. Pinseln mit 2%igem wäßrigem Gentianaviolett und Verbandwechsel. Bleibt noch Farbstoff zurück, so ist das Verfahren in 2 Monaten zu wiederholen [W. CLABAUGH, Arch. Derm. **98,** 515 (1968)]. – Abdecken mit Schminke (Covermark waterproof).

Abb. 109. Tätowierung

Taubenzecken-Dermatitis. Erysipelartiges, schmerzhaftes Erythem evtl. mit Lymphangitis und Lymphadenitis nach Biß der Taubenzecke (Argas reflexus). **Ther:** Penicillin 4 Mega I. E. tgl., etwa 4 Tage lang. Alkohol-Umschläge.

Teleangiektasien. Erweiterungen kleiner, oberflächlicher Hautgefäße (Abb. 110). Selten angeboren (s. a. Bloom-Syndrom), meist erworben, im Gesicht witterungsbedingt, ferner bei Rosacea, Sklerodermie sowie nach mehrwöchiger Anwendung von halogenierten Kortikoid-Externa. Entlang dem Rippenbogen bei Lungen- und Herzerkrankungen, an den Unterschenkeln bei chronisch-venöser Insuffizienz. **Ther:** Hochtouriges Schleifen. Stichelung mit Diathermie-

Nadel. Versuch mit CO_2-Schnee oder flüssigem Stickstoff. Verödung: intravaskuläre Injektion von Äthoxysklerol (0,5 %). Gelingt das nicht, so kann man intrakutane Quaddeln von je 0,1 ml in etwa 1 cm Abstand mit Äthoxysklerol (0,5 %) setzen. – Abdeckung mit Covermark.

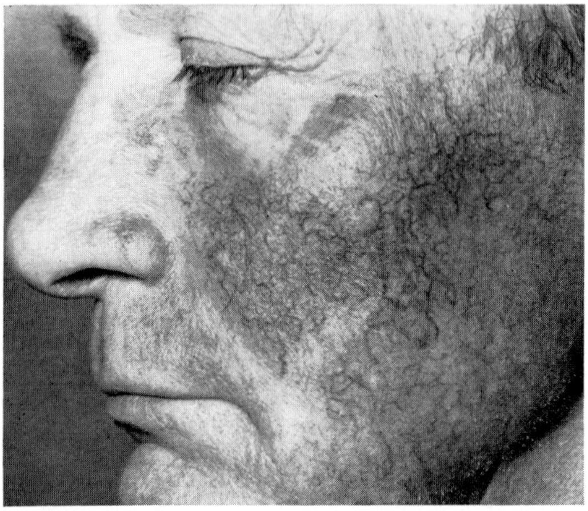

Abb. 110. Kongenitale Teleangiektasien

Teleangiektasien-Ataxie-Syndrom (Louis-Bar). Rezessiv-erbliche, im Kindesalter beginnende, progrediente zerebellare Ataxie und symmetrische Teleangiektasien bes. im Gesicht und an den Konjunktiven, evtl. Depigmentationen und Pigmentationen, die wie Sommersprossen aussehen, frühzeitiges Ergrauen der Haare, Sprachstörungen, Minderwuchs, Hypersalivation. Serumproteinveränderungen (IgA-Mangel).

Thrombophlebitis migrans (Phlebitis saltans). Über Monate und Jahre schubweise auftretende, zuweilen mit Fieber einhergehende, kurze, strangartige, druckschmerzhafte oberflächliche Thrombophlebitiden, die sich nach 2–3 Wochen spontan zurückbilden. *Sitz:* meist Beine. *Ät. Path:* Beginn einer Endangiitis obliterans, Infektionsallergie, Symptom eines Karzinoms bes. des Pankreas. **Ther:** Fokussanierung. Evtl. Grundleiden behandeln. Kortikoide, Antibiotika, Phenylbutazon.

Thrombophlebitis profunda (Phlebothrombose). Thrombose der tiefen Venen. Entstehung wird gefördert durch Infekte, Traumen, Geburten, Operationen, Bettlägerigkeit, langzeitige Einnahme von oralen Kontrazeptiva.

Kennzeichen:

1. Schweregefühl in den Beinen, das sich durch Bewegung nicht beseitigen läßt. Parästhesien. Allgemeine Unruhe. Wadenschmerzen bes. bei Dorsalflexion des Fußes.

2. Lowenberg-Test positiv: starke Schmerzhaftigkeit beim Aufblasen einer Blutdruckmanschette über den Waden auf 80–120 mm Hg. Normalerweise treten Schmerzen erst bei 160 mm Hg auf.

3. Venendruckschmerz. Dieser ist in entspannter Lage und vergleichend an beiden Beinen zu prüfen. Sanft und großflächig palpieren.

Druckschmerzpunkte im Bereiche der bzw. des	**sprechen für tiefe Thrombose** der
medialen Plantarmuskulatur (*Payr*sches Zeichen)	
regio calcaneo-malleolaris (Kulissendruckschmerz)	Unterschenkelvenen
unteren Unterschenkeldrittels medial der Tibiakante (*Meyer*sches Zeichen)	
Kniekehle (3–4 cm unterhalb und in der Kniekehle selbst)	V. poplitea
Adduktorenschlitzes, Leistenbeuge	V. femoralis

4. Ödem: zum Nachweis vergleichende Messung von Waden- und Oberschenkelumfang.

Die Ausbreitung des Ödems am Unterschenkel spricht für Unterschenkelvenenthrombose, am ganzen Bein für Femoralisvenenthrombose, am Gesäß bis zum Beckenkamm für Beckenvenenthrombose.

5. Dilatierte oberflächliche Venen an der Vorderseite des Unterschenkels, bei hochsitzender Thrombose am Oberschenkel und in der Leistengegend.

6. Blaufärbung des Beines.

7. Temperaturanstieg bis 38,5°; hierbei ist die Pulsfrequenz oft höher als es der Temperatur entspräche.

8. Die *Doppler-Ultraschall*-Untersuchung ist für Diagnose und Verlaufskontrolle der Phlebothrombose im Becken- und Oberschenkelbereich geeignet: der Schallkopf wird über der V. femoralis bzw. V. poplitea aufgesetzt und die Frequenzänderung des ausgesendeten Ultraschallsignals durch das strömende Blut akustisch und graphisch registriert.

9. Der *Radiofibrinogentest* wird für die Untersuchung im Unterschenkel- und distalen Oberschenkelbereich verwandt: eine entstehende oder sich vergrößernde Thrombose zeigt sich am Aktivitätsanstieg des in diesem Bereich eingebauten Radiofibrinogens.

10. Das *Phlebogramm* ist die *sicherste Methode* zum Nachweis einer tiefen Venenthrombose.

Die Thrombose der tiefen Venen kann symptomarm sein. Bei Verdachtsfall Phlebographie.

Die schwerste Form der Phlebothrombose ist die *Phlegmasia coerulea dolens* (s. d.).

Bei der Phlebothrombose besteht die Gefahr der Lungenembolie und später der chronisch-venösen Insuffizienz. Die rechtzeitige Erkennung und Behandlung einer tiefen Thrombose ist deshalb für das Schicksal des Kranken entscheidend. Bei jedem Bettlägerigen sind die Beine häufig palpatorisch zu untersuchen.

Bei Verdacht auf tiefe Thrombose frühzeitig Phlebographie und ggf. aktive Therapie (Thrombolyse, Thrombektomie).

DD: Lymphatisches Ödem, Muskelriß, tiefes Hämatom.

Ther: Bei Becken- und Oberschenkelvenenthrombose unbedingt Bettruhe. Kompressionsverband mit elastischer Pflasterbinde oder elastischen Binden. Colfarit. Butazolidin. Panthesin-Hydergin 1–2 Amp. auf 200 ml Ringerlösung tgl. als i. v. Infusion.

Antikoagulantientherapie. Indikationen: Beckenvenen- u. tiefe Oberschenkelvenenthrombose. Absolute Gegenindikationen: hämorrhagische Diathese, Magen-Darm-Ulcera, systolischer Blutdruck über 200 mm Hg, Zerebralsklerose, schwerer Diabetes mellitus.

Zur Verfügung stehen:

1. direkt wirkende Antikoagulantien, die den Prothrombinumwandlungsfaktor und die Thrombinwirkung hemmen: *Heparin* (z. B. Calciparin) und *Heparinoide* (z. B. Thrombocid). Sie wirken sofort. Antidot: Protamin.

2. indirekt wirkende Antikoagulantien, welche die Synthese mehrerer Gerinnungsfaktoren hemmen: *Cumarin-* und *Phenylindandion* derivate (z. B. Marcumar, Sintrom, Miradon). Wirkung nach 1–2 Tagen. Antidot: Vitamin K 1 (Konakion).

Behandlungsvorschlag: Anfangs Thrombocid 2mal tgl. je 2 Amp. i. v. Am 3. Tag nur noch 1 Amp. Thrombocid, dann absetzen. Gleichzeitig mit Thrombocid Marcumar am 1. Tage 4 Tbl., am 2. Tage 2 Tbl., Dauerdosierung $^1/_2$–$1^1/_2$ Tbl. tgl. je nach Quickwert, der zwischen 15–25% liegen muß. Marcumartherapie wird mindestens 6 Wochen durchgeführt bis keine Abflußbehinderung mehr besteht

Nebenerscheinungen: zuweilen reversibler Haarausfall. – Selten treten unter Cumarin- oder Indandionbehandlung (meist am 4. Tag) *Hautnekrosen* mit schlechter Heilungstendenz auf. Hierbei werden im Anfangsstadium Streptokinase, Heparin und Steroide, nachher auch Venoruton P 4 empfohlen.

In den ersten 4–6 Tagen, evtl. auch später, können Gefäßverschlüsse durch eine 2–3tägige *Streptokinase*verabreichung aufgelöst werden. Anschließend Antikoagulantientherapie.

Thrombophlebitis superficialis. Thrombotischer Verschluß oberflächlicher Venen mit entzündlicher Reaktion der Gefäßwand und des perivaskulären Gewebes. Harte, schmerzhafte, zuweilen zu einer roten Platte konfluierende, gerötete Stränge im Verlauf einer oberflächlichen Vene. Varizen (Varicophlebitis) und Traumen fördern die Entstehung. Führt nur sehr selten zur Lungenembolie. **DD:** Lymphangitis (feiner, geröteter, subkutaner Strang, meist gleichzeitig regionale Lymphdrüsenschwellung), Erysipel (meist hohes Fieber), Tibialis-anterior-Syndrom.

Ther: *Keine Bettruhe,* denn sie verlangsamt den Blutstrom, fördert das Weiterschreiten der Thrombose und Übergreifen auf die tiefen Venen. *Gehen im Kompressionsverband* mit Schaumgummi-Druckpolster dagegen verbessert den venösen Rückfluß.

Thrombozyten-Aggregationshemmer: Colfarit (enthält Acetylsalicylsäure mikroverkapselt) 3 × 1 (bis 2) Tbl. tgl. etwa 8 Tage lang.

Antiphlogistika: bei starken Schmerzen Nifluminsäure (3mal 1 Kapsel Actol tgl.) oder Phenylbutazon und Derivate (z. B. Butazolidin 3 Tage lang tgl. 1 Amp. tief i. m. oder 3mal 2 Dragees Tanderil tgl.). Tomanol.

Stichinzision, Expression des Koagulums und Kompressionsverband bei Varicophlebitis (bes. bei Fluktuation).

Sog. *Venenmittel. Interna* (s. Varizen) z. B. Essaven ultra, Dehydro sanol tri, Fragivix, Venostasin, Venoruton 300, Cycloven. *Externa* mit Heparinoiden, Aescin, Benzaron u. a. Wirkstoffen z. B. Lasonil, Essaven Gel, Fragivix Creme, Venoruton-P4-Salbe, Hirudoid-Salbe, Hepathrombin-50 000-Salbe, Thrombophob-20 000 Salbe, Vasoforte Gel, -Salbe, Pergalen.

Röntgenbestrahlung, alle 2 Tage 30 r, insgesamt 3mal.

Prophylaxe und Nachbehandlung: Reduktion eines Übergewichtes, Regulierung des Stuhlgangs. Bürsten- u. Bindegewebs*massage* im Kreuz- u. Lendenbereich und am Beckenkamm. *Kurzwelle* oder auch Ultraschall im Bereiche der Lendenwirbelsäule. *Kneipp-Kur* (kalte Güsse, Wassertreten). Schwimmen (Wassertemperatur 18–25 °). Mindestens 1 Stunde tgl. spazierengehen. *Gymnastik:* bei Bettlägerigkeit Auf- und Abbewegen des Vorfußes. Anspannung und Entspannung der Muskulatur, welche die Kniescheibe bewegt. Atemgymnastik.

> Langes Stehen und Sitzen (Fernsehbeine!) vermeiden! Die Anwendung lokaler Wärme am Bein bei Venenerkrankungen ist kontraindiziert; denn jede örtliche Wärme erweitert das Venensystem und fördert die Stauung.

Tibialis-anterior-Syndrom. Harte, schmerzhafte Schwellung des M. tibialis anterior mit Rötung der darüberliegenden Haut. Fußpulse der befallenen Seite abgeschwächt, später Fußheber- und Zehenstrecker-Parese mit Sensibilitätsstörung im 1. Zehenzwischenraum. Befallen werden meist junge Männer. *Ät. Path:* Wenige Stunden nach einer starken Unterschenkelbelastung kommt es zum Ödem des M. tibialis anterior mit Kompression der A. tibialis anterior und Schädigung der N. fibularis profundus. **DD:** Erysipel, Thrombophlebitis, Lymphangitis, Phlegmone. **Ther:** Gefäßerweiternde Mittel, Ruhigstellung, lokale Kälteanwendung, Diuretika, Sympathikusblockade, evtl. Fasciotomie.

Tinea amiantacea. Asbestartige, die Kopfhaare umkleidende Schuppen. Zur Seborrhoe gehörend. **Ther:** Lygal-Kopfsalbe. Sulfoform-Öl. Selsun.

Tinea: Pilzerkrankungen.

Da eine Einteilung, die den klinisch-morphologischen und mykologischen Gesichtspunkten gleichermaßen gerecht wird, schwierig ist – so wird z. B. die sog. Epidermophytie meist durch Trichophyton-Arten hervorgerufen –, hat sich im angelsächsischen Sprachgebiet die Bezeichnung „Tinea" durchgesetzt. Man unterscheidet:

— capitis favosa, s. Favus.

— capitis microsporica, s. Mikrosporie.

— capitis trichophytica, s. Trichophytie.

— corporis profunda, s. Trichophytie.

— corporis superficialis, s. Epidermophytie, Trichophytie, Mikrosporie, Favus.

— cruris follicularis, s. Trichophytia follicularis.

— favosa, s. Favus.

— imbricata (Tokelau). Tropische Mykose. Konzentrische bräunliche Ringe bes. am Stamm. Ther: Griseofulvin, s. Epidermophytia.

— inguinalis, s. Epidermophytie.

— manuum et pedum, s. Epidermophytie.

— **nigra.** Seltene tropische Mykose. Erreger: Cladosporium werneckii. Bräunlich-schwarze Flecken bes. an den Handflächen. *Dg:* Nativpräparat, Kultur. **DD:** Melanosis circumscripta praecancerosa. **Ther:** Miconazol (z. B. Epi-Monistat-Creme).

— ungium, s. Onychomykose.

— versicolor, s. Pityriasis versicolor.

Tintenstiftnekrose. Bei Zurückbleiben der Spitze im Gewebe nach Verletzungen kann es zur Nekrose und allgemeinen Vergiftungserscheinungen kommen. **Ther:** Exzision der Farbsubstanz.

Toxoplasmose. Meldepflichtig! Erreger: Toxoplasma gondii (ein Protozoon). Die Infektion erfolgt meist durch Genuß rohen Fleisches und verläuft in der Regel latent.

—, intrauterin erworbene: kann zu Hydrozephalus, Chorioretinitis, intrazerebralen Kalkherden, Fehl- und Frühgeburt führen.

—, postnatal erworbene: *akute Form* mit hohem Fieber, makulopapulösem Exanthem, Myokarditis, Pneumonie, Myositis, Uveitis, Chorioretinitis. Subakute bis *chronische Form:* a) *Lymphadenitis* nuchalis et cervicalis mit Kopfschmerzen, subfebrilen Temperaturen, Muskel- und Gelenkschmerzen, b) zerebrospinale T., c) Augen-T. – An der Haut können erweichende Knoten auftreten.

Dg: Sabin-Feldman-Test. Komplementbindungsreaktion. Nicht eine einmalige Untersuchung, sondern Titeranstieg oder -abfall sind diagnostisch entscheidend. – Fluoreszenz-Antikörper-Test. IgM-Antikörper-Nachweis in der Zerebrospinalflüssigkeit. Intradermaltest mit Toxoplasmin wird 3 Wochen nach der Infektion positiv und bleibt es lebenslänglich. **DD:** Lues II und III.

Ther: zu behandeln sind nur klinisch manifeste T. und Schwangere (ab 16. Schwangerschaftswoche), bei denen die Titer stark ansteigen.

1.–7. Tag tgl. 3mal 25 mg Pyrimethamin (Daraprim) per os, 3.–18. Tag tgl. 2mal 0,5 g Sulfamethoxydiazin (Durenat) per os. Bei Zeichen einer Knochenmarksdepression Folsäure geben.

Auch Co-Trimoxazol (z. B. Sulfotrimin 2mal 2 Tbl. tgl. 10 Tage lang) wird empfohlen. Das Antibiotikum Spiramycin soll ebenfalls wirksam sein. – Lit: Arzneimittelbrief **8**, 47 (1974).

Transitorische akantholytische Dermatose. Plötzlich auftretende, gruppierte papulöse und papulo-vesikulöse, juckende Effloreszenzen bes. am Stamm. Spontane Rückbildung nach 2–3 Monaten. UV-Licht fördert offensichtlich die Entstehung. Histologisch: suprabasale Akantholyse. **DD:** Morbus Hailey-Hailey. **Ther:** Versuch mit Kortikoid-Externa, Brillantgrünlösung (1 %). Lit: M. Chalet et., Arch. Dermatol. **113**, 431 (1977).

Trichofollikulom. Selten. Gutartiger bis erbsgroßer, aus Haarfollikeln bestehender, nävoider, hamartomatöser Tumor. *Sitz:* bes. Gesicht. **Ther:** Exzision.

Tricholemmalzyste. Von der äußeren Wurzelscheide ausgehende Zyste. *Sitz:* meist behaarter Kopf. **DD:** Spinaliom. **Ther:** Exzision. Lit: E. Christophers et al., Hautarzt **24**, 377 (1973).

Tricholemmom. Bis erbsgroße, zuweilen papillomatöse oder verruköse Knötchen, die offensichtlich von der Haarwurzelscheide ausgehen. *Sitz:* meist Gesicht. **DD:** Basaliom, Verruca vulgaris. **Ther:** Exzision. Lit: F. W. Möhlenbeck, Z. Hautkr. **49**, 791 (1974).

Trichomoniasis.

Erreger: Trichomonas urogenitalis. Birnenförmiger Flagellat von 10–30 μ Größe mit 4 Vordergeißeln, kurzer undulierender Membran und Achsenstab. *Nachweis:* Sekret aus Urethra oder Vagina mit 1 Tropfen 0,9%iger NaCl-Lösung auf Objektträger vermengen – beim Manne Harnsediment evtl. nach Prostata-Expression –, im abgeblendeten Hellfeld, im Dunkelfeld (Trichomonaden zeigen ruckartige Bewegungen), in Vitalfärbung mit Neutralrot u. a. oder im fixierten Präparat in Giemsafärbung untersuchen. Am sichersten ist die Kultur (z. B. auf Tricho-Nährboden, Temmler-Werke).

Trichomonaden werden meist durch den Geschlechtsverkehr – ausnahmsweise in verseuchten Schwimmbädern – übertragen. Nicht alle Menschen reagieren auf Trichomonadenbesiedlung des Urogenitaltraktes mit Entzündungserscheinungen.

— des männlichen Urogenitaltraktes. Beim Mann oft nur geringe oder gar keine Beschwerden. Zuweilen therapieresistente Urethritis mit grauweißlichem Ausfluß. Selten Prostatitis, Epididymitis oder erosive bis ulzeröse Balanoposthitis.

— des weiblichen Urogenitaltraktes. Eine Kolpitis mit schaumigem, übelriechendem Fluor, Juckreiz und Brennen ist fast pathognomonisch. Ferner können auftreten: Pollakisurie, Brennen beim Wasserlassen, Vulvitis, Pruritus vulvae.

Trichomonaden können unter bestimmten Bedingungen Erosionen und Ulcera (**DD:** Ulcus durum) im Genitalbereich hervorrufen [Lit: M. Rytter et al., Z. Hautkr. **48**, 171 (1973)].

Ther: ‖ *Partner stets mitbehandeln!*

Metronidazol: Clont Tbl., Vaginaltbl. Sanatrichom.
Nimorazol: Acterol forte Tbl.
Ornidazol: Tiberal (Einmaldosis mit 3 Tbl.).
Tinidazol: Simplotan. Simplotan 500 (Einmaldosis mit 4 Tbl.).
Povidon-Jod: Betaisodona Vaginal-Gel, Supp.
Tetracyclin + Amphotericin B: Mysteclin Ovula, Vaginalcreme.

Trichomycosis nodosa (Piedra). Pilzerkrankung der Kopf- und Barthaare. Um das Haar bilden sich ein oder mehrere steinharte Knötchen. Erreger: Trichosporon Beigelii und Piedraia Hortai.

— palmellina (Lepothrix). Knotige, gelbe, rote oder schwarze, aus Nocardia tenuis und farbbildenden Mikrokokken bestehende, die Haare umscheidende, klebrige Auflagerungen bes. bei Blonden. Hierdurch zuweilen Rot- oder Gelbfärbung der Unterwäsche. Oft Hyperhidrosis. *Sitz:* Achsel- und Schamhaare. **DD:** Nissen, Trichorrhexis nodosa.

Ther: Abrasieren der befallenen Haare. Waschungen mit Dermido, Sebamed u. ä. Betupfen mit Rp. Acid. salicyl. 2, Hexachlorophen. 0,5, Alcohol. isopropyl. (70%) ad 100.

Trichophytia. Fadenpilzerkrankung.

Erreger: Trichophyton mentagrophytes, T. rubrum, T. verrucosum u. a. – Die Übertragung erfolgt durch Menschen, Tiere oder Gegenstände (z. B. Rasierpinsel).

— follicularis seu nodosa cruris. Stecknadelkopf- bis erbsgroße, livide Knötchen, zuweilen bis in die Subkutis reichend und abszedierend. Meist gleichzeitig Interdigitalmykose. Kommt hauptsächlich bei Frauen vor. Durchblutungsstörungen fördern die Entstehung. *Sitz:* Unterschenkel. *Dg:* Nativpräparat und Kultur (z. B. auf Derma-Nährboden, Temmler-Werke). Pilznachweis gelingt oft erst nach Aufkleben von Heftpflaster (für 6–8 Tage). **DD:** Erythema nodosum, Perniones. **Ther:** Griseofulvin s. Epidermophytia. Lokal: s. u.

— profunda. Halbkugelige, furunkuloide Granulationstumoren (Abb. 111). Spontanheilung nach einigen Monaten. *Sitz:* bei Erwachsenen bes. Bartgegend (Sykosis parasitaria), bei Kindern Capillitium. Spontane Heilung nach einigen Monaten. **Ther:** Griseofulvin (Fulcin S 500 zgl. 1 Tbl. oder Fulcin S oder Likuden M 4mal tgl. 1 Tbl.). Lokal s. u. – Gegen die bakterielle Sekundärinfektion entsprechende Chemotherapeutika.

— superficialis. Erythematöse, scharf begrenzte, juckende Rundherde, die bes. im Randgebiet Bläschen (s. Herpes tonsurans), Knötchen und Schuppen aufweisen können. Oft Abheilung im Zentrum und Bildung von Ringformen. *Sitz:* bes. Gesicht (Abb. 112), Hals, Unterarme. **DD:** nummuläre Ekzemherde.

Ther: Pinselungen mit Solutio Castellani. Clotrimazol (Canesten-Creme, -Lösung), Haloprogin (Mycanden-Creme, -Lösung), Miconazol (Epi-Monistat-Creme). Evtl. zusätzlich Griseofulvin s. Epidermophytia.

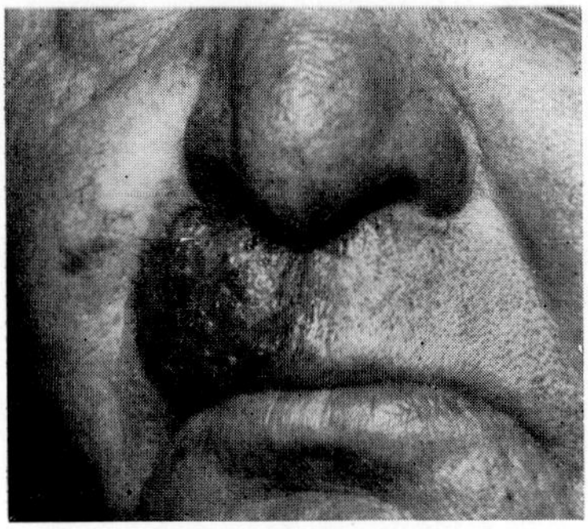

Abb. 111. Trichophytia profunda

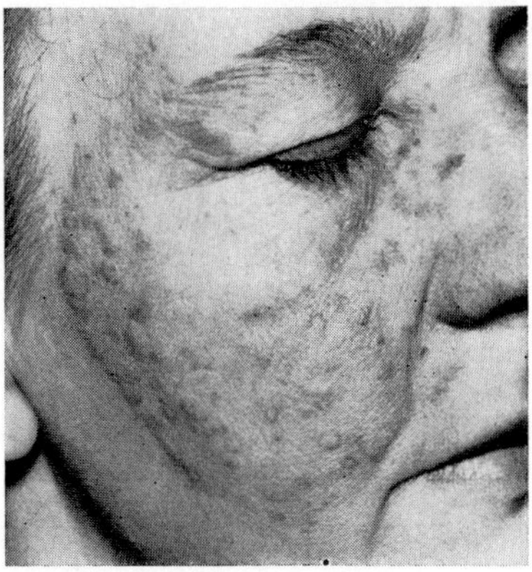

Abb. 112. Trichophytia superficialis

Trichophytide. Pilze oder Pilztoxine gelangen von einer tiefen Trichophytie aus auf dem Blutwege in die Haut, wo *allergische Reaktionen* auftreten. *Lichen trichophyticus:* Aussaat gruppierter spitzkegeliger Knötchen. *Nodöses Trichophytid* an den Unterschenkeln. **Ther:** Behandlung des Primärherdes.

Trombidiosis (Erntekrätze, Sendlinger Beiß). Die 1 mm große Milbenlarve gelangt bes. im Spätsommer von Pflanzen auf den Menschen, erzeugt juckende Quaddeln oder strophulusartige Erscheinungen und fällt nach 2 Tagen von selbst ab. *Sitz:* bes. Unterschenkel, Reibestellen der Kleidung. Prophyl.: Einpinseln mit Lotio Zinci vor der Arbeit im befallenen Gebiet. Nach der Arbeit sofort Bad und Kleiderwechsel. **Ther:** zur sofortigen Entfernung der Larven Jacutin-Emulsion oder Benzin. Danach Kortikoid-Lotio.

Trophödem (Nonne-Milroy-Syndrom). Unregelmäßig dominant erbliche, angeborene, schmerzlose Anschwellung der Füße und Unterschenkel (oft auch der ganzen Beine), seltener der Hände und Unterarme. Anfangs eindrückbares, bald jedoch fibrös umgewandeltes „plastisches" Ödem. Keine entzündlichen Erscheinungen! Gynäkotropie. – Das *Trophoedema Meige* tritt erst später im Leben auf. **Ther:** Versuch mit Bindegewebs-, Unterwasserdruckmassagen, Kompressionsverbänden, intermittierender Staudruckmassage mit Jobst-Gerät. Hyaluronidase Injektionen und anschließend Kompressionsverband. NaCl-freie Diät. Diuretika. Evtl. operative Maßnahmen.

Tuberculosis cutis. Sie ist heute selten geworden; das Manifestationsalter hat sich in die höheren Altersgruppen verlagert. Erreger: Tuberkelbacterium (meist Typus humanus). Die Verschiedenheit der klinischen Bilder hängt bes. von der Immunitätslage des Befallenen ab. Dementsprechend unterscheidet man:

1. bei anergischer Reaktionslage:

— — miliaris (akute Miliartuberkulose der Haut). Dichte Aussaat von stecknadelkopf- bis hirsekorngroßen bräunlich-lividen Flecken und Papeln mit zuweilen hämorrhagischer Note bei disseminierter Miliartuberkulose. Fast nur im Säuglings- und Kleinkindesalter. Tuberkulinreaktion meist negativ. *Dg:* Erregernachweis. **DD:** Arzneiexanthem, Purpura fulminans. **Ther:** Antituberkulöse Mittel.

—— primaria inoculata. Bei Menschen (meist Säuglingen), die noch keinen Kontakt mit Tbc-bakterien gehabt haben, entsteht an der Eintrittsstelle etwa 3 Wochen nach der Infektion ein Ulcus, dann eine regionäre Lymphadenitis (tuberkulöser Primärkomplex). Seit Durchführung der BCG-Impfung praktisch verschwunden.

—— ulcerosa (– – orificialis, Tuberculosis ulcerosa mucosae et cutis). Durch Autoinokulation (Sputum, Faeces, Urin) entstehende, sehr bakterienreiche, schmerzhafte Geschwüre mit unterminiertem Rand bei offener Lungen-, Darm-, Nierentuberkulose. *Sitz:* Schleimhaut und angrenzende Haut von Nase, Mund (Abb. 113), Anus, Genitalien. **Ther:** Lehrbuch Innere Medizin.

2. bei normergischer Reaktionslage, meist in Einzelherden auftretend:

—— colliquativa (Skrofuloderm). Blaurote, oft strangförmig angeordnete, plattenartige, kutan-subkutane Infiltrate und Knoten, die meist einschmelzen

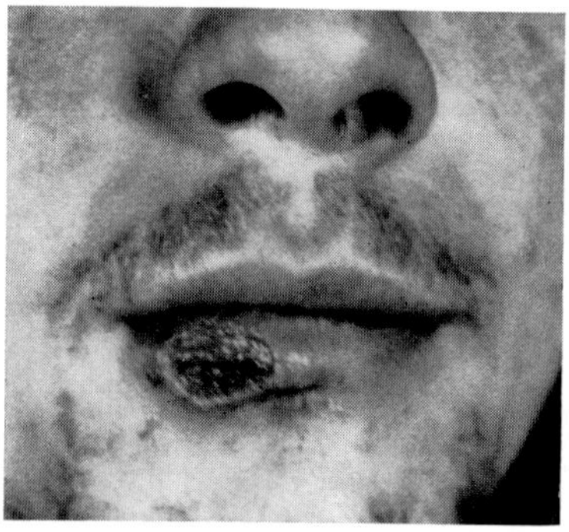

Abb. 113. Tuberkulöses Geschwür an der Unterlippe: die Schmerzhaftigkeit führte den Kranken zum Arzt; so wurde auch die offene Lungentuberkulose entdeckt

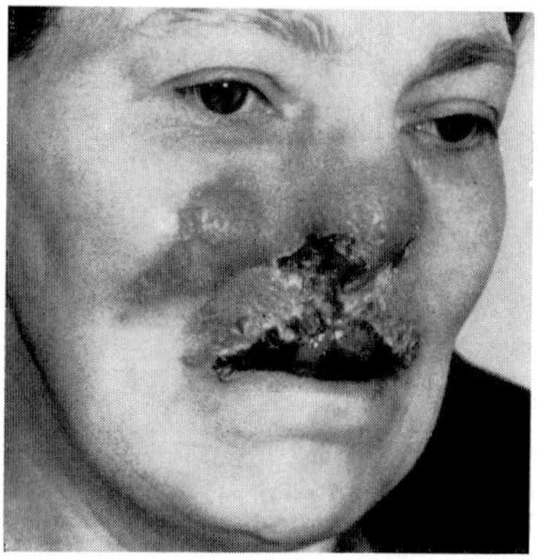

Abb. 114. Lupus exulcerans

und mit Brücken- und Zipfelnarben und Fisteln abheilen. *Sitz:* bes. am Hals bei Jugendlichen, oft von tuberkulösen Lymphknoten ausgehend. *Dg:* Erregernachweis oft positiv. **DD:** abszedierende Lymphadenitis, chronisch-vegetierende Pyodermie, Aktinomykose, Sporotrichose, Lues III. **Ther:** INH (s. u.) und operative Maßnahmen.

—— luposa (Lupus vulgaris). Häufigste Form der Hauttuberkulose.
Sie kann lymphogen, hämatogen, per continuitatem (z. B. von hautnahen Lymphknoten als sog. *Etagenlupus*) und exogen durch Inokulation entstehen. – Erregernachweis gelingt im histologischen Schnitt selten, im Kultur- und Tierversuch häufig.

Beginnt als braunrotes, leicht schuppendes, flaches, *unter Glasdruck apfelgeleefarbenes* Knötchen, in das eine feine *Knopfsonde leicht eindringt*. Der Herd *vergrößert sich* langsam – *im Laufe von Jahren* – peripher und kann im Zentrum mit einer Narbe abheilen, in der oft Rezidivknötchen auftreten. *Sitz:* oft Gesicht.

Formen: Lupus planus s. maculosus (flach), L. verrucosus (warzig), L. exulcerans (geschwürig zerfallend, Abb. 114), L. tumidus (das Hautniveau überragend), L. mutilans (mit starker Gewebszerstörung einhergehend), L. postexanthematicus (multiple Herde am ganzen Körper bes. bei Kindern nach Masern, Röteln). – An den Schleimhäuten bes. des Mundes und der Nase können sagoartige, grauglasige Knötchen entstehen, die leicht zerfallen und ulzerieren.

Dg: Diaskopie (apfelgeleefarbene Infiltrate), Sondenphänomen (Einbruch in das Gewebe), Histologie, Tierversuch (intraperitoneale Beimpfung von Meerschweinchen), Kultur (Spezial-Eier-Nährboden).

DD: Sarkoidose (kaum Zerfallsneigung, oft symmetrisch), Lues III (entwickelt sich rasch, in den Narben keine Rezidivknötchen, kann den darunterliegenden Knochen zerstören), Leishmaniose, Lepra, Erythematodes discoides, Fremdkörpergranulome.

Ther: Kleine Herde weit im Gesunden exzidieren. Auch Excochleation und Nachätzung mit 50%iger Chlorzinklösung (s. Seite 70) hat sich bewährt.

Isoniacid (INH): 5–10 mg/kg tgl. bis zur Erscheinungsfreiheit und dann noch 2–3 Monate.

INH-Nebenwirkungen: Allergien, Leukopenien, GOT-Erhöhung bei Leberanamnese. Akroparästhesien, Pellagroid (Prophylaxe 40–80 mg Benadon tgl.), Alkoholunverträglichkeit, Akne. – INH ist während der Schwangerschaft nicht kontraindiziert.

Bei *INH-Unverträglichkeit* oder -Resistenz stationäre Behandlung mit drei Medikamenten:

Rifampicin:	10 mg/kg tgl.
Ethambutol:	25 mg/kg tgl.
PAS:	200–300 mg/kg tgl.

Auch zusätzliche innerliche Kortikoidgaben (anfangs 30 mg Prednisolon tgl.) sind bisweilen angezeigt und können die Rückbildung der Erscheinungen beschleunigen.

Lit: E. SLANY, Hautarzt **25,** 218 (1974); F. EHRING, Hautarzt **25,** 283 (1974).

Zusätzlich: UV-Druckbestrahlung mit Kromayer-Lampe oder CO_2-Schnee. UV-Ganzbestrahlungen. Bei Lokalisation an den Beinen gefäßaktive Medikamente, Wechselbäder, Fußgymnastik.

—— verrucosa (Verruca necrogenica, Leichentuberkel). Selten. Warzenartige Veränderungen auf lividrötlicher, entzündlich infiltrierter, später kleine Abszesse tragender Haut bes. bei Tierärzten, Sektionsgehilfen, Fleischern an den Händen durch exogene Superinfektion. **DD:** Verruca vulgaris, Lichen ruber verrucosus, chronisch-vegetierende Pyodermie, Epitheliom, tiefe Mykose, Bromoderm, Fremdkörpergranulom, Lupus verrucosus (hierzu fließende Übergänge). **Ther:** INH (s. oben). Evtl. operative Entfernung. Ausnahmsweise Röntgenstrahlen.

3. bei hyperergischer Reaktionslage exanthematisch, schubweise auftretende Tuberkulide:

Man hat angenommen, daß sie hämatogen als Folge einer Organtuberkulose entstehen. Sie haben meist tuberkuloiden Aufbau, und die Betroffenen sollen eine gesteigerte Empfindlichkeit gegen Tuberkulin aufweisen. In letzter Zeit ist es allerdings fraglich geworden, ob bei den „Tuberkuliden" immer eine Tuberkulose ätiologisch eine Rolle spielt, zumal die tuberkulostatische Therapie oft wirkungslos ist.

—— **indurativa** (Erythema induratum Bazin). Schubweise bes. im Winter auftretende, plattenartige und strangförmige, oft ulzerierende Indurationen meist an den Waden bes. bei jungen Frauen. Vielfach wird eine gesteigerte Kälteempfindlichkeit angegeben. – Nur wenn tuberkuloider Aufbau, Zusammenhang mit einer Organtuberkulose, gesteigerte Tuberkulinreaktion, Heilung durch Tuberkulostatika beobachtet werden, kann man von einem Tuberkulid sprechen. Sicher wurden früher allergische Vasculitiden und Periarteriitis nodosa cutanea oft als Erythema induratum angesehen. **DD:** Erythema nodosum (an den Streckseiten lokalisiert), tiefe Mykose, Bromoderm, Panniculitis, Arzneiexanthem. **Ther:** Durchblutungsfördernde Maßnahmen: Wechselbäder, Massagen, Akrotherm-Salbe. Lasonil. Thrombotison. Schutz vor Kälte. Kompressionsverbände. Biersche Stauung. Bettruhe. INH verspricht kaum Erfolg. Prednisolon, zusätzlich 1 g Vitamin C tgl.

—— **lichenoides** (Lichen scrofulosorum). Gruppiert, oft anulär auftretende, blaßgelbe bis bräunliche, stecknadelkopfgroße, follikuläre Knötchen, die häufig ein kleines Schüppchen tragen. Meist bei Jugendlichen am Stamm. Halslymphknoten oft geschwollen. Zuweilen tuberkulöse Iridozyklitis. **DD:** follikuläres seborrhoisches Ekzematid, Lichen pilaris, Lichen syphiliticus (Lues II), lichenoides Arznei-Exanthem, lichenoides Mykid, lichenoide Sarkoidose, Pityriasis rubra pilaris. **Ther:** INH (s. o). Halogenierte Kortikoidsalben. Höhensonne. Vitamin C tgl. 1 g. –

Lit: N. P. Smith et al., Brit. J. of Dermatol. **94,** 319 (1976).

—— **rosaceiformis** (Lupus miliaris disseminatus faciei). Bis hanfkorngroße, bräunlich-livide, unter Glasdruck gelbbraune Knötchen. Meist im Gesicht bei Jugendlichen. Neigt zur Spontanheilung. Histologisch klassisches verkäsendes, tuberkuloides Granulom. Trotzdem tuberkulöse Pathogenese unwahrscheinlich, da Tbc-Bakterien nicht nachgewiesen, Tuberkulinreaktion oft negativ und INH meist wirkungslos. **DD:** Sarkoidose, Rosacea, Kortikoid-Akne, periorale Dermatitis. **Ther:** UV-Licht. Vitamin C 1 g tgl. Evtl. INH.

—— **papulonecrotica** (Papulonekrotisches Tuberkulid). Schubweise auftretende, linsengroße, rötlich-livide bis bräunliche Papeln, die zentral nekrotisch zerfallen und wie ausgestanzt wirkende, varioliforme, von einem Pigmentsaum umgebene Narben hinterlassen. *Sitz:* symmetrisch bes. an den Extremitäten-Streckseiten. **DD:** allergische Vasculitis (es ist fraglich, ob sich diese vom Tuberkulid überhaupt abtrennen läßt), Arzneiexanthem, Lues II, Strofulus, Varizellen, Pityriasis lichenoides et varioliformis acuta, Prurigo subacuta, Pyodermie. **Ther:** Prednisolon. INH hilft nur selten. Durchblutungsfördernde Mittel.

Tularämie (Hasenpest, Nagetierseuche). Meldepflichtig! Erreger (Pasteurella tularensis) wird übertragen durch Insektenstiche, durch Biß erkrankter Nager u. a. – An der Eintrittspforte entsteht nach 3–4 Tagen der *Primäraffekt:* Papel oder Papulopustel, die geschwürig zerfällt. Es folgen Lymphangitis und schmerzhafte regionale *Lymphadenitis.* An der Mundschleimhaut können aphthenartige Erscheinungen und Ulcera auftreten. Zuweilen Beginn mit Konjunktivitis und Lidödem. *Dg:* Tierversuch mit Blut, Eiter, Lymphknotenpunktat. Agglutinationsreaktion. Intrakutantest. **DD:** Katzenkratzkrankheit, Panaritium, tiefe Mykose. **Ther:** Tetracycline, Streptomycin, Chloramphenicol hochdosiert etwa 2 Wochen lang. Vereiterte Lymphknoten spalten.

Tylosis palmo-plantaris als paraneoplastisches Syndrom. Beim Keratoma palmare et plantare hereditarium beobachtete HOWEL-EVANS gehäuft Ösophaguskarzinome. Auch die nicht hereditäre Tylosis palmo-plantaris kann offenbar Zeichen eines Karzinoms der inneren Organe sein.

Ulcus cruris (Unterschenkelgeschwür). *Ät:* meist chronisch-venöse Insuffizienz, seltener arterielle Verschlußkrankheit, zuweilen Kombination. Ferner Ekthyma, Erysipelas gangraenosum, haemolytischer Ikterus, Kryoglobulinämie, Lues, Nervenschädigungen (Ulcus trophoneuroticum), Vasculitis, Periarteriitis nodosa (Bild 68 nach S. 192), Neoplasmen (Bild 75 nach S. 208).

—— arteriosum. Kennzeichen s. Tabelle Seite 248. **Ther:** s. arterielle Verschlußkrankheit. Lokalbehandlung s. u.

—— hypertonicum Martorell. Meist bei 40–60jährigen Frauen mit systolischer und diastolischer Blutdruckerhöhung. Sehr schmerzhaft und therapieresistent. Sitz: meist symmetrisch an der Fibularseite zwischen unterem und mittlerem Drittel. **Ther:** Behandlung der Hypertonie. Entzündungshemmende (Tanderil, Amuno) und gefäßerweiternde Mittel (Ronicol, Complamin). Ultraschall. Paravertebrale Novocain-Infiltration, evtl. lumbale Sympathektomie oder Exzision des Ulcus mit anschließender Hauttransplantation. Lokalbehandlung s. u.

—— venosum ist die Folge chronisch-venöser Insuffizienz (s. d.).

Ther: Evtl. vorhandene Hypertonie, Herzleiden, Diabetes, Adipositas behandeln. Bei Thrombophlebitis Phenylbutazon (z. B. Butazolidin), Tanderil, Venopyronum. Venenmittel s. Varizen.

Beim Liegen Beine hochlagern: Hierfür ist das aufblasbare Venenpolster Dr. May (Österreich) zu empfehlen.

Örtliche Wärmeanwendung ist zu vermeiden; denn sie erweitert das Venensytem und fördert die Stauung.

Differentialdiagnose

Kriterien	**Ulcus venosum**	**Ulcus arteriosum**
Entstehungszeit	oft lange	oft kurz
bevorzugter Sitz	Innenknöchelgegend	Unterschenkelstreckseite
Varizen bzw. Thrombosen	vorhanden oder vorhanden gewesen	—
Freiliegen einer Sehne, starker Dauerschmerz	—	für arterielles Ulcus charakteristisch
Nachlassen der Schmerzen	beim Gehen oder Hochlagern des Beines	beim Stehen oder Herabhängen des Beines
Arterienpulse	tastbar	nicht tastbar
Oszillometerausschläge	vorhanden	vermindert oder fehlen
Auskultation der Gefäße	—	Stenose-Geräusche
Phlebographie	insuffiziente Klappen oder insuffiziente Vv. perforantes	—
Arteriographie	—	Stenosierung oder Verschluß der Arterien

Verödung der vom Ulcus wegführenden *Varizen* (s. d.). *Kompressionsverbände* mit Schaumgummipolster auf Ulcus und Umgebung. Der Patient soll mit solchen Verbänden möglichst viel laufen.

Beim Ulcus cruris kann bes. beim Verbandswechsel eine schwere arterielle oder venöse Blutung auftreten. Zur Blutstillung sollten deshalb immer Mullkompressen und elastische Binden bereitliegen. Bei guter Kompression steht die Blutung.

Lokaltherapie: Abdeckung der Umgebung mit 1 %iger Pyoktaninlösung oder Zinkpaste. Zur Reinigung: Umschläge mit Kal.-permang.-Lösung oder Kampferwein (1:10).

Zur *Entfernung von Nekrosen* Externa mit abdauenden Fermenten z. B. mit Trypsin (Leukase-Salbe oder-Puder, Trypure Novo stabilisiert als Streupuder oder als Spray), mit Streptokinase und Streptodornase (Varidase-Lösung), mit der Kollagenase Clostridiopeptidase A (Iruxol-Salbe) mit Fibrinolysin und Desoxyribonuclease (Fibrolan-Salbe).

Zur *Anregung von Granulationen:* Heftpflaster-Dachziegel-Verbände: 2 cm breite Streifen in senkrechter Richtung zur Hauptachse des Ulcus für 2–3 Tage aufkleben. Auflagen mit reinem Traubenzucker (wirkt u. a. antibakteriell durch osmotische Einflüsse) oder Eigenblut oder eiweißfreiem Blutextrakt (Actihaemyl-Salbe). Schwarzsalbe (Ungt. nigrum): Rp. Argent. nitric. 0,3, Zinc. oxyd. 3,0, Vaselin. flav. ad 30,0. Silberchelat des Phosphorsäure-mono-(2-aminoäthyl)-esters: Dermazellon. Pantothenylalkohol (Bepanthen Roche Salbe). Mineralölraffinat (Granugen-Paste). Chlorophyll (Vulnotox Salbe, -Öl). Tierische Hautgelatine (Gelfoam Puder). Streupuder aus Dextran (Dextranomer).

Bei *überschießenden Granulationen* Ätzung mit Lapisstift oder besser Salben mit fluorierten Kortikoiden unter Okklusivverband für 1–3 Tage.

Bei zu *starker Sekretion* Puder (Nebacetin, Ulcrux). Bei starker *Schmerzhaftigkeit* Panthesin-Balsam (auf Überempfindlichkeit achten!) oder Erbocain-Salbe.

Da gewisse Keime, z. B. Pseudomonas aeruginosa (auf diese Infektion weisen fötider Geruch, blaugrüne Verfärbung des Sekretes, Unterminierung der Wundränder, starke Schmerzhaftigkeit hin), die Heilung verzögern können, ist *bei schlechter Heilungstendenz* eine antibakterielle Behandlung (am besten aufgrund einer Resistenzbestimmung) angezeigt. Empfohlen werden lokal z. B. 0,3%ige Gentamycinlösung, 0,1%ige Gentamycincreme (Refobacin-Creme), Soframycin-Salbe, Terramycin-Salbe, Nebacetin-Salbe, Betaisodona-Salbe.

Collagen-Implant-Braun (mit 0,9%iger NaCl-Lösung anfeuchten und bis zu 10 Tagen auf dem Ulcus belassen). – *Freie Hauttransplantation* mit Dermatom-Lappen (Briefmarkenmethode). Transplantat mit Sofra-Tüll bedecken. Darüber Mullkompressen. Lagerung des Beines für 2 Wochen auf Braunscher Schiene. – Bei kallösem Wundrand radiäre Inzisionen.

Ulcus mixtum. Ulcus infolge Doppelinfektion mit Spirochäta pallida und Haemophilus Ducreyi an derselben Stelle.

Ulcus molle (weicher Schanker). Erreger: Haemophilus Ducreyi. 1–3 Tage nach der Infektion, die fast nur durch den Geschlechtsverkehr erfolgt, entstehen an der Eintrittstelle mehrere (selten nur eins) rundlichovale, schmerzhafte, weiche, bis markstückgroße *Geschwüre mit* zackigen, *unterminierten Rändern.* Sonderformen: U. m. elevatum, U. m. folliculare, U. m. serpiginosum, U. m. gangraenosum. *Sitz:* bes. Glans, Frenulum, Praeputium, Labien. Meist einseitige Schwellung der Leistenlymphknoten *(Bubonen)*, die durch die gerötete Haut brechen (schankröser Bubo). *Dg:* Abstrich aus unterminiertem Geschwürsrand. Autoinokulation: Geschwürseiter durch Skarifikation übertragen, Impfstelle mit Uhrglas abdecken. Nach 1–2 Tagen entstehen Ulcera mollia. **DD:** Lues I. Herpes genitalis. Bei Frauen auch Ulcus vulvae acutum. **Ther:** Sulfonamide (z. B. Durenat am 1. Tag 1 g, dann 0,5 g tgl. 8 Tage lang). Co-Trimoxazol z. B. Sulfotrimin 5 Tage lang tgl. 2 × 2 Tbl., dann einige Tage tgl. 2 × 1 Tbl. – Gentamycin (2 × 80 mg Refobacin tgl. i. m., 9 Tage lang) ist offensichtlich bes. wirkungsvoll. Die genannten Mittel verschleiern eine gleichzeitig erworbene Lues nicht. – Tetracycline (2 g tgl., 10–14 Tage lang). Streptomycin (1,0 g, 5 Tage lang).

Ulcus vulvae acutum Lipschütz. Solitär oder multipel, meist vor dem 25. Lebensjahr auftretende, sehr schmerzhafte Geschwüre, in denen sich der Bacillus crassus nachweisen läßt. Dieser ist aber nicht der Erreger. Oft Schüttelfrost. Fieber, *Sitz:* bes. Innenseite der kleinen Labien. *Ät. Path:* Variante einer Aphthosis? **DD:** Lues I und II, Ulcus molle. **Ther:** Sitzbäder mit Tannosynt (flüssig) Kal. permang.-Lösung. Betupfen mit 1%iger wäßriger Pyoktaninlösung oder 1%iger Silbernitratlösung. Betaisodona Salbe oder -Vaginal-Gel. Aureomycin Salbe. Soframycin-Salbe. Leukomycin-Salbe.

Ulerythema ophryogenes (Keratosis pilaris rubra atrophicans faciei). Unregelmäßig dominant erblich. Beginnt in früher Kindheit. Follikuläre Verhornungen auf geröteter Haut. Führt zu follikulären Närbchen mit irreversiblem Haarausfall bes. der lateralen Augenbrauen. *Sitz:* bes. Augenbrauen (lateraler Teil), Wangen, Oberlippe, Kapillitium. *Ät:* zur Keratosis pilaris gehörig? **DD:** Erythematodes chronicus, Sycosis simplex, Keratosis pilaris faciei. **Ther:** 5%ige Salizylsalbe. Vitamin-A-Säure-Creme. CO_2-Schnee. Höhensonne. Gesichtssauna.

Unguis incarnatus (eingewachsener Nagel). Durch Druck der Nagelplatte (Plattfuß!) bei zu engen Schuhen, durch zu starkes Beschneiden der Nagelränder und andere unbekannte Ursachen wird der Rand der Nagelplatte in den seitlichen Nagelfalz gedrückt. Dieser entzündet sich. Es kann zur Paronychie mit wuchernden Granulationen kommen. *Sitz:* meist Großzehe. In der Regel werden junge Menschen befallen.

Ther: Nach Leitungsanästhesie (ohne Vasokonstriktor!) Keilexzision des seitlichen Nagelrandes und der angrenzenden Weichteile mit dem Granulom von der Zehenspitze bis etwa 4 mm proximalwärts des Nagelfalzes (Abb. 115). Keilexzision bis auf das Periost! Seitliche Nagelmatrix durch scharfe Ablösung, evtl. durch scharfen Löffel, entfernen. Wundränder durch Situationsnähte nähern. 3–5 Tage Bettruhe. Die hierdurch entstehende Verschmälerung des Nagels stört kaum.

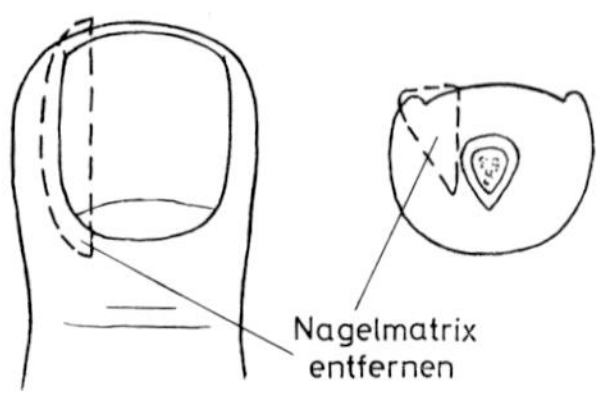

Abb. 115.

Zusätzliche Nagelentfernung erleichtert das Anlegen der Situationsnähte. Alleinige Nagelextraktion genügt nicht, da sie zum Rezidiv führt.

Nagel nur gerade beschneiden, nicht halbrund. – Mit Sonde Salbengazestreifen zwischen Nagel und Nagelbett schieben. – Dünnfräsen der Nagelmitte; hierbei Mund- und Nasenschutz für den Behandelnden, da durch Einatmung evtl. mykotisch infizierten Nagelmaterials eine Lungenmykose entstehen kann. –

Unruhige Beine (restless legs, Asthenia crurum paraesthetica). Brennende, kribbelnde Mißempfindungen, wenn sich die Beine in Ruhe befinden, bes. nach dem Zubettgehen. Beine können nicht still gehalten werden. Bei Bewegung lassen die Beschwerden nach. Schlafstörungen sind die Folge. Das Leiden ist häufig und kann in jedem Alter auftreten. *Ät. Path:* Eisenmangel? Intoxikationen verschiedener Art? **Ther:** Bei Eisenmangel Eisen. Sonst Valium, Ronicol, Vasculat versuchen.

Unterlippenschwellung, umschriebene —. Selten. *Ät. Path:* einseitiges gewundenes Segment der A. labialis. *Dg:* tastbare Pulsation. **DD:** Fibrom, Lippenzyste. **Ther:** meist nicht erforderlich. Exzision nur nach Vorbereitung auf arterielle Blutung.

Uranitis glandularis. Bis linsengroße, weißliche Papeln mit einem zentralen roten Pünktchen, aus dem bei Druck ein Tropfen klarer Flüssigkeit hervorquillt. Sitz: Gaumen. *Ät. Path:* Tabakabusus (*Leukokeratosis nicotinica palati*), Mentholabusus. Mangelhafte Mundhygiene fördert die Entstehung. Androtropie. **DD:** Lichen ruber planus, Schleimhautnaevus, idiopathische oder präkanzeröse Leukoplakie. **Ther:** Noxe ausschalten. Evtl. Operation.

Urethritis non gonorrhoica des Mannes verläuft meist milder als der Tripper und hat seltener Komplikationen (z. B. Epididymitis). Ursächlich kommen in Betracht:

Allergie gegenüber Gewürzen, Nahrungs- und Genußmitteln. Die U. kann ferner im Gefolge einer allergischen Balanoposthitis (z. B. Kondomdermatitis) auftreten. **Ther:** wenn möglich Noxe ausschalten. Antihistaminika, Kortikoide.

Allgemeinerkrankungen z. B. Behçet-Syndrom, Brucellosen, Diabetes, Gicht, Mumps, Oxalurie, Pellagra, Pemphigus vulgaris, Phosphaturie, Reitersche Krankheit, Sepsis, Stevens-Johnson-Syndrom, Typhus abdominalis, Varicellen, Variola vera.

Chemische Einwirkungen: z. B. durch Sanierung, irrtümliche Injektion von Ätzmitteln. **Ther:** Kortikoide lokal und evtl. innerlich.

Hefepilzinfektionen (bes. Candida albicans) verlaufen subakut (Juckreiz, zuweilen Brennen beim Wasserlassen, geringer morgendlicher Ausfluß) selten akut (eitriger Ausfluß, Harndrang). Auf normaler Schleimhaut sind Hefepilze nicht obligat pathogen. Ihre Vermehrung wird gefördert durch Bakterien (bes. Gonokokken), Trichomonaden, Viren. *Dg:* Kultur. **Ther:** Instillation von Amphotericin B zur Infusion.

Lokalerkrankungen der Urethra wie Lichen ruber, Lues, Tumoren, Ulcus molle. Ferner kann eine Prostata-Operation oder eine Prostatitis zur U. führen.

Mykoplasmen sind pleomorphe Mikroorganismen, die im Gegensatz zu Bakterien keine Zellwand besitzen und nur auf Spezialnährböden züchtbar sind. Sie lassen sich nicht selten bei nichtgonorrhoischer, postgonorrhoischer Urethritis sowie bei Prostata-Urethritis nachweisen. **Ther:** Tetracycline (z. B. Hostacyclin, Mysteclin) oder Erythromycin.

Pseudogonokokken können mikroskopisch nicht von Gonokokken unterschieden werden, sondern nur durch besondere Kultur (s. Seite 90). Sie sind meist penicillinresistent. **Ther:** Behandlung nach Resistenzanalyse. Meist sind Tetracycline, Nitrofuran-Verbindungen (Furadantin), Sulfonamide geeignet.

Ferner sind Cephalosporinderivate (Sefril) wirkungsvoll. Zusätzlich Harndesinfizientien (Buccosperin) und Durchspülung mit Tee (Urologicum Nattermann).

Psychogene Faktoren. Die Betroffenen klagen über Schmerz, Jucken oder Brennen beim Wasserlassen. Objektiv kein Befund. **Ther:** Sedierung. Psychotherapie.

Thermische Einwirkungen z. B. durch Heizkissen, Einführung noch heißer Instrumente, Unterkühlung durch Radfahren. **Ther:** evtl. Kortikoide.

Traumen. Häufiges Quetschen des Penis durch den überängstlichen Patienten (sog. *Quetsch-Urethritis*). Ferner Druck durch Dauerkatheter.

Trichomoniasis (s. d.)

Viren z. B. *Chlamydozoen* (Einschluß-Urethritis). Übertragen durch Coitus. Inkubationszeit 7–14 Tage. Befällt fast nur die Pars anterior der Urethra. Ausfluß, Brennen beim Harnlassen. *Dg:* Nachweis von basophilen, zytoplasmatischen Einschlußkörpern nach Giemsa-Färbung in den Epithelien. **Ther:** Sulfonamide, Tetracycline, Erythromycin. Waschungen des Genitales mit Dermowas. – *Herpes simplex-Virus:* Ausfluß, Brennen beim Wasserlassen, oft in Hoden und Leistengegend ausstrahlende Schmerzen. Nach 2 Wochen spontane Rückbildung. Große Rezidivneigung. **Ther:** Spülungen mit Kal.-permang.-Lösung (1:10 000). S. Herpes simplex.

URTICARIA

(Nesselsucht)

Diese Reaktionskrankheit der Haut ist gekennzeichnet durch schubweise aufschießende, kurze Zeit (Minuten bis Stunden) bestehende, stark juckende bis handtellergroße, relativ scharf begrenzte, erhabene Quaddeln, denen ein entzündliches Ödem im Corium zugrunde liegt. Die juckenden Quaddeln werden nicht blutig zerkratzt sondern nur gerieben. Gleichzeitig mit der Haut oder für sich allein können die Schleimhäute befallen sein (bei Pharynx-, Larynx-, Glottisbeteiligung Erstickungsgefahr!). Die U. geht zuweilen mit Schocksymptomen (Brechreiz, Blutdruckabfall, Kollaps) einher (Badetod bei Kälte-U.!).

Die Quaddeln sind rötlich *(U. rubra)* oder durch Druck des Ödems auf die Gefäße weißlich *(U. porcellanea)*, bei zentraler Rückbildung gyriert oder serpiginös. Selten entstehen Bläschen oder Blasen *(U. vesiculosa s. bullosa)*. Als Folge von Hämorrhagien kann eine vorübergehende, leichte Pigmentierung auftreten *(U. cum pigmentatione)*. Bei der *U. profunda* (= Quinckesches Ödem, s. d.) bildet sich das Ödem in der Subkutis.

Man unterscheidet: 1. Die *akute* U. tritt plötzlich mit einem Quaddelschub (evtl. mit Fieber) auf. Die Hautveränderungen schwinden in der Regel innerhalb weniger Tage. 2. Bei der *chronisch rezidivierenden U.* kommt es in Intervallen immer wieder zu U.-Schüben.

Ferner unterscheidet man nach pathogenetischen Gesichtspunkten zwei Formen:

1. Bei der endogenen U. gelangen Substanzen aus krankhaft veränderten Geweben (von chronisch-entzündlichen Prozessen, Tumoren u. a.) oder durch Resorption aus dem Magen-Darm-Trakt (z. B. Arzneimittel, Toxine aus Eiweißabbauprodukten, Allergene aus Nahrungsmitteln) in den Kreislauf und lösen die U. aus. 2. die exogene U. wird durch Toxine, die von außen eindringen (Brennesseln, Insektenstiche u. a.), oder durch physikalische Einwirkungen hervorgerufen. Während bei der endogenen U. die ätiologische Abklärung nur selten gelingt, läßt sich bei der physikalischen U. der Auslösungsmechanismus meist genau bestimmen.

Die **physikalische U.** ist – im Gegensatz zur chronisch rezidivierenden U. – monomorph, zeigt keine Figurierung, tritt nur selten nachts im Schlaf auf und spricht mit Ausnahme der Druck-U. nicht auf Kortikoide an. Zur physikalischen U. gehören:

1. U. factitia. Hierbei entstehen 1–2 Minuten nach Reiben oder Scheuern Juckreiz, Erythem und Ödem.

2. Druck-U. Hierbei kommt es 3–5 Stunden nach Druckeinwirkung zu einer anfangs juckenden, später schmerzhaften (eosinophilenreichen) Entzündung von Kutis und Subkutis. Rückbildung nach 12–48 Stunden.

3. Bei der *Kälte-Kontakt-U.* bleiben die Quaddeln auf den exponierten Hautbezirk begrenzt. Sie läßt sich durch Chloräthylspray oder Auflegen eines Eiswürfels nachweisen. Sie tritt idiopathisch oder symptomatisch bei Kryoglobulinämie (oft zusammen mit Kälte-Purpura und Raynaud-Symptomen) und bei Kälte-Hämoglobinurie auf. **DD:** Kälte-Panniculitis.

4. Bei der *cholinergischen Wärme-U.* (sog. Wärme-„Reflex-U.") entstehen nach einem Schweißausbruch – infolge Erregung der cholinergischen, sudomotorischen Nervenbahnen – stecknadelkopfgroße Quaddeln mit leuchtend rotem Hof bes. am Stamm. Wird hervorgerufen durch: Saunabad, heißes Voll-, sehr heißes Teilbad, körperliche Anstrengung („Anstrengungs-U."), emotionelle Erregung („psychogene U.").

5. Die *Licht-U.* kann durch kurzwelliges und langwelliges UV-Licht, durch sichtbares Licht und Infrarot ausgelöst werden. Sie tritt idiopathisch oder symptomatisch bei Protoporphyrinämie auf.

Ät. Path: Bei der Entstehung der Urticaria spielen verschiedene Faktoren – oft mehrere gleichzeitig – eine Rolle:

1. *Allergie* gegenüber Arznei-, Nahrungs- und Genußmitteln (z. B. Penicillin, Krebse, Muscheln, Erdbeeren), Würmern (Ascariden, Bandwürmern, bei Kindern selten auch Oxyuren), zuweilen gegenüber inhalierten Stoffen (z. B. Pollen, Federn). Auch obligat urtikariogene pflanzliche (z. B. von Brennesseln) und tierische (z. B. von Meerestieren) Toxine können Allergencharakter annehmen und zu einer generalisierten U. führen.

Eine Allergie läßt sich bei der akuten U. oft – bei der chronisch-rezidivierenden U. (besteht länger als 6 Wochen) nur selten – nachweisen. Überhaupt gelingt die ursächliche Klärung bei der chronisch-rezidivierenden U. nur ganz selten.

Zur Feststellung einer Nahrungsmittelallergie ist die Intrakutantestung nur selten und nur im erscheinungsfreien Intervall brauchbar. Wertvoller sind Eliminations- und Expositionsproben.

2. *Gastrointestinale Störungen* (Säuremangel, Obstipation u. a.)

3. Andere *innere Erkrankungen:* Leber- u. Pankreasleiden, Diabetes, Karzinom, Leukämie, Morbus Hodgkin

4. selten *Fokalinfekte* (Tonsillen, Nebenhöhlen, Zähne, Gallenblase, Adnexe, Prostata)

5. hormonelle, *neurovegetative* und *psychogene* Faktoren

6. *physikalische Faktoren:* Reibung, Druck, Kälte, Wärme, Strahlen.

Wichtig erscheint für die Entstehung der U. die Freisetzung von Histamin (tritt bei U. im Blutplasma vermehrt auf) und ähnlich wirkender Substanzen und deren Einfluß auf die Hautgefäße.

Ther: Äußerlich. Essigwasser (1 Eßlöffel auf 1 l Wasser). 1% Menthol, 0,5% Phenol-Spiritus. Kortikoid-Externa (z. B. Sanapredon-Lotio). Antihistaminhaltige Gele (Soventol-Gelee). 5%ige Calmitol-Schüttelmixtur. Lauwarme Duschen.

Innerlich. Ausschaltung der Noxe. Untersuchung von Magen, Darm, Leber, Blut usw. Fokussuche. Bei Verdacht auf Nahrungsmittelallergie *Suchdiät:*

Methode: 1. Karlsbader Salz, 2. Tierkohle, 3. drei Tage lang schwarzer Tee und Zwieback, dann Suchkost (nacheinander Schleimsuppen, Reis, Kartoffeln, Zucker, Gemüse usw. – Beim Rezidiv ist das letzte Nahrungsmittel als Ursache verdächtig.) Vermeidung von Kaffee, Nikotin, Kochsalz.

Antihistaminika (s. Seite 162). Evtl. Versuch mit Epsilon-Aminocapronsäure (8 g tgl.). Gefäßabdichtende Substanzen: Calcium-Sandoz langsam i. v. *Kortikoide*, bei schweren, akuten Fällen Prednisolon 250 mg i. v. Zur Dauerbehandlung nur ausnahmsweise und nur in niedriger Dosis z. B. als Adeptolon forte. Vegetativ *sedierende* Mittel, z. B. Bellergal, Insidon, Librium, Calcibronat. Zur *Beseitigung pathologischer Darmflora* 3–5 Tage Aureomycin 4 × 250 mg tgl. oder Chloramphenicol 1,5 g tgl., dann Neuaufbau mit Omniflora, Colivit. Colifer. Zuweilen helfen Nystatin oder Amphotericin B, auch wenn Symptome einer Candidiasis fehlen. – Evtl. Acidol-Pepsin, Panzynorm. *Umstimmung:* Eigenblutinjektionen 2mal wöchtl. ansteigend von 4 auf 40 ml. Vaccineurin i. v. Schwitzbäder. Subaquale Darmbäder. Klimawechsel. Höhensonne. Gammaglobulin. Histadestal. Desensibilisierung bes. bei Inhalationsallergenen.

Physikalische U.: 1. symptomatisch Antihistaminika. 2. Gewöhnung an den auslösenden Reiz durch ansteigende Ganzkörperexposition. 3. Kortikoide nur bei Druck-U. 4. Bei Kälte-U. Penicillin (10 Mill. E. Megacillin). Versuch mit Indometacin (3 Kapseln Amuno tgl.). 5. Bei Licht-U. Antimalariamittel und Lichtschutzmittel (z. B. Contralum).

Urticaria aquagenica (Wasserurtikaria). Follikuläre, urtikarielle Hautveränderungen nach Wasserkontakt. Lit: S. L. CHALAMIDAS et al., Arch. Dermatol. **104**, 541 (1971).

—, Kontakt-Urticaria. Besondere, seltene Form der Kontaktdermatitis mit urticarieller Reaktion, die generalisiert sein und mit einem Schock einhergehen kann.

Die Reaktion entsteht wenige (bis 30) Minuten nach dem Kontakt mit der Noxe z. B. mit Cephalosporinen, Penicillin, Streptomycin, Benzophenon, Nahrungsmitteln (Kartoffeln, Fisch u. a.), Brennesseln, Rhus, Raupenhaaren, Meerestieren. Die Noxe muß die Haut durchdringen, ehe die Urticaria auftritt. *Dg:* Anamnese! Verdächtige Substanz auf die Unterarmbeugeseite bringen. Bei positiver Reaktion Quaddelbildung nach wenigen Minuten. Schockbekämpfung vorbereiten! **DD:** Kontaktdermatitis vom Spättyp. **Ther:** Evtl. Kortikoide, Antihistaminika. Lit: R. B. Odom et al., Z. Hautkr. **51,** 815 (1976).

*

Urticaria pigmentosa. Bis linsengroße (selten größere) hell- bis dunkelbraune, flache, zuweilen auch erhabene, mehr oder weniger dicht stehende, manchmal nur vereinzelte Herde, die nach Reiben urtikariell werden.

Histologisch: *Anhäufung von Mastzellen,* die bei Irritation Histamin (verursacht Vasodilatation, lokales Ödem und Hyperpigmentierung durch Stimulierung der Melanozyten) und Heparin an die Umgebung abgeben.

Krankheitsbeginn meist in den ersten Lebensmonaten. Zuweilen Rückbildung während der Pubertät. *Sitz:* bes. Stamm. **DD:** Urticaria cum pigmentatione (banale Urticaria).

Ther: versucht wurden Reserpin, Resochin, Antihistaminika, Fieberkuren.

—— **bullosa** mit Blasenbildung (fast nur bei Kindern).

—— **haemorrhagica** (Mastocytosis macularis haemorrhagica, Teleangiectasia macularis eruptiva perstans) mit Hautblutungen und Teleangiektasien, fast nur bei Erwachsenen.

—— **xanthelasmoidea:** ovale, gelbliche, etwas erhabene Herde.

Weitere Formen: **Mastozytom:** halbkugeliger, harter, braunroter Tumor bes. an einer Extremität bei Säuglingen. – **Mastzell-Erythrodermie** (bullöse diffuse Mastozytose, diffuse mastzellige Retikulose der Haut). Gelblichbräunliche, orangenschalenartige, infiltrierte Haut mit Quaddeln, Juckreiz und Blasen. Sehr selten. Prognose in der Regel günstig. **DD:** Epidermolysis bullosa.

Selten finden sich bei der Urticaria pigmentosa *Mastzellanhäufungen in Knochen, inneren Organen und Blut* (Mastzellenleukämie). **Ther:** Kortikoide.

Vakzinations-Schäden (Schäden nach Pockenschutz-Impfung). *Ekzema vaccinatum* (s. d.).

Enzephalitis postvaccinalis. Bes. bei Erstimpflingen jenseits des 3. Lebensjahres. 10–11 Tage nach der Impfung plötzlich hohes Fieber, Meningitis, Enzephalitis. Letalität 30–60%. Oft Spätfolgen.

Impfkeloid s. Keloid.

Impfpocken-Abweichungen: Area bullosa (Blasenbildung im Area-Bereich der Impfpocke). *Area migrans* (Große, peripher fortschreitende Impfpocke). *Vaccina serpiginosa* (Serpiginös konfluierte Nebenpocken). *Vaccinolae* (Lymphogen in der Nachbarschaft entstandene Nebenpocken).

Postvakzinales Exanthem kann 5–11 Tage nach Erstimpfung auftreten und morbilli-, scarlatiniform, urtikariell sein oder einem Erythema exsudativum ähneln. Spontane Rückbildung. *Ät:* allergische Reaktion (?).

Vaccina gangraenosa.* Bei Abwehrschwäche heilen die Vakzinepusteln nicht ab, sondern bilden große Nekrosen.

* Siehe Fußnote Seite 256

Ther: s. u.

Vaccina generalisata.* Hämatogene Aussaat infolge Agamma- oder Dysgammaglobulinämie, meist bei Erstimpflingen um den 10. Tag. Letalität etwa 80%. **Ther:** Dermatolpuder. Aureomycin Wundpuder. Soframycin Salbe. Pyodron-Schüttelmixtur. Immunglobuline. Kreislaufmittel. Antibiotische Abschirmung. Am Auge: Irgamid-Augensalbe.

Vaccina inoculata.* Autoinokulation beim Impfling selbst durch Verschmieren der Vakzine auf andere Körperstellen oder als Heteroinokulation infolge Übertragung des Vakzinevirus auf andere Personen (Abb. 116, Bild 83 vor S. 225), deren Impfschutz erloschen ist (**DD:** Lues I, II, Tularämie). **Ther:** s. o.

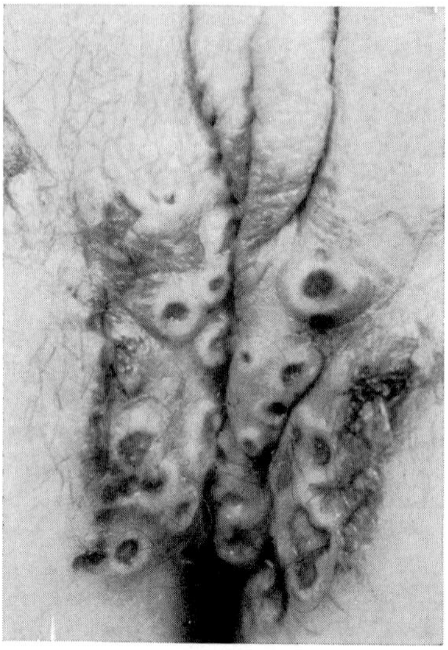

Abb. 116. Vaccina inoculata (Vulva)

Vamp (engl. Vorschuh) **Disease.** Schmerzhafte, entzündliche, clavusartige Anschwellung der Dorsalseite des Großzehengrundgelenkes bei Frauen. *Ät. Path:* Druck des Schuhrandes. **Ther:** anfangs genügt Vermeidung der drückenden Schuhe, später ist evtl. Exzision der Veränderung nötig. Lit: L. Shapiro et al., Arch. Derm. **102,** 661 (1970).

Variola minor (Alastrim, weiße Pocken, Kaffernpocken). Erreger: offenbar Variante des Pockenvirus. Leicht verlaufende Pockenform. Prognose meist gut. **Ther:** antibakterielle Salben und Pasten.

Variola vera (Pocken, Blattern). Erreger: Variolavirus. Inkubationszeit 8–18 Tage. Prodromalstadium (Viraemie: Erreger läßt sich in dieser

* Es heißt Vaccina und nicht Vaccinia; das Wort ist abgeleitet von vaccinus (von Kühen) und nicht von vaccinium (Hyazinthe, Heidelbeere).

Phase aus dem Blut züchten): hohes Fieber (kein Schüttelfrost), Erbrechen, starke Kreuzschmerzen, hochinfektiöse katarrhalische Erscheinungen (Pharyngitis, Tonsillitis, Rhinitis), morbilli- oder scarlatiniformes Vorexanthem (rash). Eruptionsstadium ab 3./4. Krankheitstag: Temperaturabfall, Auftreten kleiner roter Flecken, die sich in blaßrote Papeln umwandeln. Diese werden etwa am 6. Krankheitstage zu erbsgroßen, zentral gedellten (Pockennabel) Blasen. *Sitz:* zunächst Gesicht, Kopf, Mundschleimhaut, dann Hände und Füße. Befall der Handinnenflächen und Fußsohlen spricht für Pocken. Der Stamm ist weniger befallen, die Bauchregion bleibt meist frei. Am 7./8. Krankheitstag beginnt das Suppurationsstadium mit gelblicher Eintrübung des Blaseninhaltes, zweitem Fieberanstieg und Verschlechterung des Allgemeinbefindens. Die Rötung um die einzelnen Blasen nimmt zu. Gefahr des Herz- und Kreislaufversagens durch Toxineinschwemmung ins Blut.

Überlebt der Kranke dieses Stadium, so beginnen die Effloreszenzen am 11./12. Tag einzutrocknen: Exsikkationsstadium. Das Fieber fällt ab. Die Pusteln trocknen zu Borken ein und hinterlassen oft Pockennarben, die auf der Hornhaut zu Erblindung führen können. Nach dem Abfall der Krusten erlischt die Ansteckungsgefahr.

Bösartige Verlaufsformen:

1. *Purpura variolosa* beginnt mit Blutungen unter die Konjunktiven, in Haut und Schleimhäute. Der Tod tritt schon nach 2–3 Tagen ein, vor der Bildung von Pusteln;

DD:

	Variola	Varizellen
Anamnese	Kontakt mit Pockenkranken in den letzten 4 Wochen	
Inkubationszeit	8–18 Tage	12–21 Tage
Beginn	mit hohem Fieber, das dem Exanthem vorausgeht	mit Fieber u. Exanthem gleichzeitig
4tägiges Prodromalstadium	Kreuz-, Kopf-, Gliederschmerzen; oft rash	fehlt
Lokalisation der Effloreszenzen	zentrifugale Anordnung: Gesicht, Unterarme, Volae, Plantae. Bauchregion meist frei	zentripetale Anordnung: bes. Stamm. Volae u. Plantae meist frei
klinisches Bild	oft uniform, wenigstens bezirksweise	multiform, da schubweise auftretend. Gleichzeitig Flecken, Papeln, Bläschen, Pusteln, Krusten
Pusteln	genabelt, dickwandig, lassen sich wegen Kammerung nur unvollständig entleeren	nicht immer genabelt, oberflächlich, dünnwandig, ungekammert, lassen sich ausdrücken

deshalb ist die Erkennung nur im Zusammenhang mit anderen Pockenfällen möglich.

2. *Bei sekundär-hämorrhagischer Variola* kommt es zu Blutungen in die Bläschen. Es folgt allgemeine Hämorrhagie. Nach 10tägiger Krankheitsdauer tritt meist der Tod ein.

3. *Variola confluens:* zusammenfließende Pusteln. Letalität bis 60%.

Dg: Anamnese (war Kontaktmöglichkeit mit einem Pockenkranken in den letzten 3–4 Wochen gegeben?). Laboruntersuchungen: lichtoptischer Nachweis der Elementärkörperchen im Ausstrich von Bläscheninhalt. Elektronenoptischer Nachweis quaderförmiger Elementarkörper. Eikultur. Serologische Methoden.

DD: Vaccina generalisata, Ekzema herpeticatum, Ekzema vaccinatum, Zoster generalisatus, pustulöse Syphilis, Erythema exsudativum multiforme, Pyodermie, Dermatitis herpetiformis Duhring.

Bei Pockenverdacht in der Praxis: Personalien der Personen feststellen, die mit dem Verdachtsfall Kontakt hatten. Sofortige Unterrichtung des Amtsarztes. Pockenverdächtigen nicht mit öffentlichem Verkehrsmittel in ein Krankenhaus schicken! Schon Pockenverdacht ist meldepflichtig!

Prophyl: Schutzimpfung. Erstimpfung möglichst nicht nach dem 3. Lebensjahr, da dann die Komplikationsrate (bes. der Enzephalitis) ansteigt. Bei überalterten Erstimpflingen Vorimpfung mit Vaccinia-Antigen. Zurückstellungsgründe sind: Akute und chronische Dermatosen, bes. Ekzem (beim Impfling und in seiner Umgebung), Antikörpermangelsyndrom, geschwächter EZ und KZ, Gravidität (bes. I.–V. und X. Monat). – Bei Dermatosen ist die Haut erst erscheinungsfrei zu machen und dann möglichst stationär zu impfen.

Ther: Nur symptomatisch. Breitbandantibiotika gegen die Sekundärinfektion. Gamma-Globulin. Antibakterielle Salben (z. B Aureomycin) und Sprays (Nebacetin). Betupfung mit 1%igem Gentianaviolett u. ä. Kalte Kompressen mit Rivanol (1:10000).

Bei Purpura variolosa Kortikoide und gleichzeitig ein Breitbandantibiotikum versuchen.

Variolois. Pockeninfektion bei Schutzgeimpften. Verläuft leicht, oft treten nur wenige Pockenbläschen auf, so daß die Krankheit häufig verkannt wird. Sie ist deshalb eine gefährliche Infektionsquelle für Variola. Initialsymptome können vorkommen, Suppurationsfieber fehlt oft. Abheilung beginnt vielfach schon am 5.–7. Krankheitstag, meist ohne Hinterlassung von Narben. **Ther:** Antibakterielle Salben.

Varixknoten. Bildet sich im Verlaufe einer Varize wahrscheinlich infolge organisierter, rezidivierender Thrombosen.

Varizellen (Windpocken). Viruskrankheit (s. d.). Erstinfektion nicht immuner Personen mit dem „Varizellen-Zoster-Virus“.

Erstinfektion: Varizellen
Zweitinfektion: Zoster

Inkubationszeit: 14–17 Tage. Beginnt oft mit leichtem Fieber. Ein Tag später treten linsengroße, *rote Flecken* auf, die sich in *Papeln* und dann in, oft *zentral gedellte, Bläschen* und später in *Pusteln* umwandeln. Diese sind nach 1–2 Tagen mit gelb-bräunlichen *Krusten* bedeckt. Selten hämorrhagische Effloreszenzen. Das schubweise auftretende, zuweilen juckende Exanthem zeigt ein polymorphes Bild, das mit einem Sternhimmel verglichen wird. *Sitz:* Stamm, Gesicht, *Capillitium, Mundschleimhaut* (gelblich belegte Erosionen bes. am Gaumen). Befallen werden meist Kinder.

Prognose meist gut. Bei Erwachsenen ist der Verlauf oft schwerer (Fieber, Gelenkschmerzen u. a.). Nicht selten bakterielle Sekundärinfektion (z. B. Impetigo contagiosa, Furunkel). Selten Meningoenzephalitis, Nephritis, Otitis media, Pneumonie.

Die Prognose ist schlecht bei Patienten, die (z. B. wegen rheumatischen Fiebers) Kortikoide bekommen. In solchen Fällen ist die Steroiddosis auf das Doppelte und mehr zu erhöhen und Gammaglobulin zu geben.

Varizellen-Infektionen können *während der ersten drei Schwangerschaftsmonate* zu *Embryopathien* führen. Bei Infektion in der 5. Graviditätswoche treten Katarakte auf, in der 5.–7. Woche Herzfehler, in der 5.–12. Woche Innenohrschäden.

Nur solche Krankenschwestern dürfen während der ersten drei Schwangerschaftsmonate Zoster- und Varizellen-Patienten pflegen, die selbst Varizellen gehabt haben. Bei Varizellen-Kontakt während der ersten drei Schwangerschaftsmonate sollen Frauen, die noch keine Windpocken gehabt haben, eine Gammaglobulin-Prophylaxe bekommen.

Ansteckungsgefahr besteht *bis zum Abfall der Krusten.*

DD: Ekzem herpeticatum, pustulöses Syphilid, Strophulus (keine Schleimhautbeteiligung), Variola, Variolois, varizelliforme Pyodermie, Zoster generalisatus.

Ther: Bei Fieber Bettruhe. Kleinkindern Kratzmanschetten anlegen. Vioformschüttelmixtur (1%ig). Pyodron- oder Neo-Pyodron Schüttelmixtur. Bei Sekundärinfektion Antibiotika. Bei schweren Fällen Gammaglobulin.

VARIZEN

(Krampfadern)

sind erweiterte, geschlängelte Venen bes. an den Beinen. Der venöse Rückstrom erfolgt über die oberflächlichen (Vv.saphenae) und zum weitaus größten Teil über die tiefen Venen. Sie sind miteinander verbunden durch die *Crossen* (la crosse = Bischofskrummstab) und die *Vv.perforantes.*

Als *Crossen* bezeichnet man die erweiterten Einmündungsstellen der V. saphena magna in die V. femoralis und der V. saphena parva in die V. poplitea. Die *Vv. perforantes* perforieren die Faszie.

Crossen und Vv. perforantes haben Klappen, welche die venöse Strömung von der Oberfläche nur in die Tiefe zulassen. Bei *Klappeninsuffizienz* wird dagegen das Blut von den tiefen in die oberflächlichen Venen gepumpt. Diese sind nun einem stoßweisen Druck ausgesetzt; es lastet auf ihnen der ungeteilte Druck der Blutsäule. Varizenbildungen und Stauungserscheinungen sind die Folgen.

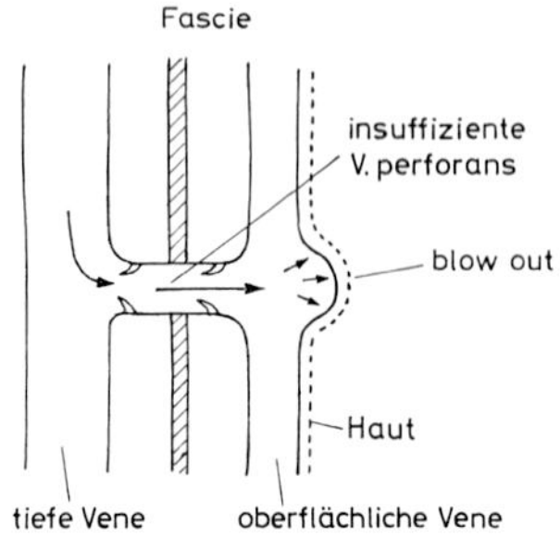

Abb. 117. Klappeninsuffizienz mit blow-out

Zeichen einer Insuffizienz der Vv. p.:

1. Blow-out: blasig erscheinende, bis daumenkuppengroße Ausbuchtung einer oberflächlichen Vene (Abb. 117) am stehenden Patienten.
2. Unter dem blow-out liegende Faszienlücke, die als rund-ovales Loch tastbar ist.

Nachweis einer Klappeninsuffizienz:

1. Crossen, Vv. perforantes und Varizen lassen sich am besten am stehenden Kranken erkennen.
2. *Undulationsversuch:* die Crosse liegt dort, wo man nach Klopfen auf den distalen Varizenstamm die Stoßwelle fühlt. Eine Crosseninsuffizienz besteht, wenn sich ein Stoß auf die Crosse in die peripheren Varizen fortsetzt.
3. *Hustentest:* man legt eine Fingerspitze auf die V. saphena magna etwas distal von ihrer Einmüdnung in die V. femoralis. Wenn man einen Hustenstoß tastet, so ist die Einmündungsklappe insuffizient.
4. *Doppler-Ultraschallsonde.*
5. Ein *sicherer* Nachweis der insuffizienten Perforansvenen ist nur mit der *Phlebographie* möglich.

—, primäre sind Folge einer angeborenen Bindegewebsschwäche oder minderwertiger Venenklappen. Sie treten meist nach der Pubertät auf. Ihre Entstehung wird gefördert durch stehende Tätigkeit, Adipositas, Schwangerschaft. Sie verursachen keine Beschwerden, solange die Vv. p. und die Muskelpumpe intakt sind. Sie führen aber leicht zu Varikothrombose, da sie bes. bei längerer Bettruhe eine Zirkulationsverlangsamung bedingen.

—, sekundäre entwickeln sich an normal angelegten Venen meist als Folge einer tiefen Thrombophlebitis. Das Blut staut sich in den tiefen Venen. Die Klappen der Vv. p. und schließlich auch die der oberflächlichen Venen werden durch Überdehnung der Wände insuffizient: es entstehen sekundäre Varizen.
Die Unterscheidung zwischen primären und sekundären Varizen ist nicht immer möglich. Kombinationen beider Formen kommen vor.

Insuffizienz der Vv. p. und tiefe Thrombophlebitiden führen zu **chronisch-venöser Insuffizienz***. Ihre Zeichen sind:

---

* Die Bezeichnung „postthrombotisches oder postthrombophlebitisches Syndrom“ und „variköser Symptomenkomplex“ sollten vermieden werden; denn in der Praxis

1. Bis münzgroße, hellrote oder purpurfarbene Stauungsflecken über der Durchtrittstelle einer V. perforans.

Stern- oder fächerförmig gestaltete *Pinselfiguren* an der Innenseite der Unterschenkel im distalen Drittel.

2. Venenerweiterungen an den Seiten der Füße (*Corona phlebectatica paraplantaris*).

3. *Pigmentierungen:* infolge erhöhten Venendruckes treten Kapillarblutungen auf. Es kommt bes. am unteren Drittel der Unterschenkel zu gelblich-bräunlichen (Pigmentpurpura, Dermite jaune d'ocre) oder blau-violetten Verfärbungen. Diese entstehen bes. durch Hämosiderinablagerungen. Oft ist auch eine Melaninzunahme nachzuweisen: sie ist die Folge vermehrter Melanozytenaktivität bei der chronisch entzündlichen Veränderung.

4. Leichte Ermüdbarkeit, *Spannungs-* und *Schweregefühl* in den Beinen Brennen der Fußsohlen. Zunahme dieser Beschwerden bei längerem Stehen und Nachlassen beim Umhergehen.

5. Perimalleoläres und/oder prätibiales *Ödem,* das bei horizontaler Lagerung der Beine wieder zurückgeht. Besteht das Ödem längere Zeit, so kann infolge chronisch-entzündlicher fibroblastischer Vorgänge eine *Dermatosklerose* (Unterschenkelver*schwielung,* „harte Beine") entstehen. Schuppung, Hyperkeratose, papillomatöse Wucherung (s. Elephantiasis) und Calcinosis cutis dystrophica (s. d.) können hinzutreten.

6. *Atrophie blanche* (s. d.).

7. Oft kommt es zur Entstehung eines mikrobiellen oder Stauungs-*Ekzems.*

8. Das wichtigste Symptom ist das *Ulcus cruris venosum.*

Prophyl: Übergewicht beseitigen. Vermeidung von bewegungslosem Sitzen und Stehen. Zu empfehlen sind: Spaziergänge, Treppensteigen, Schwimmen, Beingymnastik, Massagen, Bürstenbäder, Gymnastiksandalen, evtl. Einlagen.

Bettruhe ist möglichst zu vermeiden. Keine Wärmeanwendung (keine Sonnenbestrahlung, keine heißen Bäder) an den Beinen; denn hierdurch wird die Stauungsneigung gefördert, die Venen werden erweitert.

Ther: Kompressionsverbände z. B. mit Lohmann-Dauerbinde, Elko Rosidal-Binde. Einfach anzulegen ist der Kreuzverband nach Pütter: man beginnt mit einer Bindentour über dem Fußgelenk. Die 1. Binde wird von innen nach außen, die 2. von außen nach innen abgerollt. Der Verband reicht vom Großzehengrundgelenk bis unter das Knie. Ist das Bein durch solche Verbände entstaut und ist der Patient nicht imstande, sich diesen Verband selbst anzulegen, so kann ein Zinkleimverband für 1–3 Wochen angewickelt werden. Lockert sich dieser durch weiteren Rückgang des Ödems, so muß er erneuert werden.

---

kann man diese Syndrome, die etwa dem Terminus „chronisch-venöse Insuffizienz" entsprechen, oft nicht genau unterscheiden.

Klebende Kompressionsbinden (z. B. Elastoplast) sind als Dauerverband für das ganze Bein, einschließlich Kniegelenk, bes. geeignet, da sie rutschfest sind. Allerdings reizen sie zuweilen die Haut. Gut verträglich ist dagegen das neue luftdurchlässige Elastoplast L mit Polyacrylatklebemasse sowie Tricoplast.

Wirkungsweise: Die Muskeln können bei der Kontraktion nicht mehr nach außen, sondern nur noch nach innen auf die Gefäße drücken. Die Muskelpumpe übt ihre Funktion wieder richtig aus. Die Einengung des gesamten Querschnittes beschleunigt den Blutstrom (Entstauung). Vorhandene Thromben werden an die Wand gepreßt und fixiert (Embolieprophylaxe) *Der Kompressionsverband wird erst durch Umhergehen voll wirksam.*

Kompressionsstrümpfe dienen bes. zur Nachsorge z. B. nach Sklerosierung, Operation, Ulcusbehandlung.

Voraussetzung für die Verordnung: der Patient muß die Strümpfe tgl. tragen und in der Lage sein, sie anzuziehen oder sie sich anziehen zu lassen (Adipositas!).

Bei Verordnung sind *Kompressionsklasse* und Strumpflänge anzugeben:

Klasse 1: Leichte Kompression bes. zur Prophylaxe z. B. bei Schwangerschaftsvarizen.

Klasse 2: Mittlere Kompression bei abendlichem Anschwellen der Füße.

Klasse 3: Starke Kompression bei ausgeprägter chronisch-venöser Insuffizienz, Unterschenkelverschwielung.

Klasse 4: Sehr starke Kompression bei Elephantiasis, Lymphödem.

Strumpflänge:

Kniestrumpf reicht bis unterhalb des Knies
Halbschenkelstrumpf reicht bis über das Knie } hierbei ist eine Halterung
Schenkelstrumpf reicht bis zur Leiste } mit zu verordnen
Strumpfhose.

Beim Maßnehmen muß das Bein völlig abgeschwollen sein!

Operative Maßnahmen sind bes. angezeigt bei ausgeprägter Varikosis im Hauptstammgebiet der Vv. saphena magna et parva mit Insuffizienz der Mündungsklappen. Insuffiziente Vv. p. lassen sich ebenfalls operativ ausschalten.

Die *Verödungstherapie* eignet sich für die Praxis

Verödungsmittel: 20–25%ige sterile *Kochsalzlösung* (3–5 ml pro Injektion) sensibilisiert nicht – zum Unterschied von allen anderen Mitteln –, ruft aber oft Wadenkrämpfe hervor und führt bei paravenöser Injektion zu Nekrosen. Zur Verhütung der Wadenkrämpfe hat man der Kochsalzlösung Procain hinzugefügt (Varicophtin), das allerdings sensibilisieren kann. *Jodverbindungen* (Sklerodestal 2%, 4%, 8%, 12%, Varigloban 2%, 4%, 8%, 12%) haben dunkle Farbe und lassen das angesaugte Blut nur schwer erkennen. *Fettsäureverbindungen*, d. h. Seifen (Varicocid 5%, 10%). Natriumtetradezylsulfat (Thrombovar 1%, 3%, 5%). Das Anästhetikum *Hydroxypolyäthoxy-Dodecan* (Aethoxysklerol 0,5%, 1%, 2%, 3%, 4% und Phlebodestal 0,5%, 1,5%, 3%, 5%) hat den Vorteil, daß paravenöse Injektion kleinerer Mengen auch höherprozentiger Lösungen nicht zu Nekrosen führt.

Schwere allergische Reaktionen nach Verödungen sind selten. Trotzdem muß eine Schockbehandlung vorbereitet sein. – Die Gefahr einer Embolie als Injektionsfolge ist sehr gering.

Verödungsplan:
1. *Crossen* der Vv.saphenae.
2. *Vv.perforantes* des Oberschenkels: die wichtigsten treten am Übergang vom mittleren zum unteren Drittel durch den Adduktorenkanal (sog. Doddsche Gruppe).
3. Vv.perforantes des Unterschenkels. Besonders wichtig sind die an der inneren Kniegegend (Boydsche V.perforans) sowie die hinter und oberhalb des inneren Knöchels (Cocketsche Gruppe) gelegenen.
4. weitere Varizenäste.

Oft fällt nach Verödung der Crossen und der Vv.perforantes am Oberschenkel der gesamte distale Varizenstamm zusammen.

Menge und Konzentration des Verödungsmittels hängen ab vom Varizendurchmesser.

Die Verödung erfolgt in der Regel in das waagerecht gelagerte Bein.

Nach der Verödung Mulltupfer kräftig auf Einstichstelle drücken und Bein vom Fuß her mit 2–3 elastischen Binden straff einwickeln. Dann soll der Patient 2 Stunden spazierengehen. Nach einigen Tagen kann ein intravariköses Hämatom (Rötung, Schwellung, Fluktuation) entstehen. Dieses ist zu inzidieren und auszudrücken. Danach Kompressionsverband.

Kontra-Indikationen der Verödung: Bettlägerigkeit, Fieber, eitrige Angina, Pyodermie, Klippel-Trenaunay-Syndrom, Ödem (ist vorher durch Kompressionsverbände, evtl. durch Herztherapie zu beseitigen), ausgedehnte Schwangerschaftsvarikosis, postthrombotische Zustände mit Verschluß der tiefen Venen.

Zur Prüfung der Durchgängigkeit der tiefen Venen dienen
1. *Perthes-Test:* unter dem Knie Gummischlauch anlegen, mit dem der Pat. umherläuft. Bei Durchgängigkeit werden die zunächst gefüllten oberflächlichen Venen beim Gehen leergesaugt.
2. *Mahorner-Howard-Ochsner-Test* (Modifikation nach SCHNEIDER): Bein vom Fuß bis oberhalb der Varize stramm wickeln. Pat. 10–30 Min. umhergehen lassen. Treten keine Schmerzen auf, so sind die tiefen Venen durchgängig.

Sog. *Venenmittel* sollen die abnorm durchlässige Kapillarwand festigen, der Entstehung des Ödems entgegenwirken, Schweregefühl und Schmerzen lindern. Sie enthalten u. a. Aescin, Hesperidin, Rutin (z. B. Rexiluven Dragees, Essaven-Kapseln, -Tropfen, Essaven ultra, Veno-B 15 Kapseln, Varico sanol forte). Gewisse Diuretika wie Triamteren, Bemetizid (Dehydro sanol tri) können im Frühstadium der chronisch-venösen Insuffizienz sowie im Spätstadium mit Stauungsschmerzen gegeben werden. Benzaron (Fragivix Tbl.) begünstigt die Fibrinolyse im Bereich der Venenwand beim varikösen Patienten, wirkt antithrombotisch und soll deshalb bei Venenleiden geeignet sein.

Varizen-Blutung. Ther: hinlegen, Bein hochheben, sterilen Tupfer auf Blutungsstelle, Kompressionsverband.

Varizen der Handflächen und Finger im Alter. Blaue, gewundene, dilatierte Gefäße (Altersphlebektasien) an der Beugeseite der Finger (Endglieder bleiben frei) weniger der Handflächen.

Vasculitis allergica superficialis RUITER. Symmetrisch ausgebreitete, polymorphe Effloreszenzen, bes. an den Beinen. Man unterscheidet drei Typen, die ineinander übergehen können:

1. *Hämorrhagischer Typ:* Purpura Schönlein-Henoch, Purpura rheumatica, Purpura anaphylactoidea.

2. *Polymorph-nodulärer Typ* entspricht dem Tri- bzw. Pentasymptom Gougerot mit Papeln, Petechien, Bläschen, Ulzerationen, Nekrosen.

3. *Papulonekrotischer Typ:* hämorrhagische Papeln, zentrale Nekrose, narbige Abheilung.

Dg: Histologisch: fibrinoide Gefäßwandverquellung, Leukoklasie im Korium.

—— profunda (Vasculitis nodosa) ergreift bes. die in der Subkutis gelegenen Arterien, die größere Gebiete versorgen. Die Erscheinungen sind größer als bei der V. a. superficialis, asymmetrisch und monomorph: meist einzelne, knoten- oder plattenförmige, hautfarbene bis blaurote, selten ulzerierende Infiltrate mit torpidem Verlauf. *Sitz:* bes. Unterschenkel jüngerer Frauen.

Hierher gehören auch das *Erythema nodosum* und *Erythema induratum.* Wenn ihnen eine Tuberkulose zugrunde liegt, so sind sie lediglich eine Vasculitis nodosa mit bekannter Ätiologie. Ferner umfaßt der Begriff ,,Vasculitis nodosa“ die *Periarteriitis nodosa cutanea benigna,* die *Thrombophlebitis saltans* und die *Lipogranulomatosis subcutanea Rothmann-Makai.*

Ät. Path: Vaskuläre Reaktionen gegen hämatogen zugeführte bakterielle oder chemische (bes. Arzneimittel) Antigene. Hypertonus und Nikotinabusus fördern offenbar die Entstehung.

Ther: Verdächtige Arzneimittel absetzen. Hochdruck, Diabetes behandeln. Nikotinverbot. Fokussanierung. Körperliche Schonung (Bettruhe). Zur Gefäßabdichtung Reparil, Venoruton, Ruticalzon.

Kortikoide (30 mg Prednisolon tgl. und mehr über mehrere Wochen). Zusätzlich Antibiotika (nach Resistenzbestimmung), wenn eine urogenitale oder sonstige Infektion gesichert ist. – Evtl. Versuch mit Chloroquin (750–1000 mg Resochin tgl.) oder mit Azathioprin (Imurek). Bei V. a. profunda zusätzlich Kompressionsverbände.

Vaselinoderm. Vaseline führt bei längerem Gebrauch zu Akanthose und Hyperkeratose. Es können an plane Warzen erinnernde Knötchen mit Neigung zur Konfluenz entstehen. Mineralölhaltige Vaseline kann zu Erscheinungen führen, die einem Chloasma virginum periorale, einer Teerakne und bei Sonnenexposition einer Teersonnendermatitis mit nachfolgender Melanose entsprechen.

Verätzung (Cauterisatio). Alkalien erzeugen unscharf begrenzte, weiche, gequollene *Kolliquationsnekrosen.* Säuren verursachen scharf begrenzte *Koagulationsnekrosen* mit pergamentartigen, derben und festhaftenden Ätzschorfen. Nach Salpetersäure entstehen gelbe, nach Salzsäure schmutzigweiße, nach Schwefelsäure zunächst weiße, dann schwarze Schorfe. Man unterscheidet ausgebreitete und kleine, scharf umschriebene Verätzungen. Diese entstehen z. B. durch Chrom oder Ätzkalk und rufen tiefe, torpide, vogelaugenähnliche Geschwüre (daher „*pigeonneau*" oder auch „*Stieglitz*") hervor. **Ther:** Unter fließendem Wasser gut abspülen. Kortikoidsalben. Flußsäureverätzungen mit 1–30 ml Kalziumglukonatlösung (10%) unterspritzen. Hierdurch soll schwerlösliches CaF_2 gebildet werden und die Entstehung tiefer Nekrosen und eine evtl. tödlich verlaufende Resorption verhindert werden. Auch eine frühzeitige Exzision wird bei Flußsäure-Verätzung empfohlen. – Bei Chromverätzungen Chelate (Titriplex) lokal oder als i. v. Infusion.

Verruca seborrhoica seu **senilis** (Alterswarze, Basalzellpapillom). Gewöhnlich erst ab 5. Dezennium entstehende, hellbraune bis braunschwarze, papilläre, fettige, wie auf die Haut aufgesteckte, rundliche bis ovale, meist in großer Zahl auftretende Neubildungen (Abb. 118). Sie sind linsen- bis bohnengroß, manchmal auch größer und jucken zuweilen etwas. Am Stamm liegt ihr größter Durchmesser in der Regel parallel zu den Spaltlinien. Gelegentlich kommen pilzartige Geschwülste vor (Bild 85 vor S. 225). Die Alterswarzen sind – ebenso wie die oft mit ihnen gleichzeitig vorkommenden senilen Angiome – als Naevi tardi aufzufassen. Eine maligne Entartung ist ganz selten. *Sitz:* bes. Rumpf, Gesicht. **DD:** Melanom, Pigmentnaevus, Keratosis senilis. **Ther:** *Abkratzen mit scharfem Löffel*, Betupfen mit Eisenchloridlösung. Hochtouriges Schleifen. Vorsichtiges, wiederholtes Ätzen mit Phenol. liquef. unter Schonung der gesunden Haut. – Elektrische Schlinge. Exzision. CO_2-Schnee. Röntgenstrahlen sind nur in Ausnahmefällen zu verantworten, und zwar bei Personen über 60 Jahren mit ausgedehntem Befall und quälendem Juckreiz. –

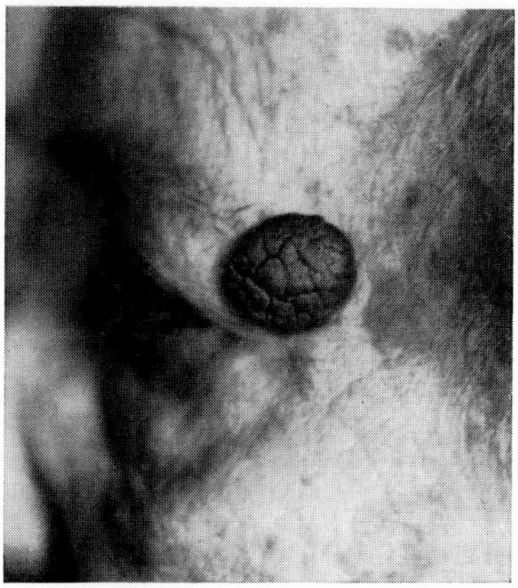

Abb. 118. Verruca senilis

Verrucae (Warzen). Gutartige, infektiöse (Inkubationszeit 4 Wochen bis 20 Monate), durch ein Virus hervorgerufene, epitheliale Neubildungen, die sich in etwa 25% der Fälle spontan zurückbilden. Am häufigsten werden Kinder und Jugendliche befallen. Mangelnde Durchblutung (z. B. Akrozyanose) fördert die Entstehung. Die unterschiedliche Gestalt der Warzen ist terrainbedingt. – S. auch Condylomata acuminata.

Allgemein-therapeutischer Hinweis. Das Ziel der Warzenbehandlung ist eine narbenlose Abheilung. Wie schwierig es ist, dieses zu erreichen, geht aus der Vielzahl der Therapievorschläge hervor. Die Rezidivquote dürfte bei allen Methoden gleich groß sein. Durch Suggestionstherapie können alle – am besten die planen – Warzen beeinflußt werden.

Keine Röntgenbestrahlung!
Erfolg unsicher!
Röntgenschädigung aber häufig!

— filiformes (Pinselwarzen, Abb. 119). Fadenförmige Wucherungen, bes. im Gesicht. **Ther:** Scherenschlag. Elektrische Schlinge. Scharfer Löffel, Eisenchloridlösung.

— planae juveniles (Abb. 120). Flache, rundliche bis ovale, seltener polygonale, graugelbliche bis rötliche, epidermale Papeln von 2–4 mm Durchmesser, oft in großer Zahl ausgesät bes. bei Jugendlichen. *Sitz:* Gesicht (hier wird die Aus-

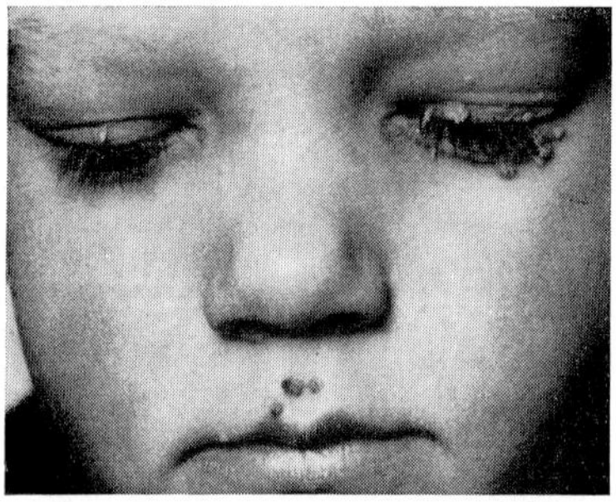

Abb. 119. Pinselwarzen bes. an den Augenlidern

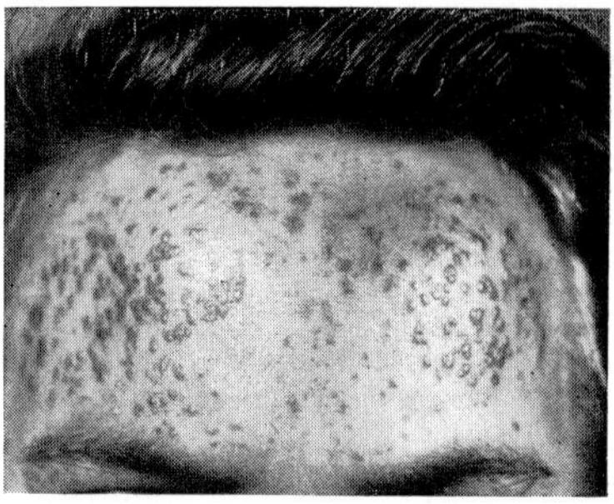

Abb. 120. Verrucae planae juveniles

breitung durch Rasur gefördert), Handrücken, distale Hälfte der Unterarme. **DD:** an den Handrücken Akrokeratosis verruciformis, Lichen ruber (glänzende Oberfläche, Wickhamsche Streifen), bei älteren Leuten Verrucae seniles. **Ther:** Suggestivtherapie. Röntgenscheinbestrahlung. Vitamin-A-Säure-Creme (0,05 %ig) 2mal tgl. dünn auftragen. Resorcin-Zinkpaste (5 %ig im Gesicht, 10 %ig an den Händen). Pinseln mit Tinctura Thujae. Betupfen mit Rp. Hydrarg. bichlorat. 0,1, Acid. salic. 3,0, Spir. dil. ad 100,0. Pinseln mit CO_2-Aceton-Schnee. *Innerlich:* Vitamin A tgl. 100 000–150 000 E. beim Kind, 200 000 bis 300 000 E. beim Erwachsenen. Thuja oligoplex (3mal tgl. 15 Tropfen). Bei Sitz an den Akren und peripherer Minderdurchblutung zusätzlich Hydergin, Defluina, Trental oder Trental 400.

— plantares (Sohlen- oder Dornwarzen). Ihre Oberfläche ist kaum vorgewölbt, sie wachsen infolge der Körperlast dornartig in die Tiefe, sind oft von einer Schwiele bedeckt und sehr druckschmerzhaft. *Sitz:* bes. Druckstellen der Fußsohlen (Metatarsalknochenköpfchen).

Die Warze wird häufig erst nach Ablösung der „Schwiele" sichtbar. Sie zeigt eine körnige, weißliche, druckschmerzhafte Masse, die von einem hyperkeratotischen Ring eingefaßt wird. Zwischen Ring und Warze sieht man eine deutliche Furche. Die Papillarlinien sind im Bereich der Warze unterbrochen. Bei der Schwiele ist das nicht der Fall. Außerdem zeigt der druckschmerzhafte Warzendorn – zum Unterschied von Clavus und Callus – oft schwärzliche Punkte (hochgewachsene, kleinste Hämorrhagien).

Die Infektion erfolgt durch Barfußgehen z. B. im Schwimmbad.

Ther: *Fußwarzensalbe* (Rp. Acid. salicyl. 8, Phenol. liquef. 8, Ol. thym. 8, Beta-Naphthol. 8, Resorcin 8, Ungt. moll. ad 100) morgens und abends dick auftragen und mit Heftpflaster bedecken. 1mal wöchtl. obere Schichten abtragen. – 60%iges Salizylsäurepflaster (Guttaplast) tgl. aufkleben, alle 1–2 Wochen erweichte Hornschicht abschaben. – Tgl. abraspeln und dann mit 30%igem Formalinspiritus pinseln. – Orthopädische Behandlung etwaiger Senk- und Spreizfüße.

Fotochemotherapie s. u.

CO_2-Schnee-Vereisung etwa 60 Sek. – Flüssigen Stickstoff mit Wattestäbchen solange (etwa 30 Sek.) auftragen, bis die Warze steinhart gefroren ist. Dann ensteht eine Blase, die man nach 2–3 Tagen abtragen kann. –

Lokalanästhesie (evtl. Vollnarkose), *Exkochleation,* hyperkeratotischen Rand mit Schere im Gesunden abtragen und einebnen. Danach mindestens 3 Tage Waschverbot, bei größeren Warzen Bettruhe. Plantarwarzen rezidivieren nicht aus der Tiefe, sondern vom Rand her; deshalb Entfernung der nach der Operation vom Rande her vorwachsenden Hornmassen und Desinfektion der Umgebung mit Sol. Castellani oder Merfentinktur. Evtl. zusätzlich Vitamin A (300 000 E. tgl. bei Erwachsenen).

In hartnäckigen Fällen nach Abflachung der Warze 1%ige *Bleomycin*lösung (mit Dermo-Jet-Druckinjektor) injizieren. Danach für 24 Std. Okklusivverband.

Lit: A. L. Hudson, Arch. Dermatol. **112,** 1179 (1976).

Bei Akroasphyxie *durchblutungsfördernde* Maßnahmen: Wechselbäder, Rubriment u. ä. Trental, Hydergin, Defluina u. ä. – Evtl. vorhandene *Hyperhidrosis* behandeln.

— vulgares. Anfangs flache, hautfarbene, später bis bohnengroße, derbe, graugelbe bis schwärzliche Knötchen mit verhornter, zerklüfteter Oberfläche. *Sitz:* Hände (Bild 86 nach S. 248), Knie, behaarter Kopf (hier als fingerförmige Exkreszenzen sog. *Verrucae digitatae*), Mundschleimhaut z. B. Zunge (nach Abbeißen von Warzen). An den Palmae und Plantae haben die Warzen zuweilen einen glatten, wallartigen Rand und ein scharf begrenztes, fein gefeldertes Zentrum: *Mosaikwarzen.*

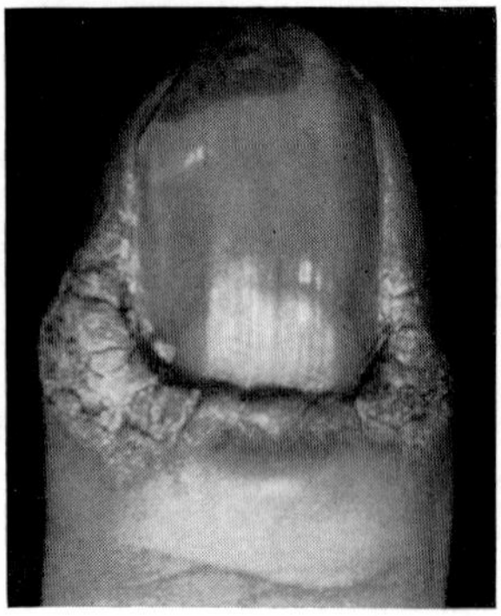

Abb. 121. Periunguale Warze

Ther: Suggestivbehandlung. Jeden 2.–3. Tag pinseln mit Sol. Castellani, darüber wasserdichtes Heftpflaster. Verrucid. *Flüssigen Stickstoff* 10–30 Sek. mit Watteträger aufpinseln. CO_2-Schnee-Vereisung. Lokalanästhesie, auskratzen mit scharfem Löffel, Blutstillung mit 10%iger Eisenchloridlösung oder *Albothyl.* – Wiederholte Unterspritzung mit 0,9%iger NaCl-Lösung. Elektrolyse. Kaltkaustik.

Ätzmittel: Rp. Podophyllin 20, Alkohol (96%) ad 100 Phenol. liquef. .– Clabin, Collomack, Warzen-Alldahin.

Bei multiplen, großflächigen, peri- und subungualen Warzen: *Fotochemotherapie:* 1mal wöchtl. oberflächliche Hornschicht abtragen, dann Meladinine Lösung (0,15% 8-Methoxypsoralen) auftragen. Nach 30 Min. Bestrahlung mit Kromayer-Lampe oder Hanau-Höhensonne oder UVA-Strahler. Evtl. Nebenerscheinung: Blasenbildung.

Bei therapierefraktären, mutilierenden Warzen *ausnahmsweise Methotrexat* und zwar 5 mg alle 12 Std. über 3 Tage (= 30 mg) in Abständen von etwa 2 Wochen.

Evtl. vorhandene Hyperhidrosis behandeln. Durchblutungsfördernde Maßnahmen bes. bei Akrozyanose und bei zahlreichen Warzen: Wechselbäder, Bäder mit Pernionin. Bindegewebsmassage der Arme. *Innerlich:* Defluina, Hydergin, Trental u. ä. – Thuja occidentalis D_2, 3mal 10 Tropfen tgl. vor den Mahlzeiten.

Verrucosis generalisata (Epidermodysplasia verruciformis Lewandowski u. Lutz). Sehr selten. Beginnt in früher Kindheit mit Aussaat von Verrucae planae und Verrucae vulgares zunächst an Hand- und Fußrücken; später Generalisation. *Spontanheilung* einzelner oder aller Warzen wurde *nicht beobachtet.* Hinzu treten Plantar- und Feigwarzen sowie bes. an lichtexponierten Stellen aktinische Keratosen, Basalzellpapillome. Basaliome, Morbus Bowen, Spinaliome. *Ät:* generalisierte Warzenform bei bes. genetisch verankerter Disposition. **Ther:** Versuch mit hohen Dosen Vitamin A (300 000 E. bei Erwachsenen tgl.). Hydergin. Entfernung der Epitheliome mit elektrischer Schlinge oder Skalpell.

Vinylchlorid-Krankheit. Berufskrankheit bei Arbeitern in der Polyvinylchloridherstellenden Industrie. Oberbauchbeschwerden, Müdigkeit, Schwindelgefühl, Potenzstörung, Kälteempfindlichkeit an Armen und Händen, sklerodermieähnliche Hautveränderungen, Raynaud-Symptomatik, Akroosteolyse, Thrombozytopenie, Splenomegalie, Leberschaden u. a. Nach Beendigung des schädigenden beruflichen Kontaktes bilden sich die Hautveränderungen zurück. Lit: C.-E. Lange et al., Hautarzt Suppl. I, 135.

Viruskrankheiten der Haut und Schleimhäute.

A. Infektionen durch DNS-Viren: Herpesgruppe [Herpes simplex (s. d.), Varizellen, Zoster], Papillomgruppe (Feigwarzen, Schleimhautwarzen, Verrucae planae, — plantares, — vulgares, Verrucosis generalisata), Pockengruppe (Alastrim, Ekthyma contagiosum, Kuhpocken (echte), Melkerknoten, Molluscum contagiosum, Vakzinationsschäden, Variola vera).

B. Infektionen durch RNS-Viren mit Hauterscheinungen: Coxsackie-Viren (Hand-Fuß-Mund-Krankheit, Herpangina Zahorsky, s. auch Coxsackie-Virus-Infektionen), ECHO-Viren, Erythema infectiosum, Exanthema subitum, Maul- und Klauenseuche Myxo-Viren (s. Grippe-Exanthem), Paramyxoviren (Masern, Parainfluenza-Infektion, Parotitis epidemica), Polio-Virus (Poliomyelitis), Rhabdo-Viren (Marburg-Virus-Krankheit, Stomatitis vesiculosa), Toga-Gruppe (Röteln). C. Mononucleosis infectiosa (Erreger: Epstein-Barr-Virus?). *D. Chlamydozoen-Infektionen* (Einschluß-Urethritis, Katzenkratz-Krankheit, Lymphogranuloma inguinale, Ornithose).

Vitiligo (Weißfleckenkrankheit, Scheckhaut). Häufigste Hypopigmentierung. Pigmentfreie, weiße, scharf umschriebene, meist langsam größer werdende oder auch konfluierende Flecke mit oft hyperpigmentiertem Rand. Die Herde zeigen erhöhte Lichtempfindlichkeit. – Tritt zuweilen zusammen mit perniziöser Anämie oder Hyperthyreoidismus oder Morbus Addison auf. *Sitz:* bes. stärker pigmentierte Hautbezirke wie Gesicht, Hals, Hände, Anogenitalgegend. – Am Capillitium wachsen die Haare manchmal stellenweise weiß (Poliosis circumscripta). *Ät. Path:* Autoimmunkrankheit? Vererbungsfaktoren? **Ther:** *Praktisch* kommt *nur Färben der Haut* mit Dihydrooxyaceton (Viticolor) oder Abdecken mit Covermark waterproof in Frage. – Dunkle Ränder mit Depigman forte entfärben. – Versuch mit intraläsionaler Injektion von Kortikoid-Kristallsuspension.

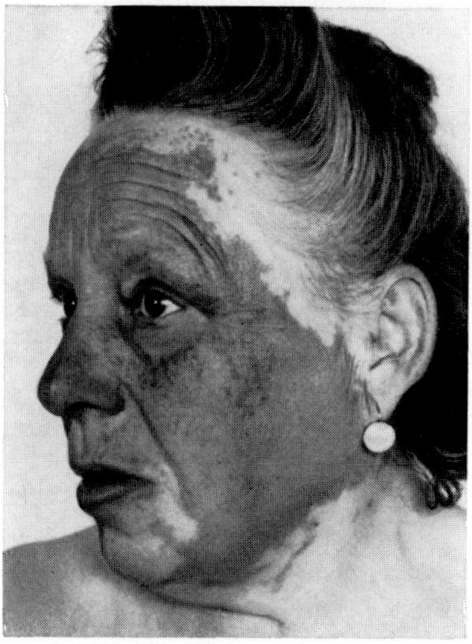

Abb. 122. Vitiligo

Mehrmonatige, örtliche Anwendung von hochwirksamen halogenierten Kortikoiden. 8-Methoxypsoralen + UVA (s. Psoriasis). Trimethylpsoralen (20–40 mg) per os, 2 Std. später Sonnenexposition. Diese Behandlungsmethoden sind langwierig und bringen nur bei einem Teil der Fälle ein befriedigendes Ergebnis.

Vitiligo, berufsbedingte —. Durch langzeitigen Kontakt mit p-tertiär-Butylphenol können Vitiligo, Hepatose und Struma hervorgerufen werden. Lit: P. J. Goldmann et., Hautarzt **27,** 155 (1976).

Vogt-Koyanagi-Syndrom. Prämature Poliosis und Alopezie, Ausfall der Wimpern, Vitiligo bes. an den Händen, chron. bilaterale Uveitis, Dysakusis. *Ät. Path:* Virusinfektion?

Vorhautverklebung (angeborene). Häufig bei Säuglingen und Kleinkindern. **Ther:** Vorhaut soweit wie möglich zurückziehen, Verklebung mit der Knopfsonde lösen. Blutungen vermeiden, um neue Verklebung zu verhindern. Vorhautsack reinigen, Kortikoidsalbe einbringen.

Vulvitis. Entzündung der Vulva mit Rötung, Schwellung, Brennen und Juckreiz (Pruritus vulvae). *Ät. Path:* Diabetes, Trichomonaden, Soor, Gonorrhoe, Filzläuse u. a. **Ther:** kausal.

Vulvitis chronica plasmacellularis. Ödematöse, fleckige, lackartig glänzende Rötung mit herdförmigen Petechien. Histologisch: Plasmazellinfiltration mit Hämosiderinablagerungen und Ausbildung von „Reaktionszentren". *Ät. Path:* bes. entzündliche Reaktion auf verschiedene Reize. **DD:** Erythroplasie Queyrat, diabetische oder mykotische Vulvitis. **Ther:** Versuch mit intrafokaler Injektion von Kortikoid-Kristallsuspension.

Vulvovaginitis, Vulvitis s. Gonorrhoe, Oxyuris vermicularis, Soormykose der Scheide, Trichomoniasis, Vaccina inoculata.

Vulvovaginitis herpetica tritt als *Erstinfektion* bei Kindern auf; meist schwerer, fieberhafter Verlauf: Ödem der Vulva mit Bläschenaussaat. Die Vagina kann mitbefallen sein. Die *Sekundärinfektion* bei Erwachsenen und bei Kindern verläuft leicht, rezidiviert oft. Besteht eine V.h. bei einer Graviden, so kann das Neugeborene bei der Geburt infiziert werden und an einer meist letalen Herpessepsis erkranken. **Ther:** Virunguent. Virunguent P .

Wanzenbiß (Bettwanze = Cimex lectularius) ruft juckende, häufig linear fußstapfenartig hintereinander angeordnete Quaddeln, seltener Blasen, hervor. Allmählich kann Gewöhnung eintreten, und die Bisse führen nicht mehr zur Reaktion. *Sitz:* nicht bedeckte Hautstellen (Gesicht, Hände). **Ther:** 1%iger Mentholspitirus. Kortikoid-Lotio. Zur Wanzenbekämpfung: insektizides Carbamat (Blattanex-Emulsion oder -Spray) oder Dichlorvos (Dedevap).

Warziges Dyskeratom (Dyskeratosis follicularis isolata). Selten. Benignes, warzenartiges, bräunliches Knötchen. *Sitz:* Kopf, Nacken, Axillen, Mund. Erinnert histologisch an einen Morbus Darier. **Ther:** Exzision.

Waterhouse-Friderichsen-Syndrom. Blutungen bes. in die Haut und in beide Nebennieren. Perakuter Verlauf mit hohem Fieber, RR-Abfall, Dyspnoe. Führt unbehandelt rasch zum Tode. Gewöhnlich erkranken Kinder unter 2 Jahren. *Ät. Path:* Kapillartoxikose infolge einer Sepsis meist durch Meningokokken. **Ther:** Kortikoide (hochdosiert) i. v. Antibiotika. Kreislaufmittel.

Wegenersche Granulomatose. Geht einher mit Bildung riesenzellhaltiger Granulome und Nekrosen an den Gefäßen (Polyarteriitis). Verläuft oft in 4 Stadien: 1. *nekrotisierende Rhinitis*, Sinusitis, Otitis, 2. Bronchitis, Bronchopneumonie, 3. Generalisationsstadium mit Befall bes. von Nieren, Milz, Haut, Gehirn, Darm (Bauchschmerzen, enteritische Erscheinungen, Melaena). 4. Endstadium: oft Urämie. *Ät. Path:* allergische Erkrankung? Prognose infaust. **DD:** Granuloma gangraenescens. **Ther:** Prednisolon anfangs etwa 100 mg/tgl. und Zytostatika z. B. Azathioprin. Bestrahlung der Nase mit Kobaltgerät.

Windeldermatitis (Dermatitis ammoniacalis, Dermatitis glutaealis, érythème papulo-érosif syphiloide de Sevestre et Jacquet, Windelausschlag, Windelerythem, Windelpocken). Bes. am Gesäß, an den Genitalien und an den Oberschenkeln entsteht eine erosive Rötung und Schwellung. Hinzutreten können erodierte Papeln, die auch wegen der Lokalisation den Papeln einer Lues II ähneln.

Ät. Path: Wärmestauung (Gummiunterlagen, Plastikhöschen), Mazeration und Alkalischädigung (Diarrhoe, Ammoniakbildung infolge alkalischer Zersetzung des Urins, Seifenrückstände). Besiedlung mit Soor, Staphylokokken, Streptokokken u. a. Keimen.

Ther: Reinigung, Trockenlegung. Vermeidung von Gummiunterlagen. Saugfähige Windeln. Kal.-permang.-Bäder. 1%ige Vioformschüttelmixtur. Pyodron. Brillantgrün (1%) – oder Pyoktaninlösung (1%). Sol. Castellani. Bei Candidosis (Kultur!) des Magen-Darm-Kanals oder/und der Haut: Candio-Hermal- oder Ampho-Moronal-Suspension, lokal Candio-Hermal Creme oder Ampho-Moronal Lösung.

Wiskott-Aldrich-Syndrom (Ekzem-Thrombopenie-Syndrom). Rezessiv erblich. Es erkranken nur männliche Familienmitglieder. Von Geburt an Thrombopenie, Hautblutungen, Melaena, Mangel an Isohämagglutininen, dem endogenen Ekzem entsprechende Hautveränderungen, Infektionsneigung (Abszesse, Furunkel u. a.) offenbar infolge eines Antikörpermangelsyndroms.
Ther: Transferfaktor [A. S. Lewin et al., Proc. nat. Aced. Sci. Wash. **67,** 821 (1970)].

Wismut-Stomatitis. Graublauer Zahnfleischsaum, Speichelfluß, erosiv-ulzeröse Veränderungen (Abb. 123) nach Wismutinjektionen. **Ther:** Vorsichtige Pinselung mit 5%iger Chromsäure. Spülungen mit Bepanthenlösung.

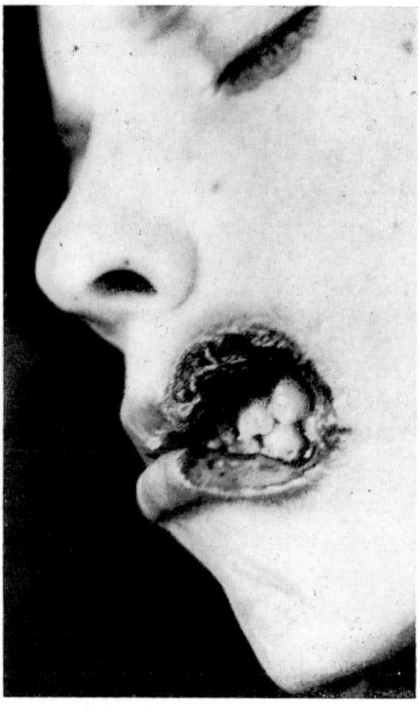

Abb. 123. Wangendefekt nach Wismut-Stomatitis

Wurmerkrankungen

Ankylostoma duodenale (Hakenwurm). Vorkommen bes. in den Tropen. Larven sitzen in feuchter Erde, dringen durch die intakte Haut, wobei juckende Maculae und Papeln entstehen. Später Darmerscheinungen mit Anämie. **Ther:** Helmex (s. u.).

Ascaris lumbricoides (Spulwurm). Regenwurmartig 10–40 cm lang. Kann zu Eosinophilie und chronisch rezidivierender Urtikaria führen. **Dg:** Wurmeiernachweis im Stuhl. **Ther:** Tiabendazol (Minzolum 2mal 25 mg/kg Körpergewicht 2 Tage lang). Ferner Hexylresorcin oder Piperazin (Tasnon, Uvilon). Pyrantelpamoat (Helmex).

Echinokokkenkrankheit. Finnenblasen bes. in Lungen, Leber, selten in der Haut (große, fluktuierende Knoten). [*Dg:* s. WEGMANN, Dtsch. med. Wschr. **96,** 75 (1971)]. **Ther:** Exzision.

Filaria Bankrofti führt durch Verödung der Lymphgefäße und Lymphdrüsen zu Elephantiasis. Übertragung durch Moskitos.

— Loa führt zur Kamerun-Schwellung, die an ein Erysipel erinnert, nach 2–3 Tagen spontan schwindet und an einer anderen Stelle wieder erscheint.

— medinensis (Dracunculus) durchbohrt zur Eiablage die Haut. Geschwürsbildung.

—, Mikrofilarien (Onchozerkose). Stark juckende, papulös-vesikulös-pustulöse Hautveränderungen, Xerodermie, subkutane Wurmknoten, in denen die Würmer aufgeknäuelt liegen. Durch Eindringen der Würmer in die Augen kann es zur Erblindung kommen.

Prophyl. und Ther: Diäthylcarbamazin (Hetrazan). Bayer 205. Exzision der Knoten.

Oxyuris vermicularis, Madenwurm, 3–12 mm lang, weißlich, fadenförmig; lebt im Dick- und unterem Dünndarm. Wurmeier werden übertragen durch Gemüse, Salat, unsaubere Finger usw. – Weibchen verlassen nachts das Rectum zur Eiablage. Das führt zu heftigem Juckreiz und evtl. zu Pyodermien, Ekzematisation und Feigwarzeninfektion in der Anogenital-Gegend.

Weitere Folgen können sein: Vulvovaginitis bei kleinen Mädchen und manchmal chronisch rezidivierende Urtikaria.

Nachweis der Würmer und Eier im Kot oder aus Abstrichen der Afterfalten. Anus und Umgebung mit Tesafilm überkleben und abziehen, auf Objektträger bringen und Eier mikroskopisch suchen. **Ther:** Tiabendazol (Minzolum 2mal 25 mg/kg Körpergewicht an einem Tag; Wiederholung nach 7 Tagen). Pyrvinium-Pamoat (Molevac). Piperazin (Tasnon, Uvilon, Vermicompren usw.) ist weniger wirksam. Lokal: Wurm-Serol, 5%ige Hg-Präzipitatsalbe. Nachts Badehose tragen. Vor dem Essen Hände und Nägel reinigen. Nach dem Stuhlgang Anus mit Seife waschen.

Neuerdings wird eine einmalige Gabe von Pyrantelpamoat (Helmex) empfohlen.

Taenia saginata (Rinderbandwurm). Häufigster Bandwurm. **Ther:** Yomesan. Am Abend vor der Kur nichts essen außer einem sauren Hering und Magnesium sulfur., 2 Eßlöffel in einem Glas Wasser.

— solium (Schweinebandwurm). Selten. Meldepflichtig! Finnen siedeln sich im Gehirn, in Lungen, Haut (verschiebliche Knoten) u. a. Organen an. Schweinebandwurmträger sind für die Umgebung eine große Infektionsgefahr. **Ther:** Yomesan s. o.

Trichinella spiralis. Infektion durch trichinenhaltiges Fleisch bes. von Schweinen. Symptome: Fieber, Koliken, Durchfälle, Muskelschmerzen, Lidödem, Eosinophilie, selten roseolaartige Exantheme. Dg: Muskelbiopsie. DD: Dermatomyositis. **Ther:** Tiabendazol (Minzolum).

Xanthelasma palpebrarum (Abb. 124). Hellgelbe Platten von Cholesterinablagerungen an den Lidern bes. bei älteren Frauen. Oft idiopathisch und nur kosmetisch störend. Eine Hypercholesterinämie sollte aber in jedem Falle ausgeschlossen werden. **DD:** Syringome. **Ther:** Exzision, Naht mit öhrlosen Nadeln. Elektrische Schlinge. Bei Vorliegen einer Hypercholesterinämie s. Xanthomatosen.

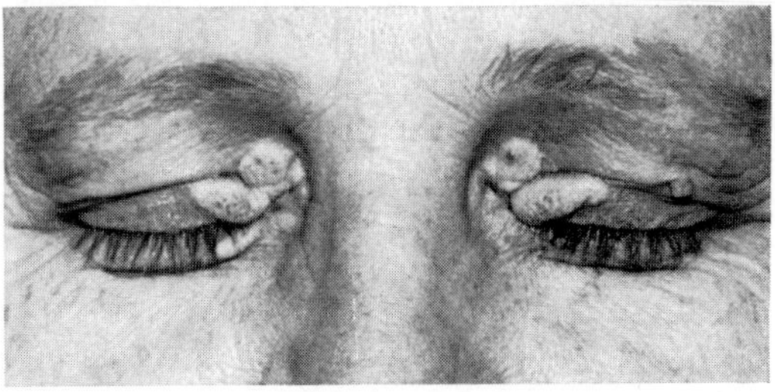

Abb. 124. Xanthelasmata palpebrarum

Xanthomatosen (Bild 87 nach S. 248) entstehen durch Einlagerung von Lipiden in die Bindegewebszellen der Haut und der Sehnen. Auch in den Gefäßen *(frühzeitige Arteriosklerose)* bes. in den Herzkranzgefäßen (Infarkt schon bei Jugendlichen) und in der Cornea *(Arcus lipoides corneae)* können Lipideinlagerungen auftreten. Zugrunde liegen Lipidstoffwechselstörungen, die man einteilt in:

1. sekundäre Hyperlipoproteinämien z. B. bei Diabetes mellitus, Pankreatitis, Alkoholabusus, Hypothyreose, beim nephrotischen Syndrom. **Ther:** s. Lehrbuch Innere Medizin.

Bei Xanthomkranken stets Blutfette, Blutzucker und Kreislauf untersuchen!

2. bei den primären Hyperlipoproteinämien sind die Plasmaspiegel für Triglyzeride und/oder Cholesterin ohne nachweisbare Ursache erhöht. Man unterscheidet (bes. mit Hilfe der Lipidelektrophorese) nach FREDRICKSON 5 Typen (s. Tabelle).

Den Typ II unterteilt man noch in einen Typ IIa (Hyper-ß-Lipoproteinämie) und einen Typ IIb (Hyper-ß-Lipoproteinämie mit Hyperprä-ß-Lipoproteinämie), bei dem auch Gefäßkomplikationen den Krankheitsverlauf bestimmen und bei dem Xanthome selten sind.

Eine grobklinische Einteilung ergibt schon die Beschaffenheit des Blutserums, das entweder klar oder milchig-trüb ist.

Bes. beim Typ III und IV kommen *streifige Xanthome* (X.) entlang den Handlinien vor, beim Typ IV und V sind *eruptive X.* nicht selten. Bei allen Typen können *periorbitale X.* (Xanthelasmen) auftreten.

Ther: Bei den essentiellen Hyperlipidämien liegt ein irreversibler biochemischer Defekt vor: eine Dauerbehandlung ist deshalb nötig; unbehandelt führen sie oft zu einer frühzeitigen Arteriosklerose.

Primäre Hyperlipoproteinämien

Typ	Klinische Erscheinungen	Arteriosklerosebefall	Serum	Triglyzeride	Cholesterin	Diätetische Therapie
I. Fettinduzierte Hypertriglyzeridämie (Hyperchylomikronämie); sehr selten. Rezessiv erblich.	Xanthome, Hepatosplenomegalie, abdominelle Krisen (= Anfälle von Oberbauchschmerzen)	selten	milchig	sehr stark erhöht	normal oder leicht erhöht	Normalfettzufuhr tgl. nicht mehr als 20–30 g.
II. Hypercholesterinämie (Hyperbetalipoproteinämie); dominant erblich.	Hierfür typisch: X.* tendineum. Ferner Xanthelasma palpebrarum, X. tuberosum bes. an Ellbogen, Knien.	sehr häufig (Herztod in der Jugend)	klar	normal	stark erhöht	Cholesterinarm. Ungesättigte Fettsäuren (30 g Leinöl tgl., 100 g Sonnenblumenöl oder Maisöl) anstelle tierischer Fette. Zuckerbeschränkung
III. Hypercholesterinämie + Triglyceridämie „broad-beta-disease"	X. tendineum, X. tuberosum, X. eruptivum, Xanthelasma palpebrarum	häufig	trübe bis milchig	stark erhöht	stark erhöht	Cholesterinarm. Kohlehydrate einschränken. Anstelle von Zucker Süßstoff
IV. Essentielle kohlenhydratinduzierte Hyperlipoproteinämie (Hyperpräbetalipoproteinämie)	Hierfür typisch: schubweise auftretende eruptive papulöse Xanthome. Ferner X. tuberosum. Hepatosplenomegalie	selten	trübe bis milchig	stark erhöht	normal	Kohlenhydrate unter 125 g tgl. Kein Zucker. Pflanzenfette (s. o.) Alkoholverbot.
V. Fett- und kohlehydratinduzierte Hyperlipämie. Mischform von Typ I und IV. Selten.	Xanthome. Hepatosplenomegalie. Abdominelle Krisen.	selten	milchig	stark erhöht	leicht erhöht	Eiweißreiche, kohlehydrat- und fettarme Diät. Alkoholverbot.

Normalisierung des Körpergewichts!
Übergewicht führt zur Erhöhung der Neutralfette!

Diät s. Tabelle

Medikamentöse Therapie	*indiziert bes. bei Typ:*
1. Nikotinsäurederivate z. B. Ronicol etwa 3 g tgl.	II, V
2. Cholestyramin: Quantalan 50, etwa 12 g tgl.	II
3. Clofibrat z. B. Regelan N 500, 1,5–2,0 g tgl.	II–V
4. D-Thyroxin: Nadrothyron-D, 4 mg tgl.	II
5. Heparin, Heparinoide	I
6. Sitosterin 6–20 g tgl.	II
7. Essentielle Phospholipoide: Lipostabil forte, Lipokapsul (enthält ferner Nikotinsäure u. a.)	II–V
8. Zur Unterstützung evtl. orale Antidiabetika	

Xanthome (Gelbknoten) haben gelbliche, selten braungelbe bis violette Farbe. Sie entstehen durch Speicherung von Fettsubstanzen in den Bindegewebszellen der Haut und der Sehnen (bes. Achilles-, Patellar-, Tricepssehne). Man unterscheidet *plane* (z. B. Xanthelasma palpebrarum), *papulöse* (schubweise auftretend, bes. an Gesäß, Rücken, Beugefurchen der Handflächen oder diffus über die Haut verteilt) und *tuberöse* (bes. über Ellbogen (Abb. 125), Knien, Fersen,) Xanthome. *Dg:* Biopsie. **DD:** Naevoxanthoendotheliom, Hand-Schüller-Christiansche Krankheit, Urticaria pigmentosa xanthelasmoides, Gicht. **Ther:** s. o.

Xeroderma pigmentosum. Autosomal-rezessive Erbkrankheit mit extremer Empfindlichkeit gegen UV-Licht. In frühester Kindheit entstehen an frei getragenen Körperstellen Erytheme, Pigmentverschiebungen, Atrophie, Teleangiektasien. In diesen Poikilodermiebereichen bilden sich Neoplasmen z. B. Basaliome, Spinaliome, Melanome, Sarkome. Diese führen oft frühzeitig zum Tode.

Beim *De Sanctis-Cachione-Syndrom* treten zu den Hautveränderungen Zwergwuchs, Oligophrenie, Hypogonadismus, neurologische Störungen im Sinne der Friedreichschen Ataxie hinzu.

Ät. Path: offenbar haben die Zellen der Kranken nicht die Fähigkeit, die durch UV-Strahlen geschädigte DNS zu reparieren (Repair-Defekt in den Epidermiszellen, Fibroblasten, Lymphozyten).

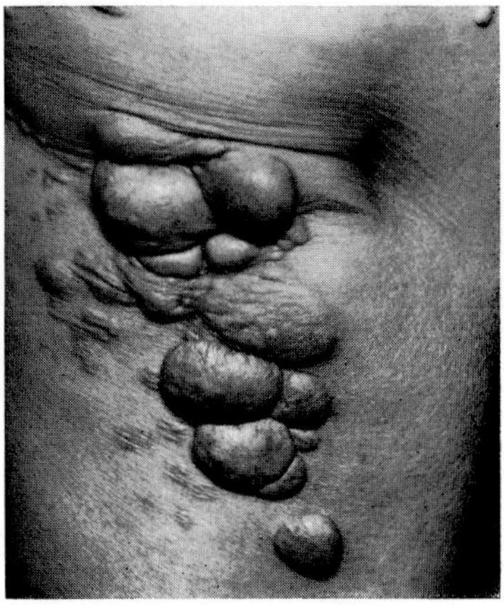

Abb. 125. Xanthome am Ellbogen

Ther: Lichtschutz. Langfristige Anwendung heparin- u. heparinoidhaltiger Salben. Tumoren rechtzeitig entfernen.

Xeroderma pigmentosum tardivum. Synonyma: pigmentiertes Xerodermoid, Seemannshaut, Landmannshaut (s. d.).

Xerostomie. Trockenheit der Mundschleimhaut. Verschiedene Ursachen: lange Verabreichung von Belladonna, Phenothiazinen u. a. Medikamenten, Prothesen-Unverträglichkeit, Sicca-Syndrom (s. d.). **Ther:** Ursache ausschalten.

Zeckenbiß-Fleckfieber (fièvre boutonneuse). Erreger: Rickettsia conori. Überträger im Mittelmeerraum: braune Hundezecke (Rhipicephalus sanguineus). Inkubationszeit: 5–7 Tage. An der Bißstelle entsteht eine schwarze, nekrotische Papel (tache noire) mit rotem Hof. Kopfschmerzen, Fieber, schweres Krankheitsgefühl, dunkelrotes makulopapulöses, selten hämorrhagisches Exanthem. Nach 8 Tagen meist Spontanheilung. Prognose weit günstiger als bei anderen Fleckfieberformen. *Dg:* positive Weil-Felix-Reaktion; Rickettsien-Mikroagglutination; Erregernachweis im Meerschweinchenversuch. **Ther:** Tetracycline.

Zerkarien-Dermatitis. Zerkarien (Larvenformen von Saugwürmern) treten bes. während heißer Sommermonate in Seen, Teichen und an der Küste auf. Sie bohren sich in die Haut des Badenden ein. Nach Sensibilisierung entstehen bei erneutem Kontakt juckende Quaddeln evtl. Kopfschmerz, Fieber. *Dg:* Anamnese, Zerkarien-Nachweis in dem betreffenden Gewässer. Hauttest. **Ther:** Kortikoid-Lotio. Antihistaminika.

Zellulitis. Auf diese „Krankheit“ wurden zahlreiche Frauen erst durch Presse und Arznei-Laienwerbung aufmerksam gemacht. Es handelt sich lediglich um eine umschriebene Adipositas mit leichter Lymphstauung und geringer (mukoider) Ödematisation des Bindegewebes (Adipositas circumscripta oedematosa).

Matratzenphänomen (durch die Bindegewebssepten netzartig eingezogene Oberfläche) und *Orangenhautphänomen* (schmerzhafte, trichterförmige Follikeleinziehungen beim Kneifen) dürften keine für die Zellulitis charakteristischen Zeichen sein.

Ther: Bindegewebsmassage, Gymnastik, Schwimmen, Wechselbäder, Sauna.

Zoster (Gürtelrose). Erreger: Virus (identisch mit Varizellenvirus).

Kinder können an Varizellen erkranken, wenn sie mit Zosterkranken zusammenkommen. – Die Varizellen sind offenbar die Primärinfektion, der Zoster ist das Rezidiv bei Immunitätsverminderung infolge von Traumen, Erkältung u. a. oder infolge massiver Neuinfektion.

Inkubationszeit 4-20 Tage. Kontagiosität gering. Zoster hinterläßt langdauernde Immunität. Er tritt am häufigsten zwischen dem 60.-70 Lebensjahr auf. Durch Entzündung eines Spinal- bzw. Kopfganglions entstehen – gelegentlich mit Fieber – halbseitig im Innervationsgebiet des betroffenen Nerven gruppierte Bläschen auf gerötetem Grund (Abb. 126). Nicht selten findet man aberrierende, isoliert stehende, vom Nervensegment unabhängige Bläschen. In der Regel narbige Abheilung. Mit dem Auftreten der Hauterscheinungen schwellen meist die regionalen Lymphdrüsen an. Den Hautveränderungen gehen oft *Neuralgien* voraus, die bes. bei älteren Patienten auch nach Abheilung der Hauterscheinungen noch lange bestehen können.

Zuweilen treten auf: Paresen oder Paralysen bes. des N. facialis, seltener der Extremitäten-Nerven, Störungen der Schweiß- und Speichelsekretion, der Miktion.

Bei Befall des 2. und 3. Trigeminusastes erosive, aphthöse, schmerzhafte Mundschleimhautveränderungen.

— duplex bilateralis. Befall von Segmenten beider Körperseiten.

— gangraenosus. Auftreten von Nekrosen.

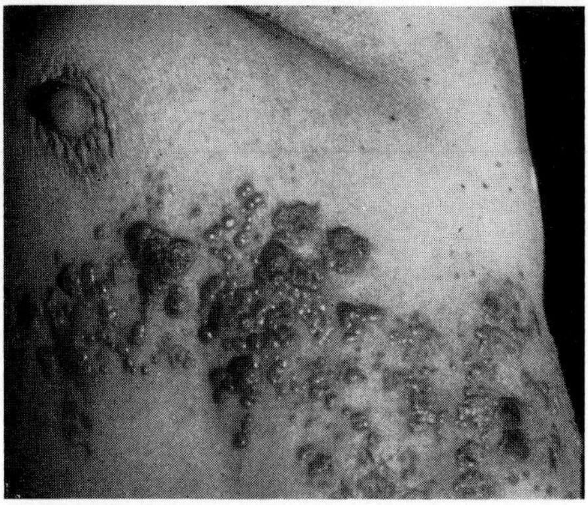

Abb. 126. Zoster

— generalisatus. Varizellenartiges Bild; meist Folge von verminderter Resistenz, z. B. bei Leukose, Retikulose, Karzinose.

— haemorrhagicus. Hämorrhagische Bläschen.

— Meningitis mit Nackensteifigkeit und Kopfschmerzen einhergehend.

— multiplex unilateralis. Befall mehrerer Segmente einer Körperseite.

— ophthalmicus bei Befall des 1. Trigeminus-Astes. Geht einher mit starkem Lidödem; Hornhautulzera können auftreten.

— oticus kann zu Otalgien, Ohrensausen, Gehör- und Gleichgewichtsstörungen führen.

DD: Herpes simplex (Rezidivneigung, keine Neuralgien, meist keine regionale Lymphknotenschwellung). Beim Zoster zeigen die einzelnen Herde infolge des schubweisen Auftretens verschiedene Entwicklungsstufen (Rötung, Bläschen, Krusten).

Ther: 1%ige Vioform- oder Aureomycin-Schüttelmixtur. Bei stärkeren Nekrosen Auremycin-, Leukomycin, Leukase-Salbe. Pyodron Schüttelmixtur. Neo-Pyodron Schüttelmixtur. Die innerliche Therapie ist hauptsächlich gegen die Neuralgien gerichtet: *Analgetica*, z. B. Novalgin, das Kombinationspräparat Dolo-Neurobion, bei starken Schmerzen Pentazocin (Fortral), Tilidin (Valoron). *Antibiotika* nur bei starker Sekundärinfektion. *Antiphlogistika:* Indomethazin (Amuno), Phenylbutazon und Derivate sowie Tomanol. Delta-Tomanol. Nifluminsäure (Actol). *Furosemid:* frühzeitig tgl. 40 mg Lasix. *Gammaglobulin* frühzeitig bei schwerem Verlauf. *Kortikoide* erst ab 9. Tag nach Auftreten der Hauterscheinungen; vorher wegen Gefahr einer massiven Virämie kontraindiziert. *Procain*, z. B. Impletol s. c. 0,5–2 ml in die Schmerzbezirke. *Sympathikolytika*, z. B. Dihydergot, Hydergin. *Vitamin* B_1, B_6, B_{12}, z. B. Benerva, Neurobion. – Kurzwelle, evtl. Röntgensegmentbestrahlung. Akupunktur.

Versuch mit interferonbildendem Influenza-A-Antigen [J. Söltz-Stötz, Z. Haut-Geschl. Kr. **46,** 755 (1971)] oder anfangs mit dem virostatisch wirksamen Flumidin.

ZUNGENVERÄNDERUNGEN

Aphthen-Krankheiten s. d.

Candidosis linguae (Soor der Zunge). S. auch Soormykose.

Erreger: meist Candida albicans, der sich oft auch bei Gesunden in der Mundhöhle findet. Das „Angehen" der Infektion wird bei Säuglingen durch Dyspepsie gefördert. Jenseits des Säuglingsalters meist nur bei schweren Allgemeinerkrankungen und nach Antibiotikagaben (z. B. Tetracyclinen). Es besteht die Gefahr der Candidapneumonie und Candidasepsis.

Weiße Stippchen, die sich zu Streifen und grauen Belägen entwickeln können. Die Umgebung ist gerötet. *Dg:* Pilzkultur. **Ther:** Grundleiden behandeln. Pimafucin-Lutschpastillen. Pimafucin Suspension 1%. Ampho-Moronal-Lutschtabletten. Pinseln mit 1%iger Pyoktaninlösung.

Dekubital-Ulcera werden verursacht durch scharfe Kanten defekter Zähne oder schadhafte Zahnprothesen. **Ther:** Beseitigung der Ursache.

Glossitis electrogalvanica. Erosion, Ulzeration oder Leukoplakie am Zungenrand. *Ät. Path:* elektrogalvanische Ströme durch Anwesenheit verschiedener Metalle (Amalgan- neben Goldfüllungen) in der Mundhöhle. Subjektiv können auftreten: Metallgeschmack, Zungenbrennen, Speichelfluß. **Ther:** Herstellung von Zahnfüllungen aus einheitlichem Material.

Glossitis mediana rhombica s. d.

Glossodynie. Schmerzen und Brennen der Zunge sind keine seltenen, mitunter aber quälende Symptome. Ätiologisch werden u. a. angeschuldigt: Mangel an Eisen oder an Vitamin A oder B, perniziöse Anaemie, toxische oder allergische Wirkungen von Metallen oder Kunststoffen von Zahnprothesen, Arteriosklerose, neurologische Veränderungen, Colitis ulcerosa, Leber- und Gallenwegserkrankungen, Amyloidose, Gicht, Diabetes mellitus, Lymphogranulomatose, dekompensierte Herzvitien, Depression. **Ther:** Evtl. Grundleiden behandeln. Vitamin B Komplex, Blaulicht (Verwendung einer Pappröhre mit Munddurchmesser). Mundspülungen mit Cional oder Subcutin-Lösung. Intralinguale Novocain-Quaddel.

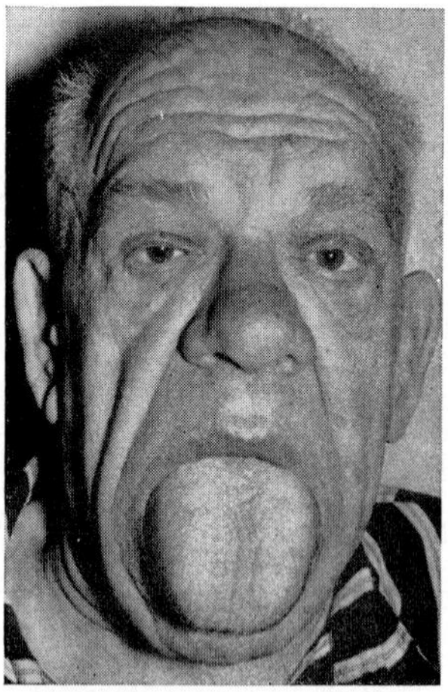

Abb. 127.
Makroglossie bei Akromegalie

Leukoplakie s. d.

Lichen ruber planus s. d.

Lingua geographica s. d.

— scrotalis s. d.
— villosa nigra s. d.
Lues s. d.

Makroglossie (Vergrößerung der Zunge). Folgende Krankheiten weisen dieses Symptom auf: Akanthosis nigricans, Akromegalie (Abb. 127), Aktinomykose, allergische Glossitis (z. B. nach anästhesinhaltigen Lutschpastillen), Amyloidose, Boecksches Sarkoid, Ehlers-Danlos-Syndrom, Erysipel, Hämangiom, Hyalinosis cutis et mucosae, Lepra, Lues III (tertiär syphilitische interstitielle Glossitis), Lymphangiom, Melkersson-Rosenthal-Syndrom, Myxödem, Phlegmone (z. B. durch Einspießen von Gräten), Quinckesches Ödem, Recklinghausensche Krankheit, Scleroedema adultorum (bei Sclerodermia progressiva dagegen Mikroglossie), Soormykose, Wespenstich.

Möller-Hunter-Glossitis. Zungenbrennen, bes. bei Genuß scharfer Speisen. Rote, etwas eingesunkene Flecken mit ödematösen Papillen, die von blassen, bleigrauen Bezirken umgeben sind. Die Zunge zeigt keinen Belag. Beim Herausstrecken laufen anämische Streifen über die Zunge (Arndtsches Zeichen). *Ät.* perniziöse Anämie. Pellagra, Alkoholismus, hypochrome Anämie können ähnliche Erscheinungen hervorrufen. **Ther:** Behandlung des Grundleidens.

Scharlachzunge. Durch Papillenschwellung hochrote Himbeerzunge.

Tuberkulöses Zungengeschwür, s. Tuberculosis ulcerosa cutis et mucosae.

Zungenbelag besteht aus verhornten Plattenepithelien, Papillenspitzen, Speiseresten, Mikroorganismen, Schleim u. a. – Für die Entstehung spielen hauptsächlich mechanische Ursachen eine Rolle. So erfolgt die Reinigung vornehmlich durch die Reibung beim Kauen fester Nahrung, daher stärkerer Belag bei flüssiger Ernährung und hastigem Schlingen. Auch nervöse Faktoren, z. B. schwere Commotio cerebri, fördern die Entstehung des Zungenbelages.

Eine belegte Zunge ist nicht pathognomonisch!

Ther: Zur Vermeidung von Sekundärinfektion und von Foetor Waschungen der Zunge mit 3%igem H_2O_2.

Zungenkarzinom s. Epithelioma spinocellulare der Zunge.

Zungenmandel, seitliche. Tonsilla linguae lateralis. Hirnwindungsartige Erhabenheiten und bis erbsgroße kugelige Tumoren meist bds. am Zungenrand in der Nähe des Überganges zum vorderen Gaumenbogen. Atavistische Anomalie? **DD:** Karzinom, Fibrom. **Ther:** Evtl. Operation.

Zungenvarizen. Gewundene, erweiterte Venen auf der Zungenunterseite bei älteren Menschen, auch bei hohem Blutdruck, bei Stauung. Hierbei treten manchmal Zungenbrennen und Schweregefühl auf, die beim Kauen infolge Entleerung der Varizen aufhören. **Ther:** Evtl. vorsichtige sklerosierende Einspritzungen.

Zylinderepithelzysten. Mit klarer Flüssigkeit gefüllte, pralle bis bohnengroße Zysten. Sitz: Penis (Vorhaut nahe dem Frenulum, Abb. 128), Klitoris. **Ther:** Ausschälung.

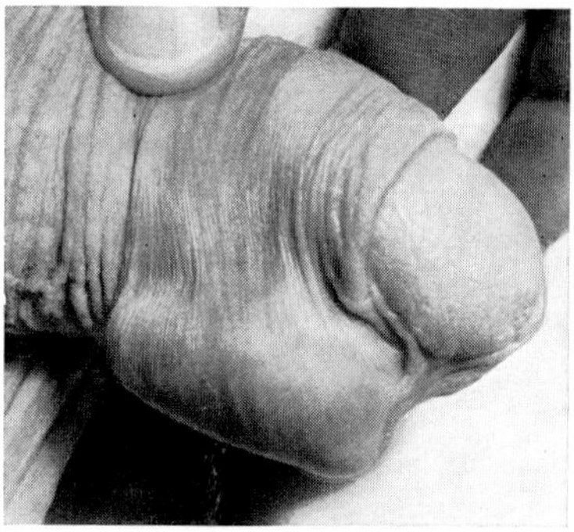

Abb. 128. Zylinderepithelzyste

Zylindrome (Turbantumoren, Spiegler-Tumoren). Multiple, meist am behaarten Kopf auftretende und diesen zuweilen wie ein Turban umgebende Tumoren (Bild 88 nach S. 248). Gehören zu den Naevobasaliomen (s. d.). **DD:** Atherome, Trichoepitheliome. **Ther:** Exzision, Rö-Bestrahlung.

Zysten sind mit Epithel ausgekleidete Hohlräume, die mit Sekretionsprodukten gefüllt sind. Sie entstehen durch Verschluß eines Ausführungsganges, durch traumatische Keimverlagerungen oder sind als naevoide Bildungen aufzufassen. Siehe: Atherome, Dermoidzysten, Lippenzysten, Milien, Schweißretentionszysten, Zylinderepithelzysten.

II. Hautkrankheiten in topographischer Ordnung

Die folgende kurze Zusammenstellung soll eine Hilfe bei der Diagnose von Hautkrankheiten sein. Es werden solche Dermatosen genannt, die eine bestimmte Lokalisation bevorzugen oder nur an dieser vorkommen und auch solche, die differentialdiagnostisch davon abzutrennen sind.

Achselhöhlen 287
Analgegend 289
Augenlider 285
Behaarter Kopf 283
Brust 286
Ellbogen 290
Fersen 292
Füße 291/292
Gesäß 289
Gesicht 283–285
Hals 286
Hände 291/292
Leistengegend 289
Lippen 281/286
Mundschleimhaut 286
Nacken 286
Nase 285
Oberarme 290
Oberschenkel 290
Ohren 283
Penis 289
Skrotum 289
Stamm 287–289
Unterarme 290
Unterschenkel 290/291
Vulva 289

Behaarter Kopf

Rötung bzw. Schuppung: Dariersche Krankheit, Erythematodes chronicus, Favus, Ichthyosis congenita, Keratosis senilis (auf Glatzenhaut), Lichen ruber planus, Mikrosporie, Mucinosis follicularis, Pityriasis rubra pilaris, Pityriasis seborrhoides, Psoriasis vulgaris, seborrhoisches Ekzematid, Tinea amiantacea, Trichophytie.

Knötchen bzw. Knoten bzw. Tumoren: angiolymphoide Hyperplasie mit Eosinophilie, Atherom, atopische seborrhoische Prurigo, Epitheliom, Folliculitis, Lichen ruber follicularis decalvans, Naevus cerebriformis, Naevus sebaceus, Syringocystadenoma papilliferum, Zylindrom.

Hautverdickung: Cutis verticis gyrata, Pachydermoperiostose.

Krusten: Favus impetiginoides, Impetigo contagiosa, Impetigo syphilitica, Kopfläuse, Varizellen, Zoster.

Atrophie bzw. Narbenbildung: Akne necroticans (Randzone), Alopecia atrophicans, Aplasia cutis congenita circumscripta, Erythematodes chronicus, Favus, Lichen ruber planus. Röntgenschäden, Sclerodermia circumscripta.

Nekrosen bzw. Ulzerationen: Akne necroticans (Randzone), Arteriitis temporalis.

Ohren

Akrokeratose Bazex, Atherom (bes. Ohrläppchen), Auriculotemporales-Syndrom, Aurikularanhang, Chondrodermatitis nodularis chronica helicis, Epitheliome, Erythematodes chronicus, Fistula auris congenita, Frühlingsdermatose der Kinder, Granuloma fissuratum auris (Sitz: retroaurikuläre Falte), Kalkknötchen an den Rändern nach Perniosis, Komedonen und Talgretentionszysten bes. hinter den Ohren (durch Rasierseifenschaumreste), Leukämie, Lupus vulgaris, Lymphozytom, Ochronose, Othämatom, Otitis externa maligna, Polychondritis chronica atrophicans, Sarkoidose (bes. Ohrläppchen), Substanzverlust am Ohrrand nach Erfrierung, Teleangiektasia hereditaria haemorrhagica, Tophi.

Gesicht

Rötung (vorübergehende): Arzneiexanthem, Auricolotemporales-Syndrom, Erysipel, Erythem bei Infektionskrankheiten (z. B. Lues II, Rubeola, Scarlatina) Erythema pudoris, Erythematodes acutus, Flush bei Dünndarmkarzinoid, Lichtdermatosen, Purpura en cocarde avec oedème.

Rötung (länger bestehende oder bleibende): Angiomatosis cerebri et retinae, Angiomatosis encephalotrigeminalis, Bloom-Syndrom, Dermatomyositis, Haber-Syndrom, Hämangiom, Naevus araneus, Naevus teleangiectaticus, Oslersche Krankheit, Pellagra (bräunlichrot, oft Blasen), periorale Dermatitis (mit Papeln), Poikiloderma congenitale, Polyzythämie, Röntgen-Schäden, Rosacea, Rubeosis diabetica, Sclerodermia progressiva, Steroid-Rosacea, Sturge-Weber-Krabbe-Syndrom.

Rötung (anuläre, mit erhabenem Rand bes. an der Stirn): Granuloma anulare, Sarkoidose, tuberkuloide Lepra.

Leukopathien: Albinismus, Albinoidismus, Lepra achromica, Pinta, Pityriasis alba faciei, Sheehan-Syndrom, Vitiligo.

Melanodermien (umschriebene und kleinfleckige): Alterspigmentierung, Arzneiexanthem (fixes), Berloque Dermatitis, Epheliden, Erythematodes chronicus, Lentiginosis centrofacialis, Lentigo, Lepra (Primärstadium), Melanosis circumscripta praeblastomatosa, Naevus spilus, Peutz-Jeghers-Klostermann-Syndrom, postdermatitische Pigmentierung (z. B. nach Impetigo contagiosa), Xeroderma pigmentosum.

Melanodermien (diffuse und großfleckige): Addisonsche Krankheit, Amiodaron-Einnahme (langzeitige), Argyrosis, Arsen-Melanose, Chloasma, Hämochromatose, Linea fusca, Melanodermie-Porphyrie, Melanose bei metastasierendem Melanom, Melanosis Riehl, Naevus fuscocoeruleus ophthalmomaxillaris, Ochronose, Porphyria cutanea tarda.

Rötung und Schuppung: aktinische Retikulose, Avitaminosis B, Ekzem, Erythematodes, Erythrodermie, Mykosen, Neurodermitis constitutionalis, Pemphigus seborrhoicus, Psoriasis vulgaris.

Hyperkeratose mit bzw. ohne Rötung: Chlorakne, Cornu cutaneum, Cowden-Syndrom, Dariersche Krankheit, Erythematodes chronicus, Hyperkeratosis follicularis senilis (bes. Stirn, Schläfe), Ichthyosis, Keratosis senilis, Mucinosis follicularis, Ulerythema ophryogenes, Verruca seborrhoica.

Blasen: Akrodermatitis enteropathica, Arzneiexanthem, Combustio bullosa, Congelatio bullosa, Dermatitis exfoliativa neonatorum, Erysipelas bullosum, Erythema exsudativum multiforme, Hartnup-Syndrom, Impetigo, Insektenstich, Kontakt-Ekzem, Lyell-Syndrom, Melanosis toxica lichenoides et bullosa, Pellagra, Pemphigus, Porphyria, Zoster bullosus.

Bläschen bzw. Pusteln bzw. Krusten: Aphthoid Pospischill-Feyrter, Ekzema herpeticatum, Ekzema vaccinatum, Ekzema vulgare, Herpes simplex, Hydroa vacciniforme, Impetigo contagiosa, Ostiofolliculitis, Rosacea, Vaccina inoculata, Variola, Varizellen, Zoster.

Knötchen bzw. Knoten bzw. entzündliche Induration bzw. Tumoren: Adenoma sebaceum senile, Adenoma sebaceum symmetricum, Akne vulgaris, Arteriitis temporalis, Atherom, Boecksches Sarkoid, Bromoderm, Dariersche Krankheit, Elastoidose cutanée nodulaire, eosinophiles Granulom, Epidermodysplasia verruciformis Lewandowsky-Lutz, Epithelioma, Follikulitis (gramnegative), Fremdkörpergranulom, Furunkel, Gardner-Syndrom, Gianotti-Crosti-Syndrom, Hämangiom, Hyalinosis cutis, Jododerm, juveniles Melanom, Kerato-Akanthom, Keratosis senilis, Kolloidmilium, Leishmaniose (oft mit Ulzeration), Lepra, Leukämie, Lues II, Lupus miliaris disseminatus faciei, Lupus vulgaris, lymphozytäre Infiltration, Lymphozytom, malignes Melanom, Milien, Mucinosis follicularis, Mykosis fungoides, Naevus, Retikulose, Rhinophym,

Rhinosklerom, Rosacea, Skleromyxödem, Syringozystadenoma papilliferum, Trichophytia profunda barbae, Verruca senilis.

Fistel bzw. Ulzeration bzw. Nekrose bzw. Gangrän: Artefakte, Blastomykose, Epithelioma basocellulare sive spinocellulare, Erysipelas gangraenosum, Granuloma gangraenescens, Leishmaniosis, Lues, Lupus exulcerans, neurotische Exkoriation, Noma, odontogene Fistel, Pyodermia chancriformis, Sporotrichose, Zoster gangraenosus.

Wuchernde Veränderungen: Bromoderm, Epitheliome, Frambösie (2. Stadium), Granuloma pediculatum, Jododerm, Lues, Mycosis fungoides, Retikulose, Soorgranulom.

Schwellungen: Cheilitis granulomatosa, Metopitis granulomatosa, Milzbrandödem. Pareiitis granulomatosa, Purpura en cocarde avec oedème, Quinckesches Ödem, Urtikaria.

Ringbildungen: Granuloma anulare, Impetigo contagiosa, Lues II (zirzinäres Syphilid), Mykose, Sarkoidose, s. auch unter Stamm.

Atrophie bzw. Narben bzw. Sklerose: Altershaut, Atrophodermia vermiculata, Epithelioma basocellulare sclerodermiforme, Erythematodes chronicus, Hemiatrophia faciei progressiva, Narben (z. B. nach Akne, Ekzema herpeticatum, Ekzema vaccinatum, Lupus vulgaris, Pocken, Varizellen, Zoster), Poikiloderma, Progeria, Röntgenhaut, Sclerodermia, Xeroderma pigmentosum.

Augenlider

Basaliom, Blepharitis, Blepharochalasis, Filzläuse (Lidränder), Fibrom, Gerstenkorn, Hagelkorn, Lupus miliaris disseminatus faciei, Milien, Molluscum contagiosum, Pemphigus conjunctivae, Syringome, Warzen, Xanthelasma.

Nase

Akrodermatose Bazex, Angiolupoid, Aurantiasis, Epithelioma basocellulare, Granuloma fissuratum nasi, Granuloma gangraenescens, Granulosis rubra nasi, Lues connata, Lues III, Lupus pernio, Lupus vulgaris, Ochronose, Polychondritis chronica atrophicans, Rhinophym, Rhinosklerom, Rosacea, Trichostasis spinulosa, Wegenersche Granulomatose.

Lippen

Akanthosis nigricans, Akrodermatitis enteropathica, Angulus infectiosus oris, Ascher-Syndrom, Cheilitis, Christ-Siemens-Touraine-Syndrom, Ekzem, Epitheliom, Erythema exsudativum multiforme, Erythematodes, Fanconi-Syndrom, Furunkel, Granuloma teleangiectaticum, Haemangioma senile, Herpes simplex, Leukoplakie, Lichen ruber, Lippenzyste (Innenseite), Lues I und II, Melkersson-Rosenthal-Syndrom, Morsicatio labiorum, Oslersche

Krankheit, periorale Dermatitis, Quinckesches Ödem, Spinaliom (bes. Unterlippe!), Talgdrüsen (heterotope, an der Innenseite), Unterlippenschwellung (umschriebene), Warzen.

Mundschleimhaut

Farbänderung: Addisonsche Krankheit, Argyrose, Koplikische Flecken, Leukoplakie, Lichen ruber, Lues II, Peutz-Jeghers-Klostermann-Syndrom, Schleimhautnaevus, Soormykose.

Bläschen bzw. Blasen bzw. Erosion bzw. Ulzeration: Aphthe, Arzneiexanthem, Bläschenenanthem bei Grippe, Epidermolysis bullosa hereditaria, Erythema exsudativum multiforme, Felty-Syndrom, Glossitis electrogalvanica, Hand-Fuß-Mund-Krankheit, Herpangina Zahorsky, Lichen ruber pemphigoides, Lues, Lyell-Syndrom, Maul- u. Klauenseuche, Morsicatio buccorum, Pemphigus vulgaris, Pyodermia chancriformis, Stomatitis aphthosa, Stomatitis vesicularis, Tuberculosis ulcerosa, Variola, Varizellen, Zoster.

umschriebene und diffuse Schwellung bzw. Geschwülste: Adenoma sebaceum symmetricum (Gingiva), Akanthosis nigricans, Amyloidtumoren, Bowensche Krankheit, Bromoderm, Epulis, Hydantoin-Makrulie, Jododerm, leukämische Infiltrate, Myoblastenmyom, Plasmozytom, Spinaliom, Uranitis glandularis, Uranitis granulomatosa.

Hals

Aktinische Retikulose, Aktinomykose, Arznei-Exanthem (fixes), Berloque-Dermatitis, Dariersche Krankheit, Dermographismus niger, Erythema pudoris, Erythrosis interfollicularis colli, Halsfisteln, Keratosis follicularis serpiginosa Lutz, Leukoderma syphiliticum (collier de Vénus), Lichen sclerosus et atrophicus, Mucinosis follicularis, Neurodermitis constitutionalis, Papillome (organoide), Pellagra (Casalsches Halsband), Pseudoxanthoma elasticum, Pterygium colli, stippled skin, Syringome, Tuberculosis colliquativa.

Nacken

Cutis rhomboidalis, Folliculitis nuchae sclerotisans, Karbunkel, Keratosis follicularis serpiginosa, Kopfläuse, Lichen sclerosus et atrophicus, Lichen simplex chronicus Vidal, Trichostasis spinulosa.

Brust

Adenomatose der Brustwarze, Ekzem, Erysipelas carcinomatosum, Fettnekrosen der Mammae, Fox-Fordycesche Krankheit, Gynäkomastie, Hidroadenome (eruptive), Keratosis areolae mammae naeviformis, Mondorsche Krankheit, Pagetkrebs, Pigmentierung nach Einreibung östrogenhaltiger Salben, Scabies, seborrhoisches Ekzematid, Striae cutis atrophicae.

Achselhöhlen

Akanthosis nigricans, Ekzem (seborrhoisches), Erythrasma, Fanconi-Syndrom, Fox-Fordycesche Krankheit, Furunkel, Kontaktekzem (Kosmetika, Schweißblätter), Pemphigus familiaris benignus, Pemphigus vegetans, Phthiriasis, Pseudoxanthoma elasticum, Psoriasis inversa, Pyodermia fistulans sinifica, Scabies (vordere Achselfalte), Schweißdrüsenabszesse, Trichomykosis palmellina.

Stamm

Rötung (kleinfleckige, disseminierte): Arznei-Exanthem, ECHO-Virus-Infektionen, Exanthema subitum, Flecktyphus (Exanthem tritt am 4.–7. Krankheitstag auf), Lues II, Masern, Monozyten-Angina, Röteln, Paratyphus (Exanthem tritt am Ende der 1. Krankheitswoche auf), Scharlach, Sepsis, Teleangiektasia macularis eruptiva perstans, Typhus abdominalis (Exanthem beginnt am Ende der 1. Krankheitswoche), Toxoplasmose, Virus-Grippe.

Rötung (vorwiegend ringförmig): Erythema anulare centrifugum, Erythema anulare rheumaticum, Erythema gyratum repens, Erythema infectiosum, Roseola anularis (Lues II).

Feine Gefäßerweiterungen: Sahlischer Venenkranz, Teleangiektasien: 1. essentielle, 2. bei Leberzirrhose.

Leukopathien: Albinoidismus, Albinismus, Hypomelanosis guttata idiopathica, Incontinentia pigmenti achromians, Klein-Waardenburg-Syndrom, Lepra achromica, Leukoderma psoriaticum, Leukoderm nach Einwirkung chemischer Substanzen (z. B. Hg-Präzipitat, Hydrochinon, Polyäthylen-Folien-Verbände), subkutane Kortikoid-Injektion, Naevus achromicus, Naevus anaemicus, Naevus Sutton, Parapsoriasis guttata achromica, Phenylketonurie, Pinta, Pityriasis alba, Pityriasis versicolor alba, postdermatitisches Leukoderm (z. B. nach Impetigo contagiosa), Sheehan-Syndrom, Vitiligo.

Melanodermien (umschriebene): Albright-Syndrom, Amyloidosis cutis maculosa, Atrophodermia idiopathica, Berloque Dermatitis, Erythema dyschronicum migrans, Hitzemelanose, Incontinentia pigmenti, Lentiginosis profusa, Lentigo, LEOPARD-Syndrom, Melanosis naeviformis (bes. obere Thoraxgegend), Mongolenfleck (selten am Stamm, meist Kreuzbeingegend), Naevus spilus, Neurofibromatosis generalisata, Pityriasis versicolor, postdermatitische Pigmentierung (nach Lichen ruber, Zoster u. a.), superficial spreading melanoma, Urtikaria pigmentosa.

Melanodermien (diffuse): ACTH- und MSH-bildende Tumoren, Addisonsche Krankheit, Akromegalie, Arsenmelanose, Asthma melanodermicum, Cutis vagantium (bei chronischer Verlausung), Enzephalitis periaxialis diffusa (vermehrte MSH-Ausschüttung?), Haemochromatose, katatone Schizophrenie, Kachexie, Leberzirrhose, Melanodermie-Porphyrie, Melanoerythrodermie mit Kachexie, Melanose bei metastasierendem malignem Melanom, Morbus Cushing, MSH-Verabreichung, Phenacetinabusus.

Rötung und Schuppung (kleine Herde): Bowensche Krankheit, Ekzem, Lues II, Mykose, Parapsoriasis en plaques (mehr gelblich), Parapsoriasis guttata, Pinta, Pityriasis rosea, Psoriasis vulgaris.

Rötung und Schuppung (große bzw. den ganzen Stamm einnehmende Herde): Alterserythrodermie, Erythrodermia congenitalis ichthyosiformis, Erythrodermia desquamativa Leiner, Erythrodermie, Erythrokeratodermia figurata variabilis Mendes da Costa, Lymphogranulomatose, Mykose, Mykosis fungoides, Pemphigus foliaceus, Parapsoriasis, Psoriasis vulgaris, Retikulose, Sézary-Syndrom.

Follikuläre Keratosen: Dariersche Krankheit, Keratosis follicularis spinulosa, Lichen syphiliticus, Lichen trichophyticus, Mucinosis follicularis, Pityriasis rubra pilaris, Psoriasis follicularis, seborrhoisches Ekzem (chronisches follikuläres), Tuberculosis cutis lichenoides.

Blasen: Arzneiexanthem, Combustio bullosa, Dermatitis herpetiformis Duhring, Dermatitis striata pratensis, Herpes gestationis, Impetigo bullosa, Incontinentia pigmenti, Lyell-Syndrom, Pemphigoid (bullöses), Pemphigus, Strophulus bullosus, Urticaria pigmentosa bullosa, Zoster bullosus.

Bläschen bzw. Pusteln bzw. Krusten: Dermatitis herpetiformis Duhring, Herpes simplex, Impetigo bullosa, Impetigo contagiosa, Impetigo herpetiformis, Pityriasis lichenoides et varioliformis acuta (hämorrhagisch), Psoriasis pustulosa (Typ Zumbusch), Pustulosis subcornealis, Strophulus, Variola, Varizellen, Zoster.

Knötchen bzw. Knoten bzw. Tumoren: Akne (Brust, Rücken), Atherom, Dariersche Krankheit, Dermatofibrosarcoma protuberans (bes. am Bauch), Letterer-Siwesche Krankheit, Lichen ruber, Lymphogranulomatosis maligna, Mykosis fungoides, Naevoxanthoendotheliom, Neurofibrome (Recklinghausensche Krankheit), Panniculitis, Pinkus-Tumor (Lumbo-Sakral-Region), Psoriasis, Retikulosis maligna, Rumpfhautbasaliome, Syringome (Vorderseite), Tuberculosis lichenoides, Verruca senilis, Xanthome (eruptive, papulöse).

Vorwiegend subkutan gelegene Veränderungen: Adiponecrosis subcutanea neonatorum, Adipositas dolorosa, Atherom, Haemangioma subcutaneum, Lymphangioma subcutaneum, Mondorsche Krankheit, Panniculitis, Pingranliquose, Sclerema adiposum neonatorum.

Ringbildung: Dermatitis herpetiformis Duhring, Erythema anulare centrifugum, Erythema anulare rheumaticum, Erythema chronicum migrans, Erythema gyratum repens, Erythema infectiosum, Lichen ruber anularis, Lues II (Roseola anularis), Mycosis fungoides, Mykosen, Pityriasis marginata, Pityriasis rosea, Psoriasis anularis, Retikulose, Ringelröteln, Urticaria anularis.

Atrophie bzw. Sklerose bzw. Induration: Adiponecrosis subcutanea neonatorum, Anetodermie, Atrophodermia idiopathica, Lichen sclerosus et atrophicus, Papulosis atrophicans maligna, Sklerema adiposum neonatorum, Sklerema oedematosum neonatorum, Skleroderma adultorum, Sklerodermia circumscripta, Sklerodermia diffusa, Striae cutis.

Skrotum

Angiokeratom, Atherom, Avitaminosis B, Behçet-Syndrom, Calcinosis cutis dystrophica, Epididymitis acuta, Gangrän, Leiomyom, Lichen sclerosus et atrophicus, Lichen simplex, Lues I und II, Nekrose bei Kryoglobulinämie, Sebozystomatosis.

Penis

Arzneiexanthem (fixes,) Balanitis, Condylomata acuminata, Erythroplasie, Granuloma venereum, Herpes simplex, Hirsuties papillaris penis, Induratio penis plastica, Karzinom, Kontaktekzem, Kranzfurchenphlebitis, Lichen nitidus, Lichen ruber planus, Lichen sclerosus et atrophicus, Lues I/II, Paraphimose, Phimose, Priapismus, Psoriasis, Reitersche Krankheit, Scabies, Talgdrüsen (heterotope), Ulcera gonorrhoica, Ulcus molle, Zylinderepithelzysten.

Vulva

Aphthen, Endometriose, Erythema exsudativum multiforme, Herpes simplex, Hidradenoma papilliferum, Kontaktekzem (Seifen, Desodorantien usw.), Lichen ruber, Lichen sclerosus et atrophicus, Lichen simplex, Lymphopathia venerea, Lues I/II, Pagetkrebs, Phthiriasis, Pruritus vulvae, Psoriasis, Spinaliom, Ulcus molle, Ulcus vulvae acutum, Vulvitis.

Gesäß

Akne conglobata, Atrophie nach Injektion von Kortikoidkristallsuspension, Cumarin-Nekrosen, Embolia cutis medicamentosa, Granuloma glutaeale infantum, Insulinlipodystrophie, Livedo racemosa, Myiasis furunculosa, Neurodermitis constitutionalis (übergreifend auf die Oberschenkel-Beugeseiten), Pingranliquose, Scabies, Windeldermatitis.

Analgegend

Condylomata acuminata, Hämorrhoidalleiden, Intertrigo, Lues I/II, Mykosen (Candidosis, Erythrasma), Lymphopathia venerea, Pagetkrebs, Phthiriasis, Psoriasis inversa, Spinaliom, Vitiligo.

Leistengegend

Akanthosis nigricans, Bubonen (Leisten-Lymphknotenvergrößerung bei Lues I und II, Lymphopathia venerea, Ulcus molle), Candidosis, Condylomata acuminata, Dariersche Krankheit, Erythrasma, Granuloma venereum, Intertrigo, Pemphigus vegetans, Pomadenkruste der Säuglinge, Tinea inguinalis.

Oberarme

Lichen nitidus, Lichen pilaris, Myxoedema lichenoides et papulosum, Pityriasis alba, Stewart-Treves-Syndrom.

Ellbogen

Cutis hyperelastica, Epidermolysis bullosa, Granuloma anulare, juxtaartikuläre Knoten, Pityriasis rubra pilaris, Psoriasis, Rheumatismus nodosus.

Unterarme

Akrodermatitis atrophicans, Akrodermatitis papulosa infantum, Erythema exsudativum multiforme, Fasciitis nodularis pseudosarkomatosa, Ichthyosis vulgaris, Kontaktekzem, Lichen myxoedematosus, Lichen nitidus, Lichen ruber (Beugeseite, bes. Handgelenknähe), Lichen simplex chronicus Vidal, papulonekrotisches Tuberkulid, Prurigo, Purpura senilis, Schwimmbadgranulom (s. Fremdkörpergranulom), Stewart-Treves-Syndrom.

Oberschenkel

Angioma serpiginosum, Besenreiservarizen, Cumarin-Nekrosen, Erythema chronicum migrans, Erythema nodosum, Erythrasma (Anliegeseiten des Skrotums), Erythrozyanosis crurum puellarum (Innenseiten), Lichen pilaris (Streckseiten), Lipoatrophia, Livedo racemosa, Livedo reticularis, Ölakne (Streckseiten), Panniculitis, Streichholzschachteldermatitis (je nach Lage der Hosentasche), Tinea (Anliegeseiten des Skrotums).

Unterschenkel

Rötung: Ekzem, Erysipel, Erythema chronicum migrans, Erythrozyanosis crurum puellarum, Purpura (bes. Purpura pigmentosa progressiva), Stauungsflecken (variköse).

Dunkelfärbung: Dermite ocre, prätibiale Pigmentflecken bei Diabetes mellitus.

Hyperkeratosen: Hyperkeratosis lenticularis perstans, Lichen amyloidosus, Lichen ruber verrucosus, Lichen simplex verrucosus, Morbus Kyrle, Stuccokeratosis.

Bläschen bzw. Blasen: benigne chronische bullöse Dermatose der Kinder, Bullosis diabeticorum, Culicosis bullosa, Epidermolysis bullosa, Erysipelas bullosum, Lyell-Syndrom, Pemphigoid (bullöses), Pemphigus, Urticaria pigmentosa bullosa, Vasculitis allergica superficialis (haemorrhagisch), Zoster.

Knötchen bzw. Knoten bzw. Tumoren: Fibrom, Histiozytom, Leiomyom, Lichen amyloidosus, Lichen myxoedematosus, Lichen ruber verrucosus, Lichen simplex verrucosus, Myxoedema circumscriptum tuberosum, Prurigo nodularis

Hyde, Sarcoma Kaposi, Tinea cruris follicularis, Verrucae (bes. Knie).

Vorwiegend subkutan gelegene Veränderungen: Erythema induratum, Erythema nodosum, Lipogranulom, Panniculitis, Periarteriitis nodosa benigna, Thrombophlebitis migrans, Tibialis-anterior-Syndrom, Vasculitis nodosa.

Ulceration: Ekthyma, Dermatitis ulcerosa, Erythematodes acutus, Felty-Syndrom, hämatologische Störungen (z. B. familiärer hämolytischer Ikterus, Mittelmeeranämie), Kryopathien, Lues III, Nekrobiosis lipoidica, Neoplasmen, Periarteriitis nodosa, Ulcus arteriosum et/sive venosum, Ulcus hypertonicum (Martorell), Vasculitis allergica, Werner-Syndrom.

Atrophie bzw. Narben bzw. Sklerose: Akrodermatitis chronica atrophicans, Atrophie blanche, Dermatomyositis, Granulomatosis disciformis, Nekrobiosis lipoidica, Sklerodermie, Unterschenkelverschwielung.

Wuchernde Veränderungen: Bromoderm, Epithelioma spinocellulare, Jododerm, Papillomatosis cutis carcinoides, Pyodermia chronica papillaris et exulcerans.

Hände und/oder Füße

Rötung: Akrodermatitis chronica atrophicans, Akrozyanose, Erysipeloid (Hände), Erythema palmare et plantare, Erythromelalgie, Fingerapoplexie (blaurot), Hyperhidrosis (livide Verfärbung der Fußsohlen), Oslersche Krankheit (bes. Finger), Pellagra (rotbraun, Handrücken), Perniosis, Syphilis II (Handteller, Fußsohlen).

Keratosen der Handflächen und / oder Fußsohlen: Akanthosis nigricans, Akrokeratoelastoidosis, Akrokeratose Basex, Arsenkeratosen, Cowden-Syndrom, Dariersche Krankheit, Dermatitis plantaris sicca, Dyshidrosis lamellosa sicca (Handflächen), Ekzem (tylotisches), Epidermophytia, Ichthyosis, Incontinentia pigmenti (Typ Franceschetti-Jadassohn), Keratoma climactericum, Keratoma palmare et plantare hereditarium, Lichen ruber, Lues II (Clavi syphilitici), neurotrophische Keratodermie (bei Arthrosis vertebralis, Syringomyelie), Pachyonychia congenita, Pitiriasis rubra pilaris, Porokeratosis Mibelli, Psoriasis, Reitersche Krankheit, Scabies norvegica, Schwielen, Tylosis palmo-plantaris, Verrucae, Werner-Syndrom (Plantarhyperkeratosen).

Keratosen der Handrücken und / oder Fußrücken: Akrokeratoderma hereditarium punctatum, Akrokeratoelastoidosis, Akrokeratosis verruciformis, Angiokeratoma Mibelli, Erythematodes chronicus discoides (Handrücken bes. Fingerrücken), Fingerknöchelpolster, Hyperkeratosis lenticularis perstans, Kauschwielen, Keratoakanthom, Keratosis senilis, Porokeratosis disseminata actinica superficialis, Porokeratosis Mibelli, Stuccokeratosis, Tuberculosis verrucosa, Verruca vulgaris, Verrucosis generalisata.

Bläschen bzw. Pusteln bzw. Blasen der Handflächen und / oder Fußsohlen: Akrodermatitis continua suppurativa, Bulla rodens (meist Fingerspitzen), Combustio bullosa, Congelatio bullosa, Dyshidrosis, Epidermolysis bullosa hereditaria, Erythema exsudativum multiforme (inverse Form), Gonokokken-Sepsis, gramnegativer Fußinfekt (bes. Zehen), Hand-, Fuß-, Mundkrankheit, Kryopathien (hämorrhagische Blasen), Pemphigus syphiliticus, Psoriasis pustulosa, Pustulosis palmaris et plantaris, Tinea pedum (s. Epidermophytia), Urticaria pigmentosa bullosa, Variola vera, Zoster.

Bläschen bzw. Pusteln bzw. Blasen der Handrücken und / oder Fußrücken: Akrodermatitis continua suppurativa, Akrodermatitis enteropathica, Combustio bullosa, Congelatio bullosa, Epidermolysis bullosa hereditaria, Erythema exsudativum multiforme (bes. Handrücken), Hydroa vacciniforme, Kontaktekzem (Stadium vesiculosum et bullosum), Kryopathien (hämorrhagische Blasen), Lichtdermatosen, Pellagra, Porphyria, Urticaria pigmentosa bullosa, Wanzenbisse.

Knötchen bzw. Knoten: digitale Fibrokeratome (s. Polydaktylie), Dorsalzysten (Finger-, Zehenrücken), Ekthyma contagiosum, Erythema elevatum et diutinum, Gichttophi, Granuloma anulare, Granuloma pediculatum (bes. Hände), Haargranulome (bes. 2. und 3. Zwischenfingerraum), Knoblauchzehenfibrom, Koenensche Tumoren (s. Adenoma sebaceum symmetricum), Kuhpocken, Madurafuß, Melkerknoten, Myxoedema circumscriptum tuberosum (Fußrücken), Perniones, Polydaktylie (rudimentäre), Rheumatismus nodosus, Schwimmbadgranulome, Tularämie, Vamp disease (Großzehenrücken), Xanthome.

Mutilationen: Akropathia ulcero-mutilans, Akrodermatitis continua suppurativa, arterielle Verschlußkrankheit (bes. Füße), Heroin-Sucht (Hände), Keratoma hereditarium mutilans, Lepra, Lupus vulgaris, Psoriasis deformans, Raynaudsche Krankheit (bes. Hände), Sjögren-Syndrom, Sklerodaktylie (bes. Hände), Syringomyelie.

Fersen

Black heel, Hyperkeratosis traumatica marginis calcis, mal perforant, Nekrosen nach Kohlenoxyd- und Schlafmittelintoxikationen, piezogene Knötchen, Porom (ekkrines).

Sachregister

Abnutzungsdermatose 56
Abrikosoff-Tumor **155**
Acarus siro variatio hominis 213
Acetylsalicylsäure 26
Achard-Thiers-Syndrom **1,** 50
Achenbach-Syndrom **82**
Acrodermatitis enteropathica 65
Acterol forte 242
ACTH 3, 165
Actol 239
Addisonsche Krankheit **1**
Adenoma sebaceum senile **1**
– – symmetricum **1**
Adenomatose der Brustwarze **2**
Adeptolon 61, 193
Adiponecrosis e frigore **120**
– subcutanea neonatorum **2**
Adipositas circumscripta oedematosa 276
– dolorosa **2**
Adrenalin 216
adrenogenitales Syndrom 108
Aethoxysklerol 34, 262
Ainhum **2**
Akanthokeratom **2**
Akanthokeratopapillom **2**
Akanthosis nigricans **3,** 175
– – benigna 50
Akne **3–7**
Aknefug 6, 211
Akne-Kaban **6**
Akne-Pyodron-Kur **6**
Aknin 6
Akroasphyxie **10**
Akrochordon **7**
Akrodermatitis chronica atrophicans **7**
– continua suppurativa 9
– enteropathica 9
– papulosa eruptiva infantum 9
Akrodynie **9**
Akrokalzinose **37**
Akrokeratoderma hereditarium punctatum **9**
Akrokeratoelastoidosis **9**
Akrokeratose BAZEX **9,** 175
Akrokeratosis verruciformis 9, 45
Akropathia ulcero-mutilans **10**
Akrosklerose 218
Akrozyanose **10,** 43, 265
aktinische Retikulose **10**
Aktinomykose **10**
Akupunktur 277
akute febrile neutrophile Dermatose **226**
Alastrim **256**
Albinismus **11**
– perinaevicus 161
Albinoidismus **11**
Albothyl 102, 268
Albright-Syndrom **11,** 160
Aleppo-Beule **130**
Alkaliresistenz 57
Alkaptonurie 166
Allopurinol 198
Alopecia **11–17**
– mucinosa 153
– specifica 229
Alopezie, androgenetische 1
Alpha-methyldopa 95
Alpicort oder Alpicort F 14, 15, 16, 17, 59, 62, 219
Altersdermatosen **17**
Alterserythrodermie **148**
Altershaut **17**
Altersnagel **167**
Alterspemphigus **178–179**
Altersphlebektasien 264
Alterspigmentierungen **17**

Alterswarze **265**
Ambodryl 193
Amenorrhoe 1
Aminoazidurie **105**
p-Aminobenzoesäure 96
Ampho-Moronal 31, 94, 120, 170, 177, 211, 224, 271
Amphotericin B 109, 222
Ampicillin 26, 92
Amyloidosen **17–18**
Amyloidosis cutis nodularis atrophicans diabetica 50
Anaesthesin-Dragees 22
Anagenhaare **12**
Analekzem **101**
Analfalten **101**
Analfissur **101–102**
Analfistel **102**
Analprolaps **103**
Analpruritus **103**
Analrhagaden **103**
Ancotil 41, 222
Andantol-Gelee 193
Androcur 7, 219
Androgene 3, 5
Anetodermie **18**
Angina **18–19**
Angiokeratoma **19–20**
Angiolupoid 212
angiolymphoide Hyperplasie mit Eosinophilie **20**
Angioma serpiginosum **20**
Angiomatosis cerebri et retinae 20
– encephalo-trigeminalis 20
– Kaposi 212
Angiomyoneurom **88**
Angioödem, hereditäres **203–204**
Angiophakomatosen **20**
angioplastisches Sarkom **225**
Angulus infectiosus oris **20**
Anhidrosis **21**
– hypotrichotica 21
– et Oligohidrosis diabetica 50
Ankylostoma duodenale 271
Anonychie **168**
Ansudor-Lotio 111
Anteron 117
Anthrax **21**
Antiandrogene 7, 17 108
Antibasalmembran Auto-Antikörper 30
antiepitheliale Auto-Antikörper 30
Antiglobulin-Konsumptionstest 77
Antihistaminika 193
Antikoagulantientheraphie 238
Antikörpermangelsyndrom **21**
Antikonvulsiva 3
Antimalaria-Mittel 10, 78, 130
antinukleäre Faktoren 30
Aphthen, chronisch-rezidivierende **21–22**
–, habituelle 21–22
Aphthen-Krankheiten **22**
Aphthoid Pospischill-Feyrter **22**
Aplasia congenita totalis **167**
– cutis congenita 22
– pilorum intermittens 96
Apoplexia cutis **22**
Aquanon Hermal 56
Arcus lipoides corneae 273
– senilis corneae 22
Argyrie **23**
Argyrosis **23**
Arningsches Karzinoid **69**
Arsenkeratosen **23**
Artefakte **23**
arterielle Verschlußkrankheiten **23–26**
Arteriitis cranialis **26**
– temporalis 26
Arteriographie 25
Arthritis gonorrhoica 91, 92, 206
ARWIN 25
Arzneiexanthem 52, **26–28**
Asbestflechte **191**
Ascaris lumbricoides 271
Ascher-Syndrom **28**
ashy dermatosis **73**
Asteatosis diabetica 50
Asthenia crurum paraesthetica **250**
Asthma-Ekzem 163
Atemgeruch, übler **83**
Atherome **28**
atopische Konstitution 47
Atosil 164, 191
Atrophie blanche 261
– – Milian 29
Atrophodermia idiopathica Pasini-Pierini **29**
– vermiculata 30
Aurantiasis cutis **30,** 121

auriculotemporales Syndrom **30**
Aurikularanhänge **30**
Auspitz-Zeichen 195
Autoantikörper 30
Autoimmunkrankheiten **30**
Autovakzine 87
Avil 61, 119, 136, 193
Avitaminosen **30–31**
Azathioprin 18, 33
Azulfidine 65

Bade-Dermatosen **31**
Bajonetthaare 96
Bakteriid 151
Balanitis **31–33**
- candidamycetica 222
- xerotica obliterans 137
Balneum Hermal 47, 56, 61, 197
Bambushaare 162
Bamipin 193
Bartholinischer Pseudoabszeß 91
Basaliom **33,** 69–70
Basalzellkarzinom **33**
Basalzell-Naevus-Syndrom **33**
Basalzellpapillom **265**
basketball heel 34
BSG-Impfung **33**
Bean-Syndrom **35**
Beau-Reilsche Querfurchen **167**
Becker-Naevus **157**
Behçet-Syndrom **33**
Beine, unruhige **250**
Beinödeme **33**
Beinvenenthrombose, fulminante tiefe **185**
Bellergal 52, 111, 254
Benemid 92
Benzathin-Penicillin 73
Benzoxathiol 197
Benzoylperoxyd 5, 6, 219
Benzylbenzoat 214
Berloque-Dermatitis 139, **185**
Berufsdermatosen **34**
Beryllium 86
Besenreiser-Varizen **34**
Beta-Carotin 140
Betaisodona 4, 87, 116, 224, 249, 250
Betamethasondipropionat 59
Betamethasonvalerat 59
Betnesol-Pastillen 22, 225
Betnesol-V crinale 14
Bettwanze **270**
Bindegewebsnaevus **157–158**
–, pflastersteinartiger 1
Binotal 92
Black heel **34**
Bläschenkrankheit **147**
Blastomykose **34–35,** 155
blauer Naevus **158**
Blaulicht 278
Blattanex-Staub 177, 178
Blattern **256–258**
Blennorrhoe **89**
Bleomycin **22,** 71, 133, 267
Blepharochalasis **35**
Bloom-Syndrom **35,** 188
blow-out 260
„Blue Rubber Bleb Nevus"-Syndrom **35**
Boecksches Sarkoid **212–213**
Bombensyphilid 229
Bonnevie-Ullrich-Syndrom 89
Botryomykom **94–95**
Bowensche Krankheit **35–36**
Brill-Symmersche Krankheit **36**
broad-beta-disease 274
Brocqsche Krankheit **175–176**
Brom 3
Bromhidrosis **36**
Bromoderma tuberosum **36**
Bronchialasthma 163
Bronzediabetes **101,** 129
Brucellosen **37**
Bufexamac 193
Bulla rodens **37**
Bullosis diabeticorum 51
Bullosis mechanica simplex **65**
Bureau-Barrière Syndrom **10**
Burning-Feet-Syndrom **37**
Buschke-Löwenstein-Tumor 43
Buschke-Ollendorff-Syndrom **37**

calcaneal petechiae 34
Calcinosis cutis **37–38,** 218, 261
- interstitialis 37
- metastatica 38
Calciparin 238
Calcium Sandoz 254
Callus **38**

Calmurid-Salbe 47, 134
Cancer en cuirasse 121
Candidid **38**
Candida-Intertrigo **222–223**
Candidosis 51, **222**
– linguae 278
Candio-Hermal 20, 31, 94, 120, 170, 211, 222, 223, 224, 271
Canesten 67, 79, 81, 152, 155, 170, 187, 222, 224, 242
Canities 96
Capillaritis alba **29**
Caput medusae 129
Carate **185**
Cardiolipin-Komplementbindung 227
Cardiolipinmikroflockung 227
β-Carotin 140, 190
Casalsches Halsband 178
Cataracta dermatogenes 163
Cauterisatio **265**
Celestamine 61
Cephalosporine **32**
Ceporexin 32, 116
Chalazion **100**
Cheilitis **38–39**
Cheiropompholyx 52
Chelatbildner 219
Chelate 265
Chloasma **39–40**
– hepaticum 129
Chlor 3
Chloramphenicol 21
Chlormadinonacetat 7
Chloroquin 264
Chlorphenamin 193
Chlorphenoxamin 193
Chlorpromazin 39, 139
Cholestyramin 275
Chondrodermatitis nodularis chronica helicis **40**
Chondrom **40**
Chordom **40**
Choriongonadotropin 95, 128
Christ-Siemens-Touraine-Syndrom **41**
Chromatophoren-Naevus Naegeli **118**
Chromhidrosis **41**
Chromomykose **41,** 155
Chrysarobin 197
Chrysiasis **41**
Cignolin 187, 197
Cimex lectularius **270**
Clavus **41**
Claudicatio intermittens **23**
Clemastin 193
Clemizolpenicillin 234
Clindamycin 6
Clobetasolpropionat 59
Clocortolon (-capronat, -pivalat) 59
Clofazimine 48, 78, 132
Clofibrat 19, 275
Clont 130, 242
Clotrimazol 67, 222, 242
Coccidioidomykose 155
Cockayne-Syndrom **41**
Cockettsche Gruppe 263
Colfarit 26, 239
Colitis ulcerosa 102
Combustio **41–42**
Condylomata acuminata **42–43**
– lata 229
Congelatio **43**
Contralum 40, 111, 140, 190, 254
Copyronilum 61, 75, 136, 193, 208
Cornelia de Lange-Syndrom **43–44**
Cornu cutaneum **44**
Corona phlebectatica 261
– veneris 229
Cortiron 10, 211
Corto-Tavegil 61
Cortrophin-S Depot 61
Corynebacterium 6
– minutissimum 79
CO_2-Schnee 5, 78, 85, 130, 155, 159
Co-Trimoxazol 68, 179, 249
coussinets des phalanges **83**
Covermark 20, 40, 159, 221
Cowden-Syndrom **44**
Creeping disease **155**
Crinohermal 14, 15, 16, 17, 62, 191, 219, 220
Crino-Kaban 62, 198, 219
Crossen 259
Crotamiton 193, 214
CRST-Syndrom 218
Cryptococcose 155
Cumarin-Nekrosen **44**
Cuprex 177
Cushing-Syndrom **44,** 108

Cutis anserina perpetua 183
– hyperelastica 44
– laxa **44,** 48
– linearis punctata colli 45
– marmorata 45
– – pigmentosa 110
– rhomboidalis 17
– – nuchae 45
– verticis gyrata **45,** 173
Cyclamat 139
Cyklokapron 204
Cyproheptadin 193
Cyproteronacetat 7, 108, 219

Dacarbazin 149
Dactylosis spontanea **2**
DADPS 4, 7, 14, 47, 74, 93, 132, 179, 202
Daktar 67
Dapsone s. DADPS 188
Darier-Grönblad-Strandberg-Syndrom **194**
Dariersche Krankheit **45**
Darmpolypen 183
Defluina 25, 209, 266
Degos-Syndrom **175**
Dehydro sanol tri 29, 239, 263
Dekubital-Alopezie **15**
Dekubitus **46**
Dellwarze **152–153**
Delmeson-Hämorrhoidal-Salbe 105
Delta-Tomanol 277
Demodicidosis **46**
Depigman 40, 139, 221
Dercumsche Krankheit **2**
Dermabrasion 5
Dermatite lichénoide purpurique et pigmentée **46**
Dermatitis ammoniacalis 270
– bullosa pratensis 139
– chronica atrophicans maculosa 18
–, dysseborrhoische 62
– exfoliativa generalisata **46,** 79
– – neonatorum Ritter von Rittershain 46
– herpetiformis Duhring **46–47,** 175
– linearis 47
–, periorale 211
– pigmentosa reticularis 118
– plantaris sicca 47
–, rosacea-artige 211
– ulcerosa 48
Dermatochalasis 44, **48**
Dermatofibrosarcoma protuberans **48**
Dermatofibrosis lenticularis disseminata **37**
Dermatogramm 45
Dermatomyositis 175
dermatopathische Lymphadenitis **49**
Dermatophytien 155
Dermatosklerose 261
Dermatostomatitis Baader **74**
Dermatozoenwahn **49**
Dermatozoophobie **49**
Dermazellon 249
Dermido 79, 219, 242
Dermite ocre **50**
Dermo-Epidermitis Lutz **50**
Dermographismus **50**
–, albus 163
Dermoidzysten **50**
Dermowas 5, 16, 56, 61, 79, 120, 210, 219
Desoximetason 59
Dexamethason 59
Dexatopic 59
Dextranomer 249
Diabetes bärtiger Frauen **1**
– mellitus 1, **50**
Diane 7
Diapneusis buccalis **51**
Dichlor-Stapenor 87
Diflucortolonvalerianat 59
Digitalfibrome **82**
Digitalis 95
Digitus mortuus **51**
Dihydergot 277
Dihydrooxyaceton 269
Dihydrotestosteron 5
Dimetinden 193
Dinatrium cromoglicicum 208
Dinitrochlorbenzol-Vaseline 149
Diphtherie der Haut **51**
Diprosone 136, 198
Dithranol 197
DMSO 191
DNS 275
Donovanosis **95**

Dontisolon „P" Mundheilpaste 22, 181
Doppellippe 28
Doppler-Ultraschall-Untersuchung 24, 237, 260
Dornwarzen **267**
Dorsalzyste **52**
Dreitagefieber, kritisches **80**
Dreuwsche Salbe 197
DTIC 149
Durenat 249
Dyshidrosis **52**
– lamellosa sicca **52–53,** 164
Dyskeratom, warziges **270**
Dyskeratosis congenita **53**
– follicularis isolata 270
– – vegetans 45
Dysostosis mandibulofacialis **85**
Dystrophia adiposogenitalis **53**
– ungium mediana canaliformis 167–168

ECHO-Virus-Infektion **53**
Econazol-Nitrat 67
Ectodermose érosive pluriorificielle Fiessinger-Rendu **74**
Eczéma canalé 56
– craquelé 56
Edival 7
Effluvium 11–17
Efudix 69
Ehlers-Danlos-Syndrom **44**
Ehrtolan 59
Eigenblut-Injektion 22, 47, 68, 87, 254
Ejaculatio praecox **53**
– retardata 53
Ejakulation, retrograde **53–54**
Ekchymosen 199
Ekthyma **54**
Ekzem 51
–, endogenes 52
Ekzema flexurarum 163
– herpeticatum 55
– infantum 55
Ekzematid, follikuläres seborrhoisches 62
Ekzematid, seborrhoisches **62**
Ekzema vaccinatum **55**
– vulgare 55–62
Ekzem, degeneratives **56**
–, endogenes 54
–, hyperkeratotisches 60
–, seborrhoisches 54–55
Ekzem-Thrombopenie-Syndrom 271
Ekzem, traumiteratives **56**
Elastorrhexis generalisata **194**
Elastose, aktinische 17
Elstoidose cutanée nodulaire **63**
Elephantiasis **63–64**
Embolia cutis medicamentosa **64**
Embolie, arterielle **23**
Embolieprophylaxe 262
embolisch-toxische Sofortreaktion 182
Embryopathia rubeolosa 210
EMO-Syndrom 156
Empfindlichkeitsekzem 56
Endangiitis obliterans 23, 64
Endometriose **64**
Endoxan 225
Endrine mild 208
Entstauung 262
Enteritis regionalis Crohn **64**
Entropium 179
Enzephalitis postvaccionalis 255
eosinophile Granulomatose **109**
eosinophiles Leukämoid **65**
Epheliden **221**
Epi-Aberel 4, 5, 40, 115, 134, 141, 219
Epidermodysplasia verruciformis 65
Epidermoide **28**
Epidermolysis acuta toxica **143**
– bullosa hereditaria 65
Epidermophytia **66–68**
Epidermophyton floccosum 66
Epidermiszysten 65, 172
Epididymitis **68,** 90, 110
Epiloia **1**
Epi-Monistat 67, 152, 155, 170, 187, 222, 242
Epi-Pevaryl 67
Epithelioma adenoides cysticum Brooke 68
– basocellulare 69–70
– calcificans 70
– intraepidermale 70
– spinocellulare 70–72
Epitheliom Malherbe, verkalkendes **70**
Epizootien **72**
Epsilon-Aminocapronsäure 172

Epstein-Barr-Virus 19
Epulis **72**
Erbgrind **81**
Erbocain-Salbe 209
Erboproct 105
Erntekrätze **243**
Erosio interdigitalis blastomycetica **224**
Erysipel **72–73**
Erysipelas carcinomatosum 121
Erysipeloid Rosenbach **73**
Erythema anulare centrifugum Darier **73,** 175
– – rheumaticum 73
– chronicum migrans 73
– contusiforme 75, 76
– dyschronicum perstans 73
– elevatum et diutinum **74,** 93
– gyratum repens **75,** 175
– induratum 264
Erythema infectiosum acutum **75**
– nodosum 64, 65, 75, 76, 264
– palmare et plantare **76,** 129
– perstans faciei 76
– exsudativum multiforme minus 74–75
– – – postherpetisches 74
– scarlatiniforme recidivans **76,** 79
Erythematodes acutus **76–77**
– chronicus cum exacerbatione acuta 78
– – discoides 77–78
– – disseminatus 78
Erythrasma **79**
Erythrodermia congenitalis ichthyosiformis bullosa **114**
– desquamativa Leiner 79
Erythrodermie **79,** 175
– pityriasique 175–176
Erythrokeratodermia figurata variabilis Mendes da Costa **80**
Erythromelalgie **80**
Erythromycin 6, 234
Erythroplasie Queyrat **80**
Erythrosis interfollicularis colli **80**
Erythrozyanosis crurum puellarum **80**
Essaven, Essaven ultra 29, 239, 263
Essentiale 303, 190
Etacortin 4, 31, 59, 60
Eukliman 111
Eumotol 205
Euraxil 193, 214
Exanthema subitum **80**
Exfoliatio areata linguae **140**
– – manuum 52–53
Exkoriationen, neurotische **166**
Expositions-Ekzem **56**
Exsiccationsekzematid 56
exsudative discoide und lichenoide chronische Dermatose **81**

Faexojodan 87
familial rosacea-like dermatosis **99**
Fanconi-Syndrom **81**
Fasciitis nodularis pseudosarkomatosa **81**
Faulecken 20
Favus **81**
Feersche Krankheit **9**
Feig- oder Feuchtwarzen **42–43**
Felty-Syndrom **81**
Fenistil 136, 193
Ferrlecit 100, 167
Fersenknötchen 185
Fettgewebs-Erkrankungen **81**
Fettgewebshernie 89
Fettnekrosen der Mammae **82,** 173
Fettsklerem der Neugeborenen **217**
Fettsucht 1
Feuermal **159**
Fibrokeratom **82**
Fibroma **82**
fièvre boutonneuse 276
Filaria Bankrofti 272
Fingerapoplexie **82**
Fingerknöchelpolster **83**
Fischschuppenkrankheit **115**
Fistula auris congenita **83**
Flohstiche **83**
Flucytosin 41
Fludilat 25
Fludroxycortid 59
Flumetasonpivalat 59
Fluocinolonacetonid 59
Fluocinoid 59
Fluocortinbutylester 59, 126
Fluocortoloncapronat 59
Fluocortolonpivalat 59
Fluorandrenolon 59

5-Fluorcytosin 222
Fluoroformylon 59
Fluorometholon 59
Fluor-uracil 22, 69, 123, 125
Fluprednylidenacetat 59
Foetor ex ore **83**
Folliculitis **83–85**
Fragivix 239, 263
Frambösie **85**
Franceschetti-Jadassohn-Syndrom **118**
Franceschetti-Syndrom **85**
Fremdkörpergranulome **86**
Frenulum, verkürztes **86**
Freundsches Adjuvans 149
Frey-Syndrom **30**
Fröhlich-Syndrom **53**
Frostbeulen **183**
Frühlingslichtdermatose 139
Frühlingsperniosis 183
Fruktose 117
FTA-ABS-Test 227
Fucidine-Gaze 42
Fulcin S 67, 152, 170
Fungiplex-Nagellack 170
Furocumarine 39
Furosemid 277
Furunkel **86–87**
Furunkulose **87**
Fußinfekt, gramnegativer **87**
Fußwarzensalbe 267

Gamasidiosis **215**
Gamma-Globulin 203, 277
Gamma-Hexachlorcyclohexan 177
Gangrän 51
–, akute des äußeren Genitales 87
Gärtner-Mikrosporie 151
Gardner-Syndrom **87**
garlic-clove-fibroma **126**
Gaumenspalte 172
Gefäßspinnen **87,** 129
Gehtest **24**
Gelacet 167, 169, 171
Geldscheinhaut 129
Germanin 204
Gerstenkorn **87–88**
Geschlechtskrankheiten **88**
4. Geschlechtskrankheit **146**
Geschwülste, dunkel- bis schwarzfarben **88**
–, schmerzhafte 88
Gestagene 39, 219
Gianotti-Crosti-Syndrom **9**
Gicht **88**
Gilchristsche Krankheit 34
Gingivitis **88**
Gingivostomatitis herpetica **225**
Glomustumor **88**
Glossitis electrogalvanica 278
– granulomatosa 39
– mediana rhombica 89
Glossodynie 278
Glottisödem 72
Glucantime 130
Gluten-Ex 47
Goldgeist 177
Goltz-Gorlin-Syndrom **89,** 188
Gonadendysgenesie **89**
Gonokokken-Sepsis 91
Gonorrhoe **89–93**
Gorlin-Syndrom **33**
grande aphthose Touraine **33**
granuläres Neurom **155**
Granuloma anulare 51, **93**
– candidamyceticum 221–222
– eosinophilicum faciei 93
– fissuratum auris seu nasi 94
– gangraenescens nasi 94
– glutaeale infantum 94
– pediculatum 94–95
– venereum 95
Granulomatosis disciformis chronica et progressiva **95**
– pseudosclerodermiformis symmetrica 95
Granulosis rubra nasi **95,** 173
Grinspan-Syndrom 51, 95
Grippe-Exantheme **95**
Griseofulvin 67, 139, 170
Grübchennägel 171
Grützbeutel **28**
Gruppenallergie 57
Gürtelrose 276
Gummen 231
Guttaplast 38
Gynäkomastie **95,** 129

Haarbrechen 98
Haare, abgebrochene **13**
Haare, dystrophische **13**
Haarfollikelnaevus **159**
Haargranulome **95**
Haarnestfistel **225**
Haarrupf-Tic 98
Haarveränderungen **96–98,** 129
Haarwachstumsstörungen 89
Haarwurzelstatus **11**
Haarzunge, schwarze **141**
Haber-Syndrom **99**
Haemangioma **99–100**
  – racemosum 100
Hämangiomatose **100**
Hämangiom-Thrombopenie-Syndrom **100**
Hämangiopericytom **101**
Hämatome 199
Hämochromatose **101,** 129
Hämophilie **101**
Hämorrhoidalleiden **101–105**
Hämorrhoiden **104–105**
Hagelkorn **100**
Hakenwurm 271
Halcinonid 59
Halitosis **83**
Halog 59
Halo-Naevus **161**
Haloprogin 67, 222, 242
Halsfisteln **100**
Hand-, Fuß-, Mundkrankheit **105**
Handödem, chronisch traumatisches **105**
Hand-Schüller-Christiansche Krankheit **109**
Hapalonychie **168**
Hartnup-Syndrom **105**
Hasenpest **247**
Hausfrauenekzem 56
Hautatrophie **89**
Hautfisteln, odontogene **166**
Hautgrieß **152**
Hauthorn **44**
Hautveränderungen, pellagroide 105
Heberdensche Knoten **106**
Heerfordt-Syndrom 213
Hefemykosen 155
Hégor KSK, LP, ST 16, 62, 186, 219, 220
Heiserkeit 173
Heliotherapie 154
Hellzellenakanthom **106**
Hemiatrophia facialis progressiva idiopathica **106**
Hemiplegien 77
Heparin 238, 275
Heparinoide 238, 275
Hepatitis-B-Antigen **9**
Herbstperniosis 183
Heroin-Sucht **106**
Herpangina 53
  – ZAHORSKY 106
Herpes gestationis **106**
Herpes-Sepsis der Neugeborenen **106**
Herpes simplex **106–107**
Herpes-simplex-Virus 252
Herpes tonsurans **107**
Hertoghesches Symptom **107**
Herviros 22
Hexachlorcyclohexan 214
Hexomedin transcutan 177
Hexoral 181, 225
Hibernom **142**
Hidradenitis suppurativa **216**
Hidroadenoma papilliferum **107**
Hidroadenome **107–108**
Hidrozystome **217**
v. Hippel-Lindau-Syndrom 20
Hippokratische Nägel **172**
Hirnsklerose, tuberöse **2**
Hirsuties papillaris penis **108**
Hirsutismus 1, 108
Histadestal 73, 75, 254
Histiozytom **108**
Histiozytosis gigantocellularis 108, **206**
  – X 108–109
Histoplasmose **108,** 155
Hitzemelanose **110**
Hobelspanphänomen 187
Hodentorsion 68, **110**
Hodentumoren **110**
Höhensonne 154
Hoigné-Syndrom 182
Holzbock **110**
Hordeolum **87–88**
Hornhauttrübung 179
Horton-Syndrom **26**
Hostacyclin 6, 19, 251

Hühnerauge 41
Humangonadotropin 117
Humegon 117
Hustentest 260
Hutchinson-Gilford-Syndrom **191**
Hutchinsonsche Trias 233
Hyalinosis cutis et mucosae **111**
Hydantoin 39
Hydergin 10, 183, 277
Hydonan 111
Hydracillin 234
Hydrargyrosis cutis **111**
Hydroa vacciniforme **111**
Hydrocele testis **111**
Hydrocortisonacetat 59
Hydroxypolyäthoxydodecan 34
Hyperhidrosis 43, **111**
- manuum 112
- parotidea masticatoria 30
Hyperkeratosen 43
Hyperkeratosis congenita **114**
- follicularis et parafollicularis 112
- - senilis 112
- lenticularis perstans 112
- traumatica marginis calcis 112
Hyperkreatinurie 49
Hyperlipoproteinämien 273, 274
Hyperperiostose 173
Hyperpigmentierung 1
Hyperserotonismus **121**
Hypersiderämie 190
Hyperspermie 117
Hypertelorismus 44, 172, 188
Hypertonus 1
Hypertrichosis 51, **113,** 175, 190
- sacralis 166
Hypervitaminose A **113**
Hypohidrosis **113**
Hypokreatinurie 49
Hypomelanosis guttata idiopathica **113**
Hypoparathyreoidismus 116
Hypoprothrombinämie **113**
Hypospermie 117
Hypotrichose 188
Hypotrichosis hereditaria capitis **15**

Ichthraletten **10**
Ichthyosen **114–115**
Ichthyosis congenita **114**
- linearis circumflexa 114
- senilis 186
- serpentina 175
- vulgaris 115
-, X-chromosomal-rezessive 115
„Id“-Reaktion 62, 74
IgA 179
IgE-Serumspiegel 164
IgG 179
Ikterus 129
Ilrido 38, 40, 128, 138, 140, 190
Immunfluoreszenz **77,** 90, 179
Impetigo Bockhart **85**
- bullosa 178
- contagiosa 115–116
- herpetiformis 116
Impletol 277
Impotentia coeundi 1, **116**
- generandi 116–117
Imurek 181, 205
Incontinentia pigmenti 65, 118
- - achromians 118–119
Induratio congelativa submentalis **119**
- penis plastica 119
INH 3, **245,** 246
Inhalationsallergie 52
Initialsklerose 228
Insektenstiche **119**
Insuffizienz, chronisch-venöse **261**
Insulinlipodystrophie **119**
Intal Nasal 208
Intertrigo 50, **119–120**
Iritis gonorrhoica 91
Ito-Syndrom **118–119**
Ivosin RK 60
Ixodes ricinus **110**

Jacquet-Syndrom **41**
Jacutin 177, 178, 214
Jadassohn-Lewandowsky-Syndrom **173**
Jarisch-Herxheimersche Reaktion 234
Jod 3
Jododerma tuberosum **120**
juxtaartikuläre Knoten **120**
juxta-claviculäre Perlen-Schnüre **120**

Kaban 59, 60
Kälte-Panniculitis **120**
Kaffernpocken **256**

Kahlersche Krankheit **187**
Kalilauge 66
Kalkgicht 37
Kalzium 172
Karbamide, bromhaltige 27
Karbunkel **120**
Karotingelbsucht **30,** 121
Karotinodermie **30,** 121
Karotinosis **30**
Karzinoidsyndrom **121**
Karzinom-Metastasen **121**
Karzinom, spinozelluläres **70–72**
Kasabach-Meritt-Syndrom **100**
Katagenhaare **13**
Katarakt 211
Katarrh, postgonorrhoischer 90
Katzenkratzkrankheit **121**
Kauschwielen **121**
Keloid **121–122**
Keratitis parenchymatosa 233
Keratoakanthom **122**
Keratodermie **123**
Keratoelastoidosis verrucosa **226**
Keratoma climactericum **123**
– palmare et plantare 123
– senile 124
Keratosis areolae mammae **124**
– follicularis „epidemica" 124
– – serpiginosa 124
– – spinulosa 124
Keratosis pilaris **134**
– – rubra atrophicans faciei 250
– senilis 124
– suprafollicularis 134
Kerion Celsi **125**
Kerzenfleck 195
Kieler Krankheit **147**
Kimurasche Krankheit **125**
Klarzellenakanthom **106**
Kleienpilzflechte **187**
Klein-Waardenburg-Syndrom 11, **125**
Klimakterium virile **125**
Klimatherapie 179, 192
Klinefelter-Syndrom **125–126**
Klippel-Trenaunay-Parkes-Weber-Syndrom **161**
Knoblauchzehenfibrom **126**
Knollennase **208–209**
Knoten, juxtaartikuläre 8
knuckle pads **83**
Koagulopathien 199
Köbner-Phänomen **126,** 134
Koenen-Tumoren **1**
Kohlensäureschnee 250, 265, 266, 267
Koilonychie **168**
Kokarden-Naevus **159**
Kokzygealdermoid **225**
Kollagenosen **126**
Kollodiumhaut **114**
Kolloidmilium **126**
Kolmer-Test 227
Komedonen, geschlossene **5**
Komedonen, offene 5
Kompressionsklasse 262
Kompressionsstrümpfe 262
Kompressionsverband 262
Konakion 172
konstitutionelle Thrombopathie **126**
Kontaktekzem **56**
Kontakt-Urticaria **254–255**
Kontrazeptiva, orale 27, 76, 85, 87
Kopliksche Fleckchen **147**
Koproporphyrin 190
Kortikoid-Externa **59,** 60, 126
Krämerkrätze **214**
Krätze **213–215**
Krallennagel **169**
Krampfadern **259–264**
Kranzfurchen-Phlebitis **127**
Kraurosis penis 137
Kraushaarnaevus 96
Krümelnagel 196
Kryopathien **127**
Kryptitis **103**
Kryptokokkose **127**
Kryptorchismus **127–128**
Kuhpocken **128**
Kveim-Reaktion 213
Kwashiorkor **128**

Labyrinthtaubheit 233
Lacklippen 129
Lagerungsprobe (Ratschow) **24**
Lampren 48, 78, 132
Landkartenzunge **140**
Landmannshaut **128,** 276
Lappenelephantiasis 165
Lasix 202, 277

Lasonil 122, 239
Lassueur-Graham-Little-Syndrom **128,** 135
LATS 156
Laurence-Moon-Biedl-Syndrom 188
Leberfleck **131**
Leberleiden **129**
Leberschaden 190
Lebersternchen 129
Leichdorn 41
Leiomyome **129**
Leishmaniasis cutanea **130**
Lentiginosis **130–131**
Lentiginosis-profusa-Syndrom **131**
Lentigo **131**
– maligna **150,** 160
– senilis 160
– simplex 160
Lepothrix **242**
Lepra **131–132**
Leriche-Syndrom **24**
Letterer-Siwesche Krankheit **108**
Leukoderm **132**
Leukoderma acquisitum centrifugum **161**
– psoriaticum 196
– syphiliticum 229
Leukokeratosis nicotina palati **132**
Leukomelanodermie **132**
Leukomycin 32, 72, 86, 116, 250, 277
Leukonychia **168**
Leukoplakia **132**
– idiopathica 133
Leukosen **133–134**
Levurinetten 87
LE-Zellen 77
Libmann-Sacks-Syndrom 77
Librium 193
Lichen albus **137**
– myxoedematosus 156
– nitidus 134
– obtusus 134
– pilaris 134
– ruber 134–137
– – pemphigoides 65
Lichen sclerosus et atrophicus **137**
– simplex chronicus Vidal 138
– spinulosus 124
– urticatus 192
– variegatus 176
lichénification géante **138**
Lichtdermatosen **138–140**
Lichtschutzfaktor 138
Likuden M 67, 152, 170
lilac ring 217
Linea fusca **140**
Lingua geographica **140**
– plicata 140
– scrotalis 140
– villosa nigra 141
Linola, Linola-H 47, 59, 128, 185, 193, 209
Linoladiol 17, 43, 123, 128, 137
Linsenmal **131**
Lipoatrophia anularis **141**
Lipoatrophie 119
Lipodystrophia **141**
Lipogranulom **141**
Lipogranulomatosis subcutanea **174**
Lipohypertrophie 119
Lipoidproteinose Urbach-Wiethe **111**
Lipokapsul 275
Lipom **142**
Lipomatosis dolorosa **142**
Lipostabil forte 275
Lippenfistel **142**
Lippenzyste **142**
Listeriose **142**
Livedo **142**
liver plams 129
Locacorten-Vioform Creme bzw. Paste 31, 50
Löffelnägel **168**
Löfgren-Syndrom 76, 213
Loftyzon 219
Lomupren 208
Loscon Tinktur 16, 191, 219
Lotio Hermal 60, 62, 75, 211
Lues connata **232**
– latens 229
– maligna 229
Lungenembolie 238
Lupidon 75, 107
Lupus pernio 212
Lyell-Syndrom 46, 65, **143**
Lygal-Kopfsalbe 191, 198
Lymphadenosis cutis **144**
Lymphangioma **145**
Lymphknotenschwellungen **145**

Lymphoblastom, großfollikuläres 36
Lymphogranuloma inguinale **146**
Lymphogranulomatose **146**
Lymphographie, heiße 149
Lymphopathia venerea **146**
lymphozytäre Infiltration **146**
Lymphozytom **144**

Madenwurm 272
Madurafuß **147**
Mafucci-Kast-Syndrom **147**
Mahorner-Howard-Ochsner-Test 263
Makroglossie 279
Malabsorptionssyndrom **147**
maladie des oursins 86
Mal de Meleda **123**
Malleus **211**
Mallorca Akne **3**
Mal perforant plantaire **147**
Malum perforans diabeticum 51
Marfan-Syndrom **147**
Margarinekrankheit **147**
Marisquen **101**
Masern **147**
Maskengesicht 218
Mastzell-Erythrodermie 65, **255**
Matratzenphänomen 276
Maul- und Klauenseuche **147**
Mebhydrolin 193
Meessche Streifen **168**
Megaphen 191
Megalerythema epidemicum s. infectiosum **75**
Meladinine 154
Melanodermitis toxica lichenoides et bullosa **148**
Melanodermie-Porphyrie 190
Melano-Erythrodermie **148**
Melanom, juveniles **149**
–, malignes 148–149
Melanosarkom **149**
Melanosis circumcripta praeblastomatosa **150**
– naeviformis 157
– recti 103
– Riehl 150
melanotic freckle **150**
melanozytenstimulierendes Hormon 39
Melkergranulationsknoten **150**
Melkerknoten **150**
Melkerpocken **150**
Melkerschwielen **151**
Melkersson-Rosenthal-Syndrom **151**
Meningokokkensepsis 220
Meprobamat 95
Mesantoin 39
Mesaortitis luica 231
Mesterolon 95, 125
Metalcaptase 219
Methotrexat 9, 22, 181, 198, 268
8-Methoxypsoralen 198, 269
Methylprednisolonacetat 59
Metopitis granulomatosa 39
Metronidazol 130, 242
Miconazol 67, 222, 242
Mikrobid 52, **151**
Mikronychie **168**
Mikrosporide **151**
Mikrosporie **151**
Mikrosporon Audouinii 151
– canis 151
– gypseum 151
Miliaria **152**
Miliarlupoid, benignes **212–213**
Milien **152,** 190
Milzbrand **21**
Mimea-Gruppe 89
Minzolum 271, 272
Möller-Hunter-Glossitis 279
Molluscum contagiosum **152–153**
– pseudocarcinomatosum 122–123
Mondorsche Krankheit **153**
Mongolenfleck **153**
Monilethrix 96
Moniliasis 155
Mononukleose, infektiöse 19
Monozyten-Angina **19**
Morbilli **147**
morbilliformes Exanthem 53
Morbus Besnier-Boeck-Schaumann **212–213**
– Busse-Buschke 155
– Crohn 102
– Durand-Nicolas-Favre 146
– Fölling 184
– Hermans-Grosfeld-Spaas-Valk 33
Morbus Hodgkin **146**
– Kyrle 112

– Möller-Barlow 31
– Paltauf-Sternberg 146
– quintus 75
– Sudeck 43
Moronal 222
Morphaea **217**
Morsicatio **153**
Mosaikwarzen 267
MSH 39
Mucinosis follicularis **153**, 175
– papulosa 156
–, retikuläre erythematöse 205–206
Mucophanerosis intrafollicularis **153**
Mundgeruch, übler **83**
Mundisal Gel 225
Mundschleimhautveränderungen 51
Mundwinkelrhagaden 20
Muttermal **157–161**
Muzinosen **153**
Mycanden 67, 81, 152, 155, 170, 187, 222, 242
Mycetom **147**
Mycobacterium balnei 86
Mycosis fungoides **153–155**
Myelom, multiples **187**
Myelose, chronische 134
Myiasis **155**
Mykid 52, 151, **155**
Mykosen **155**
Myoblastenmyom **155**
Myoepitheliom **155**
Mysteclin 242, 251
Myxoedema circumscriptum tuberosum **156**
Myxoedema lichenoides et papulosum **156**
Myxom **156**

Naevobasaliomatose **33**
Naevobasaliome **156**
Naevoxanthoendotheliom **156**
Naevus **157–161**
– achromicus 157
– coeruleus 158
– depigmentosus 157
– leukoplakischer epithelialer 215
– pigmentosus papillomatosus 160
Naevus sebaceus **160**
– – senilis 1
– spilus 160
– Spitz 149
– Sutton 161
Naevuszellen-Naevus **159**
Nageldystrophie 89
Nagel, eingewachsener **250**
Nagelfalzpsoriasis 196
Nagelkauen **171**
Nagel-Patella-Syndrom **168**
Nagelpilzerkrankungen **170**
Nagelveränderungen 129, 196–198
Nagelverlust, periodischer **169**
Nagetierseuche **247**
Nahrungsmittelallergie 52
Nalixidinsäure 139
Natamycin 222
Natriumfluorid 126
Nebacetin 28, 31, 37, 86, 116, 177, 249, 258
Neisseria catarrhalis 89
– gonorrhoeae 89
Nekrobiosis lipoidica 93, 162
– – diabeticorum 51
– maculosa 162
Nekrosen nach Intoxikationen **162**
Nekrospermie 117
Nelson-Mayer Test 227
Neo-Erycinum 47, 72, 87, 234
Neo-Pyodron 256
Nerisona 59, 60, 119, 197
Netherton-Syndrom 162
Neurinom **163**
Neurodermitis circumscripta **138**
– constitutionalis 54, 163–164
Neurofibrom **165**
Neurofibromatosis generalisata **160**, 165
Neurolemmom **163**
Neurolues **232**
Neurom **166**
Nikolsky-Phänomen **179**
Nikotinsäureamid 178
Nikotinsäurederivate 275
Nimorazol 242
Nodositates juxtaarticulares **120**
Noduli rheumatici 93, **208**
Noma **166**
Nonne-Milroy-Syndrom **243**
Normospermie 117
Normozoospermie 117
Nystatin 31, 155, 222

Ochronose **166**
oedème lilacé périorbitaire 48
Ölakne **166**
Ölflecke 196
Östriol 17
Östrogene 39, 95, 190
Östrogenspiritus 17
Ohrfeigenkrankheit **75**
Okklusivverband 60
Oligophrenia phenylpyruvica **184**
Oligozoospermie 117
Omeril 61, 193, 202, 208
Onychauxis **169**
Onychogryposis **169**
Onychofissan-Tinktur 170
Onycholysis **169**
– semilunaris psoriatica 196
Onychomykosen **170**
Onychophagie **171**
Onychosen **166–172**
Operngläsfinger 195
Ophthalmoblennorrhoe 91, 92
Oracef **32,** 116
oral-fazial-digitales Syndrom **172**
Oral Florid Papillomatosis **175**
Orangenhautphänomen 276
Orchitis **110**
Orf-Virus 54
Orgastyptin 172
Orient-Beule **130**
Ornidazol 242
Oslersche Krankheit **172**
Osmidrosis **36**
Osnabrücker Krankheit **147**
Osteom **172**
Osteomyelitis 10
Osteo-okulo-dermale Dysplasie **89**
Osteosis cutis **172**
Ostiofolliculitis **85**
Oszillographie **24**
Othämatom **172**
Otitis externa maligna **172**
Ovestin 17
Ovulationshemmer 15, 190
Oxyuris vermicularis 272

PA 228
Pachydermia vegetans 63
Pachydermie **173**
Pachydermoperiostose **173**
Pachyonychia congenita **173**
Pachyonychie 173
Pagetkrebs **173**
Panarteriitis nodosa **182–183**
Panatrophia **173**
Pankreaskarzinom 173
Pankreatitis 173
Panniculitis **173–174**
Panthesin-Balsam 209
Pantogar-Dragees 96
Papillae coronae glandis **108**
Papillarlinien 45
Papillomatose papuleuse confluente **174**
Papillomatosis cutis carcinoides **174–175**
– mucosae carcinoides 175
Papillome, organoide 82
Papillon-Léage-Psaume-Syndrom **172,** 188
Papillon-Lefèvre-Syndrom **124**
Papulosis atrophicans maligna **175**
Paraaminobenzoesäure 139
Paracoccidioidomykose 35
Paraffin 86
Parakératose achromiante **185**
Parakeratosis variegata **176**
Paralyse 232
Paramyloidose 18
paraneoplastisches Hautsyndrom 3, 75, **175**
Parapemphigus **178–179**
Paraphimose 175
Parapsoriasis **175**
Parasitophobie **49**
Pareiitis granulomatosa 39
Parfenac 60, 193
Paronychia acuta **176**
Paronychia et Onychopathia diabetica 51
Paul-Bunnel-Reaktion 19, 81
Pediculosis **177–178**
Pelade **13**
Pellagra **178**
Pemphigoid, bullöses 175, **178, 179**
Pemphigoid der Neugeborenen **178**
Pemphigus **179–182**
– acutus neonatorum 65, **178**
– conjunctivae 179
– contagiosus 178
– familiaris 179

– syphiliticus 65, 233
– vulgaris 179–180
D-Penicillamin 18, 219
Penicillin 92
Penicillin-Nebenerscheinungen **182**
Penicilloylpolylysin 182
Penis-Fraktur **182**
Penisgangrän 72
Peniskarzinom **71**
Pentostam 130
Periactinol 193
Periadenitis mucosae necrotica recurrens **22**
perianale Thrombose **104**
Periarteriitis nodosa **182–183**
Perihepatitis acuta gonorrhoica 92
periproktaler Abszeß **104**
Perlèche 20
Perniones **183**
Perniosis follicularis **183**
Perthes-Test 263
petechiales Exanthem 53
Petechien 199
Peutz-Jeghers-Klostermann-Syndrom 160, **183**
Pfeiffersches Drüsenfieber 19
Pfeifer-Weber-Christiansches Syndrom **174**
Pfundnase **208–209**
Phagédénisme **48**
Phakomatosen **184**
Phakomatose, fünfte **33**
Pharyngitis gonorrhoica 92
Pheniramin 193
phenolphthaleinhaltige Abführmittel 148
Phenothiazin 95, 276
Phenylalanin 184
Phenylketonurie **184**
Phimose **184**
Phlebarteriektasie **184**
Phlebitis saltans **236**
Phlebodestal 34
Phlebogramm 238, 260
Phlebolithen 37
Phlebothrombose **236–239**
Phlegmasia alba dolens **184–185**
Phlegmasia coerulea dolens **185,** 238
Photochemotherapie 154, 198
Photodermatitis pigmentaria Freund **185**
Phrynoderm 31
Phthiriasis **177**
Pian **85**
Piedra 155, 242
Piezogene Knötchen **185**
pigeonneau 265
Pigmentablagerung 43
Pigmentatio reticularis calorica **110,** 142, 185
Pigmentfleckenpolypose **183–184**
Pigmentierungen 190
Pili anulati 96
– bifurcati 96
– incarnati 96
– recurvati 96
– torti 96
Pilomatricom **70**
Pilonidalsinus **225**
Pilonidalzyste **225**
Pilzkrankheiten **155**
Pimafucin 222, 223
Pimaricin 222
Pingranliquose 173, 185
Pinselfiguren 261
Pinselhaare 98
Pinselwarzen **266**
Pinta **185**
Pityriasis alba **185**
– amiantacea 191
– circinata 175
– lichenoides chronica 176
– marginata 62
– rosea 186
Pityriasis rubra Hebra 79, 186
– – pilaris 186
– senilis 186
– versicolor 187
Plaques muqueuses 229
– opalines 229
Plasmazytom **187**
Plastikfolie 60
Plattenepithelkrebs **70–72**
Plica polonica 177
Pocken **256–258**
–, weiße 256
Podagra **88**
Podophyllin 43
Podopompholyx 52
Poikiloderma **187–188**

Poikilodermia vascularis atrophicans **188**
Poikilodermie 49, 89
Polaronil 193
Poliosis circumscripta 96
Pollakisurie 90
Pollinosis 208
Poloris 198
Polyarthritis, progredient chronische 206
Polychondritis chronica atrophicans **188**
Polycythaemia vera **188**
Polydaktylie 89, 172, 188
Polyfibromatosis hereditaria **188**
Polykeratosis congenita **188**
Polyneuritis 77
Polyserositis 77
Polyskleradenitis 229
Polyspermie **188**
Polytar 219
Polyzoospermie 117
Pomadenkruste der Säuglinge **189**
Porokeratosis **189**
Porom, ekkrines **189**
Porphyria congenita 65
– cutanea tarda 175
Porphyrien **189–190**
Porrigo amiantacea **191**
Posthitis **31–33**
Poststeroid-Panniculitis 173
postvaccinales Exanthem 255
Potaba-Glenwood 219
Povidon-Jod 242
Präkanzerosen **191**
Prätibiale Flecken 51
Pragman 193
Prednisolon 59
Pregnenolon 17
Presomen 17, 172
Priapismus **191**
Primäraffekt 228
Primobolan Depot 190
Primogonyl 128
Primolut-Nor 219
Pringle-Bourneville-Syndrom **1**
Probenecid 92
Procainpenicillin 234
Procto-Kaban 105
Progeria adultorum **191**
Progynon B ol. 119
Progynon Depot 137
Progynova 123
Proktalgia fugax **104**
Proktitis **104**
Promethazin 139
Prostata-Adenom 105
Prostatitis 90
Prothesen-Unverträglichkeit 276
Protoporphyria erythropoetica **190**
Protoporphyrin 190
Proviron 95, 116, 117, 125
Prurigo **191–192**
– Besnier 163
Prurigo-Ekzem 163
Pruritus 51, 175, **192–194**
Pseudoakanthosis nigricans **194**
Pseudo-ciatrices stellaires spontanées **194**
Pseudogonokokken 89
Pseudo-Kaposi-Sarkom 212
Pseudokanzerosen 194
Pseudoleukoderm **194**
Pseudomilium colloidale **126**
Pseudopelade Brocq **14**
Pseudosklerodermien **194**
Pseudoxanthoma elasticum **194**
Psoil 197
Psoriasis **195–196**
– arthropathica 206
Psorimed 198
Psychopharmaka 193
Pterygiumbildung **171**
Pütter-Verband 261
Purpura **199–201**
– diabeticorum 51
– variolosa 257
Pustula maligna **21**
Pustulosis palmaris et plantaris **201–202**
– subcornealis 175
PUVA 154, 198
Pyoderma gangraenosum 21, **48**
Pyodermia chancriformis **202–203**
– chronica papillaris et exulcerans 203
– fistulans sinifica 203
– ulcerosa serpiginosa 48
Pyodermie 21, 51, **203**
Pyodermite végétante Hallopeau **180**
Pyodron 9, 85, 87, 116, 256
Pyozyaneussepsis 220
Pyrazolonderivate **32**

Quensyl 78
Quinckesches Ödem **203–204**

Radiofibrinogentest 237
Rankenangiom **100**
Rankenneurinome 165
RAST 208
Rattenbißkrankheit **204**
Raupendermatitis **204**
Raynaudsche Krankheit **204**
Raynaud-Syndrom **204**
Recklinghausensche Krankheit **165**
Refsum-Syndrom 115
Regelan 19
Reilscher toter Finger **51**
Reitersche Krankheit **205**
Reizeffekt, isomorpher **126**
Rektal-GO 92
Rektitis **104**
REM-Syndrom **205–206**
Repair-Defekt 275
Reserpin 95
Resochin 78, 137, 264
restless legs **250**
Retikulohistiozytome, multiple 108, 206
Retikulosarkom **208**
–, angioplastisches 206
réticulose lipomélanique Pautrier et Woringer **49**
Retikulosen **206–207**
Rexiluven 29, 263
Rheumatismus nodosus **208**
Rhinitis 163, 208
Rhinobacid 208
Rhinophym **208–209**
Rhinosklerom **209**
Rhino-Xylidrin 208
Riasol 198
Rickettsia conori 276
Riesenkomedo **209**
Riesenzellarteriitis, senile **26**
Ringelhaare 96
Ringelröteln **75**
Ringerohr **209**
Röntgen-Schäden 209
Röteln **209–210**
Rollhaare 96
Rosacea **210–211**
Roseola syphilitica 229
Rotfluoreszenz 190
Rothmund-Thomson-Syndrom **211**
Rotz **211**
Rovamycine 92, 210
Rubeolae **209–210**
rubeoliformes Exanthem 53
Rubeosis 51
Rumpfhautbasaliome, multiple 69
Rundzellenerythematosis **205–206**
Ruticalzon 172
RV-Creme 17, 47, 128

Sacksche Lösung 61
Sahlischer Venenkranz **211**
Sakraldermoid **225**
Salbengesicht **211**
Salizylanilide 139
Salizylpflaster 38
de Sanctis-Cacchione-Syndrom 275
Sandosten-Calcium 75, 61, 119, 193
Sarcoma idiopathicum multiplex haemorrhagicum **212**
Sarcoptes scabiei 213
Sarkoid Darier-Roussy **212**
Sarkoidose 93, **212–213**
Sarkom **213**
Sarkotest Hermal 213
Sauerstofftherapie, hyperbare 48
Scabies **213–214**
Scarlatina **215**
Sclerema adiposum neonatorum **217**
Sclerodermia circumscripta **217–219**
– progressiva 218
Scleroedema adultorum **217**
Scopolariopsis brevicaulis 170
Scutula 81
Seba med 5, 56, 61, 62, 79, 87, 120, 219, 242
Sebohermal 6
Sebopona 5, 62, 219
Seborrhoea capitis 62
– oleosa 219
– sicca 219–220
Sebostase **220**
Sebozystomatosis **220**
Sebozystome 28
Seemannshaut **128,** 276
Seip-Lawrence-Syndrom **141**
Sefril **32**

Selectomycin 92
selektive UV-Phototherapie 198
Selsun 62, 187
Semidepotextrakte 208
Sendlinger Beiß **243**
Senear-Usher-Syndrom 180
Sepsis **220**
Sequilar 7, 219
Sermaka 59, 119, 136, 198
Seroreaktionen 227
Serumkrankheit **220**
Sexually Transmitted Diseases **220**
Sézary-Syndrom **220**
Sheehan-Syndrom **221**
Sicca-Syndrom **221**, 276
Siemens-Bloch-Sulzbergersche Pigmentdermatose **118**
signe du réseau 134
Silikate 86
Simons Syndrom **141**
Simplotan 242
Sinusthrombose 72
Sitosterin 275
Sjögren-Syndrom **221**
skarlatiniformes Exanthem 53
Sklerodaktylie 218
Sklerodestal 262
Sklerödem der Neugeborenen **217**
Skleromyxödem Arndt-Gottron **221**
Skleronychia acquisita **171**
Skleronychie-Syndrom **171**
Skoliose 89
Skorbut **31**
slap-cheek-disease **75**
Sodoku **204**
Soframycin-Salbe 4, 37, 72, 116, 177, 249
Sofra-Tüll 42
Sohlenwarzen **267**
Sol. Arning 61
Sommerabschilferung **52–53**
Sommersprossen **221**
Soorgranulom **221–222**
Soormykose 155, **222–224**
Soventol 193, 254
Spectacillin 26
Spectinomycin 92
Spectraban 138
Spermatocystitis 90
Spermatozoen 117
Spider-Naevus **157**
Spina bifida 89
Spinaliom **70–72**
Spindelhaare 96
Spindelzellen-Naevus **160**
Spinnennaevus **157**
Spiradenom, ekkrines **224**
Spiramycin 92, 210
Spirillum morsus muris 204
Spironolacton 95
Spitzenpigment **224**
Splitter-Blutungen 196
Sporostacin 224
Sporotrichose **224–225**
Spulwurm 271
Squeeze-technique 53
STD **220**
Subcutin-Lösung 225
Subsepsis allergica Wissler **226**
subunguales Hämatom **171**
subunguale Splitterblutungen **171**
Sudamina **152**
Suffusionen 199
Sugillationen 199
Sulfonamide 139
Sulfone 47
Sulfonylharnstoffe 139
Sulfotrimin 68, 249
superficial spreading melanoma **150**
Suramin 204
Sweet-Syndrom **226**
Sykosis, lupoide **85**
Symblepharon 179
Synacthen 61, 181, 195
Syndaktylie 89, 172, 188
Syndroma muco-cutaneo-oculare Fuchs **74**
Syndrom der verbrühten Haut **143**
Syphilid, korymbiformes 229
–, subkutanes 231
Syphilis **226–234**
Syringocystadenoma papilliferum **161**
Syringome **107–108**
Systemmykosen 155
Systral 136, 193

Schälblasen **178**
Scharlach **215**
Scheckhaut **269**

Schericur 75
Scheroson F 59
Scheroson F ophthalmicum 35
Schimmelmykosen 155
Schlauchbehandlung 64
Schleifen, hochtouriges 40, 85, 124, 210, 221
Schleimhautnaevus, epithelialer **215**
Schleimhautpemphigoid, benignes **179**
Schmieröle 3
Schock, allergischer **215–216**
Schuppenröschen **186**
Schwannom **163**
Schwarzsalbe 249
Schweinerotlauf **73**
Schweißdrüsenabszesse **216–217**
Schwimmbadgranulom 31, **217**
Schwitznase **95**
Stacheln von Kakteen 86
Stachelzellenkrebs **70–72**
Stanilo 92
Staphylodermia follicularis profunda **86–87**
– sudoripara suppurativa 216–217
Stauungs-Ekzem 261
Steatome 28
Steinkohlenteer 60
Stein-Leventhal-Syndrom 108
Steißbeinfistel **225**
Stepahlen-Creme, bzw. -Waschgel 56, 61
Steros-Anal 105
Stevens-Johnson-Syndrom **74**
Stewart-Treves-Syndrom **225**
Stickstoff, flüssiger 268
StieLasan 198
Stielknollen **94–95**
Stilbene 139
Still-Syndrom 81, 225
stippled skin **45**
Stirnband der Venus 229
Stomatitis **225–226**
– epidemica epizootica 147
– vesicularis 226
Strahlenpilzkrankheit **10**
Streptokinase 25
Streptokokkensepsis 220
Striae cutis 126, 226
Struma 28
Strophulus infantum **192**
Stuccokeratosis **226**
Sturge-Weber-Krabbe-Syndrom 20

Tabes 232
Tätowierung **235**
Talgdrüsen **235**
Talgdrüsenhyperplasie, senile **1**
Talgretentionszysten 28
talon noir 34
Tannolact 60
Tannosynt 52, 60
Tardocillin 1200 73, 234
Taubenzecken-Dermatitis **235**
Tavegil 61, 75, 136, 164, 193, 208
Teersonnendermatitis 139
Teleangiectasia hereditaria haemorrhagica **172**
Teleangiektasien **235–236**
Teleangiektasien-Ataxie-Syndrom **236**
Tele-Cäsium-Bestrahlung 71
Tele-Cobalt-Bestrahlung 71
Tennisferse 34
Teratozoospermie 117
Testosteron 95
Tetracosactid 61, 195
Tetracycline 3, 6, 7, 21
Tetramethylammoniumhydroxid 66, 170, 187
Teutschländer-Syndrom 37
THAYER-MARTIN-Nährboden 90
Thévenard-Syndrom **10**
Thiazide 139
Thibierge-Weissenbach-Syndrom 218
Thrombektomie 238
Thrombocid 238
Thrombolyse 238
Thrombophlebitis profunda **236–239**
– migrans 236
– superficialis 238
Thrombose, arterielle **23**
Thysanothrix 98
Tiabendazol 155, 271, 272
Tiberal 242
Tibialis-anterior-Syndrom **239**
Tilidin 277
Tinea 66, 240
– amiantacea 191, 239
Tinidazol 242
Tintenstiftnekrose **240**

Titriplex 265
Tomanol 19, 104, 153, 205, 239, 277
Tonol 116
Topisolon 59, 60, 119
Topsym 136, 198
Torulopsidose 155
Torulose 155
Touraine-Solente-Golé-Syndrom **173**
Toxoplasmose **240–241**
TPHA-Test 227, 228
TPI-Test 227
Trachyonychie **171**
Traktionsalopezie **15**
Tranexamsäure 204
transitorische akantholytische Dermatose **241**
Trasylol 204
Treponema carateum 185
– pertenue 85
Trental, Trental 400 25, 26, 29, 204, 209, 266, 267
Tretinoin 5
Triacetyldiphenolisatin 139
Triamcinolonacetonid 59
Trichiasis 179
Trichoepithelioma papulosum multiplex **68**
Trichofollikulom **241**
Trichogramm **11,** 98
Trichokinesis 96
Trichoklasie 97
Tricholemmalzyste **241**
Tricholemmom **241**
Trichomalazie 97
Trichomonaden-Balanitis **32**
Trichomoniasis **241–242**
Trichomycosis nodosa **242**
Trichonodosis 98
Trichophytia **242–243**
Trichophytide **243**
Trichophyton mentagrophytes 66
– rubrum 66
Trichoptilosis 98
Trichorrhexis invaginata 98, **162**
– nodosa 98
Trichoschisis 98
Trichosporose 155
Trichostasis spinulosa 98
Trichotemnomanie 98
Trichotillomanie 13, 98
Trimethadion 3
Trimethylpsoralen 269
Tripolidin 193
Tripper **89**
Trivastal 25
Trombidiosis **243**
Trommelschlegelfinger 173
Trophödem **243**
Tuberculosis cutis **243–247**
Tuberkulid 151
Tüpfelnägel **171,** 196
Tularämie **247**
Tumbufliege 155
Tumoren, maligne 49
Turbantumoren 280
Turner-Syndrom 89
Tylosis palmoplantaris 175, **247**
Tyrothricin-Salbe 217
Tzanck-Test 180

Uhrglasnägel **172,** 173
Ulcrux 249
Ulcus-cruris **247–249,** 261
Ulcus mixtum 249
– molle 249
– vulvae actutum Lipschütz 250
Ulerythema ophryogenes **250**
Ultracur 59
Ultralan Salbe, Creme usw. 59, 60, 62, 75, 78, 136, 139, 198, 225
Ultraproct 105
Undulationsversuch 260
Ungezieferbefall, wahnhafter **49–50**
Ungt. Diachylon 60
Ungt. molle 60
Ungt. nigrum 249
Unguis incarnatus **250**
Unterlippenschwellung, umschriebene **251**
Uralyt-U 190
Uranitis glandularis **251**
– granulomatosa 39
Urbason solubile forte 203, 216
Urethritis non gonorrhoica **251–252**
– posterior 90
urethro-oculo-synoviales Syndrom **205**
Urfamicina 92
Urologicum Nattermann 252

Uroporphyrin 190
Urticaria **252–255**
– aquagenica 254
– papulosa chronica 192
–, physikalische 253
– pigmentosa 255
urtikarielles Exanthem 53

Vaccina generalisata 256
– inoculata 256
Vakzinations-Schäden **255–256**
Valium 193
Valoron 277
Vamp Disease **256**
Variola confluens 258
– minor 256
– vera 256–258
Variolois **258**
Varixknoten **258**
Varizellen **258–259**
Varizen **259–264**
Varizen-Blutung **264**
Varizen der Handflächen **264**
Vasculitis allergica superficialis RUITER **264**
– nodosa 264
Vaseline 3, 148
Vaselinoderm **264**
Vaspit 59, 126, 164
VDRL-Test 227
Venae perforantes 259
Venenmittel 263
Veno-B 15 Kapseln 263
Venoruton 239
Venoruton 300 22
Venostasin 239
Verätzung **265**
Verbrennung **41–42**
Vergärungsproben 90
Verruca seborrhoica seu senilis **265**
Verrucae **265–268**
Verrucosis generalisata **268**
vesikulöses Exanthem 53
Vibices 199
Vielfingerigkeit **188**
Vincristin 225
Vinylchlorid-Krankheit **268**
Virunguent 107
Virushepatitis 190
Virusid 151
Viruskrankheiten der Haut und Schleimhäute **268–269**
Vitamin-A-palmitat 745, 118, 266
Vitamin-A-Säure 3, 5, 63, 98, 219, 250
Vitamin B_{12} 3, 4, 22
Vitamin-Mangelkrankheiten 30
Vitiligo **269**
Vogelmilbenkrätze **215**
Vogt-Koyanagi-Syndrom **269**
Volon A 10 bzw. 40: 7, 36, 100, 136, 198, 202
Volon-A-Haftsalbe 22, 75, 105, 137, 181
Volon-A-Salbe bzw. -Creme 59, 60, 75, 139
Volon-A-Tinktur 14, 52, 60, 177, 198, 220
Volonimat 59
Vorhautverengung **184**
Vorhautverklebung, angeborene **269**
Vulvitis **270**
– chronica plasmacellularis 270
Vulvovaginitis **270**
– gonorrhoica infantum 91
– herpetica 270

Wanzenbiß **270**
Wasserkrebs **166**
Wasserurtikaria **254**
Waterhouse-Friderichsen-Syndrom **270**
Wegenersche Granulomatose 270
weicher Schanker **249**
Weichselzopf 177
Weinfleck **159**
Weißfleckenkrankheit **269**
Werner-Syndrom **191**
Wickhamsche Streifen 134
Wiesendermatitis 139
white spongy naevus of the mucosa **215**
White spot disease **137**
Wick-Schnupfenspray 208
Wilson-Brocq **46**
Windeldermatitis 270
Windpocken **258–259**
Winiwarter-Bürger **64**
Wiskott-Aldrich-Syndrom 271
Wolle-Empfindlichkeit 164
Wollhaarnaevus 96

Woodlicht 79, 151, 187
Wundrose **72–73**

Xanthelasma 272
Xanthochromie **30**
Xanthodermie **121**
Xanthogranulom, juveniles 156
Xanthom 51
Xanthomatosen 273–275
Xanthosis 51
Xeroderma pigmentosum 276
Xerodermoid, pigmentiertes 276
Xerostomie 276

Yaws **85**
Yellow-nail-syndrome **171**

Zahnaplasien 172
Zeckenbiß 8
Zeckenbiß-Fleckfieber 276
Zellulitis 276
Zerkarien-Dermatitis 276
Zink-DL-Aspartat 9
Zinkmangelkrankheit 9
Zinsser-Engman-Cole-Syndrom **53**
Zirkonium 86
Zoster 259, **276**
Zungenbändchen, verdoppeltes 172
Zungenbelag 279
Zungenfibrome 172
Zungenlappung 172
Zungenmandel 279
Zungenvarizen 279
Zwahlen-Syndrom **85**
Zylindrome 280